一千零一夜

纳 训 译

人民文学出版社

目　　次

辛伯达航海旅行的故事

古代哈里发何鲁纳·拉施德执政时期,巴格达城中住着一个叫辛伯达的脚夫,以搬运糊口,境况窘迫,生活十分贫困。有一天天气炎热,担子很重,累得他大汗直流,疲劳不堪。当时他从一家富商门前经过,便放下担子,坐在门前宽大、清洁的石阶上休息、乘凉。

辛伯达刚坐下去,蓦然闻到屋里发散出来的芬芳香味,并听见不绝如缕的丝竹管弦和婉转的歌唱声。他侧耳细听,辨别出那美妙的音乐声中,还有金丝雀、夜莺、山乌、斑鸠、鹧鸪等鸣禽的歌唱声。这种五花八门的声音,激动着他的心弦,他一时兴奋得抑制不住自己,情不自禁地悄然走到门前,押长脖子向里面窥探。只见里面是一座非常宽大的庭园,富丽堂皇,婢仆成群,那种豪华气象,俨然是王侯的宫室、门第。微风送来丰盛菜肴香喷喷的气味,他品味着这诱人的香味,忍不住馋涎欲滴。最后他举头望着天空,喃喃地叹道:"我主!你是创造宇宙的、给人衣食的主宰,你愿意给谁,便毫不计较地给谁丰富的衣食。我主!求你饶恕我的过失,接受我的忏悔。我主!你是万能的,为所欲为的,因此没有人能抗拒你的判决和权力。我主!赞美你,你愿意谁富贵,就让谁富贵;你愿意谁贫穷,就让谁贫穷;你愿意谁高尚,就让谁高尚;你愿意谁卑贱,就让谁卑贱。我主!你是唯一的主宰;你多么伟大!多么权威!调度多么周全!奴婢中你愿意谁获得享受,就让谁尽量享受恩惠,就像这所房子的主人一样,穿丝绸、吃美味,享尽人间的荣华富贵。总之,你掌握着人们的命运,使他们中有的奔波、贫困,有的舒适、清闲,有的享乐、幸运,有的像我一样,终日劳碌、卑贱。"继而他凄然吟道:

> 人世间有多少可怜人,
> 没有立足的地方,
> 只能寄人篱下偷享余荫。
> 我是他们中的一员,
> 疲于奔命,
> 终日出卖劳力,
> 生活越来越曲折,
> 压在肩上的重担,
> 总是有增无减。
> 别人幸福、悠闲,
> 无忧无虑,
> 从来不曾像我这样生活过一天。
> 他们丰衣足食,
> 荣华富贵,
> 一辈子享乐到底。
> 谁都是父精母血,
> 我和他都是一体,
> 本质上并无差别;
> 可是彼此间却隔着一条鸿沟,
> 有如酒、醋之别。
> 我倒不是胡言乱语,
> 只因你是法官,
> 希望你公公道道地判决。

脚夫辛伯达吟罢,挑起担子,正要离去的时候,屋里出来一个容貌清秀、体态端正、衣冠华丽的年轻仆人,一把拉住他的手,说道:"我们主人请你,有话对你说;随我进来吧。"

脚夫打算拒绝,不愿进去,但是无法推却,便放下担子,交给守门的,然后随仆人进去。只见这座房子巍峨堂皇,富丽无比,洋溢着愉快、庄严的气氛。席上坐着的,似乎都是达官贵人;席间摆着各式各样的果品、美酒和山珍海味。各种花卉的馨香,混着食品的美味,令人陶醉,令人愉快。乐师艺人手持乐器,顺序坐着,准备演奏绝技,大显身手。坐在首席上的是一位须眉皆白的老人,容貌清癯,举止端庄、严肃,一望而知是个养尊处优的享福人。脚夫辛伯达眼看这种情景,吓得目瞪口呆,私下想道:"指安拉起誓,这是一座乐园,或者是帝王的宫殿。"于是他毕恭毕敬地问候、祝福他们,并跪下去吻了地面,然后谦逊地低头站在一旁。

主人请他坐在自己身边,亲切地和他谈话,表示欢迎,拿顶好的饮食招待他。脚夫辛伯达念过安拉的大名,然后吃喝。他吃饱喝够之后,这才说道:"赞美安拉,我吃饱了!"于是站起来洗了手,然后恭敬地谢谢主人。主人对他说:"我们欢迎你,愿你事事如意,大吉大利。你叫什么名字?是做什么的?"

"我叫辛伯达,是靠搬运糊口的。"

主人听了,微微一笑,说道:"你和我同名同姓,我叫航海家辛伯达。不过刚才你在门前吟的那首诗,希望你给我重吟一遍。"

脚夫辛伯达一时感觉惭愧,非常尴尬,恧然回道:"指安拉起誓,因为我疲惫、劳苦、穷困,这才教人寡廉鲜耻,胡言乱语;求主人原谅、饶恕吧。"

"现在你成为我的弟兄手足了,不必害羞,尽管吟吧。因为我听了你在门前吟的那首诗,觉得十分有趣。"

脚夫辛伯达听从主人吩咐,把他的感叹诗重吟一遍。主人听了,既钦佩而又感动。对他说:"脚夫,你要知道,我的生活中有着一段离奇古怪的经历。我将对你叙述我在获得今日这个地位和享受这种

3

幸福生活之前的各种遭遇,因为我今天的幸福生活和你所见的这个地位,是从千辛万难、惊险困苦的奋斗中得来的。我曾经七次航海旅行,在旅途中每次遭遇到的颠危,都是惊心动魄,别人想象不到的。总而言之,一切都是生前注定了的;生前注定的事是无法逃避的。"

第一次航海旅行

家父原是生意人,他的买卖很兴旺,拥有无数财产,生平乐善好施,在当时是有数的富商兼慈善家。他过世时,我还年幼。他留下的遗产中,有现款、房屋田产、货物等,数目很多。我成年后,自己管理财产,过享乐生活。我吃山珍海味,穿绫罗绸缎,住高楼大厦,结交酒肉朋友、纨绔子弟,挥金如土,浪费无度。当时我以为我的财产够我生平之用,毫不在意,一直过着挥霍、豪华的生活。

后来我发现自己昏聩,这才恍然觉悟,可是为时已晚,自己的环境、情况,早已今非昔比,钱财也全都花光了。我自顾孑然一身,两手空空,满腔愁闷、恐怖,眼看就要陷于绝境。这时候我忽然想起先父所谈关于大圣苏莱曼的遗训:"三件事比其他的三件较好:死日比生日好,活狗比死狮好,坟墓比穷困好。"于是我振作起来,收检余存的家具、衣物和田产,全部拍卖,总共获得三千金币,作为旅费,决心做长途旅行,到远方去经营生意。

主意打定了,我便收拾准备,买了货物和需要的行李,决心由海路出发。于是我和其他的商人一起去到巴士拉,乘船出发,在海中航行了几昼夜,经过许多岛屿。每到一个地方,我们都从事买卖,有时以物易物,海上生活倒很快乐有趣。

有一天路过一个小岛,景致非常美丽、可爱,像乐园一般,因此船长吩咐靠岸停泊,抛下铁锚,架上跳板。旅客们都舍舟登陆,有的搬锅碗去烧火煮饭,有的从事洗涤,有的去各处欣赏风景。大家吃喝的吃喝，玩耍的玩耍，正在欢欣快乐，流连忘返的时候，船长忽然高声喊道："旅客们！为了安全起见，你们赶快上船来吧。为了保全生命，你们扔掉什物，立刻回到船上来吧。你们要知道：这不是岛，而是漂在水上的一尾大鱼。因为日子久了，它身上堆满沙土，所以长出草木，形成岛屿的样子。你们在它身上生火煮饭，它感到热气，已经动起来了。它一沉下海底，你们全都会淹死的。你们扔掉东西，赶快上船来吧。"

旅客听了船长的呼唤，争先恐后，扔掉什物，急急忙忙向船奔去。他们有的赶到船上，有的还来不及上船，那所谓小岛已经摇动起来，接着沉了下去，小岛上的人们全都淹没在海里。

我自己也是淹没在海里的人。正当危急存亡，快要淹死的时候，幸蒙安拉保佑，我发现身旁漂着一个旅客遗弃的大木托盘，便伸手抓着托盘，伏在上面，两脚左右摆动，像桨一般，努力和波涛搏斗，希望漂到船边，能够得救。可是船长不顾被淹的旅客，张帆扬长而去。我望着船身渐渐远去，失望到了极点，相信自己非葬身鱼腹不可了。

在这样的情况下，我在海中任凭风吹浪打，整整漂流了一天一夜。次日被风浪推到一个荒岛上，我抓着垂在水面上的树枝，爬上岸去，两脚被鱼咬得皮破血流。当时我疲弱、疼痛得不能动弹，好像立刻就要气绝身死，因此我倒在地上，昏迷不省人事。在这样的昏迷状态中，直至次日太阳出来，才慢慢地苏醒过来；可是两脚又肿又痛，不能行动，只能慢慢匍匐着爬行。

岛上有各式各样的野果，还有清泉。我摘野果充饥，喝泉水解渴，安安静静地休息了几天，待精神慢慢恢复过来，体力逐渐充沛，可以自由行动了，才打算寻找出路。于是我折根树枝当拐杖拄着，在海滨漫游，观看各种奇异、美丽的景象。

我继续沿海滨漫步。有一天，在很远的地方，出现一个隐约可见的影子，我以为那是野兽，或者是海中的动物，于是我怀着好奇心向那方向走过去，仔细一看，原来是一匹高大的骏马，被人拴在海滨。

我走过去,它长嘶一声,吓我一跳。我正打算退走,不想有人从地洞里钻了出来,大吼一声,走到我面前,问道:"你是谁?你从哪儿来?你到这儿来做什么?"

"我是旅客,乘船到海外经营生意,中途遇险,我和其他一部分旅客落在海中,幸而抓住一个大木盘,在波涛中漂流了一天一夜,才被风浪推到这儿来的。"

听了我的叙述,他伸手拉着我,说道:"跟我来吧。"于是领我去到地窖里,走进一个大厅,让我坐下,拿饮食招待我。当时我饿得要命,狼吞虎咽,饱餐了一顿。继而他询问我的身世、经历,我便把自己的遭遇从头到尾,详细叙述一遍。他听了非常惊奇。我又说:"指安拉起誓,我的情况和遭遇已经告诉你了,请你别见怪。现在希望你告诉我:你是谁?为什么住在地洞里的这间大厅里?你把那匹马儿拴在海滨是什么意思?"

"我们是替国王麦希尔嘉养马的人,分散在岛中的每个地区。每当月明时候,我们选择高大、健壮的牝马,把它拴在海滨,然后躲到这个地窖里,静观动静。过一些时候,海马嗅到牝马的气味,跑出海面来引诱牝马,要带它到海里去。可是牝马被拴着,无法逃跑,于是相对长嘶,继而踢打、交尾。我们闻声跑出去,大声一吼,吓跑海马;从此牝马受孕,杂交生出来的小马,每匹值一库银子,小马生得美丽无比。现在已是海马登陆的时候,若安拉愿意,我带你去见国王麦希尔嘉,让你参观我们的国土。你要知道,这里荒无人烟,倘若遇不到我们,你一定孤单、寂寞,甚至牺牲了性命还无人知道。我们不期而遇,这是你的生命有救、可以转回家乡的原因呢。"

我祝福他,谢谢他的好意。彼此正在谈话之际,有匹海马来到岸上,长嘶一声,跳到牝马面前,要带走它;接着它们踢打起来,牝马惊叫不止。养马的闻声拿起宝剑、铁盾,跑出地窖,大声呼唤他的伙伴:"海马登陆了,大伙快出来吧!"

他边喊边敲铁盾,于是许多人应声而出,手持武器,从四面八方跑了出来,喊声震野,把水牛般的海马吓跑了。

霎时间,那些管马的每人牵着一匹骏马,来到我们面前。他们看见我和他们的伙伴在一起,便问我的情况。我把自己的经历叙述一遍,博得他们的同情,于是他们都走近我,席地坐下,铺开一块布单,拿出饮食,大伙围着吃喝。吃完以后跨马动身,我也骑着一匹马,随他们继续向前迈进,从郊外去到城中,走进王宫。他们先向国王麦希尔嘉报告、请示,得了国王允许,这才带我进去。我毕恭毕敬地向国王祝福、致敬。他欢迎我,尊敬我,问我的情况。我把自己的经历、见闻,从头叙述了一遍。他听了感到惊奇,说道:"孩子!指安拉起誓,你安然脱险了。你要不是长寿的人,这是很难摆脱那种灾难的。赞美安拉,你算是脱离危险了。"于是他优待我,尊敬我,好言安慰我,留我在宫中任职,做管理港口、登记过往船只的工作。

从此我在宫中服务,勤勤恳恳,小心翼翼地做事,博得国王的赏识、器重,给我华丽的衣服穿,经常陪随国王,并参与国事,替庶民谋福利。就这样我留在那儿,过了很长的一段时间。那时候我每到海滨,经常向商旅和航海的人打听巴格达的所在,希望有人上那儿去,我便可以和他同路回家。可是始终没有人知道巴格达的所在,也没有谁要上巴格达去,我大失所望,郁郁不乐,过了很长的时期。有一天,我进宫谒见国王麦希尔嘉,在宫中碰到一帮印度人,就向前问候他们。他们热情地回答我,和我谈话,问我的国籍。

我打听他们的乡土,据说他们是不同的民族,有的属于沙喀尔人,是个良善的民族,性格敦厚,不虐待亏枉别人;有的属婆罗门,这个民族不喝酒,环境好,生活富裕,相貌漂亮,情感丰富,善于饲养家畜。他们告诉我,在印度共有七十二种民族;我听了感到十分惊奇。

国王麦希尔嘉的管辖区内,有个叫科彼鲁的小岛,通宵达旦,可以听到鼓锣之声。当地的人和旅行家告诉我们,岛上的居民全是精明强干的。在那里的海中我看见过二十丈长的大鱼,也看见过猫头鹰鱼。此外还有许多形形色色、奇奇怪怪的事物,要详细说,话就长啦。

我在那里照例不间断地拄着拐杖,在海滨巡视游览。有一天,我看见一只大船向岸边驶来,船中旅客很多。船拢岸后,船长吩咐落帆停泊,架上跳板,水手们搬出货物,经我的手登记起来。我问船长:"船中还有其他货物没有?"

"有,先生;船里还存着一部分货物;不过它的主人在别的岛上遇险落海淹死啦,因此他的货物由我们代为保管。我们打算卖掉他的货物,把钱带回巴格达去,还给他的家属。"

"货物的主人叫什么名字?"

"他叫航海家辛伯达,已经淹死啦。"

听了船长的回答,我仔细看他,立刻认识清楚,抑制不住失声大喊起来,说道:"船长哪! 你要知道,我就是你所说的那些货物的主人呀! 我就是那天跟旅客们一起去岛上的那个航海家辛伯达啊! 当时我们在这条大鱼的身上,当它动的时候你大声呼唤,叫我们赶快上船;可是有的赶上船去,有的赶不上去,就都落到海里。我自己也是落在海里的一个。幸而安拉保佑我,让我抓住旅客遗弃的一个大木托盘,伏在上面,被风浪推到这个岛上,碰着替国王麦希尔嘉养马的人,带我去见国王,我对国王叙述了自己的身世、遭遇,蒙国王赏识、优待,派我管理港口。我任劳任怨,忠心耿耿,博得国王信任。你船里的那些货物,它是我的财产呀!"

"毫无办法,只望伟大的安拉拯救了! 这么说,从此人间没有忠实、信义的人啦。"

"船长! 你听了我的话,为什么这样大惊小怪呢?"

"这是因为你听得货主淹死,才来假冒,企图夺取货物的。这是不义的事。我们明明亲眼看见货主和其他许多旅客同时落海遇难,谁也不曾脱险,你怎么能冒称是货主呢?"

"船长,请你听一听我的故事,明白我的情况,这就证明我不是说谎;因为说谎骗人,那是坏人的行为。"

于是我对船长详细叙述从巴格达出发,直至岛上遇难的经过,所有货物的种类,以及旅途中我和他之间的交往。这样一来,船长和商人们才承认我,证实我不是说谎骗人。大家喜笑颜开,祝我安全脱险之喜,说道:"凭着安拉起誓,我们一直没有相信你会安全脱险,这是安拉使你再生啦。"于是他把货物赔给我;没有一点损失,都原封不动写着我的名字。我打开货物,选择几种最名贵而值钱的,叫水手带着随我去到宫中,作为礼物,献给国王,告诉他我所乘的那只商船来到港口,我的货物全都带来,所以把货物中的一部分送给他作为礼物。国王感到十分惊奇,证明我过去所说的全都是事实,因而越发爱我,非常地尊敬我,也回赠我许多礼物。

我卖掉自己的货物,赚了一笔巨款,然后收购当地的土特产,搬到船中装载起来,待船快要启航,才去谒见国王,感谢他对我的恩情,求他准我起程回乡。国王慨然允许,并送我许多土产礼物。于是我辞别国王,随商人们重过旅行生活。孤舟在茫茫的大海中,不分昼夜地继续向前航行,最后顺利、安全地回到巴士拉。我能够安全回到家乡,感到无限的高兴、快乐。我在巴士拉逗留、休息几天,然后携带货物,满载而归;到了巴格达,许多亲戚朋友都来看我。

我用做买卖赚得的钱,制备家具什物,购买婢仆车马,广置田地产业。我短时期内成家立业,拥有的财产,比先父遗留给我的财产不知增加了多少倍。从此我广交朋友,经常和文人学士往来,终日追求享受,生活比从前更舒适、优越。过去的艰难困苦,旅途中的颠危,全都忘得一干二净。这是我第一次航海旅行的经历;若安拉愿意,明天再谈第二次航海旅行的情况吧。

航海家辛伯达谈了第一次航海旅行的经过,招待脚夫辛伯达和朋友共进晚餐,并吩咐仆人取来一百金币,送给脚夫辛伯达,说道:"今天蒙你光临,给我们带来慰藉了。"

脚夫辛伯达谢了航海家辛伯达,带着他送的金币告辞回家。一路上他思索着自己的遭遇和别人的经历，感到无限惊奇、诧异。

当天夜里，脚夫辛伯达安安逸逸地一觉睡到次日清晨，这才践约去到航海家辛伯达家中，备受主人欢迎、尊敬，主人请他坐在自己身边，待其余的亲友陆续到齐，才招待他们吃喝。继而在轻松、愉快的气氛中，航海家辛伯达开始叙述第二次航海旅行的经过：

第二次航海旅行

你们要知道，弟兄们，像昨天我告诉你们的那样，我旅行归来，过着非常安逸、快乐的享福生活。可是有一天我突然起了一个出去旅行的念头，很想去海外游览各地的风土人情，并经营生意，赚一笔大钱回来过好日子。于是我拿出许多存款，收购适于外销的货物，包扎、捆绑起来，运往海滨。恰巧那儿停着一只新船，张着顶好的帆篷，旅客很多，船中的粮食也很充足，正准备开航。

我把行李、货物搬到船中，跟商人、旅客们一起出发。当时天气晴朗，航行也很顺利；继续不断地从一个海湾到一个港口，从一个岛屿到一个海国。每到一个地方，我们都上岸去经营，跟当地的商贩和官吏们打交道；大家买的买，卖的卖，交换的交换，不间断地经营着生意买卖。

有一天，我们路过一个异常美丽的岛屿，岛上有茂密的森林，丰富的野果，灿烂的花卉，歌唱的雀鸟，潺潺的河渠，只是美中不足，那儿没有人烟。船长把船驶到岸边，商人和旅客都上岸去参观游览，大家赞美安拉创造宇宙的画功之妙。我身边带着食物，一个人找到林中一处清泉流泻的地方坐下，从从容容一面吃一面欣赏景物。那时天高气爽，凉风扑面，环境清幽，不知不觉我就在大自然的怀抱中睡熟了。

在这幽静而弥漫着芬芳气味的林荫下面，我一觉醒来，举目不见一个人影。原来商船已经带着商人和旅客们开走了，只剩下我一个人被扔在岛上。我转着头左右前后观望，不见一个人类，也不见一个神影，内心恐怖到极点。我忧愁、苦恼、绝望，几乎吓破了胆。当时我孤单单一个人流落在荒岛上，没有食物可以充饥，身体疲惫不堪，彷徨、迷惘，生存的希望已经破灭，不禁自言自语地叹道："瓦罐不是每次都打不破的。头次虽然幸免，被人带出迷津，这回还想有人带我到有人烟的地方去，那是谈何容易的事呀！"

我忍不住伤心、流泪，陷入彷徨、迷惘的境地，埋怨自己的行为；尤其对于好生待在自己家中，吃好的、穿好的，有的是金银财帛，却不愿意过快乐享福的生活，却偏要离乡背井，到海外来奔波，自找苦头的行为非常懊悔、痛恨。同时对于第一次航海旅行，遇到极大的危险，差一点牺牲了性命，这回却又离开巴格达，重过海洋生活的行径更是懊悔不及。我气得疯疯癫癫，茫然不知所措，慨然叹道："我们是属于安拉的，我们都要归宿到安拉御前去。"

我惴惴不安，惶惶然不能安静地待在一个地方，于是毫无目的地、东张西望地走动。后来我爬到一棵大树上眺望，只见长空万里，海天相接，底下出现了森林，飞鸟和碛沙。我仔细观察一番，发现有一个庞大的白色影子，于是急忙溜下树来，向那方向走去。我一直不停地走到那个地方，一看，原来是一幢巍峨高耸的白色圆顶建筑。我走过去，沿着周围兜了一个圈子，却不见它的大门。这座建筑那么光滑、圆润，致使我无法攀登上去。我数着脚步，又绕了一周，估计它的圆周，共长五十大步。当时已经是太阳西偏时候，我思索着急于要到屋里去栖息。就在这个时候，太阳突然不见了，大地一时黑暗起来；当时正是夏令时节，我以为是空中起了乌云，才会发生这样的现象。我感到惊奇、恐怖，抬头仔细观看，只见一只身躯庞大、翅膀宽长的大鸟，正在空中翱翔。原来是它的躯体遮住了阳光，才造成大地上的黑暗。这种景象，使我更加惊奇、恐怖。

我恍然想起从前旅行的人对我讲过的一个故事：据说在某些海

岛上,有一种身体庞大、被称为神鹰的野鸟,常常攫取大象喂养雏鸟。于是这就证明我所看见的那幢白色圆顶建筑,原来是个神鹰蛋,不禁惊佩安拉的造化之妙。这时候那只神鹰慢慢落了下来,两脚向后伸直,缩起翅膀,庞然孵在蛋上。

我赶快行动起来,解下缠头,折叠起来,搓成一条索子,缚住自己的腰,再牢牢地把身体绑在神鹰腿上,私下想道:"这只神鹰也许会把我带到有人烟的地方去,那就比待在荒岛上好多了。"那天夜里,我一直清醒着,不敢睡熟,怕睡梦中神鹰突然起飞,提防不及。

次日清晨,神鹰站了起来,伸长脖子狂叫一声,展开翅膀,带着我一直飞向空中,越飞越高,我简直觉得已经接近天边了。继而它慢慢降下,最后落到一处高原地带。我怀着恐怖心情,急忙解开缠头,离开神鹰腿;自己虽然得救,可是心惊胆战,神志迷离,茫然不知所措。

神鹰从地上抓起了什么东西,继续飞向空中;我仔细端详,原来它爪中抓的是一条又粗又长的大蛇,我望着它感到十分惊恐。我边走着边看,才知道自己已置身在极高的地带,脚下是深深的空谷,四面是高不见顶的悬崖,无法攀缘上去。我埋怨自己不该冒险,自言自语地叹道:"但愿我没有多此一举,仍然住在岛上;这个地方太荒凉,不像岛上有各种野果充饥,有河水解渴。我的命运不好,刚刚脱险,接着又落在更严重的灾难中。毫无办法,只望伟大的安拉拯救了。"

我鼓起勇气,振作精神,走到山谷里,发现那儿遍地都是人们用来给金属、瓷器钻孔用的性质最坚硬最名贵的钻石。同时那儿也是蟒蛇丛生盘踞的地方。那些蟒蛇像枣椰树一般粗大,大得可以一口吞下一只大象。它们白天都潜伏在洞中,不敢出来,怕神鹰飞来捕杀,只是夜间出现。我身临其境,懊丧不已,自言自语地叹道:"指着安拉起誓,我这是自找其死呀。"

太阳落山,黑夜降临的时候,我怕蟒蛇,忘了吃喝,哆嗦着徘徊谷中,寻找栖身的地方。继而发现附近有个山洞,入口比较狭小。我钻进洞去,推过旁边的一块大石堵住洞口,安然躲在洞中,自言自语地说道："我躲进洞中来，这回生命可有保障了。待明天出去，再找生路吧。"可是我回头一看，只见一条大蛇孵着蛋卧在洞中，我这一惊非同小可，吓得全身发抖，像栽了一个跟头，茫然不知所措。没奈何，只好把自身交给命运，提心吊胆，整夜醒着，不敢睡觉。

好不容易熬了一夜，等到天亮，我推开洞口的大石，跑了出来，行走在谷中。可是因为熬夜，兼之饥渴交迫，我只觉得头重脚轻，好像醉汉一般，走投无路，一颠一簸；正在徘徊观望的时候，突然间从空中落下一个被宰的牲畜。我仔细观看，不见一个人影，顿时感到十分惊奇。

我想起从前生意人和旅行家曾经对我讲过的一个传说：据说出产钻石的地方，都是极深的山谷，人们无法下去采集。钻石商人却想出办法，用宰了的羊，剥掉皮，扔到谷中，待沾满钻石的血淋淋的羊肉被山中庞大的兀鹰攫着飞向山顶，快要啄食的时候，他们便叫喊着奔去，赶走兀鹰，收拾沾在肉上的钻石，然后扔掉羊肉喂鹰，带走钻石。据说除了这个方法，商人们是无法获得钻石的。

我看见那只被宰的大羊，想起前人的传说，就赶紧行动起来，收集许多钻石，装在口袋、缠头、衣服、鞋子中，然后仰卧下去，拖羊盖在自己身上，用缠头把自己绑在羊身上。一会儿落下一只兀鹰，攫着被宰的羊飞腾起来，一直落到山顶，它正要啄食羊肉，忽然崖后发出叫喊和敲木板的声响，兀鹰闻声高飞远逃，我就赶快解掉缠头，从地上爬了起来，染得遍身血迹。接着那个出声叫喊的商人迅速赶到，见我站在羊前，吓得哆嗦着不敢开口说话。他翻着羊看看它身上没有什么，气得哭喊起来，说道："多失望哪！毫无办法，只望安拉援救了。哪儿来的这个魔鬼？愿安拉帮我们驱逐它。"他垂头丧气，懊丧地拍着掌，叹道："伤心哉！这是怎么一回事呀？"我走过去，站在他面前。他愕然问道："你是谁？你为什么到这儿来？"

"你别害怕，我也是人类中的一个好人。我原是做生意买卖的，有着稀奇古怪的经历和遭遇；我到这个荒山深谷中来的原因，也是非常离奇、古怪的。你别怕,我这儿有许许多多钻石,我要把够满足你心愿的一个数量给你,使你心满意足。我身边的每颗钻石,比你能得到的更好。你可不必忧愁、失望。"

商人表示感激,祝福我,亲切地和我谈话。其他到山中杀羊取钻石的商人们,见我和他们的伙伴谈话,也都前来问候我、祝福我,邀我和他们住在一起。我对他们叙述了各种遭遇和流落到山谷中的始末,并且给那个商人许多钻石,作为他损失的抵偿。商人十分喜欢、快乐,祝福我,表示无上的感激,说道:"指安拉起誓,这是安拉使你再生了。以往凡是到这儿来的人,没有一个能幸免的,这次你算是例外了。赞美安拉,是他保佑你,使你平安脱险的呀。"

我平安脱险,离开蟒蛇丛生的谷地,来到有人烟的地带,感到无限的欢欣、快慰。我跟商人们一起,安安逸逸地过了一夜。次日,随他们动身下山,隐约看见谷间的蟒蛇,感到不寒而栗。我们继续不停地跋涉,最后到达一处宽阔的原野,长满了高大的樟脑树,每棵树的树阴下,可以供一百个人乘凉。要取樟脑,只消在树干上凿个洞,液汁便从洞中流出,即是樟脑。液汁流尽,大树枯萎,便慢慢地变成木头。

那原野上的丛林中,有一种野兽叫犀牛。犀牛在树林中生活,跟我们家乡牧场上的黄牛、水牛一样;不过犀牛的身体比牛高大,头上长着独角,有十尺长。据旅行家说,犀牛能触死大象,把它顶在头上,毫不困难地漫山遍野乱跑。后来象身上的脂肪被阳光溶解,流到犀牛眼中,犀牛因而失明,不辨方向,躺在河边,无法行动,往往被神鹰攫去喂养雏鹰。此外,那儿还有野牛和其他各式各样的野兽,种类之多,数不胜数。我从一个城市旅行到另一个城市,拿钻石调换货物,运到各地贩卖,赚了许多金钱。

我经过长期旅行,跑过许多城镇,最后漫游归来,先到巴士拉,逗留了几天,然后满载着钻石、金钱、货物,平安回到巴格达,和家人亲朋见面欢聚。我送礼物给他们,并广施博济,救济孤苦无告的穷苦人。我自己依然吃山珍海味，穿绫罗绸缎，住高楼大厦，广为交际，生活舒适安逸，享尽人间的幸福；过去的种种惊险、颠危的遭遇，全然忘得一干二净。消息传了出去，人们不辞跋涉，远道前来看我。我对他们叙述旅途中的见闻经历和遭遇；人们听了，谁都感觉惊奇，都祝贺我脱险之喜。

航海家辛伯达讲了第二次航海旅行的经过，接着说道："若是安拉愿意，明天再讲第三次航海旅行的经历给你们听。"于是他吩咐摆出筵席，招待亲友和脚夫辛伯达共进晚餐，并送他一百金币。

脚夫辛伯达对航海家辛伯达接济他的慷慨行为，怀着惊诧、感激的心情，带着钱回到自己家中，埋头替他祈祷、求福。

次日清晨，脚夫辛伯达做完晨祷，践约去到航海家辛伯达家中，向他请安、问好。航海家辛伯达迎接着请他坐在自己身边，等其余的亲友到齐，才摆出筵席欢宴他们。他让大家吃饱、喝足，一个个精神焕发、心情愉快的时候，便开始叙述第三次航海旅行的经历：

第三次航海旅行

弟兄们，请听我讲第三次航海旅行的经历吧，这是最惊奇不过的。我第二次旅行归来，赚了许多钱，如昨天对你们所说的那样。我能够平安脱险，这已经够欢喜快慰的了，而且安拉还把我挥霍完了的钱财，全都补偿给我，使我越发感到高兴。从此我住在巴格达城中，极其安乐、舒适、愉快地过了一个时期。后来我心中又产生一个到海外去经营生意，参观游览各地风光的念头；古人说得好，人性是贪得无厌的。于是我收购许多适于外销的货物，准备好行李，毅然离开巴格达，径往巴士拉去。到了海滨，那儿停着一只大船，坐满商人、旅客，他们都是正人君子，忠实可靠的人。

我搭上那只大船，和旅客们一起，继续不停地在海洋中航行，从一个海洋到另一个海洋，从一个岛屿到另一个岛屿，从一个城市到另一个城市；所经之地，我们都欢欣鼓舞地上岸去参观游览，经营买卖。有一天，船正在海中破浪而行，船长站在甲板上看着海景，忽然一声狂叫起来，不住地批自己的面颊，拔嘴上的胡须，撕身上的衣服，疯疯癫癫，情况非常突兀。我们忙着安慰他，问道："船长，这是怎么一回事情？"

"旅客们！你们要知道，风浪控制我们，把船吹到危险地带，现在已经接近猿人山了。这山里的人，跟猴子一样；从这儿经过的，谁都不能幸免。因此我觉得我们全都完了，非死在这儿不可了。"

船长刚说完，猿人便出现；漫山遍野，多如飞蝗，从四面八方赶来包围我们。它们数目太多，太凶猛，令人一见生畏。我们不敢驱逐它们，也不敢抵抗，怕它们杀害我们，抢劫我们的财货和粮食。它们是一种最丑恶的野兽，头发好像狮鬃，形状可怕，眼黄面黑，身材短小。我们谁也不懂它们的语言，也不了解它们的情况。

一霎时，猿人爬到船上，咬断铁缆和帆索，船身逐渐倾斜，终于搁浅，旅客和商人全都变成俘虏，被赶到岛上。船中的货物和钱财被抢一空，大船也被搬走。最后它们一哄而散，不知去向。

我们困在荒岛上，饥渴交迫，只好采摘野果充饥，舀来河水解渴。后来有人发现岛中有一幢建筑物，立刻趋前观看。原来这是一幢结构非常坚固的高楼，门墙高耸，两扇紫檀门敞开着，门内的院落非常宽大，周围门窗林立，厅堂里摆着高大的凳子，各种烹调器皿挂在炉灶上，周围堆着无数的人骨头，只是屋中却静悄悄地没有一个人影。

看了这种情景，我们感到无限惊奇；大家在屋里坐了一会，不见什么动静，便一个个躺在地上呼呼地睡觉，从早晨一直睡到日落，才由梦中醒来。这时候地面忽然震动起来，空中出现隆隆的响声，接着从楼上下来一个庞大的黑色巨人，个子高大得像枣椰树一般。他有一双火把似的眼睛，一口猪齿般的牙齿，一张井口样的大嘴，一片驼唇般垂在胸前的下唇,两只毡子般摆在肩上的耳朵,一副狮爪般的指甲。看见这个怪物,我们感到万分恐怖,一个个吓得魂不附体。

这个巨人走到大厅里,在高凳子上坐了一会,随即走到我们面前,伸手把我抓起来,举在掌中仔细观看。我在他掌中显得很小,只够他吃一口。他不住地端详我,仿佛屠户揣摩牛羊的肥瘦一样。因为我屡次旅行、奔波,操劳过度,身体羸弱,骨多肉少,不合标准,因而他扔掉我,抓起另一个同伴,也像对付我那样,仔细审察、揣摩,然后扔下。他继续不断把我们一个个都观察过,然而都不如他意。最后他看见船长;他是我们中最健壮、最肥胖的人,他肩膀很宽,力气很大,因此合乎他的要求。他得了船长,像屠户获得肥胖的牲畜一样,喜不自胜,把他摔在地上,踩着脖子一扭,扭断他的脖子,取下一把长铁叉,把船长的尸体串在叉上,燃着烈火,翻转着烧熟,摆在面前,像人们吃鸡鸭那样慢慢地撕着吃。吃毕,把骨头扔在一旁,坐了一会,便躺在高凳上睡熟了。一会儿,鼾声大作,像被宰的牲畜那样呼喘着,整整酣睡到次日清晨才从梦中醒来,蹒跚着扬长而去。

我们料定他去远了,彼此才开口说话,忍不住悲哀、哭泣,大家埋怨道:"但愿我们落在海中淹死,或者被猿人吃掉,总比叫怪物拿去烧烤好些。指安拉起誓,这是最残酷的死亡;我们无法逃出这个地方,非一个个都牺牲不可。毫无办法,只望伟大的安拉拯救了。"

我们鼓起勇气,走到屋外,打算找个躲避的地方,或者找条逃走的道路,免得叫怪物拿去烧吃。可是从早到晚,走遍各处,一直没有找到一处可以躲避地方,黑夜里只好冒着生命的危险,惶恐万状地回到那幢屋子里,暂时栖息。我们刚坐定,脚下的地面就震动起来,接着那个黑巨人来到,按顺序把我们一个个抓起来,像上次那样仔细观察,最后找到一个满意的,像昨日对付船长那样,把他扭死,烧熟,饱吃一顿,然后躺在凳上睡觉,鼾声如雷,一直睡到天明,然后起身扬长而去。

巨人走后,我们大家围在一起商讨对策。当时有人说:"指安拉起誓,这是最残酷的杀害;我们还不如自己跳到海中淹死,总比被人拿去烧烤强些。"继而有人说:"我们受他威胁、迫害,要不要大家想个办法杀死他,消除祸患,免得大家终日忧愁、恐怖。"最后我向同伴们建议说:"弟兄们请听,如果非杀他不可,那么先让我们搬些木板和木头来,大家动手做成一个筏子,然后设法杀掉他。那时候我们乘筏随波漂流而去,或者暂时留在这儿,等有船只由此经过,我们再乘船回去也不迟。要是杀不了他,我们也可以乘筏逃走,即使落在海里淹死,也避免受人杀害、烧烤。如能安全脱险,那是我们的幸运,否则我们就等死吧。"

"指安拉起誓,这是最正确不过的主意,我们都同意了。"同伴们齐声说。

我们一起动手,把木板、木头搬到屋外,做成一张筏子,系在海滨,并运些粮食摆在筏上;一切准备妥帖,才悄然回到屋中。夜里,我们脚下的地面又震动起来,接着那个巨人来到,状如饿狗,把我们一个个仔细观察一番,选了一个比较肥胖的,照前两次那样杀死、烧吃,然后躺在凳上,鼾声如雷地睡熟了。

趁他酣睡着,我们拿了两把铁叉,放在烈火中烧红,紧紧地握着,抬到巨人面前,对准他的两只眼睛,集中大家的力量,一齐戳了进去,终于戳瞎了他的两眼。他狂叫一声,如晴天霹雳,吓得我们心惊胆战。他挣扎着爬起来,摸索着来捉我们。我们惊慌失措,东逃西跑,战战兢兢,大失所望,相信非死不可的了。可是他没有捉着我们,摸索着走出大门,叫吼着去了。他的吼声,不仅山鸣谷应,而且震撼了大地。

巨人去了一会,带来两个更高大、更丑恶的同类。我们都被那种凶恶、残暴的形状吓得目瞪口呆,大家没命地奔到海滨,乘上筏子,离开海岸。可是那两个巨人却手中握着大石,跟踪追来,把石头对准我们一掷,结果同伴中落海的、被砸死的很多,死亡惨重,最后只剩我自己和其余两个同伴幸免。

我和死剩的两个同伴乘着筏子,漂在海中,被风浪推到另一个海岛上。我们感到前途有一线希望,喜不自胜,不停地跋涉,希望找到一条出路。我们走得精疲力竭,狼狈不堪,到夜里就躺在地上睡觉。可是刚睡了一会,便惊醒过来,只见一条又粗又长的大蟒前来袭击、包围我们,结果一个同伴被它吞了;当时我们听见他的骨骼在蟒腹中碎断的响声,情况非常凄惨。我们既悲伤同伴的惨死,又感到自身的危险,惊恐万状,不禁悲从中来,自言自语地叹道:“指安拉起誓,我们正欣幸摆脱了巨人的危害,却想不到又遇到这种灾难;而且每次的灾难,总比前次更离奇、可怕。毫无办法,只望安拉拯救了。指安拉起誓,我们已经摆脱了巨人的杀害,也不曾落海淹死,可是目前的这种倒霉灾害,能有什么办法可以避免呢?”

　　我们在岛中跋涉,继续向前迈进,途中摘野果充饥,喝河水解渴。傍晚来到一棵大树下,便爬上树去过夜。我一直爬到树顶,躲在枝叶中睡觉。然而事出意料之外,当天夜里,突然出现一条大蟒,摆着头东张西望地慢慢爬到我们附近,接着攀到我们栖息的那棵大树上,我那唯一的同伴,首当其冲,被它一口吞到肩膀。我眼睁睁看着,听见他的骨骼碎断的响声。最后大蟒把他整个咽进肚中,这才转了下去,蜿蜒地扬长而去。

　　我躲在树顶上,整整过了一夜,直到次日清晨,才溜下树来。当时由于过度忧愁、恐怖,吓得我神魂颠倒,痴痴呆呆,如同死人一般;心灰意懒,不想再活下去,打算投海自杀,摆脱人间苦难。然而人性总是贪生怕死的;当时我虽然疲劳不堪,不能继续跋涉,可是为了保全生命,还是找到几块宽木头,一块横绑在脚上,一块绑在头上,此外,身体的前后左右也同样各绑上一块;于是我整个身体被木头紧紧地包围着,俨然置身于木笼之中。这样一来,我才安然躺在地上休息。当天夜里,那条大蟒照样来到大树下面,一直游到我面前。可有木头保护我,它无法吞我,只得绕着我兜圈子。我眼睁睁望着它,吓得魂不附体。那条大蟒一会儿离开我,一会儿又来到我面前;来来往往,从日落一直闹到日出,始终吃不到我,这才愤然失望而去。

我解掉绑在身上的木头,站将起来,在荒岛中奔波跋涉,一直去到海滨,朝前一望,看见有船漂在老远的海中。我折了一条大树枝,举起来一边摇摆,一边大声呼唤。船中人听了喊声,说道:"我们非去看看不可,那儿一定有人。"于是把船驶到岸边,把我带上船去。他们问我的情况;我把自己的经历和遇险的遭遇从头到尾,详细叙述了一遍。他们听了感到十分惊奇、诧异,拿他们的衣服给我穿,预备饮食给我吃。我吃饱喝足,死里逃生,精神顿时焕发起来,感到无限兴奋、快慰,衷心赞美安拉,感谢他使我安然脱险的无上恩惠。我九死一生,经受磨炼,意志也坚强起来,过去的一切,好像都是梦中的事。

我们继续向前,一路顺风地在海中航行,去到一个叫萨拉希塔的岛上停泊。商人们携带货物,上岸去做生意买卖。当时船长看我一眼,说道:"我来告诉你,你离乡背井,人很穷,据你说你曾遭遇到许多惊险颠危,我有意接济你,好让你借此回到老家去,以后你会感激我、祝福我的呢。"

"好的,我祝福你就是。"

"你要知道:先前有个旅客跟我们同行,但是此人中途失踪,去向不明,不知他是死是活,至今没有消息。我有意把他的货物托你拿去销售,往后由利润中酬劳你一部分,其余的交由我们保管,带回巴格达,打听他的家属,还给他们。你是否愿意接受这个委托,像商人们那样,把货物带往市中销售。"

"听明白了,遵命就是,这是你的好意。"

我当面赞美、感谢一番。接着他吩咐水手搬出货物,交付给我。船中记账的人问道:"船长,水手们搬走的这批货物,该记在谁的账上?"

"记在那个落到海中、生死不明、名叫航海家辛伯达的账上吧。我托这个外乡人把他的货物带去销售,往后由利润中酬劳他一部分,其余的我们带往巴格达,赔还物主,如果找不到他本人,那就还给他的家属吧。”

“说得对,你的主意很好。”

我听见船长提到我的名字,私下想道:“指安拉起誓,我就是航海家辛伯达。”于是我抑制着激情,镇静地对船长说:“我的主人呀,你托我代销的这些货物,它的主人的情况如何?你能告诉我吗?”

“他的情况我不大清楚;不过他是巴格达人,名叫航海家辛伯达。有一次我们路经一个荒岛,在那儿淹死了几个旅客,他也是当日失散的人,至今没有得到他的消息。”

我狂叫一声,说道:“船长哪!告诉你吧:我就是航海家辛伯达,我还活着,没有淹死。是这样的,当日我和旅客们一块上岸去,身边带着食物,一个人找了一处幽静的地方坐下吃喝,感到十分舒适快乐,不知不觉就睡熟了。后来我一觉醒来,不见一个人影,船也开走了,只有我一个被扔在荒岛上。后来我流落到钻石山,跟采集钻石的商人们碰在一起,告诉他们我睡在荒岛上被你们遗弃和在旅途中的种种遭遇。钻石商人们都认识我是航海家辛伯达;这些货物都是我自己的啊。”

旅客们听了我的话,都围拢来,有的相信我,有的否认我。可巧其中有一个听我提到钻石山,一骨碌爬起来,走到我面前,说道:“大家听我说吧,从前我告诉你们在钻石山我和同伴们宰羊抛到谷中采集钻石,我自己那只羊身上附着人回到山顶的奇怪事件,你们一个个都不相信,还讥笑我,说我撒谎。现在事实证明,当日附在我那只羊身上的就是这个人;他给过我许多无价的钻石,补偿我的损失。我曾陪他一块旅行到巴士拉,然后分手,各自回家;当时他对我们说他叫航海家辛伯达。告诉你们吧:现在他出现在这儿,无非是要你们相信从前我对你们说的全都是事实。这些货物是他本人的,在钻石山他和我们见面时,曾经提到这桩事情;事实证明他是诚实可靠的。”

船长听了商人的话，走到我面前，呆呆地看我一阵，问道："你的货物有什么记号？"我把货物的种类、特征以及从巴士拉搭船以后和他的交往、接触叙述了一遍，他这才相信我是航海家辛伯达；于是他热烈地拥抱我，问候我，祝福我，说道："指安拉起誓，朋友啊，你的遭遇实在离奇古怪。赞美安拉，是他叫我们碰头见面的，是他归还你的货物的啊。"

货物回到我手里，可以赚一笔大钱，我感到高兴、快乐，庆幸自己平安脱险，收回财物。我随即跟商人们一起进城去做买卖，继而旅行到塞乃德经营。在那里的海中，我看见许许多多说不完数不尽的奇怪事物；有黄牛形、驴子形的鱼类，还有在海里孵卵的水鸟，生活在水中一辈子不着陆地。

我们继续不停地航行，一路风平浪静，最后回到家乡，和家人、亲友见面言欢。大家见我安全归来，喜出望外。从此我广施博济，救济鳏寡孤独无依无靠的穷苦人，供他们饭吃，给他们衣穿，并经常召集亲友聚饮；我自己穿绫罗绸缎，吃山珍海味，住高楼大厦，寻求舒适、享福生活，把过去旅途中惊险、颠危的遭遇，忘记得干干净净。

航海家辛伯达讲了第三次航海旅行的经历，接着说道："若是安拉愿意，明天我讲第四次航海旅行的情况给你们听，那是比这一次更惊险的。"于是他照例吩咐仆人取一百金币，送给脚夫辛伯达，并摆开筵席，欢宴亲戚朋友。大家吃饱喝足，才尽欢而散。

脚夫辛伯达带着赏钱，怀着惊奇的心情告辞，回到家中过夜。次日清晨，他做完晨祷，践约来到航海家辛伯达家中，备受主人的欢迎，请他坐下，等其余的亲友到齐，才摆出筵席，欢宴宾客。大家吃饱喝足了，主人便开始叙述第四次航海旅行的经历：

第四次航海旅行

告诉你们吧,朋友们:我第三次航海旅行归来,和家人亲友见面言欢,过着比从前更舒服、更快乐的享福生活,终日逍遥寻乐,开怀聚饮,过去旅途中惊险颠危的遭遇,一股脑儿忘得干干净净,因此经不起肮脏的欲望的怂恿、诱惑,总是念念不忘旅行生涯,渴望着和各种各样的人群结交,从事经营生意买卖,赚它一笔大钱。于是我打定主意,收购许多适于外销的名贵货物,包扎、捆绑妥当,数量比往日还多,带到巴士拉,和当地的富商巨贾一起乘船出发。

船在海中破浪航行,继续不停地从一海到另一海,从一岛到另一岛,直至有一天暴风突起,波涛汹涌,船长吩咐立刻抛锚停船,避免发生意外。当时我们虔心祈祷,向安拉呼吁、求救。可是飓风越刮越凶,吹破了船帆,折断了桅杆,最后全舟覆没,人、货和钱财全都沉在海中。我挣扎着游了半天,正在精疲力竭、危急非常、快要淹死的时候,忽然抓着一块浮在水面的破船板,同一部分未被淹死的旅客一起伏在木板上,任风浪吹打,随波逐流,在海中漂流了一天一夜。

次日,我们被飓风和汹涌的波涛吹到一处沙滩上,大伙饥寒交迫,被过度的恐怖和疲劳弄得死气沉沉,不像人样。幸而岛上长着茂盛的植物,我们采些野草充饥,维持余生。大家躺在海滨睡觉,至次日太阳出来时才从梦中醒来。于是我们相率沿海滨试探着向前走,左右观望着,无意间发现远方隐约有建筑物的影子,便急急忙忙奔到那幢屋子门前。突然屋中出来一群裸体大汉,一言不发,逮住我们,带到他们国王面前。国王叫我们坐下,吩咐摆出一桌我们从来没见过、也不知道叫什么的饮食招待我们。同伴们饥不择食,大嚼特嚼起来,只是我自己胃口不开,没有参加吃喝——我向来吃得不多,这是安拉的巧妙安排,所以我能活到现在。

同伴们吃了那些饮食，一个个神志不清，痴痴呆呆，跟疯人一样，越吃越想吃，情况全都变了。继而他们又被人家拿椰子油灌了一通，并涂抹他们的身体。他们喝了椰子油后，呆若木鸡，甚至眼珠也不能活动，而食欲却异乎寻常地更加旺盛。眼看这种情景，我非常痛心，同时又怕那些裸体大汉如法炮制我，心中感到万分忧愁、苦闷。

　　我仔细打量、观察，知道他们是拜火教徒，他们的国王叫欧凡勒。凡到那个地区被他们看见的人，都被他们逮到国王面前，给那种饮食吃，拿椰子油灌他，并涂他的身体，扩大他的肠胃，让他能多吃多饮，丧失理智，不能思索，痴痴呆呆地变得像骆驼一样；于是继续增加那种饮食和椰子油的数量，把他喂得既粗大，又肥胖，然后杀了供国王享受。他们是习惯于吃生人肉的。

　　我看了这种情形，感到十分忧愁、苦闷。同伴们已经变成丧失理智的愚人，任人摆布，被当作牲畜那样地赶出去牧放。我自己过度忧愁、饥饿，疲弱不堪，骨瘦如柴，皮肉都干贴在骨头上，变得不成人形，因此引不起他们的重视和注意，扔在一旁不管，逐渐就把我忘记了。于是我悄悄地溜走，离开那个地方，急急忙忙向前奔跑。我走了一阵，忽然发现一个裸体大汉坐在一个高丘上，仔细打量，原来就是看管、牧放我们的同伴和其他许多俘虏的那个牧人。他一看见我，知道我还有理智，不像同伴们那样中毒，于是远远地指示我，说道："你向后转，朝右边走，可以找到出路。"

　　我按照牧人的指示，向后一转，发现右面一条大路，于是立刻冲向前去，继续跋涉；有时快跑，怕人来追赶，有时慢行，养养力气，一直到离开那个牧人的视线，彼此都看不见了，我才放心。可是这时候太阳已经落山，天黑下来，我停下来休息，躺在地上打算睡他一觉；但是因为过度恐惧、饥饿和疲劳，再也睡不着。半夜里，我鼓起勇气，动身出发，继续不停地一直走到天明。这时我饥肠辘辘，疲惫不堪，只好采野果充饥，维持残生，并继续向前走，整天整夜奔波、跋涉，每当饥渴，便采野果充饥，如此整整行了七昼夜。到了第八天，见远方隐约出现人影，便迎着走过去；我不息地奔波，临近日落西山，才到达目的地。但因头两次吃过亏，我只好提心吊胆，远远地站着仔细打量，原来这些人是在那里采胡椒的。

我慢步走了过去。他们一见我，立刻跑过来，围着我问道："你是谁？你是从哪儿来的？"

"告诉你们吧，我是个可怜人……"我随即把自己的身世和各种残酷的遭遇全都告诉了他们。

"指安拉起誓，这是奇怪的事情。你是怎么逃脱他们的？为什么敢从那个地方经过？他们人数很多，漫山遍野，好吃人肉，落在他们手里的，谁也不能幸免，人们从来不敢从他们那个地方经过的。"

我把自己的遭遇，同伴们被俘，以及吃他们饮食的经过，从头到尾详细叙述了一遍。他们听了感觉惊奇、诧异，安慰我，祝福我，让我跟他们在一起，拿咸的食物给我充饥，休息了一点多钟，然后带我上船，去到他们居住的岛上，并领我去见他们的国王。

我祝福国王，向他致敬，博得他的欢迎、尊敬，国王关怀地询问我的情况。我把自己的身世、经历和从离开巴格达之后旅途中各种惊险、颠危的遭遇，详细叙述一遍。国王和在座的朝臣听了，感到十分惊诧。国王让我坐下，吩咐侍从拿饮食招待我。我吃饱喝足，洗过手，感谢、赞美安拉一番，然后出去参观、游览。

这是一座经济繁荣、人烟稠密的城市，粮食货物应有尽有，做生意买卖的，来来往往，络绎不绝。我能去到那座城市，感到高兴快乐，怡然自得，和当地人在一起，感到无限的快慰；兼之我备受国王尊敬、器重，地位比一般大人物都高。我见他们的大官小员，普遍都骑着没有马鞍的骡马，觉得很奇怪。有一天，我对国王说："主上，你们骑马为什么不用马鞍？马鞍不但舒适、安逸，而且能使人精神焕发呢。"

"马鞍是什么？这种东西我们从来没见过，也没骑过。"

"主上允许我替陛下制造一具，让陛下亲自骑用，试验它的作用吗？"

"好的,你替我做一具吧。"

"请给我预备一些木料吧。"

国王吩咐侍从给我预备各种需要的材料,并找来一个聪明的木匠。由我指导着教他制成鞍架,覆以皮革,配上皮的绊胸、肚带,并用棉布制成鞍褥,再找个铁匠来,教他打成一副铁镫,用丝带系在鞍上;于是牵来一匹御用的骏马,架上鞍辔,牵去谒见国王。国王一见,十分欢喜、满意,非常感激我,亲自骑着试了一回,感觉意外的舒服、愉快,因此重重地赏赐我。

宰相看见我替国王制造的马鞍,非常羡慕,叫我也替他制造一具;我果然同样替他制造了一具。从此风气一开,朝臣和大小官员纷纷要我替他们制造马鞍。我答应他们的要求,教木匠制鞍架,教铁匠打铁镫,制造了大批马鞍,卖给大小官员和其他各行人等,赚了许多钱财,备受人们的欢迎、爱戴;在国王、朝臣和绅商士庶中有了很高的地位。我扬扬得意,过着欢欣快乐的生活。有一天,国王对我说:"你要知道:你已经成为我们所敬仰、爱戴的人物,已经是我们中间的一员,因此我们不能离开你,也不让你离开这个地方了。现在我有话对你说,希望你听从我,不要违背我吧。"

"主上要我做什么,我是不敢违背命令的,因为陛下对我的关怀、照顾无微不至,我实在感激不尽;赞美安拉,我已经成为陛下的奴婢了。"

"我预备把一个廉洁、美丽、活泼而很有钱的女郎匹配给你为妻子,让你在此落户,住在宫中,和我生活在一起。希望你听从我,别违背我。"

听了国王的谈话,我觉得害羞,默然低头不语。他问道:"孩子,你怎么不说话?"

"事情在陛下手中,主上认为怎么办好,就怎么办吧。"

国王吩咐侍从,立刻请来法官、证人,写下婚书,当面把一个高尚、廉洁、美丽、田产地业很多、非常富有的女郎匹配给我为妻,并给我一幢富丽堂皇的宫殿居住,派婢仆侍候我,按月发给薪俸。我过着最舒适、最安逸的享福生活;过去的各种惊险、颠危的遭遇,忘得一干二净。我暗自想道:"等我回家的时候,把她带走吧。生前注定了的事,一定要实现的;而且未来的变化,也是无法理解的。"我和妻子生活在一起,我爱她,她也爱我,彼此感情融洽,相敬如宾,过着极其甜蜜、快乐的生活,经过了漫长的时日。有一天,跟我最要好的一个邻居家里遭丧,他的妻子死了,我去慰问他,见他愁眉苦脸,心事重重,情景异常凄惨、狼狈。我劝慰他说:"你好生保重自己,不必为夫人之死而过于悲哀;愿安拉补偿你的损失,并增加你的禄位、寿岁。"

"朋友啊!"他十分悲恸地说,"我仅剩一天的生命了,怎么还能再娶? 安拉怎么还能补偿我的损失呢?"

"弟兄,你冷静些;你的身体非常健康,别给你的灵魂报死讯吧。"

"朋友,指你的生命起誓,明天你就失去我了,从此一辈子再也看不见我了。"

"这是怎么一回事呀?"

"今天人们殡葬我妻子的时候,就要把我和她一道埋葬;这是我们地方上的风俗习惯:妻子死了,她的丈夫就得陪葬;同样的,丈夫死了,他的妻子也得陪葬;因此,一对夫妻,死了一个,其余的一个也就无从享受生活的滋味了啊。"

"指安拉起誓,这种习惯丑恶得很,谁也忍受不了的。"

正当我和邻居这样说话的时候,许多本地人陆续赶到,慰问丧主,并预备丧葬。他们拿来一个木匣,把死人装在里面,带着那个男人,大家送他们到城外近海的一座高山上,揭起一块大石,把死者扔进一个深井般的坑洞里,然后拿粗索系着死者的丈夫,把他也放进洞去,同时放下一罐水、七个面饼供他吃喝。他在坑洞中解掉索子,上面的人就把索子抽出,照原样推大石盖上洞口,这才相率回家。

参加了那次葬礼后,我自言自语地叹道:"指安拉起誓,这种死法痛苦极了!"于是我进宫谒见国王,说道:"主上,你们这个地方为什么要拿活人陪葬呢?"

"你要知道,这是我们的风俗习惯,丈夫死了,我们拿他的妻子陪葬;同样,妻子死了,我们拿她的丈夫陪葬;叫他们活在一起,死在一堆,夫妇之间,永不分离,这是老祖先遗留下来的风俗习惯嘛。"

"像我这样的异乡人,如果妻子在此地死了,你们同样也拿他去陪葬吗?"

"是要拿他去陪葬的,一切照我们的风俗习惯处理,如你所见的那样。"

跟国王谈话之后,我被恐怖笼罩着,忧愁苦恼,吓得肝胆俱裂,神志迷离,唯恐妻子先死,把我拿去陪葬。继而我自解自叹,说道:"生前注定了的事情,谁能知道呢?也许我会死在妻子之前吧。"于是我勉强工作,不想这些事情。可是没有多久,妻子害病,几天工夫,便瞑目长逝。许多本地人都来慰问我,慰问她的家属,国王也照他们的风俗习惯来慰问我。接着他们找来装殓的人,洗她的尸体,给她穿起最华丽的衣服,戴上最名贵的珍珠宝贝首饰,然后装在木匣中,一直抬到城外近海的山上,揭起坑洞上的大石,把她的尸体扔进洞去,大家就围拢来和我话别。当时我大声疾呼,说道:"我是异乡人,我不愿遵循你们的风俗习惯……"可是他们不听不闻,不顾我的呼吁、哀求,大家抓着我,强迫着把我绑起来,同样放上一罐水、七个面饼,一起放进洞去,说道:"解掉索子吧。"我不愿解,他们就把索子一扔,盖上大石,各自归去。

这是在山麓下面的一个大坑洞,里面堆积着无数的尸骸,弥漫着恶臭的气味。当时我只会埋怨自己,自言自语地说道:"指安拉起誓,这一切的灾难都是我应该遭受的,为什么我要在这儿结婚安家呢?毫无办法,只盼伟大的安拉拯救了。可不是吗?我刚摆脱一种灾难,接着又落在更厉害的灾难中,永久没有安全的时候。指安拉起誓,这是最冤枉的死法,还不如淹在海里,或者前几次死在山中,倒比给人拿来活埋好得多。"我不息地自怨自叹,睡在死人骨头上,向安拉求救、呼吁,同时我渴望着死亡,可是一下子又死不了。

过了一些时候,我饥渴极了,挣扎着坐起来摸索着拿起面饼啃了几口,喝了几口凉水,试探着起身走动。我发现这是一个非常空旷的大山洞,里面堆积着无数尸体和腐朽的枯骨。我在远离那些臭尸地方,安排了一处栖息的处所。那个期间,我每天或几天才吃喝一点饮食,唯恐死前就绝粮。可是无论怎样节省,饮食终是有限的。

我在绝望的、伸手不见五指的坟墓里过了几天,正当我忧愁苦闷,想着有限的一点点饮食吃完之后该怎么办的时候,头上的洞口突然发出剧烈的震动、轰响,接着一线曙光透进洞里。我一怔,说道:"瞧!发生了什么事情了?"我定睛一看,见一群人站在洞口。接着他们放下一具男尸和一个哭哭啼啼的女人,同时也放下了饮食。当时那个女人看不见我,我却把她看得清清楚楚。

送葬的人盖上洞口,各自归去之后,我拾起一根死人的腿骨,站起来,悄悄地走到那个女人面前,按着她的头一骨头打倒她,接连又打了两下,结果了她的性命。她满身细软,戴着名贵的珠宝首饰。我夺了她的饮食,藏在我栖身的地方,俭省节用地每天吃喝只够维持残生的一点点,免得消耗完了,自己饥渴而死。

我在坑洞中住了很久,每当外面有人死亡、举行丧葬,便杀死陪葬的,夺取他的饮食,维持自己的残生。直至有一天,我从梦中醒来,发现附近有响动之声,觉得恐怖、惊奇,想道:"这到底是什么?"于是我站起来,拿着一根死人腿骨,走到那个地方去查看。原来那是一个野兽,听到我的脚步声,便溜走了。我跟踪追赶一阵,忽然眼前出现一点似星的光线,忽隐忽现。我迎着那道微小的光线走过去,走得越近,那光线的范围也逐渐扩大,事实证明这是通往外面的一个裂口。我想道:"这个坑洞里难免还有其他的出口,这也许是另外一个裂口。"我仔细考虑一会,鼓起勇气去到光线前面,看清楚这是野兽刨开、钻进坑洞来吃死人的一个山洞。

我发现了那个山洞，我的灵魂、情绪顿时安定、平静下来，相信自己已经死里逃生，恍然如在梦寐中。我奋斗、挣扎着爬出洞口，出现在海滨的一座高山上。这座山被汪洋隔在城市与海岛之间，是一个人迹不可逾越的地带。我无限地快慰，勇气十足，衷心感谢、赞美安拉。末了我钻进洞去，回到坑洞里，收拾剩余的饮食，换一身死人衣服穿在身上，并收集许多陪葬者穿戴的珍珠、宝石、金银等名贵首饰，包裹在死人的寿衣里，拿出来摆在山上。我每天都由洞口钻进坑洞去，收集那些陪葬的宝贵物品，来来往往，过了很长一段时期。末了我坐在海滨，等待过往船只，以便呼吁、求救。

　　有一天，我照例坐在海滨，考虑出路问题，忽然发现波涛汹涌的海上，有一只船破浪从那里经过。我把一件死人的白衣服系在一根树枝上，高举起来，沿着海岸一面走一面摇摆，并出声呼唤。船中人闻声把船驶向海滨，放下一只小艇，水手们一直划到我面前，问道："你是谁？为什么待在这儿？这个地方向来没有人迹，你怎么上这儿来的？"

　　"我是个生意人，不幸中途遇险，全舟覆没，我身边带着一些物件，伏在一块木板上，漂在波涛中，幸而安拉护佑，最后就流到这儿来了。"

　　他们把我从坑洞中收集来的那些财物一起搬进小艇，并带我上大船去见船长。船长问我："你怎么到这儿来的？这座高山后面还有一座大城市，我生平在这个海中航行，屡次从这山下经过，除了飞禽野兽，向来不见一个人影；你是怎么到这儿来的？"

　　"我是个生意人，乘一只大船到海外经营生意；可是中途遇险，全舟覆没，我自己抢救得这点财物，攀伏在一块破船板上，被风浪推到海滨得救。于是我眼巴巴地等候着，希望有船只从这儿经过，可以救援我啊。"

　　当时我怕旅客中有那个城市里的居民，因而关于我在那个城市里的经历和被人活埋的遭遇，一字不提，不让他们知道。我拿出一些财物送给船长,说道:"你是我的救命恩人,这点礼物送给你,表示我的谢意。"

他不肯接受,说道:"我们不接受任何人的礼物;凡是落在海里或者被困在荒岛上的人,我们见了,总要援救,带他同行,供给饮食;没有衣穿的,我们给他衣服穿。到了班德尔,我们还要送给他一些礼物,让他有生活的余地。我们做这些好事,全是看安拉的情面,不要报酬的。"

我感谢船长,替他祷告、祈福。之后,我随他们在海中航行,从一海到另一海,从一岛到另一岛,继续不停地航行。在旅途中,每当想起被埋在坑洞中的情况,我便胆战心惊,不寒而栗;想到遇船得救,安全脱险,便喜不自胜,感到无限的快乐。

最后我安全到达巴士拉,在那儿逗留几天,然后动身转回巴格达,和家人亲友见面言欢。大家见我平安归来,都欢欣快乐地庆祝我。我把财物收藏起来,从此广施博济,救济鳏寡孤独,送他们衣穿,给他们饭吃。我开始过从前的那种豪华享乐生活,经常和亲友聚饮,尽情地吃喝玩耍,过着无拘无束的享乐生活。这是我第四次航海旅行最奇怪的经历。

航海家辛伯达讲了第四次航海旅行的经历,接着对脚夫辛伯达说:"弟兄,照例在我这儿吃晚饭吧。明天你来,我讲第五次航海旅行的情况给你听,那是再惊奇不过的。"于是他吩咐侍从取一百金币送给他,并摆出筵席,欢宴亲友。

脚夫辛伯达和宾客们听了航海旅行的经历,都觉得惊奇、诧异,认为比过去的几次更惊险。饭后大家告辞。脚夫辛伯达怀着愉快心情,回到家中,舒舒服服地过了一夜。

次日清晨,脚夫辛伯达从梦中醒来,盥洗、晨祷完毕,践约去到航海家辛伯达家中,向他致敬。主人迎接着让他坐在身边,待其余的亲友到齐,便摆席欢宴他们,让大家吃饱喝足,人人感到欢喜快乐的时

候,就开始讲第五次航海旅行的经历:

第五次航海旅行

弟兄们,你们要知道,我第四次航海旅行归来,赚了许多钱财,因此尽量吃喝、享受,沉浸在嬉戏、寻乐的生活中,过去旅途中的各种惊险、颠危的遭遇,忘得一干二净。后来时过境迁,经不起欲望怂恿,老想往海外去经营、游览;最后终于打定主意,振奋起来,收购适于外销的名贵货物,包捆成驮,带到巴士拉,见海滨停着一只新造的大船,设备非常齐全,我看了感到惊羡,出钱收买下来,雇了一个船长和一批水手,并安置使唤人员,载上自己的货物,开航出发。当时人人高兴快乐,喜气洋洋,显出前途光明、生意兴隆的气象。我们继续不停地航行,从一岛到另一岛,从一海到另一海,在各城市中参观游览,经营生意买卖。直至有一天路经一个荒无人烟的大岛,那儿只有一座白色圆顶建筑物,便停泊前去参观、游览。我知道这座所谓圆顶建筑物,原来是个庞大的神鹰蛋,可是先前商人们不明白,拿石头砸破它,流出许多液汁,里面的一个雏鹰,也被他们扯出来宰掉,割下许多鹰肉。当时我在船中,有个旅客对我说:"来吧,我的主人,来看看那个被你指为圆顶建筑物的大蛋吧。"我走去参观,见商人们砸破神鹰蛋,吓了一跳,喊道:"你们不可这样蛮干,这会招致神鹰的报复,砸坏我们的船只,那就糟糕了。"

他们不听我的劝告,一味蛮干。正当他们在胡作非为的时候,太阳忽然不见了,霎时间大地黑暗起来,空中弥漫着层层乌云。我们抬头观看,才知是神鹰的翅膀挡住了阳光,形成大地的黑暗。原来神鹰飞回来,见自己的蛋被人打破,出声一叫,雌鹰闻声赶到;两只神鹰盘旋在空中,叫声如雷震耳。我吩咐船长水手们:"赶快开船,趁大祸还未临头,我们快找安全的出路吧。"于是商人们争先恐后地奔到船上,船长和水手们立刻张帆启行,离开那个荒岛。

船行甚速,打算尽快离开那个地区,免遭意外。可是刚行了不远,两只神鹰已跟踪追来,每只爪中抓着一块大石,飞到我们头上,对准砸了下来。幸而船长招架得好,一转舵,大石落在船侧的海中,击起如山的波涛,差一点把船簸沉在海里。继而雌鹰也抛下它爪中那块比较小的石头,击中船舵,砸碎船尾,全舟覆没,旅客和货物全都淹在海里。我挣扎着企图死里逃生,总算蒙安拉护佑,抓住一块破船板,浮在海面上,被风浪推到荒岛上。当时我疲惫得只剩最后的一口气;过度的饥渴恐怖,使我显得非常凄惨、狼狈,差一点就要气绝身死。我躺在海滨,直至精神逐渐恢复,心情安定下来,才起身慢慢走动。我发现这个荒岛仿佛是一座乐园,长着茂密的树林,流着潺潺的河水,飞着歌唱的雀鸟,树上结着累累的果实,遍地开满各种花卉。我摘野果充饥,喝河水解渴,因而能够维持生命,衷心赞美、感谢安拉。

我过度疲劳、恐怖,好像受伤的人,流落在荒岛上,终日不见一个人影。天黑了,我躺在地上睡觉。次日清晨,我醒来走到林中的一条小溪旁,看见那儿坐着一个老人,相貌威严,穿着树叶做的裤子。我想:"这个老人也许是淹在海里的那些旅客中的一个,他流落到这儿来了。"我走过去问候他。他不言语,只是比个手势,表示回答。我问他:"老人家,你为什么坐在这儿?"他摇摇头,表示忧愁、苦恼,比着手势,要我背他到另一条河边去。我私下想道:"就对此人行个好,背他到那边去吧;这样做,对我也许会有好报应。"于是我毅然把他揹起来,带他去到他指示的地方,说道:"老人家,你慢慢地下来吧。"但是他不下来,反而用两条腿紧紧地夹住我的脖子。我低头见他的两只脚粗黑得像水牛蹄子,大吃一惊,打算把他从肩上摔下来,可是他夹得太紧,致使我连气都喘不过来,头晕眼花,倒在地上,昏迷不省人事,像死人一样。

他放松两腿,按着我的背和肩膀乱打,打得我痛得要命,支持不住,只好挣扎着爬起来,忍着痛苦、疲劳,让他骑在脖子上,供他役使,服从他的指示,穿进树林,摘最好的果子给他享受。我稍微迟缓些,就被他脚踢手打,比鞭笞更加残酷、疼痛。他继续不停地役使我,让我带他上他要去的地方,把我当俘虏看待,稍微疏忽大意,或是走得慢些,都要挨打。他终日骑在我的脖子上,大小便也拉在我身上。他要睡觉就夹紧两条腿,扼住我的脖子;但是他只是随便睡一会,便打我起来供他驱使。我简直不能反抗他的残暴行为,十分懊悔当初不该可怜他,更不该捎上了他。

在这种情况下,我疲于奔命,疲劳、痛苦到极点,私下叹道:"我对此人行好,他却虐待我,指安拉起誓,从今以后,我这一辈子不敢再做好事了。"我受不了他的虐待,悲观绝望,打算死了完事。我受着这种折磨,忍气吞声地过了好些日子。有一天,我捎他去到一处生长南瓜的地方,其中有许多南瓜已经干了。我选个顶大的,在顶上挖个洞,弃掉瓜瓤,带到葡萄树下,摘些葡萄装在里面,盖上洞口,放在太阳光下晒了几天,酿成葡萄酒,每天喝几口,借以解除那个魔鬼给我的苦痛。我每喝醉一次,总是精神焕发,觉得轻松愉快。有一天,我照例喝酒解闷,他指着问道:"这是什么?"

"这是一神强心提神的好饮料。"

当时我已有几分醉意,异常兴奋,捎着他在树林中走,高兴快乐,拍着掌边唱边跳。他见我欢喜快乐的神情,比个手势,要我递瓜给他喝。我害怕他,不敢违拗命令,只得把南瓜递给他。他接过去一口气喝完瓜中的葡萄酒,把南瓜扔在地上,砸得粉碎。他喝了酒很兴奋,醉眼蒙眬地摇摆起来,接着酩酊大醉,身上的肌肉疲弱、松弛下来,不能支持自己,逐渐向一边倾倒。我察觉他醉了,已经进入睡眠状态,失去神志,便伸手使劲扯开他紧扼在我脖子上的那两条粗腿,把他扔在地上。那时我还不相信自己已经获得自由,已经摆脱了这种灾害。

我怕他苏醒过来危害我,就从树林中找来一块大石头,抱起来照准他的脑袋一砸,顿时砸得它血肉混成一片,结果了他的性命。这个坏家伙，愿安拉不要怜悯他。从此我自由自在，轻松愉快地生活在荒岛上，摘野果充饥，喝河水解渴，经常在海滨徘徊、观望，等候船只从那儿经过，希望自己可以得救。那时候，我想着自己的身世和各种遭遇，自言自语地说："瞧吧，是安拉叫我平安活着，让我慢一步回到老家去和家人亲友团圆聚首的啊。"

在荒无人烟的孤岛上，我渺茫地期待着。过了好几天，有一天，终于看见有一只船破浪驶来，停在海滨，旅客们舍舟登陆，来到岛上。我趁机迎上去和他们见面，立刻被他们围住了，询问我的情况，问我是怎么到岛上来的。我对他们叙述自己的经历和遭遇，他们觉得惊奇、诧异，说道："骑在你脖子上的那个家伙叫海老人，被他骑着的人，谁也无法逃命；你算是例外了。赞美安拉，是他叫你安全脱险的啊。"于是他们拿饮食给我吃，送衣服给我穿，并带我同行。

孤舟在茫茫大海中航行了几昼夜，去到一座屋宇高大的城市，名叫猴子城，那里每幢屋子的门窗都面临大海。据说每当夜里，城中的人便离开自己的家，乘船在海上过夜，怕猴子下山来侵扰他们。我被好奇心驱使，进城去参观游览。待我倦游归来，回到海滨，船已经开走了。我懊悔不该进城去玩，感到忧愁、苦闷，想着前次碰到猴子的经过和同伴们的遭遇，坐在海滨伤心哭泣，望洋兴叹。当时有个本地人走到我面前，对我说："先生，你好像是外路人。"

"不错，我是个可怜的异乡人。我原是乘船到海外来经营生意的，路过此地，进城去参观游览，待我倦游归来，船却开走了。"

"来吧，跟我们一块儿乘船到海中过夜去；夜里你如果留在城中，猴子会来伤害你呢。"

"听明白了，遵命就是。"我回答着一骨碌爬起来，和他们同船去到距海岸约莫一英里远的海中，过了一夜。次日清晨，划船靠岸，各自归去。他们天天夜里如此，已经成为相沿的习俗。夜里如果留在城中过夜，就会被猴子弄死；因为岛上猴子很多，白天偷城外果园中的果子吃，躲在山中睡觉，夜里成群结队窜进城来作祟，逢人便杀。

我在猴子城中所碰到的最奇怪的事,是那天夜里我和他们同船过夜的一个人对我说:"先生,你是外路人,你在城中有工作做吗?"

"不,指安拉起誓,我没有工作可做,我也不会做什么。我原是个生意人,本钱很多,好施舍,自备一只大船,满载钱财货物,开往海外,经营生意买卖,可是中途遇险,全舟覆没,我自己幸蒙安拉护佑,抓住一块破船板,因而得救。"

那个本地人听了我的话,给我拿来一个布口袋,说道:"给你这个布袋,带着它跟人们出城捡石头去。来吧,我陪你去见他们,把你托付给他们。他们怎么办,你就跟他们学。这样一来,也许你会有一些收入,可以帮助你回老家去。"于是他带我去到城外,捡满一袋石头,等了一会,便有人从城中出来。他带我去见他们,说道:"这是一个外乡人,你们带他去,教他收集的方法,让他做点事,维持生活,你们行了这个好,将来你们会有好报应的呢。"

"听明白了,遵命就是。"他们回答着表示欢迎,带我同行。他们和我一样,每人身边带着一袋石头,继续不停地去到一处非常广阔的山谷里,谷间长着高不可攀的大树,群居着无数的猴子;它们一见我们便爬上树去躲避。同伴们拿出袋中的石头,不断地向树上的猴子抛去,猴子们模仿他们的动作,摘下树上的果子还击。我仔细一看猴子扔下来的果子,原来是椰子。

看了伙伴们的办法,我就选择一棵最高的爬满猴子的大树,拿出袋中的石头,接二连三地投到树上。猴子便摘树上的椰子扔下来。我袋中的石头还没投完,地上已经堆满椰子。我拾满一袋,伙伴们也都收集够了,大家才满载而归。我找到介绍我认识伙伴们的那个朋友,把拾回去的椰子给他,并衷心感谢他的好意。他对我说:"这个你拿去贩卖,赚得的钱,留着自己使用吧。"他又给我他屋中一间小房的钥匙,嘱咐道:"卖剩的椰子可以放在里面。以后你每天像今天这样,跟他们一块儿出去收集,拾回来的椰子,好坏须要分开;卖得的钱,留着开支,并好生储蓄起来,慢慢积少成多,将来你回家时可以作为旅费。"

"谢谢你的好意,愿安拉回赐你。"

我听从他的指示,每天拾一袋石头,跟伙伴们去谷中收集椰子。在他们带领下,寻找果子多的树林,每天拾回一袋椰子,继续拾了好些日子。在那漫长的日子里,我储备了大批椰子,而且卖了许多,赚得一笔巨款,于是买了许多心爱的物品,处境越来越优越,觉得我所到之地都走运,事事都顺利、如意。

有一天我去到海滨,见一只商船向猴子城驶来,在海滨停泊;商人们下船,带着货物进城去经营,收买椰子和其他的货物。我跑去见房东,告诉他我要搭船回家的消息。他说:"你自己做主吧。"得了他的同意,我感谢他,告辞出来,去到船上,找船长接洽,然后把椰子和其他的物品搬到船上,于是离开猴子城,重过海洋生活。

我们在旅途中继续航行,从一岛到另一岛,从一海到另一海,凡是经过的城市,都停泊游览,经营生意买卖。我贩卖椰子,有时就拿椰子交换货物。从买卖中赚得的利润,足够补偿我的损失而有余。

有一天,我们路经一岛,那里盛产丁香和胡椒。据旅客说,他们看见每束胡椒上有个大叶子,保护胡椒不受日晒雨淋;每当雨止日落,叶子便倾在胡椒侧面。我趁机会拿椰子换了许多胡椒和丁香带在身边。继而我们经过出产檀香的古玛里小岛和一个面积有五百里地、盛产檀香的大岛,那里的人无恶不作,好饮酒,没有信仰,不知忏悔、祈祷。我们又从盛产珍珠的地区经过,我给潜水的人一些椰子,说道:"凭我的运气,替我捞一回吧。"

他们潜入海底,捞起许多名贵的大珠子,说道:"先生啊,指安拉起誓,这是你的好运气啊。"我收下珠子,喜不自胜。我随旅伴们继续航行,蒙安拉护佑,安然到达巴士拉,稍微逗留几天,然后满载而归,回到巴格达,和家人亲朋见面言欢。他们都很欢喜快乐,为我平安归来而欢呼祝福。

我把钱财货物储藏起来,然后广施博济,救济鳏寡孤独,送礼物给亲戚朋友,经常召集他们聚饮。总计我此次的收入,比损失在海中的数目增加了四倍。此后我恢复了过去那种吃喝、游玩的享乐生活;旅途中惊险、颠危的遭遇,早已一股脑儿忘得干干净净。

航海家辛伯达讲了第五次航海旅行的经历,接着说道:"这就是我第五次航海旅行中最惊险的情况;现在请大家吃饭吧。"饭后,他吩咐侍从取一百金币,送给脚夫辛伯达。

脚夫辛伯达带着赏钱,怀着惊奇的心情回到自己家中过夜。次日清晨,他做完晨祷,践约去到航海家辛伯达家中,向他致敬。主人让他坐下,陪他谈话,等其余的亲友到齐,便摆出筵席欢宴他们;等他们吃饱喝足,精神焕发,心情开朗的时候,便开始叙述第六次航海旅行的经历:

第六次航海旅行

弟兄们,你们要知道,我第五次航海旅行归来,感到无比欢喜、快慰,终日欢宴、嬉戏、寻乐,忘了旅途中各种艰难困苦的遭遇。直至有一天,我正在高兴快乐、得意忘形的时候,家里忽然来了一伙客商,风尘仆仆,显出快乐得意的心情。我望着他们,触景生情,想起我旅行归来和家人亲朋见面时的乐趣,又引起我出去旅行,经营生意的念头。于是我打定主意,收购许多适于外销的名贵货物,包扎起来,带到巴士拉。那里正好有只大船载满货物和旅客,预备启程,我便搭船和他们一起出发。

我们不停地航行,从一个地方到另一个地方,从一个城市到另一个城市,从事经营买卖,参观各地风土人情,享受旅途生活的乐趣。直至有一天,大船行至中途,船长突然一声狂叫,摔掉缠头,扯着胡须,批着面颊,不住地悲哀哭泣。他的行为惹得人人忧愁苦闷。大家惊慌失措,围着问他:"船长,这是怎么一回事?"

"告诉你们吧,旅客们:我们走错航线,误入迷途,已经来到一个不知名的大海中。如果安拉不挽救我们,这就非牺牲不可了。来吧,大家诚心诚意地祈祷,求安拉拯救我们吧!"

船长说着爬到桅杆上,预备卸帆。可是飓风越刮越紧,吹折了风篷;波涛打碎了船舵;无舵之舟随波漂向一座高山附近。船长溜下桅杆,叹道:"毫无办法,只望伟大的安拉拯救了!人力是不能挽回命运的;指安拉起誓,我们落在大难中了,谁也不能幸免的。"当时我们都绝望了,大家悲哀哭泣,预备葬身鱼腹,彼此作最后话别。接着,大船碰在礁石上,撞得粉碎,旅客和货物,全部落在海中。人们有的淹死,有的攀缘着爬到山上。我自己也是爬到山上的一个。而那座所谓的高山,原来是个荒岛,海滨堆积着无数的破船和多得骇人听闻的财物,证明那个地方经常发生意外;这些财物都是沉船中被风浪推到岸上的。

同船的难友们散布在荒岛上,由于过分恐怖,眼望着海滨堆积如山的财物,神经有些失常,举止言谈,好像疯人一般。我去到最高处,漫步走着,发现岛中有一条潺潺的河流,从一座山肚子里淌出来,流向对面的一座山肚子里。河床中和附近的地区,散布着珠宝玉石和各种名贵的矿石,光辉灿烂,数目之多,有如沙土。那里还出产名贵的沉香和龙涎香。龙涎泉像蜡一般,遇热溶解,流到海滨,泛出馨香气味,常被鲲鲸吞食;它在鲲鲸腹中起过变化,再从鲲鲸口中吐出来,凝结成块,浮在水上,变了颜色、形状,最后漂到岸边,被识货的旅客、商人收起来,可以卖大价钱。那里的龙涎泉发源于崇山峻岭中,没有人能够攀缘上去。

我们流落在荒岛上,睁着惊奇的眼睛,仔细观察大自然的各种现象,感佩安拉创造的奥妙。那时候,我们为了自身的安全,经常感到恐怖、迷惘。我们在海滨找了些粮食,储藏起来,每天或每两天吃一点,唯恐粮食断绝而饿死在荒岛上。难友中每天都有人死亡。每死一人,我们便洗涤他的尸体,拿衣服或从海滨捡来的布帛装殓埋葬。后来死亡的人越来越多,活着的所剩无几,而且都患腹痛之症,疲弱不堪。后来一个跟一个都死完了,只剩下我一个孤人活在荒岛上。当时粮食快要吃完,我顾影自怜,忍不住悲哀哭泣,叹道:"但愿我先死掉,让伙伴们装殓、埋葬我,那该有多好啊! 毫无办法,只望伟大的安拉拯救了。"

过了几天,我感到再没有生存下去的余地,便动手刨个深坑,自言自语地说道:"到了不能动弹,死期临头的时候,我就睡在这儿的坑里死去,让风吹来沙土,掩埋我的尸体,免得死后抛尸露骨。"当时我懊丧不已,埋怨自己无知,埋怨自己经过五次危险还要别乡离井,做长途旅行;而且旅途中的遭遇,总是一次比一次惊险;到了危急存亡,绝望无救的时候,我才醒悟、忏悔,决心不再航海旅行;兼之我的生活很富裕,并不需要我出来奔波、跋涉;我的财产很多,尽够我挥霍、享受,一辈子也花不完的;这不是我自找罪受吗? 后来我多方思索考虑,想道:"指安拉起誓,这条河流一定有它的起源和尽头,一定会流向有人烟的地方去。正确的办法是我来造只能容我一人坐的小船,放在河中,坐着顺流而去。若能通行无阻,凭安拉的意愿,或许可以脱身得救;如果此路不通,纵然死在河里,也比坐在这儿等死强多了。"于是我马上行动起来,辛辛苦苦地收集一些沉香木,齐齐整整地摆在河边,拿从破船中找来的绳索捆扎起来,并在上面铺几块齐整的船板,紧密地牢固地绑在一起,左右各置一块小木板当桨使用,造成一只比河床更窄的小船。我收集许多珠宝、玉石、钱财和龙涎香,满满装了一船,剩余的一点粮食也带在身边,慨然吟道:

去吧,
离开危险地区,
勇往直前,
宁可撇下屋宇,
让建筑者凭吊、哀怜。

宇宙间到处有你栖身之地，

可是你的身体只有一具。

别为一夜天的事变而忧心，

任何灾难总有个尽头。

该在此地殒命的人，

他不会葬身在另一个地区。

不要差人去处理重要事情，

因为除了自身别无可靠的人。

我把小船推到河中，继续坐在里面，顺水而流；行了一程，进入山洞中，向前流着，里面一片漆黑。后来流到一处狭窄地方，船身碰着河岸，上面的石崖又擦着我的头顶。当时我要转回去，已经没有办法了；因此我埋怨自己的鲁莽，叹道："要是此地更窄些，小船通行不过，又无法转出去，那不是要困死在这里吗？"没办法，我只得紧紧地把嘴脸贴在船上，听天由命地顺水流着，在黑暗中，不辨日夜，提心吊胆，万分忧愁、恐怖。在山洞里，有时经过宽敞地方，有时经过窄狭地点，始终被黑暗笼罩着；我感到疲劳，不知不觉便呼呼地睡熟了。不知经过些什么地带，过了多少时候，我才蒙眬醒来；睁眼一看，眼前一片光明，自己已置身在一处广阔地方，小船系在河边，周围站着很多印度和埃塞俄比亚人。他们见我醒来，都和我谈话。我不懂他们的语言，无法回答，老觉得自己是在梦中。后来有人走到我面前，操着阿拉伯话对我说："我们的弟兄呀！你好吗？你是做什么的？你从哪儿来？你上这儿来做什么？那边向来没有人到这儿来的；山那边到底是什么地方？"

"你们是做什么的？这是什么地方？"我问他们。

"弟兄，我们是庄稼人，在这儿耕种田地；我们见你睡在这只小船里，便拉住它，系在岸上，等你慢慢醒过来。告诉我们吧，你怎么上这儿来的？"

"指安拉起誓，我的弟兄哟！我饿了，请先给我点东西吃，然后有话再说吧。"

他们立刻给我拿来食物;我狼吞虎咽,饱餐一顿,慢慢有了精神,情绪逐渐安定下来。我想着能够平安到了有人烟的地方,心中无限高兴、快乐,衷心感谢、赞美安拉。我把自己的遭遇、渡河的艰难困苦,从头到尾,详细叙述一遍。他们听了,说道:"我们必须带他去见国王,让他自己报告各种情况。"于是他们携带我的财物,领我进王宫谒见国王。

国王问候我,欢迎我,打听我的情况,我把自己的身世和遭遇,从头到尾全部告诉他。国王感到十分惊奇,祝我脱险之喜。我把带在船中的珠宝、玉石和龙涎香拿一部分送给国王,博得他的尊敬,把我当上宾招待。从此我就在王宫里,和达官贵人们生活在一起。

我的消息传播出去,许多本地人和外路人都进宫来看我,打听我的家乡情况;同时我也从他们口中了解各地的风土人情。有一天,国王问我巴格达的情况和哈里发的行政制度。我就把哈里发的德政叙述了一遍,博得他的称羡;他说道:"指安拉起誓,哈里发的作为是英明的,他的政治是受民众拥护爱戴的;我自己无限地羡慕、崇拜他,我要准备一份礼物,托你带去送给他。"

"听明白了,遵命就是。我一定把陛下的礼物送到哈里发御前,并告诉他陛下的德政。"

我在王宫里住了很久,备受尊敬,过着舒适、享福的生活。有一天,我听说有生意人准备船只,要往巴士拉经营生意的消息,因此想道:"我最好跟商人们一起回到老家去。"于是我急急忙忙谒见国王,吻他的手,告诉他我思乡心切,打算跟商人们一起乘船回家。国王说:"你自己决定吧。跟你生活在一起我们是有慰藉的;你要是愿意住在这儿,我们是竭诚欢迎的。"

"指安拉起誓,主上,我已经湮没在陛下的恩惠里,这是没齿难忘的。不过我思乡心切,恳求陛下准我回家,同家人见面,共享天伦之乐。"

国王知道我去志坚决，便召集那帮要往海外去经营生意的商人，把我托付给他们，替我备办行李，代我支付旅费，并托我带一份名贵礼物送给哈里发何鲁纳·拉施德。我向国王和其他相识的朋友告辞，随商人们乘船启行。一路风平浪静，继续不停地航行，从一海到另一海，从一岛到另一岛，终于安全地到达巴士拉。

我在巴士拉逗留几天，从容收拾准备，然后携带财物回到巴格达。我先进宫去呈献礼物，然后回到自己家中，和家人见面言欢，把财物收藏起来，并接待亲戚朋友，送给他们礼物，继而广施博济，救济穷苦大众。过了几天，哈里发召我进宫，打听那份礼物的来历。我对他说："指安拉起誓，那个地方叫什么和上那儿去的路线怎么走，我全不知道。只因当时我们所乘的船遇险，我流落到一个荒岛上；为寻找出路，我才造了一只小船，放在河里，乘着顺水漂流……"我把旅途中的遭遇，如何流到有人烟的城市得救，在城中生活的情况，以及受托送礼的经过说了一遍。哈里发听了，十分惊讶，格外敬重我，嘱咐史官把我的事迹记录下来，存在库中，作为史料，留给后人阅读。从此我住在巴格达城中，恢复先前的豪华、享乐生活，终日吃喝、寻乐、嬉戏，把旅途中惊险、颠危的遭遇，一股脑儿忘得干干净净。

航海家辛伯达讲了第六次航海旅行的经过，接着说道："弟兄们！这是我第六次航海旅行的经过，若是安拉愿意，明天我给你们讲第七次航海旅行的情况吧，那是再惊险不过的。"于是他吩咐摆出筵席，欢宴宾客，并送脚夫辛伯达一百金币。

饭后，亲友尽欢而散。脚夫辛伯达带着赏钱，怀着惊奇心情，回家过夜。

次日晨祷毕，脚夫辛伯达践约去到航海家辛伯达家中，和其他的宾客一起吃喝。饭后，航海家辛伯达开始谈第七次航海旅行的经历：

第七次航海旅行

你们要知道,弟兄们:我第六次航海旅行归来,赚了许多钱财,恢复了先前的豪华、享乐生活,终日吃喝、寻乐、嬉戏,醉生梦死,挥霍无度,安安逸逸地过了一晌之后,我又不安于现状,一心向往异地风光,憧憬着航海旅行、海外经商、参观各地风土人情的乐趣。于是我打定主意,预备许多名贵货物,包扎起来,带到巴士拉。那里有只大船正在准备启航,已经载满货物和客商。我就搭上那只大船,和商人们在一起,感到无限的快慰。

船在海中航行,天气晴和,风平浪静,一帆风顺地到达中国境界。当时我们谈着生意经,享受旅行的乐趣,大家正在十分高兴快乐的时候,突然间飓风迎着船头刮来,接着大雨倾盆而下。我们怕货物被淋湿,一面用毡子、麻袋遮盖、抢救,一面悲哀祈祷,恳求安拉救援、保佑。船长自告奋勇,束起腰带,爬到桅杆上,左右前后仔细观察一番,然后回到舱面,望着我们悲观失望地批自己的面颊,拔嘴皮上的胡须。我们觉得惊奇,问道:"船长,发生什么事了?"

"你们要知道:船被大风吹到海洋的极远处了,大家虔心诚意地祈祷,求安拉拯救,各自准备善后吧!"他嘱咐着,打开箱子,取出一个布袋,从里面掏出一些沙土,用水混湿,待了一会,凑到鼻前闻一闻,再从箱子里取出一本小书,打开读了一读,说道:"你们要知道,旅客们:这本小书里记载着奇怪的事情,它证明凡是流落到这个地区来的人,谁都不能幸免,一定要遭死难;因为这里是神圣居住的地方,大圣苏莱曼·本·达伍德便是葬在此地的。这里有无比庞大的鲸鱼,凡是经过此地的船只,没有不被鲸鱼吞掉的。"

听了船长的谈话,我们感到十分惊恐。他刚说完,船就颠簸起来,忽然腾向空中,随即落到海面,接着霹雳似的声音轰响起来,吓得我们失魂落魄,大家相信眼前就要葬身鱼腹。一霎时,海中出现一条大山似的鲸鱼,吓得我们目瞪口呆,大家哭哭啼啼、毫无主意地等着死亡。这时候,海中又出现一条更大得可怕的鲸鱼。我们号啕痛哭,面面相觑,互作最后话别,预备葬身鱼腹。接着又出现更大更凶的第三条鲸鱼。于是孤舟被三条凶猛的大鲸鱼包围、袭击,整个船里的人货很快就要被鲸鱼吞掉。当时我们过分恐惧,一个个吓得完全瘫痪、麻木。正在危急存亡的时候,暴风突起,波涛汹涌,孤舟触礁,砸得粉碎,人货全都落在海里。

我赶快脱掉衣服,只穿一件衬衫,和波涛搏斗,游了一会,抓着一块破船板,依附着在水中沉浮,任波涛摆布、戏弄。我处在危急、恐怖、饥渴交迫的环境中,只会埋怨自己,叹道:"航海家辛伯达哟!你屡次遭难、遇险,却不知忏悔,不肯打消航海旅行的念头;即使忏悔,你也不是真心诚意的。你纵然家有万贯,却也得忍受这些遭遇,因为这都是对你贪得无厌、咎由自取的惩罚啊。"

后来我的理智慢慢恢复过来,自言自语地说:"经历了这次经验教训,我彻底觉悟,诚心忏悔,终身再不想,也再不提航海旅行的事了。"我继续祈祷,向安拉苦苦哀求;同时回想着过去那种安逸、快乐、嬉戏、游玩的享乐生活而伤感。我在这种情况下,一天、两天地挨过去,最后漂流到一处海滨。我爬上去一看,原来是一个大岛,上面长着森林,流着河水。于是我摘野果充饥,喝河水解渴,生活有了着落,慢慢恢复了精神,情绪安定,心胸开朗,意志也坚强起来。

我流落在荒岛上,走动着寻找出路。后来我发现一条大河,水流甚急,因而触景生情,想起前次做船的经历,想道:"我必须像前次那样给自己做只小船,也许我能因此而脱险。要是能够脱险、得救,目的就算达到,那么从此诚心忏悔,改过自新,毕生再不航海旅行了。倘若此路不通,中途失败,那么干脆死掉,摆脱人世间的痛苦,这也是好的。"于是我立刻动手,收集一些木头,找来一些细枝和干草,搓成索子,牢固地绑成一只小船。我望着它说:"此行如果成功,那就是安拉在冥冥中援助了。"我把船推到河中,坐在里面,顺水漂流。

我坐在小船里不停地漂流着,越流越远;一天,两天,三天,不住地向前奔流。我睡在船中,三天没吃一点食物,只喝河水解渴。由于过度的饥饿、疲劳、恐怖,弄得我活像一只瘟鸡。后来流到一座高山面前,要从山洞中穿过。我怕洞里像前次那样窄狭而发生危险,打算停下来,跳到岸上;但是水流太急,来不及停下,就被冲进山洞。我相信非死不可了,叹道:"毫无办法,只望伟大的安拉拯救了。"

幸而流了不久,便出洞到了一处开阔地带,眼前闪出一望无际的洼地,河水一直向下冲流,疾风骤雨般发出隆隆如雷的响声。小船在急流中颠簸、摇摆着,我怕跌在河里,提心吊胆、紧紧抓着木头不敢动弹。船被急流冲击,越流越速,我无法控制,又不可能跳上岸去,情况万分危急。最后,我被冲到一座建筑美丽、人烟稠密的大城市附近。岸上的人见我坐在船中,被急流冲击着直往下流,赶忙投出绳索和鱼网,把我救到岸上。由于过度饥饿、恐怖和睡眠不足,我刚到岸上,便死人般倒了下去。幸而他们急救,我才慢慢苏醒过来。他们之中有个非常慈良的老人,格外关怀、照顾我,脱下他的衣服给我穿,带我进城去澡堂里沐浴、熏香,喝香甜的兴奋饮料,并带我到他家中,在客室里招待我,给我预备丰盛的饭菜。我吃饱喝足之后,婢仆又端热水给我漱口洗手,拿丝帕给我擦手。接着那位长者收拾一间侧室,供我居住,吩咐婢仆好生伺候我。我被他家当上宾招待,饮食很好,起居非常舒适。过了三天,我的精神逐渐恢复过来,情绪既安定,心胸也开朗,健康全都复原。第四天,那位长者来看我,对我说:"孩子,你给我们慰藉了;赞美安拉,是他使你安全脱险的啊。现在你要不要随我往市场去走一走,卖掉你的货物,然后收买别的东西?"

我被他问得莫名其妙,缄默不语,私下想道:"我哪儿来的货物呢?他说此话到底是什么意思?"继而长者又对我说:"孩子,你别犹豫、顾虑了,来吧,我们一起上市场去看看,如果有人收买你的货物,所出之价,又合你的心意,就卖掉它;假若出不上价,就把货物暂且收存在我的贮藏室里,等行情上涨时再卖不迟。"

我考虑一会,私下想道:"顺从着他,前去看看那到底是什么货物吧!"于是我对他说:"听明白了,遵命就是。老伯,你所做的事都是有福分的,应该事事听从你的指示才对。"

我随长者去到市中,见我乘来的那只小船已经被他们拆开,那些木头原来都是檀香木,摆在那里托人售卖。开盘后,商人们争相竞买,价格增到一千金币之后,就稳住了。长者回头对我说:"你听着,孩子:这是目前的行情,这样的价格你愿意脱手吗?或者还是暂且忍耐一时,让我替你收存在贮藏室里,等价格上涨时再卖?"

"老伯,请你决定好了;你要怎么办就怎么办吧。"

"孩子,这些檀香木我多出一百金币,你愿意卖给我吗?"

"好的,这就卖给你好了。"

长者吩咐仆人把檀香木搬回家去,收存在贮藏室里。我陪他回到家中,坐在一起。他把金币兑给我,并借给我一个钱袋,把钱盛在袋中,拿把铁锁锁起来,然后把钥匙交给我。过了一些时候,长者对我说:"孩子,我要跟你商量一件事情,希望你顺从我的意思。"

"什么事?老伯,你说吧。"

"你要知道:我已经年满花甲,膝下没有子嗣,只有一个年轻女儿,人倒生得美丽、活泼,手中还有不少的积蓄;我打算把她匹配给你为妻,让你们生活在一起。往后我自己的财产和在商界的职位全都由你继承。"

我缄默着无法答复。长者接着说:"孩子,我提议的这桩事情,你顺从我吧;我这是要你好啊。你要是依从我,我就把女儿匹配给你为妻,你就像我的亲生儿子一样跟我们生活在一起,我手中的现款和房地产业全都留给你。往后你要做生意买卖,或者要回家乡去都可以,谁也不阻拦你。反正财产在你手里,要怎么办,你自由选择好了。"

"指安拉起誓,老伯,你好像是我的生身之父。我遭过无数惊险、颠危,吃过不少苦头,至今什么主意、见识都没有了。这桩事由你决定,你愿意怎么办就怎么办吧。"

长者打发仆人请来法官和证人,写下婚书,把女儿许给我为妻,并备办丰富的筵席、喜果,邀请宾客参加婚礼。洞房花烛之夜,新娘打扮得非常标致、漂亮,有倾城倾国之色。她的首饰,都是金玉、珍珠、宝石做的,式样繁多,随便哪一件都值几万金,而且有些东西还是无价之宝。我们彼此一见钟情,夫妻间结下深厚的爱情。从此我们在一起过甜蜜、幸福的生活,彼此的身心都有了寄托。

后来老岳父害病死了,我把他的尸体装殓、安葬,正式继承他的遗产;财物由我支配,婢仆听我使唤,商人们还选我担任他原来的领导职务。他是商界中年纪最长最有威望的,任何生意买卖,必须让他知道、批准,才能成交。他过世后,商人们选我继承他的职位,因此我经常和城里的人碰头见面。交往的机会一多,我便发现他们的秘密,见他们的生理每月都有一次反常变化。那是每当月初,人们身上都长出两只翅膀,能飞起来,在空中遨游,城里只剩妇孺之辈。我不明白此中道理,犹疑不决,私下想道:"待下月初,我找他们中的一人谈谈,了解一下他们的情况,也许他们会带我一起去遨游呢。"我耐心等到月初,见他们的颜色和生理发生变化时,便找到其中的一人,和他交谈,说道:"指安拉起誓,带我跟你们去一趟,再带我回来吧。"

"不,这是不可能的事。"他断然拒绝。

我纠缠着苦苦哀求,才得到允许。我不让家里人知道,骑在他肩上,随他们飞到天空,越飞越高,高到可以听见天神赞颂安拉的声音。我感到惊奇羡慕,便随口说:"赞美安拉!感谢安拉!"

我刚说完,空中便出现火焰,差一点烧到他们身上。他们迅速逃避,一霎时落到一座高山顶上。他们都埋怨我,恼恨我,撇下我一哄而散,让我一个人留在荒山上。当时我埋怨自己,叹道:"活该我倒霉,刚从一种灾难中脱险得救,接着又跌在更严重的灾难中了。毫无办法,只望伟大的安拉拯救了。"

我在山中徘徊,走投无路,相信此身将葬送在荒山里,正感觉忧愁苦闷的时候,眼前突然出现两个月儿般美丽可爱的孩子,每人拄着一根金杖。我迎过去,打个招呼,说道:"指安拉起誓,请告诉我,你们是谁? 是做什么的?"

　　"我们是膜拜安拉的虔诚信徒。"他们说着,给我一根金杖,随即从容归去。我拄着金杖,边走,边回忆两个孩子的行为,觉得奇怪。不知不觉,前面出现一条大蟒,嘴里衔着一个男人。那个男人被蟒吞到肚脐,生命危在旦夕,尖声呼喊求救,说道:"谁救我的性命,愿安拉解除他的灾难。"我闻声跑过去,举起手中的金杖,一下打中蟒头,救了他的命。他走到我面前,十分感激,说道:"你是我的救命恩人,从此我不离开你,愿意终身陪随你。"

　　"很好,我欢迎你。"我回答着和他在一起。一会儿,迎面过来一群人。我仔细打量,发现先前捎我遨游天空的那个家伙也在他们之中。我走过去,向他道歉,好言安慰他,说道:"朋友! 你应该这样对待朋友吗?"

　　"为了你赞颂安拉,我们这才受打击的啊。"

　　"我不了解其中情况,请原谅我,下次我再不敢开口了。"

　　他允许带我回城,但提出一个条件,不许我赞颂安拉。后来他捎起我,一直飞到城中。我妻迎接我,祝我安全归来,并嘱咐我:"以后你别跟他们出去,别和他们往来。这班人是魔鬼、邪神的伙伴,他们没有信仰,不会感谢、赞美安拉。"

　　"从前你父亲跟他们结交往来,这是什么道理?"

　　"先父不属于他们这一派,也不干他们那一套。先父既已过世,我想你可以卖掉他的产业和货物,带着银钱转回老家去。我既已父母双亡,对这个城市也没有留恋的必要了;你就带我一起去吧。"

　　我听从妻子的嘱咐,陆续卖掉岳丈遗留下来的货物,并准备一切,等到有人旅行时,好随他起身回家。后来城中有人预备航海旅行,要去远方经营生意,可是没有现成的船只,只好收买木材,自己制成一只大船。我付给他们一笔旅费，带着财物和妻室，撇下房地产业，动身启航，离开那个城市。孤舟在茫茫大海中，从一岛到另一岛，从一海到另一海，沿途风平浪静，诸事顺利，终于一帆风顺地到达巴士拉。

我在巴士拉没有逗留，搭船继续航行，一直回到巴格达，和久别的家人、亲友重逢聚首。他们屈指一算，从我第七次航海旅行起至归来时，已历时二十七年。在那漫长的时期中，他们不知我的生死，一直怀着绝望心情。我突然归来，和他们见面言欢，叙述旅途中的情况和遭遇。他们听了，惊恐万状，都为我平安归来，十分欢喜、快慰。

我把携带回来的财物收藏起来，然后诚心诚意地忏悔一番，从此决心不再航海旅行，息下经营买卖的念头。我回忆起我历年在外奔波、冒险，九死一生，多蒙安拉保佑，能够平安回到家中，和家人共叙天伦之乐，享受安静的田园生活，以终余年，这都是安拉的恩赏，因此我衷心感谢不尽。

航海家辛伯达谈了第七次航海旅行的情况，接着对脚夫辛伯达说："你这位陆地上的辛伯达先生，对于我的经历、遭遇和生平事业，现在该清楚了吧！"

"指安拉起誓，我误解你，千万请你原谅。"

航海家辛伯达乐善好施，始终保持慷慨好客的习惯，经常设宴招饮亲友，和他们在一起吃喝、谈笑、寻乐、嬉戏，过着舒服、愉快的享乐生活，直至白发千古。

铜城和胆瓶的故事

古代叙利亚京城大马士革的一个哈里发,叫奥补督·买立克·本·买尔旺,为人廉洁、公正,爱研究历史。有一天他和文武朝臣在一起谈天,涉及古代各民族的史实,叙述大圣苏莱曼·本·达伍德①的德政,和他统治人神、禽兽时代的情况,其中有人说:"根据前辈的传说,苏莱曼大帝得天独厚,深受安拉的宠幸和赏赐,因而他的权威大得无以复加,古今圣贤豪杰都瞠乎其后,望尘莫及,他甚至于能惩治作祟的魔鬼、邪神,把他们禁闭在铜质胆瓶中,用锡封起瓶口,盖上大印,不准他们在宇宙间逍遥作祟。"

接着陀里补·本·赛赫礼说:"后来有人航海旅行,和旅客们同船径向印度航行,中途飓风突起,黑夜里不辨方向,迷失航程,一直被波涛打到一个不知名的海中。次日船靠岸时,从那儿的山洞里钻出一些赤身裸体、性情粗鲁的黑人,彼此语言不通,只是他们的国王懂阿拉伯语言。他们见旅客登陆,便随国王去到海滨,问候他们,欢迎他们,打听他们的情况。旅客们叙述了自己的遭遇,并询问他们的情形,知道他们全都信仰古代的原始宗教,便对他们说:'我们初到此地,不了解这种宗教的道理。'国王告诉他们说:'我们这个地方,从来没有外人来过。'于是殷勤接待,拿当地所有的鱼虾和禽兽款待他

---

① 所罗门·大卫。

们,并带他们参观游览。他们看见渔人撒网捕鱼,从海中捞起一只铜质胆瓶,封口的锡上盖着圣苏莱曼的图章。渔人拿到岸上,打开封口,只见一股青烟从瓶中冲出来,缥缥缈缈地升到空中,随着发出一股声音,喊道:'安拉的钦差大圣哟! 我忏悔了! 我忏悔了……'接着青烟变成一个狰狞可畏的巨人,比山还高大,一会儿便悄然隐去。旅客们望着那种情景,吓得目瞪口呆,魂不附体;可是当地的黑人却视若无睹,不以为怪。旅客们去见国王,请他解释那种现象。国王说:'你们要知道:这是圣苏莱曼·本·达伍德在世时,讨厌那般作祟的魔鬼、邪神,把他们捉来禁闭在胆瓶里,封上瓶口,盖上图章,投到海中;因而今日渔人撒网捕鱼,经常捞到那种胆瓶,打开一看,魔鬼、邪神就冲了出来,感到恐怖,认为圣苏莱曼还在人世间,便忏悔认错,说:安拉的钦差大圣哟! 我忏悔了! 我忏悔了!'"

哈里发奥补督·买立克·本·买尔旺听了陀里补的叙述,觉得奇怪,说道:"指安拉起誓,我实在希望看到那种胆瓶呢。""陛下要看胆瓶,这是可能的事。"陀里补说,"只消派人前去通知埃及国王奥补督·阿曾子·本·买尔旺,命他写信吩咐额尔彼的执政官沐萨·本·奈绥尔前去寻找就成了。因为额尔彼和那个地方接界,相距不远,一定可以找到胆瓶的。"

哈里发认为陀里补的建议正确可行,说道:"陀里补,你说得对。这桩事,我打算派你去和沐萨·本·奈绥尔接头办理。我赐你一杆白旗,让你随身带着去完成任务。至于你的家属,你只管放心,他们日常生活的一切需要,有我供给,你不必顾虑。"

"谢谢陛下,奴婢遵命就是。"

"好的,凭着安拉的保佑、匡助,你赶快起程吧。"于是又写两封信给他随身带去:一封给他弟弟埃及国王奥补督·阿曾子;一封给额尔彼的执政官沐萨·本·奈绥尔,叫他把政事交给儿子,充分准备粮食、人马和财物,勇往直前,亲自前去寻找圣苏莱曼留在人间的胆瓶。写毕,盖上印,封起来,交给陀里补,命他立刻动身起程,并派人马护送,给予足够的旅费。

陀里补率领人马,动身起程,浩浩荡荡,星夜奔往埃及。埃及国王奥补督·阿曾子听得哈里发的使臣驾临,亲身出迎,毕恭毕敬地接待,并派向导领路,把他们一直送到额尔彼。

额尔彼的执政官沐萨·本·奈绥尔得到消息,欣然出城迎接,奉读圣旨,知道分派他的任务,把圣旨顶在头上,说道:"听明白了,遵照主上的命令就是。"于是他召集文武官员,商讨寻取胆瓶的步骤、方法,征求他们的意见。官员中有人说:"大人要上那儿去,有个叫奥补顿·撒迈德·本·奥补督·古都斯的老人家可以充当向导;他经验阅历很丰富,曾在水陆之上旅行过许多地方,熟悉各地风土人情,依靠他可以达到目的,完成使命。"

沐萨·本·奈绥尔接受官员的建议,派人找来奥补顿·撒迈德,一看,是个年逾古稀、须眉皆白的老头子。沐萨问候他,说道:"奥补顿·撒迈德长者! 我奉哈里发奥补督·买立克·本·买尔旺的命令,前去寻找圣苏莱曼禁闭鬼神的那种胆瓶,但我不知是在什么地方,无法执行命令。据说你老人家识途,知道那个地方的所在,因此请你来征求你的意见。你愿不愿意帮助我们完成这个任务?"

"大人要知道,那个地方荒无人烟,非常遥远,而且路途崎岖难行。"

"从这儿去有多远?"

"一去一来,各有四个月的路程;沿途必经奇怪、恐怖、危险的地带,行路很不方便。大人是坚苦卓绝的,我们这地方附近有强敌,大人离开职守,基督教人可能前来侵犯,因此需有个精明强干的人出来摄政才成呢。"

"不错,这个我早有准备了。"

沐萨·本·奈绥尔命他的儿子哈伦代理摄政,当众宣布,嘱咐官员和士兵服从他的指挥、调度。哈伦是个英俊有为的勇将,博得部下的拥护、爱戴。一切安顿妥帖,他便带领人马出发。途中奥补顿·撒迈德告诉沐萨说："我们前去寻找胆瓶的那个地方靠近海滨,路程绵延接连,遍地长着草木,流着清泉。此去凭着大人的福分,我们会顺顺利利到达目的地呢。"

"你知道不知道从前有哪个帝王上那儿去过?"

"不错,大人;马其顿王亚历山大去过那个地方。"

他们继续跋涉,途中经过一幢巍峨矗立的古代宫殿,奥补顿·撒迈德说:"这幢古代宫殿对我们有劝诫作用呢,我们进去看看吧。"于是他们一起走到门前,见大门洞开,里面的长廊和云石阶梯全都现在眼前,墙壁和屋顶全用金属磨得灿然发光,非常富丽堂皇,那种景象是他们生平不曾见过的。门前竖着一块木牌,上面用希腊文写的诗。奥补顿·撒迈德问道:"要不要我念这块牌上的诗给大人听?"

"好的,劳你念给我们听吧。愿安拉保佑你,此次旅行我们能有一些收获,这全是你的福分啊。"

奥补顿·撒迈德向前,念道:

> 从各种经营、成就里,
> 你看到一个民族的真情。
> 对那班过世的帝王公侯,
> 人们依然怀着向往、凭吊心情。
> 宫殿里残存着他们最后的信息,
> 他们自己却聚会在坟墓里。
> 那是死神突然降临,
> 叫他们生离死别,
> 抛弃所有的聚敛,
> 最后归宿到坟墓里。

沐萨听了,痛哭流涕,伤感得昏迷不省人事。休息了一会儿,他慢慢苏醒过来,叹道:"只有安拉是永生的主宰啊!"于是他慢步走进宫殿,欣赏里面的绘画、雕塑;他眼看那种精美别致的建筑,赞叹不已,感到惊惶、迷惘。接着沐萨发现第二道门上的诗,对奥补顿·撒迈德说:"老人家,快念给我们听吧。"奥补顿·撒迈德向前,念道:

> 许多在宫里逍遥、享乐的苍生,
>
> 早在古时销声匿迹,
>
> 悄然归去。
>
> 请看继他们而后起的,
>
> 也饱经沧桑世变,
>
> 离开妻妾儿女,
>
> 抛下财帛产业,
>
> 相继而去。
>
> 多少绫罗绸缎的衣服他们穿过?
>
> 多少山珍海味的佳肴他们吃过?
>
> 到今朝,
>
> 全都归宿到坟墓里,
>
> 变成蛆虫的食品。
>
> 他们好像在旅途中放下担子,
>
> 打尖休息。
>
> 可是死期突然降临,
>
> 只得动身返回老家去。

沐萨听了诗句,痛哭流涕,觉得宇宙在他眼前变得凄凉、惨淡了;他自言自语地叹道:"安拉创造人类,这是很有意义的!"于是他继续深入进去,只见一片凄凉,人去楼空,闺房关锁,寂然不闻人声,不见人影;只是正中有一幢庄严的圆顶建筑,周围排列着四百座坟墓,其中的一座是云石的,碑上刻着下面的诗:

> 多少沧桑世变我曾经历过?
>
> 多少头颅我曾杀戮过?
>
> 多少苍生我曾摧残过?

多少山珍海味我曾吃过？

多少肉汤美酒我曾喝过？

多少丝竹管弦之声我曾听过？

多少命令禁止我曾发布过？

多少坚固的城堡我曾占据、搜索过？

可是由于无知、愚鲁，

我作威作福，

横征暴敛；

结果满腔的希望、企图，

一朝变成虚无。

劝世人，

早回头；

在举起死杯痛饮之前，

好生掌握自己的青春，

也许霎时间死神降临，

人们就拨土埋葬你僵硬的尸体。

沐萨和随从们听了朗诵，人人伤感流泪。他们接着走过去，发现八道檀木大门，门上钉着金钉，镶着银星和各种名贵的珠宝、玉石。第一道门上写着下面的诗：

我遗下全部产业，

但里面缺少仁德礼义，

今朝任后人议论、褒贬。

想当年我无上快慰喜愉，

雄狮般维护自己的权利，

历来一毛不拔，

即使把我投入火坑，

也不可能矫正我的吝啬秉性。

可是到了今天，

我终于一败涂地。

死期突然降临，

财富不能替我赎身，

豢养着的兵丁也无用武之地，

亲戚朋友更不能助我一臂之力。

在人生的旅途上，

我一直劳碌、奔波到底，

终于难免气绝身死，

命归黄泉。

劝世人，

早回头；

否则眨眼间会前后判若两人，

任殓葬者收拾你的尸首。

到总清算的时候，

你得肩着沉重的罪愆，

孤零零一个人出现在安拉御前。

须知人世间有的是荣华富贵、光怪陆离，

千万别受它们的引诱、欺骗，

好生睁眼看清它们怎样对待你的亲戚和邻居。

　　沐萨听了朗诵，痛哭流涕，伤感得昏迷不省人事。休息了一会
儿，他慢慢苏醒过来，撑持着跨进大门，见那里横陈着一座建得非常
壮丽的长形坟墓，墓碑上刻着一篇长文。奥补顿·撒迈德上前观看，
念道：

　　凭着无始无终的、权威的、永生的安拉的大名，敬告到此游
息的诸君：你们看了沧桑世变，应受到劝诫，有所警惕。须知人
世间充满着粉饰、虚伪、欺凌、引诱，人们不该受这种现象欺骗；

因为这一切等于寄存之物,最后要被原主收回去。这些情景似乎是南柯梦境,也像海市蜃楼,经常被魔鬼作为诱惑人类的工具。这种人世间的幻境,须要洗眼看清,千万别受欺骗,更不可据为归依;否则你会蹈我的覆辙,懊悔莫及。

我自己曾拥有四千匹骡马和无数的宫殿。先后我娶过数以千计美如月儿的少女为妻,生下一千个雄狮般的子嗣。快乐如意、逍遥自在地活了一千岁。我生平聚敛的金银财宝,举世的帝王望尘莫及。我曾妄想:天长地久,能够长生不老,永享人间荣华富贵。但不知什么时候,死期突然降临,我宫中泰然生活着的人们,每天一双双地逝去。最后死期临近我的时候,我才吩咐文书记下诗文、警言,挂在门前,竖在坟头,作为后人的指路碑。

当时我曾召集百万大军,教他们披坚执锐,武装齐全,跨上战马,准备保卫我的生命;结果是徒劳无益,他们没有用武之地。我教他们搬出我生平积累的金银财帛、珠宝玉器,作为代价,赎买一天的生命;结果是缘木求鱼,枉费精力。至此我不得不低头承命,把灵魂交给死神,让尸首归宿到坟间。如果你们要问我是谁,我便是翁顿的后裔——尚多德的儿子可盛。

沐萨听了碑文,知道前人的下场、结局,心有所感,忍不住痛哭流涕。接着他遍游宫殿,仔细参观,欣赏前人坐卧、游息的地方,记录眼见的各种情景。后来他发现宫中摆着一张云石餐桌,上面写着:"此桌曾供数以千计的帝王用餐,迄今各帝王已先后弃世,长眠地下矣。"沐萨认为有纪念的价值,临行,吩咐随从把它带走;至于宫中其他什物,却原封保留,秋毫无犯。

他们离开这幢宫殿,率领人马,由奥补顿·撒迈德带路,继续向前跋涉了三天,来到一处高原地带,抬头一看,见那里站着一个铜铸的骑士,手中的矛头闪出灿烂光泽,上面写着:"不识前往铜城的道路者,请捏骑士的手掌,待他旋转停止,朝他面对的方向走去,便通行无阻,可以安全到达铜城所在地。"沐萨伸手一捏骑士的手掌,它便闪电般旋转起来。转了一阵,面对他们来时相反的方向停住。于是他们朝那方向走去,果然发现一条康庄大道。他们日日夜夜在那条漫长的大道上不停地向前迈进,一直来到非常遥远的地区。

有一天,他们正在忙着赶路程,中途发现一根黑石柱子,柱子下面有个怪人,齐腋被埋在地下,身上长着两只翅膀,四只手臂;两只像人手,两只像兽爪。头上长着鬃毛似的头发,脸上生着三只眼睛;两只像烧红的石炭,额上的一只像豹子眼,冒着火花。一看就知道他是一个高大的怪物。看见这个形象,随从们吓得魂不附体,回头逃跑。沐萨忙问奥补顿·撒迈德:"老人家,这是什么东西?"

"我也不知道他是什么东西。"

"你过去问一问他,也许他会回答你,你就知道真情实况了。"

"愿安拉保护大人,我害怕他啊。"

"不用害怕,他被埋在地里,碰不着你嘛。"

奥补顿·撒迈德遵命走过去,问道:"人哪!你叫什么名字?是做什么的?为何被埋在地里?"

"我是一个邪神,名叫多锡叔·本·艾尔迈施。我因为犯了滔天大罪,受到惩罚,才被禁锢在这儿的。"

沐萨吩咐奥补顿·撒迈德:"老人家,你问他被禁锢在石柱下面的原因吧。"老人一问,邪神便叙述他的故事。

妖 魔 的 故 事

我的故事稀奇古怪得很。是这样的:先是魔鬼伊补律斯的子嗣用红宝石塑成一尊佛像,从事膜拜,我便趁机藏在佛像腹中欺骗、愚弄他们。当时膜拜佛像的人越来越多,而且统辖一万阴兵、权威最大的岛国之王也诚心诚意地来膜拜那尊佛像了。国王部下的阴兵阴将都服从我的号令,全都是圣苏莱曼·本·达伍德的劲敌。我躲在佛像肚中,发号施令,指挥他们和苏莱曼作对。

当时国王的女儿格外尊敬那尊佛像,不辞辛苦,终日诚心诚意地叩拜。她是当代最美丽的绝世佳人,人品性格都好,有倾国倾城之色。我从中挑拨离间,散播公主美丽、国王拜佛的消息。苏莱曼听了,派使臣去见国王,教他辟佛,捣碎那尊佛像,皈依伊斯兰教,崇拜唯一的安拉;并叫他把公主嫁给他为妻,结为眷属,彼此尊重,互不侵犯,否则就要开大兵去讨伐。

国王高傲自大,对苏莱曼的使臣表示傲慢。他召集宰相、朝臣,商讨对策,说道:"苏莱曼派使臣前来求亲,要娶公主为妻,并教我们捣毁佛像,皈依他的宗教。关于这桩事情,你们说吧,应该怎样对付才好?"

"陛下!"宰相说,"苏莱曼能够这样对付我们吗?我们是个岛国,处在海洋之中,四面八方有水围绕,且有神兵保卫,苏莱曼要来也不可及。陛下向菩萨呼吁,求他协助吧。关于这桩事情,我们认为正确的办法,还是先向那尊红宝石菩萨商量、请示,求他指示办法。如果他主张跟苏莱曼作战,我们就跟他拼命;否则,就和平解决也行。"

国王接受宰相的建议,立刻去到庙堂之中,杀牛宰马,献了牺牲,诚惶诚恐地叩拜之后,伤心哭泣一场,然后祈求:

> 我主!
> 你的权威、作为,
> 我认识清楚;
> 今朝呀,
> 苏莱曼要我把你毁除。
> 我主!
> 我来求你匡助,
> 请下个命令吧,
> 我绝对遵从你的吩咐。

当时我躲在佛像腹中,由于我太无知、愚妄,轻视苏莱曼的缘故,听了国王祈祷,便对他说:

> 我明白各种事件,
>
> 丝毫不觉畏惧。
>
> 他要发动战争,
>
> 我便向他袭击;
>
> 准备夺取他的灵魂,
>
> 管叫他身首不全。

国王听了我的回答,胆壮气盛,决心和苏莱曼打仗,决个雌雄。于是他残酷地鞭笞、辱骂使臣一顿,严厉地对他说:"你胆敢拿危言来威胁我吗?现在你得了教训,知道我的厉害了。你快滚回去告诉苏莱曼,此后不是他来侵犯我,便是我开兵去讨伐他。"

使臣狼狈回去,报告出使经过。苏莱曼听了,怒火上冲,决心用武力讨伐,随即发号施令,调动人、神、禽、兽,准备大动干戈。他命宰相阿惴福·本·白鲁海雅调遣百万大军,命神将歹睦勒雅突集率神兵六千万。待各部人马武装齐备,一切准备妥帖之后,由苏莱曼率领,乘飞毯出动;其他禽队飞翔在空中,兽队奔驰在陆上,浩浩荡荡,一齐开往岛国。所有的地方都充满了兵马,把岛国围困得水泄不通。苏莱曼派使臣去见国王,说:"我们的队伍开到了,请你出来应战。如果你无力作战,就该迅速投降,遵循苏莱曼的命令,毁掉佛像,皈依正教,崇拜唯一的安拉,并把公主匹配给他为妻,彼此成为眷属,互不侵犯,你便安然无事,安居乐业;否则你的江山就不能保全。因为安拉教风顺从苏莱曼的命令,受他指挥,所以他能乘飞毯,轻而易举地来到此地。他要消灭你,把你作为后人的笑柄,那是易如反掌的。"

"你们的要求是不能成为事实的,你去告诉他,我出来应战好了。"

国王即时备战,动员全国人马,并召集山中和海中的精灵、魔鬼,凑足一百万阴兵,打开军库,武装起来,开拔出去,一心要打退敌人。当时苏莱曼的大兵摆开阵势;分兽队为两路,在人马左右,担任袭击敌人骡马的任务;命禽队散布在空中,用喙和翅膀担任击破敌人嘴脸、啄瞎他们眼睛的任务;派蟒蛇队在前开路,担任打先锋的任务。苏莱曼本人坐在镶珠宝的金车上,左右有宰相阿惰福·本·白鲁海雅和神将歹睦勒雅突侍候、听命。一切布置妥当之后,便开始总攻击。

战争爆发了,在他们全面进攻的时候,我们摆开阵势应战。双方阵容整齐,彼此势均力敌,互相对垒,连续鏖战了两天;到了第三天,大难可临到我们头上来了。因为最初逼近苏莱曼的是我自己带领的队伍。当时我鼓励部下:"弟兄们!你们好生坚守阵地,待我前去战败敌人吧。"于是我冲锋陷阵,大胆向歹睦勒雅突寻衅、挑战。他应声冲了出来,庞然像一座高大的山岳,放出猛烈的火焰,在空中弥漫燃烧,最后抛个火球压灭了我的火焰,继而咆哮着大吼一声,有天崩地裂之势。我听了,觉得天已经塌下来压在我身上,山川也似乎因他的吼声而震动起来。接着他振臂一呼,部下排山倒海地冲过来,我的部下也向他们冲过去,于是两军短兵相接,搏斗起来。呼声震野,火光冲天,人马在平地上肉搏,禽队在空中进攻,兽队在山里追逐,一场血战,杀得魂飞魄散,肝胆俱裂。我和歹睦勒雅突对打,直打得精疲力竭,无法支持的时候,部下也就溃败了。

苏莱曼乘胜追击,喊道:"追吧,活捉那个卑鄙下贱的恶徒……"于是人擒人,神追鬼。禽队翱翔在上空,有时用爪抓我们的眼睛,有时用喙啄我们的耳目,有时拿翅膀打我们的脸面。兽队左右前后包围我们,有的人被踏死,有的人被咬伤;我们伤亡惨重,尸体像草木一般漫山遍野;所有死剩的,全都成为俘虏。我自己钻了一个空隙,企图逃亡,歹睦勒雅突可毫不放松,跟踪追逐,一直赶了三个月的路程,终于在此擒住了我。结果他用埋在土里的办法惩罚我,就如你们眼见的这样。

妖魔讲了他的故事,沐萨问道:"告诉我们吧,往铜城去的道路怎么走?"妖魔果然给他们指点一番,于是他们继续向前走,不断地跋涉。及至到了目的地,抬头一看,那座铜城的二十五道城门,一道也不见,没有一点像个城市的现象;城墙好像是山岳,又像是炼过的钢铁。他们驻扎下来,反复观察,思索考虑,想尽各种办法,企图发现城门,找到入城的路线,但是没有达到目的。沐萨说:"陀里补! 这怎么进城呢? 我们必须找到一条进城的路啊!"

"愿安拉援助大人。现在请耐心休息两三天,我们尽量想办法吧。若是安拉愿意,我们一定能够想出办法来进城的。"

沐萨打发一个侍从骑骆驼沿城前去察看,希望找到城门,或者发现一条进城的道路。侍从遵命,辛辛苦苦地继续行了两天两夜,只见城墙又高又长,越走越感到惊奇、恐怖,第三天他回到驻扎的地方,说:"回报大人,据奴婢看来,从我们扎营这个地方想办法进城,还是比较容易的。"

沐萨率领陀里补和奥补顿·撒迈德登上铜城对面的一座高山,居高临下,朝前一望,一座无比雄壮、广阔的城市便显现在眼前。里面建筑高大、堂皇、亭阁巍峨、富丽,楼房鳞次栉比,流着潺潺的河渠,长着葱茏的树木,还有百花开放的花园,真是一座城郭坚实、固若金汤的城市。然而美中不足,整个城市显现出一片荒凉、寂寞景象,空空洞洞,没有人影、炊烟,但闻猫头鹰在一边喧嚣,雀鸟在屋里飞鸣,乌鸦在道旁长啼,好像在凭吊古人。沐萨眼看那种荒凉景象,心有所感,自言自语地叹道:"赞美不受时空限制的安拉! 赞美创造宇宙万物的安拉!"他感叹着,一转身发现山头上竖立着七块白云石。他被好奇心驱使,趋前观看,见上面刻满诗文。他吩咐奥补顿·撒迈德仔细观看。原来碑上刻的尽是劝人醒世的箴言。第一块石碑上用希腊文刻着下面的一段文字:

> 亚当的子孙! 你长期被时日玩弄,终日醉生梦死,不知醒

悟，这是多么昏庸无知！你不知道吗：人们为你斟满了死杯，一会儿你就要把盏痛饮？因此，在长逝之前，你应该重视修身养性。请看那些手握大权，率领三军，任意摧残苍生的帝王们，其下场如何？而今安在？原来死期突然降临，他们便离开富丽堂皇的宫殿，被埋到黑暗窄狭的坟墓里。

沐萨听了箴言，惊慌失措，痛哭流涕，叹道："指安拉起誓，人生在世，能够保持廉洁、操守，便是最后的成功、胜利。"于是他取笔墨抄下碑文，然后走到第二块石碑面前，听奥补顿·撒迈德念道：

亚当的子孙！别以为人世不朽，而企图生命长存。须知宇宙是要毁灭的，世间没有长生不老的人，这是你亲眼看见，亲身经历的。否则，开拓伊拉克而握统治大权的帝王哪里去了？建筑艾斯斐汉和呼罗珊的将相安在？一旦听到死神召唤，他们不得不应声撇下生平的聚敛相继归去，万贯家财也挽救不了他们的命运。

沐萨听了箴言，痛哭流涕，慨然叹道："指安拉起誓，原来安拉创造人类，是具有重大意义的！"于是抄下碑文，随即走到第三块石碑面前，听奥补顿·撒迈德念道：

亚当的子孙！你醉心尘世享乐，终日奔波、劳碌，撇下身后大事不顾。你消磨时光，虚度年华，却怡然自得，不以为怪。但时至今日，已是料理善后、筹措旅费的时候，应该趁早为总清算之日准备好受审讯时的答词。

沐萨听了箴言，悲哀哭泣；接着走到第四块石碑面前，听奥补顿·撒迈德念道：

亚当的子孙！你的主宰一向宽容你，任你在嬉戏的海洋中漂游，致使你觉得此生永存不朽。其实你不该受时间欺骗，须知死神在等候着你，它逐日向你靠近，每日必向你早请安、晚问候。你必须提高警惕,事先准备,免遭突击。请相信权威的主宰,宇宙不过像蜘蛛在檐前结下的网罗,它是要毁灭的。

沐萨听了箴言,痛哭流涕,抄下碑文,下得山来,回到扎营地方。当时整个宇宙都在他的眼前,因而他怀着探求秘密的心情,跟随从在一起从长计议,仔细思考进城的办法。他对陀里补和其他的人说:"我们该用什么方法进城去看里面那些稀奇古怪的遗迹呢?也许我们能从城中获得可以贡献给哈里发作为纪念的东西吧。"

"愿安拉恩赐大人;我认为可以造一架梯子,爬进城去,也许我们能从城里找到城门吧。"

"这是一个好主意,我心里曾有过这样的打算。"

沐萨同意陀里补的办法,于是召集匠人,吩咐木匠砍树刨木,铁匠打铁片钉在木头上,制造梯子。匠人们遵从命令,诚惶诚恐,终日劳作,整整忙了一个月,造成一架长梯,大家努力合作,把它竖起来,搭在城墙上,不长不短,跟城墙一般高,恰如按比例制造的老梯子一样。沐萨看着感到高兴,满心欢喜,对匠人们说:"愿安拉赏赐你们;你们的手艺很好,这架梯子跟比着尺码制造的完全一样。"接着他问随从:"你们中谁愿意沿梯爬上城墙去,再想办法下到城中,看看里面到底是怎么一回事情,再告诉我们怎样开城门吗?"

"我来爬吧,"其中有人挺身而出,"让我进城去开门好了。"

"好的,你去吧;愿安拉保佑你。"

那个勇敢的人遵从命令,沿着梯子,一直爬到城墙上。他站在上面俯视城中,拍掌高声说:"哟! 真好哪!"随即纵身跳进城去,牺牲了自己。沐萨眼看那种情景,喟然叹道:"哟! 这种很理智的事情怎么一旦变成狂人的行为了? 照这样做法,把全部人员牺牲了,也无从达到希望目的,不会完成使命的。这座城市没有探求它的必要了,我们走吧。"

当时有人说:"也许我们之中还有比较沉着、稳重的人吧。"于是果然有个勇士应声而出,自告奋勇,愿意进城,执行开城的任务。随即一个、两个、三个、四个、五个……一人接一人地从梯子爬到城墙头上，不料跟最先上去的那个人一样，一个两个都跳到城中摔死，先后牺牲了十二人。眼看这种情形，奥补顿·撒迈德喟然长叹一声，说："这个使命恐怕只有我老汉能够完成它。饱经世故的人跟没有受过锻炼的人比起来，这是截然不同的。"

"你别这样；我不许你去。"沐萨不同意老头的想法，"你是我们的向导，万一不幸，牺牲了你自己，会使全部人马死亡的。"

"任务须由我一手完成，这也许是安拉安排下来的吧。"

奥补顿·撒迈德的理由充足，人们都拥护他，同意他进城去找开城门的路子。于是他振奋精神，欣然说道："凭着大仁大慈的安拉的大名开始。"随即赞颂安拉，朗诵着《古兰经》首章，沿梯一直爬到城墙上，拍掌俯视城中。当时城外的人都感觉恐怖，齐声说："奥补顿·撒迈德长者，你别跳下去啊！"继而又叹道："我们是属于安拉的，我们都要归宿到安拉御前去。要是奥补顿·撒迈德长者跌了下去，我们这班人马就全都完了。"

奥补顿·撒迈德哈哈大笑，坐在城墙上，赞颂安拉，朗诵《古兰经》的《胜利》章。过了好一阵，他才站起来，高声说："大人！你们别替我担心、害怕，大仁大慈的安拉替我消除妖魔的欺骗、引诱了。"

"老人家！你看见什么没有？"

"我来到城墙上，看见十个月儿般美丽的姑娘，她们在招手唤我下去。当初我以为下面是一片汪洋，打算也像伙伴们那样跳将下去；可是仔细一看，见他们都摔死，便抑制自己，念了几章《古兰经》，蒙安拉保佑，替我消除了她们的阴谋诡计。我不跳下去，她们也就消逝了。毫无疑问，这是阻人进城的魔障啊。"

奥补顿·撒迈德在城墙上漫步走着，一直去到两幢铜塔面前；塔上的两扇金门既没有上锁，也不见有什么可以开启的痕迹。他迟疑、徘徊，仔细打量一番，发现门上镶着一个铜质骑士，伸手指着一旁。他顺着它的手指一看，发现一行字迹，走过去读道："按骑士脐上的钉子十二次,门便开启。"他回头一看,见骑士脐上果然有颗结实、古怪的钉子。他伸手按了十二次,霎时间发出一阵霹雳的响声,大门便豁然开了。

奥补顿·撒迈德长者原是个精通各种语言的杰出人物。他跨进铜塔,经过一道长廊,沿阶梯下去,到了一处摆着长椅的地方,见椅上睡着几个死人。那些死人的头前和身边都横着坚固的盾牌、锋利的宝剑和带箭的弓弩等武器。门后矗立着铁柱和木栅,还有精致的锁链和结实的户枢等物。他想:"钥匙也许在这些人手中吧。"于是侧着头仔细打量,只见其中有个上了年纪的老头,卧在高椅上。他说:"城门的钥匙显然是这个老人掌管着。也许他是门警,其余的都在他手下当差吧。"他随即走过去,掀起老人的衣服一看,见钥匙果然系在他腰里。

一见钥匙,奥补顿·撒迈德欣喜若狂,乐得几乎丧失了理智。于是他取下钥匙,走到门前,开了锁,然后伸手一拖,大门带着上下左右的户枢豁然洞开。由于门太高大,太笨重,而且年久不开的缘故,乍开时发出霹雳似的响声。当时奥补顿·撒迈德赞道:"安拉最伟大!"接着城外的人群也随着他赞颂起来,于是人们互相报喜,欢欣鼓舞,乐不可支。为了奥补顿·撒迈德安全地开了城门,沐萨感到无限的喜悦、快慰,人们也衷心感谢,钦佩他不怕辛苦的高尚、勇敢行为。于是人马争先恐后,一齐拥进城去。沐萨高声嘱咐他们:"部下们! 要是我们全都进城去,万一发生什么事故,这就不保险了。因此我们应该先进去一部分,其余的缓一步。"于是他率领一半人马先进城去踏看,人人带着武器自卫。他们看见门警和差役们一个个僵然躺在椅上,还发现他们中从城墙上跳下去摔死的同伴,便埋葬了他们的尸体。接着他们去到市场,见街道宽阔,建筑高大,商店互相毗连,一间间全都敞开,各种装饰、陈设原封未动,里面摆着各种商品货物。老板们死在铺里,皮肉干了,骨头朽了,变成了后人惊叹的对象。接着他们踏看四个独立市场,商店中堆满了金银钱币。接着又去到布帛市中,见商店里陈列着红金丝白银线织成的各种丝绸锦缎,五光十色,非常美丽。人都死了,睡在皮垫上,好像还要谈话似的。接着他们去到珠宝市、金融市,见铺中全是珍珠宝石和黄金白银,商人们也都死了,躺在丝绸的毡毯上。接着他们去到化妆品市中,商店里摆满了麝香、龙涎香、檀香和各种名贵的装饰品,生意人都死了,各种日用品都齐备,只是不见食物。

在市场附近,他们发现一幢建筑坚固而非常富丽堂皇的宫殿,便进去踏看;见墙壁上悬着招展的旗帜,挂着出鞘的宝剑,配箭的弓弩,系金链的盾牌,镀金的钢盔。大厅里摆着一张镶金玉的象牙长椅,椅上躺着几个男人,虽然死了,皮肉干贴在骨头上,可是骤然看去,却像是睡熟了;显然他们是缺乏粮食而饿死的。

沐萨看了那种情景,心有所感,赞颂安拉一番,然后漫步仔细欣赏那幢宫殿的壮丽形式、坚固建筑、巧妙结构、伟大工程,还有复杂别致的雕刻和辉煌灿烂的彩画。最后发现壁间写着下面的诗:

> 奉告到此游息的仁人君子,
> 请仔细看看摆在你前面的事迹,
> 趁你还未回到老家①之前,
> 充分准备,
> 从美善中积蓄资金②,
> 作为来日的旅费;
> 因为生活在屋里的任何人,
> 迟早都要动身起程。
> 请注意睡在这儿的人们,
> 他们一生装饰居室,
> 变自身为抵押品,

---

① 指死亡。
② 积德。

作茧自缚，

结果把自己禁锢在坟墓里。

他们建筑了高楼、宫殿，

积累了财富、金银，

到死的时候，

却得不到房屋帮助，

金钱也不给他们支援。

他们希望无穷，

欲壑难填，

直到进入坟墓时，

才知道金钱并非万能，

一旦从雕梁画栋的宫殿中，

流落到黑暗窄狭的坟墓里。

在殓葬之余，

一股责问的声音嗡嗡地在他们耳里盘旋：

你们的宝座哪里去了？

王冠和官服安在？

宫院里禁卫森严、前呼后拥的太太小姐们流落在什么地区？

这时候坟墓替他们回答说：

那些面孔吗？

玫瑰色早已不在她们腮上闪现。

他们吃喝、嬉戏，

在漫长的岁月里，

尽情逍遥、享受，

最后变成蛆虫的食品。

沐萨听了朗诵，痛哭流涕，伤感过度，一时晕倒。休息了一会他慢慢苏醒过来，吩咐抄录诗句，然后带领随从一直向前走。走了一会，眼前出现一幢无比高大堂皇的建筑。进去一看，里面非常宽敞，彩画得金碧辉煌,当中有个云石大喷池,上面张着绸缎帐篷。池的前后左右,各有一幢屋子,互相通连,彼此合抱;每幢屋子前,各有云石小湖一个,喷出灿烂的泉水,泉水潺潺地泻流着,汇合起来,流到一个彩色云石大湖中。沐萨吩咐奥补顿·撒迈德:"来呀,带我们进屋去看看吧。"

他们顺序走进第一幢屋子,见里面摆着黄金、白银、珍珠、宝石和各种名贵宝物,还有成箱成笼的彩色绸缎。接着他们走进第二幢屋子,打开储藏室,见里面藏着镀金钢盔、铠甲、印度出产的宝剑、汉屯和海瓦勒子密出产的戈矛,以及各式各样的武器,应有尽有。接着走向第三幢屋子,见储藏室关锁着,垂着彩画门帘。开门进去一看,里面摆着镶金银宝石的各种武器。最后去到第四院,打开储藏室,见里面全是食具,有金的、银的、琉璃的、水晶的、镶绿珍珠、白玉髓的各种杯盘碗盏。他们每人尽能力所能携带的选一些适用的预备带走。

他们打算离开屋子时,无意间发现屋中有一道镶象牙黑檀、用金属磨得闪烁发光的栗木大门,垂着丝帘,帘上绘着各种彩色图画。奥补顿·撒迈德走过去,机智、勇敢地开了银锁,走进云石长廊,长廊两边挂着帘子,帘上嵌满红金白银制成的各种飞禽走兽,眼睛都是珍珠宝石做的,闪闪发光,非常美丽,人人看了都咋舌称奇;沐萨和撒迈德也被那种稀奇的建筑所吸引,望着发愣。

经过长廊,前面出现一幢云石磨金的大建筑,光辉夺目。一眼看去,光滑的走道上仿佛泻着流水,直接走过去,准会滑倒,因此沐萨吩咐撒迈德设法,铺些东西在走道上,让人们踩着过去。撒迈德遵从命令,果然想出办法,铺平走道,让大家安全通过,去到巍峨的宫殿里。抬头一看,金碧辉煌,灿烂夺目,是一切建筑中最富丽堂皇的一座。中央有一间黄云石的穹形亭榭,周围的门窗镶着绿翡翠,彩画得非常别致。一看令人觉得那样的建筑构造,是一般帝王们梦想不到的。亭榭里面有个缎子帐篷,张在红金柱上,篷上绣着雀鸟,鸟脚是绿翡翠做成的,喷水池上还张着绿珠网。靠喷池附近摆着一张镶珠宝玉石的龙床,床上坐着一个月儿般笑容可掬的美丽女郎,头戴红金王冠,身穿珍珠宫服,肩上搭着镶宝石的披巾,项颈里垂着珍珠项链。她额上饰着两颗硕大的宝石,闪出太阳般明亮的光泽,衬着她的明眸皓齿,好像转着秋波,注视来人似的。

沐萨一见,竟被她的窈窕美丽、红腮黑发给吸引住了,一时惊羡得发愣。其余的人望着她栩栩如生的美丽活泼姿态,谁也不相信她是死人,都齐声招呼她:"你好啊! 小姐。"

陀里补赶忙向前解释,对他们说:"愿安拉纠正你们的视听。你们要知道,这个女郎已经死了,没有灵魂了,她怎么能回答你们呢?"接着他对沐萨说:"大人,这是用巧妙的手术制作出来的一个形象啊。是这样的,她死后,人们取出她的眼珠,在眼眶里灌满水银,再照原样安上眼珠,于是眼睛仿佛被睫毛触动着闪烁发光,致使人们看着好像眼睛是在转动一样;其实她是死人呀。"

"赞美安拉!"沐萨喟然长叹,"他用死亡征服了人类。"

女郎坐着的那张龙床后面有个高台,台上站着两个侍卫,一个是白人,一个是黑人。一个手中握着钢锏,另一个手里仗着光耀夺目的宝剑;他们两人还共同抬着一块金牌,牌上写着下面的诗文:

凭着大慈大悲的安拉的大名开始,赞美创造人类的安拉。亚当的子孙啊! 你以为希望无穷,这是多么无知! 你忘记死亡,这是多么昏聩! 死亡在召唤你,已经赶来攫取你的灵魂,这个你不知道吗? 最近的将来你就要离开尘世;你应该趁机积蓄盘缠,准备动身起程。请问:人类的祖先亚当在哪里? 诺亚和他的子孙在哪里? 波斯、罗马、印度、伊拉克、窝发克各朝代的帝王们在哪里? 尔玛里克和那些赫赫不可一世的权贵们在哪里? 他们离开妻室、撇下江山,全都死了,他们的房屋官殿都空了。那些阿拉伯和非阿拉伯的帝王公侯们在哪里? 他们也全都死了,变成腐朽的尸骸。哥鲁尼、何玛尼、尚多德、克乃奥、祖勒奥拖德在哪里? 他们也都死了,他们的宫殿也都空了。他们死前是否预备了充足的旅费？是否为总清算的审讯做过充分准备？

到此游息的诸君！你若不知道我姓甚名谁，那么请听我告诉你：我是国王尔玛里克的公主，名叫突尔姆基。我继承王位，掌握着一般帝王望尘莫及的大权。我公正廉明，广施博济，爱民如子，释放奴隶，国泰民安，风调雨顺地过了漫长的时期，结果死亡的消息突然降临。这是因为国中大旱，七年不曾落雨，田地荒芜，毫无收成，存粮食尽，牲畜也都杀光；到了山穷水尽，无以充饥度日的时候，我拿升斗量出无数金银，派人四出采购。他们走遍各地，任何偏僻的乡村城镇都走遍，可是始终没有达到希望目的；在漫长的跋涉之后，徒劳地原封带回金银。这时候，既无生存的余地，我们就料理善后：扔下钱财和积蓄，封闭库藏，关锁城门，撇着财产和建筑，安然像你们眼睛所见这样睡下来，静候主宰裁决。这是我们已往的经历，一切过眼的演变，都成了陈迹。

别叫欲望欺骗你，

亚当的子孙！

因为你经营积累的一切，

难免要变迁、转移。

你贪生怕死，

酷好宇宙间的光怪陆离，

这是古人和前辈们奔波、跋涉过的老路程。

他们贪婪、经营，

不择手段；

时而强力聚敛，

时而非法抢劫。

到了死期突然降临，

万贯家财不能赎回他们的生命，

百万雄师蜂拥向前，

也无法同命运对垒。

到了山穷水尽，

无路可走，

他们才撇下金钱，

离开宫殿，

动身启行，

归宿到窄狭的坟墓里，

变成遗产的抵押品。

他们的处境，

恰像黑夜里的旅客，

当更残夜静，

跋涉到渺无人烟的破屋里，

放下行李，

打算暂宿一夕。

却听见房主人的声音说：

"客人们！

这儿没有你们栖息的余地，

请卷起铺盖，

快往别处去寻。"

他们惊疑、恐惧，

住下来不行，

动身也不对。

鉴于古人前车之戒，

你应该畏惧主宰，

疾恶如仇，

及早积蓄盘缠，

准备旅费，

来日才能获得快乐，

碰到方便。

快要离开这儿的游人！请把过世者的前车作为你的借鉴，从而勇往直前，走向回家的路程。你难道不曾看见：白发招你走向坟墓，替你散下讣闻？你应该即时筹措旅费，清醒地踏上征程。否则你便是良心死绝而胆大妄为。请问：可为后人前车之鉴的古代的民族哪里去了？暴虐不可一世的中国古帝王们在哪里？翁顿和他苦心经营的金銮宝殿在哪里？无恶不作的乃睦鲁德在哪里？反叛成性的法老在哪里？死了，他们全都死了，男女老少死得一个不剩了。因此你不该沉溺于宇宙间的光怪陆离。须知这一切都是幻影，欺世骗人的东西；尘世原来就是一所暂供栖息的旅店，最后是要毁灭的。只有疾恶如仇、畏惧安拉、从善如流、及时积蓄旅费的才是可钦佩的俊杰。

敬告光临此地、能够轻易进城来游息的仁人君子！这里的财物你可以尽量拿一些带回去，可是不能弄动我身上的衣物，因为这是遮羞的装饰品，否则你会自招罪愆。这是我的嘱托和保证，愿安拉保佑你们平安，免遭灾劫。

沐萨听了朗诵，痛哭流涕，自言自语地叹道："指安拉起誓，廉洁是处世做人的基本，死亡是千真万确的事实！"于是吩咐侍从抄录牌上的诗文，并把城中的见闻全都记录下来；最后又吩咐随从："你们拿口袋来，把这里宫中的金银、珠宝、古玩、器皿满载一些带回家去。"

"大人！"陀里补说，"这位女郎身上的衣服首饰是人所罕见而现代找不到的宝物，比金钱和其他的财物都强，是贡献给哈里发最好的礼物，难道我们撇着不要吗？"

"女郎在牌上嘱咐的话你可是不曾听见？这是她的保证啊。再说我们也不是奸昧、贪鄙的人呀！"

"这些宝贵的服饰是人生的装饰品，她是一个死人，用这些干什么？几件布衣服尽够她遮羞的了，我们比她更应该享受这些服饰。莫非她嘱咐几句，我们就丢掉这些宝物不成？"

他说着，自告奋勇，走过去，沿梯爬到台上，站在两柱之间，伸手去取女郎身上的首饰。这时候握钢锏的那个侍卫突然一锏击中他的脊背，接着仗剑的手起剑落，一剑砍掉他的脑袋，结果了他的性命。

沐萨眼看那种情况，慨然叹道："该死的家伙！安拉是不会饶恕你这种行为的。周围摆着取之不尽的财物不要，却偏要非分妄取。毫无疑问，贪得无厌，一定要死于非命。"于是他命部下任意选择宫中的财宝，绑成几驮，用骆驼驮着，并照原样关闭门窗，从容离开铜城。

他们沿海岸线向前跋涉，一直去到一座面临大海的高山附近。在那里的无数山洞中，穴居着一种黑人，身披兽皮，头缠皮巾，操着他们自己的语言。他们一见沐萨的人马，惊慌失措，都逃进山洞去躲避，只有妇女和孩子们成群结队地站在洞前。沐萨觉得奇怪，问道："奥补顿·撒迈德！告诉我吧，这是什么人？"

"这就是我们奉命寻找的目标呀。"

他们在山麓卸下货物，张起帐篷，扎营驻下。他们刚住定，那个民族的国王便下山，一直来到沐萨面前，操着阿拉伯语言，向沐萨致敬，问道："你们是人，还是神？"

"我们是人；可是你们离开人群，住在边远的深山中，个子很高大，毫无疑问，你们一定是神吧？"

"其实我们也是人，是诺亚之子哈睦的后裔。"

"像这样偏僻的地方，圣人不曾到此宣传教化；你们信仰什么？"

"你要知道：在这个叫克尔克尔的海里，曾有一个全身闪光的人出现在我们眼前，高声对我们说：'哈睦的子孙们！我叫艾彼·阿巴斯·侯祖尔，前来教化你们，你们信仰创造宇宙的主宰吧，他看见你们，你们却看不见他。你们说吧：安拉是唯一的主宰。穆罕默德是他的使徒。'从此以后，我们舍弃拜物的习惯，专一崇拜独一的主宰。

后来他还教我们许多知识呢。"

"他教你们什么知识?"

"他告诉我们安拉是唯一的、有权威的、无可比拟的、受人赞颂的主宰,他创造了生和死,他是万能的。若非他的指引教化,我们是无法走上正道的。此外每逢礼拜五夜里,我们看见大地上闪着光泽,听见赞美的声音说:'赞美睿智的、清高的安拉,他是人神万物的主宰;他要的应有尽有,来自安拉的恩惠全是幸福,安拉是最权威最伟大的。'"

"我们是哈里发奥补督·买立克·本·买尔旺的部下,他是信仰伊斯兰教的。我们奉他的命令,不辞跋涉,前来此地寻找胆瓶。据说你们这儿的海中有一种铜质的胆瓶,里面装着妖魔;那是圣苏莱曼把他们禁锢在胆瓶中,不让出来作祟的。我们奉命前来找一个带回去贡献给哈里发,让他打开看看,到底是怎么一回事情。"

"好极了,我们欢迎之至,愿意效劳,一定找来满足你们的愿望。"

国王殷勤招待,给他们鱼肉吃,并打发潜水的人潜到海底,捞得十二个苏莱曼时代装鬼的胆瓶。

他们获得了胆瓶,可以完成任务,上自沐萨和奥补顿·撒迈德,下至随从、兵士,个个欢喜,人人快乐。沐萨酬谢国王,送他许多名贵礼物,同样国王也送给沐萨许多稀奇古怪的、状如人形的海中特产,对他说:"三天以来,我就是用这种鱼肉招待你们的。"

"既是这样,我们必须带些回去,贡献给哈里发,让他见了,比见胆瓶更心满意足。"

他们欣然告辞,起程满载而归。在旅途中星夜奔波、跋涉,在漫长的岁月中,经过千辛万苦,一直回到叙利亚,谒见哈里发奥补督·买立克·本·买尔旺,报告旅途中的经过、见闻,并叙述陀里补·本·赛赫礼的遭遇。哈里发听了,说道:"但愿我能跟你们一块儿去,亲眼见识见识,那该有多好啊!"

哈里发拿起胆瓶,一个个打开封盖观看;只见妖魔从瓶中钻了出来,惊慌失措地叫道:"我们忏悔了,安拉的钦差大圣! 从此以后,我们不敢作祟了。"

眼看那种情景,哈里发感到十分惊奇。接着他吩咐把黑人国王送的"海姑娘"放在木槽中饲养,但是因为气候炎热,不服水土,全都死了。

从此哈里发大发慈悲,拨出一笔巨款,救济一般贫苦无告的穷人,叹道:"安拉给予苏莱曼无上的恩惠,古往今来,人们对那种恩赏是望尘莫及的。"

沐萨完成使命归来,有隐退之意,因而趁机征求哈里发的同意,恳求准他的儿子继承他的职位,让他退休,上耶路撒冷去诚心诚意地膜拜安拉,安安静静地从事修身悟道,以终余年。

哈里发慨然接受他的请求,即时委他的儿子担任他的职位。沐萨夙愿得偿,欣然告辞,径往耶路撒冷,虔心虔意地膜拜安拉,从事修炼,直至白发千古。

国王太子和将相妃嫔的故事

古代有个国王,养着无数兵马,非常强盛富豪。然而美中不足,到了晚年,膝下还没有子嗣,因此惴惴不安,十分忧愁苦闷。为了继承问题,望子心切,他虔心祷告,祈求安拉赏他一个儿子,让他享受人生乐趣,并继承他的王位。

他的祷告和祈求感动安拉,蒙到接受,王后果然怀孕。妊娠期满,生下一个像十四晚上的月儿那样漂亮可爱的男孩。国王爱如掌上明珠,小心翼翼地抚养教育。太子年满五岁,国王把他交给宫中一个叫桑第巴德的名哲学家负责教养。哲人受了委托,诚惶诚恐,苦心孤诣地教育太子。到太子年满十岁,便教他文学、哲学;任劳任怨,终于把他培植成当代最渊博的学者,尤其他在文学方面的高深造诣,不是一般文人学士可以望尘的。

太子在学术上有了成就,国王请阿拉伯骑士教他武艺。经过学习、锻炼,很快他就懂得武术,精通骑射,精明强悍,超群出众,在竞赛场中,经常保持优胜地位。

有一天,太子的老师桑第巴德观察星象,卜算太子的寿命,预知在七天内太子若开口说话,便有死亡的危险;因此他赶快谒见国王,报告情况。

"这该怎么办呢?"国王问哲人。

"我认为让太子住在一处清幽地方,听音乐消遣,过了七天,就不碍事了。"

国王接受哲人的建议，把宫中一向最受宠的一个妃子唤到面前，把太子托付给她，对她说："你把他带到你的行宫里，让他和你住在一起；过了七天，再让他回宫吧。"

妃子遵循命令，领太子去到行宫里，殷勤侍奉。那幢行宫有四十个房间，每间房间里住着十个歌女，每人操着一种乐器。她们每一演奏，整个宫殿好像随着歌声舞蹈起来似的。宫殿外面流着清澈的河水，岸上种着馨花、果树，万紫千红，落英缤纷，空气新鲜，景色美丽。太子在那样的环境中，显得格外标致漂亮，真是人面桃花，世外仙境。因此他第一天在宫中过夜，妃子便钟情于他。她无法抑制激情，坦然向他求欢。太子断然拒绝，警告她说："若是安拉愿意，等我出宫时禀告父王，让他老人家处你死刑。"

妃子的欲念不遂，恼羞成怒，跑到宫里，倒身跪在国王面前，伤心哭泣。国王觉得奇怪，问道："你怎么了？太子怎么样了？他不好吗？"

"主上！太子调戏我，他要奸污我，为这桩丑事他要杀我呢。我拒绝他，逃出来了。我不去见他，也不上行宫去了。"

国王听了谗言，怒火上冲，大发雷霆，马上召集宰相朝臣，不分皂白，不察是非曲直，糊里糊涂地命令他们处太子死刑。

大臣们奉到命令，惊慌失措，感到困难，议论纷纷。当时有人说："国王决定处决太子，毫无疑问，处决后他一定要懊悔的，因为太子是他最心爱的人。再说太子的诞生也颇不容易，是绝望后经过祈祷哀求，才生下这么一个儿子。如果太子被杀，你们将会受到埋怨。那时候国王会问：'当时你们为什么不劝止我？'要是真的到了那步田地，就无法挽救了。"

大臣们商量讨论一番，一致同意设法劝止国王，援救太子。其中第一个大臣说："今天我负责代诸位的劳，前去劝谏国王好了。"

第一个大臣的故事

　　大臣立刻谒见国王,站在御前,恳求国王准他说话。国王允许,他便说道:"主上! 即使陛下有一千个儿子,也犯不着轻信妃子的话而处决他们中的一个吧。自然啰,妃子可能是忠实的,但也难说她就不会撒谎骗人。这桩事也许她是阴谋危害太子吧。"

　　"爱卿! 关于妇女的阴谋你听见过什么没有?"

　　"不错,她们的阴谋诡计,形形色色,花样很多,现在我给陛下讲宰相夫人的故事吧。"

宰相夫人的故事

　　古时有个淫荡好色的国王,有一天,他凭窗眺望宫外景色,见王宫附近一幢建筑物的阳台上站着一个窈窕美丽的绝世佳人。国王一见倾心,无法抑制情欲,马上打听,知道那是相府所在,于是他便召宰相进宫,给他一个临时任务,派他出去视察一个地方的情况。

　　宰相奉命出差去了,国王千方百计设法,不顾一切,闯进相府。宰相夫人一见,知道他是国王,赶忙站起来迎接,诚惶诚恐地吻他的手,并跪下去吻他的脚,然后毕恭毕敬地站在一旁,说道:"主上! 像我这样的人是不配接见御驾的;陛下驾临寒舍,到底是为什么呢?"

　　"因为爱你,追求你,所以我才到这儿来呢。"

　　"主上!"她第二次跪下去吻了地面说,"我根本不配做陛下的一个奴婢,怎么能有这样大的面子呢? 在御前怎么能有这样崇高的地位呢? 不过陛下既然驾临,恳求耐心在寒舍休息一天,让我预备些饮食给陛下尝一尝。如何?"

　　国王倒身坐在宰相的靠椅上,宰相夫人拿出文学和伦理一类的书籍给他阅读,好抽出身来上厨房去烹调。

国王打开书本阅读,看见寓言中关于戒奸淫、戒作孽、维护风化气节的箴言,以及其他关于处世接物的嘉言懿行,心中颇受感动。

宰相夫人的饭菜预备好了,端出来摆在国王面前,总计九十盘佳肴。国王笑嘻嘻地开始吃喝,每个盘里的菜肴都尝了一尝。他发现那桌筵席,每种菜肴的颜色、种类和形式虽各不相同,可是滋味却是一样。他觉得奇怪,说道:"夫人啊!我看这桌筵席的菜肴,种类很多,可是它们的味道却完全一样。"

"不错,这是我给陛下的一个比喻,让陛下有所觉悟。"

"这是什么缘故呢?"

"陛下的宫中有九十位宫娥彩女,她们的容貌姿色各不相同,但在使用方面的滋味却是一样的。"

听了宰相夫人的谈话,国王面有愧色,马上起身,收敛起邪僻言行,匆匆离开相府,转回宫去。他过于匆忙,十分惭愧,但却把戒指遗忘在靠椅的枕头下面。①

宰相完成任务回来,进宫谒见国王,跪下去吻了地面,报告出差的经过,然后告辞回家。他坐在靠椅上休息,无意间发现枕下的戒指,暗中收藏起来。他怀恨在心,从此不理睬夫人,态度很冷淡,和她隔膜起来。到底为了什么,宰相夫人却莫名其妙。

时间逐渐过去,整整过了一个年头,宰相夫人始终不明白宰相为什么不理睬她,便毅然回娘家去,告诉老父宰相不理睬她的情况。她父亲听了很着急,对她说:"等在国王面前和他碰头见面的时候,我要控告他。"

有一天,宰相的老丈人进宫去,在国王面前碰到宰相和法官,便趁机申诉:"主上!我有一块很好的园地,经我亲手耕耘栽种,花了很多心血,等到开花结实,丰收的季节,才把她送给你的这位宰相。

---

① 阿拉伯人饭前饭后习惯洗手,国王脱了戒指洗手,因而遗忘。

他又吃又喝，享受了园地中最美好的果实，就扔下不管，让她荒芜下去，致使原先丰饶茂盛的园地，一旦变成一片荒废的景象了。"

"主上，这位老人家说的倒是事实，"宰相替自己辩护，"我自己原是很爱惜那块园地的；不过有一天我去耕种，发现地里有狮子脚迹，我怕狮子，所以不敢去管她啊。"

国王明白宰相发现的狮子脚迹，就是他遗忘在枕头下面的那个戒指，于是他对宰相说："爱卿，狮子没有挨近她，你安心去耕种吧。据我所知，狮子是到过地里的，但指我的祖先起誓，他没有亵渎她。"

"听明白了，遵命就是。"宰相回答着，欣然回到相府，去见夫人，表示歉意，衷心相信她的贞洁操守，夫妻和好如初。

商人夫妇的故事

从前有个商人，常常别乡离井，在外面做买卖。他的老婆很美丽，他很爱她，十分关心注意她的行动。他给她买了一个会说话的鹦鹉陪伴她、监视她，好让它把家中发生的事情告诉他。

有一次商人照例出外经营生意，他老婆不守本分，爱上一个小伙子，彼此间发生暧昧行为，两人卿卿我我，经常在一起幽会。在她丈夫出门期间，那个小伙子天天去会她，受到她的欢迎、款待。

时间过了很久，商人才旅行归来，鹦鹉便对他说："我的主人啊！你出门后，有个土耳其青年天天来找太太；太太十分尊敬他。"

商人生气，要杀老婆。老婆知道鹦鹉害她，对丈夫说："我的人儿啊！希望你畏惧安拉，冷静想想吧。难道飞禽也有理性而懂人事吗？如果你要我解释这桩事情，证明它的荒谬无稽，那么今晚你上朋友家去过一夜，明天回来问它，便知它说的是真话还是假话了。"

商人果然上朋友家去过夜。那天夜里，他老婆拿张皮子盖着雀笼，一面洒水，一面扇扇子，并拿灯在笼前闪电般一明一暗地闪动，而且不断地推磨，整忙了一夜。

第二天清晨,商人回到家中,老婆对他说:"我的人儿啊! 你去跟鹦鹉谈谈;有什么话,尽管问它好了。"

商人走到鹦鹉面前,和它谈话,问它昨夜里发生什么事情。鹦鹉说:"我的主人哟! 在昨夜那样的气候里,有什么可以听得清楚看得明白的呢?"

"为什么?"

"主人哟! 因为通宵下雨、刮风、响雷、打闪的缘故。"

"你胡说八道! 昨天夜里既没有下雨刮风,也没有响雷打闪嘛。"

"我告诉你的都是我自己看见听见的事实。"

商人否认鹦鹉所说的一切,不相信它,向老婆表示歉意,预备跟她和好,恢复夫妻的感情。老婆对他说:"指安拉起誓,除非你宰掉那只造谣生事的鹦鹉,我才能跟你和好。"

商人毫不迟疑,一骨碌爬起来,宰了鹦鹉,跟老婆和好如初,相亲相爱,在一起过生活。然而好景不长,过了几天,他亲眼看见那个土耳其青年偷偷摸摸地从老婆房里溜走,这才明白鹦鹉说的全是事实,证明老婆是个撒谎骗人的淫妇,后悔不该宰鹦鹉。他冲进房去,结果了老婆的性命,从此讨厌妇女,发誓终身不娶。

大臣讲了《宰相夫人的故事》和《商人夫妇的故事》,谏道:"主上,古往今来,女人的诡计阴谋,车载斗量,数不胜数,因此我们待事接物,必须小心谨慎,多加考虑,过于匆忙急躁,事后一定懊悔不及。"

听了大臣的规劝,国王觉悟过来,毅然收回成命,免处太子死刑。

第二天,妃子去见国王,跪下去吻了地面,说道:"主上,为什么你不重视我的权利? 王公大臣们都听到处决太子的命令,可是中途叫大臣们给推翻了。君王的威信是靠执行命令树立起来的。陛下一向公允正直,这是众目昭彰,谁都清楚明白的。太子褒渎我,侮辱我,恳求陛下维护公道,替我申冤报仇。

"据说从前有个漂布匠,天天去底格里斯河里漂布,他的小儿子也跟他去,经常在河里游泳,他却不加管教。有一天儿子淹在水里,他才不顾一切地跳到河里去抢救。可是他刚抓着儿子,就被他紧紧地抱着不放,动弹不得,结果父子两人都淹死了。

"我看主上的情况也是这样,要是不严格管教太子,对他侮辱我的行为不做公正处理,那么我怕你们父子两人会像漂布匠父子那样,将来要遭劫呢。"

听了妃子的申诉,国王觉得她说得有理,于是重申前令,决定处决太子。

第二个大臣的故事

奉到国王处决太子的命令,第二个大臣诚惶诚恐地谒见国王,跪下去吻了地面,奏道:"恳求陛下暂缓处决太子,因为他是王后绝望痛苦之后,好不容易才生育出来的。我们全都盼望他成为储君,将来继承陛下的江山财富,因此,希望陛下忍辱负重,也许他有苦衷需要分辩呢。如果急于处决太子,陛下就蹈商人的覆辙,那时懊悔就来不及了。"

"告诉我吧,爱卿! 那是怎么一回事情?"

商人和老太婆的故事

从前有个生意人,饮食起居都很舒适、愉快。有一天他到一个城市里做买卖,在大街上碰到一个手里拿着两个烧饼的老太婆,便问她:"烧饼卖不卖?"

"卖。"老太婆回答他。

于是他跟老太婆讲价还价，结果很便宜地买了烧饼，作为当天的食物。第二天商人照例去到大街上，又碰着老太婆，她手里仍然拿着两个烧饼，同样被他买去充饥。后来他天天向老太婆买烧饼，继续不断，一直过了二十天。后来，老太婆不见了，他到处打听、寻找，始终不知她的去向。

过了几天，商人在城中碰见老太婆，打个招呼，问她为什么不卖烧饼。老太婆懒洋洋地默不作声。他急于要知道她的情况，发誓求她说明原因。老太婆不得已，对他说："先生，你听我说吧：这是因为我的主人害病，背上生个大疮，夜里医生拿奶油和面粉敷在疮口替他治疗。第二天，我拿那份面粉做成两个面饼，烧烤出来，带到街上，有时卖给你，有时卖给别人。后来，我的主人死了，我做烧饼的面粉也就断绝，因此我也不卖烧饼了。"

听了老太婆的谈话，商人喟然长叹："我们是属于安拉的，我们都要归宿到安拉御前去。全无办法，只望伟大的安拉拯救了。"他想着恶心，一直呕吐得害了重病。他懊悔不该贪小便宜，但懊悔也没有用了。

大臣讲了《商人和老太婆的故事》，谏道："陛下应该知道，这都是妇女的阴谋诡计；必须好生提防，不可轻信她们。"

听了大臣的劝谏，国王悔悟，毅然收回成命，免处太子死刑。

第三天，妃子去见国王，跪下去吻了地面，哭哭啼啼地申诉："主上，求你主持公道，替我申冤报仇，快快处决太子吧。主上千万不可听信那班谗臣的言语，他们是成事不足败事有余的。愿陛下别蹈听谗言者的覆辙而后悔不置吧。"

"告诉我吧，那是怎么一回事情？"

太子和精灵的故事

古代有个国王,偏爱太子,把他抬得比其他王子都高,过分地溺爱他,他要什么,总是有求必应。有一天太子说:"父王,我要出去打猎。"国王马上给他准备,派宰相陪伴他,照拂他,供给各种需要的物品。

宰相遵命,带着狩猎用的各种物品,奉陪太子,其他还有仆从人马护卫,前呼后拥,去到郊外一处山清水秀、绿草如茵、禽兽很多的所在。太子喜欢那个地方,征求宰相同意,选为猎区,高兴愉快地猎了几天,然后吩咐收拾回城。可是突然间,前面出现一只失群的羚羊,太子要猎获它,对宰相说:"我去追那只羚羊去。"

"你要追,就去追吧。"宰相同意了。

太子单人匹马跟踪追逐羚羊,越跑越远,整天奔波,到了天黑,羚羊窜入崎岖地带,无法追踪。他要转回去,可是不辨方向,已经迷失路途,不禁犹疑迷惘起来;通宵达旦,他始终骑在马上;天明时,仍找不到归途。他又饥渴又恐怖,别无办法,只好听天由命,漫无目的地向前迈进。中午时候,天气酷热,他去到一座建筑整齐巍峨的城市里,仔细一看,屋宇倒坍,一片荒凉,已经成为乌鸦和猫头鹰叫嚣、盘踞的所在。

他望着断墙残檐,正在感觉惊奇诧异,眼前突然出现一个人影。他定睛一看,原来是个美丽的女郎,坐在断墙下面伤心哭泣。他走过去,问道:"你是谁?"

"我叫卞蒂·泰密美,我父亲是佘赫巴义国王的厨师。有一天我出去便溺,碰着一个邪神,被他抓着飞到空中。后来邪神被流星烧死,我就流落到这儿。我三天三夜没有吃喝,饿得要命。我一见你,便感到有活命的希望了。"

太子可怜她,扶她上马,让她骑在自己后面,安慰她:"你放心吧,如蒙安拉救援,我能回到家中,一定派人送你回家去。"于是他带着她寻找出路。走了一会,女郎对他说:"等一等,让我在这堵墙下便溺吧。"

太子勒住马缰,扶她下马,好生等着。她在墙下待了一会,摇身变成一个狰狞丑恶的精灵,出现在太子面前。太子一见,吓得魂不附体,面无人色,哆嗦着感到万分恐怖。女郎纵身跳了上去,骑在太子后面,显着狰狞丑恶的面孔,问道:"太子,你的脸色怎么变了?"

"因为我想起一桩令人忧愁可怕的事情。"

"借助你父亲的兵马解决那桩事情好了。"

"那不是兵马所能克服的。"

"借助你父亲库中的钱财解决好了。"

"那桩令人忧愁恐怖的事,也不是金钱可以克服得了的。"

"据说在天上你们有个主宰,他看得见你们,你们却看不见他,他是权威的,万能的。"

"不错,他是我们唯一的救援者。"

"你向他祈祷求援好了,也许他会救你脱险。"

太子抬头望着天空,虔心虔意地祈祷:"我主,求你伸出救援的手,替我解决这桩令人忧愁可怕的事情吧。"他说着伸手指着女郎。霎时间女郎倒了下去,被天火烧成灰烬。

太子摆脱危险,感谢、赞美安拉,振奋精神,向前迈进,感到轻松愉快。他在安拉的保护下,终于安全回到国王面前。

妃子讲了《太子和精灵的故事》,对国王说:"主上,太子遭受磨难,是陪他出猎的那个宰相惹出来的,他的目的是要危害太子,幸亏安拉保佑,太子才能脱险。我讲这个故事,是希望陛下知道谗臣们的心术是人所不齿的,他们对君王是不怀好意的。像这样的事可怕得很,陛下不可以不加提防。"

听了妃子的巧言申诉,国王认为她有理,很信任她,于是重申前令,命令处决太子。

第三个大臣的故事

大臣们第三次奉到处决太子的命令,其中第三个大臣说:"今天我代各位的劳,前去劝谏国王吧。"于是他蹒跚奔到国王面前,跪下去吻了地面,奏道:"臣因爱戴陛下,维护国祚,不揣冒昧,前来进句忠言,恳求陛下暂缓处决太子。因为他是你的心肝、眼珠,也许他没犯杀头的死罪,而是妃子过甚其词,夸大他的过失吧。据说从前有两个村庄的居民,为了一点蜂蜜,争吵不休,互相械斗、残杀,因小失大,闹得性命不保、倾家荡产哩。"

"告诉我吧,那是怎么一回事情。"

猎人和油商的故事

从前有个猎人,带着最心爱的猎犬入山打猎。有一天他走进一个山洞,发现低凹地方,尽是蜂蜜。他喜不自胜,取了一些盛在身边的皮囊中,带到村里找主顾。

他到村中一家油商铺前。商人有意收买蜂蜜。他打开皮囊,拿出货色给主顾看。当时有一滴蜂蜜落在地上,引得苍蝇飞来啜蜜,有只小麻雀也飞来啄食,被商人养的猫捕住。猎犬见猫捕雀,扑过去咬死了猫。商人见猫被狗咬死,心里着急,跑去打死猎犬。猎人见心爱的狗被商人打死,怒不可遏,和商人拼起来,打死了商人。

消息传开了,商人村中的居民和猎人村中的居民彼此愤愤不平,都很气愤,大家拿起武器,聚众械斗,互相残杀,越闹越凶,结果死伤的人数简直无法估计。

国王听了大臣讲的故事,觉得应该引以为戒,不可意气用事,尤其听了大臣朗诵的箴言,得到启示,心地豁然开朗,不再坚持己见,毅然收回成命,免处太子死刑。

第四天妃子去见国王,跪下去吻了地面,说道:"英明幸福的主上啊!我清清楚楚明明白白地向你表示过,求你保障我的权利,你却亏负我,放任我的仇人,迟迟不替我申冤报仇,这只为他是你的儿子,你的血肉罢了。这桩事,安拉会像援助王子那样援助我的呢。"

"告诉我吧,那是怎么一回事情?"

宰相和太子的故事

古代有个国王,膝下只有一个独生子。太子成年后,国王替他向邻国的公主求婚。那个公主非常美丽,有倾城倾国之色。她的一个堂兄弟十分爱她,屡次向国王求婚,要娶公主为妻,但公主不愿意。

公主的堂兄弟知道公主和邻国的太子订婚,产生嫉妒,决心破坏他们的婚事,不惜金钱,派人带着信件礼物,前去运动邻国的宰相,托他谋杀太子,或巧言劝他放弃娶公主的念头。宰相受了贿赂,非常高兴,马上回信说:"你只管放心,你企求的事,我一手包办可也。"

太子和公主订婚后,公主的父亲写信召太子前来成亲。信到之时,国王同意太子前去成亲,预备礼物、驼轿和帐篷,派那个受贿的宰相和一千名骑兵护送保卫太子。

宰相奉命护送太子,心怀不善,存心谋害太子。途经沙漠地带,他想起那里山中有一眼名叫宰赫拉午的女人泉,男人喝了泉水,会变成女性。于是他吩咐兵马在附近扎营,对太子说:"你愿意随我到山中参观那儿的泉水吗?"

太子料想不到会发生意外事件,欣然前往,同宰相并辔而行,向前迈进。到了泉水所在地,太子下马洗手,喝泉水解渴。他喝了泉水,马上变成女性。他发觉自己的变态,一声喊叫,哭得死去活来。宰相走到他面前,表示难过,问道:"你怎么了?"

太子把生理变化的情况告诉他。他听了,表示为太子的遭遇而伤心,对他说:"我们陪你去同公主成亲,这是很光荣而值得夸耀的,怎么中途发生这种灾难呢? 安拉保佑你。我不明白,现在还去不去呢? 这该你自作主张,告诉我怎么办吧。"

"我不要离开这里,直到恢复原状或者忧郁死去为止。你回去把我的遭遇报告父王好了。"

太子写封信,叙述不幸的遭遇,交宰相带给国王。宰相自鸣得意,撇下太子和人马,快马加鞭,转回城去,谒见国王,呈上太子的信,并叙述不幸的遭遇。国王万分忧愁、苦恼,遍问哲人、术士,要他们找出太子变态的原因;但他们莫名其妙,谁也不能解释这个疑难问题。

宰相写信给公主的堂兄弟,叙述太子的遭遇,向他预报喜讯。他接到喜讯,欢喜快乐,企图娶公主为妻,派人送许多金钱和名贵礼物奖励宰相,衷心感谢他。

太子留在泉水附近的沙漠中,三天不吃不饮,听天由命,托靠安拉,切望安拉冥冥中伸出救援的手,因为他是有求必应的。第四天夜里,一个像王孙公子模样的衣冠楚楚的骑士从沙漠中经过,和太子碰在一起,问道:"小子! 是谁带你到这儿来的?"

太子把出门前去成亲,中途被宰相带到山中,喝了泉水落难的经过从头叙述一遍;说罢,痛哭流涕。骑士听了,觉得可怜,洒下同情的眼泪,对他说:"这眼泉水,谁都不知道;你的不幸是宰相一手造成的。来吧,今天晚上到我家里去做我的客人吧。"

"你是谁? 你要告诉我,我才跟你去。"

"我是神王的儿子,跟你是国王的儿子正是一样。你放心吧,我能轻而易举地消除你的忧虑。"

太子撇下马,骑在骑士后面,悄然离去,继续不停地向前迈进。

半夜时候,骑士问道:"你知道吗,这段期间我们走了多少路程?"

"我不知道。"

"我们走的这段路程,够普通人走一年了。"

"那我怎么回去呢?"太子感到惊诧。

"这是我的事,用不着你操心。等你的病有了起色,我可以转瞬就把你送回家去。"

听了骑士的谈话,太子乐得几乎飞腾起来,好像是在梦中,非常兴奋,欣然叫道:"赞美安拉,他恢复受难者的幸福了。"

他们两人继续向前,清晨到达一处绿草如茵、树林茂盛、鸣鸟成群、庭园别致、宫室富丽堂皇的所在。骑士下马,牵着太子,走进一幢宫殿,谒见最伟大最威严的神王,并住在宫中吃喝、休息,直到天黑,才离开宫殿,跨马出发,不停地向前迈进,奔波了一夜。第二天清晨,到达一处没有人烟的黑暗地区,遍地堆积着又黑又硬的大石头,仿佛是地狱的一个角落。太子感到惊奇,问道:"这是什么地方?"

"这叫底赫摩野,是神王祖勒·者诺哈谊尼的国土,任何国王不得他的许可,都不能从这里通过。你在这儿等一等,我去请示去。"

骑士去了一会转来,得到许可,带着太子继续向前迈进,一直跋涉到一处从黑石山上流下的泉水面前,这才吩咐太子下马,对他说:"你喝泉水吧。"

太子喝了泉水,霎时恢复原状,变为男子,跟先前一模一样,毫无差别。他十分欢喜,问道:"弟兄! 这叫什么泉?"

"这是妇女泉,女性喝了泉水会变成男子。现在你复原了,应当感谢、赞美安拉,赶快礼拜他吧。"

太子衷心感激,跪下去叩拜一番,然后随骑士骑马离开妇女泉,当日赶到神国,高兴地吃喝、休息,快快乐乐地过到天黑,骑士这才问道:"你要今夜回家去吗?"

"不错,我希望今夜赶到家里。"

骑士把神王派给他的仆人拉基祖叫到面前,吩咐道:"你带这个青年去,背着他,在日出以前赶到他未婚妻的宫殿里。"

"听明白了,遵命就是。"

仆人回答着去了,一会儿变成魔鬼出现在他们面前。太子见了,吓得魂不附体,哆嗦着愣住了。骑士安慰他:"别害怕,快负在他肩上,让他背你回去吧。"

太子负在仆人肩上,骑士吩咐道:"你快闭上眼睛!"他一闭眼,仆人便带他飞腾起来,不断地在空中飞翔,不到五更时候,安然到达他岳父的宫殿上,放下他,叫他睁开眼睛,对他说:"这里是你岳父的宫殿。"说罢,悄然隐去。

清晨,太子的心情安定了,从容离开屋顶,去到宫中。国王见了,忙起身迎接,感到十分惊奇,说道:"我们见人都是从门外走进室内来的,可你是从天上降下来呀!"

"这是安拉的安排呢。"

太子安全到来,国王非常高兴,命宰相即时备办丰盛筵席,替公主和太子举行隆重婚礼,热闹空前。婚后,一对恩爱夫妻在宫中度了两个月的甜蜜生活,然后辞别岳父母,带着娇妻,回国省亲。他父亲听到儿子迎亲归来的消息,率领朝臣和军队出城迎接。父子久别重逢,共叙天伦,十分高兴快乐。

公主结婚后,她的堂兄弟大失所望,害了相思病,郁结而死。那个危害太子的宰相,在阴谋揭穿后,也受到严厉的处分。

妃子讲了《宰相和太子的故事》后,苦苦哀求道:"主上,愿安拉协助陛下克服大臣们,并希望陛下主张公道,保护我的权利,给予太子答有应得的处分吧。"

国王听了妃子的申诉,认为她有理,重申前令,命令处决太子。

第四个大臣的故事

第四天,大臣们第四次奉到处决太子的命令,其中第四个大臣自告奋勇,前去劝谏。他跪下去吻了地面,奏道:"愿安拉匡助陛下。关于处决太子的命令,臣等恳求暂缓执行。须知贻笑大方的事,智者是不做的。古谚说得好:'不考虑事情的后果者,必为时代所遗弃。'大凡行事不加考虑、审慎的人,难免要蹈受骗于其妇者的覆辙的。"

"告诉我吧,那是怎么一回事情?"

侍卫和泼妇的故事

古时有个大汉,做了国王的侍卫;可是他为人不正,爱上一个有夫之妇。有一天他打发小仆人送信给他的情妇,预备和她幽会。小仆人奉命去到那个女人家中,和她坐在一起谈话。不觉间忽然听得有人敲门,女人忙把仆人藏在地板下,然后出去开门。原来是她的情人——国王的侍卫持剑赶到。她虚惊之余,把他迎接进去,并肩坐着,卿卿我我,正谈得亲密的时候,忽然门外有人敲门。侍卫问道:"这是谁?"

"是我丈夫回来了!"

"我怎么办?怎么应付才对?"

"来吧,抽出你的宝剑,去站在门道里,指着我咒骂。等他进来时,你再走你的大路好了。"

情妇把侍卫摆布好了,这才出去开门。她丈夫进来,见国王的侍卫手中握着明晃晃的宝剑,神气十足地站着咒骂、威胁他老婆。可是见他之后,自觉惭愧,插上宝剑,无声无息地走了。他莫名其妙,问道:"这是怎么一回事?"

"我的人儿哟！多好啊！你来得正是时候哪，你这算是救了一条无辜的人命了！是这样的：刚才我在阳台上纺毛线，一个小奴仆惊慌失措，气喘吁吁，疯疯癫癫地跑到我面前，跪下去吻我的手脚，向我求救，说道：'太太，有人追来杀我呢，快救救我的性命吧！'我可怜他，把他藏在地板下面；接着那个大汉提着明晃晃的宝剑，跟踪追了进来，狠命地寻找。他问奴仆的去向，我一口否认，他便破口骂我、威胁我，如你亲眼看见的那样。赞美安拉，幸亏他把你给差遣来了；否则，我孤零零一个人，没有人帮助我，这就难应付了。"

"亲爱的！你做得真好；安拉会加倍赏赐你呢。"

她丈夫去到奴仆藏身的地方，喊道："喂！出来吧，没有事了。"奴仆闻声，钻了出来；他畏首畏尾，显着狼狈不堪的可怜相，博得主人的同情怜悯，安慰他说："你安心吧，没有事了。"

青年仆人感谢主人，替他祷告、祈福，最后主人把他送出大门，彼此莫名其妙，都不知道一场恶作剧，全是泼妇一手串演出来的。

大臣讲了《侍卫和泼妇的故事》后，奏道："主上，这是妇女们的阴谋诡计的一个例子，陛下不可轻信妇女，必须提防她们才对。"

国王听了大臣讲的故事，有所感动，接受他的忠告，毅然收回成命，免处太子死刑。

第五天，妃子去见国王，手中端着一碗毒药，批着自己的脸颊，哭哭啼啼地向国王申诉："主上，恳求陛下主持公道，维护我的权利，严惩太子，否则我就服毒自尽，等着总清算的日子跟你算账。你的大臣污蔑我，给我加上阴谋诡计的罪名；其实，天下没有比他们更阴险、毒辣的人。陛下难道不知道银匠和歌女的故事吗？"

"告诉我吧，那是怎么一回事情？"

银匠和歌女的故事

古代波斯有个银匠,生平最好喝酒,最爱图画。有一天,他去拜访朋友,见壁间挂着一幅美人图,是他生平没见过的最生动最美丽的一张画像。他欣赏了很长的时间,百般羡慕画工之妙,喟然叹道:"这幅画一定是画师对着一位美女临摹下来的。"

朋友不以为然,说道:"这也许是画家根据自己的理想描绘出来的。"

"如果世间真有画中这样漂亮的美女,那么希望安拉延长我的寿岁,让我亲眼见她一眼。"

当时在座的人,逢场作戏,彼此都感兴趣,追问作画的到底是谁。最后探得画师旅行在外,便给他写信,说明银匠朋友的愿望,询问那幅美人画的来源,是他想象中的创作,还是真有其人而临摹下来的。

画师回信,告诉他们,那幅美人图,是他根据印度克什米尔相府中一个歌女的倩影描绘出来的。银匠得到消息,预备一番,不辞辛苦,别乡离井,径向印度出发。他经过长期跋涉,受了无数风霜,终于到达克什米尔。

他在城中住定;有一天,去拜访当地一个经营化妆品的生意人——一个非常聪明、活泼、能干的商人,向他打听国王的德行。商人告诉他:"我们的国王是公正的高尚的,他的道德品行都很好,很关心庶民的疾苦,爱民如子。他只是讨厌魔法师,恨之入骨,因此一般弄魔法邪术的人,不论是端公或者巫婆,凡是落在他手里的,总要被他投入城外的一眼枯井里,活活地饿死。"

他又打听宰相、朝臣的情况。商人叙述他们的言行,和每人的特殊情况;他心直口快,越谈越起劲,终于谈到歌女,告诉他说:"如今她还在宰相府中呢。"

银匠了解了情况，耐心地安排、筹划着，花了几天工夫才把计划弄妥帖。于是趁一个狂风暴雨、雷电交加的黑夜，他带着偷窃工具，去到相府门前，用铁钩挂上梯子，爬进相府，闯入室内。他见姑娘们都睡熟了，其中有张云石床上，睡着一个美人，跟十四晚上的月儿一样漂亮可爱。他走过去，见床上挂着金丝帐，床头床尾的金质烛台上燃着明亮馨香的蜡烛，枕下摆着银质的首饰匣。他看清一切，抽出匕首，按在她肩膀上拉了一刀。姑娘从梦中惊醒，一见银匠，吓得目瞪口呆，不敢出声喊叫，以为他是来偷钱的，便好言对他说："匣里的首饰都给你，你拿去吧。我屈服在你刀下，你杀我也没有好处。"

银匠收下首饰匣，悄然逃出相府。第二天，他穿戴起来，衣冠楚楚地带着首饰匣进入王宫，谒见国王，跪下去吻了地面，奏道："主上，奴才是呼罗珊人，前来进句忠言。陛下德高望重，公正廉明，美名遐迩皆知，致使奴婢百般敬仰爱戴，不辞千里跋涉，远道前来，希望在陛下的卵翼下做个顺民。奴婢是昨天夜里到达这儿的，当时城门关了，便在城外露宿。可是在半睡半醒的状态中，看见四个女人，她们有的骑着扫帚，有的乘着扇子，翩翩而来，预备进城。我想深更半夜，良家妇女不会出门，她们一定是弄魔法的女巫。后来她们中的一人来到我的面前，用脚踢我，拿狐狸尾巴打我；打得我痛不可支，我这才发起脾气，抽出身边的匕首，一刀刺伤她的肩膀。她受了伤，惊惶逃跑，从她身边落下这个银匣。我拾起来打开一看，里面全是名贵首饰。奴婢向来云游高山深林，洁身自爱，从事追求真理、正道，尘世享乐早已置之度外，这种名贵首饰我是不需要的，因此送进宫来，献给陛下。请主上收下吧。"

他把首饰匣摆在国王面前，从容告辞。国王打开匣子，取出首饰一看，发现其中的一串项链，原是国王赐给宰相的，觉得惊奇，马上召见宰相，对他说："这是我给你的那串项链吧。"

宰相仔细端详，认识清楚，回禀道："不错，我把它赏给家中的一个歌女了。"

"叫她马上来见我。"

宰相奉命带歌女进宫。国王吩咐他,揭开衣服看看她的肩膀,到底有没有伤痕。

宰相奉命脱掉她的衣服检查,发现肩膀上的刀伤,奏道:"不错,主上!她肩膀上有伤痕。"

"毫无疑问,她是一个弄魔法的女巫,跟那个苦行者所告诉我的完全符合。"于是下令处罚她。当天把她送往城外的枯井中受刑。

夜里,银匠知道自己的阴谋诡计已经得逞,非常高兴,预备一千金币,装在钱袋中,带在身边,去到城外,和看守枯井的人在一起谈心。二更时候,他正经地和他讲价钱:"你要知道,老兄,这个姑娘并不是女巫,是我陷害她的。"于是把事件的始末,从头到尾详细告诉守井的人。最后他说:"这里送给你一千金币,让我把这个姑娘带走吧。金钱比禁闭姑娘更有用处,目前你得到这笔钱,今后我和姑娘还要替你祈福求寿呢。"

守井的人听了银匠的一席话,对他的阴谋诡计感到十分惊诧,接受了他的贿赂,让他带走姑娘,叫他们马上就走,不可在城中逗留。银匠接受他的条件,立刻带着姑娘动身起程,星夜奔波、跋涉,终于如愿以偿地回到波斯。

妃子讲了《银匠和歌女的故事》后,说道:"主上,从这个故事里,陛下可以看见男人的阴谋诡计了,这也就是宰相不让陛下维护我的权利的原因。现在我等着吧,将来总有一天我们两人站在一位公正的法官面前受审,让法官替我申冤报仇好了。"

国王听了妃子的申诉,认为她有理,重申前令,命令处决太子。

第五个大臣的故事

大臣们第五次奉到处决太子的命令,第五个大臣自告奋勇,前去谒见国王,跪下去吻了地面,奏道:"臣冒昧前来进句忠言,恳求陛下暂缓处决太子;须知操之过急,往往事后懊悔不及;臣恐陛下对这桩事处置失当,会蹈终身不笑者的覆辙哩。"

"告诉我吧,那是怎么一回事情?"

终身不笑者的故事

从前有个财主,田产地业很多,家里车马婢仆成群,一生过着荣华富贵的享乐生活,到他死时,遗下一个年幼的独生子。过了几年,那个孤子逐渐成长,继承他父亲的遗产,过享乐生活,大吃大喝,花天酒地,经常出入娱乐场所,浮游于歌舞声色之中。他为人慷慨,好善乐施,挥金如土,没有几年工夫,他父亲的产业,全被他花光了。

他出卖婢仆和家具什物,勉强维持生活,后来手中一物不剩,变为无衣无食的穷人,只好出卖劳力,靠做短工糊口,忍苦耐劳地过了一年。有一天,他坐在一堵墙下,等着受雇。忽然一个衣冠楚楚、脸容慈祥的老人走到他面前,跟他打招呼。他觉得奇怪,问道:"老伯!你认识我吗?"

"我根本不认识你,孩子;我看目前你虽然落寞,但从你身上还能发现一些富贵的余痕呢。"

"老伯! 这是命运决定了的。你家有没有事需要雇我去做?"

"是的,我打算请你给我处理一些简单的家务事。"

"什么事,老伯,你告诉我吧。"

"我家里有十个老人,需要有人照料他们。我们供你足够的衣食,雇你去照顾我们的生活起居;除了付你工资,还要给你一些额外的好处。也许借这个机会,安拉会逐渐恢复你的幸福的。"

"听明白了,遵命就是。"青年慨然应雇。

"我可是有一个条件。"

"什么条件,你说吧。"

"你必须给我们保守秘密;看见我们伤心哭泣,不许你问我们哭泣的原因。"

"好的,老伯,我不问就是。"

"凭着安拉的福分,孩子,你跟我来吧。"

老人带青年上澡堂去,让他洗掉身上的污秽,给他换上一套新的布衣服,然后带他回家。他抬头看见那是一幢结构坚固、建筑巍峨宽敞的房屋,里面房间很多,每个大厅中都有喷泉设备,养着雀鸟,屋外还有花园。老人带他去到一间大厅中,彩色云石的地板上,铺着丝毯,琉璃、红金镶嵌的天花板闪着灿烂夺目的光辉。里面有十个年逾古稀的老人,身穿丧服,相对伤心饮泣。眼看这种情景,他觉得奇怪,打算问个清楚明白,但想起老人提出的条件,便默不作声。接着老人给他一个匣子,里面盛着三千金币,对他说:"孩子,我把这个匣子交给你,让你使用里面的钱,维持我们的生活;一切都靠托你了。"

"听明白了,遵命就是。"他慨然接受老人的托付,从此在屋里服侍他们,一切都由他经管,和他们平安无事地生活在一起。但好景不长,才过了几天,他们中的一人害病死了,他的同伴们洗涤、装殓他的尸体,把他葬在后花园中。后来那些老头子,除了雇用青年的那个外,其余的人在几年内一个个都死了,屋中只剩他们两人,一老一少,相依为命,在一起生活了几个年头。最后老头患病,眼看没有活命的希望,青年这才对他说:"老伯,我小心翼翼,勤勤恳恳地伺候你们,从来不曾疏忽大意,十二年如一日,向来小心谨慎,始终听从你们的吩咐、指示。"

"不错,我的孩子;你照料我们至今,现在老人家们先后逝世,都回到安拉御前去了。我们活着的人，迟早难免也是要死亡的。"

"我的主人哟！你卧床不起，病况很严重，当此生离死别之际，希望你告诉我，过去你们长期忧愁、苦闷、伤心、哭泣，这到底是为什么呢？"

"孩子，你别麻烦我吧，这些事你是不需要知道的。我向安拉祈祷过，切望他保护人类，别让人们再像我这样遭劫。你如果要避免不蹈我们的覆辙，希望你千万别开那道房门。"他伸手指着前面的一道房门，警诫青年，"如果你要像我们这样的遭难，你就去开吧。你开了门，就明白我们的情况了；但那时候，你懊悔就不管用了。"

老人的病势越来越沉重，最后终于瞑目长逝。青年亲手洗涤、装殓他的尸体，把他葬在园中同伴们的旁边。然后他孤零零一个人留在屋中，不知做什么才好，惴惴不安，被老人们的事情吸引、侵扰着。有一天，他想起老人临终时不许他开那道房门的嘱咐，一时被好奇心驱使，决心要看个究竟，于是一骨碌爬起来，走了过去，仔细打量，原来是一道很别致的房门，被四把钢锁锁着，门楣上结满了蛛网。

他仔细打量之后，想起老人临终时的警诫，毅然离开那道房门。可是他的心情始终烦乱着，随时想去开门。他彷徨、犹豫了七天，到第八天，他再也坚持不住，自言自语地说："安拉的判决和生前注定了的事是无法避免的，一切事物都是安拉规定了的，我一定要开门，非看一看它能给我带来什么遭遇不可。"于是他毅然决然冲到门前，打破锁，推开门，眼前便出现一条狭窄的甬道。他不顾一切，走了进去，约莫行了三个钟头，来到一个无边无际的大海面前。他感到惊奇，东张西望地在海滨徘徊观望，突然一只大雕从空中落了下来，抓起他飞上高空，盘旋一阵，落到一个海岛上，把他扔在那里，便扬长飞去。

他在孤岛上犹疑、迷惘起来，走投无路。有一天，他坐在海边，望洋兴叹，无意间看见老远的海面上出现一只小船，隐约像空中的晨星。他把希望寄托在这只船上，认为它可以渡他脱险，便耐心等待。

小船驶到岸边,他仔细一看,原来是一只用象牙和乌木精制的小艇,用金属磨得灿然发光,配着檀木的桨和舵,里面坐着十个月儿般美丽的女郎。她们一起上岸,吻他的手,对他说:"你是女王的新郎哪!"接着一个笑容可掬、像晴空的太阳那么美丽可爱的女郎走近他,打开手里的丝包袱,取出一袭宫服和一顶镶嵌珠宝的金王冠,给他穿戴起来,引他上船,然后划桨出发。

　　船中铺着各种彩色的丝绸铺垫。他眼看这些富丽陈设,相信自己是在梦中,不知她们要把船划到什么地方去。

　　小船破浪前行,驶到一处岸边。他抬头一看,岸上站着无数兵马,武装齐备,个个披着铠甲。他们给他预备五匹驯马,配着镶嵌珍珠宝石的金鞍银辔。他跨上其中的一匹,其余四匹在后面随行,于是兵马分成左右两队簇拥着他,在鼓乐喧天,旗帜招展的隆重仪式中,浩浩荡荡地向前迈进。当时他感觉犹疑、迷惘,认为自己是在梦中。

　　他们走着走着,来到一处广阔碧绿的草原地带,那儿矗立着一座宫殿,周围散布着庭园,还有茂密的森林,湍流的河渠,盛开的香花,歌唱的飞禽,景致非常美丽、清幽。

　　到了那个地方,只见无数的队伍流水般从宫殿中涌了出来,布满在草原上,围绕着他。接着他们的国王骑着骏马,带领仆从来到他面前,下马问候他。他赶忙下马,和国王彼此见面,致敬。国王说:"随我来吧,现在你是我的客人了。"于是两人跨上坐骑,并辔亲切地谈笑着,被侍卫和部队簇拥着,在隆重的仪式中,一直去到王宫门前,这才双双下马,手牵手地进入宫中。

　　国王让他坐在一张金交椅上,自己坐在他的旁边,取下罩在头上的面纱,露出他的本来面目。原来所谓国王,却是一个满面春风、月儿般美丽可爱的巾帼英雄。他见了她的窈窕美丽和宫中富丽堂皇的场面,感到惊奇羡慕。女王对他说:"你要知道,我是这个地方的女王,你所看见的那些兵马,不论骑士或步兵,她们全是女流,当中没有一个男子。我们这个地方,男人的职务是耕田种地,建筑房屋,从事有利于国计民生的各种工艺。至于国家大事,都由妇女管理,她们不但掌握政权,负责处理政府各部门的事务,而且还要服兵役呢。"

他听了,感到十分惊奇。一会儿宰相出现在女王面前。她是个头发斑白、面貌庄重、非常威武严肃的老太婆。女王吩咐她:"给我们请法官、证人来吧。"

宰相奉命,匆匆去了。女王亲切和蔼地跟他谈话,安慰他,消除他的顾虑,问道:"你愿意我做你的妻子吗?"

他立刻站起来,跪下去吻了地面,回道:"主上!我比陛下的仆人穷多了。"

"你眼前的这些婢仆、人马、钱财和库藏,难道你没有看见吗?"

"不错,我看见了。"

"这一切都摆在你面前,你随便使用、支配好了。"她说着,又指出一道锁着的房门嘱咐道:"那一切你可以随便支配、使用,只是这道房门不许你开,否则你懊悔就来不及了。"

女王说罢,宰相已带了法官和证人来到他们面前。他一看,见她们一个个都是老太婆,头发披齐肩膀,摆着庄重、严肃的架子。女王吩咐举行婚礼,和他正式匹配成夫妇,并摆下丰盛的筵席,大宴宾客;兵士也都参加吃喝,盛况空前。

新婚之后,他和女王一对恩爱夫妻,相亲相爱,过着非常舒服、快乐、安逸的享福生活,不知不觉也就过了七个年头。有一天,他想起那道锁着的房门,自言自语地说:"里面要不是藏着更丰富精彩的宝物,她是不会禁止我开门的。"于是他一骨碌爬起来,毅然开了房门,进去一看,原来里面关着的是从前抓着他飞到岛上的那只大雕。

大雕一见他,便对他说:"你这个一生不会成功的倒霉家伙,不再欢迎你了。"他听了回头便逃。大雕赶上去,抓着他,飞腾起来,在空中飞了约莫一个钟头,才慢慢落在原先抓他的那个地方,把他扔在海滨,然后展翅飞去。

他坐在海滨,慢慢清醒过来,想着在女王宫中掌大权、发号施令的那种荣华富贵生活,忍不住伤心、哭泣。他希望回到妻子宫中去,便待在海滨观望、等待了两个月。有一天夜里,在忧愁、苦闷的失眠状态中,忽然有一股但闻其声而不见其人的声音在他面前说道:"你尽情地烦恼吧;已经失去了的,要恢复它,那谈何容易啊!谈何容易啊!"

他听了那股声音的启示,知道没有希望回到妻子那里,不可能恢复荣华富贵生活,不禁大失所望。他回到七年前老头们居住的屋子里,悟到他们的境遇和自己目前的遭遇正是一样,这也就是他们忧愁苦恼、伤心哭泣的原因,觉得他们也有可原谅的地方。

他从此住在那幢寂寞、冷落的房子里,终日忧郁苦闷,长吁短叹,持续地悲哀哭泣,不吃不饮,并终身不复一笑,直至气绝身死。

大臣讲了《终身不笑者的故事》后,谏道:"主上,急躁为人所不齿,其结果往往使人后悔不及。臣不揣冒昧,借此故事向陛下进句忠言而已。"

国王听了大臣的劝告,受到启发,接受他的忠言,收回成命,免处太子死刑。

第六天,妃子带着一柄明晃晃的宝剑去见国王,向他申诉道:"主上,你要知道,你的大臣仇视我,他们一贯诬蔑妇女,说妇女善于阴谋、诡计。他们企图用恶言蜚语剥夺我的权利,进而蒙蔽陛下的视听,骗取陛下的信任,致使陛下舍弃自己的责任,不听我的申诉,因此我必须讲一讲《恶仆的故事》,证明男人的阴谋、诡计才是最恶毒的。"

恶 仆 的 故 事

从前有个活泼不拘小节的人。某天他去赶集,到市中听见一个小伙子大声叫唤,愿意出卖自身,去做买主的仆人。他花一笔钱买了那个小伙子,带回家去,当仆人使唤。有一天,他对老婆说:"近来天气晴和,明天你上公园里去消遣、散步好吗?"

"很好,我去就是。"老婆欣然接受丈夫的建议。

仆人听了主子夫妇的谈话,振奋起来,连夜赶着烹调食物,还预备一些干果和鲜果,悄悄地带到公园中,把食物和果品分别藏在路旁的几棵树下。

第二天,主人命仆人带着饮食果品,照料太太去逛公园。仆人遵从命令,牵着马缰,小心翼翼地伺候太太,去到园中。他听见树上乌鸦的叫声,便应声说:"是啊! 你说对了。"

"你知道乌鸦说的是什么吗?"太太问他。

"我知道,太太。"

"它说什么呢?"

"它说这棵树下有食物,你们来吃吧。"

"我看你是懂得鸟语的。"

"不错,我懂得一点点。"

太太走了过去,见树下果然摆着食物,于是她和仆人坐着吃喝,感到十分惊诧,相信仆人真的懂得鸟语。吃毕,主仆漫步游览,听见乌鸦又叫,仆人又应声说:"是啊! 你说对了。"

"它说什么?"太太问。

"它说这棵树下有酒,你们来喝吧。"

于是她随仆人去到树下,那里果然有酒,她越发惊奇,非常钦佩仆人,于是一起坐下喝酒。喝了酒,主仆两人漫步欣赏景致。一会儿乌鸦又叫,仆人又应声说:"是呀,你说对了。"

"这只乌鸦说什么呢?"

"它说那棵树下摆着鲜果和干果,你们去吃吧。"

于是主仆一起去到树下,果然发现果品,便坐下享受。吃毕,起身漫游,接着,乌鸦又叫,仆人拾起一块石头砸了过去。太太问道:

"你为什么打它？它说什么呀？"

"它这次说的话我不能告诉你。"

"我们之间没有什么隔膜；说吧，不必顾虑。"

"不，我不敢说。"

"说啊，你非告诉我不可。"她急得向他发誓。

"它说：你杀掉老爷，娶太太做妻子吧。"

太太听了，哈哈大笑，笑得抑制不住自己，倒在地上。她对仆人说："这桩事容易极了，我助你一臂之力吧。"

仆人和太太正在商议谋杀老爷，事属巧遇，老爷忽然出现在仆人后面，一声吼叫起来，问道："小奴才！太太为什么躺在地上哭泣？"

"回老爷：太太从树上跌下来，已经摔死了；幸亏安拉保佑，这才慢慢苏醒过来。如今她正躺在地上休息。"

老婆见丈夫站在自己身旁，装出痛苦的模样爬起来，啰啰唆唆地哼道："哟！我的腰背痛得要命！过来吧，亲爱的，我活不成了！"

他眼看这种情景，惊慌失措，走到仆人面前，喝道："小奴才，快给太太牵马来吧！"于是扶她上马，主仆两人替她牵着马缰，前扶后拥地照料她回家，安慰她说："不碍事，安拉保佑你，回家慢慢养息就会好的。"

妃子讲了《恶仆的故事》后，哭哭啼啼地说道："主上，这是男人阴谋诡计的一个例证。恳求陛下别因大臣们的阻挠就不保护我，不替我申冤报仇吧。"

国王看着心爱的人伤心哭泣，觉得可怜，便重申前令，命令处决太子。

第六个大臣的故事

大臣们第六次奉到处决太子的命令,其中第六个大臣前去谒见国王,跪下去吻了地面,奏道:"关于处决太子的事,臣冒昧前来进句忠言,恳求陛下从长计议,缓期执行。因为世间的一切虚伪,正像过眼烟云,只有真理才是处世接物的根据。虚伪的黑暗,必为真理的光辉所消灭。古往今来,妇女的阴谋诡计是耸人听闻的,古籍中屡见不鲜。据臣所知,某些帝王将相、达官贵人,惨遭一个女人的侮辱、愚弄,那真是史无前例的。"

"告诉我吧,那是怎么一回事?"

女人和她的五个追求者的故事

从前有一个商人的女儿,结婚后,她丈夫经常在外做买卖。有一次他去得很远,日久不归,老婆在家日夜思念,惴惴不安,生活很不安定。她家里有个活泼伶俐的青年仆人,原是商人出身,很受女主人的关怀爱护。有一天,仆人在外跟人家吵嘴,告到官厅,被省长监禁起来。消息传到她耳中,她急得差一点丧失了神志。后来她穿上最华丽的衣服,收拾打扮得花枝招展,姗姗去到省府,求见省长,问候他,并向他申诉:"我弟弟跟人争吵,告到衙门,证人作假,偏袒对方,因此他受冤枉,被大人拘禁起来。我自己孤零零一个人,全靠他照顾我,所以前来求见大人,恳求大人施恩,释放他吧。"

"你先到我房里等一等,"省长呆呆地盯着她说,"我派人去领他来,让你带他回家去好了。"

"报告大人,我唯一可依靠的是安拉;像我这样一个陌生女子,不可以随便穿房入户啊!"

"你要进房去，我才释放他呢。"

"如果大人要这样，那么请劳驾到寒舍去整整地耍一天吧。"

"你家住在哪儿？"

她把自己的住址告诉省长，约定幽会日期，然后告辞。她又匆匆去到法官家里求援，喊道："法官老爷哟！"

"什么事呀？"法官问她。

"求你照顾我吧，安拉会赏赐你呢。"

"是谁亏枉了你？"

"老爷啊！为了我的兄弟我才抛头露面，被迫前来求见老爷的；因为他跟别人吵嘴，证人作伪，他受冤屈，被省长监禁起来。因此我来向老爷呼吁求救，求老爷说说情，请省长释放他吧。"

"你很会说话，我真钦佩极了；你到隔壁房里休息，我就派人去见省长，请他释放你的弟弟；如果需要赎金，由我代付好了。"

"如果老爷肯这样做，我们就不用埋怨别人了。"

"你要是不愿进房去，那就请便，走你的大路吧。"

"老爷如果要这样，那么请劳驾光临寒舍好了。"

"你家住在哪儿？"

她把住址告诉法官，并把跟省长约定的日子作为幽会的日期，然后告辞。她又匆匆去到相府，求见宰相，向他申诉，陈述她弟弟受冤屈被监禁的情况。宰相跟她交谈，他的口吻和法官完全一样。迫不得已，她对宰相说："如果老爷高兴，请劳驾到我家里来吧。"

"你住在哪儿？"宰相问。

她把住址告诉宰相，并把同样的日子约为幽会日期，然后告辞。她又匆匆去到王宫，谒见国王，陈述情况，向他呼吁求救，恳求释放她的弟弟。国王问道："是谁监禁了他？"

"是省长监禁了他。"

国王听了申诉，命她暂且进后宫去，以便差人去见省长，命他释放她弟弟。她迫不得已，便对国王说："陛下若不见弃，御驾光临寒舍,奴婢不胜荣幸之至。"

"为了你,我什么都不反对。"

于是她把跟别人约会的日子作为同国王幽会的日期,并把住址告诉国王,然后告辞。之后,她匆匆去到木匠铺里,对木匠说:"请你替我做个橱柜,上下共分四层,每层各开一门,可以个别关锁。告诉我吧,你要多少钱,我给你好了。"

"做这样一个橱柜,需要四个金币。不过,你这位廉洁太太,要是你肯赏个脸,让我到府上去拜望你,那么这笔工钱,我就分文不要了。"

"你如果非去不可,那么请给我把橱柜做成五层好了,并且每道门上都要钉上一个门扣,以备关锁。"

"好极了,遵命就是。"

于是她把跟别人约会的日子也作为和木匠幽会的日期,叫他当天带着橱柜去看她。木匠对她说:"太太,还是请你坐下来等一等,我马上动手给你做。做好了,你自己带走吧。到了约会时候,我再来拜望你好了。"

她接受木匠的建议,果然坐在木匠铺里,等他做好了五层的一个橱柜,这才带回家去,摆在客室里。接着,她找了四套便服,送往洗染房,嘱咐染匠把衣服染成四种不同的颜色,每套各染一种。一切交代清楚,她便赶回家去,烹调饮食,预备果品。

一切布置妥帖之后,约会的日期到了,她穿上最华丽的衣服,涂脂抹粉地打扮起来,拿各种名贵的毡毯铺在客室里,点缀得焕然一新,然后安静地坐着等候客人。一会儿法官到了,他是最先光临的客人。她一见法官,立刻起身迎接,跪下去吻了地面,然后拉着他走进客室,请他坐下,对他说:"老爷,你宽宽衣服,脱掉缠头,换上这套黄便服,包上这块小头巾吧;这样,吃喝起来,比较方便多了。"于是他换了便服,她收起他的长袍和缠头。这时候,忽然听得有人敲门,法官问道:"是谁敲门?"

“是我丈夫回来了。”

“这怎么办？我上哪儿去呢？”

“你别怕，让我把你藏在这个橱柜里。”

“你觉得怎么好，就怎么办吧。”

她把法官牵到橱柜面前，请他钻进最低的一层，加上锁，然后出去开门。一看，原来是省长到了。她跪下去吻了地面，拉他走进客室，请他坐下，说道：“老爷，你上这儿来等于在你自己家里，我自己等于你的奴仆，打算留你在这儿耍一天。请宽宽衣服，换上这套红色便服吧，这样就轻松愉快了。”

省长换上便服。她拿一块破布给他缠起头来，收起他的长袍，说道：“老爷，求你行行好，给我写个释放我弟弟的便条吧；你写了我才放心呢。”

“听明白了，遵命就是。”省长慨然允诺，马上提笔写字条通知狱吏：

> 字到时，立刻释放前日因口角被拘押的青年，不得有误，此令。

写毕，脱下戒指，盖上印章，刚把便条交到她手里，便听到敲门声；他一怔，问道：“这是谁？”

“是我丈夫回来了。”

“我怎么办？”

“你来躲在橱柜里吧。”

她牵省长去到橱柜面前，请他钻进第二层，加上锁，这才出去开门。这一切的情况，叫法官都听见了。她开门一看，是宰相来了，就跪下吻了地面，殷勤接待，欢天喜地地说：“老爷驾临，使寒舍增光不浅；我们在此见面，这是安拉的恩赐。”于是领他走进客室，请他坐下，说道：“请老爷宽宽衣服，换上这套便服吧。”

宰相脱掉官服和缠头，换上一套蓝色便服，戴上一顶红色尖顶帽。她把宰相的衣服折叠起来,说道:"这套官服,我暂时收起来,等老爷上朝时穿吧。现在是吃喝、作乐的时候,穿便衣比较轻松愉快些。"

他们两人坐下,正在亲密地交谈着,突然听得有人敲门,宰相问道:"这是谁?"

"是我丈夫回来了。"

"那我怎么办?"

"来吧,暂且躲在橱柜里,让我支使他走,再来伺候你。你别害怕!"于是她让他钻进第三层,关锁起来,匆匆出去开门。一看,是国王到了。她跪下去吻了地面,拉他走进客室,请他坐在首席,说道:"陛下御驾亲临寒舍,奴婢不胜光荣之至。倘若奴婢能把世间的一切拿来献给陛下,这还抵偿不了陛下走一步路的代价呢。现在恳求陛下准我再说一句吧。"

"有什么话,你尽管说吧。"国王慨然允许。

"陛下宽宽衣服,脱掉缠头,痛痛快快地消遣好吗?"

国王脱了价值千金的宫服。她拿一套不值十元的旧衣给他穿上,花言巧语地奉承、取悦他。她的言谈叫橱柜里的人全都听见了,可是他们不敢开口说话。接着她对国王说:"那天我说过,要在这次幽会时伺候陛下,让陛下尽情地愉快、享受一番。"

正当他们这样亲密地叙谈着,忽然听见有人敲门,国王问道:"这是谁?"

"是我丈夫回来了。"

"为了尊重他,你叫他走吧;否则我亲自去撵走他。"

"不必这样,还望陛下暂且忍耐,让我去好生打发他吧。"

"那我怎么办呢?"

她牵国王去到橱柜面前,让他钻进第四层,关锁起来,匆匆出去开门。一看,是木匠来了。一见面,木匠就问候她。她带木匠走进客室,指着橱柜说:"你到底是怎么做这个橱柜的?"

"橱柜怎么了,太太?"

"层次过于狭窄了。"

"我的太太啊,这已经够宽的了。"

"宽什么? 要不相信,你钻进去试试,还容不下你一个人哩。"

"要我说,这尽够容纳四个人呢。"

木匠说着就钻进第五层去作试验。她趁机把柜门锁上,带着省长写的便条,急忙赶到监狱里,找着狱吏,递上便条。狱吏接过去一看,知道是省长的手笔,吻了一吻,遵命放了犯人。

她见了仆人,把奔走、营救的情况全都告诉了他。仆人问道:"现在该怎么办呢?"

"做了这样的事情,我们不能在这儿住下去了。让我们逃到别个地方去吧。"

他们商量好,就匆匆收拾贵重什物,拿骆驼驮着,马上动身起程,径往他乡找生路去了。

国王、宰相和官僚们被锁在橱柜里,整整三天没吃喝,紧急时忍受不住,就随意便溺,每个人都淋得满头满身的粪尿。法官忍无可忍,怨道:"这些脏东西是干什么的? 莫非我们这样的处境还不够苦,你们硬要便溺在我身上吗?"

听了下面的怨声,省长抬高嗓子,应道:"法官哪,安拉加倍赏赐你了!"

听了应声,法官知道他是省长。接着省长大声怨道:"哟! 这是谁在上面便溺呀?"

听了下面的怨声,宰相大声应道:"省长哟,安拉加倍赏赐你了!"

听了上面的应声,省长知道他是宰相。接着宰相大声问道:"到底是谁在上面便溺呀?"

听了怨声,国王知道他是宰相,默不作声,隐瞒着自己的身份。宰相愤愤不平,诅咒道:"愿安拉驱逐、惩罚这个泼妇;除了国王,我们国家各部门的重要首脑都叫她侮辱愚弄够了!"

听了宰相的慨叹,国王忍不住叫道:"你给我闭嘴,别说了吧。其实我是第一个落在这小娼妇手里的人呢。"

木匠在最高层,听了他们的谈话,也自言自语地诉起苦来:"我以四个金币的工资替她做了这个橱柜,我来取钱,却中了她的毒计,被骗进来关在橱柜里;我到底犯了什么罪过呢?"

于是他们互相交换意见,攀谈起来,并好言安慰国王,替他解闷。

后来隔壁邻居的人们出入往来,见这屋子几天来都关锁着,寂然无声。有人说:"我们这家邻居的女主人好生住在屋里,经常出出入入,可是这几天怎么不见她了? 里面什么声音都听不到,大门一直关锁着,不见她家一个人影。来吧,我们破门进去看个清楚明白,别等闹出事来,传到省长或国王耳中,把我们拿去坐牢,那时候我们不关心邻居,犯了做事不周到的罪过,懊悔也就来不及了。"于是大家破门进去,听见客室中的橱柜里发出哼喘呻吟的声音,便议论纷纷。有人说:"难道有神住在这个橱柜里吗?"接着有人提议:"我们拿柴火架起来烧吧。"

听了邻居们的议论,法官高声喊叫起来,说道:"千万烧不得啊!"人们听了,议论越发纷纭。有人说:"鬼神变化多端,他们能够扮成人形,会学人说话呢。"

听了邻居们的议论、猜测,法官急忙朗诵几节《古兰经》,对他们说:"请你们靠近橱柜些。"于是说明他自己是法官,并说明橱柜中关着其他好几个人。邻居问道:"是谁把你弄到这儿来的,告诉我们吧。"

法官把事件的始末,从头到尾详细说了一遍,他们这才找来一个木匠,弄开橱柜,救出法官,同样也释放了省长、宰相、国王和木匠。

他们从橱柜中爬了出来,每人身上穿着一套不同颜色的便衣,狼狈不堪,彼此面面相觑,一个望着一个苦笑。他们追究那个女人,却早已远走高飞,无影无踪,他们的官服和缠头也全都被她带走。最后他们只好托人回到各人家中取来衣冠,脱掉便服,穿戴起来,狼狈归去。

大臣讲了《女人和她的五个追求者的故事》后,谏道:"陛下,请注意那个女人对官长们施展的阴谋诡计吧。国王宰相个个受到侮辱,这全是妇女阴险、毒辣的缘故。我给陛下讲了这个故事,不过是要证明妇女的愚顽、丑恶、阴毒的一斑罢了。陛下不该听妃子的谗言而处决太子,割断国祚,以至将来陛下百年归天时,就没有香烟后代了。"

听了大臣讲的故事和进的忠言,国王受到启发,觉悟起来,毅然收回成命,免处太子死刑。

第七天,妃子哭哭啼啼,燃着一团烈火,闯到国王面前。国王见了问道:"你这是干什么呀?"

"我活厌了。主上若不处罚太子,维护我的权利,我只好用火自焚了。告诉你吧,我已经写下遗嘱,分了财物,决心要死,让主上像虐待廉洁者的国王那样懊悔不及。"

"告诉我吧,那是怎么一回事情?"

廉洁者和项链的故事

从前有个廉洁守本、节衣缩食、专心膜拜安拉的善良女人,王宫里的人都乐意接近她,向她学好,非常尊敬她。有一天,她照例进宫去,和王后坐在一起谈心。王后要洗澡,解下价值千金的项链交给她,对她说:"这串项链交给你,请你替我保管着,待我洗完澡再给我吧。"

她接受委托,收下项链,小心翼翼地等候王后。一会儿她预备祈祷,把项链放在礼拜毯上,出去便溺。她走后,一只鸟飞到屋中,啄起那串项链，飞到宫殿的一个屋角里去了。

王后洗完澡，回到寝宫，向她索取项链，她才发觉项链不翼而飞，找遍各处，一直没有找到。她对王后说："指安拉起誓，我的女儿啊！我收下项链，把它放在礼拜毯上，当时没有人进房来。我做礼拜时，有没有人进房来，趁我不注意时拿走项链，这我可不清楚。关于这桩事的底细，我想只有安拉才明白。"

国王听了遗失项链的消息，吩咐王后鞭挞拷问，用火烧她。王后遵循命令，用尽各种刑法，残酷拷打，严刑审问；可是她始终招供不出什么，也不攀扯别人。国王下令，给她戴上镣铐，送进监狱。

有一天，国王和王后双双地坐在宫中消遣谈心，抬头看见一只鸟儿从屋角飞出来，嘴里衔着那串项链，便吩咐身边的女仆追去，夺回项链。这时候国王恍然大悟，知道那个廉洁女人受了冤枉，衷心懊悔，下令释放她，并命带她进宫去见他。

她去到国王面前。国王吻她的头，望着她伤心哭泣，表示忏悔，向她道歉，并送她许多钱财。她分文不取，毫无怨言地宽恕了他，从容告辞，离开宫殿，发誓终身绝交息游，隐居在高山深谷中，与大自然为伍，直至白发千古。

一对鸽子的故事

有一对鸽子，雌雄合作，收集许多大麦和小麦，储藏在窝里，准备做冬天的粮食。到了夏季，气候炎热，麦子里的水分蒸发，数量减少。雄鸽产生疑心，以为雌鸽偷吃麦子，便对她说："麦子叫你吃了。"

"不，指安拉起誓，我一粒也没吃。"

雄鸽不相信，用翅膀打她，用嘴啄她，直把她给折磨死了。

夏天过了，气候渐凉，窝里储藏着的麦子受到湿气，渐渐膨胀，恢复了原来的数量。雄鸽望着，恍然大悟，知道妻子无辜被自己虐杀，百般懊悔,躺在死了的雌鸽旁边呻吟叹息,越想越伤心,不吃不饮,疲弱不堪,终于随着雌鸽死了。

公主和太子的故事

古代某国王的女儿中,有个绝世佳人,生得非常窈窕、美丽,名叫黛图玛羽,是当代妇女中无可媲美的佼佼者。她自己也说:"我是世间唯一的美人。"许多公子王孙向她求婚,没有一人被她选为快婿。她夸口说:"我只和战胜我的英雄好汉结婚;谁的武艺高强,能战胜我,我便心悦诚服,甘心嫁他为妻。可是跟我对垒,被我打败的人,我要没收他的战马,解除他的武装,还要在他额上烙下'黛图玛羽的俘虏'这几个字为记号。"

黛图玛羽天生丽质,名满天下,许多公子王孙,纷纷向她求爱、比武,有的不远千里而来,企图娶她为妻。可是比武的结果,一个个都败北、屈服,吃了苦头,缴了战马、器械,还被烙了火印。

波斯国的太子白赫拉睦听了黛图玛羽公主的美名,不辞远道跋涉,率领人马,带着钱财宝物,前来求婚。他谒见国王,陈述求婚愿望,献上名贵礼物。国王收下礼物,十分尊重来宾,开诚布公地对白赫拉睦太子说:"孩子,黛图玛羽公主曾经发誓,只跟战胜她的英雄结婚,因此我不能代办她的婚姻。"

"我接受她的这个条件,才离乡背井、不远千里而来的。"太子表明态度。

"这么说,明天你和她见面比武好了。"

第二天,国王去到黛图玛羽公主房中,告诉她白赫拉睦太子前来求婚比武,征求她的同意。公主听了,欣然接受,即时准备,武装起来,跨上战马,冲到比武场中。当时白赫拉睦太子也全副武装,决心和公主决一胜负。

太子向公主比武求婚的消息传出去,观众络绎不绝地从各方面前来观战。黛图玛羽公主身穿战袍,腰束围带,头戴面纱,神采奕奕地出现在比武场中。白赫拉睦太子身穿铠甲,执着锐利武器,英勇地冲到阵前。两人碰头,互打起来,彼攻此守,继续战斗,相持了很长的时间,却不分胜负。公主和太子对垒、战斗,根据以往的经验阅历,认出太子是骑士中出类拔萃的人;他武艺高强,骁勇过人,是她生平第一次碰到的英雄好汉。因此心中有些胆怯,唯恐败在他手下,贻笑大方。她相信自己会败在他手下,必须智取,才能转败为胜,于是毫不犹豫,揭开自己的面纱,露出她那闭月羞花的美丽面孔。白赫拉睦太子看见她的容颜,大吃一惊,一下子愣住了。他浑身酸软,意志消沉,精神涣散,无形中丧失了战斗力。黛图玛羽公主看见这种情况,毫不放松,跃马冲了过去,一个措手不及,把太子从马鞍上拔了起来。太子被擒,落在公主手里,像小麻雀被老鹰抓在爪中一样,无法挣扎、逃脱,结果被公主解除武装,扒掉衣服,烙了火印,然后弃置在旁。

白赫拉睦太子吃了败仗,慢慢清醒过来,痛定思痛,气得接连几天不吃不饮,也不睡觉。他打发仆人送信回国,报告消息,向国王表示最大决心:如果夙愿不偿,绝不回国,宁可死在异乡。

波斯国王接到太子的信,忧心如焚,要派大兵前去讨伐。幸亏宰相谏阻,劝他忍耐,免动刀兵。

白赫拉睦太子为要达到目的,千方百计,想出一个办法。他听得公主常到御花园中消遣,便扮成一个老头子,去到御花园中,对园丁说:"我是个异乡人,老远地离开家乡,流落到此。我从小到老,一直过的农民生活,最会栽种,长于培植花草树木。在种植方面比我内行的人,恐怕不易多得。"

听了太子的谈话,园丁十分欢喜,领他进去,留他住下,跟家人生活在一起,协助他工作,一起培植花木,管理果树。有一天,他正在工作,突然来了一群仆人,牵着骡子,驮着铺盖、器皿。他一打听,仆人们对他说:"公主要来游园了。"

听了公主要来游园的消息,他喜不自胜,急忙把国内带来的名贵首饰和宝物带到园中,找个地方坐下,摆一部分首饰宝物在面前,颤巍巍地显出老态龙钟的模样。

一会儿,黛图玛羽公主在成群结队的奴婢簇拥中,姗姗走进御花园。她在奴婢群中,好像围绕着繁星的月儿。她漫步欣赏景致,采馨花,摘果实,走着走着,去到一棵树下,发现太子坐在那儿,便走过去仔细打量。原来是个老仆,抖手抖脚、颤巍巍地坐在树下,面前摆着一些名贵的首饰和稀有的宝物。她们觉得奇怪,问他那些首饰干什么用。他说:"我拿这些首饰,要娶你们中的一个姑娘做妻子。"

她们听了哈哈大笑。公主指着一个宫女,对他说:"你娶这个姑娘好了。"他毫不犹豫,把首饰一股脑儿送给那个姑娘。姑娘高兴快乐,喜不自禁,其余的嘻嘻哈哈,大家奚落他一番,这才倦游归去。

第二天,黛图玛羽公主随奴婢姗姗去到御花园中,走近大树,见老头依然坐在那里,摆在面前的首饰比头次更多,于是她们围着他坐下,对他说:"老人家,你这些首饰是做什么用的?"

"用它做聘礼,娶你们中的一个做我的妻子。"

"你娶这个姑娘好了。"公主指着一个宫女说。

他一骨碌爬起来,把首饰都送给那个姑娘。她们把他当成戏弄对象,谈笑风生,尽情奚落一会,才倦游归去。

回到宫中,黛图玛羽公主想着老头送给宫女的首饰,自言自语地说道:"我是最应该享受那些首饰的,如果我自己去接受那样的礼物,这有什么不可以呢?"

第二天,公主扮成宫女模样,一个人偷偷摸摸,背着奴婢们溜进御花园,去到大树下,直率地对老头说:"老人家!我是黛图玛羽公主,你可愿意娶我为妻?"

"愿意极了。"他掏出最名贵的首饰和无价的宝物,递给公主,问道：“你不认识我吗？”

“你是谁？”

“我是堂堂的波斯王子白赫拉睦。我离乡背井，乔装改扮，不顾江山，不辞跋涉，这都是为了追求你呀。”

公主私下忖道：“我杀掉他，这也不管用。”于是深思熟虑，想道：“别无他法，我只有随他逃走的一条出路。”她开诚布公，向太子吐露真情，决心回宫收拾财物细软，预备带着随他逃亡，叫他早做准备，约定当夜出走。

黑夜里，太子和公主快马加鞭，星夜出奔，还不到黎明时候，便走了很远的一段路程。他们向前迈进，继续跋涉，一直进入波斯境界。快到京城时，国王得到消息，率领人马到郊外迎接。父子久别重逢，见面言欢，欢喜若狂。

回国后，白赫拉睦太子派人送最珍贵的礼物献给黛图玛羽公主的父亲，并寄书告诉他黛图玛羽公主和他在一起准备结婚的消息，并向他索取妆奁。

国王收到太子送去的礼物，非常高兴，十分尊敬使臣，重加赏赐，即时备办筵席，邀请法官和证人，替公主和太子举行订婚仪式，并把妆奁托使臣带往波斯。

从此白赫拉睦太子和黛图玛羽公主匹配成亲，一对恩爱青年夫妻过着幸福生活，直至白发千古。

妃子讲了《廉洁者和项链的故事》《一对鸽子的故事》和《公主和太子的故事》后，说道：“主上，男人的阴谋诡计，从这几个故事中可见一斑。恳求陛下主张公道，维护真理，替我申冤报仇。这是正当的要求，我要坚持到底。”

国王听了妃子的申诉，觉得她有理，便重申前令，命令处决太子。

第七个大臣的故事

大臣们第七次奉到处决太子的命令,其中第七个大臣上殿谒见国王,跪下去吻了地面,谏道:"主上,臣不揣冒昧,前来进句忠言。根据经验阅历,对于处世接物,凡能忍辱负重、审慎考虑的人,往往易于达到希望目的,操最后的胜券。反之,急躁冒进,急于求成的人,没有不失败不后悔的。据我看来,妃子喋喋不休,奔走呼吁,目的是要陛下意气用事,是要陛下铤而走险。臣等沐于国恩,向蒙陛下垂青,当此国家不幸,不得不苦口婆心,直言上谏。关于妇女的阴谋诡计,臣见闻所得,实非他人可以望尘。陛下请听下面的事例吧。"

夫妻间的故事

从前有一对夫妇,男的给女的一块钱,叫她拿去买米。女人带钱去到市中,向商人买米。商人量了米,跟她开玩笑,说:"有了米,必须买上糖,一起煮出来,那才好吃呢。你如果真要糖,请进来,让小伙计称给你。"

女人果然走进商店,商人吩咐小伙计:"给这位太太称一块钱的糖吧。"同时又暗中示意,教他作假。

小伙计接过女人手中的手巾,倒掉里面的大米,换上一些沙土和石头,紧紧地包扎起来,当作米、糖卖给那个女人。

女人拿起手巾,离开商店,认为已经买到米和糖,从容带回家去,一股脑儿扔在男人面前,然后匆匆走进厨房,预备生火煮饭。

她丈夫打开手巾一看,里面全是沙土和石头,大吃一惊,等她拿锅出来,问道:"我难道告诉你家里有石工和泥水匠等着砌墙,你这才给我带来沙土和石头来吗?"

她手里拿着锅,预备取米去淘,一见沙土石头,知道是小伙计弄鬼,嫣然一笑,叹道:"哟!当家的,因为发生意外的事,我才心不在焉。我原是打算去取箩筛的,却把锅给拿来了。"

"你为什么心不在焉呢?"

"当家的!我带去买米的钱在街上丢了,我不好意思当人的面去找,可是又不能白丢一块钱,我才把脚下的沙土搂了带回来,预备拿箩筛来筛一筛。可你瞧,我原是打算去取箩筛的,却把煮饭锅给拿来了。"于是她匆匆取来箩筛,递给丈夫,说:"你眼力比我强,你来筛吧。"

她丈夫只好忍气吞声,坐着筛土,找钱。他一直忠诚老实地筛土,落得满头满脸的灰尘,却不知这是中了老婆的阴谋诡计。

大臣讲了《夫妻间的故事》,谏道:"主上,这个故事说明妇女阴谋诡计的一斑。她们给男人施展的阴谋毒辣手段,魔鬼见了也是甘拜下风的。陛下必须好生提防,免受她们欺骗。"

国王听了故事和忠言,觉悟过来,毅然收回成命,免处太子死刑。

太子的故事

第八天,国王临朝听政,哲人桑第巴德牵着太子上殿朝拜。太子跪下去吻了地面,彬彬有礼地站起来,滔滔不绝地赞颂国王,衷心感谢宰相和朝臣们。当日朝拜的还有学者、文武官员、绅士和军人,大家都惊佩太子能言善辩的健谈口才,崇拜得五体投地。国王尤其高兴,把他搂在怀里痛吻,并向他的老师桑第巴德打听七天以来太子缄默不作辩护的缘故。哲人毕恭毕敬地回道:"启奏主上,太子不作辩护,这才真有裨于实际呢。七天以来,我提心吊胆,唯恐他在这个紧急关头被害,那就无法挽救了。因为从太子诞生之日,我观察星象,知道他要经历这个危险时期，便考虑补救办法。赖陛下的福分，现在危险期已经过去了。"

听了哲人的谈话，国王欣喜若狂，回头对大臣们说："要是太子果然被我杀掉，这是谁的过失呢？我的吗？妃子的吗？桑第巴德的吗？"大臣们面面相觑，默不作声。哲人桑第巴德吩咐太子："孩子，你回答这个问题吧。"

"从前某商人家中来了朋友，"太子说，"他打发女仆去买牛奶招待客人。女仆遵循命令，带着土罐去到街上买了一罐牛奶。她回家的时候，一只老鸢从她头上掠过，罐中滴进一点鸢爪中一条毒蛇的毒液，她却不知道。回到家中，商人陪客人喝了牛奶，都中毒而死。"太子讲了故事，接着说道："这桩惨案，请父王裁决吧，到底是谁的过失呢？"

听了太子提出的问题，在座的人议论纷纷，有的说："那当然是喝奶者的过失了。"有的说："女仆不盖罐口，这是她的过失。"后来哲人桑第巴德对太子说："孩子，你对这个问题的看法如何？"

"依我说，他们都有错误，但既不是女仆的过失，也不能归罪于死者，而是他们的寿限到了，才借这个原因而结束生命的呢。"

听了太子的解释，人们十分钦佩，都赞美他，大声替他祈福求寿，对他说："你是当今的大学者，你的解释非常正确，这是我们从来没有听见过的。"

"我够不上称为学者，有一个盲老人、一个三岁童和一个五岁童，他们知道的比我多，那才是真正的学者呢。"

"比你更有学问的这三位学者，他们是怎么样的一回事情？告诉我们吧。"

盲老人的故事

从前有个富商，经常在外经营生意。有一次他预备往另外一个地方去经营,便向从那地方回来的人打听当地情况,问道:"那儿什么货物比较最能赚钱?"

"檀香可卖最高的价钱。"同行的人告诉他。

商人花了全部资本收买檀香,带往那个城市销售。初到时已是天黑,途中碰到一个牧羊老妇,和他谈话,问道:"你是谁?"

"我是一个异乡的生意人。"

"你要当心这个地方的人,他们是最会欺骗抢劫的强盗,往往欺侮外路人,靠骗取人家的财物谋生。因此我才警告你呢。"

老妇说罢,赶着羊群走了。商人在城中一家旅店里住下。第二天,有个本地人去见他,问道:"先生,你从哪儿来?"商人说明来历,他又问:"你带来什么货物?"

"据说贵地檀香行情好,因此我带檀香来了。"

"这是告诉你的人弄错了;其实我们这儿是烧檀香煮饭的,檀香和木柴一样,没有区别。"

他听了那个本地人的谈话,将信将疑,非常懊丧,于是天天烧檀香煮饭吃。他的情况给那个本地人知道了,便对他说:"你愿以一升之量的任何东西作为售价,把檀香卖给我吗?"

"我愿卖给你。"商人慨然答应。

生意成交后,那个本地人搬走檀香,言定次日付款。第二天商人离开旅店,去找买主收款,途中碰着一个瞎了一只眼睛的蓝眼人,被他纠缠着,诬陷他说:"你弄瞎了我的一只眼睛,我不放你,非要你赔偿不可。"商人不承认,跟他争吵,惹得人们围拢来看热闹。有人从中调停,叫瞎子限他明天拿钱补偿损失。商人请了保人,瞎子才放他走。

商人虽然恢复了自由,可是他的鞋底却在瞎子争吵时拽来搓去,给人踩断了。他走进一家补鞋店,对补鞋匠说:"给我收拾收拾吧,我能满足你的愿望呢。"

他离开补鞋店,一直向前,去到一个地方,见人们围在一起赌博。

他忧愁苦闷,垂头丧气地坐了下去。赌徒们怂恿他,约他参加赌博。他糊里糊涂地赌了一阵,运气不好,输得一败涂地。赌徒们问他要钱,指出两条路,任他选择:让他去喝海水,或者付出全部欠款。

"我明天答复你们吧。"他征得赌徒的同意,离开赌场,忧愁苦恼,越想越懊丧,前途不堪设想,不知会糟糕到什么地步。他走投无路,郁结于衷,颓然坐在路旁,低头沉思默想。忽然一个老妇从他面前经过,看他一眼,问道:"看你这个人愁眉不展,也许是城里的人欺负你吧;这到底是一回什么事呀?"

他把自己的遭遇从头到尾详细叙述一遍。老妇听了,说道:"是谁骗买你的檀香?我们这儿檀香很贵,每磅值十个金币呢。我来替你想个办法,挽回你的权利吧。今天夜里,你到城门附近去,那儿住着一位盲老人,是个非常渊博的学者,有疑难问题的人经常去请教他,他能确切地给人解决疑难。他对一般阴谋、诡计和魔法,都深知其中三昧。因此每当夜阑人静,贼党匪徒往往聚会在那里,听他分析各种疑难问题。今晚你上那儿去,躲在可以听到他们说话的地方,别让骗子们看见你,静听他怎样指示他们行事的方法。也许你听到其中的梗概,便可借此摆脱那些骗子。"

商人听从老妇的指示,去到盲老人居住的地方,悄悄地在他附近躲藏起来。一会儿,前去请教老人的人们陆续赶到,彼此打着招呼,问候盲老人,然后围着他坐下。老人拿食物招待他们。商人仔细打量,发现骗他的那四个骗子也都在。他们吃喝之后,一个个把当天自己撞骗的情况告诉老人。当时骗买檀香的那个家伙说他买了一批檀香,没有肯定价格,只言定以卖主喜爱之物的一升之量作为售价。老人听了,对他说:

"你的敌手可战胜你了。"

"他怎么战胜我呢?"

"要是他说:'我要一升金子。'或者说:'我要一升银子。'这你给不给他呢?"

"对，我给他。就这样还是我上算啊。"

"要是他说：'我要一升跳蚤，其中半升是公的，半升是母的。'这你怎么说呢？"

老人指出破绽，骗买檀香的人无言对答，知道自己输了。接着那个独眼的人报告说："老人家，今天我碰到一个也是蓝眼的人，是外乡来的，我缠着他不放，我诬陷他说：'是你弄瞎我的眼睛，我不放你走，非叫你赔偿不可。'后来他请了保人，答应明天赔偿损失，满足我的愿望。"

"如果他存心胜过你，那他一定能成功的。"

"他怎么能胜过我呢？"

"要是他说：'让我们每人挖出一只眼睛，放在戥子上称一称。如果两只眼睛重量相等，你所说的就算是事实，我可以赔偿损失。'这样的结果，你成为盲人，他不过瞎了一只眼睛而已。"

老人指出破绽，独眼人知道对方能用这种理论胜过他，自己准是输定了。接着补鞋匠报告说："老人家，今天有人找我给他补鞋子，我问他：'你给多少工钱？'他说：'给我收拾收拾吧，我能满足你的愿望呢。'这样一来，他非把所有的钱给我，那是不能满足我的愿望的。"

"要是他存心拿走鞋子，可以一文钱不给你，也能把鞋子拿走的。"

"他怎么拿走呢？"

"如果他说：'国王的敌人被消灭了，反对势力也削弱了，国王的子孙和拥护他的队伍壮大起来了，这样的事你满意吗？'如果你回答说：'我满意。'他就拿起鞋子，走他的大路。如果你回答说：'我不满意。'他会拿鞋子打你的嘴巴呢。"

老人指出破绽，补鞋匠知道自己注定是失败了。接着赌徒报告说："老人家，今天有人和我赌博，我赌赢了，奚落他说：'你去喝海水吧，我袋里的钱都送给你，你要是不喝，就把你的钱都给我好了。'"

"要是他存心胜过你,他一定能成功的。"

"他怎么胜过我呢?"

"他会对你说:'请你捏着海嘴,凑到我口边来,让我喝吧。'可你不能捏住海嘴啊,他便用这个理由胜过你了。"

商人躲着偷听老人和他们的谈话,知道对付敌人的方法,便悄然溜走,回到旅店。第二天,赌徒去旅店中找他,要他守约去喝海水。他说道:"好的,请你给我捏着海嘴,让我喝吧。"赌徒无言对答,承认失败,输了一百金币,败兴而返。

接着补鞋匠来到,要商人守约,满足他的愿望。商人对他说:"国王打败敌人,消灭了反对势力,他的子孙也增加了,这个你满意不满意呢?"

"自然,我满意了。"

于是商人一文钱不给他,收下鞋子。补鞋匠狼狈走后,独眼人接踵赶到,要商人守约,赔偿他的损失。商人说:"来吧,我们每人挖出一只眼睛,拿戥子称称。如果重量相等,就算你有理,我赔偿好了。"

"让我考虑一下吧。"独眼人犹豫起来。他思索一会,和商人协商,反而付出一百金币,然后败兴而去。最后骗买檀香的家伙来了,对商人说:"我送檀香的价钱来了,你收下吧。"

"你给我什么呢?"

"当初我们议定以一升之量作为檀香的售价,现在你要什么呢,金子?银子?你随便选择吧。"

"我不要金子也不要银子,只要一升跳蚤,半升公的,半升母的。"

"这我就出不起了。"

商人占了上风,对方无法抵赖,除把檀香原物归还外,并赔偿一百金币。商人按市价卖了檀香,离开那个城市,满载而归。

三龄童的故事

从前有个坏人,听说某城市中住着一个窈窕美丽的女人,便心怀邪念,要去诱奸她;于是携带礼物,不辞奔波跋涉,径往那个城市,找到女人的家,闯了进去。女人恭恭敬敬地接待他,吻他的手,给他预备丰盛的饮食,当上宾招待。

女人的儿子刚满三岁。她尊敬客人,忙着烹调,来不及照顾孩子,暂时把他扔在一旁。那个坏种对她说:"这个孩子还小,不懂事,还不会说话呢。"

"要是你知道他的聪明伶俐,你就不会这样说了。"

过了一会儿,孩子知道饭煮熟了,一声哭起来。他母亲问道:"孩子,你哭什么呢?"

"我饿了,盛碗饭和上奶油给我吃吧。"

女人盛了一碗饭,加上奶油,满足儿子的愿望。可是他刚吃了一点,又哭起来。他母亲问道:"孩子,你为什么又哭泣?"

"妈妈,给我糖混在饭里吃吧。"

那个坏种听了恼火,骂道:"你真是个倒霉的孩子啊!"

"指安拉起誓,你辛辛苦苦老远地奔波到这儿来,是要奸淫作孽;你这个坏家伙才真是倒霉的呢。我见饭要吃才哭嘛。吃饱饭,我就知足了。这么说,是我倒霉呢? 还是你倒霉?"

那个坏人听了孩子质问,受到一番教训,自觉难堪,十分惭愧,丢了邪僻念头,规规矩矩地告辞回家,洗心悔过,重新做人,并继续忏悔,从善如流,直至白发千古。

五龄童的故事

从前有四个生意人,合伙做买卖,凑足一千金币,拼在一起,盛在一个钱袋里,带在身边,出去买货。路过一座百花盛开的大花园,大家约着进去游览,把钱袋交给守门的老妇,托她暂时保管。

他们漫步游览,欣赏美丽的景物,最后找个地方坐下,痛痛快快地吃喝,非常快乐。当时伙伴中有人说:"我身边带着香水;来吧,我们在这清澈的流水中洗洗头,再洒上一些香水,好吗?"

"这就需要一把梳子梳头了。"其中有人说。

"我们去问问守门的,也许她有梳子吧。"另一个提议。

于是他们中的一人自告奋勇,去到门前,对守门的说:"给我钱袋吧。"

"必须等你们伙伴都到齐,或者得到他们的同意,我这才给你呢。"守门的老妇说。

当时他的伙伴都坐在离门不远的地方,守门的看得见他们,也能听到他们说话,因此他抬高嗓子,对伙伴们说:"喂!她什么也不肯给我啊。"

"劳驾给他吧。"伙伴们应声对守门的说。

听了他们的吩咐,守门的就把钱袋给他。他带着钱,走出园门,溜之大吉。伙伴们等了一阵不见他借梳子来,去见守门的,问道:"为什么你不肯借给他梳子?"

"他只向我要钱袋;我是得了你们的同意才给他的。他带着钱走了。"

听了守门的回答,他们一个个急得批自己的面颊,抓着守门的闹起来,嚷道:"我们只叫你给他梳子嘛。"

"他并没有向我要梳子啊!"守门的辩解说。

他们不听分辩,带她进衙门去告状,向法官陈述情况。法官听一面之词,诬陷守门的偷钱,逼她赔偿。她受了冤枉,气得痴痴呆呆,走出衙门,不辨方向,徘徊歧途,碰到一个五岁孩子。那孩子见她走投无路的狼狈状态,被好奇心驱使,向前问道:"老大娘,你怎么了?"

她嫌孩子年幼无知,不理睬他。孩子却不惮其烦地一再追问。

她迫不得已,才说:"有几个人来逛花园,交给我一袋金币,托我暂时保管,约定他们几人一齐来取,不可交给一人。他们进去游览、消遣,后来他们中出来一人,对我说:'给我钱袋吧。'

"'等你们的伙伴都到齐再取好了。'

"'我得到他们同意才来取的。'

"他坚持要取钱袋,我不给他。他大声喊他的伙伴,对他们说:'她什么也不肯给我啊。'当时他的伙伴坐在园门附近,应声说:'劳驾给他吧。'

"我得了他们的同意,把钱袋给了他。他带着钱,出门去了。过了一会,他们来到门前,对我说:'你为什么不给他梳子?'

"'他没有问我要梳子,只是要钱袋啊。'

"他们不饶我,抓我到衙门去,诬我偷他们的钱,因此法官逼我赔出钱来。这我是赔不出来的。"

"你给我一块钱买糖果吃,我教你推卸责任的办法吧。"五龄童给她出了个主意。

她果然给孩子一块钱,问道:"你教我怎样推卸责任呢?"

"你回衙门去,对法官说:'当初我们约定,要他们四人到齐,我才赔出钱袋来呢。'"

守门的听从孩子,去到衙门里,把孩子教她的话对法官重说一遍。法官听了,问商人们:"当初你们是跟她这样说的吗?"

"不错,我们是这样说的。"

"那么叫你们的伙伴到这儿来,大伙一起来取钱袋吧。"

这样一来,守门的果然推卸了责任,得到挽救,没有受罚,愉快地回到花园里。

太子讲了《盲老人的故事》《三龄童的故事》和《五龄童的故事》,大臣们和在场的人听了非常兴奋,对国王说:"主上,太子已经成为当今出类拔萃、超群出众的人物了。"接着同声赞颂、祝福国王和太子,替他们祈福。国王喜不自胜,把太子搂在怀中痛吻,问他和妃子之间发生纠葛的经过。太子指安拉和先贤起誓,证明妃子狎邪成性,企图诱他犯奸淫罪。国王相信太子,说道:"我派你审讯妃子,你按法律惩罚她吧;你要杀她,也可宣判她的死刑。"

"我把她放逐出去好了。"太子下了决心。

从此以后,太子和国王生活在一起,父慈子孝,过着舒适、愉快的幸福生活,直至白发千古。

朱德尔和两个哥哥的故事

　　商人鄂迈尔有三个儿子,老大叫萨礼睦,老二叫瑟律睦,最小的叫朱德尔。商人辛辛苦苦把三个儿子抚养成人,但因为他过于疼爱小儿子朱德尔,所以引起大儿子和二儿子对朱德尔不满,产生嫉妒、愤恨心情。

　　鄂迈尔是个年逾古稀的老头,眼看朱德尔身受两个哥哥的歧视,唯恐自己过世后,他们会欺负他,因此他邀请族人、法官和著名的学者,把现款、布帛拿出来摆在他们面前,说道:"有劳各位,把这些财物按照法律规定,分为四份吧。"

　　法官和族人们遵照他的嘱咐,果然把财物分为四份。于是商人把其中的三份分给三个儿子,留一份作自己养老之用,说道:"这是我的全部财产,现在都分给他们了,从此我不欠他们什么,他们弟兄之间也不存在什么差欠厚薄之分。趁我活着的时候把财产分给他们,免得我死后他们为遗产而争吵。至于我留下的这份养老金,将来由我的老伴继承,维持她的生活。"

　　分家后不久,鄂迈尔死了,他的大儿子和二儿子对产业的分配不满意,约着去找朱德尔的麻烦,要他再给他们一些财物;他们对他说:"父亲的财产全都在你手里。"于是兄弟之间争吵不休,打起官司,告到法庭上。当日分家在场的人都出庭作证,法官根据事实,制止他们的勒索;可是既然打了官司,朱德尔和他的两个哥哥都花了钱,结果彼此都吃亏。

过了不久，朱德尔又被他的两个哥哥告发，为了诉讼，双方又花了些冤枉钱。朱德尔的两个哥哥始终不甘心，企图危害他，夺取他的财产，便走坏人的门路，出钱运动贪官污吏。朱德尔疲于应付，不得不陪着两个哥哥花钱，结果弟兄三人的钱财都落到贪官污吏手中，落得两手空空，终于变成无衣无食的穷汉。

萨礼睦和瑟律睦穷得没有办法，这才去找老母，用各种手段奚落、欺负她，甚至于打她，最后撵走她，霸占了她的财产。她哭哭啼啼地去找朱德尔，说道："你的两个哥哥打我，赶走我，抢了我的财物。"说着破口咒骂起来。朱德尔安慰她，说道："母亲，别咒骂了。他们这种忤逆行为会受到安拉惩罚的。母亲，现在我一贫如洗，两个哥哥也穷得要命。弟兄不睦，既打官司，少不了是要赔钱的。他们屡次告我，打了几场官司，结果半点好处没有，反而把父亲分给的财产都花光了，叫人把我们的根底都看透了。现在难道为了他们忤逆你老人家，叫我跟他们争吵，又去告他们吗？这是不应该的。你老人家且在我这儿住下，我节衣缩食地供养你。只希望你老人家替我祈祷，安拉会赏赐我们衣食的。至于两个哥哥，你别过问他们，让安拉根据他们的行为惩罚他们吧。"

朱德尔苦苦安慰老母，一直说得她口服心服，留她住下，才带着鱼网出去打鱼。他是靠打鱼为生的，经常去湖里、海里或其他有水的地方打鱼，并随时调换地方。有时打得十尾鱼，有时打得二十尾，最多时能打三十尾。他卖了鱼，买吃的穿的，养活老母，生活逐渐富裕起来，吃的喝的都很好。相反的，他的两个哥哥既不做工，也不经营买卖，终日跟一班流氓、地痞打堆，逍遥浪荡，把从老母手中夺来的财物花光，很快就变成卑鄙下流、赤身露体的乞丐。有时他们偷偷摸摸地去找老母，向她诉苦哀告，要点食物充饥。为娘的善良成性，不能不照顾他们，但又怕小儿子知道，只好拿些干面饼给他们，嘱咐道："你们快吃，吃了快走，别叫你弟弟看见。他谋衣食也不容易，叫他看见,他会责怪我的。"

有一天,老大和老二又去找老母。她拿饮食给他们吃喝,不想朱德尔突然回到家中,她觉得害臊,低头不语,怕他生气。可是朱德尔不但不发脾气,却笑嘻嘻地说道:"欢迎两位哥哥,你们好哇! 今天很幸福,两位兄长敢是看我们来了!"他拥抱着哥哥,现出亲切、诚恳的情感,接着说:"很希望你们常来走走,看看母亲和我,别叫我们太寂寞。"

"弟弟啊,指安拉起誓,我们很想你;可是不好意思来见你,想到过去的事很难为情。现在我们非常懊悔,一切都是魔鬼从中作祟,但愿安拉撵走魔鬼。事实证明,离开你和母亲,我们是没有幸福的。"

老母眼看儿子们和好如初,非常高兴,对朱德尔说:"儿啊,承蒙安拉恩赏,你的收入日益增加,我们是小康之家了。"

"不错,"朱德尔说,"安拉是仁慈的,我的日子可宽裕了;我竭诚欢迎两位哥哥,请你们两位在这儿住下,跟我们生活在一起吧。"

朱德尔和面包商人

朱德尔留下他的两个哥哥,亲亲热热地在一起过了头一夜。第二天吃过早饭,他照常带鱼网出去打鱼,他的两个哥哥也出去溜达。正午时他们回到家中,老母端出饮食给他们吃喝。傍晚时候,朱德尔买了肉和蔬菜,带到家中,烹调出来,母子们一块儿享受。就这样,朱德尔天天出去打鱼,赚钱供养老母和两个哥哥。他的两个哥哥都不劳而获,坐享其成,终日逍遥寻乐,不知不觉地也就过了一月。

一天,朱德尔照例带着鱼网去到海滨,撒网打鱼。第一网是空的,没有打着鱼。接着打第二网,也是空的,一尾鱼也没打到。他说:"这儿一尾鱼没有!"于是换了个地方,结果还是打不到鱼。他继续不停地再换再打,从早到晚,辛辛苦苦地忙了一整天,始终没有收获。

他叹道:"好奇怪!难道海中没有鱼了?莫非有别的原因吗?"

他背着鱼网忧郁地败兴而返,想着没有什么带回家去给老母和哥哥们吃喝,他们怎么生活下去呢?他拖着沉重的脚步从面包铺门前经过,看见拥挤着人群,手中拿着钱争买面包,卖面包的应接不暇,忙得不可开交。他疲劳不堪地站在一旁,卖面包的对他说:"喂,朱德尔!欢迎你;你要面包吗?"他不吭气。卖面包的又对他说:"如果手头不方便,你先拿面包去吃,慢一步给钱好了。"

"这么说,请赊五毛钱的面包给我吧。"

"这儿还有五毛钱,你一起拿去零花吧,明天给我带二十尾鱼来。"

"好极了,明天一定给你带鱼来。"

朱德尔拿着面包和五毛钱,买了肉和蔬菜,心里想:"明天安拉会给我出路的!"于是匆匆回到家中,他母亲把菜烹调出来,大家吃了饭,便去睡觉。第二天一清早,他带着鱼网,准备出去打鱼。他母亲说:"你坐下,吃过早饭再去。"

"你老人家和哥哥们吃吧。"他说着走了出去,直到海滨,撒网打鱼,接连打了三网都是空的,一尾鱼也没有打到。后来他继续一面换地方,一面打鱼,直忙到太阳落山,还是没有收获。没奈何,他背着鱼网忧郁绝望地离开海滨。他唯一可以借贷的地方,只有面包铺。他迟疑地去到铺前;卖面包的一见他,便忙着把面包和钱给他,对他说:"拿去用吧,今天不方便,明天还我好了。"

朱德尔打算向他道歉;卖面包的不等他开口,便说:"去吧,这用不着道歉的。如果你有收获,手中一定有鱼。我见你两手空空,知道你没有收获。要是明天仍无收获,你尽管来拿面包去吃;别害羞,慢一步还我好了。"

第三天,朱德尔去到一个小湖中打鱼,辛辛苦苦,从早忙到太阳西偏,始终没有打得一尾鱼,只好硬着头皮向卖面包的借钱、赊面包维持生活。

朱德尔和奥补顿·瑟辽睦

朱德尔接连打了七天鱼,却一点收获也没有,情况窘迫,生活越来越困难。第八天,他对自己说:"今天上哥伦湖去试一试吧!"于是怀着希望去到湖滨,正要撒网,便有一个摩洛哥人突然出现在他面前。他仔细打量,见摩洛哥人骑着一匹骡子,身穿考究服装,骡背上搭着绣花鞍袋。那人跳下骡来,亲切地说:"你好,朱德尔。"

"哈只先生,你好。"朱德尔回答他。

"朱德尔,有一桩事我须要请求你。你要是依从我,对你会有许多好处,而且你会成为我的伙伴呢。"

"哈只先生,你有什么事,只管吩咐;我一定依从你,不违背你的命令。"

"那么你念一念《古兰经》开宗明义第一章吧。"

朱德尔依他念了《古兰经》第一章,他便取出一条丝带,吩咐道:"拿这条带子紧紧地绑住我的胳膊,再把我推到湖里;等着看,如果看见我的手伸出水面,你快撒网打捞我;要是看见脚伸出来,你就知道我是死了。你不用管我,只消把骡子牵往市场去,交给一个叫佘密尔的犹太商人,他会赏你一百金币,你带回去使用;希望你好生保守秘密。"

朱德尔听从他的吩咐,果然拿丝带绑住他。只听他说:"绑紧些!"绑好了,又听他说:"把我推下去吧。"朱德尔果然一推,他便跌到湖里。一会儿水面上露出两脚,朱德尔知道他淹死了,便牵骡子去到市中,见哈隋里门前坐着一个犹太人。那人一见骡子,叹道:"人死了!"接着又说:"是贪婪毁了他呀!"于是从朱德尔手中收下骡子,付出一百金币,并嘱他好生保守秘密。

朱德尔拿钱买了食物,并到面包铺里给卖面包的一个金币,说道:"这个金币请你收下吧。"卖面包的接过去算了一算,对他说:"还该给你两天的面包呢。"

朱德尔和奥补督勒·矮哈德

朱德尔上菜市买肉,给屠户一个金币,说道:"剩余的钱摆在你这儿,你记上账就成了。"接着他买了蔬菜,带回家去,见两个哥哥正在向他母亲要吃的,并听他母亲说:"我这儿没有什么可吃的,你们忍耐一会,等弟弟回来再说吧。"

他走进屋去,把食物递给哥哥,说道:"给你们,拿去吃吧。"他们接住,坐下来,狼吞虎咽地大嚼起来。

朱德尔把剩余的钱交给母亲,说道:"母亲,你收起来吧;我不在家时,要是哥哥们问你要吃的,你给他们钱去买好了。"

当天夜里,朱德尔安安逸逸地睡了一宿。第二天,他带着鱼网,去到哥伦湖,站在湖滨,正准备张网打鱼,另一个摩洛哥人骑着骡子,突然来到他面前,骡背上搭着鞍袋,袋里装得满满的,对他说:"你好哇,朱德尔。"

"哈只先生,你好。"

"昨天有没有一个骑着这样一匹骡子的摩洛哥人上你这儿来?"

朱德尔害怕,不敢承认,怕他问:"他上哪儿去了?"如果说:"他淹死了。"又怕他说:"是你弄死他的。"因此他没有别的办法,只好一口否认,对他说:"我谁也没有看见。"

"可怜啊!那个人是我的同胞手足,他走在我前面了。"

"我可没有听到什么。"朱德尔说。

"不是你绑住他的胳膊,把他推到湖里去的吗?当时他不是对你说,如果我的手露出水面,你快撒网打捞我,要是我的脚露出水面,那证明我是死了,你把骡子牵去交给犹太人佘密尔,他会给你一百金币的。后来他的两脚露出水面,你把骡子牵去交给那个犹太人,他不是给你一百金币吗?"

"你既然什么都知道,为什么还要问我呢?"

"我问你,你是不是愿意像给我兄弟做的那样,也给我做一做?"于是他取出一条丝带,递给朱德尔,说道,"绑住我的胳膊,把我推下水去。如果我的遭遇像我兄弟那样,你把骡子牵去交给犹太人,问他要一百金币好了。来呀,快动手吧。"

朱德尔走近他,绑住他的胳膊,一推,他便跌到湖里。一会儿,他见他的两脚浮出水面,便说道:"淹死了! 若是安拉愿意,每天来个摩洛哥人,让我把他们一个个绑起来,推到湖里,从每个死人头上得到一百金币的报酬,这也够了。"于是他牵着骡子进城。犹太人一见他,叹道:"又送掉一条命了!"

"你自己保重吧。"朱德尔安慰他。

"这是贪得无厌的下场。"他说着收下骡子,给朱德尔一百金币。

朱德尔带着金币欣然回到家中,把钱交给母亲。她望着钱感到惊奇,问道:"儿啊! 这么多钱你是从哪儿弄来的?"他把情况从头叙述一遍,他母亲听了,说道:"儿啊,我怕你要吃摩洛哥人的亏,从今以后,你再别上哥伦湖去了。"

"娘,我推他们下水,那是他们自愿的。做这种事每天有一百金币,轻而易举地拿到手里。既有这样的好事,指安拉起誓,我得上哥伦湖去,直到摩洛哥人绝迹,一人不剩为止。"

朱德尔和奥补顿·萨迈德

第三天,朱德尔照例带着鱼网去到哥伦湖滨,预备张网打鱼时,有一个摩洛哥人骑着骡子,突然来到他面前,骡背上的鞍袋里装着更多的东西,对他说:"你好哇,朱德尔。"

朱德尔一怔,回答一声,私下忖道:"为什么他们一个个都知道我呢?"

"有一个摩洛哥人从这儿经过吗?"

"有两个。"

"他们上哪儿去了?"

"叫我绑起来,推下水去淹死了。你是继他们而来的另一个吗?"

摩洛哥人笑了一笑,叹道:"可怜的人哟!生命离不开命运啊!"于是他从容下骡,取出一条丝带,递给朱德尔,说道:"朱德尔,像给他们做的那样,你来给我做一做吧。"

"时间不待,我忙得很,请快转过胳膊来,我替你绑起来。"

摩洛哥人果然转过胳膊,朱德尔把他紧紧地绑起来,一推,他便落到水中。一会儿,朱德尔见他的两手伸出水面,并听他喊道:"可怜的人哟,快撒网吧!"

朱德尔闻声撒下鱼网,把他打捞起来,见他每只手里捏着一尾珊瑚色的红鱼,并吩咐他:"快从鞍袋里取出两个盒子来给我打开吧。"

朱德尔果然取出两个盒子,替他打开。他把两尾鱼装在两个盒中,盖起来,拥抱着朱德尔,热烈地吻他的两颊,说道:"安拉替你解决各种困难了。指安拉起誓,要是你不撒网救我,我不但捉不住这两尾鱼,而且会淹死在湖里呢。"

"哈只先生,指安拉起誓,先前淹死在湖里那两个人的情形,这两尾鱼的来历和那个犹太人的情况如何,请你告诉我吧。"

"朱德尔,你要知道,先前淹死的那两个人是我的同胞手足,一个叫奥补顿·瑟辽睦,一个叫奥补督勒·矮哈德,我叫奥补顿·萨迈德。那个所谓的犹太人,是伪装的,叫奥补顿·勒侯睦,原是穆斯林中的马列克派。我们一共是弟兄四人,先父叫奥补督勒·宛都德。他教我们识别符咒、魔法、开启宝藏的知识本领。我们细心切磋、钻研,达到高深造诣,甚至鬼神都听我们指挥,供我们役使。

"先父过世后，留下丰富的遗产，我们分享他的财物、典籍。在书籍中有一部题名《古代轶事》的古典著作，是非常名贵的无价孤本，里面记载各种宝藏的所在地，以及识别符咒的秘方；那是先父的杰作，它的丰富内容我们仅仅记得一小部分，因此谁都希望享有那部典籍，以便埋头钻研，懂得这方面的全部知识。所以我们弟兄之间各持己见，彼此争吵，互不相让，争执不下。当时太先生到场排解，先父是他一手抚育成人的，魔法、占卜知识也是他传授的。他叫凯西奴勒·艾补塔努，是这门学术的泰斗。他说：'把书给我吧！'

"他拿着那部典籍，对我们说：'你们是我的孙子，我不亏枉任何人。谁要继承这部遗著，他得上佘麦尔歹里宝藏中去冒一次险，把藏在里面的一具观象仪、一个眼药盒、一个戒指和一把宝剑取来交给我。须知这四件宝物，各有它的特殊作用。就说那个戒指吧，有个名叫腊尔顿·哥隋福的魔鬼服务它。谁拥有那个戒指，把它戴在手指上，便有无限的权力，帝王将相都不是他的敌手，再宽再广的国土，他都能够统治；那把宝剑呢，仗它的人可以同一支大军作战，只要拔出剑来一挥，敌人便望风而逃，挥剑时如果附带说一声"杀死他们吧！"剑锋便闪出电光，消灭全部敌人；那具观象仪呢，拥有它的人如果要观天下各地情况，无论东西南北，都可以看得清清楚楚，明明白白，了如指掌，要看什么地方，他不必走动，只消把观象仪对向那个地方，当地的一切情景便摄在观象仪中，出现在他眼前，如果他讨厌某个城市，存心毁灭它，只消把观象仪移向太阳，那城市便付之一炬；那个眼药盒呢，凡是用里面的眼药点过眼睛的人，可以看见埋在地下的各种宝藏。这四件宝物是很有用的，我对你们只有一个条件：不能开启宝藏的，他就没有权利享受这部遗著。谁能开启宝藏，取来四件宝物交给我，这部遗著就归他继承。'

"我们听他的话，同意他提出的条件。他又对我们说：'孩子们，你们要知道，佘麦尔歹里宝藏是被一个叫红王的子嗣控制着的。据你父亲说，他企图开启那个宝藏，可是没有成功；因为红王的子嗣逃避他,径往埃及去了。他跟踪追去,可是他们潜到哥伦湖里,躲藏起来,受到护符保佑,无法战胜他们,没有达到目的,最后败兴而返。你父亲失败归来,曾向我诉苦。我代他占卜,预知那个宝藏必须借助埃及一个叫朱德尔的小伙子之手才能开启,他是捉住红王子嗣的主要原因。朱德尔是打鱼为生的人,可在哥伦湖畔碰到他。要破除那道护符,必须朱德尔绑住追逐者的胳膊,把他推到湖里,跟红王的子嗣搏斗。幸运的人,就能捉住红王的子嗣,他的两手露出水面,象征他的胜利,这时候需要朱德尔撒网打捞他。倒霉的人,败在红王子嗣手里,淹死在湖中,两脚露出水面,象征他的败亡。'

"听了太先生的一席话,我们都很兴奋,奥补顿·瑟辽睦和奥补督勒·矮哈德异口同声地说:'我们要去,即使牺牲性命也甘心。'我也说:'我也要去。'只是奥补顿·勒侯睦跟我们的意见相反,他说:'我可没有这个志愿。'因此我们跟他商量,叫他扮成犹太商人,上埃及去,如果我们中谁牺牲在湖里,好让他接收遗下的骡子、鞍袋,并付出一百金币。

"奥补顿·瑟辽睦第一个找到你,结果他牺牲在红王子嗣手里。第二天奥补督勒·矮哈德又被他们杀害;第三天我跟他们交锋,他们抵敌不住,叫我把他们逮住了。"

"你逮来的人在哪儿?"朱德尔问。

"你不是看见了吗,叫我把他们装在盒子里了。"

"这是鱼啊!"

"这不是鱼,这是鱼形的妖魔。你要知道,朱德尔,开启宝藏,还必须借助于你。你愿意依从我,陪我上非斯城走一趟,一起开发宝藏吗?开了宝藏,你要什么,就给你什么。我把你当兄弟看待,让你高兴快乐地满载而归。"

"我家里有母亲和两个哥哥,他们全靠我供养。我跟你走了,谁供养他们呢?"

"这不成其为理由;如果仅仅是费用问题,我先给你一千金币,拿去交给你母亲暂且使用，不消四个月的工夫就可以回来了。"

"好吧，哈只先生，给我一千金币，待我送到家中交给我母亲，再跟你去吧。"

朱德尔和奥补顿·萨迈德在旅途中

奥补顿·萨迈德取出一千金币，送给朱德尔。朱德尔带着钱，欣然回到家中，对母亲说了他和摩洛哥人的交往，把一千金币交给她，说道："娘，这里有一千金币，你收起来作为家用，暂且维持你和哥哥们的生活。我跟那个摩洛哥人上摩洛哥去一趟，要去四个月才能回来，那时候我可以满载而归。娘，你替我祈祷吧。"

"儿啊，你去了会使我感觉孤单、寂寞的；我担心着呢。"

"娘，你放心吧，安拉保佑着的人是不会遇险的。那个摩洛哥人为人好极了。"他竭力夸赞摩洛哥人。

"儿啊，但愿他能照顾你；你跟他去吧，也许他会给你一些好处呢。"

朱德尔辞别老母，去见奥补顿·萨迈德。他一见朱德尔，便问："跟你母亲商妥了没有？"

"商妥了，她让我去了。"

"好的，来，骑在我后面吧。"

于是他们骑着骡子，动身起程，从正午开始，一直跋涉到太阳偏西。朱德尔饥火中烧，肚子饿了，眼看摩洛哥人身边没有食物充饥，便对他说："哈只先生，你也许忘了带些食物在途中吃喝吧。"

"你饿了？"

"饿极了。"

于是他们跳下骡来。摩洛哥人吩咐朱德尔："给我取下鞍袋。"待他取下鞍袋，问他道："老弟，你想吃什么？"

"什么都可以。"

"指安拉起誓,你必须具体地告诉我,你到底想吃什么?"

"面包和干酪。"

"唉!可怜的人呀!面包和干酪不适合你现在的身份;你选择比这个更好的吧。"

"在目前的状况下,我觉得什么饮食都是好的。"

"喜欢吃红烧鸡吗?"

"很喜欢。"

"喜欢吃蜂蜜饭吗?"

"很喜欢。"

"喜欢吃……"他一口气说出二十四个菜名。

朱德尔听了,私下忖道:"他疯了。既无厨房,又无厨师,他哪儿来这些菜肴呢?暂且告诉他够了吧。"于是欣然回道:"够了,够了。你手边什么也没有,却数出这么多名堂来,你是存心刺激我的食欲,教我望梅止渴吗?"

"我给你,朱德尔!"摩洛哥人说着把手伸入鞍袋,取出一个金盘,盘中盛着两只热气腾腾的红烧鸡。他第二次伸手进去,取出一盘烤羊肉。后来他继续从鞍袋中取出先前数过的二十四个菜肴,什么都不短少,他说道:"吃吧,可怜虫!"

朱德尔眼看这种情景,一时愣住了,说道:"先生,是你把厨房装在鞍袋中,叫人在里面烹调啊。"

摩洛哥人哈哈大笑,说道:"这个鞍袋施过魔法,里面有个奴仆供人役使。在同一时间内,我们向他要一千个菜肴,他可以即时供应的。"

"多好的鞍袋啊!"朱德尔赞不绝口。

他俩大吃大喝,饱餐了一顿。吃毕,倒掉剩余的饭菜,把空盘放在鞍袋里,随手取出一个水壶,浇着盥洗,做了祈祷,然后收拾,搭上鞍袋,说道:"我们骑着骡子走吧。"于是他俩跨上骡子,继续跋涉,向前迈进。摩洛哥人问道:"朱德尔,我们从埃及到这儿来,走了多少路程,你知道吗?"

"指安拉起誓,我不知道。"

"我们整整走了一个月的路程了。"

"这是怎么走的?"

"你要知道,朱德尔,我们胯下的这匹骡子是一匹神骑,它每天能行一年的路程。今天为了照顾你,它才慢慢走哩。"

他们行着,行着,向摩洛哥迈进。夜间从鞍袋中取出食物当晚饭吃,清晨取出食物当早餐用,如此晓行夜宿,继续跋涉了四天。途中朱德尔需要什么,摩洛哥人便从鞍袋中取出来满足他的愿望。

朱德尔和奥补顿·萨迈德到达非斯城

第五天,他们来到非斯城中,路上碰头见面的人都向萨迈德打招呼,吻他的手。他边行边应付,一直来到一所屋前,一敲门,门应声开了,他的女儿出现在门内,像月儿般美丽可爱。他吩咐道:"拉侯曼我儿,快给我们打开宫门吧!"

"听明白了,父亲,我马上就去。"她回答着转身匆匆走了进去。朱德尔望着她那袅娜美丽的姿态,神志差一点飞了,赞道:"哟!她真是一位公主啊!"

拉侯曼开了宫门,萨迈德取下骡背上的鞍袋,说道:"去你的吧,愿安拉恩赏你。"他刚一吩咐,地面突然裂开,骡子钻了进去,接着那裂口又合拢来,恢复了原状。朱德尔万分惊恐,叫道:"赞美安拉,蒙他保佑,我们才能安全地骑在它背上呀。"

"你别大惊小怪的,朱德尔;我对你说过,这匹骡子是神骑。现在我们进屋去吧。"

他俩去到屋里,朱德尔望着无数华丽的陈设和名贵的珠宝玉石,感到惊诧、迷惘。坐定以后,萨迈德喊道:"拉侯曼,给我拿那个包袱来。"

拉侯曼取来一个包袱,放在父亲面前。萨迈德打开包袱,取出一套价值千金的衣服,说道:"给你这套衣服,朱德尔;穿起来吧。"

朱德尔穿上衣服,衣冠楚楚,一表人物,俨然变成一个摩洛哥的王公贵人。萨迈德伸手从鞍袋中取出杯盘碗盏,盛着各种菜肴,计四十种,摆成一桌筵席,让朱德尔吃喝,说道:"客人,请用餐吧。我们不知道你想吃什么,请原谅吧。你喜欢吃什么,尽管说,我们马上给你拿来。"

"指安拉起誓,哈只先生,各种饮食我都喜欢吃,什么我都不嫌弃。你不必问我,你想到什么,就给我什么吧。现在我只想吃喝罢了。"

朱德尔在萨迈德家中过了二十天。萨迈德拿他当上宾殷勤招待,每天给他换一套新衣服,从鞍袋中取出各种山珍海味供他吃喝、享受。各种需要的东西都取之于鞍袋,就是面包、肉食、果品一类的食物也不必花钱买,更不需要烹调。

第一次进宝藏

到了第二十一天,萨迈德对朱德尔说:"今天是开启佘麦尔歹里宝藏的日期。走吧,朱德尔,我们前去开宝藏去。"于是两人带着仆人出城,各骑一匹骡子,继续向前跋涉。正午,到达郊外一条急流河边。萨迈德下骡比着手势,吩咐两个仆人:"准备吧。"

仆人遵循命令,每人牵一匹骡子,各走一方。去了一会,其中一人带来一个帐篷,张挂起来,另一人搬来被盖、枕头,铺在帐中。之后,两个仆人又去了一会,接着带来装鱼的那两个盒子和鞍袋。萨迈德让朱德尔坐在他身边,从鞍袋里取出饮食,一块儿吃喝。饭后,他捧着两个盒子念咒语,直念得两尾鱼在盒中呼吁求救,说道:"我们应命来了,世间的预言者!你怜悯我们吧。"他不理睬,一味念他的,直至盒子爆炸成碎片,飞向空中,变成两个被缚的人,喊道:"相信我们吧,预言家!你打算把我们怎么办呀?"

"我打算烧死你们,或者你们跟我缔约,开启佘麦尔歹里宝藏也行。"

"我们愿意缔约,替你开启宝藏;但有一个条件,你得把打鱼的朱德尔找来,因为那个宝藏必须借助朱德尔才能开启,也只有鄂迈尔的儿子朱德尔可以进入宝藏。"

"你们提到的人我已经把他带来了,他在这儿听着你们说话呢。"

萨迈德和他们进行开启宝藏的协议,并释放他们,然后取出一根竹竿、一块红玻璃片,系在一起,并放几块木炭在一个香炉中,一吹,便燃烧起来。他手中捏着乳香,说道:"朱德尔,我要念咒语、撒乳香了。我念起来,就不可以随便谈话,免得毁坏咒语。现在我要教你怎么做法,好让你顺利地完成任务。"

"该怎么办,告诉我吧。"朱德尔说。

"你要知道,我念了咒语,撒下乳香,河水便随之而枯竭,你眼前现出一道金门,像城门那样高大,挂着两个金属门环。你走过去,把门轻轻一敲,等一会,再敲第二次,比头次稍微重些。再等一会,便可接连不断地敲第三次。往后,里面的人不知符咒被人破毁,会问道:'谁敲门呀?'你告诉他:'我是打鱼人朱德尔·本·鄂迈尔。'往后里面的人开门出来,手持宝剑,说道:'你要真是其人,伸直脖子,让我砍你的头吧。'你尽管伸脖子给他,不必害怕;因为他举剑一砍,便自己倒下去,僵然死在你面前,你却不会受害,也感觉不到痛苦。假若你不依从他,便会死在他手里。

"你如法破除他的护符,走了进去,走到第二道门前一敲,出来一个骑士,骑着战马,执着长矛,说道:'这是人、神不能到达的禁地,到底是谁把你引到这儿来的?'他说着举矛要刺你。你挺胸向前,他一刺,马上会倒在地上,变成僵尸。你不可以反抗他,否则他就会刺死你。

"你继续向前,到第三道门前一敲,有人应声而出,手持弓箭,向你进攻。你挺胸迎接,让他射过,他会倒在地上,变成僵尸。你若反抗他,反而会被他射死。

"你再向前走,到第四道门前,一敲,大门应声而开,跳出一个庞然野兽,张牙舞爪,向你袭来,要把你一口吞下。你别害怕,也别逃避,待他接近时,你伸手给它,它会立刻死掉,而你不会受伤。你接着深入进去,到第五道门前,一敲,出来一个黑奴,问道:'你是谁?'你告诉他:'我是朱德尔。'他说:'如果你是朱德尔,请去开第六道门吧。'你走到门前,说道:'耶稣啊,请告诉摩西快来开门吧!'这样一来,大门应声而开,你走进去,见左右各有一条大蟒,张着血盆大嘴向你袭来。你伸出两手,让大蟒各衔一只,它们就自然死去。你若反抗,反而会被大蟒吞掉。

"你继续深入,到第七道门前,一敲,你母亲便开门出来见你,对你说:'欢迎我儿,到我身边来,让我祝福你吧。'你对她说:'站远些,给我脱掉你的衣服吧!'她说:'儿啊! 我是你的生身之母,对你有哺乳、养育之恩,你怎么好让我赤身露体呢?'你告诉她:'你要是不脱,我就杀死你。'你回头取下右面墙上挂着的宝剑,拔出来逼她脱衣服。她会欺骗你,向你苦苦哀求,你可不能怜悯、同情她。每当她脱下一件,你得催她脱第二件,继续不断地威胁她,逼她脱光身上的衣服,让她倒了下去。这时候才算破除魔法、护符,你的安全才算有了保障,可以直入宝藏。宝藏里面摆着成堆的金子,你别管它,却要注意宝库的正上方有间密室,门上挂着帷幕;揭开帷幕,可以看见那个叫佘麦尔歹里的预言者睡在一张金床上。他头上有个月儿般闪光的圆形东西,那就是观象仪。他身上佩着一把宝剑,手上戴着一个戒指,脖子的项圈上系着一个眼药盒。那四件法宝,你必须全都取来,并且要牢牢记住我告诉你的各种办法,不可忘记一件。你如果不违背我,照我的指示按部就班地做下去,这就不至于吃亏、懊悔了。"

萨迈德三番五次耐心地重复他的嘱咐,直到朱德尔对他说:"我记清楚了;不过你刚才说的那种魔法,谁有胆量去破除它呢?那种恐怖谁忍受得了呢?"

"你别害怕,朱德尔;他们不过是些没有灵魂的幽灵罢了。"

"既然如此,一切都托靠安拉吧。"

萨迈德撒下乳香,念了咒语,河水渐渐枯竭,河床里现出宝库的大门。朱德尔去到门前,一敲,里面的人不知护符受到破坏,问道:"谁敲宝库之门?""我是朱德尔·本·鄂迈尔。"他回答。只见大门开处,有人冲到他面前,举剑说道:"伸出你的脖子吧。"他伸长脖子,那人一砍,便倒下去死了。同样他开了第二道门,并顺利地破除七道大门的护符,最后他母亲出现在他面前,对他说:"儿啊!你好哇。"

"你是什么东西?"

"我是你的生身之母,对你有哺乳、养育之恩。儿啊!你在我腹中怀胎九月,好不容易才生下你呢。"

"脱下你的衣服吧。"

"你是我的儿子,怎么好让我赤身露体呢?"

"快脱吧,否则我就一剑砍掉你的脑袋。"他抽出宝剑,逼着她,"你不脱,我就杀死你。"

于是彼此纠缠、争执了好一阵;她受了很大的威逼,才脱一件衣服。朱德尔喝道:"快脱剩余的。"经过多次纠缠、争执,她才又脱一件。他们继续纠缠、争执,直到她脱得身上只剩一件衣服时,便对他说:"儿啊!我这是白养你了,你逼我脱得只剩一件衣服,你这样凌辱我,难道你是铁石心肠吗?这不是大逆不道吗?"

"你说得对,你就别脱那件衣服吧。"

朱德尔刚一说,她便大声喊起来:"他错了,你们快来揍他吧。"宝库中的仆人闻声赶到,一齐动手,雨点般的拳头不住地落在他身上——这一顿揍是他一辈子也忘不了的——他们打他一顿,把他扔出门外,照旧关起宝库的大门。

第二次进宝藏

朱德尔被抛出宝藏门外,萨迈德赶忙救起他,接着河水就泛滥、湍流起来。萨迈德不断地替他念咒语,直把他念醒了,这才问道:"可怜的人哟!你到底做了什么呢?"

"我打破各种阻碍,到达我母亲那里,她跟我纠缠、争执了很久,被我逼着脱衣服,脱得只剩一件时,她对我说:'别再凌辱我吧。'我可怜她,不再逼她,可是她一声喊起来:'他错了,你们快来揍他吧。'人们闻声,霎时赶到——我不知他们是从哪里来的——于是脚踢拳打,残酷地打我一顿,差一点给打死了。后来他们把我抛出门外,我昏迷不醒,其他遭遇什么,我就不清楚了。"

"我不是屡次叮咛,叫你别违背我的指示吗?这样一来,你不但害了我,同时也害了你自己。如果她脱光衣服,那我们就达到目的了。这么说,你得留在我这儿,待明年的今日,我们另起炉灶,再来开启宝藏吧。"他说着出声一喊,两个仆人闻声赶到,遵命卸了帐篷,搬走它,并牵来两匹骡子。他俩各骑一匹,怅然转回非斯城。

朱德尔住在萨迈德家中,吃好的,喝好的,每天换一套新衣服,生活非常舒适、安乐。时间过得很快,不知不觉也就过了一年。萨迈德对朱德尔说:"我们期待的日子到了,让我们再去开启宝藏吧。"

"好的!"朱德尔回答着跟萨迈德去到城外,跨上仆人预备的骡子,向前迈进,一直去到河边。仆人张起帐篷,铺下被褥。萨迈德取出食物,两人饱餐一顿,这才像头次那样取出竹竿、玻璃片和乳香,燃着,说道:"朱德尔,我要嘱咐你呢。"

"哈只先生,除非我能忘记我挨的毒打,那才忘得了你的嘱咐呢。"

"这么说,我嘱咐你的事,现在你还记着呢?"

"不错,我还记得。"

"当心你的生命吧;别以为那个妇人真是你的母亲,她不过是以你母亲的形象出现的一种护符而已,目的在于阻挠、扰乱你的进取。第一次幸而你能生还,如果此次再出差错,就难免杀身之祸了。"

"这次如果再犯错误,就让他们烧死我吧。"

萨迈德撒下乳香,一念咒语,接着河水干了,朱德尔向前去到宝库门前,一敲,大门应声而开。他勇往直前,继续破除护符,叫开七道大门,到达他母亲面前,只听他母亲说:"儿啊,欢迎你!"

"我何尝是你的儿子? 你这个该死的妖怪,快给我脱衣服吧。"

她企图欺骗他,把衣服一件一件地脱掉;脱得只剩一件时,他严厉催逼:"该死的妖精,快脱吧!"她脱了最后一件衣服,变成幽灵,僵然倒在地上。他闯了进去,见宝库中摆着成堆的金子,可他不理睬,却一直冲进密室,见预言家佘麦尔歹里躺在床上,腰中佩着宝剑,手上戴着戒指,胸前挂着眼药盒,头上摆着观象仪。他走过去,卸下宝剑、眼药盒,脱掉戒指,拿起观象仪,转身退出密室,只听得仆人们向他欢呼,喊道:"祝贺你,朱德尔! 祝你达到希望目的……"

他在欢呼、庆贺声中,匆匆走出宝库,回到萨迈德身边。萨迈德停念咒语,灭了乳香,跳起来拥抱他,亲切地问候他,收下四件宝物,出声一喊,两个仆人闻声赶到,遵命收去帐篷,牵来两匹骡子。于是两人跨上骑骡,并辔转回菲斯城。

朱德尔满载而归

回到家中,萨迈德从鞍袋里取出饮食,摆成丰盛的筵席,招待朱德尔,说道:"老弟,吃吧。"于是两人大吃大喝,饱餐之后,扔了剩余的食品,收起杯盘碗盏,接着说道:"朱德尔! 你为我们而别乡离井,成全了我们的需求,应该受到我们的优待。你希望得到什么? 尽管说,我们一定满足你的愿望。你别害羞,这是你应该享受的权利。"

"先生,求你把这个鞍袋送给我吧。"

"行,这鞍袋送给你了;你拿去吧。如果你还需要别的东西,我们都能给你。不过,可怜的人哟! 这个鞍袋仅能供你饮食,没有别的用途。这次你远道而来,辛苦一场,我们许下诺言,要叫你愉快地满载而归,因此除了这个供你饮食的鞍袋,还要给你一袋金银珠宝,并送你回家,让你去经营生意买卖,赚些钱维持家属的生活。至于食品,你不用花钱,想吃什么,尽管伸手到鞍袋里索取,仆人会给你预备的,即使每天要一千种菜肴,也都能供应。"

萨迈德另取个鞍袋,把金子、珠宝分别装在里边,送给朱德尔,并吩咐仆人牵来一匹骡子,把两个鞍袋搭在骡背上,说道:"骑这匹骡子回去吧;我打发这个仆人给你领路,他会带你到你家门前的。到家时,取下两个鞍袋,留着使用,把骡子交给仆人带回来。希望你好生保守秘密。去吧,从此我们把你托付给安拉了。"

"愿安拉加倍赏赐你。"朱德尔衷心感激萨迈德,向他告辞,跨上骡子,随仆人起程,离开摩洛哥,径向埃及迈进。他继续跋涉了一天一夜,第二天清晨到达埃及,刚进得胜门,便见他母亲坐在路旁乞食,有气无力地喊道:"看安拉的情面,给点吃的吧!"他一见这种情景,吓得神志迷离,立刻下骡,扑在母亲身上。他母亲仔细一看,见是儿子回来,母子抱头痛哭。于是他扶母亲骑上骡子,替她牵着缰绳,一起回到家中,扶她下骡,卸了鞍袋,收拾起来,打发仆人带走骡子,这才坐下来跟母亲谈心,问道:"娘! 两位哥哥好吗?"

"都好。"

"你为什么到路上乞食呢?"

"儿啊,因为饥饿嘛。"

"我出门的前两天交给你一百金币,前一天交给你一百金币,起身那天又交给你一千金币;这么多钱哪儿去了?"

"儿啊,你的两个哥哥欺骗我,把钱拿走,说要去做买卖。他们不管我,我没有吃的,这才沦为乞丐的。"

"娘,我现在回到家中,生活不成问题了,你再不要忧愁、顾虑了,这个鞍袋里装满了金子、珠宝,用处可多着呢。"

"儿啊,你是幸运的,安拉喜欢你,这才加倍赏赐你呢。儿啊,昨天没有晚饭吃,我整整饿了一夜,你快给我弄点饮食吃吧。"

"我给你饮食吃,"朱德尔忍不住笑了,"你要吃什么,说吧,我马上拿给你,不用上街去买,也不必烹调。"

"儿啊,我没见你身边有什么可吃的东西嘛。"

"我鞍袋里有各式各样的食物呢。"

"那么随便给什么饮食都可以。"

"不错,你说得对。人在贫困中,随便有一点食物就满足了;可是到了富裕时候,就想吃点好的。现在我有钱了,母亲想吃什么,只管说吧。"

"给我一个热面包,一片干乳酪吧。"

"娘,面包、乳酪跟你现在的身份不相称了。"

"你知道我的身份,估量着我的身份给我饮食吃吧。"

"娘,你的身份应该吃红烧肉、红烧鸡、辣椒炒饭。此外,你还适于吃'面巴鲁勒麻哈盛叶'①'格鲁尔勒麻哈盛叶'②'海鲁府勒麻哈盛叶'③'祖勒尔勒麻哈盛叶'④'铿纳凡'⑤蜜、糖、蜜饯、杏仁饼这类名贵食品呢。"

她以为儿子在奚落她、取笑她,说道:"啊唷唷! 你这是怎么着?

---

① 把大米填入羊肚中煮成的食品。
② 挖去小瓜瓤,填入大米煮成的食品。
③ 把大米填入鸡腹内煮成的食品。
④ 把大米填入肋条肉内煮成的食品。
⑤ 用面浆制成面丝,再混糖制成的糕饼。

你做梦吗？你疯了？"

"为什么说我疯了？"

"你给我数出这么多上等食品,谁买得起？谁有那么大本领去烹调？"

"指我的生命起誓,非马上把说过的这些食品拿给你尝尝不可。"

"可是我什么也看不见啊！"

"把鞍袋拿给我吧。"

她取出鞍袋,伸手进去试探,里面空空洞洞,什么也没有。朱德尔接了过去,伸手从里面取出满盘的菜肴。他继续不停地把说过的各种名菜全都取出来,摆在一起,请她吃喝。她望着莫名其妙,说道:"儿啊！这个鞍袋本来不大,原是空空洞洞的,里面什么东西都没有,现在你却取出饮食来了。我来问你:这些热气腾腾的菜肴是从哪儿来的？"

"娘,你要知道,这个鞍袋是那个摩洛哥人送给我的,曾施过魔法,里面有个奴仆,人们想吃什么东西,只消点出名目来对他说:'鞍袋的仆人啊,给我某种东西吧。'他马上就供给的。"

"我可以伸手进去问他要吗？"

"可以的;你伸手要吧。"

她果然伸手进去,说道:"鞍袋的仆人啊！请给我一盘'祖勒尔勒麻哈盛叶'吧。"她刚说罢,便从袋中取出一盘"祖勒尔勒麻哈盛叶"。后来朱德尔要了面包和其他需要的食物,母子坐着吃喝,并对她说:"娘,照规矩,饭后必须把空盘原封收藏在袋内;如有剩余饮食,可以腾在别的食具里。往后望你好生保存鞍袋,严守秘密。从今以后,不管我在家或不在家,你几时需要吃的,尽可从鞍袋里索取;除你享用之外,还可以供给哥哥们吃喝,并拿些食物救济那些穷苦人。"

他们母子一面吃喝,一面谈心,这时候他的两个哥哥突然闯了进来。那是巷里的一个小孩子对他们说，你弟弟穿着非常华丽的衣服，骑着骡子，带着仆人回家来了。他们听了，大吃一惊，其中一个叹道："糟糕！但愿我们不曾冒犯母亲，那该有多好啊。她一定会把我们对待她的情况告诉弟弟的。现在跟他去见面，多害臊呀！"另一个说："母亲是大慈大悲的，纵然她告诉弟弟，可是他比母亲更疼爱我们。我们向他赔不是，他会饶恕我们的。"于是两人约着走进屋去。

朱德尔见了哥哥，忙起身迎接，热情地问候一番，说道："来吧，来吧；坐下来吃一点。"他们过于饥饿，疲弱不堪，坐了下来，狼吞虎咽，饱餐了一顿。饭后，朱德尔说："两位兄长，把剩余的这些饭菜拿去送给那些可怜的穷苦人吃吧。"

"弟弟，别送了，留着我们当晚饭吃吧。"

"晚饭时候，包管你们有更多的饮食可吃。"

他们听从吩咐，把剩余的饭菜拿出去，沿街走着，每遇到可怜的穷人，便对他说："给你，拿去吃吧。"直把饭菜布施完了，才带着空盘子转回家去。朱德尔吩咐他母亲把盘子收藏在鞍袋里。

朱德尔被哥哥骗卖

当天夜里，朱德尔进房去，从鞍袋中取出四十盘菜肴，回到堂屋里，陪哥哥坐下，对他母亲说："娘，给我们晚饭吃吧。"他母亲走进房去，见饭菜已经取出，便铺上桌布，把四十盘菜肴一盘盘端了出来，摆成一桌丰盛的筵席，母子们坐下吃喝。饭后，朱德尔吩咐哥哥："剩余的这些饭菜都拿去分给穷人吃吧。"他们听从吩咐，果然把饭菜拿出去分给穷人，然后转回家来。朱德尔取出甜食，共同享受。吃毕，他吩咐道："剩余的拿去送给邻居吃吧。"

第二天，他们同样吃喝、享受。从此他们的生活有了规律，尽情享受，非常舒适、愉快，这样继续过了十天。他的哥哥觉得奇怪，萨礼睦对瑟律睦说："这到底是什么缘故呢？弟弟每天早、午、晚三餐都摆宴招待我们，夜里还吃甜食，吃剩的饮食全都送给穷人，这是帝王官宦的派头呀。他的这种享受到底是从哪儿来的？那些珍馐美味的来历，你打听过没有？吃剩的东西全都布施出去了，却从来不见他买什么东西，不见他生火，厨房、厨子他都没有，这可奇怪了。"

"指安拉起誓，我一点也不清楚。"瑟律睦说，"这桩事情的真相你知道有谁可以告诉我们吗？"

"我想只有母亲一人可以告诉我们。"

萨礼睦和瑟律睦弟兄两人千方百计，趁朱德尔不在家，鬼鬼祟祟地约着去见母亲，说道："娘，我们饿了。"

"等一等，我给你们预备吃的。"她说着走进房去，从鞍袋中取出饮食，拿给他们吃喝。

"娘！你没生火煮饭，为什么饮食都是热的？"

"呃！这是从鞍袋中取出来的。"

"到底这鞍袋是怎么一回事呀？"

"鞍袋曾被施过魔法，有着护符……"她把情况全都告诉他们，最后嘱咐道："你们可要保密啊。"

"秘密我们是会保守的；不过希望母亲告诉我们，你是怎样索取食物的。"

她果然告诉了他们；他们如法伸手探索，果然获得了食物。这一切朱德尔全不知道。他们明白鞍袋的作用以后，野心勃勃，打算夺取鞍袋，因此萨礼睦对瑟律睦说："兄弟，我们在朱德尔面前像两个仆人一样，吃他的布施，这种情况要到什么时候才能结束呢？我们为什么不想个办法，把鞍袋夺过来自己掌握呢？"

"想什么办法夺取它？"

"我们把弟弟骗去卖给苏彝士地区的管理人。"

"怎样才能出卖他？"

"我和你一起去见那个头目人，请他带两个伙计到我们家来吃饭。至于朱德尔这方面,你放心,我会说服他。今晚你等着看我的吧。"

萨礼睦和瑟律睦商议后,都同意出卖朱德尔;两人约着去到头目人家中,说道:"老爷! 为了一桩能使你愉快的事情,我们这才特地来见你呢。"

"好的,有什么事?"头目人表示欢迎。

"我们两人是弟兄手足,此外还有一个顽皮无用的弟弟。家父过世后,遗下一份财产。我们把遗产分为三份,他拿走一份,吃喝嫖赌,花天酒地地挥霍完了,便来找我们的麻烦,诬我们霸占遗产,侵犯他的利益。我们被迫和他打官司,花了很多钱。过了不久,他又告我们,把我们给拖穷了,还不饶我们,使我们感到苦恼、不安,因此打算卖掉他。请老爷买下他吧。"

"你们能设法把他骗到这儿来,让我很快送他到苏彝士去做苦工吗?"

"我们不能骗他上这儿来;不过今晚请你随身带两个人到我们家去做客,等他睡熟,我们协助你们,五个人一起动手,捉住他,拿木节塞住他的嘴,趁黑夜里带走他,那时候你就可以随便处置他了。"

"我明白;就这样办吧。我出四十个金币,你们卖不卖呢?"

"卖了。今晚你带人来吧,我们派人在巷口等你。"

"好的,你们去吧。"

萨礼睦和瑟律睦回到家中,跟朱德尔敷衍着谈了一会,萨礼睦便走到朱德尔面前,吻他的手。他觉得奇怪,问道:"哥哥,你怎么了?"

"我的一个朋友,你不在家时,他屡次请我去他家吃饭,待我很好,非常尊敬我。今天我去看他,他请我吃饭,我对他说:'我不能离开弟弟。'他说:'你带他来好了。'我说:'他不愿意来,还是请你带着你的两个弟弟上我们家去吃饭吧。'当时他的两个弟弟在场,我就顺便提了一提。我以为他们会拒绝,殊不知我才开口,他们就欣然答应,对我说:'今晚我一定带着弟弟去,请你在门前等我们。'现在我怕他们见你不方便,觉得害羞,所以我要跟你商量,你能赏我一个脸,今晚用你的名义请他们吃饭吗?如果能够这样,那是再好没有的。要是你不愿意,那么请允许我上邻居家去招待他们吧。"

"为什么要上邻居家去招待他们呢?是我们的屋子太窄,不够容纳他们吗?或者是我们拿不出饮食来给他们吃喝吗?这种事也来跟我商量,实在是你不对。我们家里有丰富的食品和各种甜食,足够招待客人。往后有人到我们家来,我不在,你们就向母亲索取,她会给你们饮食的。好了,你去请他们去,吉利会随着客人降到我们家里来的。"

萨礼睦感谢朱德尔,吻他的手,然后出去,坐在门前,等到日落,见人来了,马上起身迎接,带他们进屋去。朱德尔一见,欣然说道:"竭诚欢迎你们!"于是请他们坐下,陪他们谈心。他不知道他们的阴谋诡计,却热情地接待他们,向母亲索取晚餐;又去到房里,从鞍袋中取出四十盘山珍海味,摆成丰盛的筵席,招待客人,让他们吃喝,饱餐了一顿。当时水手们不明了底细,满以为那是萨礼睦预备的筵席招待他们。

饭后,大家促膝谈心;休息到二更时候,朱德尔又取出甜食,和瑟律睦两人陪客人享受,萨礼睦任招待职务。吃到更残夜静,是睡觉时候了,才尽欢解衣就寝。

他们处心积虑,等朱德尔睡熟,大家蹑手蹑脚,悄悄地行动起来。待朱德尔从梦中惊醒过来,嘴里已经塞着木节,身体已在缧绁之中。黑夜里,他们把他送往苏彝士地区,给他钉上镣铐,拿他当俘虏役使。从此他开始了囚徒的苦役生活。

萨礼睦和瑟律睦被捕

第二天清晨,萨礼睦和瑟律睦约着去见母亲,问她:"娘,朱德尔弟弟还在睡觉吗?"

"你们去唤醒他吧。"

"他睡在什么地方呀?"

"他跟客人们睡在一起呢。"

"也许我们还没有起床,他便跟客人们走了。娘,弟弟对摩洛哥这个地方似乎很感兴趣,醉心于开启宝藏,和摩洛哥人谈得很亲密。他们曾对他说:'我们带你一块儿上摩洛哥开掘宝藏去。'"

"他又跟摩洛哥人见面了?"

"昨晚上他们不是在我们这里吃饭的吗?"

"或许他跟他们去了;但愿安拉指引他走正路。他是个幸运儿,此去一定会有很大的收获。"她说着嗬嗬地伤心哭泣,感到离愁、苦闷。

"该死的老泼妇哟!"萨礼睦弟兄破口大骂,"你这样疼爱朱德尔吗?从前我们出门时,你没有表示过悲哀,我们回来时,你也没有表示过欢喜,难道我们和朱德尔不一样?不都是你的儿子吗?"

"你们两人是我的儿子,可是你们是淘气的,从来没有孝顺过我。从你们的父亲过世以后,我没有见你们做过一桩好事。至于朱德尔么,他在我眼前做了许许多多好事,他孝顺我,使我感觉愉快,所以我应该关心他,为他而悲哀哭泣。何况他不单是孝顺我,连你们同样也享他的福呢。"

萨礼睦和瑟律睦听了母亲的话,恼羞成怒,不仅破口骂她,动手打她,而且蛮横地冲进房去,找出两个鞍袋,对她说:"这是父亲的财物吗?"

"不,指安拉起誓,这是朱德尔从摩洛哥带回来的。"

"你胡说八道!这显然是父亲的遗产,我们该分享它。"

他们把鞍袋中的金子、珠宝拿出来瓜分,可是对于索取食物的那个鞍袋却无法分配,彼此意见分歧。萨礼睦说:"归我吧。"瑟律睦说:"我要它。"于是两人争执起来,吵闹不休。老母在旁劝道:"儿啊！装金银珠宝的鞍袋，你们已经分过了，至于这个呢，既不值钱，也无法分成两份。如果把它割为两截，便损坏护符的作用，无法索取饮食，白糟蹋了一件宝物；倒不如把它交给我，我替你们保管着，几时你们需要饮食，我立刻给你们索取；我跟你们在一起，只要有一点东西糊口，随便维持生活，也就心满意足了。此外，如能给我几件衣服蔽体，那算是额外的恩赐。以后希望你们每人找个正当职业，好生务本做人。你们是我的儿子，我是你们的母亲，一家人应当相安无事地过下去，否则，你们的弟弟一旦回来，大家就没有脸面见人了。"

他们不听为娘的劝告，分财不匀，整夜争吵不休，因此秘密被国王的一个护卫听见。原来国王的那个护卫当天夜里应邀上朱德尔的邻居家去赴宴，正赶上他们的窗户开着，吵闹声传了出去，他闻声从窗户里窥探，把他们分财不匀的争吵全都听在心里。第二天他回到宫中，把昨夜听到的秘密详细报告国王佘睦缵·道勒图。

国王马上派人逮捕萨礼睦和瑟律睦，押到宫中，严刑拷问，根据两人的供词，弄清事件的来龙去脉，没收了两个鞍袋，把两人监禁起来，并供给他们的老母每天必需的生活费。

朱德尔和奥补顿·萨迈德不期而遇

朱德尔在苏彝士地区整整做了一年苦工，才跟其他的人同船渡海；船在中途遇险，触礁失事，全舟覆没，人们都淹死，只剩他一人脱险。着陆后，他勇往直前，一直跋涉到一个阿拉伯人的帐篷中求救，说明他是水手，叙述失事的经过。当时帐篷中有个吉达商人，可怜他的遭遇，对他说："埃及人，你肯替我做事吗？我管你吃穿，并带你上吉达去。"

朱德尔愿意帮商人做事，随他旅行到吉达，勤勤恳恳，终日埋头苦干，博得主子的爱护、重视。后来商人去朝觐，带他同行。到了麦加城,朱德尔去游圣寺,无意间和他的摩洛哥朋友奥补顿·萨迈德邂逅,彼此寒暄、问好;萨迈德问他别后情况。朱德尔忍不住伤心流泪,叙述过去的各种遭遇。萨迈德寄予无限同情,带他到寓所去,非常尊敬他,给他一身华丽衣服,对他说:"朱德尔,从此你可以摆脱患难了。"随即拿沙盘替他卜了一卦,测知他哥哥的遭遇,对他说:"你要知道,朱德尔,你的两个哥哥已经被捕,埃及国王把他们关在监狱里了。我欢迎你搬到我这儿来,生活在一起,欢度佳节,这对你既方便而且有许多好处。"

"我要征得那位商人主子的同意,才能搬来。"

"你欠他钱吗?"

"不。"

"好人做事应该有个交代,你先去征求他的同意,马上搬过来吧。"

朱德尔回到商人主子面前,对他说:"我遇见我哥哥了。"

"你去领他来,我们请他吃饭吧。"

"他不需要这个,因为他是有钱的享福人,有好多仆人伺候他呢。"

商人给他二十枚金币,对他说:"去吧,从此我不管你了。"他告辞出来,路上碰着一个穷苦无告的可怜人,发生怜悯心肠,慨然把手边仅有的二十枚金币全都送给他,然后匆匆去到萨迈德的寓所,跟他生活在一起,共同度完朝觐佳期,萨迈德这才把从佘麦尔罗里宝库中获得的那个戒指送给他,对他说:"给你,拿去吧,它能使你达到目的呢,因为它有一个能干的仆人,名叫腊尔顿·哥隋福。世间所有的一切,你需要什么,只消一擦戒指,它的仆人马上出现在你面前,你吩咐他做什么,全都能够做到。"他说着一擦戒指,仆人果然出现,说道:"主人,我应声来了,你需要什么,我马上拿给你。你要重建一座坍毁的城市吗? 要捣毁一座人烟稠密的城镇吗? 要杀死一个国王吗? 要消灭一支军队吗?"

"腊尔顿·哥隋福,这位是你的主人了,从今以后,你听他的吩咐吧。"萨迈德指着朱德尔嘱咐仆人一番,随即令他隐去,接着对朱德尔说:"你一擦戒指,它的仆人就会出现在你面前。你要什么,尽管吩咐他,他不会违背你的命令的。你好生收藏起来,将来回到家中,可以借它战胜你的仇人。但你须要注意,别小视这个戒指的价值。"

"好的,请允许我转回家乡去吧。"

"你擦戒指好了;等仆人出现时,你骑在他背上,对他说:'限你今日送我回家去。'便可达到目的,他不会违背你的。"

朱德尔回到故乡

朱德尔十分感激萨迈德,向他告辞,一擦戒指,腊尔顿·哥隋福马上出现在他面前,说道:"我来了,你要什么,我拿给你。"

"今天把我送往埃及去吧。"

"遵命,不敢有误。"他说着背起朱德尔,飞腾起来,继续不停地从正午飞到半夜时候,到达埃及,把他放在他家的院落里,然后从容隐去。朱德尔进入房内,他母亲一见他,一骨碌爬起来招呼他,问候他,望着他伤心哭泣,叙述他哥哥被捕、被打以及国王抢走金银珠宝和鞍袋的经过。他听了,觉得两个哥哥实在难于应付。他安慰母亲说:"娘,你不必为失去那些物件而忧愁苦闷,我马上做给你看,我要把哥哥从监狱里救出来呢。"他说着一擦戒指,腊尔顿·哥隋福立刻出现在他面前,说道:"我来了,需要什么,你说吧,我拿给你。"

"我命你上国王的监狱里去把我的两个哥哥救出来。"

腊尔顿·哥隋福顿时钻到地里,前去执行命令。萨礼睦和瑟律睦正在监狱中受折磨,十分苦痛,悲观失望,情况非常凄惨,不想再活下去;其中的一个叹道:"兄弟啊! 指安拉起誓,我们过的苦难日子已经够长的了,这种牢狱生活要到什么时候才能结束?干脆死了,比活着还安逸呢。"正当他们悲哀诉苦的时候,狱中的地面突然裂开,腊尔顿·哥隋福出现在狱中,救出萨礼睦弟兄两人,把他们送到家中。他们过于恐惧,吓得昏迷不省人事,过了一会,才慢慢苏醒过来,发觉自己已置身于家中,见朱德尔和母亲坐在一起,并对他们说:"两位哥哥安全无恙,我们就放心了。"

萨礼睦弟兄两人听了朱德尔的安慰,伏在地上,伤心流泪,感激涕零。朱德尔说道:"别哭了,你们为什么出卖我?这是你们过于贪婪,受了妖魔的怂恿才干出这种不近人情的勾当来吧。我只好拿约瑟来譬解了;他的哥哥们危害他,把他扔在枯井里,他们对待他的毒辣手段,比你们对待我的方法更厉害呢。你们对我干了这样的事情,快快忏悔,向安拉求饶吧;安拉是大慈大悲的,他会饶恕你们。对我本人,你们不必顾虑,我不跟你们计较,我是能原谅你们、欢迎你们的。"

朱德尔好言安慰他的两个哥哥,使他们安下心来,这才把他在苏彝士地区的遭遇,并到麦加城碰到萨迈德,以及获得戒指的经过,从头到尾,详细叙述一遍。他们听了,说道:"弟弟,这次求你饶恕我们;今后我们再冒犯你,你就随便处罚我们好了。"

"不要紧,这没有什么。倒是国王怎样对待你们,告诉我吧。"

"他拷打我们,威胁我们,把两个鞍袋从我们手里给抢走了。"

"我不怕他。"

朱德尔建筑宫殿

朱德尔一擦戒指,腊尔顿·哥隋福出现在他面前。他的两个哥哥一见那个仆人,非常恐怖,以为朱德尔要叫仆人杀死他们,因而惊慌失措,赶忙奔到母亲面前求救,说道:"娘,我们在你保护下,求你替我们说情,搭救我们吧。"

"儿啊!你们不用害怕,他不会伤害你们的。"朱德尔的母亲安慰他的两个哥哥。接着朱德尔吩咐仆人:"我命你去王宫里把国王库中的金银财宝给我全都搬来,什么都别留下,同时把他从我哥哥手中抢走的那两个鞍袋夺回来。"

"听明白了,遵命就是。"仆人回答着,马上去到王宫,把库中的全部财物和两个鞍袋搬到朱德尔家中,说道:"报告主人,国王库中的财物全都搬来,那儿什么都不剩了。"

朱德尔把盛金银珠宝的那个鞍袋交给他母亲收藏起来,把其余的一个留在自己身边,随即吩咐仆人:"我命你在今天夜里赶着给我建筑一幢巍峨的宫殿,必须粉刷得金碧辉煌,陈设得富丽堂皇,并限黎明前完成任务。"

"遵命,不误。"仆人回答着执行命令去了,朱德尔这才从容从鞍袋中取出饮食,和母亲、哥哥们一起吃喝享受,饱餐了一顿,然后尽欢而散,各去睡觉。

仆人腊尔顿·哥隋福奉到建筑宫殿的使命,诚惶诚恐,把助手们召集起来,分派他们参加建筑;于是他们分工合作,有的从事琢石,有的从事建筑,有的从事粉刷,有的从事漆画,有的从事装置、陈设,紧张地工作着,整整忙了一夜,还未黎明,便完成任务,建成一幢非常高大、宽敞的宫殿。第二天清晨,腊尔顿·哥隋福去见朱德尔,说道:"报告主人,宫殿已经建成,一切陈设都齐备了,请去察看吧。"

朱德尔带着母亲和两个哥哥走出大门,抬头一看,见新建的宫殿是世间找不到的,令人难以想象的,非常高大,而且十分富丽堂皇。他不费半点精力,不花一文钱财,一个晚上建成那样的宫殿,眼看着不禁喜出望外,非常满意,欣然对母亲说:"娘,你愿意搬到这幢宫殿里来居住吗?"

"是的,儿啊;我愿意搬到这儿来的。"她回答着不住地祝福他。

朱德尔一擦戒指,仆人出现在他面前,说道:"我来了,有话吩咐吗?"

"我命你给我物色四十个白种姑娘,四十个黑种姑娘,并物色男仆和奴隶各四十名,安置在宫中,供我使唤。"

"遵命。"仆人回答着率领四十名助手,去到印度、苏丹、波斯各国,选了一批美丽的少女和精壮的小伙子,带到宫中,献给朱德尔。朱德尔见了,非常满意,吩咐仆人:"给他们每人预备一套最华丽的衣服吧。"

"遵命。"

"给我们母子也各预备一套。"

仆人遵循命令,马上预备齐全,给他们穿戴起来。朱德尔指着母亲吩咐婢仆们:"这位是你们的老太太,大家过来吻她的手吧。从今以后,你们中不分黑白,谁都要小心伺候老人家,不得违背她的命令。"

姑娘和小伙子们穿戴得整整齐齐,听从朱德尔吩咐,大家向前,吻他母子的手。从此宫中热闹起来,朱德尔俨然成为国王;他的两个哥哥身穿宫服,好像是他的宰相。新建的宫殿非常高大宽敞,朱德尔和他母亲住在正殿里,让萨礼睦和瑟律睦各带一部分奴婢,分别住在侧殿中,彼此分居,各占一方,居然成为帝王将相。

国王生朱德尔的气

国王佘睦缌·道勒图宫中负责管理国库的官员开库去取需要之物,发现库中储藏的宝物全都不翼而飞,一点不剩,全都空了。他吓得大叫一声,骇然倒在地上。一会儿以后,他慢慢苏醒过来,一骨碌爬起来,急忙关锁库门,跑到国王面前,奏道:"报告主上,国库中的储藏一夜中全都不见了。"

"我库中的财物吗?你这是怎么弄的?"

"指安拉起誓,我丝毫不曾弄动,不知财物怎么都不见了。昨天我进库去,里面装得满满的,今天进去,里面空空洞洞,什么都不见了。库门原是关锁着的,锁没有坏,墙壁也没有洞,一切都原封原样,看来盗贼是没到过里面的。"

"那两个鞍袋也不见了吗?"

"是的,都不见了。"

国王听了,气得神志不清,勉强站了起来,吩咐道:"走吧,带我去察看。"于是他随管库的去到库中,举目观看,眼前什么都不见。他怒火上冲,十分震动,叫道:"是谁不畏王法,胆敢盗窃我的财库?"他吼骂着马上召集文武官员,商讨善后。文臣武将得到紧急命令,一个个诚惶诚恐、战战兢兢奔跑上殿,谁都以为国王是在发自己的脾气。国王怒形于色,说道:"文武官员们! 你们要知道,昨夜里我的财库被窃,我不知道是谁胆大包天,不怕王法,竟然偷到我头上来了。"

"这是怎么一回事呢?"文武官员齐声惊问。

"你们去问管库的吧。"

官员们怀着惊奇心情,向管库的打听情况。管库的说:"昨天库里还装得满满的,今天我开门进去,里面的财物却什么都不见。我仔细检查,门窗没有破坏,墙壁也没有洞穴,一切都是原封原样的。"

官员们听了管库的谈话,人人感到惊诧,面面相觑,谁也不吭气,其中只有前次密告萨礼睦和瑟律睦的那个护卫挺身而出,说道:"报告主上,昨夜里我见工人们从事建筑,通宵达旦,忙个不停,到今天清晨,便建成一幢无比富丽堂皇的高大宫殿。我一打听,据说朱德尔回来了,那幢宫殿是他建筑的,他还拥有无数的财产,他的两个哥哥被他从狱中解救了出去。他家中婢仆成群,过着豪华生活,跟帝王全无分别。"

"这么说,你们快去监狱里看一看吧。"国王吩咐官员们。他们奉命,急急忙忙奔到监狱里,不见萨礼睦和瑟律睦的踪影,便一窝蜂奔到殿前,报告查看结果。国王喟然长叹,说道:"我的仇人叫你们给找出来了,显然那个劫狱放走萨礼睦和瑟律睦的人,一定也是把库中的财物拿走的人。"

人们听了,莫名其妙,摸不着头脑。宰相问道:"主上,到底这个人是谁?"国王百般愤慨,怒不可遏,说道:"就是那两个犯人的弟弟朱德尔;两个鞍袋也是他偷走的。爱卿!你派个军官带五十名士兵前去把朱德尔和他的两个哥哥给我逮来,让我绞死他们。不要忘记封闭他的全部财产。去吧,快派人去把他们都绑来,让我杀死他们,以雪心头之恨。"

"主上息怒,多多容忍吧;安拉是最能容忍的,奴婢犯了过失,安拉是不急于处罚他的。因为根据传闻所得,一个能在一晚上建筑一幢宫殿的人,那是天下无敌的。我怕派人去捉不到朱德尔,反而会吃他的大亏。主上权且忍耐一时,俾臣弄清事实真相,精密筹划一番,再作道理,那也不迟;主上的希望目的,迟早是能圆满完成的。"

"爱卿,你给我定个计谋吧。"

"我派个使臣去请他前来赴宴,向他表示友好,暗中把他拘囚起来,打听他的情况,静观他的动静。如果他很厉害,我们拿计谋对付他;他要是软弱无能,我们就下手擒住他,那时陛下就可以随便处置他了。"

"好的,你派人去把他请来。"

宰相遵从命令,派一个叫埃密尔·鄂斯曼的官员去请朱德尔,嘱咐道:"你对他说:'国王请你进宫参加宴会。'"临行国王又嘱咐使臣:"你非把他带来不可。"

国王的人马被撵走

宰相派去请客的使臣,为人粗鲁愚蠢,非常骄傲自满。他带领五十名随从,大摇大摆,去到朱德尔门前,看见一个仆人坐在门前的交椅上,一动也不动,目中无人,好像什么也没看见似的。他走过去,问道:"好仆人!你们主人在哪儿?""他在宫里。"仆人简单回答一声,依然靠着不动。使臣火了,喝道:"坏奴才!我跟你说话哪,你却死气沉沉地靠着不动,你不害臊吗?"

"你滚开!别啰唆!"

使臣一听此言,不知他是鬼神,怒火上冲,举起拐棍要打他。仆人见他举杖要打,一骨碌跳将起来,扑了过去,夺下拐棍,把他按倒,狠狠地揍了四十棍。那五十名随从眼看主子挨打,很难为情,愤愤不平,一齐拔出宝剑,要杀仆人。

"狗家伙,你们要动剑吗?"仆人大吼一声,抢起拐棍,噼噼啪啪,打得他们头破血流,一个个抱头鼠窜。待他们逃跑了,他才若无其事、慢吞吞地回到门前坐下。

使臣埃密尔和他的随从挨了一顿打,狼狈不堪地逃回宫去,站在国王面前申冤诉苦,奏道:"报告主上,我奉命前去请客,到达朱德尔门前,那里有个仆人大模大样地坐在金交椅上。他见了我们,不但不起身打招呼,反而懒洋洋地靠着,显出轻蔑态度。我跟他说话,他依然靠着不动。我火了,举起拐棍要打他。可是他夺了我的拐棍,打我一顿,我的随从也一个个被他打得头破血流。我们招架不住,吃了败仗,都逃回来了。"

国王听了,大发雷霆,吩咐道:"出动一百人去对付他吧。"宰相遵循命令,派出一百人赶到朱德尔门前。仆人又抢起拐棍,迎头痛击,大战一场,直把他们打跑了,才从容回到门前坐下。

宰相派去的一百人吃了败仗,惊慌失措地逃回宫来,报告情况,说道:"启奏主上,我们害怕他,全都逃回来了。"国王越发生气,吩咐道:"出动二百人去对付那个家伙吧。"

宰相遵从命令,派二百人赶到朱德尔门前,可是仍然招架不住,吃了败仗,逃回宫来。国王见势头不妙,对宰相说:"爱卿,我命你统率五百人马,快去把那个仆人和朱德尔弟兄们给我擒来。"

"主上,不必携带人马、武器,臣一人前去见他好了。"

"好的,去吧;此去,你见机行事吧。"

宰相卸下宝剑,身穿素服,手持念珠,一个人勇往直前,去到朱德尔门前,彬彬有礼地向仆人问好。仆人回问一声,说道:"人啊! 你要做什么?"他听仆人称他为人,知道仆人属于神类,一怔,哆嗦起来,说道:"请问你们主人朱德尔在家吗?"

"是,他在宫里。"

"请你告诉他,国王佘睦缠·道勒图在王宫里设宴,请他去赴宴,并向他致意,望他拨冗光临。"

"你等一等,我先请示去。"

宰相果然规规矩矩地站在门前,等候指示。

朱德尔宴请国王

仆人进宫去,对朱德尔说:"报告主人,国王派一个使臣,带五十名随从前来见你,被我打跑了。接着又派一百人来,同样被我打败。最后派来二百人,仍然被我打退。现在他派宰相一个人来,请你前去赴宴,你怎么说呢?"

"去吧,把宰相带来见我。"

仆人遵循命令,去到门前,对宰相说:"相爷,我们主人请你进去,有话对你说。"

"遵命。"宰相回答着,去到宫里,见朱德尔派头很大,俨然是个最有权势的帝王。他座位上铺着的毯子是一般帝王所望尘莫及的。他望着那幢雕画辉煌、陈设富丽的堂皇宫殿,不禁迷惘起来。在这种场面,他这样一位堂堂的宰相,似乎也相形见绌,显得格外寒酸。他毕恭毕敬地跪下,吻了地面,祝福他,替他祈祷。朱德尔问道:"阁下光临敝舍,请问有何见教?"

"先生的密友国王佘睦缫·道勒图陛下向阁下致意,他一向渴望着和阁下见面,特设筵席,恭请阁下前去赴宴。阁下能慨然允诺,使他高兴快乐吧?"

"他既然是我的密友,劳你替我向他致意,请他做我的客人,到我这儿来吃喝好了。"

"遵命。"宰相同意了。

朱德尔取出戒指一擦,仆人出现在他面前。他吩咐道:"给我拿一套好衣服来。"仆人遵命,立刻拿来一套衣服。朱德尔把衣服拿给宰相,说道:"给你,穿起来吧。"宰相遵命穿起衣服。朱德尔吩咐道:"去吧,把我对你说过的话都转告国王陛下。"

宰相身穿从来没有穿过的华丽衣服,欣然告辞,急急忙忙回到宫中,把朱德尔的气派和他的宫殿以及内部的设备情况全都告诉国王,最后说道:"朱德尔准备筵席,请御驾前去赴宴。"

国王非常高兴,欣然应允,立刻吩咐卫队:"给我带马来;你们也都跨上战马,陪我赴宴去吧。"于是率领大批人马,浩浩荡荡,前去赴宴。到达朱德尔宫中,见院落里站满了粗壮、凶悍的壮士,不禁暗自惊惶。原来朱德尔待宰相走后,吩咐仆人:"我要你把你的助手给我招来,扮成一支队伍,站在院落中,好让国王见了有所顾虑、畏惧,知道我比他威武、伟大。"仆人遵命招来二百名助手,扮成战士,全副武装,雄赳赳气昂昂,非常勇猛、精悍。因此国王看见他们,感到恐怖、畏惧。

国王来到宫中,走近朱德尔,见他坐在一把非帝王将相可以享受的宝座上,不禁肃然起敬,恭恭敬敬地问候他,祝福他。可是朱德尔若无其事地坐着不理睬,事先没有给他预备座位,当面也不请他坐,老让他站着。因此他感到恐怖,既不能坐下,也无法退出,非常狼狈,进退两难,私下忖道:"如果他对我有三分的畏惧,那不至于把我置之度外了。也许是因为我拷问他哥哥的缘故,他会报复我吧。"正当他百思不解，惴惴不安的时候，朱德尔突然对他说："大国王陛下！像你们这样的人物，我认为不该随便虐待百姓，更不该随便没收别人的财物才对。"

"阁下请原谅我吧；我受贪婪引诱、怂恿，才做出那种愚蠢事件。如果世间不存在错误、过失，那也就用不着饶恕了。"他花言巧语地承认过去的错误，卑躬屈膝地恳求原谅、饶恕。最后朱德尔慨然接受他的请求，说道："愿安拉饶恕你。"于是让他坐，格外尊敬他，叫他的两个哥哥摆出筵席，殷勤款待。宴罢，重赏国王的卫队，每人送给一套衣服，才尽欢而散。

国王告辞，带领卫队欣然转回宫去。从那回以后，他就结识了朱德尔，彼此情投意合，感情很好，每天都上朱德尔宫中去，甚至于连朝拜都在朱德尔宫中举行；彼此间的友谊越来越深厚。

朱德尔娶公主为妻

国王佘睦缪·道勒图和朱德尔友好往来，亲密地过了一段时间。有一天，国王找宰相密谈，说道："爱卿，我怕朱德尔会来谋害我，篡夺我的江山。"

"关于篡位的事，陛下请别顾虑，因为朱德尔现在的处境和地位都远在国王之上。他要是夺取江山，做了国王，反而会降低他的身份。陛下如果怕他谋害，倒不如索性把公主嫁他为妻。他做了驸马，成为陛下的眷属，你们翁婿便牢不可破地成为一体了。"

"这么说，请你做媒，促成这桩好事吧。"

"陛下请他前来赴宴，我们陪他在客厅中闲谈，叫公主装饰打扮起来，穿戴着最华丽的衣服首饰，由客厅门前走过。这样一来，他看见公主，必然一见钟情。这时候我斟酌情况接近他，悄悄地说明她是公主，然后借题发挥，深入浅出地跟他叙谈，好像不让陛下知道个中情况似的,直至他向陛下求婚为止。等到陛下把公主匹配给他为妻,你们翁婿便成为一体,陛下这就可以放心了。万一他一命呜呼,陛下还可以继承无数的财产呢。"

"爱卿!你说得对。"

国王备办筵席,请朱德尔赴宴。朱德尔应邀去到王宫,和许多宾客坐在客厅里吃喝谈笑。傍晚时候,国王派人到后宫吩咐王后,叫她拿最华丽的衣服首饰给公主穿戴,把她漂漂亮亮地打扮起来,领她到客厅前走一走。王后遵照国王的吩咐,把公主打扮得花枝招展,领她从客厅门前姗姗地走过。朱德尔见她无比窈窕美丽的倩影,神魂为之颠倒,抑不住羡慕之情,不禁长叹一声。宰相灵机应变,赶忙奉承,问道:"不碍事吧,主上;你的脸色变得这么苍白,你觉得不舒服吧!"

"阁下!这位小姐是谁家之女?"

"她是你的密友国王陛下的女儿;你要是看中她,我就劝国王把她匹配给你为妻。"

"劳驾劝一劝国王,让我们结成亲密的眷属吧。指我的生命起誓,你要什么,我报酬你,国王索取什么聘礼,我全都答应他。"

"你的希望一定能实现。"

宰相跟朱德尔商议妥当,这才悄悄地对国王说:"主上!陛下的密友朱德尔希望成为王亲,托我做媒,前来求亲,恳求陛下把阿西叶公主匹配给他为妻。希望陛下别使臣失望,接受臣的这番好意吧。陛下几时需要聘礼,他准备即时奉上。"

"聘礼等于收过了,小女是侍候他的一个丫头;我把公主匹配给他为妻,他肯接受,我不胜荣幸之至。"

过了一夜,第二天早朝毕,国王召集文武官员、绅士和法官,共聚一堂,替朱德尔和阿西叶公主举行订婚仪式,写下婚书。朱德尔派人取来盛着金银珠宝的那个鞍袋,献给国王,作为娶公主的聘礼。继而正式宣布举行婚礼,鼓乐喧天,典礼非常隆重,热闹空前。

朱德尔娶了阿西叶公主,做了驸马,成为王亲眷属,和国王在一起过了一些快乐日子。后来国王驾崩,举国一致要求朱德尔继承王位。他谦虚退让,拒不接受;可是他们始终爱戴他,拥护他,最后终于拥他登极为王。

朱德尔做了国王,鸠工在先王陵园建筑一幢罗马式的清真寺,拨给一笔经费,做慈善事业,救济贫穷无告的穷人。后来他又大兴土木,重建宫室,广设寺院,以自己的姓名给王宫所在的街道命名,委他的两个哥哥为宰相:瑟律睦和萨礼睦分别担任左右丞相的职务,同胞手足同心协力,共谋国家大事。

朱德尔遇害

朱德尔和两个哥哥合作,执掌国家大事,刚满一周年,萨礼睦便对瑟律睦说:"兄弟,这种处境要延长到什么时候呢? 难道我们给朱德尔当一辈子奴隶吗? 他活着一天,我们就一天不能掌握政权,享受快乐。我来问你,我们该怎么办才能杀死他,夺取他的戒指和鞍袋?"

"你比我见远识广,你出个主意,我们好借此杀死他。"

"如果我出主意消灭了他,你愿意我做国王,你当宰相,戒指归我,鞍袋归你吗?"

"我愿意。"

萨礼睦和瑟律睦为要独揽大权,享受荣华富贵,共同定计谋杀朱德尔。有一天,他俩约着去见朱德尔,说道:"兄弟,我们打算请你到我们家里一块儿吃喝,借此夸耀、快乐一番。"他俩花言巧语,说了许多好听、欺骗的话,最后说道:"走吧,跟我们一起去吃喝,让我们快乐一回吧。"

"这无关紧要;不过上哪位家里去呢?"朱德尔接受了他俩的邀请。

"先到我家吃一点,再上瑟律睦家去吧。"

"好的,这不碍事。"朱德尔说着随萨礼睦去到相府。萨礼睦把毒药放在饮食中,摆出来殷勤招待。朱德尔吃了中毒,肌肉松弛,软弱无力。萨礼睦趁他奄奄待毙的时候,去脱他手上的戒指。他不让脱,萨礼睦就残酷地一刀割掉他的手指。他取下戒指一擦,仆人立刻出现在他面前,说道:"我来了,需要什么,你说吧。"

"去捉住我弟弟瑟律睦,杀死他;再把这个被毒死的尸体和那个被杀死的尸体一同拿去抛在军中示众。"

仆人遵从命令,杀了瑟律睦,把两具尸体拿去抛在军中。当时官兵正在吃喝,突然看见朱德尔和瑟律睦的尸首,大家放下饮食,吓得目瞪口呆,问道:"是谁这样对待国王和宰相呢?"

"是他俩的哥哥萨礼睦吩咐我这样做的。"

仆人刚说完,萨礼睦已经赶到,说道:"官兵们!你们痛痛快快地吃喝吧。现在我掌握着我弟弟朱德尔的戒指了。这位是戒指的仆人,是我命令他杀死瑟律睦的,免得他来和我争夺王位,因为他是奸险成性的人,我怕他谋杀我。这是朱德尔,同样被消灭了。现在我来做你们的国王,你们愿意不愿意?要是你们不愿意,我就叫戒指的仆人把你们老老少少杀得一个也不剩。"

"我们全都愿意你来做我们的国王。"官兵们齐声回答。

萨礼睦自投罗网

萨礼睦吩咐埋葬了两个弟弟的尸首,并命官员入朝听令。于是人们有的参加葬礼,有的列队入朝听令。到了宫中,人们见萨礼睦威风凛凛地坐在宝座上,都慑于他的权威,只好正式推他为王。接着他对官员们说:"我要娶我弟弟的老婆为妻,你们给我办理结婚手续吧。"

"等过了限期①再举行婚礼不迟。"官员们提出建议。

"我不懂什么限期不限期！指我的生命起誓，今晚非成婚不可。"

官员们被迫替他写了婚书，派人通知阿西叶公主。她听了怡然自得，说道："今晚让他进洞房来吧。"于是她收拾打扮，准备一切。夜间，萨礼睦进了洞房，阿西叶公主喜笑颜开，显出快乐的神情趋前迎接、伺候，暗中把毒药放在杯中，毒死了他，从他手上脱下戒指，毫不犹豫地砸碎它，不让它再留存下来供人役使、作祟。后来她扯破鞍袋，从从容容地去见最高的执法者，报告情况。最后她说道："希望你们另举贤能来做你们的国王吧。"

① 按伊斯兰教规定，寡妇再嫁，有一限期，即必须经过一次月经，证明无孕；如果有孕，须待生育以后；否则就是违法。

阿基补、矮律补和赛西睦三兄弟的故事

阿基补诞生和篡位

相传从前有个叫康德梅尔的大国王,一生能攻善守,非常勇敢,只是美中不足,直到晚年才得子,因而爱如掌上明珠。由于太子生得格外标致,所以给他取名阿基补。太子阿基补在奶娘、保姆和使女们小心翼翼地哺乳、抚育下,逐渐发育成长。太子年满七周岁,国王委托一位大牧师教他读书写字,学习教义和处世接物的各种知识本领。经过三年的陶育,太子阿基补已成为意志坚强、见解正确、能言善道而为人所称道的通达哲人,经常跟当代的名哲、学士起坐和辩论。

国王康德梅尔见太子阿基补已经学成,非常得意,便亲自教他骑射、舞剑,一直把他培养成勇敢的骑士,因此太子阿基补还未满二十岁,便精通学术和各种武艺,一跃而为当代超群出众、赫赫有名的人物。但是由于他艺高学富,便骄傲自大,恃强凌人,作威作福,越变越坏,终于成为暴虐无道的混世魔王。他每次出猎,总是率领大批人马,借故侵略弱小部落,拦路抢劫,屠杀无辜,抢夺一般公侯的妻妾儿女,害得别人鸡犬不宁,怨声载道。国王康德梅尔听到不满太子的控诉越来越多,忍无可忍,便吩咐身边的五个侍卫:"你们去把那条恶狗给我逮来!"侍卫遵命袭击太子阿基补,把他绑到国王面前。国王吩咐他们打他。侍卫遵命把太子阿基补打得昏迷不省人事,国王这才把他监禁在一间黑房中。

太子阿基补被监禁在黑房中刚过了两昼一夜,朝中的大臣便去觐见国王康德梅尔。他们跪下去吻了地面,替他说情,国王才释放了他。太子阿基补恢复自由之后,对国王怀恨在心,但他不敢暴露,一直忍耐了十天。一天趁国王夜间睡觉的时候,他偷偷摸摸进入寝宫,一剑砍掉国王的头颅。次日清晨,太子阿基补坐在他父亲的宝座上,自封为王,叫国王的侍卫们穿起甲胄,拔出宝剑,分别站在左右侍候他。

早朝时候,文臣武将照例进宫朝拜,才知国王被弑,见太子阿基补坐在王位上,大家惊得目瞪口呆。太子阿基补说道:"臣僚们! 大家都看见你们国王的下场了。今后,你们中谁服从我,我尊敬他;谁反对我,我就用对待国王的办法对付他。"

文臣武将听了太子阿基补的告诫,人人吓得发抖,谁都怕受连累,大家不约而同地说道:"你是我们的国王,也是我们国王的子嗣。"他们恭维着一齐跪下去吻了地面,表示臣服他。

太子阿基补感激、喜欢臣僚们,吩咐取来大批财物,赏他们名贵的衣服和很多的金银,因此他们全都喜欢他,服从他。此外各地的官吏、绅士,凡服从听命的,也都受到赏赐、收买。这样一来,他坐稳了江山,发号施令,统治着全国各地。

矮律补诞生

太子阿基补弑父篡夺王位,一跃而为国王。在他的威胁利诱下,官吏唯命是听,黎民唯令是从,因此他能一帆风顺地发号施令。可是他执政刚满五个月的那天夜里,突然从梦中惊醒,从那以后就一直睡不熟,整夜辗转床上,至黎明都不曾合眼。清晨,他急急忙忙临朝坐在宝座上,叫侍从站立左右两旁,然后吩咐唤来圆梦者和占星家,说道:"你们替我圆一圆梦吧!"

"陛下梦中看见什么呀?"

"我梦见先父好像站在我面前,不觉之间,从他裤裆下飞出蜜蜂一般大小的一个东西,逐渐长大,终于变成一只猛狮,露出獠牙,舞着短剑似的利爪。我一见怕得要死,被吓得正说不出话来的时候,它向我袭来,伸爪一下子抓破我的肚子。我猛吃一惊就吓醒了。"

圆梦的人互相望了一眼,深思熟虑地思索一番,然后解释道:"启奏大国王陛下:这个梦兆,它证实令尊的一个子嗣,将要同你争夺江山,因此根据梦境,陛下应该多加小心、警惕。"

阿基补听了解释,颇不以为然,说道:"我没有弟兄手足可以使我担心受怕的,你们都是胡说八道。"

"我们的解释是根据我们的知识而做出来的。"圆梦的人表示他们并不是胡说。

可是阿基补听而不闻,满不在乎,反而吓唬他们,并各打一顿才把他们撵走。继而他去到后宫,亲自察看他父亲的妃嫔,发现一个宫女已经怀孕七月,便吩咐两个侍从:"你俩把这宫女带往海滨,扔到海里淹死她。"

侍从遵命,果然带宫女去到海滨,刚要推她下水的时候,忽然发现她生得非常美丽可爱,便产生邪恶念头,互相说道:"咱们干吗要溺死这个丫头呀?倒不如带她进森林去,跟她生活在一起,可以任意玩弄她。"二人打定主意,带着宫女跋涉了几昼夜,远远地离开城市,去到森林地带,选一处有果树和河渠的地方待下来,满以为可以实现他俩的希望目的了。然而毕竟因为意见不同,他俩争吵起来,彼此坚持说:"我要先来!"正吵吵嚷嚷互相争执不休的时候,眼前突然出现一群黑人,拔剑猛扑过来。他俩赶忙起身抵抗,同黑人厮杀、对垒,使出全身力量,激烈地拼了几回合,但终因寡不敌众,很快就被黑人们杀死。

宫女流落在森林中,靠吃水果喝泉水维持生命。到了妊娠期满,生下一个活泼可爱的棕色男孩。因为孩子诞生在异乡,所以给他取名矮律补。她弄断孩子的脐带,拿自己的衣服把他包裹起来,抱在怀里好生哺乳他。母子孤苦伶仃,生活在荒无人烟的森林中,回忆过去的身世、名分,不禁悲从中来,忧心如焚。

赛西睦诞生

那个宫女流落在森林中,过着孤苦、寂寞、忧愁、恐怖的生活,母子的生命,朝不保夕。不想在这样情况下,有一天,突然有一队官兵,带着鹰犬来到森林中打猎。他们的牲口驮着无数的猎获物,有鹧鸪、仙鹤、野鹅、野鸭、野兔、羚羊、野牛、鸵鸟、山猫、豺狗、狮子和其他的水鸟野兽。他们分散在森林中打猎,不期而然地碰见她们母子二人,便挨近她俩,问道:"你到底是人类,还是鬼神?"

"阿拉伯人的领袖们!我是人类呀。"

官兵们赶忙把碰见这娘儿俩的事报告他们的酋长。酋长原是白尼·格哈塔尼人的族长,名叫麦尔多斯。当天他率领五百名官兵出来狩猎,因而在森林中碰见宫女。他吩咐他们带娘儿俩来见他,并继续打猎。宫女来到酋长面前,把她的身世和遭遇,从头到尾,详细叙述一遍。酋长听了惊奇、同情她的境遇,同时看中她的姿色,顿生爱慕心情,因而带她回去,让她单独居住,派五个女仆侍候她,并娶她为妻。

宫女落到白尼·格哈塔尼人手中,做了酋长麦尔多斯的夫人,替他生了一个儿子,取名赛西睦·赖义礼。于是她跟奶娘保姆们一起哺育两个孩子。在酋长麦尔多斯无微不至的保育下,矮律补和赛西睦·赖义礼哥俩逐渐发育、成长,他这才把两个孩子托付给一位法学大师,灌输他俩宗教知识,继而又请武艺高强的骑士教他俩骑射、击剑等武术,所以他俩刚满十五岁时,必须学习的知识、武艺都学到了,成为族内文武双全、超群出众的显赫人物,每人统率一千人马,成为酋长麦尔多斯的得力助手。

矮律补打败哈买鲁

酋长麦尔多斯的部下都是非常勇敢的英雄硬汉,谁都休想讨他们的便宜,可是他还有很多的强敌。他部落附近的一个阿拉伯人的酋长,叫哈萨尼·本·梭彼图,是他的朋友,与族内的上层结亲,大宴宾客,邀请亲朋参加婚礼,酋长麦尔多斯也在被请之列。他布置四百兵马留守后方,保护妇孺,随身率领三百人马应邀赴宴,受到哈萨尼殷勤接待,让他坐首席,同各方宾朋举杯庆祝新婚之喜,大吃大喝之后,才尽欢而散。

麦尔多斯赴宴归来,中途发现两具被杀的尸体横卧路旁,周遭围着一群啄食人肉的飞禽。眼看这种情景,他大吃一惊,惴惴不安地赶回部落,只见矮律补身披甲胄,全副武装地前来迎接,祝他平安归来之喜。他急不可待地问道:"矮律补! 到底发生什么事了?"

"哈买鲁·本·马吉德率领五百人马前来袭击我们。"矮律补简单地回答一句。

事件是这样发生的:麦尔多斯的女儿迈赫娣娅有倾城之色,她的美丽是世人所罕见的。白尼·乃补霍尼人的酋长哈买鲁听见她的美名,率领五百骑兵,前来向麦尔多斯求亲,真心娶她为妻。麦尔多斯不同意,断然拒绝。哈买鲁恼羞成怒,怀恨在心,决心报复,终于趁麦尔多斯赴哈萨尼婚礼之机,率领人马,突然袭击白尼·格哈塔尼人,杀死他们的很多战士,活着的抱头鼠窜,逃往山中躲避。当天恰遇矮律补和赛西睦昆仲带领一百人马出去打猎,到正午才满载而归。这时候他们的部落已被哈买鲁率领的人马占领,妇孺变成他们的俘虏,迈赫娣娅也不例外,都在被驱赶之列。矮律补眼看那种情景,气得几乎发狂,大声呼唤他弟弟赛西睦,说道:"该死的鬼子侵犯我们的部落,抢劫我们的财物,俘虏我们的妇孺,你别放过敌人,赶快拯救被掳的同胞吧。"于是哥俩振臂一呼,带领一百骑兵冲向敌人,大战起来。矮律补怒气冲天,横冲直撞,如入无人之境,杀人如割麻,所到之处,只见人头落地,杀得英雄硬汉们逃避无门。接着他赶上哈买鲁,见迈赫娣娅在他押解的俘虏中,怒不可遏,猛刺一枪,正中要害,敌人翻身落马,顿时殒命。一场大战,继续鏖战到午后,大多数敌人当场被杀死,少数残余抱头鼠窜,溜之大吉。矮律补终于拯救了被俘的妇孺,保护了部落。他凯旋归来时,敌人哈买鲁的头颅血淋淋地挂在他的枪尖下。他雄赳赳气昂昂地骑着战马,显出英雄气概,欢欣鼓舞地吟道:

> 在战斗的日子里我大显身手,
> 我的身影吓得鬼神发抖。
> 我的右手拔剑一挥,
> 左手边人头竞相落地。
> 我把长枪高高擎起,
> 它新月般锐利的矛头便在人前出现。
> 我是部族中被称为矮律补的一员,
> 从来不因缺乏人马而胆怯。

矮律补高唱凯歌回到部落,正是酋长麦尔多斯赴宴归来,中途发现死尸之时。他慌慌张张地回到部落中,首先碰到矮律补。矮律补把部落遭劫的事件和消灭敌人的经过,从头详细叙述一遍。他听了事件的结果,如释重负,衷心感激矮律补,说道:"矮律补啊!我养育你,不算枉费精力哇!"

酋长麦尔多斯回到自己的帐篷中坐定,族中人都来看他,当他的面夸赞矮律补,异口同声地说道:"我们的领袖啊! 如果没有矮律补,任何人都难逃性命,我们这个部落也早完了。"麦尔多斯听了众人的夸赞,越发觉得矮律补高尚可贵,对他勇敢杀敌、保护族人生命财产的英勇行为,不禁感激涕零。

麦尔多斯被擒

矮律补杀死哈买鲁,从他手中拯救了迈赫娣娅。迈赫娣娅以感激的心情和爱慕的眼光看矮律补一眼,致使他像中了爱情之箭,顿时落到她的情网中。于是从那天起,矮律补一直忘不了迈赫娣娅,始终淹没在爱情海里,致使他寝不安席,食不甘味,苦闷到极点,只好每天清早骑马上山去消愁,吟诗解闷,至傍晚才倦游归家。这期间,潦倒、情愁的气味,明显地表现在颜色、举止之间。有一次,他对一个知心朋友透露自己的心事,因而他热爱迈赫娣娅的秘密渐渐传开,成为公开的秘密,整个部落都在谈论这桩事情。

消息传到麦尔多斯耳中,他大发雷霆,气得吹胡子,瞪眼睛,坐立不宁,既咒太阳,又骂月亮,长吁短叹地说道:"这是我抚养私生子应得的报酬哪! 若不杀掉矮律补,我是无法摆脱耻辱的。"于是他把心事告诉一个亲信,跟他商议谋害矮律补的办法。亲信替他出主意,说道:"主上! 矮律补昨天从敌人手中拯救了令爱,如果你非杀他不可,那就用借刀杀人的办法吧。必须这样做,你才能避免嫌疑而不受非议呢。"

"那你给我想办法杀他吧! 除了依靠你,我是想不出其他办法的。"

"你耐心等一等,待他出去打猎的时候,带一百名士兵,在他往来的途中埋伏起来,等他打猎归来,群起围攻,把他剁个粉碎;这样一来,你就不受他侮辱了。"

"你的办法恰当极了。"麦尔多斯同意亲信的办法,挑选一百五十名高大、强壮的战士,嘱咐、怂恿他们去杀害矮律补。一切预备妥帖之后,便耐心等待着,直至矮律补出去打猎,进入深山渊薮中,才率领那队坏心肠的战士,去到郊外,在矮律补必经的途中埋伏起来,等他打猎归来,群起围攻,好结果他的性命。然而事实竟然出人意料。正当麦尔多斯和他的人马埋伏在树林中,等着杀害矮律补的时候,突然受到五百之众的一队人马包围、袭击,当场杀死他们中的六十人,其余九十人被擒,酋长麦尔多斯也在被俘之列。

酋长麦尔多斯和他的人马突然被围攻的原因是这样的:当哈买鲁和他的大部分人马被矮律补杀死,剩下的一小部分残余逃脱性命,无所依赖,便去投奔他们酋长的哥哥,说明他们的遭遇,向他告急、求援。他听了弟弟的噩耗,如闻世界末日降临的消息,骇然震惊,怒不可遏,即时选拔身高体壮的彪形战士五百名,率领他们前来替他弟弟报仇,在麦尔多斯和他的人马埋伏的地方,把他们一网打尽,他这才同部下一起下马,说道:"弟兄们!多承佛爷默助,让咱们轻易地报了仇。现在你们好生看管着俘房歇息,睡他一觉,再带走他们,狠狠地折磨他们。"

麦尔多斯和部下,身在缧绁中,眼看没有活命的希望,相信非死不可,一个个垂头丧气,悲观失望到极点。麦尔多斯如梦初醒,恍然大悟,懊悔不该存心危害矮律补,凄然叹道:"这是我自作孽应得的报酬呀。"

矮律补解救麦尔多斯

矮律补的同母兄弟赛西睦负伤回到帐中,他姐姐迈赫娣娅起身迎接,吻他的手,赞扬、鼓励他,说道:"你的手始终是强健的,你的敌人是不会称心如意的,如果没有你和矮律补拯救我们,那我们准被敌人掳走了。弟弟,你当然知道:矮律补为保护我们妇孺,为保护全部落的财物,不惜拼命跟敌人厮杀,出生入死,这也够辛苦的了,可是父亲还要杀害他。告诉你吧! 父亲带着一百五十名战士出去找他去了。"

赛西睦听了迈赫娣娅透露的消息,脸上的光泽顿时烟消云散,气黑了嘴脸,即时佩带武器,跨上战马,快马加鞭,奔往深山老林,找到矮律补,见他打了许多野兽,赶忙走到他跟前,问候他,说道:"哥哥,你出来打猎,怎么不让我知道?"

"弟弟,指神灵起誓,因为你的伤痍还未痊愈,我才不让你知道我的行动,以便你好生休息、养伤呀。"

"哥哥,我父亲存心不良,你可是要小心提防他。"于是他把麦尔多斯带一百五十名战士出来寻找矮律补,存心杀害他的事实,从头叙述一遍。

矮律补知道发生这样的事,若无其事地坦然说道:"他的阴谋不会得逞;神灵会把他的诡计变为绞索套在他的脖子上,让他害人终害己呢。"

矮律补和赛西睦弟兄二人,相亲相爱,傍晚收拾猎器回家,二人并辔而行。中途天黑,只好摸索着在黑夜里跋涉,途经麦尔多斯和他的部下受异族围攻的那个山谷地带,忽然听见马嘶声。赛西睦惊而说道:"哥哥,我父亲和他的人马就是埋伏在这山谷中,咱们快离开这地方吧。"

矮律补跃身下马,把缰绳丢给赛西睦,说道:"你在这儿等一等,我去一会就来。"于是悄悄走进树林,发现躺在那里睡觉的,都不是本地人,而且隐约听见有人喊着麦尔多斯的名字说:"要把他带往咱们地区去才杀他呢。"他听了他们的谈话,知道他的继父麦尔多斯落到敌人手中,暗自叹道:"指迈赫娣娅的生命起誓,我要解救她父亲,不让她感受痛苦。"于是他蹑手蹑脚地到处寻找,终于来到麦尔多斯跟前,见他身在缧绁中,狼狈不堪,便坐下来,小声说道:"继父,你可以摆脱这种侮辱和捆绑了。"

麦尔多斯一见矮律补,顿时自愧弗如,恶然说道:"儿啊!如今我在你的卵翼下了,凭养育之恩,你救救我的命吧。"

"我救了你,你让迈赫娣娅跟我结婚吗?"

"指我所信仰的佛爷起誓,这一辈子她都属于你了。"

矮律补解了他的臂缚,说道:"赛西睦就在路旁,你先上他那儿去吧。"

麦尔多斯匍匐着慢慢爬出树林,来到路旁赛西睦面前,父子见面,皆大欢喜。赛西睦安慰他,祝他脱险之喜。

矮律补继续拯救麦尔多斯的部下,一个一个地替他们解开臂缚,终于恢复了九十名战士的自由,让他们摆脱敌人,并把战马和武器偷送到他们手里,这才吩咐道:"现在你们骑马散开,把敌人围困起来,等听到我的呼唤,大家随声呼喊起来,把敌人吵醒,咱们再收拾他们。"

矮律补布置好阵势,耐心等到五更,这才大声喊道:"白尼·格哈塔尼人们,杀吧!"接着四面八方的战士随声附和,异口同声地喊道:"白尼·格哈塔尼人们,杀吧!"他们的吼声,震得山鸣谷应,打破黑夜的沉寂。敌人仓促从梦中惊醒,认为已经受到白尼·格哈塔尼人的突然袭击,惊慌失措,乱七八糟,抢起武器,互相残杀起来。黑夜里不辨敌我,逢人便杀,越杀越起劲。矮律补按兵不动,至黎明,待敌人已伤亡过半,他和麦尔多斯才指挥九十名战士,从容围攻死剩的敌人,大杀一阵,只杀得敌人尸横遍野,仅剩一小部分残余弃甲曳兵而逃。

白尼·格哈塔尼人一战而消灭敌人,带着敌人抛下的战马、武器,喜气洋洋地满载而归。当中只是麦尔多斯已成惊弓之鸟,他还不相信自身已从敌人手中获得解救。他们凯旋归来,部落中的人,扶老携幼,出来迎接他们,祝福他们,为他们的胜利而欢呼。人们尤其对矮律补钦佩得五体投地,老老少少围着他的帐篷,祝福他,恭维他。

麦尔多斯眼看年轻人跟矮律补结成一体，越发恼恨他。他回顾身边的亲信一眼，说道："我厌恨矮律补的心情越来越增加，最讨厌的是这辈年轻人跟他打堆。哦！明天他会来向我要迈赫娣娅呢。"

"主上给他出个难题，叫他替你去做一桩他办不到的事情吧。"一个亲信替麦尔多斯出谋划策。

亲信的计谋正中麦尔多斯的下怀，他喜不自胜，安然睡到天明。

矮律补上山寻事求财

次日清晨，麦尔多斯正襟坐在厚软的毡褥上，亲信和侍从站在两旁，显得神气十足。矮律补带着一帮年轻人进得帐来，走到麦尔多斯面前，跪下去吻了地面。麦尔多斯满脸笑容地站起来迎接，让他坐在自己身边。矮律补说道："继父，你答应把迈赫娣娅给我为妻，请履行诺言吧。"

"我的孩子，她这一辈子是属于你的了，不过你没有钱呀。"

"继父，你需要什么，只管告诉我；必要时，我闯进阿拉伯人的相府、宫殿，袭击他们的将相、君王，把足以从东边摆到西边的金钱夺来给你。"

"我的孩子，我指所有的偶像发过誓愿：我只能把迈赫娣娅嫁给替我报仇雪耻的人为妻。"

"继父，告诉我吧，你的仇敌是国王中的谁人？让我去找他，拿他的宝座，砍碎他的头颅。"

"我的孩子，当初我有一个非常英勇的儿子。有一次他率领成百的骑兵出去打猎，从一个山谷越过另一个山谷，越走越远，终于到达百花谷，那是尚多德·本·海勒德的故乡，他的子孙哈姆·本·佘义斯的故宫也建筑在那地区。那里住着一个黑巨人，身高七丈，能拔树当武器，杀人如割麻。我的儿子带着人马到了百花谷，碰到那个巨人，除三个骑兵逃脱性命，回来报信外，其余的全都死在他手里。我听了儿子和士兵的死信，奋不顾身，率领大兵，前去讨伐。可是打不过他，裹足不前，没能替儿子报仇，我才发下誓言：只能把女儿嫁给替我给儿子报仇雪耻的人。"

"继父，我要去对付那个巨人，凭神灵的默助，替令郎报仇雪耻。"

"矮律补啊！你若战胜那个巨人，从他金银珠宝库中获得的战利品，是火都烧不尽的。"

"对婚配的诺言，还请你当面赌个咒，此去我才鼓得起寻事、求财的勇气呢。"

麦尔多斯承认他的诺言，请长老们作见证，当面发誓。矮律补达到目的，欣然告辞，来到他母亲帐中，把他决定要做的事告诉她。他母亲听了，颇不以为然，劝阻道："儿啊！麦尔多斯一向讨厌你，他差你上山去寻事，这显然是存心危害你。你要去，就让我跟你一起去吧，咱母子索性离开这个暴君也好。"

"娘，我此去一定能战胜敌人，你不用担心，我会一帆风顺地达到目的的。"

矮律补安然过了一宿。次日清晨，他跨上战马，正待出发，他的伙伴们，二百名英勇的青年骑兵，全副武装，突然赶到他的帐前，齐声喊他，说道："矮律补！带我们一块儿去吧，让我们帮助你，在遥远的旅途上，我们可以安慰你。"

矮律补喜不自胜，说道："好的，伙伴们！咱们走吧，愿神灵报答你们对我的好心好意。"

矮律补率领二百名骑兵，开始远征，继续跋涉了两天，傍晚来到一架巍峨的山麓宿营。趁人马安息的时候，矮律补一个人登山察看，发现一个山洞，里面闪闪发光，便走到洞口，仔细一看，见三百四十岁的一个老人住在洞中，眼皮耷下来盖着眼睛，雪白的胡须直垂到胸前。他大吃一惊，正感到进退维谷、不知所措的时候，老人忽然开口说:"我的孩子,你似乎是抛开创造天地、昼夜的万能主宰而膜拜偶像的多神教徒吧。"

矮律补听了老人的问话,浑身发抖,说道:"老人家,我要膜拜这位万能的主宰,他在哪里? 我要看一看他。"

"我的孩子,这位伟大的主宰呀,人是看不见他的,他可是洞见一切;他是至高无上的,无处不在的;他创造宇宙万物和人神,并掌握着时辰,还派圣贤教化人类,叫顺从他的人进天堂,让违拗的人下地狱。"

"老伯伯,膜拜这位伟大、万能主宰的人,他会有什么好处呢?"

"我的孩子,我是翁顿大帝的遗民。当时他们暴虐横行,无恶不作,安拉才派圣胡德来教化他们。可是他们不听教诲,百般反对圣胡德,结果遭到天谴,被暴风刮得无形无影。我自己和另一部分信民,却安然保存性命,直活到瑟睦德执政时代。不幸瑟睦德本人和他的臣民,同样反对他们的圣人萨礼和,不听他的教诲,结果他们也逃不出翁顿臣民的命运。到了乃姆鲁德·本·凯乃奥乃时代,安拉派圣伊补拉欣来教化他的臣民,但他们同样不听教化,所以他们的遭遇跟前人大同小异。同我一起遗留下来的信民,一个个相继死去,至今只剩我一个人还活着。在安拉的保佑下,我不缺穿不缺吃,躲在这山洞中,安心地膜拜他。"

"老伯伯! 我该怎么办才能成为那位伟大主宰的信民呢?"

"你说'安拉是唯一的,圣亚伯拉罕是他的朋友'吧! 这样一来,你便成为他的信民了。"

矮律补听从老人的吩咐,果然当面以口头承认、内心信任的方式,毅然皈依了伊斯兰教。老人欣然说道:"现在信仰、虔诚在你心中扎下根了。"于是灌输他教律,教他读几段圣经,最后问他:"你叫什么名字?"

"我叫矮律补。"

"矮律补,你要上哪儿去?"

矮律补从头到尾,详细叙述他的经历、境遇,并说明他要上乌里山去寻事、求财的目的。

"矮律补,你一个人去乌里山寻事、求财,你这不是发疯了吗?"

"老伯伯,我还带来两百骑兵呢。"

"矮律补,你即使带一万人马,也不济事。因为乌里山中的山寨王名叫乌里,他会吃人,是哈姆的子孙。他父亲一手建立了印度,故以印度亚而得名。印度亚生了这个儿子,给他取名撒尔东·乌里。他是个暴虐成性、无恶不作的混世魔王,生性好吃人肉。当时他父亲禁止他杀人作恶,他不听教训,越发放荡不羁,为所欲为。没奈何,他父亲只好驱逐他,把他撵走。经过激烈地反抗,经过艰难的长途跋涉,他才窜到这个地方来,落草为寇,占据山寨,称王称霸,拦路抢劫过往客商。他抢来的金银财物、驼马牛羊,堆积如山,充满了整个山谷。他有五个儿子,个子高大,性情粗暴,每人能敌对一千个英雄好汉。在这样形势下,你要上乌里山去寻事、求财,我可实在替你担忧,但愿安拉默助你。今后你跟邪教徒敌对时,千万别忘了说'安拉最伟大'这句赞语,它会帮助你打败他们。"老人说罢,送他一根钢制锤矛,重一百斤,当中有十个圆环,执者一摇,便发出雷鸣似的响声;还送他一柄雷石造的宝剑,长三尺,宽三虎口,非常锋利,破石如泥;另外还送他一袭铠甲,一个盾牌,一册圣经。吩咐道:"现在你可以下山去见你的部下,告诉他们伊斯兰教的道理,叫他们皈依伊斯兰教吧。"

矮律补欣然告辞,回到山麓。战士们迎接他,祝他平安无恙,问道:"你干吗耽搁到这时候才回营?"他把碰到老人的情况,从头到尾,详细叙述一遍,并给他们讲解伊斯兰教的道理,劝他们皈依伊斯兰教。他们听从他的劝告,果然随他改奉了伊斯兰教,然后安息过夜。

次日清晨,矮律补一觉醒来,催促部下整装,预备出发。这时候,山中老人下山来同他们话别,彼此见面言欢,依依不舍。矮律补告别老人，跨上战马，刚要动身的时候，忽见一个骑士，全副武装，穿戴着盔甲，全身上下只露出眼睛，打马冲到他跟前，大声喝道："你这个阿拉伯强盗！快给我放下武器，否则我就要你的命。"

矮律补并不示弱，举起武器迎战，跟来人互打起来。二人攻守进退自若，彼此越打越起劲，越战越猛烈，一场厮杀，激烈到能使顽石融化、婴孩变为白头的程度，仍不分胜负。这时候，骑士突然揭开首铠的眉庇，露出面孔。矮律补一看，见是他的同母兄弟赛西睦，不禁惊喜交集。

赛西睦突然到此的原因是这样的：原来当矮律补率领人马前往乌里山寻事、求财的时候，他不在家。等他归来去看矮律补时，见他妈哽咽悲戚，泣不成声。他问她干吗哭泣，她才把他哥哥矮律补被迫前往乌里山寻事求财的始末告诉他。他听了矮律补出征的消息，顾不得休息，即时武装起来，携带武器，跨上战马，快马加鞭，跟踪追赶，一口气奔到山下，跟矮律补大战了一场。

山寨王撒尔东·乌里父子被擒

赛西睦揭开首铠眉庇，矮律补一看，知道是他，便问候他，说道："谁叫你这么搞的？"

"我这是故意跟你交锋一番，以便知道我在战场上该占个什么等级，并借此明白我在杀伐方面到底有多大的能力罢了。"

矮律补和赛西睦并辔率领人马，一块儿出征。一路之上，矮律补给赛西睦讲解伊斯兰教的道理，劝他皈依伊斯兰教。赛西睦果然改奉了伊斯兰教。他俩率领部下迤逦前进，继续跋涉，来到乌里山谷附近。

山寨王撒尔东·乌里眼见山下被马踏起的尘埃，知道有人进山谷来，喜不自禁，对他的儿子说："孩子们，快骑马下山去，把那批战利品给我掳上山来。"

撒尔东·乌里的五个儿子,听从父亲的吩咐,果然骑马下山,冲向矮律补昆仲和他俩的部下。矮律补眼看五个彪形大汉迎面冲来,便临机应变,刺马赶上前去,大声喝道:"你们都是谁?属何族人氏?要干什么?"

山寨王的大儿子法勒虎闻声走到他跟前,说道:"你们都给我下马,相互臂缚起来,以便带你们上山去,让我父亲拿你们一部分烤烤、一部分煮煮吃。他老人家许久没吃人肉了。"

矮律补听了法勒虎之言,怒火上冲,开始进攻。他举起手中的锤矛一摇,发出迅雷似的隆隆之声,吓得法勒虎目瞪口呆。他趁机轻轻一击,锤矛落到法勒虎背上,他便像连根拔的枣树,一下子倒了下去。赛西睦和几个战士一齐下马涌过去逮住他,把他五花大绑起来,并拿一条绳子套着他的脖子,牵牛似的拖着他走。他的四个弟弟见他被擒,便合力围攻矮律补。矮律补从容应付,刚打了几回合,便旗开得胜。他们中除一人脱逃外,其余三人都在被擒之列。

那个逃亡者失魂落魄地奔到山上。他父亲问道:"谁在追你?你的弟兄们哪儿去了?"

"他们叫一个体格高大、嘴上无毛的小伙子给擒走了。"

山寨王撒尔东·乌里听了儿子们被擒的消息,非常恼火,骂道:"唉! 太阳不再恩顾你们这些无用的家伙了。"他诅咒着离开巢穴,徒步下山,这是因为他的个子过于高大,身体太笨重,没有那么高大的战马适于骑用的缘故。他拔一棵大树作为武器,带着儿子来到谷中,迈步迎向敌人,不言不语,举起树来,对准他们打了下去,一下子就砸死五个骑兵。他第二次举起树来,对准赛西睦打了下去,幸亏赛西睦闪身躲避得快,没有击中。他大怒之下,扔掉手中的树,蹦到赛西睦跟前,像雀鹰攫捕小麻雀似的把赛西睦抓在手里。

矮律补眼看弟弟赛西睦落在撒尔东·乌里手中,大为吃惊,高声赞道:"安拉最伟大! 请看圣亚伯拉罕的情面,冥冥中给我们援救吧。"他举起锤矛一摇,弄出雷鸣似的响声,然后趁势策马冲向乌里,口中念着"安拉最伟大"的赞词,随即手起矛落,一矛击中撒尔东的腰部,打得他倒在地上,昏迷不省人事。赛西睦趁机从他手中挣脱,跟其他的人合力捉住他,把他捆绑起来。他的儿子见他被打倒,赶忙勒转马头逃跑。矮律补跟踪追赶,一矛击中他的脊背。他翻身落马,垂手被擒。撒尔东慢慢苏醒过来,见自己和五个儿子都在缧绁之中。

矮律补的部下,把撒尔东父子们绑得紧紧的,像牵骆驼似的带他们上乌里山,来到他们的巢穴中,见堡垒里到处装满了金银财帛和珍珠宝贝,还发现一千二百名戴着枷锁镣铐的波斯人。矮律补坐在撒尔东·乌里的金交椅上。这把交椅原是古代尚多德·本·翁顿大帝的子孙中,一个叫萨苏·本·佘羽斯的宝座。他让赛西睦坐在身边,其余的部下分别排班站在左右两旁,然后吩咐带撒尔东·乌里来到跟前,说道:"你这个该死的混世魔王!现在你对自己的命运作何打算呢?"

"我的主人啊!我和儿子们被捆绑着,像骆驼一样,形迹非常卑鄙、下贱。"

"我要你改奉我所信仰的伊斯兰教,膜拜创造光明、黑暗和宇宙万物的、独一无二的、最权威的主宰,并承认圣亚伯拉罕是他的使徒。"

撒尔东·乌里和他的五个儿子果然诚心皈依伊斯兰教,决心改邪归正,矮律补才吩咐部下替他父子松绑。部下遵循命令,解了他们的臂缚。撒尔东·乌里感激涕零,赶忙跪下去吻矮律补的脚,他的五个儿子也跟他一起跪了下去。矮律补当面制止,他们才毕恭毕敬地站起来。矮律补说道:"撒尔东·乌里,我来问你。"

"哎!主人有何吩咐?"

"你禁锢、镣铐着这么多外乡人,这到底是怎么一回事呀?"

"我们的主人啊!这是我从波斯境内掳来的战利品。除他们之外,还有另一批人呢。"

"另一批都是些什么人呀？"

"波斯王萨补尔的女儿斐瑚尔·塔芷公主以及她手下成百的丫头。她们都是如花似月的美女呢。"

矮律补和斐瑚尔·塔芷公主见面

矮律补听了撒尔东·乌里的谈话，感到惊奇诧异，问道："你是怎么把这批人掳到手的？"

"有一天我和五个儿子，带领五个仆从下山去抢劫，沿途没有碰到可抢的人，便分道扬镳，往各处寻找，总希望有所收获，不愿空手回山。我们只顾朝前走，不知不觉进入波斯境内，发现前面尘埃飞扬，知道那里有人，便打发一个仆从前去探听实情。仆从去了一会回来，告诉我说：'我的主人呀！前面尘埃起处，是波斯王萨补尔的女儿斐瑚尔·塔芷带领二千骑兵打这儿过路呢。'我听了这个消息，喜不自禁，对仆从说：'你给我报喜信了。这是最大的一宗胜利品哩。'于是咱父子和仆从向那队人马进攻，当场杀死三百骑兵，俘虏一千二百人，斐瑚尔·塔芷公主和她携带的金银财宝都成为我们的战利品。就这样我把他们都弄上山来。"

"你虐待斐瑚尔·塔芷公主没有？"

"不，指你的生命和我所皈依的宗教起誓，我可是不曾虐待她。"

"撒尔东，你算是做了一桩好事情。她父亲是赫赫不可一世的大国王。公主既遭劫掠，他势必带兵赶来报仇雪耻，你的屋宇，非被他夷平毁尽不可。不计较后果的人，是不会侥幸的。斐瑚尔·塔芷公主，如今她在哪里？"

"我让她和她的丫头们住在另一幢房子。"

"带我上她的住处去看看吧。"

"听明白了，遵命就是。"

矮律补随撒尔东·乌里来到公主斐瑚尔·塔芷的住处,见她愁眉不展,泪痕满面,闷闷不乐。矮律补一见公主,顿时觉得月亮已近在他眼前,衷心感佩安拉的伟大。斐瑚尔·塔芷公主看矮律补一眼,知道他是一个堂堂的骑士,眼中闪烁着英勇气色,证明他是正人君子,不像小人坏蛋,因而鼓起勇气站起来,走到矮律补跟前,亲切地吻他的手,然后倒身跪了下去,苦苦哀求,说道:"大英雄啊,求你保护我!这个乌里会糟蹋我,会把我吃掉呢。恳求你把我从他手中赎出去,让我当你的使女吧。"

"放心吧!你现在是安全的,你是会回到你父亲跟前去继续过尊荣生活的。"

斐瑚尔·塔芷公主听了矮律补的安慰,转悲为喜,欣然替他祈祷,祝他延年益寿。矮律补吩咐释放被捕的人,恢复他们的自由,然后回头跟斐瑚尔·塔芷公主谈话,问道:"你干吗离开宫殿,到偏僻地区来冒风险,给强盗以可乘之机?"

"我的主人啊!家父国中的臣民和他的藩属土耳其、岱义勒姆等地区的居民都是拜火的祆教徒。在我国境内有一座大寺,被称为祆教院。每年一次的宗教节日,一般教徒的女儿和虔诚的信女,都习惯上道院去过节日,大家在一起欢度一个月之后,才各自归去。今年节日降临,我带着使女们照例动身前去道院过节日。家父派二千骑兵沿途护送,不幸中途被这个山寨王拦路抢劫。护送我的骑兵,有的当场被杀丧命,活着的都被俘,和我们一起,禁锢在此山寨中。这便是我们遭劫的经过。幸亏遇见你这位勇敢的英雄好汉,我们才有可救的希望。但愿神灵保佑你长命百岁,不受灾祸侵袭。"

"从此你别再担惊受怕了!我将送你回家去同父母团聚,恢复你原来的尊荣地位。"

斐瑚尔·塔芷公主听了矮律补的诺言,赶忙吻他的手,替他祈福求寿,表示衷心感激。

矮律补和斐瑚尔·塔芷同游百花谷

矮律补离开斐瑚尔·塔芷公主的住处,吩咐监管她的人好生优待她,尊敬她,然后回到正殿过夜。他一觉睡到次日黎明,才起身作晨祷,按照伊斯兰的教义礼了两拜。同样的,他本人的部下和撒尔东·乌里父子也跟随他一起祷告、礼拜。晨祷毕,矮律补回头看撒尔东·乌里一眼,说道:"撒尔东,你不带我们上百花谷去逛一逛吗?"

"行,我的主人,我就带你们去。"撒尔东满口应诺着即时吩咐他的婢仆们宰牲、烹调,准备把饭菜送往百花谷。他原有做家务的女仆一百五十人,管牧放驼马牛羊的男仆一千人。他吩咐、布置一番,然后带矮律补和他的部下去逛百花谷,斐瑚尔·塔芷公主和她的使女们也同行。

矮律补随撒尔东来到百花谷中,举目一望,好美丽的风光,只见满地都是鲜花,还有成林的果木和各种美丽的鸣禽。鸣禽中有鸣声婉转的画眉,音调清脆的金丝雀,声如管弦乐的黄莺,啼声哀怨的斑鸠,互相对谈的山乌和鹦鹉。至于结实累累的果木,却都是类别成双的,其中如石榴有酸的和甜的;枣子有红的和黄的;杏有香的和虎拉萨种属的;其他枝叶交叉、纠缠在一起的梅子和使君子,火红的橘子,压弯树枝的香橼,解渴的柠檬和医治黄疸病的佛手柑等名贵果实,无不应有尽有。置身在这果熟鸟语花香的名胜地方,令人想起失恋者的吟诵:

> 鸣鸟在湖滨林中引颈长啼,
> 勾起失恋者回忆往事的心情。
> 这树阴、果子和潺潺畅流的清泉,
> 恰似乐园中散发出来的芬芳气息。

矮律补对百花谷的景致很感兴趣,徘徊其中,流连忘返。他吩咐在树林中张起斐瑚尔·塔芷公主的波斯帐篷,以便坐在帐中休息。部下遵命张起帐篷,并摆出饭菜。矮律补和大伙坐在帐中,大吃大喝,饱餐了一顿。吃过饭,矮律补喊道:"撒尔东·乌里。"

"哎,我的主人!你有什么吩咐?"

"你这儿有酒吗?"

"有的是。我的一个水池中,装满着老酒呢。"

"给我们弄点来喝吧。"

"听明白了,遵命就是。"撒尔东应诺着打发十个仆人,取来大批老酒。大伙开怀畅饮,谈笑风生,乐不可支,矮律补尤其高兴快乐。酒后他想起迈赫娣娅,便即席作诗遣愁,吟道:

> 回忆和你在一起那些日子里的情景,
> 爱情在我心中燃起熊熊的火焰。
> 不是我存心要离开你,
> 只怪时运的调度过于离奇。
> 我怀着一片悲切、恋念心情,
> 一千次祝愿你康乐、安宁。

矮律补送斐瑚尔·塔芷回家

矮律补和大伙在百花谷中吃喝游玩,整整热闹、欢乐了三天,才尽兴而归,回到山寨的堡垒中。他唤赛西睦来到跟前,吩咐道:"你带一百名骑兵赶回家乡去,把你的父母和白尼·格哈塔尼人接到这儿来安家落户,让高堂父母欢度晚年,终老于此。我自己打算趁此作波斯之行,好送斐瑚尔·塔芷公主回乡跟她的父母团圆。"接着他嘱咐撒尔东·乌里:"撒尔东,你和你的儿子好生住在山中,我去去就来。"

"你干吗不带我上波斯去？"

"因为你抢劫波斯王萨补尔的女儿，把她当作俘虏看待，她父亲看见你，会吃你的肉喝你的血呢。"

撒尔东·乌里听了矮律补之言，雷鸣似的哈哈笑了几声，说道："我的主人啊！指你的生命起誓，即使岱义勒姆和波斯人联合起来向我进攻，我能把他们杀得一个不剩呢。"

"你的确是有这种本领的，不过你还是暂且坐镇山寨，等我赶回来再说。"

"听明白了，遵命就是。"

赛西睦奉命带领人马回乡之后，矮律补也率领部下，护送斐瑚尔·塔芷公主和她的随从，径向波斯国出发。

波斯王萨补尔眼睁睁等候斐瑚尔·塔芷公主过节归来，可是音信杳然。节期已过，仍不见她归来，因此国王萨补尔惴惴不安，心如火焚，不得不向宰相戴羽东商议。宰相戴羽东是国王的四十名大臣中年纪最长、见识最广、学问最渊博的人物。国王对他说："爱卿！公主此去迟迟不归，杳无音信，不知是何缘故。计算起来，节期已过，她早该回到家中了。现在你派人上祆教院去打听她的行踪吧。"

"听明白了，遵命就是。"宰相应诺着告辞出来，把差官唤到跟前，吩咐道："你立刻动身，上祆教院去打听公主的行踪。"

差官遵循命令，果然即时动身，赶到祆教院中，向主持寺政的僧侣打听斐瑚尔·塔芷公主的去向。他们回答说："今年我们不曾见她前来过节。"

差官打听到公主不曾前来院中过节的消息，急急忙忙赶回京城伊斯巴尼尔，向宰相报告公主未去祆教院过节的消息。宰相戴羽东得到消息，即时谒见国王，报告公主下落不明的情况。

国王萨补尔听了公主去向不明的消息，好像世界末日突然降临，吓得要命。他边摘下王冠，摔在地上，边拔自己的胡须，接着一下子

晕倒,昏迷不省人事。左右的人赶忙急救,洒水在他脸上。过了一会,他慢慢苏醒过来,忍不住老泪滂沱,忧心如焚,凄然吟道:

> 置此离散关头,
> 我劝自己不要伤心、悲泣。
> 眼睛虽然停止流泪,
> 耐性却不听忠言。
> 命运硬要我们生离死别,
> 这是它欺诈成性的惯技。

国王萨补尔召集十名将领,叫他们每人带一千人马,分道扬镳,到全国各地去寻找斐瑚尔·塔芷公主。将领们遵循命令,带领人马,离开京城,分头开往各地寻找公主。

王后和宫娥彩女们听到斐瑚尔·塔芷公主去向不明的消息,大家脱去宫装,一律穿上黑孝服,一面抓土撒在头上,一面悲哀哭泣。宫中显露出凄凉、悲惨景象。

矮律补杀死匪首撒姆萨木

矮律补护送斐瑚尔·塔芷公主回家,继续跋涉了十天。第十一天开始以后,途中发现烟尘,弥漫在空中,料到那方向有人马,便打发一个波斯籍军官前去探听消息,吩咐道:“前面烟尘起处定有人马,派你前去探听一下虚实。你快去快来!”

“听明白了,遵命就是。”波斯籍军官应诺着快马加鞭,直奔到烟尘起处,发现那里果然有一队人马,便问他们是干什么的。有人回答说:“我们是白尼·赫塔尔人,我们的头目叫撒姆萨木·本·贾拉侯,带领五千人马出来打劫,看有什么可抢劫的。”波斯籍军官探得实情,赶忙回报。矮律补听到前面有股匪拦路抢劫的消息,大声疾呼,吩咐部下和随行的波斯人马,说道:"大家拔出刀剑,跟强盗们拼吧!"他的部下和波斯人马听从命令,果然剑拔弩张,一个个摩拳擦掌,继续迈步向前,接着便看见一群阿拉伯人向他们蜂拥而来,并且高声吼着:"这是一批战利品哪!这是一批战利品哪!"

眼看那种情形,矮律补骂道:"安拉准叫你们这些阿拉伯狗彘一败涂地,死无葬身之地!"于是他指挥部下,鼓励士卒说:"安拉最伟大,咱们为安拉之友亚伯拉罕的宗教而战吧!"接着他带领人马,身先士卒,勇猛冲向敌人。就这样两支人马大战起来,挥舞着刀枪剑戟继续杀伐,战斗越打越激烈,士卒呐喊着越战越勇,一直打到天黑才停止。矮律补清点人马,见部下的白尼·格哈塔尼人牺牲五人,波斯籍士卒阵亡七十三人,打死敌人五百多人。匪头撒姆萨木因喽啰死亡过众,心情沉重,寝不安席,食不甘味,垂头丧气地对部下说:"像那个小伙子那样勇猛善战的人,我生平还没见过。他一会儿挥宝剑杀,一会儿舞锤矛打,进退自如,如入无人之境,碰到他的人无不披靡。不过明天上阵时,我要向他挑战,跟他交锋、对打,非把他的部下杀绝斩尽不可。"

矮律补收兵下得阵来,斐瑚尔·塔芷公主惊慌失措、哭哭啼啼地前来迎接他,拽着马镫边吻他的脚,边祝愿他说:"盖世的英雄豪杰啊!但愿你的双手永不枯萎,但愿敌人一辈子达不到幸灾乐祸的目的。赞美安拉,是他保佑你在战役中平安、胜利。你要知道:因为那些阿拉伯人过于凶恶、残酷,所以我对你的安全始终抱着忧虑心情。"

矮律补听了公主之言,笑了一笑,然后鼓励、安慰她,说道:"公主不必为此忧愁、顾虑,即使敌人充满整个荒野,咱凭安拉的无上威力,能把他们杀绝斩尽。"公主表示衷心感谢,替他祈祷一番,然后退回婢女群中。矮律补回到帐里,洗掉手上和身上的血迹,嘱咐部下好生戒备,然后安息过夜。

第二天两支人马摆开阵势,预备大战一场。首先策马出现在战场上的是矮律补。他走近敌阵挑战,大声喊道:"有人敢出来同我交锋吗?我可不愿跟懒汉、懦夫对打。"随着矮律补的叫阵,敌阵中属翁顿后裔的一个彪形大汉,策马冲进战场,扑向矮律补,说道:"你这个阿拉伯强盗,拿着吧! 我给你死汤喝。"他举起手中二十斤重的狼牙棒,向矮律补猛击下去。幸亏矮律补闪身躲避得快,棒头才落在地上,陷入土中一尺多深。矮律补趁他斜着身子拔棒的一刹那,回击一锤矛,打碎他的脑袋。对手翻身落马,气绝身死。

矮律补旗开得胜,耀武扬威,威风凛凛地再一次向敌人叫阵。敌人应战,第二次派出来交锋的同样轻易被打死。接着第三第四以至第十次派出来交锋的,都遭到同样的命运。矮律补一口气打死十个对手。他的杀伐、威力震动敌阵,吓得他们人人惊惶,个个畏缩、退避,都要弃甲逃跑。匪头撒姆萨木眼看自己阵内的混乱情景,非常愤怒,出口咒道:"呸! 神灵不再恩顾你们了,让老子去对付他吧。"他咒骂着抢起武器,策马奔到阵中,冲向矮律补,指着他骂道:"你这条阿拉伯狗! 莫非你强霸到可以随便杀我部下而敢跟我交锋、对垒的地步了吗?"

矮律补胆壮气盛,抵抗着撒姆萨木的攻击,说道:"看枪,接受你杀人应得的报复吧!"就这样二人抢起锤矛对打起来。彼进此退,此攻彼守,各显身手,武艺分不出高低上下,致使两阵营中的士卒提心吊胆、目不转睛地看呆了。他俩周旋着来来往往地打了几回合后,这才使出绝招,猛向对方接连刺杀两枪,企图一下子杀死对手。结果矮律补眼明身灵,躲闪得快,所以撒姆萨木的刺杀都落空。相反的,撒姆萨木却无招架之功,因而矮律补的刺杀正中鹄的,刺穿撒姆萨木的胸膛。他翻身落马,当场被杀死。他的人马群起向矮律补围攻。矮律补大声赞道:"安拉最伟大! 至高无上的主宰让我们占了上风,打了胜仗;同时他恩顾亚伯拉罕的正道,叫邪教徒倒下去,一败涂地了。"于是他以气壮山河的气概,显出英勇无敌的雄姿,从容抵抗敌人。

撒姆萨木的部下听了矮律补高声赞颂、感谢至高无上的、明察秋毫无所而不见的安拉,感到胆战心惊,大家面面相觑,互相问道:"这呼声弄得我们毛骨悚然,志气消沉,寿命也缩短了,这是什么道理呢?我们可是从来没听过这样美妙的赞语呀。"他们踌躇一会,互相说道:"咱们暂且停下战来,等问个明白再说吧。"于是他们果然退下阵来,所有的头面人物聚在一起,大家从长计议,决定派人去见矮律补,说道:"咱们派十人去见他吧。"于是从他们中选出十个老成持重的人为代表,前去拜会矮律补。

撒姆萨木的人马皈依伊斯兰教

撒姆萨木的人马既然不宣而退,矮律补只好率领部下撤下阵来,回到帐中,正感到惊奇可疑的时候,十名代表已来到他帐下,请求入见。他们进入矮律补帐中,跪在他脚下吻了地面,祝福他长命富贵。矮律补问道:"你们中途退却,不打到底,这是什么道理?"

"我们的主人啊! 你的赞颂和对我们的诅咒,把我们给吓住了。"

"你们膜拜的偶像叫什么?"

"我们膜拜的偶像不外乎旺多、肃娲尔和也乌粟。这都是诺亚的教徒所膜拜而相传下来的主宰呀。"

"我们可是只拜创造天地万物的安拉。他固定了山岳,叫泉水从石头中流出,并发荣滋长树木,让荒原中的野兽找到食物。安拉是独一的万能的主宰。"

代表们听了矮律补的谈话,顿觉心旷神怡,大伙异口同声地说道:"如此说来,那是一位最仁慈、最伟大的主宰了。如果我们要膜拜这位主宰,应该怎么办才行呢?"

"你们只消心中信仰安拉,并口头承认说:'安拉是唯一的主宰,圣亚伯拉罕是他的朋友'这就成了。"

十名代表果然心口如一地改奉了伊斯兰教。矮律补说道:"你们对改奉伊斯兰教既然感到快慰,有所寄托,请回去告诉你们的伙伴,劝他们都皈依伊斯兰教吧。如果他们肯皈依伊斯兰教,便安全无事,否则咱就烧死他们。"

代表们告辞出来,急急忙忙回到他们的人马驻扎的地方,劝伙伴们皈依伊斯兰教,并告诉他们改教的办法。伙伴们接受劝告,欣然心口如一地改奉了伊斯兰教,大伙涌到矮律补帐下,跪下去吻了地面,祝愿他长命富贵,说道:"我们的主人啊!我们都是你的仆人,有什么事你只管吩咐,我们是言听计从的。你指引我们走上正道,从今以后,我们一辈子跟随你了。"

矮律补鼓励、赞扬他们一番,说道:"你们赶快回家去收拾,然后带着妻室儿女,迁往百花谷萨苏·本·佘羽斯的故乡去安居乐业。假若山寨王撒尔东·乌里出来阻拦,你们当面赞颂创造万物的安拉,他就欢迎你们。我自己把斐瑚尔·塔芷公主送回家去,很快便赶回去和你们见面。"

"听明白了,遵命就是。"他们异口同声地应诺着,即时动身,欢欢喜喜地回到家中,先劝家属改奉伊斯兰教,然后捣毁偶像,这才携带妻室儿女和财物牲畜,不辞跋涉,忍苦耐劳地去到百花谷。山寨王撒尔东·乌里父子果然出来阻拦,要杀害他们。他们依照矮律补的嘱咐,大声赞颂安拉。撒尔东·乌里知道他们是信奉伊斯兰教的穆斯林,便热情欢迎、接待,问他们迁徙的原因。他们把碰到矮律补的经过,从头到尾,详细叙述一遍。撒尔东·乌里听了,喜不自胜,表示竭诚欢迎、爱护,并妥善安置、优待,让他们在舒适的房屋中定居下来。

斐瑚尔·塔芷回到伊斯巴尼尔

矮律补和斐瑚尔·塔芷公主率领人马,动身向京城伊斯巴尼尔迈进,连续跋涉了五天。第六天开始后,中途发现烟尘,便打发一个波斯籍军官前去探听实情。军官去了一会,随即飞鸟般迅速转回来报告说:"我的主人啊! 前方飞扬的烟尘,是我国的一千骑兵踏起来的,他们是奉国王的命令来找斐瑚尔·塔芷公主的。"

矮律补吩咐部下停下来,张起帐篷,坐在帐中等了一会。寻找公主的人马来到帐前,斐瑚尔·塔芷公主的随从迎接他们,告诉他们的将领突蒙,叙述矮律补护送斐瑚尔·塔芷公主回家的经过。突蒙进入矮律补帐中,跪在他脚下吻了地面,然后打听斐瑚尔·塔芷公主的情况。矮律补派人带他去见公主。突蒙进入公主帐中,毕恭毕敬地吻过她的手,这才对她讲述国王和王后因她迟迟不归而忧心、苦恼的情况。同样公主也向突蒙叙述她的遭劫和矮律补把她从山寨王乌里手中救出的始末。最后她说:"要不是遇着矮律补,那我早叫山寨王乌里给吃掉了。为报答矮律补的恩情,我父亲应该把国土送一半给他。"

突蒙转到矮律补帐中,吻他的手,对他拯救公主的善举竭诚感谢一番,然后说:"我的主人啊! 恳求你准许我先赶回城去向国王报喜信吧。"

"好的,你先回去向他领赏吧!"矮律补慨然允许突蒙的要求。于是待他走后,这才率领人马,慢慢动身起程。

突蒙快马加鞭,一口气赶到京城伊斯巴尼尔,急急忙忙奔进王宫,来到国王萨补尔跟前,跪下去吻了地面,气喘吁吁地一时说不出话来。国王问道:"报喜信的,你探得公主的信息了吗?"

"除非先拿到赏银,我是不肯报喜的。"

"你先报喜信吧,我总会叫你心满意足呢。"

"大国王陛下,我向你报喜吧:斐瑚尔·塔芷公主已经找到了。"

国王萨补尔听说找到公主,欢喜过度,一下子晕倒,昏迷不省人事。侍从赶忙拿蔷薇水洒在他脸上。休息了一会,他慢慢苏醒过来,大声喊道:"突蒙,靠近我些,赶快告诉我公主是怎样找到的?她在哪儿?"

突蒙走到国王身边,把斐瑚尔·塔芷公主遭劫和遇救的经过,从头叙述一遍。国王听了公主的遭遇,拍掌叹道:"唉,可怜的斐瑚尔·塔芷哟!你总算脱险得救了。"于是吩咐赏突蒙一万金,并封他为艾斯摆汉城的执政官。继而他呼唤群臣,说道:"你们都骑马随我一起去迎接斐瑚尔·塔芷公主吧!"

宫中的一个大太监听到斐瑚尔·塔芷公主回来的消息,即时奔进后宫,向王后和妃嫔报喜信。王后和妃嫔们听了好消息,欢喜若狂,赏他一套衣服,并给一千金的报喜钱。接着斐瑚尔·塔芷公主归来的消息很快传了出去,老百姓听了都欢喜快乐,赶忙打扫街道,装饰屋宇、城郭,准备热热闹闹地迎接公主。

国王萨补尔和大臣们骑马出城,由突蒙带路前去迎接公主。行了一程,国王见矮律补率领人马迎面走来,便下马步行。矮律补见国王萨补尔出迎,也下马步行,走到国王面前,彼此热烈拥抱,互相问候。国王萨补尔还弯下腰去吻矮律补的手,对他救护公主的善举当面感谢一番,然后吩咐在矮律补的帐篷对面张起帐篷,稍事休息。

斐瑚尔·塔芷和父母见面

国王萨补尔和矮律补见面谈话之后,随即进入斐瑚尔·塔芷公主的帐篷。公主站起来,倒在国王的怀抱里,滔滔不绝地叙述她的遭遇和矮律补把她从山寨王乌里手中救了出来,并护送她回家的经过。

国王听了公主的叙述,怀着满腔感激心情,对女儿许下诺言,说道:"美丽的公主啊!指你的生命起誓,我要重赏矮律补,让他享幸福,过丰衣足食的美满生活。"

"父王,让他做你的女婿,帮助你消灭敌人吧!他勇敢极了。"她说此话,显然矮律补已经是她的意中人了。

"儿啊!你不知道吗:国王赫尔德·沙曾以十万金的聘金,前来向我求亲,要娶你为妻。他身为施拉子国王,掌握全国大权,统率强大的骑兵和步兵,威望、名声可大着哪。"

"父王,你谈的这件事我不喜欢,如果你强迫我做我不愿意的事,我会自尽呢。"

国王萨补尔跟公主谈了一会,起身来到矮律补帐中。矮律补恭恭敬敬地迎接他,让他坐下。他仔细注视矮律补,越看越感兴趣,老看不够,暗自说道:"指神灵为誓,我的女儿钟情这个游牧人,是情有可原的。"于是吩咐摆出饮食,陪矮律补吃喝。彼此吃饱喝足,便安息睡觉。

次日天明,国王萨补尔和矮律补率领人马,并辔赶回京城,受到全城黎民热烈欢迎,在欢呼声中进入王宫。斐瑚尔·塔芷公主回到后宫,王后、妃嫔和宫娥彩女们高兴地迎接她,不停地吼出"呜噜呜噜"的欢呼声,整个宫闱到处显出喜气洋洋的景象。

国王萨补尔坐在宝座上,让矮律补坐在他的右边,其他的文臣武将分立左右两旁。由于斐瑚尔·塔芷公主平安归来,群臣你一言我一语,说出各种美妙言谈,祝福、庆贺国王。国王洋洋得意,对群臣说:"谁喜欢我,让他送矮律补一袭衣服吧!"群臣响应国王的号召,大家解衣相赠。于是名贵的衣服像雨点一样落在矮律补身上。矮律补在王宫中做了十天的上宾,然后向国王告辞。国王萨补尔赠他一套名贵衣服,指着自己的宗教起誓,不让矮律补走,非留他住满一个月不可。矮律补说道:"国王陛下!我同一个阿拉伯女郎订过婚,现在我要赶回家去结婚。"

"你的未婚妻和斐瑚尔·塔芷公主比起来,到底是谁最美丽、最贤淑?"

"大国王啊!奴婢怎么能同主子相提并论呢?"

"因为是你把斐瑚尔·塔芷从山寨王乌里爪中救出来的,所以她变成你的丫头了。除你之外,她是不会跟别人结婚的。"

矮律补受宠若惊,跪下去吻了地面,说道:"大国王啊!你是帝王,我不过是个穷小子。结这头亲事,也许你会向我索取很多的聘礼吧。"

"我的孩子!你要知道:施拉子国王赫尔德·沙向我求亲,愿以十万金的聘礼娶斐瑚尔·塔芷公主为妻,我可是不同意,却偏选你为东床,因为我是把你当卫国的宝剑、护身的盾牌看待的。"他说罢回头对群臣说:"爱卿们!你们当证人吧,我把斐瑚尔·塔芷公主许配给我的孩子矮律补了。"就这样他同矮律补握手,以此表示缔结婚约,从此斐瑚尔·塔芷公主便是矮律补的未婚妻了。矮律补说道:"请给我提出聘礼的数目吧,我当照数奉上,因为我在萨苏的城堡中,获得了屈指难数的大批金钱财物呢。"

"我的孩子!你的金钱财物我什么都不要,我也不向你索取聘礼;其实我所希望得到的,仅仅是歹什特国王赭姆勒恭的头颅而已。"

"大国王陛下!我将率领人马,开往歹什特,逮捕国王赭姆勒恭,并踏平他的国土。"

国王萨补尔听了矮律补的豪言,大加赏赐,满以为他此去歹什特,凶多吉少,是回不来的了,于是欣然同矮律补和群臣分手,各去安歇。

次日,国王萨补尔吩咐部队在校场集合,他本人与矮律补并辔来到校场观看比武。国王对将领们说:"大家比起武来吧!让咱赏心悦目,看个痛快。"于是英雄好汉们,大显身手,各逞其能,互相交锋、对垒,充分显示出精湛的武艺。矮律补看了,抑制不住跃跃欲试的激情,便对国王萨补尔说:"国王陛下! 我打算趁此千载难逢的机会,要跟波斯的骑士们比一比武,但是有个条件。"

"什么条件?"国王同意他和骑士们比武。

"我身穿一件薄衣,手执一杆没有矛头的长枪,只在长枪头上绑一团浸在橙黄色中染透了的破布,然后同每位骁勇的手执真刀真枪的英雄好汉比武。要是我打败了,死而无憾。如果我占上风,只在对手的胸部戳上一个标记,他就得退下阵地。"

国王萨补尔同意矮律补提出的条件,即时呼唤指挥官,叫他挑出选手跟矮律补比武。指挥官遵循命令,果然从部下选拔出一千二百名武艺高强、最勇敢善战的骑士,带到国王面前。国王勉励他们,说道:"你们跟这个游牧人比一比武吧! 谁杀死他,可以尽量向我讨赏。我自然会使他心满意足的。"

选手们听了国王的鼓励和诺言,都乐意跟矮律补比武,一个个摩拳擦掌、争先恐后地准备上阵。矮律补从容进入比武场,暗自祷告说:"我托庇安拉了。他是圣亚伯拉罕的主宰,是明察秋毫的,无所而不能的,独一无二的,肉眼是看不见他的。"接着一个彪形大汉直向他冲杀过来,比武开始。他不待敌手挨近,举起枪杆迎接,旗开得胜,轻而易举地在敌手胸膛上戳了一个红色标记。对方勒转马头,刚要退逃,矮律补一枪杆打中他的脖子,顿时翻身落马,被兵卒抬下阵去。接着第二名选手冲了出来,刚一交锋就被他戳上标记,不得不败退。同样的,第三第四第五名选手也不例外,都带着标记败退下阵。就这样,那辈被选拔出来当选手的英雄好汉,一个个都冲出来跟矮律补比武,但都带着标记败退下去,成为矮律补手下的败将。经过这场比武,武艺中的真假虚实,全都在国王萨补尔眼中显现出来。

比武结束后,国王犒劳三军,将士们大吃大喝,矮律补也乘兴开怀畅饮。他过于兴奋,多喝了几碗,有几分醉意,老觉得头晕眼花。他撑持着起身去厕所便溺。便溺后,他走错了路,醉眼蒙眬,不知不觉地闯入后宫,来到斐琊尔·塔芷公主的闺阁门前。公主一见是他,惊喜过度,理智顿时消失得无影无踪。她大声喝令丫头们,说道:"去你们的吧!各自回你们的房间去吧!"使女们一哄而散之后,她才起身迎接矮律补,吻他的手,说道:"欢迎我的主人!是你把我从山寨王乌里手中救出来的,我终身是你的婢女了。"她说着把矮律补拉到床上,紧紧地抱着他不放。就这样矮律补同他的未婚妻同衾共枕,欢度了一夜。

次日国王萨补尔升朝,矮律补前来朝拜。国王起身迎接,让他坐在身旁。继而群臣进宫朝拜,跪下去吻了地面,然后站起来,分立左右两旁,接着以昨天比武的事为话题,你一言我一语地就谈开了。谁都钦佩矮律补的英勇和武艺,异口同声地说:"赞美神灵!是他叫这个年轻小伙子如此骁勇善战呢。"他们正谈得起劲的时候,有人见宫窗外面的远方,满天烟尘。国王萨补尔大吃一惊,喝令探子:"该死的家伙们!那是怎么一回事?快去给我探听清楚吧!"

一个骑兵应声出去探听一番,随即赶回来报告说:"启奏陛下:那烟尘下面,有成百的一支骑兵,他们的将领叫赛西睦·赖义礼。"

矮律补听了探子的报告,说道:"国王陛下,那将领是我的弟弟,是我派他回家乡去办事的。现在让我去见他吧。"他说罢,跨上战马,率领一百白尼·格哈塔尼骑兵和一千波斯战士,威风凛凛、派头十足地出城,继续向烟尘起处走了一程,直赶到目的地,来到赛西睦面前,弟兄二人才下马言欢,互相拥抱,十分亲热。弟兄二人寒暄几句,然后跨上战马,并辔而行。在回城的途中,矮律补问道:"弟弟!你送家属和乡亲们上百花谷去了吗?让他们在萨苏的古城堡中定居下来了吗?"

"哥哥啊!麦尔多斯那个奸诈成性的老狗,刚听到你攻下乌里山,占领古城堡的消息,便坐卧不安,愤恨得要死。他说:'如果我不趁早离开此地,等矮律补回来,他会不给聘礼就把我的女儿迈赫娣娅娶走的。'他打定主意,携带财物、家眷和族众,迁往伊拉克,进入库发城,投靠国王阿基补,求他保护,存心把迈赫娣娅嫁给他做妻室呢。"

矮律补听了赛西睦的叙述，气得差一点魂飞魄散，咬牙切齿地说："指伊斯兰教和伟大的主宰起誓，我一定要带人马攻进伊拉克，非在那里大战一场不可。"他说着带赛西睦回到城中，进入王宫，来到国王萨补尔跟前，弟兄二人双双跪下去吻了地面。国王起身迎接，向赛西睦问安。矮律补把发生的事件和他的意图告诉国王，博得国王赞许，答应派十名将领，各带一万精壮兵马，支援他进攻伊拉克，并当面吩咐将领们迅速准备，限三天成行。

矮律补率领人马，浩浩荡荡赶回百花谷。山寨王撒尔东·乌里和他的儿子闻信下山迎接，一见面不待矮律补下马，父子俩便亲切地吻他的脚。矮律补把事件的经过和他的意图告诉撒尔东·乌里。撒尔东·乌里说："我的主人啊！你只管坐镇在城堡中，让我带儿子和人马前去攻打伊拉克，踏平鲁斯拖谷城，并把守城的将士一个不放过地擒来给你发落。"

矮律补谢谢他的好意，说道："撒尔东·乌里，咱们一块儿去吧。"于是分头准备一番，留一千骑兵守城，然后率领全部人马，向伊拉克出发。

麦尔多斯投奔阿基补和矮律补之母被杀

酋长麦尔多斯携带家眷、部族和财物迁往伊拉克，在库发城定居下来，然后求见阿基补，跪在他面前吻过地面，用赞颂帝王的词汇祝福一番，这才呈上大批名贵礼物，说道："我的主人啊！我是上这儿来避难的，求你保护我的生命财产吧。"

"告诉我，是谁欺负你？无论谁虐待你，即使他是拥有土耳其和岱义勒姆的波斯国王萨补尔，我也能保护你的。"

"大国王陛下，欺负我的不是别人，而是我一手养大的一个小子。我原来在一处森林中发现了他和他的母亲。当时他不过是在他母亲怀抱中嗷嗷待哺的一个婴儿,名叫矮律补。后来我娶他母亲为妻,她曾替我生了一个小子,取名赛西睦·赖义礼。在我的卵翼下,矮律补和我的亲生儿子一道受哺育、教养,我还教他读诗书,习武艺。可他长大成人,却不守本,胡行妄为,曾杀死白尼·乃补霍尼人的酋长哈萨尼,还打死了许多好汉,降服了无数骑士。我有一个女儿,她最适于侍奉陛下。矮律补要跟我的女儿结婚,我叫他拿山寨王乌里的头颅来当聘礼。他果然去找山寨王乌里,同他交战。山寨王乌里吃了败仗被擒,一变而为他的部下。听说他改奉伊斯兰教,并到处宣传,劝人入教。他还从山寨王乌里手中救了波斯公主的性命。如今他占据着萨苏·本·佘羽斯的古堡,那地方原是翁顿大帝的故居,里面保存着古今历代帝王遗留下来的财富和宝物。现在他护送波斯王萨补尔的女儿回国。此行,准会带着波斯人的财帛满载而归的。"

阿基补听了麦尔多斯的叙述,大为震惊,顿时脸色变得苍白,认为非遭殃不可,惊慌失措地问道:"麦尔多斯!那小子的母亲在你身边呢还是同她儿子在一起?"

"她跟我一道,如今还在我帐篷中。"

"她叫什么名字?"

"叫诺丝兰。"

"原来是她。"阿基补说着派人去带她。

一会儿,矮律补的母亲被差人带到阿基补跟前。一见面,阿基补就认识她,恶狠狠地骂道:"该死的家伙哟!我派去撺走你的那两个仆人,他俩哪儿去了?"

"他俩为争夺我,互相残杀,都叫对方给杀死了。"

阿基补抽出宝剑,手起剑落,一剑把她砍成两截,这才叫仆从把尸体拖出去,扔在郊外。从此他心绪不宁,惴惴不安,说道:"麦尔多斯!把你的女儿嫁给我吧。"

"她属于你的丫头之数,我原是送她来侍奉你的。从今以后,我也是你的奴婢了。"

"我要等着看一看那个叫矮律补的小杂种,好叫他受够各种刑法,最后才治他死罪呢。"他咒骂着吩咐侍从取来三万金,一千套镶金绣花的丝绸裳,一千套镶流苏的锦缎服和一些名贵头巾、纯金项圈首饰,作为聘礼,交给麦尔多斯。

麦尔多斯收下丰富的聘礼,欣然告辞,回到家中,忙着给女儿迈赫娣娅置备嫁妆。

矮律补和叔父见面

矮律补率领大兵,浩浩荡荡一直开进伊拉克境内,来到城坚壁固的者济勒城下,准备进城去驻扎。城中人见大军压境,赶忙关闭城门,守住城墙,然后向他们的国王告急。国王闻讯,从宫窗朝外一望,见入侵的一支庞大队伍,全是波斯人。他问报信的:"那伙波斯人是来干什么的?"

"我们全不知道他们是来干什么的。"报信的剀切回答国王。

这位国王在战场上屡次杀死英雄好汉们,所以被称为刀米武——杀伐者。他部下有一名无比骁勇的将领,性烈如火,人们管他叫瑟补尔·勾发尔——野狮。国王叫瑟补尔·勾发尔到跟前来,吩咐道:"你出城去打听那支队伍的情况,问他们开到这儿来究竟作何打算。你快去快来!"

瑟补尔·勾发尔遵循命令,开门出城,刮风般赶到矮律补的宿营地。一群阿拉伯人起身拦住他,问道:"你是谁?你要做什么?"

"我是钦差大臣,奉这座城市的主人之命,前来拜见你们的头目。"

站岗守望的阿拉伯人带瑟补尔·勾发尔,穿过一顶顶帐篷和如林的旗帜,直来到矮律补帐前,然后进去报告、请示。矮律补吩咐道:

"带他进来!"

瑟补尔·勾发尔被带进帐中,跪在矮律补面前,吻了地面,祝福他长命富贵。矮律补问道:"你来见我有何需求?"

"我是者济勒国王刀米武派来的使臣;敝国王与库发国王康德梅尔原是同胞手足。"

矮律补听了使臣之言,忍不住失声痛哭,呆呆地望着使臣,问道:"你叫什么名字?"

"我叫瑟补尔·勾发尔。"

"瑟补尔·勾发尔!你回城去报告贵国王,对他说:'这顶帐篷的主人,叫矮律补·本·康德梅尔,原是被弑的库发国王康德梅尔的子嗣,如今他替父王向阿基补那条欺诈成性的恶狗报仇来了。'"

使臣瑟补尔·勾发尔欣然告辞,急急忙忙回到城中,跪在国王刀米武面前吻了地面。国王问道:"瑟补尔·勾发尔!你去探听的结果如何?"

"启奏陛下:那支队伍的统帅是你的侄子呢。"于是他把矮律补说过的话,从头重述一遍。

国王刀米武疑心自己是在梦中,说道:"瑟补尔·勾发尔,你所说的是事实吗?"

"主上,是真的。指你的生命起誓,我所说的一句也不假。"

国王刀米武喜出望外,即时吩咐群臣骑马,随他出城,径往矮律补的宿营地。矮律补知道国王刀米武驾临,赶忙出帐迎接。叔侄不期而遇,互相拥抱,彼此寒暄问好,亲热得了不得。矮律补请国王进帐,让他坐在首席。国王望着矮律补,喜不自胜,说道:"为替你父亲报仇这桩事,我一向忧心忡忡,有说不出的苦衷。这是因为你哥哥那个狗崽,人多势众,我自己势单力薄,力不从心,不能尽到天职,实在愧无地容。"

"叔父!喏,我就是给先父报仇雪耻来了。此行我非踏平他的江山,誓不甘休。"

"侄儿啊！你可是有双重仇恨应该报复呢。这就是说，你一方面有杀父之仇，另一方面还有杀母之恨呢。"

"这是怎么说的？我母亲她怎么样了？"

"她呀，她叫你哥哥阿基补给杀害了。"

"他凭什么理由杀害我母亲？"

国王刀米武把矮律补之母的遭遇和麦尔多斯把他的女儿迈赫娣娅许给阿基补，快要成亲的经过，从头到尾，详细叙述了一遍。

矮律补致书巴比伦国王赭麦克

矮律补从叔父口中听到母亲的遭遇，他的理智气得不翼而飞，一下子昏倒，差一点气绝身死。过一会，他慢慢苏醒过来，即时下令军中，叫人马整装出发，向库发城进军。国王刀米武劝阻他，说道："侄儿！你别性急，暂且忍耐一时，待我预备一番，好率领部下，同你一块儿出征，前去讨伐败类。"

"叔父啊！我可是一刻也忍耐不住了。你要预备，就去预备吧！等预备妥帖，再来追我，咱们在库发城见面好了。"他说罢，果然带兵出发，浩浩荡荡，马不停蹄，直向库发城进军。

矮律补的人马路过巴比伦城，人们见而生畏，吓得惊慌失措。巴比伦国王赭麦克，统辖着二万骑兵，其他散居各村寨的五万步兵，也都听他指挥、调动，因而巴比伦成为赫赫有名的王国之一。矮律补下令军中，在巴比伦城外扎营，并写信给巴比伦国王。信使来到城下，高声说道："我是信使，给你们国王送信来了。"

守城门的官吏听到信使前来下书，赶忙进宫去报告、请示。国王赭麦克吩咐道："带信使来见我吧！"官吏遵循命令，开城门放信使进城，并带他进宫。信使来到国王赭麦克跟前，跪下去吻了地面，然后呈上书信。国王拆信一看，见上面写道：

库发国王康德梅尔之子矮律补致书巴比伦国王赭麦克陛下：——创造宇宙万物、给各种生物饮食的、无所而不能的安拉至尊至上！

此信送到之时，你不必作答，只希即时捣毁各类偶像，幡然皈依伊斯兰教，从而信奉创造光明、黑暗和宇宙万物的、全知全能的主宰。若不按我的指示行事，我将使今天成为你有生以来最倒霉的日子。总而言之，只要你遵循正道，改邪归正，顺从至高无上的主宰，即可安全无恙，身家性命得保。盼勿执迷不悟！

山寨王撒尔东活捉巴比伦国王

国王赭麦克读罢，脸色顿时变得苍白，骨碌骨碌地翻几翻白眼珠，这才气势汹汹地喝令信使："回去告诉你的主人吧：咱明天跟他在战场上刀兵相见，分个红白高低。"他送走了送信的，决心抵御外侮，把潮水般的人马开往城外，面对敌人的营寨扎营，枕戈待旦地准备跟敌人拼命。

信使匆匆回到营中，报告下书的结果。矮律补听了回报，只好下令军中，准备动武。

次日清晨，两军摆好阵势，到处都是摩拳擦掌、斗志昂扬的士卒。将士们剑拔弩张，跨着雄赳赳的战马，摆好冲锋陷阵的架势。在迅雷似的战鼓和尖厉的军号声中，一场战斗开始。矮律补军中首先上阵的是山寨王乌里。他扛着一棵大树，阔步走到阵中，向敌阵挑战，大声喝道："我是撒尔东·乌里，有谁敢出来跟咱交锋、较量吗？懒汉、懦夫可别轻易出来送死！"他喊罢，回头呼唤儿子们，说道："该死的家伙们！快搬柴草来，烧起篝火来烤人肉吃吧，我饿了。"他的儿子们赶快打发仆从搬来大批柴草，堆在阵地上，烧起炽烈的篝火。接着国王赭麦克阵中冲出一名彪形勇将，扛着桅杆似的锤矛，瞄准山寨王乌里猛杀过来,大声喝道:"该死的撒尔东,看枪!"

撒尔东·乌里听了大汉的叫骂声,暴性发作,怒火上冲,抢起手中的大树一摇,空中顿时响起飒飒的旋风声。他对准大汉猛力一击,正打中敌人的锤矛和身体,一下子砸碎他的脑袋。眼看大汉枣树般倒在地上,撒尔东·乌里这才喝令仆从,说道:"快把这头小肥犊拖下去给我烧烤出来!"仆从遵循命令,急急忙忙把大汉的尸体拖下去,剥掉皮,摆在篝火上烧烤一番,然后把烤肉送到主人面前。撒尔东·乌里拿起烤肉,狼吞虎咽,连肉带骨大吃起来。

国王赭麦克的将士眼看撒尔东·乌里不仅打死他们的大将,而且还吃他的肉,嚼碎他的骨头,一个个吓得皮颤心跳,面色苍白,毛骨悚然地缩成一团,互相窃窃私语,说道:"咱们谁出去跟那个乌里交锋,都没有活命的希望,终归会被他吃得连骨头都不剩一片。"因此军心散漫、动摇,将士踟蹰不前,对撒尔东·乌里父子抱着极端恐怖心情,于是大家临阵退缩,不约而同地弃甲曳兵,不战而逃,形成溃败局面。

矮律补大声疾呼,鼓励部下乘胜追杀,说道:"将士们,敌人溃败了,快跟踪追杀吧!"于是他部下的阿拉伯和波斯人马,蜂拥而上,勇往直前地追杀逃窜的敌人。经过一阵杀伐,很快就杀死二万多敌人。敌人跑得快的,都拥挤在城门外,又被追兵杀死一大批。他们来不及关城门,追兵因而轻易杀进城去。撒尔东·乌里饱餐一顿,精神抖擞,捡起敌人抛下的一根锤矛,见人便刺,直闯到国王赭麦克宫中。国王赭麦克挨了一锤矛,昏倒在地上。撒尔东·乌里继续刺杀国王左右的人,只听人们苦苦哀求,说道:"饶吧!饶命吧!"他这才停止杀伐,喝令他们,说道:"把你们的国王捆绑起来,抬着他跟我走!"

宫中死剩的人听从撒尔东·乌里的命令,果然把他们的国王捆绑起来,抬着他,像羊群一样,被撒尔东·乌里带到矮律补跟前,让他发落。国王赭麦克慢慢苏醒过来,见自身在缧绁之中,已经成为俘虏,并听到站在他身旁的撒尔东·乌里说:"今天夜晚,我可以把这个国王当晚饭吃掉。"他这一惊非同小可,回头向矮律补乞怜、求饶,说道:"求你发慈悲,饶我一命吧!"

"只要你皈依伊斯兰教,就可平安无事。"矮律补说,"这不单是乌里可以饶恕你,而且正在进行的战争也会立刻停止的。"

国王赭麦克欣然接受矮律补的劝告,心口如一地改奉伊斯兰教。矮律补吩咐左右的人替他松绑。国王赭麦克恢复自由后,即时劝告巴比伦人皈依伊斯兰教,并率领残部投靠矮律补,成为他的附庸,替他效犬马之劳。矮律补率领人马进入巴比伦,备受国王赭麦克款待,跟将士们欢聚一堂,大吃大喝,舒舒服服地在城中安歇过夜。

阿基补的部下和矮律补的人马大战

矮律补在巴比伦城中安安静静地过了一宿。次日清晨,他下令军中,整装出发,随即率领人马离开巴比伦,继续跋涉,直赶到买亚法里庚,却不见一个人影。原来当地的官民听见巴比伦城遭劫的消息,便约着逃亡,跑到库发城去避难,并把所见所闻告诉阿基补。

阿基补大吃一惊,好像世界末日已经降临,即时召集将领,告诉他们矮律补率大军压境的消息,嘱咐他们赶快预备应战,同时清点部下,计有骑兵三万,步兵一万,并从附属国调来骑兵步兵共五万,这才率领全部人马,浩浩荡荡地开出去迎敌。继续跋涉了五天,来到卯隋里,发现他弟弟的人马已在那里宿营,便停止前进,吩咐在相对的地区张起帐篷,驻扎下来,跟敌人形成对峙局面。

矮律补给阿基补写了一封信,对左右的人说:"你们谁把这封信送给阿基补去?"赛西睦闻声站起来,说道:"我愿去送信,并给你带来回信。"

矮律补把信递给赛西睦。赛西睦带着信,急急忙忙赶到阿基补的营地。守卫的把他的消息报告阿基补。阿基补吩咐守卫的:"带

他来见我吧。"赛西睦被带进帐篷,来到阿基补跟前。阿基补问道:
"你是从哪儿来的?"

"我是打波斯国王的驸马、阿拉伯波斯联军的统帅那儿来的。
他打发我给你送封信来,请你给他回信吧。"

"呈上信来!"

赛西睦掏出信,递了过去。阿基补把信接在手里,拆开一看,见
上面写道:

矮律补致书阿基补足下:

——凭至仁至慈的安拉的大名开始,祝安拉的朋友圣亚伯
拉罕在天之灵永恒康泰——

此信送到之时,愿你改邪归正,抛弃偶像崇拜,幡然皈依伊
斯兰教,从而虔心信奉独一、博施、创造宇宙万物、聚云降雨之主
宰。必须这样做,你我才有弟兄手足之情,我愿竭诚拥护你,不
报弑父杀母及其他罪行之仇。否则我当兴师问罪,非割你的头,
踏平你的江山,誓不甘休。须知:行正道者昌,违至高主宰之命
者亡。希再三思复,勿谓我言之不先也。

阿基补读了信,明白矮律补对他的威胁,顿时想到他的王位,不
禁怒火上冲,咬牙切齿地把信撕碎,扔在地上。赛西睦眼看阿基补的
狂暴行为,很难为情,忍不住信口骂道:"你胆敢胡行妄为,安拉会叫
你这双手像枯枝一样干瘪掉呢。"

阿基补大发雷霆,喝令将领们:"你们给我逮住这条狗崽,拿宝
剑砍死他。"

将领们听从命令,群起围攻赛西睦。赛西睦临机应变,拔剑相
向,跟他们打起来,猛杀一阵,结果了五十多名战将的性命,终于杀出
一条血路,这才脱身溜走。他遍身染满鲜血,急急忙忙回到营中,进
入他哥哥的帐篷。矮律补见他身上的血迹,惊而问道:"赛西睦! 这
是怎么一回事?"

赛西睦把前去下书的经过及事变的始末,从头到尾,详细叙述一遍。矮律补听了,气得浑身发抖,怒不可遏,高声赞道:"安拉最伟大!"于是下令擂起战鼓,发出战斗号令。将士们一听战鼓之声,赶忙穿起铁甲、锁子铠,拿起武器,全副武装起来。骑兵手执干戈,跨上蹦跳长嘶的战马,摆出冲锋陷阵的架势;步兵则剑拔弩张,斗志昂扬;三军在矮律补指挥下,一齐出动,向敌人冲了过去。同时,敌军在阿基补的率领下,也向他们冲了过来。接着两支军队不宣而战起来。

　　战争的法官公正无私、不偏不袒地审判着战争案情,他的嘴好像贴上封条,因而判决是不使用语言和文字的。人血流成一条条河渠,给地面镶了精致的花边,绣出美丽的图案。战争的火焰越烧越旺,烤得参战的人们一个个变成了白头。他们中软弱的往往失足跌倒,强壮的挺身前仆后继,勇敢的穷追猛击,杀人不眨眼,胆怯的则抱头鼠窜,一败涂地。战士们奋不顾身,争先恐后,前仆后继,互相杀伐,白刃相见,继续不停地直战斗到日落天黑,两军才击铙收兵,各归己营安息。

　　次日清晨,两军中战鼓齐鸣,发出战斗号令。将士们穿上甲胄,拿起武器,各自抱定必胜的决心,大家不约而同地发出壮言,大声说:"今天不是你死就是我活,没有败退的余地。"于是将士们潮水般涌上战场,两军的人马面对面摆成壁垒森严的两个阵营,严阵以待。在这次战役中,打开战门第一名出场的是赛西睦。他策马冲到阵中,使用双枪双剑,雄赳赳气昂昂地舞起枪、剑,把各种花招亮出来,向敌人显威风,这才出声挑战,大声说:"有谁敢出来跟我交锋、对垒吗?可别派懒汉、懦夫出来送死。"

　　随着赛西睦的挑战,敌阵应战,派出一名勇将,活像炽烈的火把,直向赛西睦冲来。赛西睦不待敌人挨近,便先发制人,一枪刺翻对手,旗开得胜。接着敌阵派出来跟他交锋的第二名战将又被他杀死,第三名被他砍成两截,第四名也死在他刀下。就这样他从容应付,来者不拒,随来随杀,像摧枯拉朽,把敌阵继续不断派出来交锋的战将,杀得一个不能生还，直战到正午，敌人死亡之数达二百人。阿基补眼看部下的将领死亡过重，鉴于单打不是办法，便改变战术，大声疾呼，命令将士一齐向前冲杀。

随着敌人的冲锋，矮律补的人马也冲出去迎敌，两支军队碰在一起，将对将，兵对兵，一场鏖战开始，只杀得血流成渠，人头变成马靴子，一时间喊杀声、怒吼声、马嘶声、闪烁发光的刀枪剑戟碰撞声混成一片，到处显出凄惨、残酷景象。战斗继续进行着，战士越杀越起劲，直到日落天黑，人困马乏，两军才击钹收兵，各归己营安息。

矮律补和撒尔东被擒

次日清晨，两支军队重整旗鼓，开上战场，摆成壁垒森严的两个对峙阵营，剑拔弩张，准备继续战斗，争夺最后胜利。穆斯林阵营中的人马摩拳擦掌，照例等候他们的统帅前来发号施令，可是出乎意料，矮律补违反惯例，迟迟不来指挥。赛西睦迫不及待，赶忙奔到他哥哥帐中，却不见他的踪影，便向收拾帐篷的侍从打听消息。他们回答说：“我们不知道他的去向。”赛西睦感到无限忧愁、顾虑，匆匆回到阵前，告诉部下统帅不在帐中的消息。将士们听了，感到不寒而栗，畏缩不前，拒绝战斗，说道：“统帅矮律补不来指挥，他的敌人会把咱们杀绝斩尽呢。”于是形成放下武器、偃旗息鼓的局面。

关于矮律补去向不明这件事，有一段离奇古怪的过程。情况是这样的：阿基补率领将士跟他弟弟矮律补的人马打了一天仗，回到帐中，便唤一个叫桑亚尔的亲信来到跟前，说道：“桑亚尔！俗话说养兵千日，用兵一时。我一向尊重、爱护你，可今天是借重你的时候了。现在我命你潜入敌营中，混进矮律补的帐篷，把他给我掳来，好让我看看你的本领。”

“听明白了，遵命就是。”桑亚尔应诺着即时动身，趁黑夜潜入敌营,悄悄地混进矮律补的帐篷,待到夜深人静,侍从们都睡觉了,他仍在暗淡的光线中,好像仆人似的伺候着。矮律补口渴,向他要水喝,他倒杯水,把麻药放在杯中,递给矮律补。

矮律补接过去,刚喝了水,便失去知觉,一跟头栽倒,人事不知。桑亚尔拿衣服把他包裹起来,扛着他悄悄逃回营地,进入阿基补的帐篷,站在他跟前,把矮律补扔在地上。阿基补问道:"这是什么,桑亚尔?"

"是你弟弟矮律补呀。"

"愿神灵多多恩顾、赐福,快揭开来唤醒他吧。"

桑亚尔拿醋给矮律补一闻,他便慢慢苏醒过来,见自身被捆绑着,躺在别人的帐篷中,不禁大吃一惊,唉声叹道:"全无办法,只盼伟大的安拉拯救了。"

"狗东西!"他哥哥阿基补一声吼叫起来,质问道,"你还敢跟我作对吗?还要生方设法谋害我吗?还要替你的父母报仇吗?今天我可是要叫你随你的父母上阴间去了,从此我可以替世人除掉你这个害虫了。"

"告诉你这只醉心于多神教的鹰犬!咱们谁将倒霉,谁将被权威的主宰所毁灭,这一切你将亲眼看见。你的罪行必将受到天谴,明察秋毫的主宰将把你抛入炽烈的地狱里。我劝你还是怜悯自己,跟我一起说:'安拉是唯一的主宰,圣亚伯拉罕是他的朋友'吧。"

阿基补听了矮律补的劝告,气得吹胡子,瞪眼睛,咆哮着把矮律补连人带他的主宰大骂一通,然后呼唤刽子手快拿皮毯来,决心处决矮律补。幸亏他的宰相临机应变,赶忙出来劝阻。这位宰相原来是明拜多神而暗奉伊斯兰教的一个穆斯林。他起身挨到阿基补跟前,跪下去吻了地面,说道:"国王陛下!请暂缓施刑,此事不必操之过急。臣下以为待战争分出胜负之后,再作处置不迟。那时节如果胜利属于我们,便可断然处他死刑;万一不幸,假若我们吃了败仗,他在我们手中,对我们说来,这也是有用处的。"

"宰相说的对,他的见解不错。"在座的群臣异口同声地赞成宰相的办法。

阿基补接受宰相的劝告,吩咐给矮律补戴上两副脚镣两副手铐,监禁起来,派一千精悍战士严加看守。

矮律补的去向一时不明,他的人马失去统帅,群龙无首,将士变为没有牧人的羊群,都畏缩不前,军心涣散,不敢跟敌人对垒交锋。当此之时,撒尔东·乌里当仁不让,振臂大声疾呼,激励士气,挽回狂澜。他说道:"将士们!托靠你们的主宰,求他援助,为保护自己的生命,大家拿起武器,跟敌人拼个你死我活吧!"在他的鼓励、号召下,阿拉伯人和波斯人相依为命,互相砥砺,面对当前的大敌,不得不重整旗鼓,重新拿起武器。于是旗手高举旌旗,战将跨上战马,士卒拔出刀剑,人人斗志昂扬,个个争先恐后,在撒尔东·乌里指挥下,准备同敌人大战一场。

撒尔东·乌里信心十足,扛着二百斤重的锤矛,策马上阵,冲进战场,威风凛凛地绕了几圈,然后站定,向敌阵挑战,大声说道:"偶像的奴隶们,派人出来吧,今天是决战的日子哪。对认识我的人和知道我的厉害者就不必多说;对不认识我的人,让我告诉他吧:我叫撒尔东·乌里,是矮律补统帅的部下。谁敢出来同我交锋、对打吗?可别叫胆怯者和懦夫出来送死。"

随着撒尔东·乌里的叫战,阿基补阵中冲出一名战将,火把似的直向撒尔东·乌里杀来。撒尔东·乌里举起锤矛迎敌,手起矛落,击中对手的腰部。敌人的肋骨被击碎,翻身落马,当场殒命。撒尔东·乌里旗开得胜,呼唤他的儿子和仆从,说道:"你们快燃着篝火,把每个被打死的敌人烧烤出来,拿给我当早饭吃。"他们遵循命令,果然在阵中烧起篝火,把死尸拖去烤熟,然后抬到撒尔东·乌里面前。他狼吞虎咽,边吃烧烤的人肉,边嚼碎骨头。敌阵中的将士眼看撒尔东·乌里的行为,大为吃惊,面面相觑,吓得胆战心惊。阿基补大声疾呼,说道:"该死的家伙们!你们给我一齐冲吧,冲出去拿刀箭射死、砍碎那个吃人鬼吧。"于是二万人马一齐冲锋,把撒尔东·乌里围困起来,像落雨似的继续向他放箭、投镖。撒尔东·乌里匹马单刀,寡不敌众,身受四十二伤,血流如注,终因流血过多而昏倒被擒。他的人马高声呼应着边向主宰祷告、求援,边竭力跟敌人厮杀、格斗,直混战到日落天黑,两军才击钹收兵,各回己营。

撒尔东·乌里被紧紧地捆绑着押进敌营,跟矮律补监禁在一起。矮律补见他身在缧绁之中,也成为俘虏,不禁唉声叹道:"全无办法,只盼伟大的安拉拯救了!"他怀着绝望的心情,问道:"哟!情况怎么糟糕到这步田地呀,撒尔东?"

"我的主人啊!至高无上的安拉规定了令人满意或烦恼的种种事件,这一切都是命中注定了的,因此命运不管是好是坏,都是非实现不可的。"

"是啊,撒尔东,你说得对。"矮律补同意撒尔东的说法,彼此相对无言,会心地抱着逆来顺受的心情,把生死置之度外。

阿基补在今天的战役中占了上风,凯旋归来,踌躇满志,扬扬得意地鼓励将士们趁胜杀敌,说道:"明天你们率领人马,趁胜进攻穆斯林营寨,猛攻猛打,别让敌人有喘息余地,一鼓作气地把他们杀绝斩尽,不让一兵一卒生还。"

"听明白了,遵命就是。"将领们欣然应诺着各去安息。

矮律补和撒尔东脱险

矮律补的人马吃了败仗,回到营中,想着统帅的失踪和撒尔东·乌里被擒的事,一个个垂头丧气,有的甚至于悲哀哭泣,际遇非常凄惨,幸亏有赛西睦安慰、鼓励他们。他说道:"将士们!大家不必忧愁顾虑,至高无上的安拉很快就会援助我们的。"他安定了军心,然后耐心地等到半夜时候,才乔装偷进阿基补的营寨,穿过一顶顶帐篷,终于来到阿基补的帐前,只见阿基补正襟危坐在宝座上,仆从们在他周围殷勤伺候。赛西睦以奴仆的身份,混在仆从队中行动起来。他挨到烛前,弹掉烛花,然后把带在身边的迷药点起来,不声不响地摆在地上,这才退出帐篷,直等到阿基补和他的侍从们一个两个被迷药熏倒,像死人一样失去知觉,他才撇下他们,偷偷摸摸地挨到监禁犯人的帐篷前,发现矮律补和撒尔东·乌里都在帐中,看守他俩的一千名将士都在打瞌睡。他大声呼唤他们,说道:"你们这些该死的家伙! 别睡觉了,快起来点火把,好生看守犯人吧。"

将士们睡眼蒙眬地站起来点火把,赛西睦混在他们中间,也点着一根火把,并将迷药放在火把上燃烧起来,拿着在帐篷周围绕了几圈。将士们闻了烟味,一个个被熏倒,昏迷不省人事。赛西睦走进帐篷,解掉矮律补和撒尔东脚手上的镣铐,并掏出一块曾在醋中泡过的海绵,涂在他俩的鼻子上,救醒他俩。矮律补和撒尔东慢慢苏醒过来,睁眼看见赛西睦,喜出望外,衷心感谢他的救命之恩,当面替他祈祷。于是他们掳着武器,走出帐篷。赛西睦说道:"二位先回营去。"

赛西睦把矮律补和撒尔东打发走了,一个人去到阿基补帐中,拿一件斗篷把阿基补包裹起来,扛着就走。在仁慈的主宰掩护、默助下,他顺利地回到营中,走进矮律补的帐篷,把用斗篷包着的阿基补放在他面前。矮律补扯开斗篷一看,见是他哥哥阿基补,喜出望外,大声说:"安拉最伟大! 在主的援助下,咱们成功、胜利了。"接着他吩咐赛西睦:"赛西睦! 弄醒他吧。"

赛西睦拿拌乳香的醋一熏阿基补,他便苏醒过来,睁眼一看,见自己身在缧绁之中,已经成为俘虏,吓得魂不附体,呆然垂头不语。矮律补厉声骂道:"该死的家伙! 你抬头看一看吧。"阿基补抬头一看,见左右全是波斯人和阿拉伯人,他弟弟矮律补威然坐在帐中,神气十足。他觉得生命难保,吓得哑口无言。矮律补吩咐左右的人,说道:"给我剥下这条狗身上的衣服,狠狠地整治他。"侍从遵循命令,一齐动手,把阿基补扒得一丝不挂,然后不停地鞭挞,直打得他皮开肉绽、昏迷不省人事,才派一百名骑兵,把他看管起来。

国王刀米武的援兵突然赶到

矮律补脱险回到营中,把他哥哥阿基补整了一顿,正要安息睡觉,忽然听得敌营中响起"安拉最伟大! 安拉是唯一的主宰"的赞颂声,觉得奇怪,即时呼唤赛西睦,吩咐道:"这是哪儿传来的赞颂声?你快去打听个中情况吧!"

"安拉最伟大"的赞颂声越喊越响亮,那是矮律补的叔父国王刀米武的人马在袭击敌营时互相呼应的口号声。原来国王刀米武在矮律补从者济勒城出发后,便调兵遣将,全力准备了十天,然后率领二万人马,向库发城进军,前来支援矮律补,兼程赶到库发城附近,先派探子前去打听情况。探子奔波了一天,然后回来报告军情,把矮律补和他哥哥交战的经过和结果,详细叙述一遍。国王刀米武知道矮律补部下失利的情况,很不受用,愤然说道:"指圣亚伯拉罕起誓,事到如今,我可不能撇下侄子不管,非鼓足勇气跟多神教徒拼命不可。我宁可战死疆场,只求主宰的喜悦罢了。"于是他胸有成竹地按兵不动,耐心等到深更半夜,然后发号施令,指挥人马,分兵包围、袭击多神教军营,高呼口号,狠狠地猛攻猛打敌人。

赛西睦奉矮律补的命令赶到战场附近,向进攻敌人的士卒一打听,才知道他们是国王刀米武率领前来支援矮律补的部队,便急急忙忙回到营中,向他哥哥矮律补报告喜讯。矮律补听了喜报,知道叔父的援兵正在围攻敌人,喜出望外,即时呼唤将领们,说道:"你们快拿起武器,跨上战马,率领士卒,前去支援我叔父围攻敌人。"

将领们遵循命令,率领人马,争先恐后地开到敌营,配合国王刀米武的援军围攻敌人,猛攻猛打,一场突击战,直杀至天明,共杀死多神教徒五万人,俘虏三万人,其余的人马抱头鼠窜,溃不成军,逃亡四方,成为散兵游勇。

桑亚尔救护阿基补

穆斯林的队伍打了胜仗,凯旋归来,矮律补骑马出营迎接国王刀米武,向他请安问好,感谢他的支援。国王刀米武不大高兴,说道:"唉! 你认为阿基补那条恶狗在此战役中被打死了吗?"

"叔父,关于这桩事情,你只管放心,不必顾虑,因为他已经被我们逮捕了。"

国王刀米武听到阿基补被捕的消息,非常欢喜,跟矮律补一起走进帐篷去看俘房,可是阿基补已不翼而飞。矮律补不见阿基补的踪影,失声叹道:"神圣的亚伯拉罕啊! 在胜利凯旋的吉日里,怎么会出现这件最倒霉的事情呀!"接着他大声呼唤侍从,问道:"该死的家伙们! 我的仇人哪儿去了?"

"你骑马出去的时候,没有吩咐把他监禁起来,所以我们便伺候你一起出去了。"侍从们推卸责任。

"全无办法,只盼伟大的安拉拯救了。"矮律补气得顿足长叹。

"你别着急、忧愁!"国王刀米武安慰矮律补,"我们派人前去追捕,他能逃到哪里?"

阿基补逃走的经过是这样的:原来他的亲信桑亚尔已经混进穆斯林军中,潜伏起来,伺机救护他,当矮律补离开帐篷,吩咐将领带人马去攻打敌营,不曾指定专人看管俘房的时候,他便溜进帐篷,把被打得昏昏沉沉的阿基补扛起来,偷偷摸摸地逃出营寨,然后随心所欲地带着他连夜迈步逃走,继续跋涉到天明,赶到一棵苹果树下的泉水边,才把阿基补放下来,用泉水替他洗脸。阿基补清醒过来,睁眼见桑亚尔在他身边,说道:"桑亚尔! 带我回库发城去,等我养好伤痍,再纠合人马,收拾敌人。桑亚尔,我饿了。"

桑亚尔走进森林,捕获一只小鸵鸟,并捡些柴草,拿到阿基补跟前,把小鸵鸟一宰,再打燧石燃着柴草,烧鸟肉给阿基补吃,还弄泉水给他喝。阿基补吃饱肚子,慢慢有了力气,精神逐渐恢复过来,桑亚尔便溜到一处游牧人的地区,偷了一匹马,牵来给阿基补骑着,小心翼翼地送他回库发城。经过长途跋涉,终于回到库发城中。属僚迎接着向他请安问好,见他被他弟弟折磨得羸弱不堪,有气无力,因而赶忙延医替他医治伤痍。他报复心切,嘱咐医生们:"限你们十天内医好我的伤痍,使我恢复健康。"

"听明白了,遵命就是。"大夫们应诺着诚惶诚恐、小心翼翼地侍奉他,想尽各种办法替他治疗。

阿基补的伤痍痊愈,健康恢复之后,即时吩咐宰相写了二十一封信,分头送给他的藩属和附庸,命令他们尽快派人马前来听令。信发出之后,各藩属的队伍就星夜陆续赶到库发城聚集。

国王刀米武同阿基补的人马鏖战

阿基补的逃走使矮律补感到苦恼、失望。他派一千将士跟踪追捕。将士们遵循命令,分道扬镳,到处寻找,继续跋涉了一天一夜,却不见阿基补的踪影,只好空着手回来报告追捕的结果。矮律补大失所望。有一天他唤弟弟赛西睦前来商议军机,却不见他在军中,谁都不知他的去向。矮律补生怕发生什么不测的意外,忧心如焚,寝不安席,食不甘味,终日如坐针毡。正当他惴惴不安,惶恐万状的时候,赛西睦突然进帐来,跪在他面前吻了地面。矮律补一见他便起身迎接,问道:"赛西睦哟!你上哪儿去了?"

"报告统师:我上库发城去了一趟,探知阿基补那条恶狗已经逃回城去,恢复了他的王位,叫医生替他医好伤痍,并写信给他的藩属、附庸,调来大批人马,正在发号施令呢。"

矮律补下令进攻库发城。部下遵循命令,赶忙拆卸帐篷,整装出发,向库发城进军。他们赶到库发城附近,见城内城外全是人马,像汪洋大海,一望无际,分不出头尾。矮律补下令在敌营的对面扎营,竖起旌旗。这已是日落天黑时候,两军营中都点上灯火,彼此戒备森严。

次日黎明,矮律补盥洗一番,按照圣亚伯拉罕的教义开始晨祷,礼了两拜,然后下令擂起战鼓,发出战斗号令。将士们听到号令,即时穿起甲胄,拿起武器,跨上战马,随着招展的旌旗,雄赳赳气昂昂地奔赴战场,摆开阵势。这次首先打开战门的是矮律补的叔父刀米武。他策马冲到阵前,使着双枪双剑,威风凛凛地亮一亮把式,向敌人炫耀一番。将士们眼看他的威仪,骇然震惊,都钦佩他的武艺。接着他高声叫阵:"有谁敢出来跟我交锋、对垒吗?可别派懒汉、懦夫出来送死。我是者济勒的国王刀米武,也是库发国王康德梅尔的弟弟。"

随着国王刀米武的叫阵,多神教阵营中冲出一员战将,不声不响地直向他杀了过来。他趋前迎战,一枪刺穿对手的肩膀。敌手翻身落马,当场殒命。接着敌阵中派出来交锋的第二名战将又被他杀死,第三名也死在他剑下。就这样,来者不拒,随来随杀,一口气把敌阵连续派出来交锋的将领杀死了七十六名。从此将士们慑于他的威力,畏缩不前,不敢出马。阿基补大声疾呼,对将士们说:"你们这些该死的家伙!要是你们再一个一个地出去和他对打,他会把你们斩尽杀绝的。现在是冲锋陷阵的时候了,你们应该一齐冲出去,猛攻猛打,把敌人斩草除根,杀得一个不剩,让战马踏着他们的尸首当路走。"

在阿基补的怂恿、鼓舞下,他的人马果然摇旗呐喊地一齐冲锋,跟矮律补的人马交锋、厮杀起来。战争的法官不偏不袒地审判着战争案情,它的判决是公正无私的。战争继续进行着,勇敢、强壮的人前仆后继,越战越起劲;胆怯、懦弱的人弃甲曳兵,一败涂地,总觉得日子太长,痛恨黑夜降临不速。他们使用刀枪剑戟,猛力砍杀刺戳,互相残杀到日落天黑，一场血战，只杀得鲜血汇流，僵尸遍野。当此之时，多神教军中击鼓收兵，矮律补却不甘心，仍指挥部下继续杀伐。黑夜里多少人的头颅被砍掉了，多少人的肢、脊被砍断了，多少人的筋肉被戳得血肉模糊、支离破碎，多少青年壮年人都抛尸露骨，倒在血泊中。经过一夜的屠杀，至黎明，多神教的人马支持不住，一哄败退。矮律补率部下乘胜跟踪追击，至正午，战争才胜利结束，共擒获二万多俘虏。

矮律补占领库发城

矮律补以战胜者的身份，坐镇在库发城外，派一批传令官进城传达命令，晓谕城中黎民，凡是抛弃偶像崇拜，改奉伊斯兰教，信仰至高无上、创造人神昼夜的主宰之人，都可保全身家性命。传令官进城去，在大街小巷中，高声传达命令。老百姓听了，心悦诚服，扶老携幼，全都出城来，在矮律补面前皈依伊斯兰教。矮律补心情舒畅，感到无限的欢喜快慰。从此他征服、占领库发城，进而追问麦尔多斯和他女儿迈赫娣娅的去向，知道麦尔多斯逃往红山躲避，便唤赛西睦到跟前，吩咐他："快去探听你父亲的行踪吧！"

赛西睦毫不迟疑，扛起褐色长枪，跨上战马，急忙动身起程，一直赶进红山，却不见麦尔多斯和随从们的踪影，只碰到一个衰弱的、须眉皆白的阿拉伯老人，便向他打听他们的消息和去向。老人说："我的孩子！麦尔多斯听了矮律补进攻库发城的消息，怕得要命，带着他的女儿、人马和所有的婢仆，向那荒无人烟的原野去逃命。我不知道他到底逃到什么地方去了。"

赛西睦空跑一趟，找不到麦尔多斯，只好败兴而返，回到库发城，报告红山之行的经过。矮律补听了，大失所望，苦闷到极点。他继承王位，坐在他父亲的宝座上，发号施令，打开国库，拿出钱财，犒赏三军,并对穷苦黎民广施博济。同样他还一方面派探子分头出去探听阿基补的消息和去向;另一方面并招徕遗老入朝共事,优待他们,嘱咐他们奉公守法,爱民如子。

矮律补战败赭姆勒恭

有一天,矮律补带一百骑兵上山打猎、消遣,来到一处树林茂密、水草丰富、麂子羚羊出没其间、景致清幽宜人的山谷中。那正是鸟语花香的春暖时节。矮律补精神振奋,跟随从们狩猎,流连忘返,直到天黑,便在山中露宿。次日黎明,他从梦中醒来,盥洗一番,开始晨祷,礼了两拜,然后怀着感谢心情,正在埋头赞颂安拉的时候,忽然听见远方传来混乱、嘈杂的喧噪声。他觉得奇怪,即时吩咐赛西睦:"你去打听一下,到底是怎么一回事?"

赛西睦遵循命令,跨上战马,快马加鞭,直奔到喧噪声沸腾的地方,仔细一看,只见那里不但堆积着大批的赃物和被羁绊着的成群马匹,而且还有被俘的妇女和号啕的儿童。他觉得奇怪,找附近的一个牧羊人,向他打听情况,问道:"这是怎么一回事?"

"那是白尼·格哈塔尼人的酋长麦尔多斯的家眷、亲属和他们的财帛。昨天赭姆勒恭杀死麦尔多斯,并抢夺他的财帛和人马。因为赭姆勒恭惯于打家劫舍,拦路抢劫,横行霸道,无恶不作。此人很厉害,是这一带的恶霸,不但阿拉伯人不敢惹他,甚至于那班王公酋长都没奈他何。"

赛西睦听到他父亲被杀和家属被掳,财帛被抢的消息,赶忙勒转马头,回到他哥哥矮律补跟前报告情况。矮律补正在气头上,一听这个消息,好像火上加油,怒不可遏,受到自尊心和热情的激励,认为非报仇雪耻不可。于是他抓紧机会,率领随从,一哄赶到出事的地方,对强盗们大声喝道:"安拉是最伟大的! 任何反叛、暴虐、作恶之徒,都要受到他的惩罚。"他说着一口气杀死二十一个强盗。接着理直气壮、毫无畏色地问道："赭姆勒恭在哪里？叫他来同我战一场，让我灌他一杯耻辱酒，好把他从大地上撵出去。"

矮律补刚挑战毕，赭姆勒恭应声冲了出来，不言不语地直向矮律补猛杀过来。他土头土脑，活像一个大土罐，又像一个裹着铁皮的大石头，是个大块头的彪形大汉，手里抬着一杆粗重结实、足以捣毁山岗的大锤矛。矮律补毫不示弱，猛狮扑食般冲过去迎战。赭姆勒恭举起锤矛，对准矮律补的头颅猛砸下来。矮律补闪身一躲，锤矛落空，深陷在地里，他才趁机回击一狼牙棒，击中赭姆勒恭的手腕，手指被打碎，他一松手，锤矛落在地上。矮律补闪电般弯下腰去，把锤矛抓起来，趁势拦腰一击，打中赭姆勒恭的肋骨。他翻身落马，像连根拔的枣树，直挺挺地倒在地上。赛西睦见赭姆勒恭被打倒，跑了过来，擒住他，拿绳子把他的手反剪着捆绑起来。

赭姆勒恭被擒，矮律补手下的骑兵一齐向匪徒进攻，杀死他们五十人，其余的抵敌不住，一败涂地，没命地逃回部落去，大声呼吁、求救。人们闻声跑出来，围着逃回来的败兵打听消息，从他们口中知道他们的头子赭姆勒恭被擒，便拿起武器，跨上战马，争先恐后地奔向山谷，前去救援赭姆勒恭。

赭姆勒恭率部族皈依伊斯兰教

匪头赭姆勒恭被擒。他的喽啰败逃之后，矮律补跳下马来，吩咐带赭姆勒恭来审问。赭姆勒恭来到矮律补面前，卑躬屈节，毕恭毕敬地说道："盖世的英雄啊！如今我在你的卵翼下，恳求你饶恕我吧。"

"阿拉伯狗哟！你拦路抢劫安拉的奴婢们，莫非你对世界的主宰一点也不畏惧吗？"

"我的主人啊！谁是世界的主宰呀？"

"臭狗！你平时是膜拜什么的？"

"我的主人啊！我平时所膜拜的是用枣子、奶油和蜂蜜塑成的一尊神像；有时候我把它吃掉，然后另塑一尊。"

矮律补哈哈大笑，笑得差一点倒在地上，说道："可怜虫哟！告诉你吧：咱们应当膜拜的只有那唯一的安拉。你是他创造的，世界万物也都是他创造的，给各种生物食物的也是他。他是万能的，任何事物都瞒不过他。"

"这位伟大的主宰在哪里？快让我去膜拜他吧！"

"你要知道：那位主宰被称为安拉，宇宙是他创造的。他叫树木发荣滋长，叫江河长流不停。他还创造飞禽、走兽、天堂和地狱。肉眼看不见他，他能洞见症结。他是至高无上的。他创造我们，给我们衣食。咱们应该同声赞颂这位十全十美、独一无二的主宰。"

赭姆勒恭听了矮律补的一席话，心窍豁然开朗，感动得浑身颤抖，说道："我的主人啊！我该怎么办才能和你们成为同道？才能博得这位伟大主宰的欢喜？"

"你只消说：'安拉是唯一的主宰，圣亚伯拉罕是他的使徒'就行了。"

赭姆勒恭听从矮律补的指示，果然念了《作证词》，欣然皈依伊斯兰教，一变而为与矮律补同道的穆斯林。矮律补问道："你改奉伊斯兰教，觉得心情愉快吗？"

"愉快极了。"

"你们解掉他的臂缚吧！"矮律补吩咐随从替赭姆勒恭松绑。

随从遵循命令，赶快替赭姆勒恭松绑。赭姆勒恭恢复了自由，感激涕零，倒身跪在矮律补面前，表示感谢。这时候，忽然发现前面的空际腾起一股烟尘，矮律补觉得奇怪，即时吩咐赛西睦："你去探听吧！这是哪儿来的烟尘？"

赛西睦遵循命令，像飞鸟一样，快马加鞭，直奔向前方。他去了一会转来，向矮律补报告情况，说道："国王陛下：那烟尘是赭姆勒恭的乡党白尼·阿米尔人的战马踏起来的。"

矮律补听了赛西睦的报告,回头对赭姆勒恭说:"你骑马去见你的乡亲们,劝他们改邪归正,皈依伊斯兰教。如果他们听从你的劝告,就平安无事了,否则,咱们就用武力对付他们。"

赭姆勒恭奉命跨上战马,一口气跑到乡亲们附近,高声呼唤他们。乡亲们知道是他,喜不自胜,大伙下马,走到他面前,围绕着他说:"我们的主人啊!你平安无恙,我们可放心了。"

"乡亲们,你们中服从我的人,可以平安无事;谁违拗我,我就用这柄宝剑砍死他。"

"有什么事,你只管吩咐我们去做,我们是不会违拗你的命令的。"

"那么你们一起跟我说'安拉是唯一的主宰,圣亚伯拉罕是他的使徒'这句话吧。"

"我们的主人啊!请你告诉我们,这句话你是从哪儿听来的?"

赭姆勒恭把他跟矮律补之间发生的事,从头到尾,详细叙述一遍,最后说道:"乡亲们!我作为你们的头目,每次战役都身先士卒,战无不胜,攻无不克。可是此次被一个单枪匹马的对手打败了,当了俘虏,备尝败将应受的耻辱。这当中的道理,难道你们还不明白吗?"

赭姆勒恭说服了乡亲,叫他们念了《作证词》,这才带他们来见矮律补,大家跪在他面前吻了地面,然后重念《作证词》,并祝福他荣华、胜利。矮律补见他们欣然改奉伊斯兰教,衷心欢喜快乐,说道:"你们回家去,劝亲属们都皈依伊斯兰教吧。"

"我们的主人啊!"赭姆勒恭和乡亲们同声说,"我们这一辈子不愿离开你了。不过我们现在需要回去一趟,把子女带来跟你一块儿过活。"

"好的,你们先回去预备一番,再上库发城去找我。"

赭姆勒恭和乡亲们快马加鞭,回到部落里,向妻室儿女讲伊斯兰教的道理,劝他们改奉了伊斯兰教,这才捣毁屋宇,拆卸帐篷,携带财帛,赶着驼马牛羊,离开家乡,向库发城迁移。

矮律补派兵追捕阿基补

矮律补打猎归来,回到库发城,部队排班隆重迎接,前呼后拥地迎接他走进王宫。他坐在他父亲的宝座上,文臣武将分立左右两旁伺候。接着探子进来报告阿基补逃往也门,投奔俄曼国王赭兰德·本·克尔克尔的消息。矮律补听了他哥哥阿基补的消息,决心派兵前去逮捕,便吩咐将领们:"你们赶快预备,限三天后出发。"同时他还对俘虏们说教,劝他们改奉伊斯兰教,并随军出征。其中二万人接受劝告,欣然改奉伊斯兰教,另一万拒绝皈依伊斯兰教的俘虏,全被他处死。

赭姆勒恭率领人马和他们的眷属来到库发城,备受矮律补的犒赏和优待,并派他为先锋队,吩咐道:"赭姆勒恭,你和你的至亲密友,率领二万人马为先头部队,前去讨伐俄曼国王赭兰德·本·克尔克尔。"

"听明白了,遵命就是。"赭姆勒恭应诺着将妻室儿女安置在城中,然后率领人马出征。

矮律补亲身打听、寻找麦尔多斯的妻室和女儿,终于看见迈赫娣娅在难民妇女群中,欢喜过度,一下子晕倒,昏迷不省人事。侍从拿蔷薇水洒在他脸上。他慢慢苏醒过来,把迈赫娣娅搂在怀中,如获珍宝,带她进宫,派人好生伺候她,跟她在一起谈别后相思离愁,直至天明才分手。

清晨矮律补临朝视事,坐在宝座上,发号施令,赏他叔父刀米武一套名贵袍服,委他代掌国家大事,总揽伊拉克境内的军政大权,并嘱托他好生照顾迈赫娣娅。一切布置妥帖,然后率二万骑兵和一万步兵,誓师出发,向也门境内的俄曼城进军,前去追捕逃亡的阿基补。

赭兰德出兵远征库发

阿基补带着一部分残兵败将,狼狈流亡,逃到也门境内的俄曼城。国王赭兰德·本·克尔克尔看见他的人马踏起的烟尘,赶忙派探子打听情况。探子去了一趟,转回来报告消息,告诉他烟尘是伊拉克领主、国王阿基补的人马踏起来的。国王赭兰德听说阿基补进入他的国土,非常惊奇。待事实弄清楚了,他才吩咐左右的随从:"你们出去迎接他吧!"

随从们遵命出城迎接,替他在城外张起帐篷。阿基补忧心忡忡、哭哭啼啼地来到赭兰德面前。原来他俩之间是有姻亲关系的,因为阿基补的侄女是赭兰德的老婆,已经替他生过两个儿子。赭兰德见他的叔丈人如此狼狈不堪,说道:"告诉我吧! 你怎么了?"

阿基补把他同矮律补之间所发生的争权、交战经过,从头到尾,详细叙述一遍,最后说:"国王陛下! 矮律补还命令人们信奉什么宇宙的主宰,禁止他们膜拜偶像和其他的神灵。"

赭兰德听了阿基补之言,十分恼火,愤恨到极点,说道:"指灿烂的太阳起誓,我要踏平你弟弟的江山,不让一所房屋遗留下来。你是打什么地方离开他们的? 他们有多少人马?"

"我是从库发城离开他们的,他们有五万人马。"

赭兰德迫不及待,即时发号施令,调兵遣将,并吩咐宰相赭瓦买尔德:"你率领七万人马,前去讨伐库发城,把那些穆斯林活捉来,让我拿各种刑法惩办他们。"

宰相赭瓦买尔德奉令率领七万大兵,浩浩荡荡地踏上征程,向库发城进军,一天天迈进,连续跋涉了七天,路经一处树林茂盛、河水畅流的谷地,才下令停止前进,让人马在谷中休息到半夜,然后又下令整装出发。他骑着战马,走在队伍前面,带领人马迤逦前进。天明来到一处树林成行、鸟语花香、景色宜人的地带,便下令就地扎营。他面对那广阔的天地踌躇满志,洋洋自得地横枪赋诗,傲然吟道:

> 我率领兵马冲进烟尘滚滚的战阵,
> 抖擞精神,穷追猛打敌人。
> 我保卫部族树立崇高威名,
> 博得境内壮士乐道、称羡。
> 我身披坚甲手执武器,
> 在战场上跟敌人刀兵见面。
> 矮律补是我缉捕的鹄,
> 我将带着镣铐银铛的他高歌凯旋。

宰相赭瓦买尔德刚吟罢,丛林中突然蹦出一个全身裹着铁甲、形貌非常凶恶可怕的骑士,指着他喝道:"阿拉伯贱种!快下马来,放下武器,脱掉战袍,然后逃你的命吧。"

赭瓦买尔德听了赭姆勒恭的辱骂,脸上的光泽顿时消失,气得苍白着脸,拔出宝剑,预备跟他交锋,说道:"你这个阿拉伯贱种!胆敢拦路抢劫我吗?告诉你:我是国王赭兰德·本·克尔克尔部下的统帅,是奉命前来捉拿矮律补并收拾他的人马的。"

赭姆勒恭听了赭瓦买尔德之言,欣然说道:"呵!这是多么惬意的事呀!"于是慷慨激昂地吟道:

> 在战场上我是威名远扬的英雄豪杰,
> 敌人谁都害怕我的枪法和剑戟。
> 在骑士中我以杀伐闻名,
> 敌人一听赭姆勒恭的大名便惊慌逃命。
> 矮律补既是我的君王也是我的教长,
> 在战役中他杀敌制胜,骁勇绝伦。
> 他是虔诚的教长,权威的君王,

每次战役必身先士卒、奋不顾身。

他谆谆劝人改邪归正,做正教的信民;

恨只恨当初我误指偶像为神灵。

赭姆勒恭吟罢,胆壮气盛,拔出宝剑,猛狮般冲向赭瓦买尔德,使出平生气力,一剑把他砍成两截。

先是赭姆勒恭奉令率领人马,从库发城出发,远征俄曼。在行军途中,连续跋涉了十一天,才停下来打尖。经过半天的休息,赭姆勒恭下令动身,继续进军。他本人走在部队前面,赶到山谷地带,跟宰相赭瓦买尔德不期而遇,发生了遭遇战,终于旗开得胜,结果了对手的性命。事后,他在原地方休息,等先头部队的将领们来到,才把事件的经过告诉他们,并吩咐道:"你们每人率领五千人马,分头把这山谷围困起来。我跟白尼·阿米尔人在此地埋伏,等敌人的先锋队来到这里,我们喊着'安拉最伟大'的赞语拦击他们。你们听见赞语声,也喊着赞语,从四面八方围攻敌人,把他们一网打尽。"

"听明白了,遵命就是。"将领们应诺着,按赭姆勒恭的指示,分头调配人马,赶天亮前把整个山谷团团包围起来,静静地埋伏着,待机发动攻势。

果然不出赭姆勒恭所料。敌人已经出现,像羊群一样,满山遍野,到处都是人马。赭姆勒恭和白尼·阿米尔将士们静待敌人的先头部队走近他们时,才高声呼着"安拉最伟大"的赞语迎头痛击。埋伏在四面八方的穆斯林听见他们的赞语声,即时响应,异口同声地喊着"安拉最伟大,主宰默助我们胜利,打败多神教"等口号,群起围抄敌人。他们的呐喊声震得山鸣谷应,整个山谷荡漾着响亮的回声,给敌人以风声鹤唳、草木皆兵之感,一个个吓得惊慌失措、胆战心惊,黑夜里不辨敌我,互相残杀起来。接着一场混战开始。穆斯林胆壮气盛,像火焰一样猛冲猛打,只杀得人头飞滚,鲜血喷流,胆怯者呆若木鸡。到天明时,多神教的人马被杀死三分之二,剩余的溃不成军,一败涂地,抱头鼠窜。穆斯林乘胜跟踪追击,直到正午战斗才告结束,生擒七千俘虏。多神教徒只剩二万人逃回,其中大多数是带伤的。穆斯林战胜多神教徒,收拾他们抛下的战马、武器、辎重和帐篷,派一千人护送战利品回库发城去报捷。

赫姆勒恭和高勒中不期而遇

赫姆勒恭和将领们指挥部下,一仗打败敌人,凯旋归来,欢聚一起,相互庆功,并审问俘虏,劝他们皈依伊斯兰教。俘虏接受劝告,欣然心口如一地改奉伊斯兰教。赫姆勒恭和将领们亲手替俘虏松绑,跟他们拥抱,优待他们,欢迎他们加入穆斯林队伍。赫姆勒恭既打胜仗,又增加一部分兵力,感到无限欣慰。他让人马休息一天一夜,待他恢复了精神,然后下令出发,继续向俄曼城进军。

护送战利品的一千人马回到库发城,报告赫姆勒恭打败敌人的经过。国王矮律补听了打胜仗的消息,喜不自胜,回头看撒尔东·乌里一眼,吩咐道:"你带二万人马,前去增援赫姆勒恭。"撒尔东·乌里遵循命令,同他的儿子一起,率领二万人马,出征俄曼。

多神教徒中逃脱性命的那批残兵败将,哭哭啼啼、呼天唤地、狼狈不堪地逃回俄曼城。国王赫兰德大吃一惊,问道:"你们碰到什么灾难了?"他们把吃败仗的经过,从头叙述一遍。国王听了,骂道:"该倒霉的家伙们哟!敌人共有多少人马?"

"他们总共抬着二十杆军旗,每杆军旗下有一千人马。"

"该死的家伙们哟!太阳不再给你们射出恩赐、护佑的光芒了。难道你们七万之众,竟然叫二万人马给打败了吗?何况赫瓦买尔德原是能敌三千之众的勇将呢!"国王赫兰德大发雷霆,盛怒之下,拔出宝剑,带着手下的人,把败将们处死,一个也不饶恕,并把他们的尸体抛在野外喂狗。继而他唤太子来到跟前,吩咐道:"你带十万人马前去征讨伊拉克,把那个地方全部踏平。"

国王赭兰德的儿子叫高勒中,是国中首屈一指的勇将,能敌三千之众。他奉命挂帅,调兵遣将,准备武器、帐篷、粮草,然后带着一队队全副武装的将士踏上征程,傲然不可一世地吟道:

> 我高勒中是赫赫有名的英雄豪杰,
> 曾降服漠野和城镇中的居民。
> 多少骑士在我刀下命丧黄泉,
> 断气时躺在血泊里像牛吼一样喘息?
> 多少军队被我杀得弃甲逃走,
> 将士的头颅像皮球那样滚流?
> 我一定要征服伊拉克那个区域,
> 把敌人一个个杀绝斩尽。
> 我将活捉矮律补和他的将领,
> 让后人拿他们的下场作警惕。

高勒中率领人马在征程中跋涉了十二天,正在继续前进的时候,突然发现前方烟尘弥漫,散布在空中,觉得奇怪,赶忙呼唤探子,吩咐道:"前方何以出现烟尘? 你们快去探听清楚。"

探子遵循命令,奔向烟尘起处,打敌人的军旗下面走了过去,仔细窥探一番,然后溜回军中,向高勒中报告:"主帅! 前面的烟尘,是穆斯林的人马踏起来的。"

"你们计算他们的人数没有?"高勒中打听敌人的数目。

"我们数过他们的军旗,总共是二十面。"

"指我的宗教起誓! 我不派一兵一将出马,只须我一个人出去对付他们,非把他们的头颅砍下来给马踏不可。"于是下令军中,停止前进,就地扎营,摆好阵势,准备战斗。接着他对将领们说:"你们好生准备,告诉战士们带着武器睡觉,等到五更时分,才率领人马偷袭敌营,把区区的敌人杀尽斩绝。"

高勒中所发现的那支穆斯林队伍,原来正是赭姆勒恭率领征讨俄曼的人马。其实赫姆勒恭也发现敌人,见他们人数之多,像汪洋大海,因而一方面打发探子前去刺探敌情,一方面下令就地扎营,准备应付紧急情况。将士遵循命令,口中念念有词,边赞颂创造光明与黑暗的、明察秋毫的、为肉眼所看不见的、万能的、至高无上的、独一无二的主宰,边忙忙碌碌地张帐篷,竖军旗,很快就布置妥帖,驻扎下来。

赫姆勒恭派去刺探敌情的探子刚混进敌营,恰巧碰到高勒中正在发号施令,宣布夜袭敌营的计划。他暗自把敌人的布置、计谋听清楚,然后溜走,回到营中,详细报告敌情。赫姆勒恭听了探子的报告,回头看将领们一眼,吩咐道:"你们好生准备吧,告诉士兵必须手不离武器,待命随时出动,并预备大批骡子和骆驼,拿铃铛挂在牲畜颈上,以备不时之需。"

将领们遵循命令,果然预备了二万头骡子和骆驼,一切布置妥帖,然后边耐心等候命令,边默默祷告,乞求援助,把希望和生命都寄托在主宰身上。直到夜阑人静,敌人已经入梦,赫姆勒恭便命令他们跨上战马,预备出击,说道:"你们赶着骡子、骆驼,率领士卒,冲进敌营,用枪剑狠狠地刺杀敌人。"

将领遵循命令,率领人马,驱赶牲畜,一哄冲向敌营,大举进攻。当此之时,牲畜脖上的铃铛的叮当声和随在后面的战士们"安拉最伟大"的呐喊声混成一片,震得山鸣谷应。牲畜听了恐怖的回声,吓得乱蹦乱跳,一股脑儿奔进敌营,碰倒他们的帐篷,踏着睡觉的士兵横冲直撞。

撒尔东的援兵赶到

多神教徒从梦中惊醒,惊慌失措,抓起武器,互相残杀起来,直到天明,一看,无数伤亡的人,一个都不是穆斯林,相反的,却见穆斯林将领骑着战马,士兵全副武装,安然待在他们阵中,才知道是中了敌人的奸计。他们的统帅高勒中痛定思痛,对剩余的部下说:"告诉你们这些婊子养的:咱们所要对敌人施用的计谋,叫敌人用在咱们头上了,他们的计谋胜过咱们的了。"他说罢,怀着报复心情,打算发号施令,跟敌人拼命。可是突然发现前方烟尘飞扬。烟尘被风一吹,逐渐扩散、升腾,形成一个悬空的大帐篷,笼罩着大地。接着地面上出现一支军队。他们手执干戈,腰仗宝剑,盔头和铁甲射出闪烁的光芒,一个个雄赳赳气昂昂地迈步向前。眼看这种情景,高勒中暂且打消搏斗念头,吩咐每队人马派一个探子前去探听消息。探子分头出去探听一番,然后跑回来报告,说开到的队伍是穆斯林的人马。

果然新开到的这支队伍,是由撒尔东·乌里率领,奉国王矮律补之命前来支援赭姆勒恭的穆斯林人马。撒尔东·乌里带领部下,兼程赶到此地,与赭姆勒恭的兵马会师,正是大显身手、杀敌制胜的时候。

赭姆勒恭在撒尔东·乌里的支援下,势力雄厚,毫无后顾之忧,因而即时发出战斗号令。他一声令下,将士遵命,像燎原之火,争先恐后,一齐冲向敌人,猛攻猛打,一场大战,只杀得天昏地暗,血流成河,尸积遍野。将士中坚强勇敢的,前仆后继,越杀越起劲;胆怯懦弱的,东逃西窜,一败涂地。两支军队继续进攻的进攻,抵抗的抵抗,直战到日落天黑,穆斯林军中才击钹收兵,回营地吃饭睡觉。

经过一天的苦战,高勒中损失很大,伤亡三分之二的人马,但他不服气,对残余的部下说:"明天我一个人出马上阵,跟敌人对打,大战一场,擒他一批勇将,以振军威。"他处心积虑,枕戈待旦,一心要杀出一条出路。天刚亮,他便整装率部队上阵,准备战斗。

穆斯林的将士安息一夜。次日天明醒来,从容做过晨祷,然后在赭姆勒恭和撒尔东·乌里的率领下,走上战场,摆好阵势。两军严阵以待,将士们摩拳擦掌,剑拔弩张,叫阵的呐喊声,一阵比一阵高昂。接着第一个打开战门的是高勒中。他冲到阵中叫阵,说道:"今天可别叫懒汉、懦夫出来跟我较量。"

随着他的叫阵,赫姆勒恭和撒尔东·乌里阵中的一名白尼·阿米尔将领,应战冲到阵中,跟高勒中对垒,像两只绵羊角抵一样,接连打了好几个回合,却不分胜负。继而高勒中加速攻势,趁对方措手不及,伸手抓住他的战袍领一拽,一下子把他从马鞍上拔了起来,顺手摔在地上,让部下把他捆绑起来,押了下去。

高勒中旗开得胜,策马在阵中兜了几圈,再一次挑战。穆斯林阵中应战出来交锋的第二名战将,又吃败仗,被他擒获。就这样,他来者不拒,左擒一个,右擒一个,竟在一个上午就打败七名对手,把他们擒为俘虏。

赫姆勒恭眼看出马的战将都吃败仗被擒,怒不可遏,大吼一声,策马冲到阵中。他的吼声震动整个战场,两军将士听了大为吃惊,只听他慨然吟道:

> 壮志凌云的赫姆勒恭便是鄙人,
> 英雄豪杰谁都对我怀抱敬畏心情。
> 我曾把攻陷的城堡捣毁、夷平,
> 让断墙残壁望着死难的将士伤心、哭泣。
> 今日我向高勒中进句忠言:
> 改邪归正、从善如流才是康庄历程。
> 你该崇拜独一无二的神灵,
> 天地、山河、海洋都是他一手建成。
> 每一个皈依伊斯兰教的奴婢,
> 天堂便是他永享幸福的归宿地。

高勒中听了赫姆勒恭的吟诵,气得吹胡子瞪眼睛,喘着粗气咒骂日月一通,接着吟道:

> 举世骁勇闻名的高勒中就是鄙人,
> 瑟罗山中的狮子也畏我三分。

攻城、打猎是我的拿手，

骑士们都不敢跟我对垒。

奉告赭姆勒恭真实情形，

若不相信请同我刀兵相见。

赭姆勒恭听了高勒中的回答，猛冲到他面前，彼此交锋、对打起来。真是棋逢对手，将遇良才。二人彼攻此守，此进彼退，互显身手，越打越勇猛。两军阵中的将士眼看那种战况，眼花缭乱，惊心动魄，助战呐喊之声，此起彼落，一阵阵甚嚣尘上。两员猛将继续鏖战，打了几百回合，仍不分胜负。直至傍晚，接近日落天黑时候，赭姆勒恭才加强攻势，一锤矛击中高勒中的胸膛。高勒中翻身坠马，像连根拔的枣树，倒在地上，被穆斯林擒住，用绳子捆绑起来，像牵骆驼一样带走。

多神教军中的将士见他们的统帅被擒，激于义愤，本着愚昧的狂热情绪，一心要拯救统帅，便群起大举进攻。穆斯林的人马也不示弱，群起迎头痛击，和敌人混战起来。经过一场激烈搏斗，多神教徒伤亡惨重，寡不敌众，招架不住，只得弃甲曳兵，各逃性命。穆斯林部队乘胜跟踪追击，直待残敌向山岗、原野逃得无影无踪，才收兵回营，收拾战利品。总计此战役获得的战马、帐篷、武器和辎重等胜利品，数量之多，屈指难计。

次日，赭姆勒恭和将领们审问高勒中，劝他投降，皈依伊斯兰教，并吓唬他说，如不投降、改教，就没活命的希望。高勒中不接受劝告，拒绝投降、改教。他们果然判他死刑，割下他的头颅，挂在枪杆上，抬着它向俄曼城继续进军。

撒尔东和赭兰德的将领鏖战

俄曼国王赭兰德·本·克尔克尔听到太子高勒中阵亡和他的军

队覆没的消息，气得摔王冠，打自己的耳光，直打得鼻肿脸青，鲜血如注地从鼻孔里流出来，一会儿便昏迷不省人事。左右的人赶忙拿蔷薇水洒在他脸上，他慢慢苏醒过来，痛定思痛，唤宰相到跟前，吩咐道："你快替我写信给各藩属的王侯，叫他们迅速调派人马前来听令，并通知他们，凡是能击剑、耍枪、射箭的人，全都调来，一个也别遗漏。"

宰相遵循命令，即时写了信，打发探子分别送给各地的王侯。各王侯收到国王赭兰德的信，诚惶诚恐地调集人马，派往俄曼城听候命令。各王侯派遣的人马，陆续赶到俄曼，人山人海，共有十八万之众。他们准备帐篷、骆驼、骏马，正待命出发的时候，恰巧赭姆勒恭和撒尔东·乌里率领的远征军已经入境。他们总共是七万人马，披甲戴胄，全副武装，一个个活像勇猛的狮子。

国王赭兰德眼看穆斯林的兵马入境，认为他们是来送死，欣然说道："指光芒灿烂的太阳起誓，此次我要把敌人杀尽斩绝，不让一个人活着逃回去报信，同时我要踏平伊拉克，让它成为荒无人烟的废墟，替我那无比英勇的儿子报仇雪耻。不这样做，我满腔的怒火是不会熄灭的。"继而他瞅阿基补一眼，恶狠狠地说道："告诉你这条伊拉克狗崽：这种灾难都是你给我们带来的。指神像起誓，如果此战打不败敌人，我非把你千刀万剐不可。"

阿基补听了国王赭兰德的咒骂，忧心忡忡，满腹怨气，懊丧不已。但只得忍气吞声，等到日落天黑，他才呼唤几个心腹，偷偷摸摸走出帐篷，悄悄地对他们说："朋友们！你们要知道：自从穆斯林的人马开到这里，我和赭兰德就忧心如焚，感到无比的恐怖。我料定他是不能保护我不受我兄弟和别人的危害的，因此我打算带你们离开此地，前去投奔雅尔鲁补·本·嘎哈塔尼。因为他是兵马最多、权力最大的国王呢。"

"这倒是顶妥当的办法呢。"亲信们赞同他的意见。

阿基补征得心腹们的同意，便吩咐他们在帐篷门前烧起篝火，等夜阑人静时动身出走。亲信们按照他的安排行事,终于在静悄悄的夜间相率高飞远走,溜之大吉。

次日清晨,国王赭兰德率领二十六万披坚执锐的将士出马,摆好阵势,擂起战鼓,严阵以待。同样的,穆斯林军中的赭姆勒恭和撒尔东·乌里率领四万生龙活虎的健儿上阵,每一旌旗下面,排列着一千之众的队伍。两个阵营里的将士摩拳擦掌,剑拔弩张,预备让他们的枪剑痛饮死汤。在紧张的情况下,第一个打开战门上阵的是撒尔东·乌里。他既像一座巍峨的石山,又像一个凶恶的魔王,屹立阵中,还未叫阵,多神教军中便冲出一名战将,刚和他交手就被打死。他指着尸首唤他的儿子和仆从,吩咐道:"你们快生着篝火,把这尸体给我烧烤出来!"

他们遵循命令,果然生火烧烤尸体,并把烧过的尸体拿到他面前。他拿烧烤的人肉当饭吃,大嚼特嚼,边吃肉边嚼碎骨头,饱餐一顿,然后拿起武器,精神抖擞地等着杀人。多神教军中的将士,远远地站着静观他的举止,吓得目瞪口呆,不约而同地说:"哟!愿闪光的太阳保佑我们!"他们踟蹰不前,人人抱着极度的恐怖心情。赭兰德大声喝令道:"你们快去杀死那个讨厌家伙吧!"随着赭兰德的喝令声,一名勇将自告奋勇,脱颖而出,冲到撒尔东·乌里跟前,可惜不是他的敌手,霎时便死在他手里。就这样,他来者不拒,左杀一个,右杀一个,先后杀死三十名战将。这样一来,多神教军中就没有人敢和他交锋。他们面面相觑,窃窃私语,叹道:"这个妖魔鬼怪,谁能匹敌他呀?"赭兰德可不服气,再一次大声疾呼,喝令道:"你们出动一百人去活捉他,或者当场打死他,拿尸体来领赏也行。"

多神教军中果然冲出一百名骑士,使着刀枪剑戟,合力围攻撒尔东·乌里。可是他本着虔诚、坚定的信念,念着"安拉最伟大"的赞语,信心十足、不动声色地从容迎敌。他手起剑落,人头便应声落地。仅仅经过一匝的周旋,七十四名骑士便死在他手里,其余的落荒而逃。

撒尔东遇险

国王赭兰德眼看百人围攻的战术失败，便指派十名将领，叫每名将领率一千战士，向撒尔东·乌里进行万人大围攻。临行他吩咐道："你们先放箭射死他的战马，待他跌下马来，再活捉他。"

撒尔东·乌里怀着大无畏的雄心壮志，沉着应战。赭姆勒恭和将士见撒尔东·乌里受包围，一声呐喊起来，念着"安拉最伟大"的赞语，群起涌进战场，前去支援。然而说时迟，那时快，他们赶到之前，撒尔东·乌里的战马已经被敌人射死，他本人也被擒。穆斯林的人马继续进攻，跟敌人竭力混战。在呐喊声军器碰撞声混成一片的生死恐怖关头，坚强勇敢的人，横冲直撞，如入无人之境，胆怯懦弱的人，弃甲曳兵，抱头鼠窜。一场血战只杀得天昏地暗，人眼被飞尘眯得像瞎子。穆斯林的人马比起来只算少数，跟敌人比起来，好像黑牛身上的一颗白痣。可是他们坚强勇敢，杀死杀伤敌人的数字不可细算，直坚持鏖战到日落天黑，才收兵回营。

赭姆勒恭清点人马，总计伤亡人数还不到一千，只是撒尔东·乌里落到敌人手里这件事，使他和将士们感到无限的悲伤、难过，大家垂头丧气，不吃饭不睡觉。赭姆勒恭安慰将士们，说道："弟兄们！明天我亲身出马对付敌人，跟他们大战一场，在赏罚严明、不受任何事物限制的主宰援助下，我把他们的将领杀的杀，活捉的活捉，替撒尔东·乌里赎身。"将士们听了赭姆勒恭的果断之言，感到无限快慰，欣然各回帐篷安息。

赭兰德回到帐中，坐在宝座上，文臣武将小心翼翼地在左右两旁伺候，显出威武严肃的派头，然后吩咐带撒尔东前来审问。侍从遵循命令，把俘虏撒尔东带进帐来。他怒气冲冲地说道："你这饿狗，阿拉伯的贱种！我来问你：我那出类拔萃的英雄儿子高勒中是叫谁杀害的?"

"是国王矮律补军中的先锋队指挥赭姆勒恭杀死他的,当时我肚子饿,把他的尸首给烧吃了。"

赭兰德听了撒尔东的回答,气得眼珠朝上一翻,即时下令处决撒尔东。刽子手闻声前来执行命令,拔剑挨到撒尔东面前,显然马上就可以把他置之死地。殊不知撒尔东临危做最后挣扎,使出全身力量一伸胳膊,顿时挣断臂缚,蹦到刽子手面前,夺下他手中的宝剑,一剑砍掉他的头颅,然后奔向赭兰德。可惜他见势头不对,吓得跌下宝座,连滚带爬地逃出帐篷,溜之大吉。撒尔东只好把怒气出在他的臣僚、亲信身上,一口气杀死二十人,其余的抱头鼠窜,没命地逃跑。在尖叫、哭吼的嘈杂声中,撒尔东走出帐篷,横冲直撞,见人便杀,凡碰到他的,都死在他刀下。人们望风而逃,给他让出道路。他挥剑边杀边离开多神教营寨,迈步走向穆斯林营地。

穆斯林军中的将士听见多神教军中呼喊、叫唤的喧哗声,说道:"也许是他们的援兵赶到了。"大家正在惊奇诧异的时候,撒尔东却突然出现在他们眼前。他脱险归来,全军皆大欢喜,尤其赭姆勒恭不禁喜出望外。他和将士们亲切地问候撒尔东,祝他平安脱险之喜。在一片欢喜快乐声中,赭姆勒恭慷慨激昂地说道:"弟兄们,明天在战场上跟敌人见面时,我要显一显身手,你们等着看我的作为吧。指圣亚伯拉罕起誓,我要狠狠地打击敌人,给他们一个下马威,叫他们知道我的厉害。不过我打算采用左右夹攻的战术对付敌人,因此当我的主力指向敌人帅旗进攻的时候,你们必须迅速跟踪打上来,以便一鼓作气地攻破敌阵。至于个中的胜负如何,但愿安拉按他的规定判决吧。"

国王赭兰德和他的将领、亲信,一个个像惊弓之鸟,静待撒尔东去得无影无踪,才悄然归来,进入帐篷。赭兰德垂头丧气,哀然叹道:"爱卿们!指灿烂的太阳起誓,指黑夜、白昼和星辰起誓,我想不到在今天这样混乱局面下还能免于死难。我要是跌在他手里,充其量不过被视为麦谷之一粟,会叫他吃掉呢。"

"国王陛下,像他这样的恶魔,我们可是从来没见过。"将领们颇有同感。

"我们跟敌人处在一个不是你死就是我活的境地,明天你们拿起武器,跨上战马,率领部下,一齐冲去踏死他们吧!"

矮律补率领援军赶到

当天夜里,穆斯林和多神教两个营地的人马,防范森严地过了一宿。次日,太阳刚冒山,两军的将士便整装出动,迅速到达战地,摆好阵势,剑拔弩张,彼此射出仇恨的目光,虎视眈眈地盯着对方,准备战斗。报丧的乌鸦成群结队地在空中盘旋,哇哇的狂叫声给战士们增加了凄凉、恐怖情绪。在一触即发的紧张形势下,第一个打开战门的是赫姆勒恭。他策马冲到阵中,耀武扬威地兜着圈子叫阵。国王赫兰德正要发号施令,发动三军冲杀的时候,忽见前面烟尘突起,散布在空中,遮黑了大地;接着风起尘散,在阳光照耀下,出现了一支披坚执锐、勇往直前的队伍。他们的甲胄和刀枪剑戟射出耀眼的光芒,一眼看去,好像是一群凶猛的狮子。

穆斯林和多神教两个阵营中的将士发现前方腾空的烟尘,暂时停止战斗,各派探子前去探听情况,以便打听清楚那踏起烟尘到此地来的到底是什么人。探子们遵循命令,赶忙奔向烟尘起处,进行探听。过了一些时候,探子们带着消息转回来,各向自己的上司报告。多神教的探子说,开到这里的是一支穆斯林部队,率领队伍的是他们的国王矮律补。国王赫兰德和将领们听了噩耗,大吃一惊,面面相觑。穆斯林的探子带来的却是好消息,他报告说,开到这里来的,是国王矮律补率领的援军。赫姆勒恭和将领们听了好消息,喜出望外,一时欢声雷动。他们赶忙策马前去迎接,赶到他面前,一齐跪下去吻了地面,表示竭诚欢迎。国王笑容可掬地和他们见面言欢,对他们的胜利和安全,感到无限的欣慰。他们一起回到营地,进入帐篷。矮律补坐在王位上,将领们围绕着他坐下,告诉他撒尔东在战斗中的遭遇和脱险的经过。矮律补听了,惊喜交集,鼓励他们说:"将士们! 大家坚强、振奋起来,恳求安拉匡助你们,再接再厉地打败敌人吧。"

"国王陛下,"将领们异口同声地说,"在战场上,我们对敌人的所作所为,你会亲眼看见的。"

国王赭兰德回到帐中,忧心忡忡,耿耿如有所失。他的将领们不见阿基补,便到处寻找,但始终不见他在军营中,也不在帐篷里,这才把情况报告国王。赭兰德听了阿基补潜逃的消息,好像世界末日降临一样,气得咬自己的手指,愤然说道:"指灿烂的太阳起誓,这只狡猾成性、善于欺骗的鹰犬,终于带着他那帮歹徒逃往荒原漠野去了。不过今日大敌当前,对我们来说,最主要的是尽全力抵抗敌人,最后打败他们。将士们! 你们下定决心,壮大胆量,对穆斯林人多加提防吧。"

矮律补致书赭兰德

穆斯林和多神教两支军队的人马,各在自己的营地安息了一宿。次日天明,阳光照遍了山岗、平原,矮律补从梦中醒来,按圣亚伯拉罕的教义,开始晨祷,礼了两拜,然后坐下来写一封信,打发他弟弟赛西睦前往多神教军中下书。赛西睦揣着信来到多神教营前。站岗的卫兵问他:"你要做什么?"

"我要见你们的统帅。"

"你等一等,让我们先替你请示一番再说。"

卫兵进入国王赭兰德的帐篷,报告有人前来求见,并叙述来人的情况。赭兰德慨然允诺,说道:"带他进来吧!"

赛西睦随卫兵走进帐篷。国王赭兰德问他："是谁差你到这儿来的？"

"我是奉阿拉伯兼波斯国王矮律补之命前来下书的。这儿有你的一封信，请给他写封回信吧。"

国王赭兰德收下信，拆开一看，见上面写道：

矮律补致书赭兰德阁下：

谨以至仁至慈的安拉之名向你进如下的忠言：安拉是独一、全知、万能的主宰，历代的先圣贤诺亚、萨礼和、胡德、亚伯拉罕都虔心信仰、膜拜他。人间凡信仰至高无上的主宰而坚持正道、循规蹈矩、对罪恶行为有所顾忌、而不贪今生享受但求来世幸福的人，都在安拉保佑、恩赐之列。须知：人活在世间，最应该信仰、膜拜的，是独一的、权威的、创造昼夜与宇宙万物的安拉。因为安拉不仅撑起辽阔的苍天，铺平宽敞的大地，叫江河日夜淌流，使草木繁荣茂盛，给巢中的雏鸟、沙漠中的野兽食物充饥，而且还差圣降经，教化人类；兼之安拉是最尊严、最仁慈、最宽容的主宰。总而言之，人世间只有圣亚伯拉罕所奉行的才是正教，所以我劝你赶快弃邪归正，改奉伊斯兰教，则不但今生可保身家性命安全，而来世也可免下地狱。你若不听劝告，我只能以杀伐、毁城、灭种向你报信。届时勿怨我言之不先也。此外务希将坏蛋阿基补迅速引渡，俾我得报其弑父弑母之冤仇也。

赭兰德读过矮律补的来信，对赛西睦说："告诉你的主子矮律补吧：阿基补已经带着他的亲信不辞而走。他的去向，我可不知道。至于我本人嘛，却不愿轻易抛弃自己的宗教。明天咱和你们在战场上刀枪见面，太阳会默助我们打胜仗的。"

赛西睦得到回话，告辞回到营中，将下书的经过，详细报告矮律补。矮律补听了报告，胸有成竹，认为非诉诸武力不可，因而从事安排、布置，让将士好生安息睡觉。

次日,穆斯林军中的将士拿起武器,跨上战马,赞颂着创造肉体、灵魂的安拉,敲着战鼓涌上战场,摆好阵势。他们一个个摩拳擦掌,剑拔弩张,"安拉最伟大"的赞颂声和响亮的战鼓声混成一片,震得地也动,山也摇。当此战云密布,一触即发的时候,第一个打开战门的是赭姆勒恭。他策马奔上阵地,耀武扬威地舞剑耍起花招儿叫阵,说道:"有谁敢跟我交锋、较量吗? 今天可别派懒汉、懦夫出来送死。赭兰德的儿子高勒中是死在我手下的,有谁要替他报仇吗?"

多神教军中武艺高强的将士眼看赭姆勒恭的招数,感到不寒而栗,一个个看得目瞪口呆。国王赭兰德听见赭姆勒恭叫阵时提起他儿子的名字,气愤不过,大声喝令部下,说道:"你们这些婊子养的!快冲出去,把那个杀我儿子的家伙擒来,让我吃他的肉,喝他的血吧。"

随着赭兰德的喝令声,一百名将士冲了出来,合力进攻赭姆勒恭。赭姆勒恭不动声色,从容对付,迎头痛击,杀死他们中绝大多数的勇将,其余的少数人招架不住,只得弃甲曳兵,随着他们的头子逃命。赭兰德眼看势头不对,急不可待,大声疾呼,发出总动员的命令,说道:"众三军,大家合力向他一齐进攻吧。"

随着赭兰德的喝令声,多神教军中的人马摇旗呐喊,果然声势浩大地一齐冲杀出来。同样的,穆斯林军中的矮律补和赭姆勒恭也率领人马冲杀出去。于是两支军队像两海交流那样碰在一起,彼此挥着锐利的刀枪剑戟,不停地砍杀刺击。交战者不是刺穿对手的胸膛,便是叫对手杀得身首异处。两军士卒眼睁睁看着死神降临,空间弥漫着稠密的烟尘,差点迷瞎人们的眼睛,吼嘎了喉咙的呐喊声震耳欲聋,在四面八方被死亡严密包围的战阵中,坚强勇敢的将士前仆后继,越战越起劲;懦弱胆怯的却抱头鼠窜,一败涂地。厮杀继续进行着,直至日落天黑,两军才击鼓收兵,各回己营。

赛西睦暗擒赭兰德

收兵归来,矮律补坐在帐中的宝座上,对左右的将领们说:"坏蛋阿基补一逃走,这就把我给难住了。我不知他到底逃往哪儿去了。如果不跟踪追击,把他逮捕治罪,这会把我活活地给憋死呢。"

赛西睦听了矮律补的感叹,赶忙趋前,跪下去吻了地面,说道:"国王陛下:我上多神教军中去一趟,以便打听恶狗阿基补的下落。"

"好的,等你把那瘟猪的真实情况打听清楚再说。"

赛西睦化装一番,穿一套多神教服装,打扮成多神教的模样,径直去到多神教军营中,只见他们的将士一个个烂醉如泥,呼呼地睡熟了,唯一醒着的,只有守夜的人。他偷偷摸摸地穿过一个个帐篷,终于找到国王赭兰德的行营,溜进去一看,只见赭兰德睡梦沉沉,身边没有一个伺候的人。他趁机走到床前,燃着迷药一熏,把赭兰德熏得像死人一样,再用床单把他包裹起来,这才溜出帐篷,牵来一匹骡子,把赭兰德弄出来放在骡背上,并用一床席子盖着他,然后牵着骡子溜走,很快回到穆斯林营中,进入矮律补的帐篷。帐里的人都不认识他,问道:"你是谁?"

赛西睦哈哈大笑几声,脱下帽子,露出本来面目。矮律补一见是他,问道:"赛西睦,你带什么回来了?"

"国王陛下,我把赭兰德·本·克尔克尔带回来了。"他回答着揭开裹着赭兰德的床单。

矮律补一看,果然是赭兰德,吩咐道:"赛西睦,弄醒他吧。"

赛西睦拿醋和乳香给赫兰德闻过,他便慢慢苏醒过来,睁眼一看,见自身在穆斯林人丛中,喟然叹道:"这是一个什么噩梦呀!"他叹息着闭上眼又睡熟了。赛西睦踢他一脚,说道:"该死的家伙!你睁眼看一看吧。"

赭兰德蒙眬醒来,睁眼张望着说:"我是在哪儿呀?"

"你是在国王矮律补·本·康德梅尔跟前呢。"

赭兰德一听矮律补的大名,骇然震惊,赶忙认罪求饶,说道:"国王陛下! 在你的卵翼下,恳求你饶恕我。其实我是无罪的,而怂恿我们出来和你敌对的,原是令兄阿基补。他在我们和你们之间挑起仇恨之后,却一走了之,逃得无影无踪。"

"你知道他的去向吗?"

"不,指光芒四射的太阳起誓,我不知道他的去向。"

矮律补吩咐将领们给赭兰德戴上脚镣手铐,监禁起来,然后各去安息。

赭姆勒恭巧计偷袭敌营

赭姆勒恭从矮律补帐中退了出来,对部下说:"弟兄们! 今天晚上我打算做一件非凡的事情,借此博得国王矮律补的欢欣、赏识。"

"你打算做什么事只管做吧! 我们都听你的。"同僚们异口同声地附和他。

"我和你们拿起武器,各自率领自己的部下,前去包围敌营,脚步要放轻些,甚至于连蚂蚁都不惊动。大家分头把敌营包围起来,静静地等待着,等听见我念赞词的声音,便同声响应,大家念着赞词呐喊一阵,然后转去攻城。恳求安拉默助我们成功、胜利。"

将士们按照赭姆勒恭的布置,都武装起来,耐心等到半夜时候,才动身前去包围敌营。赭姆勒恭等将士们埋伏妥帖之后,拿剑敲着盾牌,高声念"安拉最伟大"的赞词。埋伏在敌营四面八方的将士们一听赭姆勒恭的赞颂声,大家齐声响应,"安拉最伟大"的赞颂声,山鸣谷应,响彻云霄。多神教的将士从梦中惊醒,认为敌人已经打进营寨,惊慌失措,黑夜里分不清敌我,拿起武器,乱刺乱杀,互相残杀起来。穆斯林将士按计划进攻城池,转到城下,杀死守城门的卫兵,冲了进去,唾手占领俄曼城。

矮律补听见呐喊声,从梦中惊醒,赶忙跨上战马,率领部下,准备战斗。赛西睦先行到敌营附近,知道是赭姆勒恭的部下偷袭敌营,喜不自胜,即时把情况报告矮律补。矮律补知道实情,非常钦佩赭姆勒恭的勇敢行为,并暗自替他祈求胜利。

多神教军中乱成一团,将士们挥舞刀枪剑戟,拼命地乱砍乱杀,一直杀到天明,才知道原来是互相残杀,伤亡的将士都是自己人。

天亮了,阳光照遍山岗、平原。矮律补不给多神教人以喘息的机会,开始发出战斗号令,说道:"将士们,你们向全知的安拉讨好,但求他的欢欣,大家一齐冲向敌人,狠狠地杀他们吧。"将士们遵循命令,争先恐后地冲向敌人,猛攻猛打。多神教的人马疲劳不堪,招架不住,径向城中逃跑,却碰到赭姆勒恭率领的白尼·阿米尔人突然从城中冲杀出来,迎头痛击,致使他们腹背受敌,进退维谷。矮律补和赭姆勒恭的人马,两面夹攻,一场血战,只杀得血流成渠,尸横遍地。多神教人差一点全军覆没,伤亡之数不可细算,只有少数免于死难,向山林、漠野逃窜,溃不成军。

矮律补处决赭兰德

矮律补打败多神教人,占领俄曼城,进入赭兰德的王宫,坐在他的宝座上,将领分立左右两旁,然后吩咐带赭兰德前来审问。

赭兰德枷锁锒铛地被带上堂来。矮律补给他讲伊斯兰教的道理,劝他改邪归正,皈依伊斯兰教。他断然拒绝,不肯改教。矮律补判他绞刑,以儆效尤。手下的人执行命令,把赭兰德吊在城门上,用乱箭射死。结果他遍体插满箭杆,活像一只豪猪。

矮律补奖赏赭姆勒恭一套名贵衣服,并封他为俄曼城的执政官,说道:"俄曼城是你率领阿米尔人占领的,你应该做它的主人,今后城中生杀予夺的军政大权,都归你掌管。愿你好自为之。"

赭姆勒恭受到奖赏,感激涕零,即时跪下去吻国王矮律补的脚,表示衷心感谢,并替他祈福求寿,祝愿他长命富贵。

矮律补还打开赭兰德的国库,取出里面的财物,犒赏三军,上自将领,下至士卒,每人都领到一份。继而他广施博济,凡穷苦无告的黎民和所有的男女儿童都受到赏赐。在犒赏和施济方面,他不辞劳苦,整整花了十天的工夫。

矮律补和赛西睦遭劫

有一天矮律补做了一个噩梦,骤然从梦中惊醒,惴惴不安,老睡不熟,便唤醒他弟弟赛西睦,对他说:"我梦见好像在一处非常广阔的山谷里,有两只凶恶的捕食大鸟,突然从高空向我们扑来。体格那样庞大的飞禽,我生平还没见过。受到那凶禽的袭击,我感到无限恐怖,一下子被吓醒,原来是一个噩梦。"

赛西睦听了矮律补的梦境,说道:"国王陛下,按我的看法,那凶禽显然是大敌的预兆,今后咱们必须加倍谨慎、提防,才能防患于未然。"

矮律补翻来覆去,通宵睡不熟,好不容易熬到天亮,才叫人给他牵来战马,预备出去。赛西睦问道:"哥哥,你要上哪儿去?"

"我满腔郁结,闷闷不乐,打算出去溜达十天,好借此消愁解闷。"

"那么带上一千名将士作随行吧。"

"不用带随行,咱哥俩一起出去走走就成了。"

矮律补和赛西睦弟兄两人骑着马,并辔缓步走向山谷、草原,不停地跋涉,经过几处山谷、草原,终于不期而然地来到一处树林茂盛、清泉潺流、鸟语花香的山谷地带,只见眼前一片春光明媚的大好景色,林中透出一声声清脆悦耳、婉转动听的画眉鸟、金丝雀、黄莺的歌唱声,山鸟和鹦鹉的对谈声,唱鸽和斑鸠的唱和声,顿时陶醉在大自然的怀抱里,徘徊其间,流连忘返,自由自在地随便摘各种香甜的果子充饥,掬清澈的泉水解渴,并在树阴下乘凉。经过长途跋涉,感觉疲劳,不知不觉便呼呼地睡熟。正当他俩酣睡不醒的时候,突然有两个凶神从空降落到他俩身边,抓住他俩,每个神扛着一人飞腾起来,直冲云端。矮律补和赛西睦蒙眬醒来,见自身在高空中,而扛着他俩的是两个凶神,其中一个的头像狗,另一个像猴子,头发长如马尾,手指利如狮爪,个子像高大的枣树。眼看那样的情景,矮律补和赛西睦吓得魂不附体,喟然叹道:"全无办法,只盼伟大的安拉拯救了!"

矮律补和他弟弟遭劫的原因是这样的:原来有个叫木鲁尔矢的神王,他的儿子萨尔革跟一个叫乃芝美的神女恋爱,一对情人化身为飞禽,在山谷中卿卿我我地谈情说爱,不幸他俩的行踪叫矮律补和赛西睦发现,便张弓搭箭,当珍禽射击。萨尔革中箭,血流如注,乃芝美惊慌失措,生怕自身像萨尔革那样受到暗箭,即时攥着萨尔革腾空飞逃,一口气飞到神王木鲁尔矢的宫殿门前,才放下萨尔革,然后匆匆归去。守门的把萨尔革抬进宫去,放在神王面前。神王见儿子受伤,一支箭还插在他的肋骨中,大吃一惊,叫道:"啊!我的儿呀!是谁对你下这种毒手的?我非要他的命、捣毁他的屋宇不可,即使害你的是最大的神王,我也饶不过他。"

萨尔革隐约听见他父亲的哭吼声,蒙眬睁眼说:"父王,杀害我的只不过是泉源谷中的一个凡人罢了。"他刚说完这句话,便气绝身死。神王气得打自己的嘴巴,打得口吐鲜血。继而他唤两个凶神到跟前,吩咐道:"你俩快上泉源谷去,把那里的人都给我逮来。"

两个凶神遵循命令,风驰电掣般赶到泉源谷中,见矮律补和赛西睦睡在树阴下,便攥着他俩,好带回去交差。矮律补和赛西睦蒙眬醒来,见自身在高空中,因而失声叹道:"全无办法,只盼伟大的安拉拯救了。”

两个凶神把矮律补和赛西睦带回宫去，放在神王木鲁尔矢脚前，说道："神王陛下，这两个人是我们从泉源谷中逮来的。"神王木鲁尔矢瞪着愤怒的眼睛，喘着粗气，喷着火星，显出极其可怕的模样，说道："狗东西，你俩杀害我的儿子，把我心中的怒火都燃烧起来了。"

矮律补和赛西睦抬头一看，见神王木鲁尔矢像一座高山，巍然坐在宝座上，庞然的身躯具有四头八臂，其中一个是狮头，一个是象头，一个是虎头，一个是豹头，形貌极其丑陋、可怕，出言也离奇古怪，而矮律补却大胆力争，问道："我们到底杀害你的哪个儿子？到底是谁看见的？"

"你俩不是在泉源谷中，见我那个貌似飞禽的儿子，便放箭射死他吗？"

"我可不知道是谁杀害他。指伟大、独一、睿智的安拉起誓，指圣亚伯拉罕起誓，我们不曾看见一只飞禽，也没杀害一禽一兽。"

神王木鲁尔矢皈依伊斯兰教

神王木鲁尔矢听了矮律补指着伟大的安拉和圣亚伯拉罕发誓的谈话，知道他是穆斯林，而他自己却是信奉袄教的，因此他呼唤侍从，说道："你们把我的主宰拿来吧！"侍从遵循命令，即时拿来一个金炉，放在神王面前，生着火，并投进一些药草，炉中便冒出绿、蓝、黄等颜色的火焰。神王和其他在场的神都跪下去叩拜起来。矮律补和赛西睦冷眼观看他们拜火，同时口中不停地念着"安拉最伟大，安拉是万能的"等赞语。神王叩拜一会，抬头见矮律补和赛西睦兀自站着，不跟他们一起叩拜，非常恼火，骂道："狗家伙！你俩干吗不向火叩头？"

"告诉你们这些该诅咒该死亡的家伙吧：我们活在世间，只应该膜拜那独一、万能的安拉。他是圣诺亚、萨礼和、胡德、亚伯拉罕等历代先圣贤所信仰的主宰;天堂、地狱、山川、草木是他造化的;宇宙中的生物也是他从无到有创造出来的;而且叫水穿过硬石淌流的,叫父母疼爱子女的也是他。"

神王木鲁尔矢听了矮律补之言,眼珠朝上一翻,喝令侍从:"你们把这两条狗捆绑起来,拿他俩祭奠我的主宰。"

侍从遵循命令,七手八脚地把矮律补和赛西睦捆绑起来,要把他俩抛到火中,当祭品烧死。矮律补和赛西睦的生命正危在旦夕的时候,宫壁上的一个雉堞突然垮了下来,砸碎火炉,炉中的烟火随之而熄灭。矮律补喜出望外,欣然说道:"安拉最伟大! 我主援助我们战胜邪恶了,他叫邪教徒失败了;对付拜火的邪教徒,安拉的威力是至高无上的。"

"你是一个魔法师!"神王大发雷霆,"是你对我的主宰玩弄魔法,他才落得这个下场的。"

"疯人哟! 假若火真有知觉和灵魂,它就能保护自身而不至于被打灭了。"

神王木鲁尔矢听了矮律补的辩解,气得怒吼、咆哮,胡言乱语地把火臭骂一通,随即说道:"指我的宗教起誓,我非用火烧死你不可。"于是吩咐把矮律补和赛西睦监禁起来,叫一百名侍从去搬运大批柴火,堆在一起,点火燃烧起来。侍从们遵循命令,果然搬来大批柴火,堆成柴棚,放火焚烧起来。柴棚发出熊熊的火焰,炽烈地燃烧了一夜。

次日清晨,神王木鲁尔矢坐在摆在大象背上的、镶满珠宝玉石的金交椅上,被各种不同类型的神将神兵簇拥着走出宫殿,来到炽烈的柴棚面前,然后吩咐带矮律补和赛西睦前来受刑。矮律补和赛西睦被带到神王木鲁尔矢面前,看见吐着熊熊烈焰的柴棚,知道处境不妙,只好默默地祷告、祈求,向独一的、万能的、创造昼夜的、明察秋毫的安拉求救。他俩不停地虔心祷告、祈求着,忽然乌云突起,从西到东,布满整个天空,接着一场暴雨倾盆而下,炽烈的柴棚一下子被雨水浇灭。神王木鲁尔矢眼看那种情景,吓得胆战心惊,带着神兵神将奔回宫去。

神王木鲁尔矢回到宫中,惊魂方定,瞅宰相和群臣一眼,说道:"你们对那两个男人有什么看法呢?"

"神王陛下,如果他俩没有道理,那么火是不会遭遇这种结局的,所以我们说他俩是诚实的,他俩所说的都是真理。"

"显然我已经看见真理和正道了,拜火原来是一种假事情。因为火要是真的主宰,那它会保护自身而不受雨淋石打的,也不会变成灰烬的。从今以后,我可是要信奉那创造火、光、凉、热的主宰了。你们怎么说呢?"

"神王陛下,我们百依百顺地跟随你信奉那位主宰好了。"

神王木鲁尔矢和群臣要改奉伊斯兰教,便请矮律补和赛西睦进宫。神王幡然改变态度,起身迎接,亲切地吻他俩的额角,同样的,群臣也争先恐后地趋前吻他俩的头和手。神王木鲁尔矢坐在宝座上,让矮律补和赛西睦分别坐在他的左右两边,说道:"请问二位:我们该怎么办才能成为穆斯林?"

"你们只消说'安拉是唯一的主宰,圣亚伯拉罕是他的朋友'这就成了。"

神王和群臣心口如一地改奉了伊斯兰教。矮律补给他们讲伊斯兰教的道理,教他们祈祷、礼拜的方式方法。临了矮律补一时想起他的人马,忍不住唉声叹气。神王见他忧愁、苦恼,安慰道:"可恼可恨的事都过去了,现在该是欢欣、快乐的时候,你还愁什么呢?"

"神王陛下,我还有很多的仇人,只怕我的人马吃他们的亏。"矮律补说着把他和他哥哥阿基补之间的纠葛、敌对情况,从头到尾,详细叙述一遍。

"国王陛下,我乐意长期和你在一起,所以不让你走。至于你的人马嘛,我可以派差使前去打听他们的情况。"神王说着把两名叫铿勒钟、告磊钟的勇将唤到跟前,吩咐道:"你俩上也门去一趟,替这两位客人打听一下他们部下的情况。"

"听明白了,遵命就是。"两神将应诺着立刻动身,飞往也门。

神将铿勒钟和告磊钟打败多神教的部队

俄曼城中的穆斯林将领照例骑马进宫,前去朝拜国王矮律补。宫中的侍从对他们说:"国王和他弟弟清晨骑马出城去了。"将领们听了国王出行的消息,赶忙策马追去寻找。他们随着足迹继续跋涉。经过许多山谷、平原,终于来到泉源谷中,发现矮律补和赛西睦的武器扔在树下,两匹战马在附近的地方吃草。将领们不约而同地说:"国王是从这个地方失踪的。"于是他们分头寻找,有的爬上高山,有的深入谷间,继续寻找了三天,却始终不见国王的踪影。最后他们怀着悲哀、苦恼的心情祷告、祈求一番,然后指派一部分人负责继续寻找,并嘱咐他们:"你们分道扬镳,去各城镇各堡垒各炮台中,仔细打听国王的去向。"

"听明白了,遵命就是。"负责寻找的人同声应诺着分头出发,往各地区寻找国王去了。

阿基补自从投奔国王雅尔鲁补·本·嘎哈塔尼之后,天天打听矮律补的情况,企图俟机再起。后来他从探子口中,知道矮律补突告失踪、下落不明的消息,喜不自胜,赶忙向国王雅尔鲁补报喜,并向他求援。国王雅尔鲁补慨然调二十万精壮人马供阿基补使用。阿基补胆壮气盛,率领大军,兼程赶到俄曼城下。赭姆勒恭和撒尔东率领部下出城迎战。经过一场激烈战斗,穆斯林军中损兵折将,死亡惨重,被迫退却,紧闭城门,坚守不出。当此紧急关头,两神将铿勒钟和告磊钟突然赶到,见穆斯林被围困,正需要援救,便耐心等到日落天黑,阿基补的人马已经入睡,这才拔出一丈二尺长、剖石如泥的神剑,进攻多神教的营寨,挥剑边杀人,边大声说:"安拉最伟大!我主援助我们打败违背圣亚伯拉罕教导的邪教徒。"他俩杀人如麻,口、鼻中喷着火焰,越杀越起劲。多神教徒从梦中惊醒,奔出帐篷,看见奇怪、可怕的景象,吓得浑身发抖,一个个目瞪口呆,理智丧失殆尽,只会等待死亡,也有人着魔似的胡乱拿起武器,互相残杀起来。神将铿勒钟和告磊钟杀人不眨眼,挥着神剑,像收庄稼一样,所到之处,只见人头落地。他俩边杀人,边大声说:"安拉最伟大!咱们是国王矮律补的仆人,国王矮律补是神王木鲁尔矢的朋友。"他俩继续不停地屠杀。深夜里,多神教徒觉得所有的山川树木都是妖魔鬼怪,无法抵抗,死剩的人,只好用骆驼驮着帐篷、行李和财物溜之大吉,其中第一个带头逃跑的是他们的统帅阿基补。两神将跟踪追杀,直把溃不成军的五万残兵败将撵至荒原漠野,才转回俄曼城。

俄曼城中的穆斯林知道神兵袭击敌营,感到无限惊奇,生怕自身遭殃,正彷徨不知所措的时候,铿勒钟和告磊钟两神将突然赶到城中,对他们说:"众将官!贵国王矮律补和他的弟弟赛西睦向你们问好。现在他俩在神王木鲁尔矢那里做客,很快就会回到你们这儿来的。"

将士们听到国王矮律补的消息,知道他平安无恙,喜出望外,欣然说道:"愿安拉加倍赏赐二位神将!"

神将铿勒钟和告磊钟告别穆斯林将士,迅速飞回神国,进入王宫,见神王木鲁尔矢和国王矮律补相对促膝谈心,便趋前报告,把也门之行的见闻和所作所为,从头到尾,详细叙述一遍。国王矮律补听了报告,感到欢慰,心中的顾虑顿时烟消云散。

矮律补游览雅菲斯城

神王木鲁尔矢和国王矮律补情投意合,彼此亲如手足。神王木鲁尔矢欣然说道:"老兄,我打算带你看一看我们这个地方,并陪你游览雅菲斯城。不知意下如何?"

"好的,按尊意行事吧。"矮律补同意神王的建议。

神王木鲁尔矢吩咐侍从预备三匹骏马,他和矮律补赛西睦昆仲各骑一匹,并率领一千随行,浩浩荡荡地出发,像一座拦腰被切断的长山,迤逦漫游崇山峻岭和深谷平原,最后来到圣诺亚的故乡雅菲斯城。城中的居民男女老幼全都出城欢迎,隆重接待神王木鲁尔矢。他进入国王雅菲斯·本·诺亚的宫殿,坐在先王遗留下来的那张大理石镶金栏杆、高一丈、铺着各色丝垫的宝座上,对周围的人们说:"先王雅菲斯的子孙后代们,先前你们的祖先是膜拜什么的?"

"据我们所知,我们的祖先原来是拜火的,所以我们继承祖宗的衣钵,始终信仰祆教,这是你清楚明白的。"

"当初我和我的臣民也都是拜火的,可是现在我们知道火不过是安拉所创造的万物中之一种,因此我已经改奉伊斯兰教,专心膜拜创造昼夜、宇宙的、明察秋毫的、睿智的、权威的、独一无二的安拉了。你们也都皈依伊斯兰教吧!因为这样一来,不但今生获得安拉保佑,而且来世也免受火狱之苦。"

神王木鲁尔矢的一席话,打动了听众,他们便心口如一地改奉伊斯兰教。木鲁尔矢扬扬得意,牵着矮律补的手,漫步参观雅菲斯宫的建筑和里面的奇珍异宝。到军库中参观武器时,矮律补见一棵金桩上挂着的一柄宝剑,指着问道:"神王陛下,这是谁的宝剑?"

"这柄宝剑是先王雅菲斯·本·诺亚在世时佩戴的。当时他曾用这柄宝剑同人和神交战。它的名字叫'卵侯古',剑背上刻着安拉的大名,是名匠赭尔都睦铸造的。它剖铁如泥,无坚不摧,能削平山岳,人神中谁都经不起它一击。"

矮律补从神王口中知道宝剑的特点,感到无比惊羡,欣然说道:"我想取下剑来,仔细欣赏一番。"

"你要看,就随意取下来看吧。"神王答应他的要求。

矮律补走过去，伸手取下宝剑，把它从剑鞘中拔出来，只见锐利的剑锋闪烁着灿烂的珠光宝气，剑长十二指尺，宽三虎口。他爱如珍宝，颇想据为己有。神王木鲁尔矢成全他的愿望，说道："如果你能使用它，那就拿去用吧。"

矮律补得到宝剑，满心欢喜，情不自禁地拿它试舞几下，宝剑在他手中，好像一根轻而易举的拐杖，应用自如，致使在旁的人钦佩不已，大家异口同声地夸赞道："你这位骑士的领袖真了不起啊。"神王木鲁尔矢说道："你拿着这柄人间任何帝王见了都会眼热、感叹的名贵宝剑，上马随我来吧，以便带你去看别的东西。"于是神王和矮律补跨上坐骑，在成群结队的人神簇拥下，游览一幢幢的宫室、殿宇，并经过大街、通衢，参观城市建设，从装置金门的枅比大厦门前经过，然后出城，进入果树成林、河渠纵横、花香鸟语的御花园中，尽情游览，至傍晚才进城，回到雅菲斯宫中过夜。宫里的人摆出丰盛的筵席，殷勤款待。神王木鲁尔矢和国王矮律补相敬相亲，举杯对酌。饭饱酒足之后，矮律补思乡心切，看神王一眼，说道："神王陛下！我要告辞回国了，因为我突然离开部下，不知人马的情况如何，实在放心不下。"

"老兄，指安拉起誓，我是不要跟你分手的，我不让你马上就走，除非你跟我在一起住上一整月，以便我借和你见面的机会，多多享受一些慰藉。"

在神王木鲁尔矢殷切的挽留下，矮律补不便固执己见，只好勉强留在雅菲斯城中，跟神王在一起，过着吃喝游玩的惬意生活。不知不觉一个月的逗留期限已满，是矮律补动身回国的时候了，神王木鲁尔矢送给他一批珍贵礼品，其中有矿石、宝石、翡翠、锆石、钻石、金砖、银锭、麝香、龙涎香、丝绸、锦缎。此外还送给矮律补和赛西睦绣金袍服各一袭，并给矮律补特制一项王冠，上面镶满极其名贵的珍珠宝石。一切预备妥帖之后，神王指派五百神兵神将，吩咐道："今晚你们好生准备，明天护送国王矮律补和赛西睦回国。"

"听明白了，遵命就是。"神兵神将应诺着退了下去，预备明天护送矮律补、赛西睦昆仲回国。

神王木鲁尔矢受骗

次日清晨，神王木鲁尔矢部下的五百神兵神将整装待发，即将动身护送国王矮律补和赛西睦回国的时候，突然听见战鼓、军号齐鸣之声，接着发现他们的城郭被七万之众的一支军队所包围。那支军队的统帅叫白尔恭，他部下的兵将中，有空中翱翔的飞天，有水底潜游的海怪。这支军队突然降临，当中有着奇怪的原因和动人的故事。原来那个叫白尔恭的统帅，他是红玉髓城的国王，住在黄金宫中，是神王木鲁尔矢的堂兄弟。他统辖着五座城堡，每座城堡中有五十万臣民。他和他的臣民都是祆教徒。而神王木鲁尔矢皈依伊斯兰教之后，臣民中有个阳奉阴违的歹徒潜逃到红玉髓城中，进入黄金宫，拜倒在神王白尔恭脚下，先祝福他长命百岁、荣华富贵，然后透露木鲁尔矢皈依伊斯兰教的消息。白尔恭问道："他是怎样叛变自己的宗教呢？"叛徒这才把经过的情况，从头到尾，详细叙述一遍。白尔恭听了木鲁尔矢改教的经过，气得吹胡子，瞪眼睛，咆哮着辱骂太阳、月亮和闪光的火一番，接着说道："指我的宗教起誓，我一定要杀死我的堂弟兄木鲁尔矢，并杀死他的臣民和那个外来的人，不让他们中一个漏网。"于是他调兵遣将，选择七万精壮的神兵神将，向神王木鲁尔矢兴师问罪，亲自率领，开到卓贝尔萨城下，扎下营寨，准备进攻。

神王木鲁尔矢派个使臣，吩咐道："你去那支军队中，问他们是干什么的？快去快来。"

使臣遵循命令，来到白尔恭军中。神兵问他："你是谁？""我是神王木鲁尔矢的使臣。"他回答着被他们带进白尔恭的帐篷。他跪下去吻了地面，说道："统帅阁下，敝国王派下臣前来谒见阁下，以便了解贵军的意图。"

"你回去禀告贵国王,我是他的堂兄弟白尔恭,是来向他请安问好的。"白尔恭婉言使走使臣,这才对左右的侍从说明他的计谋,叫他们站在他身边,吩咐道:"等他来到此地,我跟他见面拥抱之时,你们趁机逮住他,把他捆绑起来。"

"听明白了,遵命就是。"侍从们应诺着分列左右两旁。

使臣匆匆回到神王木鲁尔矢跟前,把神王白尔恭的话重说一遍。木鲁尔矢听了,毫不怀疑,决心去见他的堂兄弟,临行,对矮律补说:"你坐着等一等,我去看一看我的堂兄弟,一会就回来。"他说着骑马出城,一直来到白尔恭军中,进入他的帐篷。白尔恭起身迎接,伸出手臂,亲亲热热地拥抱他。这当儿,侍从们一齐拥了过来,七手八脚地逮住木鲁尔矢,把他捆绑起来,并给他戴上镣铐。木鲁尔矢突遭袭击,身在缧绁中,眼望着白尔恭,莫名其妙,问道:"哟! 这是怎么一回事呀?"

"狗东西!"白尔恭大发雷霆,"你抛弃自己的宗教,背叛祖宗的信仰,而皈依你所不认识的歪门邪道吗?"

"兄弟啊! 我已经得到圣亚伯拉罕的宗教了,他奉行的才是正道;除此之外,其他都是歪门邪道。"

"这是谁告诉你的?"

"伊拉克国王矮律补。我可是把他当上宾款待呢。"

"指火、光、凉、热起誓,我非把你们一个个杀尽斩绝不可。"于是吩咐把木鲁尔矢监禁起来。

矮律补打败神王白尔恭

神王木鲁尔矢的一个随从眼看主人的遭遇,一溜烟逃回城中,把神王被捕的消息告诉神王的将领们。将领们激于义愤,振臂大声疾呼,集合部下,预备前去救援神王。矮律补听见嘈杂、纷乱的言语、行动,惊而问道:"发生什么事了?"将领们告诉他神王木鲁尔矢的遭遇。他大吃一惊,即时唤赛西睦到跟前,吩咐道:"快把神王木鲁尔矢赠送的那两匹战马之一给我备上鞍辔!"

"兄长,你要跟神兵打仗吗?"

"是啊,我要用雅菲斯·本·诺亚的宝剑杀死他们。此去但求安拉援助我,因为他是创造宇宙万物的万能主宰呀。"

赛西睦遵循命令,迅速把那匹堡垒似的枣骝马备上鞍辔,牵到矮律补面前。矮律补拿起武器,跨上战马,跟披坚执锐的神将们一起,率领全副武装的神兵,开到城外,决心大动干戈。他们来到阵前,见白尔恭的将士早已严阵以待,便摆开阵势,形成两军对峙局面,在形势紧张,大战一触即发的情况下,第一个打开战门的是国王矮律补。他策马冲到阵中,拔出雅菲斯神剑,边舞着剑耍花招,边大声说:"安拉最伟大!圣亚伯拉罕奉行的才是唯一的正道。咱伊拉克国王矮律补是也。"敌阵中的将士眼看他的宝剑射出闪烁、灿烂的光芒,感到目眩心颤,一个个吓得目瞪口呆,形若白痴。白尔恭听了他的报名,愕然说道:"这就是教我的堂兄弟背叛自己的宗教,把他拉出教外的那个家伙。指我的宗教起誓,若不杀死矮律补,我决不回国称王。我要挽救我的堂兄弟和他的臣民,让他们回到祆教中来。谁反对我,我就要谁的命。"他说罢,跨上炮台似的大白象,喝令着拿钢矛刺入它的皮肤。白象吼叫一声,没命奔跑,直冲入阵中,来到矮律补附近。白尔恭怒气冲天地骂道:"狗东西!你闯进我国境内,破坏我堂兄弟的信仰,教他和他的臣民改变宗教,这到底是为什么?你要知道,今天你的末日到了。"他说着举起长矛,向矮律补猛刺一枪。矮律补闪身躲避,不曾刺中。接着他再刺第二枪时,矮律补眼明手快,一把夺过长矛,摇晃一下,随即对准大象猛摞过去。长矛刺穿象肚,它应声倒了下去,白尔恭像连根拔的枣树也跌在一旁。矮律补不给他动弹的余地,举起雅菲斯神剑,骂道:"滚你的吧,小神崽子!"他骂着手起剑落,用剑背击中白尔恭的脖子,打得他昏迷不省人事,被一群神兵抓住,立刻拿绳索捆绑起来。

矮律补旗开得胜,胆壮气盛,率领穆斯林神兵神将,迎头痛击冲来抢救白尔恭的袄教徒将士。于是两军大战起来,彼此越打越起劲,整个战场淹没在烟尘弥漫的战斗中。矮律补身先士卒,横冲直撞,如入无人之境。他所到之处,无坚不摧,直追杀到白尔恭营中,进入他的帐篷,找到被捕的神王木鲁尔矢,这才吩咐追随他的两神将铿勒钟和告磊钟:"快替你们主人解掉他身上的绳索吧。"两神将遵循命令,立刻解了神王木鲁尔矢身上的绳子。神王木鲁尔矢一旦得救,恢复自由,精神抖擞,说道:"快给我武器、战马吧。"铿勒钟和告磊钟分别给他拿来宝剑,牵来他的飞马。他跨上战马,抽出宝剑,雄赳赳气昂昂地跟矮律补并肩作战,彼此念着"安拉最伟大"的赞词,率领神兵神将追杀敌人。他们的呐喊声山鸣谷应,震天动地;他们的气势磅礴,像摧枯拉朽,一口气杀死三万多敌人,最后凯旋回到雅菲斯城中,进入王宫,安然坐在宝座上,然后吩咐带白尔恭前来审问,但出乎意料,白尔恭已不翼而飞。

原来矮律补打倒白尔恭之后,忙于指挥作战,不曾派专差看管他,结果被他的一个亲信偷偷地解掉他的臂缚,救他脱险,带他回到营中。可是当时部下死的死,逃的逃,大势已去,无法可想,只好带他飞回玉髓城,进入黄金宫。他坐在宝座上,惊魂方定,接着他部下逃脱性命的一部分将领陆续归来,向他问好,祝他平安脱险之喜。他垂头丧气地说:"我的部下被他们杀死,我本人曾经一度被俘,在神界中我的名誉已经扫地,这哪儿还有什么平安可喜?"

"主上,"将领们安慰他说,"帝王将相谁都有毁人制胜或失策挫辱之时,这原属兵家胜负的常事,陛下不必因此而心灰意懒。"

"我一定要报仇雪耻,否则,在同类中,我会一辈子羞愧得抬不起头来呢。"他说着振奋起来,即时致书各堡垒中的藩属,大张旗鼓地调兵遣将。

各藩属的首领收到神王白尔恭的信,唯命是从,诚惶诚恐地赶忙派兵前去支援。继而各路援兵陆续开到玉髓城下,总计三十二万凶神恶煞。神王白尔恭检阅兵马之后,对他们说:"各路兵马好生准备,限三天后出发。"

"听明白了,遵命就是。"各路兵马欣然接受命令。

矮律补用计围攻白尔恭的兵马

神王木鲁尔矢和矮律补凯旋归来,找不到白尔恭,大失所望,觉得事情不好办。矮律补懊悔说:"当初如果咱派一百神兵看管他,他就逃不出去。这该怎么办呢?"

"老兄,你要知道:白尔恭向来诡计多端,欺诈成性,此去他不会不报复的。他一定要召集藩属,前来攻打我们,因此我打算趁胜跟踪追击,不给他有喘息的余地。"

"你的想法很对,这个办法是可以行使的。"矮律补同意木鲁尔矢的想法。

"老兄,我要派神兵送你和令弟回国,让我对付邪教徒,自己肩负这个重担好了。"

"不,指宽大、仁慈的安拉起誓,我要留下来跟你并肩作战,非把凶神恶煞全部消灭,我才离开此地。因为咱们信仰权威、独一的安拉,最后胜利必定是属于我们的。不过赛西睦身患疾病,可以先送他回俄曼去,也许他在那里更容易恢复健康。"

神王木鲁尔矢接受矮律补的建议,即时唤来几名神兵,吩咐道:"你们带着这些礼物,护送赛西睦回俄曼城去。"

"听明白了,遵命就是。"神兵们应诺着即时动身送赛西睦回俄曼城去了。

神王木鲁尔矢致书各堡垒中的属僚,调来十六万神兵神将,率领着浩浩荡荡地开往玉髓城。在征途中,他们连续跋涉,一天之内赶了一年的路程,傍晚进入一个非常广阔的山谷中,就地宿营,休息了一夜。

次日清晨,神王木鲁尔矢正要率领部下启程,向玉髓城继续进军的时候,想不到白尔恭的先锋队已开到山谷中,因此两支军队邂逅,不宣而战,神喊马嘶,对打起来,一场战斗只杀得地震山摇,天昏地暗,整个战场变得凄惶悲壮。当此之时,勇猛善战的穆斯林将士横冲直撞,前仆后继,越战越起劲,显出气壮山河的气势。相反的,胆怯怕死、弄虚取巧的袄教徒将士,却临阵逃脱,弃甲曳兵,呼救求饶的惨叫声到处出现,显得异常卑微下贱。矮律补身先士卒,挥剑不停地杀伐,所到之处,只见头颅滚满一地。战争继续到日落天黑,才击鼓收兵,两军各回己营安息。总计此役,袄教徒军中战死的将士约七万名,穆斯林军中阵亡的将士也不少于一万之众。

神王木鲁尔矢和矮律补胜利归来,回到帐中,抹掉宝剑上的血迹,然后坐下来同席进餐,互祝平安凯旋之喜。同时神王白尔恭收兵回到营中,进入帐篷,垂头丧气,追念阵亡将士,耿耿于怀,懊丧不已,对部下说:"将士们,如果咱们待下来跟敌人对打,那么三天之内,会被他们杀尽斩绝的。"

"主上,咱们该怎么办呢?"

"今天夜里,待敌人入睡之后,咱们偷袭他们的营寨,把他们一网打尽,不留一兵一卒回去报信。你们好生准备,到时候万众一心地进攻敌人,给他们以毁灭性的打击。"

"听明白了,遵命就是。"将领们应诺着退下去,分头传达命令,准备偷袭。但不幸他们中有个叫詹德里的家伙,胸怀二志,一心向往伊斯兰教,因此他趁机潜逃,溜到穆斯林营中,向神王木鲁尔矢和矮律补告密,泄露袄教徒的军机。

神王木鲁尔矢大吃一惊,回头对矮律补说:"老兄,这该怎么办呢?"

"今晚咱们发动攻势,凭权威的安拉默助,咱们把敌人一股脑儿撵到荒原漠野去。"矮律补回答着唤将领来到跟前,吩咐道,"你们拿起武器,率领士卒,趁夜深人静时,以每百名士卒为一队,放轻脚步,分批悄悄地撤出营寨,去到附近的山中潜伏起来,等敌人前来偷袭,进入营寨时,才从四面八方赶来围攻他们。大家坚定意志,信赖主宰吧,胜利在望了。喏!我是跟你们在一起的。"

将领们遵循命令,按矮律补的指示,撤出营寨,溜到山中潜伏起来,眼睁睁等到深更半夜,才见白尔恭的队伍前去偷袭营寨。他们耐心等敌兵进入营寨,这才呼唤着最仁慈的创造宇宙万物的安拉,一齐奔下山来,像割草一样屠杀敌人。一场围攻战直打到天明,把敌人杀得血流满地,尸积遍野,死剩的已溃不成军,一个个抱头鼠窜,径往荒原漠野地带奔逃。

神王木鲁尔矢和矮律补打了胜仗,率领部下收拾敌人抛下的武器、财物,获得无数的战利品,欢天喜地地休息一天一夜。次日清晨,他们动身离开山谷,再接再厉地继续向玉髓城进军。

木鲁尔矢和矮律补进入玉髓城

白尔恭的部队偷袭敌营,遭到伏击,一败涂地,大部分的将士战死疆场,剩余的溃不成军。他率领一部分残兵败将狼狈逃回玉髓城,进入黄金宫,垂头丧气地对他们说:"将士们,你们中有贵重物品的,快收拾起来,带着随我上戈府山投奔神王艾资勒古,求他保护我们,他会替我们报仇雪耻呢。"于是率领部下,带着财物和他们的妻室儿女,径往戈府山投奔神王艾资勒古去了。

神王木鲁尔矢和矮律补率领大军,趁胜赶到玉髓城,见城门洞开,城中寂然不见一个神影,无法探听情况。木鲁尔矢带矮律补游览玉髓城和黄金宫。玉髓城的城墙是用翡翠筑成的,城门是红玉髓做的,上面钉着银钉,里面的房屋宫殿是用檀香和沉香建成的。游过大街小巷,来到黄金宫前。跨进宫门,穿过一道道长廊,前面便是一幢巍峨的宫殿。进去一看,原来是用锆石建成的,地板是钢玉和翡翠铺成的,既堂皇又富丽。他俩欣赏、称赞一番,继续向前,通过七道回廊,来到深宫后院,只见那宫院是四幢形式、装潢各不相同的厅堂组成的;四幢厅堂环绕的庭前有个红金喷水池,水池周围蹲着几个金狮子,清水不断从狮子口中喷出来,形象非常美丽可爱。后院正堂中的铺垫都是绣花的丝绸锦缎,当中还摆着两张镶满珍珠宝石的金宝座,陈设之富丽堂皇,令人望而目眩。神王木鲁尔矢和矮律补走进正堂,倒身坐在白尔恭的宝座之上,举行隆重的庆功仪式。

白尔恭和艾资勒古死在矮律补刀下

神王木鲁尔矢和矮律补占领玉髓城,在黄金宫中举行隆重的庆祝仪式之后,矮律补对神王木鲁尔矢说:"现在你打算干什么呢?"

"我已经打发一百名将士前去探听白尔恭的行踪;等知道他的去向,咱们就跟踪追去。"木鲁尔矢和矮律补在黄金宫中逗留了三天,出去探听消息的将士才回来。木鲁尔矢从他们口中知道白尔恭逃往戈府山投奔神王艾资勒古,便征求矮律补的意见:"老兄,你说该怎么办呢?"

"如果我们不去讨伐他们,他们必然要来攻打我们。"矮律补说出他的见解。

神王木鲁尔矢同意矮律补的见解,即时发号施令,吩咐将领们好生准备,限三天后出发。

预备出发的期限进入第三天,可巧护送赛西睦回国的将士完成任务归来,跪在神王木鲁尔矢和矮律补面前吻了地面,然后报告俄曼之行的经过。矮律补向他们打听俄曼城的情况和他的人马的处境。

他们回答说："赫姆勒恭打了败仗,令兄阿基补便逃往印度,投奔国王雅尔鲁补·本·嘎哈塔尼,讲明他和你之间的纠纷、对立情况,求他给予保护、支持。雅尔鲁补答应他的要求,写信给各藩属,调集无数的人马,数量之多,像汪洋大海,无边无际。他如此大张旗鼓,显然是要踏平伊拉克才甘休呢。"

矮律补听了将士的报告,愤然说道:"该死的多神教徒,我要给他们点厉害看看。安拉会援助伊斯兰教呢。"

神王木鲁尔矢也很生气,说道:"指伟大的安拉起誓,我要跟你一起回贵国去,共同消灭敌人,非助你达到目的不可。"

矮律补非常感激木鲁尔矢,和他一起安息睡觉,准备明天按计划向戈府山进军。

次日清晨,神王木鲁尔矢和矮律补率领大军出发,离开玉髓城,径向戈府山进军,连续跋涉了几昼夜,来到距麦尔麦尔城半天路程的地方停下来打尖,并派探子前去探听城中的情况。所谓的麦尔麦尔城,原是神祖巴律古·本·法勾尔用名贵云石建筑的,他还在城中用金砖银瓦建筑一幢巍峨的宫殿。由于宫殿是以金砖银砖间隔砌成而显出斑驳、灿烂的光芒,故名为艾布勒谷宫。像这样的建筑,在宇宙间是绝无仅有的。继而探子回来报告,说道:"神王陛下,麦尔麦尔城中全是神兵神将,他们的数目多如树叶、雨点,简直无法计算。"

神王木鲁尔矢知道麦尔麦尔城中的情况,便征求矮律补的意见,说道:"老兄,情况如此,咱们怎么办呢?"

"陛下将兵马分为四路,半夜时候分头开去,把麦尔麦尔城团团围困起来,然后吩咐他们大声齐念'安拉最伟大'的赞词。念过赞词之后,叫他们退在一旁,静观城中的动静。"

神王木鲁尔矢采纳矮律补的办法,召集将领面授机宜。将领们遵循命令,率领士卒,枕戈待旦,等到半夜时候,才分四路齐头并进,开到麦尔麦尔城外,把它团团围困起来,然后同时齐念"安拉最伟大"的赞词。城中的多神教将士闻声从梦中惊醒,以为敌兵已经攻进城来,惊慌失措,各自拿起武器,黑夜里互相残杀起来,直混战到黎明,才知中了敌人之计,但大多数将士已经死亡,活着的只是很少的一部分。这时候,矮律补向穆斯林将士发出战斗号令,大声说:"喏!我跟你们在一起,大家快进攻残余的多神教徒吧,安拉会援助你们呢。"于是他和神王木鲁尔矢指挥将士,乘虚攻进城去,大肆杀伐。矮律补挥着雅菲斯神剑,身先士卒,冲入敌兵行列,如入无人之境,所到之处,只见头颅落地。他不但结果了白尔恭的性命,而且神王艾资勒古也死在他的刀下。

矮律补娶考凯贝·撒巴霍①公主为妻

正午时候,麦尔麦尔城已被夷为平地,多神教将士死得连报信的都不剩一个。神王木鲁尔矢和矮律补双双进入艾布勒谷宫,见宫殿的墙壁是用金砖银砖砌成的,门窗是嵌翡翠的水晶石装置的,里面有喷水池,桌椅上镶满珍珠宝石,铺着绣花镶金的丝绸铺垫,各种金银财宝应有尽有,数量之多,屈指难数。他俩漫步进入后宫内院,见里面都是如花似玉的后妃和宫娥彩女。矮律补仔细打量,见妇女群中有个非常窈窕美丽的少女,身穿一袭价值千金的宫服,被成百的宫女围绕着,用金钩替她擎起长裙,她在宫女之间,恰像群星中的一轮明月。矮律补一见倾心,顿生痴情,呆头呆脑地问宫女们:"这位小姐,她是谁呀?"

"她是国王艾资勒古的女儿,考凯贝·撒巴霍公主。"

矮律补回头看神王木鲁尔矢一眼,说道:"神王陛下,我打算娶这个姑娘为妻。"

"这幢宫殿和里面的财物、婢仆都是你亲身转战所获得的。如

---

① 意为晨星。

果不是你用巧计杀死白尔恭、艾资勒古和他的兵马，我们一定会被他们杀尽斩绝，所以这里的财物、婢仆都是你的战利品。"

矮律补征得神王木鲁尔矢的同意，衷心感激，即时走到考凯贝·撒巴霍公主面前，从头到脚仔细观看一番，有百看不厌之感，因而爱她爱到极点。这时候，他把波斯王的女儿斐瑚尔·塔芷公主和迈赫娣娅一股脑儿给忘记了。

考凯贝·撒巴霍公主的母亲，原是中国皇帝的女儿，被神王艾资勒古攫来作为他的妻室，替他生了考凯贝·撒巴霍公主。由于公主的姿色太美丽，故取名考凯贝·撒巴霍。公主诞生后四十天，她母亲便逝世。她在乳娘、保姆抚育下逐渐成长，今年刚满十七岁，便遭遇这次兵燹，弄得国破家亡。矮律补对她一见倾心，跟她握手谈情，彼此情投意合，当天晚上便举行婚礼，英雄美人结为恩爱夫妻。

矮律补下令捣毁艾布勒谷宫，把金银财宝和金银砖瓦分给将士们，他本人分得二万一千块金银砖瓦和无数的金银财宝，神王木鲁尔矢还带他游览戈府山中的奇峰异景。继而他和神王木鲁尔矢率领兵马回到玉髓城，分享白尔恭的金银财宝，并捣毁他的城郭。最后他们满载而归，回到神王木鲁尔矢的王国中。

矮律补在回国途中

矮律补在神王木鲁尔矢宫中极其快乐地欢度五天之后，思乡心切，便向神王木鲁尔矢告辞，征求他的同意。神王木鲁尔矢依依不舍地说："老兄，我要骑马陪随你，直送你回到你的故乡。"

"不，指圣亚伯拉罕起誓，我不愿你再受跋涉之苦。不过我想把神将铿勒钟和告磊钟随身带走。"

"你索性带走一万神兵，让他们替你效劳吧。"

"不，我只想带走我指名的两位将领。"

神王木鲁尔矢满足矮律补的愿望,派一千仆从替他携带战利品,送他转回故乡,并吩咐铿勒钟和告磊钟跟他同行,好生听他使唤。两神将欣然接受命令,说道:"听明白了,遵命就是。"

一切预备妥帖之后,矮律补对仆从们说:"你们带起财物,侍奉着考凯贝·撒巴霍跟我走吧。"他说着走到他骑着打仗的那匹飞马面前,跃身跨上马背,刚要动身起程。神王木鲁尔矢说道:"老兄,这匹飞马只适于在我们境内生存;一旦去到人世间,就得丧命。不过我的马厩中还有一匹海马,在伊拉克境内或其他任何地方的马群中,是找不到像它这样的好马的。"他说着吩咐仆从将海马牵来,送给矮律补。

矮律补一见海马,喜得发愣。铿勒钟忙给它备上鞍辔,告磊钟给它驮着行李。临行,神王木鲁尔矢拥抱矮律补,挥着惜别的眼泪说:"老兄,往后你若碰到顽强的敌人,只管派人来告诉我,我即时派兵马去杀死他,踏平他的国土。"

矮律补对神王木鲁尔矢的关怀和好意当面感谢一番,然后骑马带着两名神将动身起程,连续飞行了两昼夜,走了五十年的旅程,来到俄曼城附近歇下来打尖。矮律补看铿勒钟一眼,说道:"你先上俄曼城去一趟,替我打听一下城中的情况。"

铿勒钟遵命去了一会,随即转回来,向矮律补报告,说道:"主上,俄曼城受到多神教徒的攻击,他们的兵马像汪洋大海,你的人马在赭姆勒恭的指挥下,敲着战鼓正在跟敌人大战呢。"

矮律补听了噩耗,说道:"安拉最伟大!铿勒钟,快给我预备战马和武器吧。今天我要在战场上跟胆怯的敌人刀兵相见,叫他们看看我的厉害。"

铿勒钟和告磊钟忙给他备马,同时呈上枪和剑,并劝阻道:"陛下不必操心劳力,还是让我俩前去对付敌人,把他们杀绝斩尽。"

"不,指圣亚伯拉罕起誓,我非亲自出马不可。"矮律补说着跨上战马,拔出雅菲斯神剑,径向俄曼城出发。

阿基补向印度国王求援

俄曼城再一次被多神教的兵马围攻,原因是这样的:原来,阿基补率领国王雅尔鲁补·本·嘎哈塔尼的人马进攻俄曼城,被赭姆勒恭和撒尔东率领的穆斯林人马打败,差一点全军覆没。他狼狈逃跑,但走投无路,只好对残余的亲信们说:"事到如今,国王雅尔鲁补的儿子和将士已经被敌人杀死,如果咱们再去见他,他会说:'要是不为你们,我的儿子和将士就不会被人杀死。'这样一来,咱们的性命就不可保,会被他杀得一个不剩。现在咱们只好去投奔印度国王塔尔剀南,求他保护我们,替我们报仇。"

"火神保佑! 请带我们走吧。"亲信们异口同声地赞成他的意见。

阿基补率领残余亲信流亡,跋涉了几昼夜,来到印度国,求见国王塔尔剀南,获得国王的允许,便进入王宫,来到国王面前,跪下去吻了地面,祝福、颂扬一番,然后说:"国王陛下,求你保护我吧。灿烂发光的火会给你报酬的,漆黑的夜会保佑你呢。"

"你是谁? 你要我替你做什么?"

"我叫阿基补,原是伊拉克国王,不幸受到我弟弟矮律补的迫害、虐待。他不仅篡夺我的王位,背叛祖先的宗教,改奉伊斯兰教,而且到处跟踪追捕我,害得我没有栖身之地,只好前来投奔陛下,求你保护。"

国王塔尔剀南听了阿基补的控告,大为气愤,坐站不宁,慨然说道:"指火起誓! 我一定替你报仇;凡是不拜火的,都不让活着。"他说着把太子叫到跟前,吩咐道:"儿啊! 你赶快准备,率领大军前去讨伐伊拉克,把它夷为平地,狠狠地拷问那些不拜火的败类;可别轻易杀死他们,必须把他们带回来,让我用各种刑法惩治他们,以便拿他们的下场警告世人。"

穆斯林将领同印度军将领对垒

印度国王塔尔剀南调兵遣将,选拔骑马和骑长颈鹿的骑兵各八万名,再加上一万名象兵。每头象背上备着檀木鞍轿,轿柱是纯金的,轿壁和轿顶是金板银钉装配的,鞍轿前面装置着镶翡翠的金质挡箭牌。此外还配备大批战车,每辆战车可载八名使用各种武器的士兵,由太子挂帅,率领大军远征伊拉克。

太子叫腊尔督·沙,是当代最勇敢的将领。经过十天的准备,太子腊尔督·沙率领如云的大军浩浩荡荡地出发,向伊拉克进军。连续跋涉了两个月,来到俄曼城,把它围困起来。阿基补扬扬得意,认为此役非胜不可。殊不知城中穆斯林军队的首领赫姆勒恭和撒尔东率领将士,敲着战鼓,人喊马嘶地出城迎战。

矮律补从铿勒钟口中知道多神教人马围攻俄曼城,穆斯林将士跟他们交战的消息,便仗剑策马赶到战地观战。只见撒尔东冲到阵中叫阵,首先打开战门。多神教军中的一名大将冲出来应战。撒尔东不待对手站定,便先发制人,一锤矛打断他的骨头,结果了他的性命。接着第二名、第三名相继前来跟他交锋的,也都被他轻易打死。就这样他一口气打死了三十名敌手。当此之时,多神教军中派出来交锋的,是一名能敌五千之众的盖世英雄,叫白塔叔·艾革龙,是国王塔尔剀南的叔父。他冲着撒尔东骂道:"阿拉伯强盗听着:你达到与印度将领对抗的境地了吗?今天是你生命最后的日子了。"

撒尔东听了对手的辱骂,气红了眼,举起锤矛,对准白塔叔猛烈一击,但是白塔叔闪身躲避,锤矛落在空处,不曾击中,兼之他用力过猛,连人带枪一齐摔倒。白塔叔不待他跃起,趁机逮住他,当俘虏捆绑起来,押回营去。赫姆勒恭见撒尔东被擒,大吃一惊,说道:"为圣亚伯拉罕的宗教而战！"随即策马奔向白塔叔,跟他对垒起来。可是刚打了几个回合,一个措手不及,被白塔叔一把抓住铠甲的衣领,从马鞍上拔了起来,再往地上一摔,叫部下捆绑起来,押了下去。就这样,白塔叔把跟他交锋的对手,左擒一个,右擒一个,一口气擒了二十四名穆斯林将领。穆斯林军中的将士眼看那种节节失败的局面,忧愁、恐怖到极点。同样的,矮律补眼看将领们的遭遇,抑制不住愤怒情绪,从膝下抽出由神王白尔恭手中夺来的那杆一百二十斤重的锤矛,策马奔向白塔叔。

矮律补同白塔叔交锋

矮律补手执锤矛,打着海马旋风般冲到阵中,高声说道:"安拉最伟大,安拉援助我们,我们的胜利即将实现,违背圣亚伯拉罕的多神教徒即将一败涂地。"他边说边进攻白塔叔,一锤矛把他打倒,随即转向穆斯林阵营,看他弟弟赛西睦一眼,说道:"来吧! 把这条恶狗逮捕起来。"

赛西睦听从矮律补的吩咐,奔到白塔叔跟前,擒住他,紧紧地捆绑起来,当俘虏带了下去。穆斯林将士眼看那种情景,大为惊奇、诧异。同样的,多神教军中的将士也觉得惊奇、诧异,彼此面面相觑,窃窃私语,互相埋怨道:"从他们阵中跑出来的这员大将到底是谁? 咱们的将领被他擒走了。"正当人们议论纷纷,莫名其妙的时候,矮律补却大声向多神教阵营叫战。敌阵中一员大将冲出来应战,跟他交锋。他手起矛落,打翻了对手。神将铿勒钟和告磊钟即时逮住他,捆绑起来,让赛西睦带走。接着矮律补用同样的手法对付应战的敌手,先后擒获五十二名敌将。这已是日落天黑时候,两军击鼓收兵,各回己营。矮律补勒马走向穆斯林阵营,第一个前来迎接他的是赛西睦。他拽着马镫边吻矮律补的脚,边说道:"盖世的英雄豪杰啊! 愿你的两手永不枯萎。告诉我们吧：你是谁？"

矮律补一声不响，举手揭起首铠的眉庇，露出他的面目。赛西睦一见是他，喜不自胜，高声说："将士们，这位将领是你们的国王矮律补，他回来了。"

将士们听说国王回来，一个个跳下马来，争先恐后地奔到马前吻矮律补的脚，问候他，为他平安归来，大家欢喜若狂，前呼后拥地和他走进俄曼城，回到王宫。矮律补坐在宝座上，将领们怀着无比欢慰的心情围绕着他，陪他吃喝。吃饱喝足之后，大家听他谈在戈府山中跟神界打交道的情况。大家听了都感到诧异，为他平安归来，衷心感激安拉。夜深了，矮律补吩咐将领们各去安歇，只留神将铿勒钟和告磊钟在侧侍候。

矮律补回乡探亲

夜阑人静，矮律补始终睡不熟，一时心血来潮，打算回乡去探望妻室，便对神将铿勒钟和告磊钟说："我想回库发城去看望眷属。你俩能不能带我上那儿去一趟，并在天明前带我回来？"

"主人啊！你所要做的这件事，对我们来说，是最轻易不过的。"两神将剀切地回答矮律补的问话。接着铿勒钟同告磊钟商议说："去时，我背他，回来时，你背他好了。"于是决定起程，由铿勒钟背着矮律补，告磊钟在侧护卫，即时离开俄曼城，径向库发飞行。俄曼与库发之间相距六十天的旅程，两神将只飞了一小时就到达目的地，便带着矮律补落在王宫门前。矮律补走进宫去，来到他叔父刀米武跟前。刀米武赶忙起身迎接，同他寒暄、问好。矮律补急不可待地问道："我的妻室考凯贝·撒巴霍和未婚妻迈赫娣娅怎么样？她们好吗？"

"她们生活如常，身体健康。"刀米武回答着打发仆人去后宫报喜信。

仆人来到后宫,报告矮律补回来的消息。考凯贝·撒巴霍和迈赫娣娅喜出望外,顿时吼出"呜噜呜噜"的欢呼声,并赏仆人报喜钱。继而矮律补和刀米武一起来到后宫,考凯贝·撒巴霍起身迎接,问候他,夫妻久别重逢,感到分外亲热。于是对坐谈心,听他讲征战的经历和跟神界交往的情况,都感到惊奇,直至更残夜静,才去安歇。

矮律补和考凯贝·撒巴霍欢度一夜,至黎明才起身告别家人,由告磊钟背着他,在铿勒钟护卫下离开库发,天亮前安然回到俄曼。这已是出征时候,便佩带武器,跨上战马,率领将士,下令开战,预备出去战斗。可想不到守城的一开城门,便有一员印度将领带着赭姆勒恭、撒尔东和其他被擒的穆斯林将领闯进城来。矮律补一问,才知道原来是那位印度将领解救他们,并送他们回来的。他们脱险归来,穆斯林军中欢喜若狂。于是他们重新武装起来,跨上战马,随大军重上战场。

矮律补同阿基补交锋

矮律补率领部下,出城来到战场,见多神教的人马已严阵以待。他指挥部下摆好阵势。将士们摩拳擦掌,剑拔弩张。矮律补一马当先,首先打开战门。他策马冲到阵中,拔出雅菲斯神剑,大声说:"对认识我而吃过苦头的人,这就用不着我来介绍了。至于还不认识我的人,让我告诉他吧:鄙人伊拉克国王矮律补是也,阿基补是我的哥哥。"

印度王子腊尔督·沙听了矮律补叫战,吩咐将领:"你们给我找阿基补来。"将领们遵循命令,果然找来阿基补。王子对他说:"你当然知道,这是你同他们之间的纠葛,战祸是你惹出来的。喏!那是你弟弟矮律补,他在阵中等着交锋呢。现在派你出去对付他,快把他给我擒来，让他倒骑着骆驼，拿去游街示众，然后带往印度去狠狠地惩罚他。"

"王子，我身体虚弱，不能胜此重任，请另派勇将去对付他吧。"

印度王子听了阿基补推故之言，怒形于色，既吹胡子又瞪眼睛，悍然说道："指火、光、凉、热起誓，你非出去跟你弟弟交锋不可，假若你不赶快把他擒来，我就砍你的头。"

在王子的威逼下，阿基补不得不出马。他硬着头皮，鼓起勇气，策马上阵，和他弟弟矮律补刀兵相见。一见面他便充口骂道："你这条比打帐篷桩的奴隶还下贱的阿拉伯狗！胆敢与帝王抗衡、比肩吗？现在我给你报死信来了，收下你应得的报酬吧。"

矮律补听了阿基补的辱骂，问道："你是什么国的国王？姓甚名谁？"

"我是你的长兄阿基补，今天你的末日到了。"

矮律补仔细打量一番，认清来人确是他哥哥阿基补，大吼一声，说道："好啊！我替父母报仇雪耻的时候已经到来。"他说着把手中的神剑递给铿勒钟，随即冲到阿基补面前，举起狼牙棒，一闷棍打在他身上，差一点打碎他的肋骨，同时他伸手抓着阿基补的铠甲领口一拽，把他从马鞍上拔了起来，信手摔在地上。两神将赶忙扑过去，擒住他，拿绳子捆绑起来，押了下去。矮律补轻而易举地战胜对手，满心欢喜，欣然吟道：

> 我的希望、目的已经实现，
> 感谢、赞美主宰的恩遇。
> 我生来属于卑微、穷苦之流，
> 幸亏安拉满足我的愿望、要求。
> 我战胜强敌掌握大权，
> 这都是主宰一手赐予。

印度王子腊尔督·沙眼看阿基补的遭遇，非常恼火，唤仆从牵来战马,然后披甲仗剑,全副武装,策马冲到阵中,指着矮律补骂道:"砍柴的阿拉伯贱种!莫非你达到同帝王对抗的地步而能俘虏他们的将领吗?劝你赶快下马来吻我的脚,放掉我的将领,然后垂手受绑,随我回印度去。那时节我会饶你的命,当老弱残废供养你,总少不了你有吃喝的。"

矮律补听了印度王子的辱骂,笑得前仰后合,差一点倒在地上。他哈哈大笑之后,回骂道:"好狂妄的恶狗、癞狼哟!我和你谁该倒霉,这你将会亲眼看见的。"他说着吩咐赛西睦:"把俘虏全都给我带上来。"

赛西睦遵循命令,果然把俘虏带了上来。矮律补当印度王子之面,挥剑把他们一一斩首。腊尔督·沙眼看那种情景,忍耐不住,使出全身气力,勇猛进攻矮律补。就这样二人交锋、对垒起来。彼此旗鼓相当,攻守自如。此进彼退,彼攻此守,越战越起劲,直麈战到日落天黑,仍不分胜负。最后只得随着收兵的鼓声,暂且分手,各归己营。

腊尔督·沙被擒

矮律补回到军中,将领们祝他平安之喜,说道:"主上,您向来是速战速决的,可今天却延长战斗时间。"

"将领们,我跟英雄豪杰交过锋,可从来没遇到像今天跟我对垒的这员大将这样英勇善战的对手。当初我本来打算抽出雅菲斯神剑,一剑砍下去,结果他的性命,可是我一再思考:如果把他生擒过来,这对伊斯兰教总是有好处的,因此我才不向他下毒手。"

同样的,印度王子腊尔督·沙回营进入帐中坐下,将领们前来祝福他,打听敌手的情形。他慨然说道:"指灿烂发光的火起誓,像今天跟我交锋这员大将这样武艺高强的敌手,我可是从来还没遇过呢。明天我要擒住他,当一名卑微下贱的俘虏带回国去。"

矮律补和腊尔督·沙各人怀着希望安歇一宿。次日清晨，两军将士披甲仗剑，全副武装，跨马开往战场，摆好阵势，人山人海，到处都是兵马。在战鼓军号声中，双方的将士摩拳擦掌，剑拔弩张，形势紧张，大有一触即发之势。当此之时，首先打开战门的还是猛狮似的矮律补。他策马冲到阵中，兜了几个圈子，然后大声叫战，说道："有谁敢和我交锋、对垒吗？可别叫懒汉、懦夫出来送死。"

随着矮律补的叫战，腊尔督·沙骑着堡垒似的大象出来应战，象背上的鞍座，用丝带绑得非常稳固。驭手坐在象头上，手里握着一柄金钩，拿它不停地敲打大象，催它前进或向左右拐弯，大象来到阵中，矮律补的战马一见那个庞然大物，吓得惊跃起来。矮律补索性跳下马来，把战马交给铿勒钟，然后拔出雅菲斯神剑，单刀直入，走到腊尔督·沙的大象跟前。矮律补的这一举动，正投合腊尔督·沙的心意。这是因为腊尔督·沙往昔跟敌手交锋，常吃败仗，因而他惯用套网制敌取胜。所谓的套网，是上窄下宽的一种圆锥形武器，网底系着一个丝绳活结，绳端贯穿网顶，用时拿它撒在敌人身上，然后握着绳端一拽，敌人便落在网中，垂手被擒。腊尔督·沙经常坐在象背上，利用套网征服对手，早已行之有效。所以当矮律补刚到大象跟前，腊尔督·沙便把套网撒在他身上，握着绳端一拽，他便落在网中，拖到象身上，成为俘虏，腊尔督·沙这才喝令御者驱象回营。

神将铿勒钟和告磊钟始终追随矮律补，寸步不离他的左右。现在眼看主人落网被擒，便急起直追，赶忙捉住大象，不放它走，并向腊尔督·沙进攻。矮律补趁机努力挣扎，扯破罗网，脱逃出来。这时候腊尔督·沙也跌在铿勒钟和告磊钟手里，被他俩拿枣皮绳捆绑起来。接着两军的将士也就冲杀、战斗起来，势头之凶猛，有如二山相撞、两海交流。人马踏起的烟尘布满大地，将士们像瞎子一样摸索着战斗，前仆后继，奋不顾身。一场大战，只杀得血水奔流，尸积遍地。战斗激烈地进行着，直鏖战到日落天黑，两军才击鼓收兵，各归己营。

矮律补回到营中，清点穆斯林人马，发现他们中死亡的人数太多,活着的也大都受伤,这是因为敌人有象队和长颈鹿队而占优势的缘故。他为此感到左右为难,忧心忡忡,只好一方面吩咐赶快医治受伤的将士,一方面向将领们商讨对策。他环顾他们一眼,说道:"你们有什么办法可以挽救危局?随便谈谈自己的意见吧!"

"主上,"有人说,"给我军造成惨重伤亡的,主要是敌人的象队和长颈鹿队;如果能避免象队和长颈鹿队的危害,咱们准能打败敌人。"

神将铿勒钟和告磊钟听了将领们的议论,自告奋勇,建议说:"让我俩拔出宝剑,前去攻打敌人,把他们的人马杀个精光。"

将领们出谋划策,你一言我一语,大家正谈得热闹的时候,赭兰德的一名谋臣宿将挺身而出,说道:"主上,如果您信任我,肯听忠言,我可以助你一臂之力,保证打败敌人。"

矮律补环顾将领们一眼,吩咐道:"将领们,无论这位学者吩咐、指示你们什么,你们都得听从他。"

"听明白了,遵命就是。"将领们应诺着随谋臣退了下去。

腊尔督·沙打回印度

赭兰德的谋臣获得矮律补的信任,便跟将领们在一起商议对敌的策略。他选择十名大将,问道:"你们手下有多少勇士?"将领们回答说:"有一万名。"于是他带他们去到军库中,发给五千支火绳枪,五千张弩弓,并教他们怎样放枪、射箭。

次日清晨,多神教的人马全副武装,严阵以待。他们的象队和长颈鹿队排头,紧跟着的是率领士卒的将领们,一个个雄赳赳气昂昂,显出不可一世的派头。同样,穆斯林队伍在矮律补指挥下也摆好阵势,跟敌人形成对峙局面;将士们同仇敌忾,剑拔弩张,显出视死如归的气概。继而战鼓、军号齐鸣,战斗开始。多神教军中的象队和长颈鹿队一齐向前推进，来势凶猛可怕。当此之时，穆斯林军中那个赭兰德的谋臣一声令下，持枪和带弩的勇士便一齐放枪、射箭，迎头痛击。枪弹和箭矢击中大象和长颈鹿，打得它们嗥吼着转身逃窜，弄得敌阵顿时骚乱起来，将士们不死在象脚鹿蹄下，便弃甲曳兵，抱头逃窜。穆斯林将士趁势左右围攻，跟踪追击，杀得敌人溃不成军，死的死，逃的逃，甚至连大象和长颈鹿幸免伤亡的，也只是极少数。

经过一天的杀伐，矮律补率领全胜之师，凯旋归来，安息一夜。次日庆功受奖，分享战利品。再经过五天休息，待人马恢复精神，矮律补才临朝视政，开始审问俘虏。第一名出庭受审的是他哥哥阿基补。矮律补一见他，破口骂道："狗东西！你胆敢勾结各国王公反对我们，这是何居心？幸亏万能的安拉援助，我总算战胜你，把你擒来了。你要保全性命、地位，那就赶快皈依伊斯兰教吧！如果你听劝告，我可以不报弑父杀母之仇，并恢复你的王位，愿意在你手下效劳。"

"我不愿抛弃自己的宗教。"阿基补断然拒绝改教。

不得已，矮律补只好给阿基补戴上脚镣手铐，吩咐带下去，由一百名精壮士兵看管起来。继而他瞅印度王子腊尔督·沙一眼，问道："你愿意皈依伊斯兰教吗？"

"回禀主人：我愿意改奉伊斯兰教。因为你奉行的如果不是真实、可靠的正道，那么你是不可能战胜我们的。现在请你伸出手来吧！我证明安拉是唯一的主宰，圣亚伯拉罕是他的使徒。"

腊尔督·沙毅然改奉伊斯兰教，矮律补感到无比欢喜快慰，欣然问道："现在信仰伊斯兰教的决心在你心中稳定下来了吧？"

"是啊，我的主人，已经稳定下来了。"

"腊尔督·沙，你愿意打回老家去吗？"

"现在我若回家去，准会被家父斩首，因为我已经抛弃他的宗教了。"

"不要紧，我陪你一块儿去。凭宽大、仁慈的主宰默助，我辅助你当印度国王,叫老百姓都顺从你。"

腊尔督·沙赶忙吻矮律补的手和脚,表示衷心感谢。

矮律补饮水思源,深感胜利的得来颇不容易。而胜利的主要原因是得力于那位谋臣、宿将的策略和战术,因此他奖励那位谋臣,赏他大批钱财。继而他回头对神将铿勒钟和告磊钟说:"现在我要你俩带我们上印度去。"

"听明白了,遵命就是。"两神将欣然接受命令,随即分别由告磊钟背负撒尔东和赭姆勒恭,铿勒钟背负矮律补和腊尔督·沙,双双飞腾起来,离开俄曼城,径往印度飞行。

腊尔督·沙登极为王

神将铿勒钟和告磊钟分别背负矮律补、赭姆勒恭、撒尔东和腊尔督·沙,傍晚动身起飞,连夜飞行,天亮前赶到克什米尔,落到王宫的屋顶上,然后沿楼梯下去,进入内宫,来到印度国王塔尔凯南跟前。而在他们到达印度之前,国王塔尔凯南已经听到王子腊尔督·沙打败仗被擒的消息,因而忧心忡忡,寝不安席,食不甘味,终日如坐针毡,正百思而不可解的时候,矮律补和腊尔督·沙突然出现在他眼前,吓得他呆然不知所措,尤其怕神将怕得要命,身边的后妃也吓得一哄而散。王子腊尔督·沙瞪国王一眼,理直气壮地骂道:"叛逆成性的袄教徒哟! 你要到什么时候才醒悟呢? 劝你快抛掉火,回头信奉创造昼夜的安拉吧,别再执迷不悟了。"

"狗崽子,你损兵折将,打了败仗,背叛祖先的信仰,还有脸来劝我叛教!"国王塔尔凯南咒骂着拿起身边的铁杖扔向王子。铁杖砸歪了,碰在拱柱上,打落三块石片。矮律补见势头不对,走近国王,对准他的脖子,一拳打倒他。铿勒钟和告磊钟赶忙把他捆绑起来,矮律补这才指着国王对王子腊尔督·沙说:"你来裁处令尊大人吧。"

腊尔督·沙回头瞪国王塔尔剀南一眼,说道:"走入迷途的老人家,回头是岸,趁早皈依伊斯兰教吧。如果你肯听劝告,便可保全江山、性命,否则你将触怒安拉,免不了要下地狱呢。""我死也不脱离自己的宗教。"国王断然拒绝改教。矮律补眼看没有转圜余地,没奈何,只好拔出雅菲斯神剑,拦腰一剑把他砍为两截,然后吩咐把尸体拿出去挂在宫门前示众。两神将遵循命令,即时把国王的尸首搬到宫门前,左右各挂一截。待一切布置妥帖,他们才在宫中安歇过夜。

次日清晨,矮律补叫腊尔督·沙戴上王冠,穿起宫服,坐在宝座上,南面称王。矮律补本人坐在他的右边,并让赭姆勒恭和撒尔东侍立左右两旁,最后对神将铿勒钟、告磊钟说:"你俩去宫门前等着,凡进宫来的人,通通逮捕起来,谁都别放走。""听明白了,遵命就是。"两神将应诺着退了出去,在宫门前等着执行命令。

国王塔尔剀南的文臣武将照例按时进宫朝拜国王。这天清晨第一名前来朝拜的是武将中的大元帅。他来到宫前,一眼看见国王塔尔剀南的尸首分两截挂在宫门的左右两边,顿时吓得目瞪口呆,不知如何是好。正当他踌躇不前之时,铿勒钟一步跨到他跟前,抓着衣领摔倒他,用绳索一捆绑,然后拖进宫去拘禁起来。就这样两神将继续逮捕前来朝王的文臣武将,一个早晨先后逮捕了三百五十人,然后带他们去见矮律补。矮律补说道:"官吏们,贵国王的尸首挂在宫门前,你们看见没有?"

"这种事是谁做的?"官吏们反问一句。

"是我做的。这是在万能的安拉默助下才能这样做的。你们谁敢反抗,我便以同样的办法惩治他。"

"你要我们做什么呢?"

"我是伊拉克国王矮律补,你们的军队就是被我打败的。你们的王子腊尔督·沙已经皈依伊斯兰教,现在由他继承王位,掌握政权,管理国家大事。你们赶快改奉伊斯兰教,便可保全身家性命。如果拒绝劝告,那是咎由自取,懊悔就迟了。"

官员们听了矮律补的一席话,大家都念《作证词》,心口如一地改奉伊斯兰教,幡然成为虔诚的穆斯林。矮律补问道:"信仰伊斯兰教的决心在你们心中固定了吗?"

"是啊,已经固定下来了。"

矮律补下令替他们松绑,恢复他们的自由,最后对他们说:"快见你们的部下、属员和家眷去吧! 劝他们皈依伊斯兰教,不听劝告的,一律处死。"

矮律补回库发城结婚

印度国王塔尔剀南的属僚皈依伊斯兰教后,遵循矮律补的命令,分头向部下、属员和家眷说教,叙述国王的下场,劝他们皈依伊斯兰教。人们接受劝告,纷纷改奉伊斯兰教,只是少数不肯改教的人遭殃。矮律补听了官员们劝善说教的经过和结果,衷心感到欢慰,欣然赞颂安拉,说道:"感谢、赞美安拉,是他叫我们不流血便轻易完成这桩大事的。"于是下令捣毁祆教的神龛、庙宇,并大兴土木,在庙宇的基址上建筑清真寺和大礼拜堂。经过四十天的经营,在政教方面替腊尔督·沙奠定了巩固基础,然后准备回国。腊尔督·沙衷心感谢矮律补,预备大批金银财宝,装船运往伊拉克,当贡礼献给他。

矮律补、赭姆勒恭和撒尔东向腊尔督·沙告辞,分别由铿勒钟和告磊钟背着起程,连夜飞行,黎明时回到俄曼城,受到部下和庶民热烈欢迎,大家欢天喜地地问候、祝福他们。矮律补吩咐带他哥哥阿基补到大庭广众中,当众宣布他的罪行,判处极刑,当场吊死示众。赛西睦拿来两个铁钩,钩住阿基补的脚筋根,倒吊在城门上,然后吩咐弓手向他放箭,直射得他满身是箭,活像一个刺猬。

矮律补战胜强敌,吊死阿基补,替父母报了仇,怡然自得,于是率领一部分人马,荣归故里。他回到库发城的当天,坐在宝座上发号施令,处理国家大事,整整忙了一天,到天黑才回后宫和妻室见面言欢。他的妻子考凯贝·撒巴霍起身迎接,热情地拥抱他,婢女们也为他平安归来而祝福、问好。他和考凯贝·撒巴霍夫妻久别重逢,如鱼得水,亲亲热热、痛痛快快地在一起过夜。

次日清晨,矮律补从甜梦中醒来,盥洗一番,做过晨祷,然后入朝视事,既发号施令,又筹划他和迈赫娣娅的婚姻大事。为了大宴宾客,宰了三千只绵羊,一千只山羊,五百头骆驼,五百匹骏马,四千只鸡和许多鹅鸭。婚姻仪式之隆重,排场之豪华,当时在伊斯兰教国中,算是空前第一次。

婚后,矮律补和迈赫娣娅欢度了十天的新婚生活,便决心出去巡狩。他委托叔父刀米武代理朝政,嘱咐他廉洁奉公,公正待遇黎民,然后携带家属和将士动身起程。在巡狩期间,路过海港,恰巧腊尔督·沙的贡礼运到。他把那批金银财宝悉数赏给部下,致使将士们一个个都富裕起来。他率领人马来到巴比伦城,赏他弟弟赛西睦一套宫服,并封他为巴比伦国王。

波斯部队的统帅被擒

矮律补在巴比伦逗留了十天,然后动身起程,经过长途跋涉,到达先前撒尔东落草当山寨王所盘踞的那座古城堡中。由于这座古堡是他最初征服而成为开疆拓地的根据地的缘故,旧地重游,如归故乡,感到分外亲切。他和眷属、人马休息了五天,然后对神将铿勒钟和告磊钟说:"你俩上伊斯巴尼尔去一趟,替我打听一下斐瑚尔·塔芷公主的情况。最好从波斯王宫中逮一个皇亲贵戚带回来,由他告诉咱们当地的真实情况。"

"听明白了,遵命就是。"两神将应诺着即时动身,径向伊斯巴尼尔飞行。中途他俩发现地面上驻扎着一支部队,人数多得像汪洋大海。铿勒钟说:"这是哪儿来的人马,咱们下去看一看吧!"他说着跟告磊钟一起落到地面,走近军营一看,见是波斯人马,便问其中的一个士兵:"你们要开往哪儿去?"士兵说:"我们去讨伐矮律补,要把他的人马杀绝斩尽。"

铿勒钟和告磊钟听了士兵之言,心中有数,混进军营,耐心等到天黑,待将士们都睡熟,这才悄悄溜进他们统帅的帐篷,不声不响地把统帅连人带床抬起来,飞回山寨,落在古堡中。半夜里,他俩敲矮律补的门求见。矮律补闻声醒来,说道:"进来吧。"他俩推门进去,把睡梦沉沉的统帅放在矮律补跟前。矮律补问道:"这是谁?"

"他是波斯军队的统帅,率领大军前来攻打咱们,存心杀害陛下和陛下的人马。我俩把他擒来,好让你从他口中打听你所要知道的消息。"

矮律补叫神将带来一百名将士,吩咐道:"你们拔出宝剑,架在这个波斯人脖上,然后唤醒他来受审。"

将士们遵循命令,排队在统帅脖上架起明晃晃的宝剑,然后唤醒他。他睁眼见头上罩着一道宝剑拱门,吓得闭起眼睛,胡乱嚷道:"这是什么噩梦呀!"铿勒钟用剑尖戳他一下。他一骨碌坐起来,慌里慌张地问道:"我是在哪儿呀?"

"你是在波斯王的女婿、国王矮律补面前呢。你姓甚名谁?打算上哪儿去?赶快如实招供吧。"

他听了矮律补的姓名,思索着暗自说:"我究竟是在做梦呢,还是清醒着?"铿勒钟打他一巴掌,问道:"你干吗不说话?"

"我原是跟部下在一起的,是谁把我带到这儿来了?"他抬头发出疑问。

"是这两位神将把你擒来的。"矮律补回答他的疑问。

他抬头见铿勒钟和告磊钟,吓得忙扯衣襟遮脸。两神将拔出宝剑,露出獠牙,厉声喝道:"你还不滚下来跪在国王矮律补脚下求饶吗?"他一时被神将吓得直哆嗦,证实自己不是在做梦,赶忙站起来,恭恭敬敬地跪在矮律补脚下,边吻地面,边祝福道:"国王陛下,愿火保佑你,祝你长命百岁。"

"波斯狗,火只能用来烧水煮饭,它可不是膜拜的主宰呀。"

"那该拜什么呢?"

"应该拜创造宇宙万物的安拉。"

"我该怎么办才能跟你们一起膜拜那位主宰呢?"

"你只消说:'安拉是唯一的主宰,圣亚伯拉罕是他的使徒'这就行了。"矮律补告诉他皈依伊斯兰教的办法。

卢斯屯谈斐瑚尔·塔芷的遭遇

那个波斯部队的统帅听从矮律补的指使,当面念了《作证词》,欣然皈依伊斯兰教,一变而为幸运的穆斯林。他对矮律补说:"国王陛下,令岳丈波斯国王萨补尔一心一意要杀害你,因此派我带十万人马前来和你打仗,叫我把你们杀得一个不剩。"

"难道这是我从危难、死亡中解救他女儿应得的报酬吗? 不过安拉会按萨补尔的心术报应他的。喂! 你叫什么名字?"

"我叫卢斯屯,在萨补尔军中任统帅职务。"

"现在你也是我军的大将了。哦! 卢斯屯,告诉我吧! 斐瑚尔·塔芷公主好吗?"

"唉! 向陛下报丧:公主早就死了。"

"公主是怎么死的?"矮律补感到无限的悲伤。

"情况是这样的:那次陛下离开伊斯巴尼尔之后,斐瑚尔·塔芷的丫头去见令岳丈萨补尔,问道:'主上,是您让矮律补上小姐闺房中去过夜的吗?''不,指火起誓,不是我让他去的。'国王说着悻然拔剑而起,奔到公主房中,恶言相对,骂道:'小脏货! 那个游牧人还没付出聘金,也没举行婚礼,你干吗让他到你房中来过夜?''父王,是你让他上我这儿来睡觉的呀。''他接触你没有?'国王逼问一句。斐瑚尔·塔芷垂头默不作声。国王喝令丫鬟、产婆:'你们把这个小娼妇捆绑起来,赶快给我检查她的处女膜。'丫鬟、产婆们遵循命令,果然把公主捆绑起来,诚惶诚恐地查验一番,然后回报说:'主上,她已经不是处女了。'国王盛怒之下,冲过去要杀公主。幸亏王后拼命劝阻,说道:'你杀死她,会使咱们遗臭终身呢;这何苦来着! 现在只消把她拘禁起来,关死她就成了。'国王果然把公主关进冷宫。直到夜深人静,才打发两名亲信去处置她,吩咐道:'你俩把公主远远地带出去,抛在塞夷霍泥河中淹死她,可千万要保密,不可泄露半点消息。'两名亲信按照国王的指示办事,把公主带出去,葬送了她的青春。从那时起,斐瑚尔·塔芷公主便没有人再提念她了。"

矮律补听了斐瑚尔·塔芷公主的遭遇,觉得眼前一片漆黑,犟性发作,失声说道:"指圣亚伯拉罕起誓,我非把萨补尔那只老狗擒来杀死,并踏破他的江山不可。"于是他写信给买亚法里庚、卯隋里等地区的藩属和赭姆勒恭,号召他们率领人马前来听令。接着他瞧卢斯屯一眼,问道:"你原来的部下共有多少人马?"

"十万波斯将士。"

"现在你先带十万人马前去收拾他们,我缓一步就赶去支援你。"

"听明白了,遵命就是。"卢斯屯欣然接受命令。

卢斯屯战胜波斯部队

卢斯屯奉矮律补的命令,率领十万穆斯林健儿,打回波斯去收拾他的旧部人马。他跨上战马,兴高采烈地暗自说:"此次出征,我要在矮律补面前做一桩显得非常光彩、体面的事情,借此博得他的信任、重视。"经过七天跋涉,他们到达距波斯部队宿营地还有半天行程的地方,卢斯屯将人马分为四队,吩咐道:"你们分头前去包围敌人,狠狠地砍杀他们。""听明白了,遵命就是。"部下接受命令,分道扬镳,胆壮气盛地从傍晚出发,连续跋涉,午夜赶到目的地,把睡梦沉沉的敌人团团围困,高声喊着"安拉最伟大"的赞词,从四面八方一齐猛冲猛打。

卢斯屯的这一计谋,像在干柴上放火。敌人仓促从梦中惊醒,措手不及,到处受敌,没有招架、逃避的余地。一场围攻,直杀到天明,只杀得波斯人马死的死,伤的伤,逃的逃。穆斯林人马打了胜仗,夺下敌人的粮草、帐篷、钱财、战马和骆驼,并在他们营寨中宿营,直休息到矮律补的援军赶到。

矮律补知道卢斯屯用计围攻波斯部队,打败敌人,便大加赞赏,对他说:"卢斯屯,此次战役是你善用计谋把敌人打败的,因此所有的战利品都归你享受。"卢斯屯赶忙吻矮律补的手,表示衷心感激。

波斯军中的一部分残兵败将狼狈逃回京城,哭哭啼啼地向国王萨补尔喊冤叫屈。国王问道:"是谁下毒手这么对待你们的?"他们只好把黑夜被敌人围攻的经过,从头叙述一遍。国王问道:"围攻你们的到底是谁?"

"率领人马前来围攻我们的不是矮律补,而是咱们的统帅卢斯屯。他已经投敌皈依伊斯兰教了。"

国王萨补尔气得把王冠摔在地上,喟然叹道:"完了,咱们算不得什么了。"他叹息着回头看太子瓦尔德·沙一眼,说道:"儿啊!挽回这个局面的重任,除了你,别人是担当不起的。"

"父王,指你的生命起誓,我要活捉矮律补和他的将领,并把他的人马杀尽斩绝。"太子瓦尔德·沙说罢,即时调兵遣将,聚集了二十三万人马,准备次日誓师出征。

次日清晨,国王萨补尔骑马出城送行。太子瓦尔德·沙率领大军向国王告别,正预备出发的时候,突然发现空中布满了烟尘。那烟尘逐渐扩散,越聚越稠,竟然遮断了视线。国王眼看烟尘,大声喝令探子：“快去探听那烟尘的来历吧！”

探子奉命溜出去探听一番，然后转回来报告，说道：“启奏陛下：矮律补率领大军进入京畿，那烟尘是他的人马踏起来的。”

矮律补的人马侵入京畿，兵临城下，国王萨补尔和太子瓦尔德·沙被迫打消远征念头，赶忙吩咐卸下驮子，指挥人马摆开阵势，准备作殊死战。

矮律补率领人马到达伊斯巴尼尔城郊，见波斯人已经严阵以待，便发布战斗号令，说道：“将士们，愿安拉保佑你们，大家努力杀敌吧。”随着他的号令，将士遵命，摇旗呐喊，勇往直前，一齐冲向敌人。就这样阿拉伯、波斯两个民族的人马碰在一起，对打起来，形成你死我活的局势。坚强勇敢的将士，猛攻猛打，前仆后继，胆怯懦弱的，弃甲曳兵，一败涂地。战斗继续进行着，越打越激烈，一场混战，只杀得血流成渠，尸积遍地，直战到日落天黑，才击鼓收兵。波斯军队靠城扎营，矮律补的人马却选择敌营的对面宿营。

矮律补的人马打败波斯部队

次日清晨，两军人马披甲仗剑，全副武装，跨上战马，摆好阵势。猛狮般的将士们威风凛凛，剑拔弩张，摩拳擦掌，杀气腾腾。当此之时，第一个打开战门的是穆斯林军中的大将卢斯屯。他策马冲到阵中，大声说道：“安拉最伟大！咱卢斯屯是阿拉伯军中的大将，也做过波斯军队的统帅。有谁敢跟我交锋、对垒吗？可别派懒汉、懦夫出来送死。”

随着卢斯屯的叫战，波斯军中的名将秃蒙冲出来应战，跟卢斯屯对打起来。彼此激烈地打了几个回合，卢斯屯举起七十斤重的锤矛，蹦起来使劲一击，打断了敌手的脖子骨，致使他顿时翻身落马，死在血泊中。他这一招，惹得国王萨补尔大为恼火。他震惊之余，马上发出总动员的号令。将士遵命,呼吁着灿烂发光的太阳一齐冲了出来。同样的,穆斯林人马也不示弱,念着"安拉最伟大"的赞词,迎头赶上去,两军便混战起来。波斯军队人多势众,不顾死活,猛冲猛打;穆斯林人马却来者不拒,迎头痛击。矮律补大声疾呼,拔出雅菲斯神剑,在神将铿勒钟和告磊钟护卫下,呐喊着勇猛进攻,横冲直撞,深入敌阵,窜到敌人旗手跟前,一剑砍死旗手。

波斯军中的将士见帅旗倒下,知大势已去,弃甲曳兵,争相败退,都向城中逃窜。穆斯林将领卢斯屯、赭姆勒恭、撒尔东、赛西睦、铿勒钟和告磊钟,齐心合力,率领部下分头跟踪追击。波斯人马兵败如山倒,由于人多路窄,追兵又急,一时进不了城,都挤在各道城门外面,进退维谷,只得任人屠杀,结果相互踏死的和被杀死的尸首堆积如山,鲜血汇流成河。活着的人眼看没有逃命的余地,最后才放下武器,求饶投降,像羊群一样被赶进营寨。

矮律补审问波斯国王

战斗结束,矮律补回到帐中,卸下盔甲,洗掉身上的血迹,换上宫服,坐在宝座之上,这才吩咐带波斯王前来审问。侍从遵循命令,立刻把国王萨补尔押进帐来。矮律补问道:"波斯狗!你干吗虐待你自己的女儿?你看我不配做她的丈夫吗?这是为什么?"

"国王陛下,请开恩原谅我吧。对过去的所作所为,我深感悔恨不及。此次出兵抗命,原是慑于您的威力,迫不得已才出此下策的。"萨补尔表示悔过、认错。

矮律补听了萨补尔的诡辩,怒火上冲,下令动刑。侍从遵循命令,把萨补尔拖翻,不停地鞭挞,直打得他声嘶力竭,动弹不得,才抬下去监禁起来。接着矮律补亲身去见俘虏,劝他们皈依伊斯兰教。当时有十二万将士接受劝告,欣然改奉伊斯兰教,其余少数拒绝改教的,当场被处死刑。继而城中的老百姓也相继皈依伊斯兰教。矮律补踌躇满志,骑着战马,率领得胜之师浩浩荡荡地占领伊斯巴尼尔城,进入王宫,坐在萨补尔的宝座上,发号施令,犒赏三军,分给战利品,并对黎民广施博济,博得军民拥护爱戴,异口同声地祝他荣华富贵、长命百岁,全城显出一片欢乐景象,人人欢喜,其中只是王后例外。她念念不忘斐瑚尔·塔芷公主,为她的惨死不禁悲从中来,忍不住痛哭流涕。矮律补听见悲哀哭泣声,觉得奇怪,被好奇心驱使,亲身去后宫踏看,问她为何伤心哭泣。王后回道:"我的主人啊,听说你一旦光临,我才想起斐瑚尔·塔芷而伤心哭泣呢。要是她还活着,那该是多么幸福、愉快呀。"

矮律补听了王后诉苦,潸然泪下,怀着满腔新仇旧恨,匆匆离开后宫,即时登殿,再一次提审国王萨补尔。萨补尔枷锁银铛地被押到庭前。矮律补骂道:"波斯狗! 你是怎样对待斐瑚尔·塔芷的?"

"我把她交给两名侍从,叫他俩把她带出去抛到寨夷霍泥河中淹死了。"萨补尔如实招供他的罪行。

矮律补下令找来萨补尔的那两名侍从,问道:"此人所招供的是事实吗?"

"不错,他所说的都是事实,不过当时我们不曾按他的吩咐行事。因为我们可怜、同情公主,所以带她去到寨夷霍泥河边,对她说:'你自寻生路去吧,千万别回城去见你父亲了,否则,你和我俩都会被他杀头呢。'就是这样,我们把她放走了。"

施拉子国王赫尔德·沙的人马突然开到

矮律补知道斐瑚尔·塔芷公主不曾被抛到河中淹死,即时召集星象学家,对他们说:"你们替我卜一卦,打听一下斐瑚尔·塔芷公主的去向,看她现在还活着呢,或者死了?"

星相家遵循命令,诚惶诚恐地拿沙盘卜卦一回,然后小心翼翼地说道:"启奏主上:据卜卦的显示,斐瑚尔·塔芷公主还活着,已经生了一个男孩,现在跟一班神仙生活在一起,不过须隔二十年才能同您团圆聚首。请您算算看,你们分手多少年了?"

矮律补屈指一算,从和斐瑚尔·塔芷分别之日起,至今已有八年之久。他喟然叹道:"全无办法,只盼伟大的安拉援助了。"于是他派人往各城堡、镇市、乡村去寻找斐瑚尔·塔芷。他们走遍萨补尔统治过的任何地区,虽然波斯全国各地的黎民、官吏都臣服、归顺矮律补,但始终找不到斐瑚尔·塔芷的踪影。有一天,矮律补百无聊赖地坐在宫中,忽然发现空中布满烟尘,遮黑了大地,不禁大吃一惊,即时吩咐神将铿勒钟和告磊钟:"你俩快去探听那烟尘是哪儿来的?"

神将铿勒钟和告磊钟遵循命令,双双飞出宫去,落在烟尘笼罩的地方,从一支队伍中攫了一个士兵,带到宫中,放在矮律补跟前,说道:"此人是我们从一支队伍中逮来的,请向他打听情况吧。"

矮律补问那个士兵:"你们是谁的部下?"

"国王陛下,我们是施拉子国王赫尔德·沙的部下,是开来跟你打仗的。我们出征的原因是这样的:当初波斯国王萨补尔和矮律补之间发生战争,萨补尔的小儿子逃往施拉子城去求援,跪在国王赫尔德·沙脚下吻了地面,然后失声痛哭。国王说:'小伙子,你抬起头来,告诉我,你干吗哭泣?'他说:'主上,有一个叫矮律补的阿拉伯国王带大兵侵犯我国,任意屠杀波斯人。'接着他把矮律补进攻波斯的经过,从头到尾,详细叙述一遍。国王听了,问道:'我的未婚妻斐瑚尔·塔芷公主怎么样呢?'他说:'公主叫矮律补给抢走了。'国王生气,说道:'指我的生命起誓,大凡我在世的一天,就不让一个穆斯林和一个游牧人活在世上。'于是他写信给属僚,调集八万五千人马,打开军库,发给盔甲、武器,然后率领人马远征。今天刚到伊斯巴尼尔,在城外宿营,正准备攻城呢。"

国王赫尔德·沙和波斯王子被擒

神将铿勒钟和告磊钟从被俘士兵口中知道施拉子军中的情况，双双趋前，吻过矮律补的膝盖，然后请命说："主上，求你鼓励我们，索性派我们去对付敌人，好把施拉子国王的人马收为咱们的部下吧。"

"行，你俩去对付他们好了。"矮律补慨然答应两神将的要求。

神将铿勒钟和告磊钟求得矮律补的同意，双双飞出城去，落在国王赫尔德·沙的帐篷中，见国王赫尔德·沙坐在宝座上，波斯王子坐在他的右边，其他将领分立左右两旁，正在商讨攻城计划。两神将不管三七二十一，直冲到国王赫尔德·沙和波斯王子跟前，一齐动手，每个逮着一人，然后双双腾空，一口气飞到宫中，把擒获的国王和王子放在矮律补跟前。矮律补吩咐动刑拷打。侍从遵循命令，不停地鞭挞赫尔德·沙和王子，直打得他俩气息奄奄，昏迷不省人事。

铿勒钟和告磊钟第二次双双飞往施拉子军营中，拔出又重又锋利的神剑，挥舞着随便屠杀将士，像收获庄稼一样，所到之处，只见人头落地。人们除了宝剑闪烁的光芒，什么都看不清楚，因而惊慌失措，纷纷奔出营外，四处逃窜，有的骑着滑马①没命逃跑。两神将跟踪追击，两天之内，杀死了无数的兵马，最后凯旋，向矮律补告捷，吻他的手。矮律补大加赞赏，说道："此次战役获得的战利品，全归你俩享受，别人不得染指。"两神将衷心感激，替他祈祷一番，然后告辞出来，收拾敌人抛下的财物，据为己有，感到无比欢慰。

---

① 没有鞍辔的马。

魔法师替兄弟报仇

　　施拉子国王赫尔德·沙的人马一败涂地，一部分残兵败将逃回施拉子城，边设坛追悼阵亡将士，边向魔法师呼吁、求救。原来国王赫尔德·沙的哥哥叟龙，精通魔术，是当代最大的魔法师。他隐居在深山老林的古堡中，精益求精地继续修炼。古堡距施拉子城约半天路程。残兵败将哭哭啼啼、狼狈不堪地前往古堡中，向叟龙呼吁、求援。他问道："乡亲们，你们干吗伤心、哭泣？"

　　他们把国王赫尔德·沙和波斯王子被擒，以及他们吃败仗的经过，从头到尾，详细叙述一遍。魔法师叟龙听了噩耗，顿时气黑了脸面，愤然说道："指我的宗教起誓，我一定要踏平矮律补的江山，把他和他的人马杀尽斩绝，不留一人活着报信。"他说罢喃喃地念了几句咒语，霎时招来红魔王，吩咐道："现在派你去伊斯巴尼尔城收拾矮律补，因为他在那里称王称霸，无恶不作。"

　　"听明白了，遵命就是。"红魔王唯命是从，即时率领兵将向伊斯巴尼尔进军。

　　红魔王的兵马开到伊斯巴尼尔城下。矮律补拔出雅菲斯神剑，跟红魔王交锋、对垒，同时神将铿勒钟和告磊钟挥剑对付他的兵马，一起混战起来。经过激烈的战斗，红魔王身负重伤，损兵折将五百三十名，无法支持，只得率领残兵败将逃回古堡，哭吼着向魔法师叟龙诉苦、告急，说道："道长！矮律补腰仗雅菲斯神剑，用它对付敌手，因此最勇敢的对手都难免不死在他剑下。他还从戈府山中弄到两员神将，是神王木鲁尔矢派来保护他的。他在戈府山中不仅打死打伤无数神兵神将，而且神王白尔恭和艾资勒古也都是先后死在他刀下的。"

　　魔法师叟龙听了红魔王的报告，大失所望，骂道："滚你的吧！"

他撵走红魔王，决心用魔法对付矮律补，登时唤来一个叫宰奥基尔的妖怪，给他小钱币大小的一块迷药，吩咐道："派你上伊斯巴尼尔城去，混进矮律补宫中，变成一只小麻雀潜伏起来，等他睡熟，趁身旁没人的时候，拿这块迷药塞在他鼻孔里，然后把他本人给我带来。"

"听明白了，遵命就是。"妖怪宰奥基尔应诺着离开古堡，去到伊斯巴尼尔城中，变成小麻雀，落在王宫中，栖息在窗户上，耐心等到天黑，待仆从们各去安歇，矮律补也睡熟了，才进入寝宫，掏出迷药，拿它塞在矮律补的鼻孔中，待他完全失去知觉，然后拿被单裹起来，随即带着他旋风般迅速逃跑，半夜里赶回古堡。魔法师叟龙得到矮律补，非常感谢妖怪，打算趁矮律补昏迷不醒之时杀死他。但是他的同道劝阻说："道长，你若杀死他，咱们的屋宇会被神兵踏为平地呢。因为神王木鲁尔矢是他的朋友，他会派神兵来攻打咱们呢。"

"那该怎么办呢？"魔法师叟龙感到犹豫。

"倒不如趁他昏迷不醒之时，索性把他抛到寨夷霍泥河中淹死，这样就没人知道他的去向，也不知道是谁溺毙他的。"

魔法师叟龙接受同道的建议，果然派妖怪宰奥基尔把矮律补背出去，扔到寨夷霍泥河中。

矮律补被抛到河中

妖怪宰奥基尔遵循魔法师叟龙的命令，把矮律补背到寨夷霍泥河岸上，唯恐扔在河中淹不死他惹出祸事，感到左右为难；最后只好做了一个木筏，用绳子把矮律补绑在筏上，然后连人带筏推下水去，让急流冲走他。

次日清晨，矮律补的文臣武将进宫朝拜国王，不见矮律补在殿上，只是他的念珠摆在宝座上面。他们等了一会，仍不见他上殿，便对侍卫说："国王向来按时临朝视事，今天怎么这时候还不登殿？你进后宫去看一看吧,说群臣等着朝拜他呢。"

侍卫来到后宫一问,宦官告诉他:"从昨天夜里我们就不见国王的面了。"侍卫赶忙出来报告国王不在宫中的消息。群臣听了,面面相觑,大家呆然不知所措。有人说:"咱们出去看看,也许国王上花园里散步去了。"于是他们约伙成群地往花园里去寻找,所到之处,都问园丁:"国王在园中消遣、散步吗?"但每一个园丁都回答说:"我们没见国王驾临。"他们走遍各花园,都不见国王的踪影。直找到日落天黑,才忧心忡忡、哭哭啼啼地各自回家。

同样的,神将铿勒钟和告磊钟也煞费苦心地找遍了伊斯巴尼尔全城,并不辞辛苦跋涉,跑遍波斯全国各地去寻找,但都不见矮律补的踪影。三天之后,他俩空着手回到伊斯巴尼尔城中。人们大失所望,忧心如焚,一个个穿起孝服,表示悲伤、哀悼,虔心虔意地向万能的安拉诉苦、求援。

矮律补仰卧在木筏上,被投在寨夷霍泥河中,顺急流而下,经过五天的冲击,终于流入咸海,在波涛汹涌的海中东漂西流,经过长时间的颠簸,震得他又吐苦水,又打喷嚏,终于喷出了鼻中的迷药,才慢慢苏醒过来。他睁眼一看,见自身漂荡在波涛中,喟然叹道:"哟!是谁这样对待我呀? 全无办法,只盼伟大的安拉拯救了。"

矮律补得救脱险

矮律补百思而不可解,正感觉迷惘、绝望的时候,突然被过往船只上的人发现,赶忙把他打捞起来,问道:"你是谁? 是哪里人?"

"你们先给我吃喝,待我恢复一下精神,再告诉你们我是谁吧。"

船中人满足矮律补的要求,给他取来饮食。他吃饱喝足,慢慢有了力气,理智逐渐恢复过来,便开口问船中人:"喂! 你们是哪个部族的? 信的什么宗教?"

"我们是格鲁吉亚人,崇拜偶像。我们膜拜的神像叫敏戈史。"

"狗家伙们!让安拉把你们和你们的偶像都赶下地狱去。告诉你们吧:除了创造宇宙万物的安拉,任何东西都是值不得崇奉的。"

船中人挨了矮律补辱骂,激于义愤,群起而攻之,存心逮住他。他虽然赤手空拳,可是每一个进攻的人都被他摔倒,有的当场摔死。他先后摔倒了四十个大汉,但围攻他的人却越来越多,终于逮住他,五花大绑起来,说道:"咱们暂不杀他,必须带回去,让咱们国王处置他好了。"于是带着他继续航行,直回到格鲁吉亚城。

格鲁吉亚城原是一个凶恶、残暴的巨人建筑的。建城之后,他还利用魔法,在每道城门外安置一尊铜像,作为守城之用。每逢外乡人进城,铜像便吹喇叭报警,让城中人闻声赶来逮捕。被捕的人如不皈依他们的宗教,便遭杀害。那天矮律补被带到格鲁吉亚城下,铜像便吹喇叭报警。国王听了吹得格外响亮的喇叭声,大吃一惊,赶忙奔进庙宇,诚惶诚恐地在神像前预占吉凶。他见神像的口鼻眼耳中冒出一股股的烟、火,并听见藏在神像腹中作祟的妖怪模仿神像的口吻说:"国王陛下,有一个叫矮律补的外乡人跌在你手中了。他是伊拉克国王,经常叫人反叛祖先的宗教,改奉他的主宰。待他被押到时,你可别轻易饶恕他。"

格鲁吉亚国王听了神像的启示,心中有数,匆匆上殿,坐在宝座上,等着审问矮律补。不一会,矮律补被押到殿前。押解他的人报告说:"国王陛下,今天我们逮到这个诽谤神像的邪教徒,他是淹在海里被我们打捞起来的。"他们把个中情况,从头到尾,详细叙述一遍,最后恳求国王处置他。国王听了报告,吩咐道:"你们把他带进庙堂去,在神像面前宰掉他。这样做,也许会博得神像欢喜呢。"

"主上,宰他不是最好的办法,因为让他登时气绝身死,未免太便宜他了。"宰相提出异议,"倒不如暂时把他监禁起来,然后收集大批柴火,搭个柴棚,点起火来,把他抛到烈火中烧死。"

国王采纳宰相的建议,下令收集大批柴火,架成庞大的柴棚,放火燃烧起来,预备次日把矮律补抛在烈火中烧死。

仄勒佐鲁解救矮律补

第二天,格鲁吉亚国王率领群臣和城中的老百姓出城,来到火焰正烈的柴棚前,然后下令带矮律补前来受刑。当差的遵命奔赴庙堂去带俘虏,可是他们很快空着手转来报告俘虏逃走的消息。国王问道:"他是怎么逃走的?"

"我们去到庙堂中,门窗都关锁着,只见镣铐扔在地上。"

"难道此人飞上天去,或钻入地里了吗?"国王惊奇地责问当差的。

"这我们可不知道。"

"我要亲身去参见神像,向它打听俘虏的去向,它会告诉我真实情况呢。"于是匆匆进入庙堂,走近神龛,刚要跪下去磕头,却发现神龛中没有了神像。他不相信自己的眼睛,用手抹一抹眼皮,暗自说:"我是在做梦呢,还是清醒着?"继而他回头瞟宰相一眼,说道:"爱卿,我的主宰和那个俘虏哪儿去了? 指我的宗教起誓,假若你这个狗东西不指点我用火烧他,那我早把他宰掉了。事到如今,显然是他把我的主宰偷跑了,我可是非报复不可。"他埋怨着拔出宝剑,一剑砍掉宰相的头颅。

关于被拘禁的矮律补和庙堂中的神像不翼而飞这件事情,当中有一段离奇的经历:原来当矮律补被关进庙堂之后,他坐在神龛前,虔心赞颂安拉,埋头祷告,恳求伟大的安拉拯救他。可想不到他的赞颂、祈祷叫躲在神像腹中充当神灵的那个妖怪听清楚了,终于起了泣鬼神的作用。妖怪一时感到心惊胆战,喟然叹道:"多卑鄙、可耻的我呀! 他说'能洞见我而我却看不见他',这到底指的是谁呀?"他感叹着从神像腹中钻了出来,拜倒在矮律补脚下,说道:"我的主人啊!

告诉我吧：我该怎么办才能加入你的道统？成为你的同道？"

"你只消说：'安拉是唯一的主宰，圣亚伯拉罕是安拉的使徒。'这便成了。"

妖怪依从矮律补的指示，果然当面念了《作证词》，欣然皈依伊斯兰教，一变而为虔诚的穆斯林。这个妖怪名叫仄勒佐鲁，原是大魔王姆仄勒佐鲁的儿子。之后，他解除矮律补身上的枷锁镣铐，然后背着他和神像逃出庙堂，高飞远走，逃之大吉。

格鲁吉亚国王找不到他的主宰和矮律补，盛怒之下，一剑结果了宰相的性命。他的将士眼看事件的离奇古怪，有的不满意国王的暴行，认为拜偶像不是正道，因此激于义愤，拔剑而起，先杀死国王，继而彼此械斗起来。经过三天互相残杀，城中的男人死得只剩两个，而那死剩的二者之一，又把他的对手杀死。临了，最后活着的那个男人，又受到儿童们的围攻。儿童们杀死最后剩下的那个男人，接着他们之间又互相残杀起来，结果连儿童也死得一个不剩。从此城中的妇女无依无靠，只得四散逃难、流亡。这样一来，格鲁吉亚城中，人去楼空，荒无人烟，终于变为猫头鹰叫嚣、盘踞的场所。

矮律补被流放到火焰谷

仄勒佐鲁带着矮律补逃走，飞回他的故乡樟脑岛。岛上有水晶宫和经受魔法驯服的神犊。他父亲姆仄勒佐鲁是岛上的大魔王，精通魔法，供奉着一头灰色小牛，给它珠宝首饰戴，锦绣衣服穿，当神圣膜拜。那天魔王姆仄勒佐鲁和随从上庙堂去参拜神犊，见它觳觫、战栗，惊而问道："主啊！我怎么见你这般惊惶、颤抖呀？"经他一问，牛肚里的妖怪便趁机兴风作浪，用神犊的口吻说道："姆仄勒佐鲁哟！你的儿子改奉伊斯兰教，投降伊拉克国王矮律补去了。"接着他把个中情况，从头到尾，详细叙述一遍，最后还告诉他仄勒佐鲁带矮律补回来的消息。

魔王姆仄勒佐鲁听了噩耗，呆然如有所失，忧心忡忡地回到水晶宫，坐在宝座上，即时召集群臣，告诉他们神犊给他的启示。群臣听了面面相觑，惊而问道："主上，咱们该怎么办呢？"

"等小子回来，趁我拥抱他的时候，你们拥过来逮住他。"

"听明白了，遵命就是。"群臣异口同声地应诺着退了下去。

两天后，仄勒佐鲁带着矮律补和格鲁吉亚国王的神像回到樟脑岛，刚进入水晶宫，还不等他跟魔王见面，群臣便拥过来逮住他和矮律补，一齐押到魔王跟前。他父亲姆仄勒佐鲁怒目瞪他一眼，责问道："狗崽子！你居然背叛祖宗万代的宗教吗？"

"不错，我的确皈依正教了。劝你趁早改奉伊斯兰教吧，免得触怒创造昼夜的安拉。"

魔王姆仄勒佐鲁大发雷霆，骂道："小杂种！你胆敢对我如此胡言乱语吗？"他一怒之下，吩咐侍从把仄勒佐鲁带下去监禁起来。继而他回头瞅矮律补一眼，责问道："你这个人中的强盗、败类！干吗迷惑我的儿子？为什么叫他背叛祖先的宗教？"

"不错，是我把他从迷途引上正道的；是我叫他远离地狱走向天堂的；也是我叫他抛弃异端改奉正教的。"

魔王听了矮律补理直气壮的言谈，恼羞成怒，喝令他的亲信奴仆："桑亚尔，把这只恶狗带出去，扔到火焰谷中烧死他。"

所谓的火焰谷，位于西边的大荒原中，周围都是巍峨、光滑的童山，当中没有一条出路，整个谷地终年四季冒着熊熊的火焰。到那里的人，都没有生还的余地，不要一个时辰的工夫就会活活地被烧死。桑亚尔遵循魔王的命令，背着矮律补一股劲往西大荒的火焰谷飞行，中途来到距火焰谷还有一小时行程的地方，感到筋疲力竭，便落在一处有水草、树木的谷地歇息。着陆后，桑亚尔把矮律补从肩膀上放了下来，打算休息一会再起飞。由于疲劳过度，桑亚尔倒身呼呼地睡熟了。矮律补挣扎着解掉镣铐，悄悄地抬起一个大石头，趁桑亚尔鼾声大作之时，对准他的头颅，使劲砸了下去，终于砸碎他的脑袋，结果了他的性命。从此矮律补便流落在山清水秀的谷地中。

矮律补流浪到女王国

矮律补砸死桑亚尔，流落在山谷中，慢慢才知道，原来他是置身在非常广阔的一个海岛上。岛上有各种香甜可口的水果和清澈潺流的泉水，因此他靠喝泉水、吃水果、捞鱼虾维持生活，孤单单一个人困在孤岛上。光阴荏苒，不知不觉便是七年整。

有一天，忽然有两个精灵带着两个男人从空而降，落在矮律补身边，见他披着长发，认为他是鬼神，便打听他的情况，问道：“你是谁？属于哪个党派的门徒？”

“我可不是鬼神。”矮律补回答着把自身的遭遇，从头到尾，详细叙述一遍。两个精灵可怜、同情他的境遇，其中的一个说：“你在原地待下来，等我们把这两只小羊送去给咱们国王当早晚饭吃，然后转来送你回家。”

矮律补感谢他俩的好意，问道：“你们的两只小羊在哪里？”

“喏！就是这两个男人。”精灵说着腾空而去。

矮律补大吃一惊，赶忙祈祷：“愿万能的安拉保佑我。”没奈何，他只得待在原地方，等精灵来送他回家。

两天之后，那两个精灵中的一个果然来到岛上，拿一件衣裳裹着矮律补，然后掮着他腾空离开地面，越飞越高，高到矮律补已经听见天神赞颂之声的境界。正继续向前飞行的时候，突然一支火箭从天上射了下来，精灵没命地逃避，迅速降落到距地面一箭之远的地方，矮律补一蹦从精灵肩膀上翻身落了下去。就在这刹那间，火箭射中精灵，顿时把他烧成灰烬。

矮律补幸亏落在海中，不曾摔死。他慢慢从深水中漂浮起来，泅着泳找生路。他在水中漂浮了两昼夜,感到筋疲力尽,认为非淹死不可了。到了第三天,正感到绝望之时,突然眼前出现一座高山,便挣扎着泅向岸边,才脱险得救。他采山茅野菜充饥,躺在地上睡了一天一夜,慢慢养足气力,然后动身,翻过高山,跋涉了两天,终于来到树木茂盛、河渠纵流、高塔耸立、围墙整齐的一座大城市前。然而他刚到城门下就被捕了。守城的把他押进王宫去见他们的女王。

矮律补着魔变成猴子

女王名叫钟莎,已是一个年满五百岁的老太婆。凡到该城的异乡人,必先带去见她,备受她的优待,跟她同食共枕,但尽欢之后,必遭杀戮,因此死在她手里的人不计其数。矮律补被带进宫,女王钟莎一见钟情,抑制不住爱慕心情,欣然问道:"你叫什么名字? 信什么教? 是哪里人?"

"我叫矮律补,信仰伊斯兰教,是伊拉克国王。"

"我打算跟你结为夫妻,让你来当国王,不过你得抛弃原来的信仰,改奉我的宗教。你意下如何?"女王提出条件,征求矮律补的意见。

矮律补怒目瞪着女王钟莎,骂道:"你和你的宗教去进地狱吧。"

"祖婆的主宰是用红玉髓雕成而镶满珍珠宝石的,你胆敢辱骂它吗?"女王大发雷霆,盛怒之下,喝令侍从:"你们带他下去,禁闭在庙堂里,也许在神灵的感化下,他会回心转意呢。"

侍从遵循女王的命令,果然把矮律补带进庙堂,拘禁起来。矮律补走近神龛,抬头一看,见供在里面的偶像是用红玉髓雕成的,脖上戴着名贵的珠宝项链。他攀上神龛,抱起偶像使劲往地下把它摔个粉碎,这才消除心中的怒火,然后倒身一觉睡到天明。

次日清晨,女王钟莎升朝,坐在宝座上,吩咐侍卫:"你们去庙堂中,把那个俘虏给我带来。"侍卫遵循命令,一哄来到庙堂,开门进去,见神像被砸碎,一个个吓得只会打自己的嘴巴,直打得鲜血直流。继而他们痛定思痛,一齐冲向矮律补,要逮捕他。可是矮律补把第一名挨近他的人打死,夺下宝剑,随即轻而易举地又杀死第二名。接着他左一个右一个,一口气杀死二十五人,其余的落荒而逃,哭吼着奔回宫去向女王告急。女王钟莎惊恐地问道:"什么事值得你们这么伤心哭泣?"

"女王陛下,那个俘虏把您的主宰给砸碎了,您的侍卫中许多人也被他杀死了。"他们说着把事件的始末全都讲给女王听。

女王钟莎气得把王冠摘下来摔在地上,喟然叹道:"从此神像不值一文钱了。"她感叹着愤然而起,率领一千将士奔赴庙堂。她眼看矮律补手持宝剑,冲出庙堂,向她的人马进攻,横冲直撞,如入无人之境,把将士们杀死的杀死,摔伤的摔伤。女王非常赏识、钦佩他骁勇、善战,抑制不住爱慕心情,深深地沉溺在爱情海里,暗自说:"我可是不需要神像了,只愿这个稀奇人儿能长期躺在我怀抱里,我这一辈子便心满意足了。"她嘀咕着喝令将士们:"你们撤开他,暂别跟他较量。"于是她喃喃地边念咒语,边慢步走近矮律补。经她一念咒语,矮律补觉得肩膀逐渐酸软麻木,接着胳膊一松弛,宝剑便落在地上,因而垂手被擒,被他们五花大绑起来,狼狈不堪地带回宫去。

女王钟莎回到宫中,坐在宝座上,斥退将士和侍从,独自跟矮律补在一起时,才埋怨道:"狗东西!你还砸我的主宰,杀我的将士吗?"

"该死的母夜叉!如果它真是你的主宰,那它该保护自身而不至于叫人给砸碎了。"

"咱们暂不谈这个;现在只要你来跟我躺一会,你的罪行便可一概不论。"

"这种见不得人的暧昧、阴私勾当,我可是从来不干。"矮律补断然拒绝她的要求。

"指我的宗教起誓,我非重重地惩罚你不可。"她说罢,硬着心肠拿一碗水,念过咒语,然后洒在矮律补身上,用魔法把他变成猴子,拿饮食给他饱餐一顿,最后把他监禁在一间私室里,派专人看管起来。

矮律补掐死女王钟莎

矮律补着魔变成猴子,一直过着牲畜生活;幸亏在他变相刚满两年的那天,女王钟莎吩咐看管的人带他来见她,问道:"这回你该听从我了?"他点头示意说:"是。"女王喜不自胜,赶忙念咒语,解除魔法,恢复他的本来面目,拿饮食殷勤款待他。矮律补欣然陪她吃喝,痛痛快快地吃饱喝足,又跟她一起谈天、玩耍,亲亲热热地吻她。女王称心如意,非常信任他。当天夜里,她躺在床上,迫不及待地催促矮律补:"快来尽你的职责吧!""好咧。"矮律补应诺着骑在她胸膛上,伸出双手紧紧地掐住她的脖子不放,恨不得一下子掐断它,结果直把她活活地掐死,才松手站起来。

矮律补弄死女王钟莎,长吁一声,排除满腔的闷气,回头见库房门开着,信步进去一看,见墙上挂着一柄嵌珠玉的宝剑和一个用中国铁制造的盾牌,便信手取下剑和盾,把自己武装起来,然后坐着,耐心等到天亮,才走了出去,站在王宫门前。群臣前来朝拜女王,见他全副武装,雄赳赳气昂昂地站在门前,觉得奇怪。矮律补从从容容地对他们说:"各位文臣武将,我劝你们赶快抛弃偶像崇拜,大家皈依伊斯兰教,虔心虔意地膜拜至高无上的安拉吧。须知安拉是全人类的主宰,昼夜、宇宙万物都是安拉创造的,因此安拉是万能的。"

矮律补的劝善说教激起多神教徒的愤怒,他们群起而攻之。他却毫无畏色,像一只猛狮,单刀直入,跟他们拼杀起来。从清晨直麈战到日落,死在他刀下的人不计其数,可是进攻他的人却越集越多,前仆后继,争先恐后,横冲直撞,万众一心地要活捉他。在这样情况下,寡不敌众,矮律补正感觉进退维谷的时候,突然有成千的妖魔,在仄勒佐鲁率领下前来参战,帮助矮律补对付多神教徒。他们迎头痛击,猛攻猛打,一场血战,很快就把女王钟莎的人马杀绝斩尽,连活着报信的人都不剩一个。战斗刚结束,那支援军中忽然喊道:"饶命吧,饶命吧!我们从此改邪归正,一律信奉创造宇宙万物的安拉了。"接着仄勒佐鲁来到矮律补跟前,问候他,祝贺他。矮律补一见仄勒佐鲁,恍然大悟,喜出望外,说道:"我的这种困难处境,是谁告诉你的?"

"我的主人啊!你被送往火焰谷之后,我父亲把我禁闭了两年才放我出来。我跟他相处一年后,又起来反抗,把他杀死,我便掌权当政,博得部队的拥护,至今已一年多了。因为我经常惦念你,所以昨夜在梦寐中,见你跟女王钟莎的部队打仗,便带一千部下前来援助你。"

矮律补听了仄勒佐鲁的谈话,对这样巧遇的事件,感到无比惊异。

矮律补和仄勒佐鲁重返樟脑岛

矮律补掐死女王钟莎,并在仄勒佐鲁的援助下打败她的人马之后,替该城设置了一个新王,然后带着女王钟莎的金银财宝,随仄勒佐鲁离开女王国,连夜赶到樟脑岛,在水晶宫中过夜。

矮律补作为仄勒佐鲁的上宾,备受欢迎、款待,整整在樟脑岛逗留了六个月,才告辞回乡。仄勒佐鲁派三千兵马护送,给他预备大批名贵礼物,并亲身捎他成行,一起飞回伊斯巴尼尔城。当天半夜里到达目的地,只见伊斯巴尼尔城被潮水般的人马团团围困。矮律补问仄勒佐鲁:"老弟,这座城市怎么被包围了?这支部队是打哪儿开来的?"他俩谈着落在王宫的屋顶上。矮律补急急忙忙进入后宫,大声喊道:"考凯贝·撒巴霍!迈赫娣娅!"

考凯贝·撒巴霍和迈赫娣娅闻声从梦中惊醒,问道:"这般时候,是谁叫我们呀?"

"我是矮律补。我回来了。我已经成为作巧弄奇的能手了。"

考凯贝·撒巴霍和迈赫娣娅听了丈夫的声音,喜出望外,开门跑了出来,抱着矮律补不放。继而她俩和丫鬟使女们一齐"呜噜呜噜"地欢呼起来。她们的狂欢震动了整幢宫殿。卫官们从梦中惊醒,说道:"出什么事了?"他们嘀咕着急急忙忙跑到后宫,向宦官打听消息,问道:"是哪位王妃生太子吗?"

"不是王妃生太子。给你们报喜信吧:是国王矮律补回来了。"宦官们说明欢呼的原因。

矮律补跟妻室寒暄问好之后,走出后宫。卫官们一见他,一个个倒身跪下去吻他的手、脚,大家为他平安归来,同声赞颂安拉。他走进殿堂,坐在宝座上,随即传见文臣武将。群臣应命来到,围着他坐下。他向他们打听情况,问围城部队的来历。

"主上,包围我们的这支部队,到此已经三天了。他们军中有的是神,有的是人。但他们与我们之间,彼此既不搭腔,也没打仗,因此我们不知道他们的来历和目的。"

"明天咱给他们写封信,看他们打算做什么。"

"据说他们的国王叫母拉德·沙。他手下有十万骑兵,三千步兵,此外还有二百名神兵。"

矮律补听了群臣之言,认为这支部队必然有它的来龙去脉。

母拉德·沙的诞生和成长

伊斯巴尼尔城突然被一支部队包围,其原因说来话长,当中最主要的是:原来波斯国王萨补尔不愿斐瑚尔·塔芷公主跟矮律补结婚,一怒之下,派两名亲信去处置公主,吩咐道:"你俩把她带出去,抛在寨夷霍泥河中淹死她。"两个亲信遵循命令,果然带斐瑚尔·塔芷公主去到河边,但不忍心弄死她,便对她说:"你自己找生路去吧,可千万别叫令尊看见你,否则你和我们都会死在他手里呢。"斐瑚尔·塔芷一时踟蹰、迷惘,走投无路,喟然叹道:"矮律补哟!你在哪儿呀?你看见我的遭遇和处境吗?"她悲叹着离开家乡,到处流浪。从一个地区跋涉到另一个地区,从一个山谷翻越到另一个山谷,终于来到一处树林茂盛、河渠纵流的山谷地带。谷中有一幢高大、坚固的堡垒,景色美丽得像人间乐园。她走到堡垒门前,推门走了进去,见室内的摆设、用器都是丝绸、金银的,非常富丽堂皇;里面有成百的姑娘,一个个窈窕美丽,俨然是人间仙女。她们一见斐瑚尔·塔芷,以为她是仙女,赶忙起身迎接,问候她,问她是谁。她回道:"我是波斯国王萨补尔的女儿。"接着她直言不讳地把自身的遭遇和处境,从头到尾,详细叙述一遍。

姑娘们听了斐瑚尔·塔芷的叙述,都同情可怜她,大伙安慰她说:"你安心、快乐地跟我们住在一起吧,这里不缺你吃的喝的和穿戴的,而且我们都乐意伺候你。"

斐瑚尔·塔芷衷心感谢姑娘们,替她们祈祷,吃她们端给她的饮食。吃过饭,她跟姑娘们谈心,问道:"这幢宫殿是谁的?你们的主人是谁?"

"我们的主人是国王隋勒萨鲁·本·多鲁。他兼管着一个神邦,很忙,每月只抽空上这儿来过一宿,次日清晨便匆匆归去。"

斐瑚尔·塔芷跟姑娘们住在一起,刚过了五天便生下一个月儿般的男孩。姑娘们剪断婴儿的脐带,点了眼药,替他取名母拉德·沙,然后放在他母亲的怀中哺乳。母拉德·沙诞生后不久,国王隋勒萨鲁骑一头大白象,在一队神兵簇拥下回堡垒来过夜。斐瑚尔·塔芷在姑娘群中迎接国王,一齐跪下去吻了地面。国王一眼看见斐瑚尔·塔芷,问道:"这个女人是谁?"

"她是波斯国王萨补尔的女儿。"

"是谁带她上这儿来的?"国王追问她的来历。

姑娘们把斐瑚尔·塔芷的遭遇、处境,详细告诉国王。国王听了同情、可怜她,说道:"你别忧愁、苦闷!今后好生抚养、教育孩子;等他长大成人,我带你母子回波斯去,砍掉你父亲的头颅,让你的儿子当波斯国王。"

斐瑚尔·塔芷赶忙站起来,吻国王的手,替他祈福求寿,表示衷心感谢。从此她认真抚养、教育母拉德·沙,让他跟王子们一起学骑射、武艺,并上山打猎。他常吃狮豹虎狼肉,因而身体结实、健壮,性格刚毅、倔强。他年满十五岁时,人大心大;有一天,他突然问他母亲:"娘,我父亲是谁?"

"儿啊,你父亲叫矮律补,是伊拉克国王;我是波斯国王萨补尔的女儿。谈起家谱来,咱们都是帝王的后裔呢。"于是她把过去的遭遇,从头到尾,详细说给他听。

"娘,外祖父果真要杀害你和我父亲吗?"

"一点不错,那是千真万确的事。"

"娘,指你养育我的恩情起誓,我一定要上波斯去,杀死我外祖父,并拿他的头来给你看。"

斐瑚尔·塔芷听了母拉德·沙的谈话,感到无限的欢慰。

母拉德·沙的人马开到伊斯巴尼尔城下

母拉德·沙成年之后,跟二百邪神在一起为非作恶,尽干坏事,有时拦路抢劫,有时打家劫舍,终于变成流寇,由近及远,到处抢杀。他们第一次侵入施拉子,便攻破城池,杀死国王。城中一万人马求饶、投降,纷纷吻母拉德·沙的膝盖,听他指挥。继而他率领降兵,进攻白勒海,占领该城市,接着趁胜侵犯努勒夷尼。努勒夷尼国王慑于母拉德·沙的威力,不战而降,拱手献出人马财物,听他指挥。这时,母拉德·沙已有三万人马,浩浩荡荡地开进波斯境内,相继攻下撒马尔干第和艾亥辽突。他的人马越集越多,声势浩大,所到之地,战无不胜,攻无不克。他把夺得的金银财帛全部分给部下,因为他既骁勇而又慷慨,部下都拥戴他。最后他率领大兵,开到伊斯巴尼尔,把城围困起来,下令说:"现在暂不攻城,等人马全部到齐,然后破城进去,把我外祖父擒来,在我母亲面前斩首,借此医治我母亲受伤的心。"于是他派人回去接他母亲。这便是围城三天而没打起仗来的原因。

矮律补同母拉德·沙刀兵相见

矮律补和神王仄勒佐鲁率领三千神兵,满载金银财宝,回到伊斯巴尼尔,见城被围,便问群臣哪里来的围城部队。群臣中有人回道:"围城的部队从哪里开来,我们也不清楚;不过他们已围城三天,却不曾跟我们打起来。"就在这天,斐瑚尔·塔芷已经赶到伊斯巴尼尔城下。母拉德·沙一见母亲,倒在她怀里,喜不自胜,说道:"娘,您在帐中住下,等我去把外祖父擒来治罪。"他说着向母亲告辞。临行,斐瑚尔·塔芷替儿子祈祷,祝他旗开得胜。

清晨,母拉德·沙跨上战马,发出战斗号令,叫二百神兵排队站在他的右边,其他各国的人马列队站在左边,摆好阵势,然后下令击鼓鸣号。矮律补听见战鼓军号声,即时仗剑跨马,率领人马出城应战,指挥人马和神兵分别站在左右两边,列队摆好阵势。两军形成对立局面,彼此严阵以待。接着母拉德·沙全副武装,策马冲到阵中,左右奔驰一趟,大声说道:"波斯人呀,叫你们的国王出来同我交锋、对垒吧!如果他战胜我,就让他做两军的统帅;要是他败在我手里,我便拿他当一般俘虏杀死他。"

矮律补听了母拉德·沙的叫阵，愤然骂道："滚你妈的，狗崽子！"他边骂边打马冲向母拉德·沙。就这样两人碰在一起，交起锋来。他俩每人使用一杆长枪，彼此棋逢对手，打来打去，直打断了矛头，这才弃枪拔剑相向，彼此互不示弱，各显身手；此进彼退，彼攻此守，越战越起劲；你杀过来，我砍过去，直砍钝了剑锋，仍不分胜负。他俩继续鏖战到正午，战马疲于奔命，支持不住，失足跌倒，二人便弃马徒手搏斗，扭成一团。母拉德·沙紧紧抓住矮律补，使劲把他举起来，正要摔死他的时候，却被矮律补揪着两只耳朵，用劲一扯，直扯得他像天塌下来压在身上那样疼痛。他忍受不住，大声地叫苦求饶，说道："恳求大将手下留情，饶我一条命。"就这样母拉德·沙服输被擒。

矮律补和母拉德·沙父子不期而遇

母拉德·沙被擒，他部下的神兵要进攻敌人，以便救他脱险。可是矮律补先发制人，率领一千神兵冲了过去，致使敌人见而生畏，边喊"饶命吧，饶命吧！"边缴械投降。

矮律补打了胜战，凯旋归来，进入绣金镶珠玉的绿绸帐中，吩咐带母拉德·沙前来审问。

母拉德·沙身在缧绁之中，戴着脚镣手铐，一颠一簸、狼狈不堪地被押进帐来，在矮律补跟前，惭愧得不敢抬头。矮律补厉声骂道："狗崽子！你算什么东西，胆敢冒充国王？"

"主上不必责怪，我可是有原谅的地方呢。"

"你有什么可以原谅的？"

"主上，您要知道：我原是替父母向波斯王萨补尔报仇来的，因为他存心杀害我的父母。我母亲虽然脱险得救，但我父亲是否死在他手里，现在我还不得而知。"

"指安拉起誓,你的确有可原谅的地方。但谁是你的父母？你的父母叫什么名字？"

"家父叫矮律补,是伊拉克国王;家母叫斐瑚尔·塔芷,是波斯王萨补尔的女儿。"

矮律补听了母拉德·沙的回答,狂叫一声,一下子晕倒,昏迷不省人事,侍从赶忙拿蔷薇水洒在他脸上。一会儿,他慢慢苏醒过来,说道:"这么说,你是斐瑚尔·塔芷所生,属于矮律补的儿子了？"

"不错,我正是矮律补的儿子。"

"你是出身帝王之家的一名将领呢。"矮律补称赞着母拉德·沙,随即喝令侍从,"喂！你们快替我儿子松绑吧。"

赛西睦和铿勒钟赶忙趋前,替母拉德·沙解掉枷锁镣铐,恢复他的自由。矮律补亲热地拥抱母拉德·沙,让他坐在身边,问道:"现在你母亲在什么地方？"

"她在我的帐篷中。"

"你去带她来见我吧。"

母拉德·沙骑马回到营中,部下拥来迎接他,为他平安脱险而高兴,纷纷向他问长问短。他说道:"现在不是叙谈的时候。"随即奔进帐篷去见他母亲,告诉她事件的始末,并带她去见父亲。

斐瑚尔·塔芷怀着欢慰的心情,随母拉德·沙来到矮律补帐中,夫妻久别重逢,喜出望外,相互热烈拥抱,彼此寒暄问候一番,矮律补才劝妻子皈依伊斯兰教。她俩接受劝告,欣然改奉伊斯兰教。同样的,母拉德·沙也劝他的部下皈依伊斯兰教,结果大家心口如一地改奉了伊斯兰教。矮律补大为高兴,吩咐带萨补尔父子来见斐瑚尔·塔芷,当面骂他父子以怨报德的丑恶行为,劝他俩改邪归正,皈依伊斯兰教。可他俩不肯接受劝告,拒绝改教,结果被矮律补吊死在城门上示众。

矮律补南征北战,征服了许多王国,各国王公都向他称臣纳贡。最后他又同离散多年的妻子团圆聚首,乐不可支。在这样的情况下,人们张灯结彩,装饰城郭,热烈欢呼、庆祝。在欢庆声中,矮律补宣布由母拉德·沙继承王位,给他戴上王冠,登极为波斯国王,并兼任土耳其、岱夷勒姆国王;同时还委派他叔父刀米武去做伊拉克国王。从此阿拉伯和波斯境内的各王国都在他的统辖范围之内。兼之他公正廉明,爱民如子,因而博得各国王公和庶民的拥护、爱戴,同妻室儿子在一起,过着国泰民安、称心如意的幸福生活,直至白发千古。

尔特白图和兰娅的故事

相传从前阿补顿拉·本·麦尔麦鲁·盖义斯叙述他的经历时说:有一年我去麦加朝觐。朝觐毕,前往麦地那参拜先知穆罕默德的圣陵。某天夜里,我坐在圣陵和宣讲台之间的花坛前,突然传来一股如泣如诉的吟诵声。我侧耳细听,清楚地听见有人哀吟道:

> 莫不是酸枣树上那只唱鸽的哀啼
> 触动你的心弦,
> 致使你发出满腔的情愁?
> 或者是蓦然想到意中人的倩影,
> 顿时产生疑惧心情,
> 你才如此彷徨、迷离?
> 漫无止境的黑夜哟!
> 你叫病染沉疴的人遭受失眠的酷刑,
> 他正在毫无耐性地控诉爱情。
> 你还叫热衷于谈情说爱者整夜辗转难眠,
> 那爱情的火焰像炽烈的炭火燃烧他的心。
> 月亮可以证明我是情场中的一员,
> 呈现出月色般信守不渝的忠诚心情。
> 当初我却不知此身已涉足于情场之列,
> 直经受了爱情的折腾我仍然不辨个中真情。

我不知道这哀吟声是从哪儿传来的,正感觉迷惘、发愣的时候,接着又听见吟诵声继续吟道:

> 在伸手不见掌的黑夜里,
> 莫非兰娅的幻影使你伤心、悲泣?
> 莫不是爱情惯于使你熬夜、失眠?
> 你的惊魂是否经常受到幻影干扰、袭击?
>
> 我向漫长的黑夜哀求、呼吁,
> 它跟波涛汹涌的海洋毫无区别:
> "黑夜啊!
> 　你叫求爱者堕入漫无边际的迷途,
> 　除非晨熹降临,
> 　他永久得不到救援。"
> 它回道:
> "你别怨我漫长、讨厌!
> 　其实是爱情使你恍惚、迷离。"

　　我怀着好奇心,沿着吟诵声传来的方向走了过去。我刚听完最末一句,便已来到吟诵者面前。一看,原来是个腮帮子还没生毛的、非常年轻的漂亮小伙子。他的腮颊被泪水侵蚀,显出两条痕迹。我跟他打招呼说:"祝你幸福,小伙子!"

　　"但愿你也幸福!请问你是谁?"他回问我。

　　"我是阿补顿拉·本·麦尔麦鲁·盖义斯。"

　　"你有什么事吗?"

　　"刚才我坐在花坛前,本来是很安静的,可是被你的哀吟把我给惊扰了。你到底需要什么呢?我愿全力以赴地帮助你,即使牺牲性命也在所不辞。"

　　"你请坐吧!"他让我坐下,接着说,"我叫尔特白图·本·哈巴补。先祖父赭姆和原是先知穆罕默德的辅士。清晨我上艾哈佐补大寺去，做完礼拜，然后坐下来静静地祈祷。当时有一群月儿般的姑娘姗姗走进寺来，打我面前经过。其中有个姑娘，生得格外苗条美丽。她站在我面前对我说：'尔特白图，你对向你求爱的人做何答复？'她问罢，撇下我，扬长而去。

"从那回之后，我没听到她的消息，也没碰到她的形影，因此我彷徨、迷离，六神无主地到处流离。"

他说罢，狂叫一声，一下子跌倒，昏迷不省人事。一会儿，他慢慢苏醒过来，脸上好像涂上一层黄蜡，凄然吟道：

> 我用心眼从老远的地方可以看见你，
> 你是否同样把我映在心里？
> 我的心一直为你而悲戚，眼睛经常为你而流泪，
> 我的灵魂始终伴随着你，口头不断地提念你。
> 不同你在一起我无法尝到生活的滋味，
> 即使此身住在永久不变的乐园里。

眼看这种悲惨、可怜相，我劝他说："尔特白图我的好侄子，你气息奄奄，生命朝不保夕，你赶快祷告，做最后一次忏悔吧。"

"抛弃追求念头，这是谈何容易的事情！若达不到目的，我永不甘休。"

我无话可说，跟他坐在一起，直至天明，才提议说："咱们上清真寺去吧。"于是我和他一起去到寺中，做完礼拜，刚坐下，便见那群妇女姗姗走到我们面前，可是尔特白图钟情的那个女郎已不在她们队中。接着她们中有人对他说："尔特白图，向你求爱的人，你对她有何想法？"

"她的情况如何？"尔特白图打听女郎的消息。

"她父亲把她带回她的故乡塞漠瓦去了。"

我从旁向她们打听那个女郎的姓名。她们说："她叫兰娅，是埃

陀律辅·色勒密的女儿。"

尔特白图听了女郎的名字,抬头仰视天空,怅然吟道:

> 我的朋友兰娅黎明动身起程,
> 旅行队的骆驼载她返回塞漠瓦故园。
> 朋友!我为你哭得声嘶力竭、无泪可挥,
> 请问:谁有泪水可以借给我一些?

我看他不肯抛弃追求念头,便对他说:"尔特白图,此次我带来不少金钱,愿意用来帮助别人。指安拉起誓,我一定要为你花这笔钱,使你达到最终目的。现在让咱们去找辅士们的后裔想办法吧。"

我带尔特白图去到辅士们的后裔聚集的地方,向他们致意、问好,受到热情的接待。彼此寒暄之后,我对他们说:"请问各位,你们对尔特白图和他父亲哈巴补的观感如何?"

"他们父子是正人君子,出自阿拉伯的名门贵胄。"

"尔特白图因爱情而碰到困难、不幸,恳求你们伸出援助之手,同我们一起上塞漠瓦去一趟吧。"

"听明白了,遵命就是。"他们欣然接受我的要求。

我和尔特白图离开麦地那,骑着骆驼跟他们同路成行,一直旅行到白尼·色里姆人的部落。埃陀律辅·色勒密听到我们的消息,亲身跑出来迎接我们。一见面他便祝福我们说:"高贵的人们!愿你们长寿。"

"祝你平安、康健。"我祝愿他,"我们做你的客人来了。"

"竭诚欢迎贵宾光临。"他说着即时喝令婢仆,"奴婢们,快来准备饮食款待客人吧。"

奴婢们遵循命令,有的铺丝毯、摆靠枕,有的杀牛宰羊,一时忙得不可开交。我对埃陀律辅说:"除非你先满足我们的要求,否则,我们是不轻易吃你的饮食的。"

"你们的要求是什么?"

"我们替尔特白图·本·哈巴补前来向你的千金小姐求婚。"

"弟兄们,婚姻应由小女本人自主,我这就进去通知她。"埃陀律辅起身离席,怒气冲冲地去到兰娅房中。

"爸爸,我看你老人家怒形于色,这是什么缘故?"兰娅问她父亲生气的原因。

"有一伙辅士家属到我家来,要向你求婚。"

"他们是高尚的领袖人物,先知穆罕默德曾经替他们祈祷哩。请问他们是替谁求婚来的?"

"替一个叫尔特白图的年轻人。"

"这个叫尔特白图的青年,我听人说过他。他算是实践诺言而知道寻求的门路了。"

"我发誓,绝对不让你跟他结婚。你跟他之间的交谈,我都听说了。"

"你听说什么呢?我向你起誓,对辅士家属不可粗暴、无理,只宜婉言拒绝他们。"

"怎样拒绝呢?"

"向他们索取过多的聘金,他们便知难而退了。"

"你的办法多么好啊!"埃陀律辅决心采用女儿的办法。

埃陀律辅跟跟跄跄地奔到席间,对我们说:"小女同意了,不过她要你们付出与她身价同样的聘金。请问你们中谁主持此事?"

"我。"我指着自己回答他。

"那请给她预备一千只赤金手镯、五千块赫者尔①银币、一百套毛布丝绸衣服和五皮袋龙涎香吧。"埃陀律辅提出聘礼的数量和种类。

"你提出的聘礼,我们愿如数奉上。可你本人同意不同意呢?"我试探他的意见。

---

① "赫者尔"是地名,即在赫者尔铸造的银圆。

"我同意。"他满口应诺。

我派一批人去麦地那，取来我担保所应付出的全部聘礼，并杀牛宰羊，大宴宾客，整整热闹了四十天，埃陀律辅才欣然对我们说："现在你们可以带走你们的新娘子了。"

我们让新娘子兰娅坐在驼轿中，带着她父亲陪嫁她的三十驮妆奁，告别埃陀律辅和塞漠瓦的父老兄弟，然后动身起程。在归途中，我们继续跋涉，再走一天路程，便可平安到达麦地那，却想不到就在这个时候发生抢劫事件。一伙强盗突然策马冲了出来，拦路抢劫我们。我认为那伙强盗是白尼·色里姆人。尔特白图奋勇抵抗，杀死几个匪徒，但不幸他被匪徒刺伤，翻身坠马。正当危急存亡之时，幸亏当地的土著前来救援，撵走强盗，才解了我们的围，可是尔特白图已气绝身死。我们喊着他的名字同声痛哭，兰娅闻声跳下驼轿，扑在尔特白图身上，号啕痛哭，凄然吟道：

> 我显然是被迫而忍受一切，
> 其实我不过耐心说服灵魂，
> 期望它和你百年聚首。
> 如果我的灵魂够得上公正，
> 它必然勇往直前，捷足先登，
> 争取先你而自我牺牲。
> 俾你我长逝之余，
> 让友谊、灵魂间的默契留下遗迹。

她吟罢，抽抽噎噎地喘了一口长气，便瞑目长逝。

我们就地挖了一座坟，把尔特白图和兰娅的尸体装殓、合埋在一起，然后动身起程，垂头丧气地转回故乡。

七年后，我再往麦加朝觐，顺便重游麦地那，暗自说道："指安拉起誓，我一定要上尔特白图葬身的地方去看一看。"打定主意后，我欣然去到墓地，只见尔特白图的坟前长出一棵茂盛的高树，树枝上挂着红、黄、绿等颜色的布条。我向当地的居民打听树名:"这是什么树?"他们说:"是新郎新娘树。"

我在尔特白图坟前逗留了一昼夜,然后怅然而归。

这便是我所知关于尔特白图生前死后的事迹,愿安拉怜悯他。

邢朵和哈卓祝的故事

相传从前努尔曼有个女儿，名叫邢朵，是当代妇女中绝无仅有的美女，而且才貌双全。哈卓祝·艾彼·穆罕默德听了她的美名，便千方百计地前去说亲，花了无数的金钱，才把她娶到手。提亲时，哈卓祝提出一个条件，愿在婚后给她二十万块钱作为私房。

哈卓祝和邢朵结婚后，在相当长的一段时间内，夫妻间相安无事，倒也和睦。只是有一天哈卓祝进入邢朵房中，见她对镜欣赏着自己的容颜吟道：

> 邢朵原属阿拉伯名马中的纯种牝驹，
> 她被一匹骡子攫为拙妻。
> 今后如能生出一匹小驹，
> 那该感激安拉不尽。
> 假若生下来的不是小驹，
> 这只能归属于骡子的后裔。

哈卓祝听了老婆的吟诵，默然退了出去，从此不跟她见面，邢朵茫然不知个中原因。

哈卓祝老羞成怒，决心休妻，毅然托阿补顿拉·本·塔锡尔代他办理离婚手续。塔锡尔接受委托，去见邢朵，对她说："哈卓祝要我告诉你，他不曾按期兑给你二十万块钱的欠款，现在托我把这笔欠款如数奉上，同时委托我替他办理离婚手续。喏！钱在这儿，你收下吧。"

"塔锡尔，指安拉起誓，我和他虽然是夫妻，可是和他在一起，我从来没过过一天快乐日子。再一次指安拉起誓，如能和他离婚，脱离夫妻关系，我可是心甘情愿，毫无怨言。这笔钱，作为我摆脱恶狗的报喜钱送给你吧。"

邢朵和哈卓祝离婚后，哈里发奥补督·买立克·买尔旺听说她不但生得窈窕美丽，有倾城倾国之色，而且能言善道，长于辞令，颇有才气，打算娶她为妃，便差人前去提亲。

邢朵受宠若惊，诚惶诚恐地给哈里发上书，照例颂扬祝愿一番之后，才陈述下情，说明她是弃妇，自喻为被狗舐过的花瓶。

哈里发读了邢朵的信，忍不住哈哈大笑，不嫌她是弃妇，写信安慰她："……如果你们中的一只花瓶被狗舐过，那就用沙土擦它一次，再用水清洗六次。"最后还用开玩笑的口吻嘱咐她："务希把被污染的地方洗净。"

邢朵读了哈里发的回信，无法拒绝，只得写信说："我同意成亲，但提出一个先决条件。如果要追问我提什么条件？我的回答是：必须让哈卓祝前来替我执鞭，叫他赤着脚直把我护送到京城。"

哈里发读了邢朵的信，狂笑不已，慨然接受她提出的条件，即时派人通知哈卓祝，吩咐他前去替邢朵执鞭。哈卓祝接到命令，不敢违拗，只得忍气吞声地差人告知邢朵，请她准备成行，并耐心地等她准备妥帖，才按期去她家中，毕恭毕敬地伺候她和她的丫头使女们坐上驼轿，并小心翼翼地照料她们成行。他果然赤着脚，并亲手替邢朵牵着驼缰，一下子变成驼夫，低声下气地伺候娘儿们上京城去成亲。

在旅途中，邢朵始终冷嘲热讽地说风凉话取笑、打趣哈卓祝，逗得丫头使女们捧腹大笑。她还吩咐丫头："给我揭开轿帘吧！"丫头遵命一揭轿帘，哈卓祝的视线和邢朵的目光不期而然地碰在一起，她便趁机面对面地嘲笑哈卓祝，弄得他狼狈不堪，忍无可忍，只好吟诗报复：

> 今日你固然笑骂自由，
>
> 可多少夜晚你曾悲伤、失眠。

邢朵听了哈卓祝的吟诵，出口成章地吟道：

> 只要身体健康、精神自由，
>
> 我却不计较损失了的财物。
>
> 一旦健康恢复、痛苦解除，
>
> 金钱地位便可指日而获。

就这样，邢朵沿途不间断地继续嘲弄、取笑哈卓祝，直至快到京城时，她才抛出一枚金币，然后对哈卓祝说："喂！赶驼的，我们丢了一枚银币，你给找一找，替我们拾起来吧。"

哈卓祝低头一看，见落在地上的是一枚金币，便老老实实地对她说："这是一枚金币呀。"

"不，那是一枚银币。"

"这明明是一枚金币嘛。"哈卓祝肯定地说。

"感谢安拉！他把我们丢掉的一枚银币一下子给变成金币了。"邢朵洋洋得意地欢笑起来。

哈卓祝听了邢朵的欢笑声，恍然知道自己上当，顿时感到愧无地容。不过行在矮檐下，怎敢不低头？他无可奈何地把落在地上的金币拾起来递给邢朵，并忍辱负重地送她进王宫去同哈里发成亲，让她一跃而为宠妃。

虎载谊麦图和尔克律麦图的故事

相传哈里发苏莱曼·本·奥补督·买里克执政时期,白尼埃赛德族中,有个叫虎载谊麦图·本·毕施尔的富翁。他为人慷慨豪爽,乐善好施,对亲戚故旧向来关怀、照顾备至,一向过着广施博济的生活。后来,他的钱财花光,自顾不暇,生活困难,不得不仰赖亲朋接济。那班得过他的好处的人,当初不忘旧情,倒也同情、帮助他,但很快便表示厌倦心情,坐视不理。他受到亲朋冷眼看待,不禁感慨万千。他心烦意乱地回到家中,对老婆说:"夫人,我看亲戚朋友对我的观感、态度,今昔大不相同,前后判若两人。从此我决心闭门待在家中,至死不与外人往来。"他说到做到,果然关起大门,息交绝游,躲在家中,靠手边仅剩的食物维持生活。在这样的情况下,境遇每况愈下,日子越来越难过,终于到了吃早没晚、眼前就要断炊、饿死的危急关头。

当时阿尔及利亚的执政官尔克律麦图·斐亚祖·勒白欧对虎载谊麦图也很赏识。有一次他跟属僚谈到虎载谊麦图时,便打听他的情况,说道:"虎载谊麦图目下的情况如何?"

"他的情况已经坏到不堪提说的境地。"同僚中有人说,"现在他索性闭门待在家中,不与外人往来了。"

"这是他过于慷慨的结果。像虎载谊麦图这样的人物,怎么没人同情、怜悯他呢?"

"的确，在这方面他是不曾得到别人的同情、怜悯的。"人们同声惋惜。

当天夜里，尔克律麦图·勒白欧拿四千金币，装在一个钱袋中，交给仆童，然后骑马，主仆二人悄悄地离开家，一直去到虎载谊麦图的家门前，这才从仆童手中拿过钱来，并吩咐他到较远的地方等着，然后亲身前去敲门。

虎载谊麦图闻声开门出来时，尔克律麦图随即把钱袋递给他，说道："你用这个改善生活吧。"

虎载谊麦图接过钱袋，觉得拿在手中之物非常沉重。他把钱袋放在地上，用两只手紧紧握着尔克律麦图的马缰绳，问道："你是谁？我应当用生命来报答你的恩情呢。"

"阁下，"尔克律麦图说，"我这个时候到你这儿来，本来就是不让你知道我是谁呀。"

"你必须告诉我你是谁，我才接受你的赏赠呢。"

"我是扶危济困者。"

"请你说详细些！"

"不了。"尔克律麦图不肯多谈，随即跟虎载谊麦图分手。

虎载谊麦图拿着钱袋回到屋里，欣然对老婆说："夫人，让我给你报喜信吧：安拉已经替我们开辟生路了。假若这是一袋银圆，那么它的数量必定很多。来吧！你快点灯来看一看。"

"哟，我的主人啊！没有油了，这叫我怎么点灯呢？"

黑夜里，虎载谊麦图兴奋得一直睡不着觉，整夜摸着钱袋中凹凸不平而显得粗糙的金币，老不相信那真是一袋金币。

尔克律麦图回到家中，知道老婆找他，到处打听他的去向，后来从奴仆口中知道他黑夜里骑马出去，因而他的行动引起老婆不满，疑心他出去做坏事，所以当他回来时，当面指责他说："堂堂的阿尔及利亚省长，深更半夜不带随从，偷偷摸摸地溜了出去，这不是去会情妇或轧姘头，还能是什么呢？"

"安拉知道我此次出去,既不是会情妇,也不是轧姘头。"尔克律麦图矢口否认老婆的诬蔑。

"那你说吧:你是出去干什么的?"

"我黑夜里出去,本来就是不叫人知道我的行踪嘛。"

"你非告诉我不可。"

"如果我告诉你,你能保守秘密吗?"

"当然啰,我一定保守秘密。"

尔克律麦图果然把他出去的所作所为和盘托出,最后说:"要是你还不相信,我可以对你起誓。你需要我赌咒吗?"

"不,现在我可放心了,你所说的我都相信了。"

次日清晨,虎载谊麦图发现钱袋中全是金币,沾沾自喜,赶忙找债主赔还欠款,购置生活的必需的物品,并预备一番,然后前去觐见哈里发苏莱曼·本·阿补督·买里克。

哈里发苏莱曼因公出巡,在巴勒斯坦短期逗留。他对虎载谊麦图的豪爽、慷慨性格和仗义疏财的行为向来抱着钦佩心情,因而结识他,彼此有交情。那天虎载谊麦图前去拜访哈里发苏莱曼,站在门外对守卫的说明来意。门警进去请示,禀告虎载谊麦图前来求见的消息。哈里发苏莱曼欣然接见他。

虎载谊麦图随侍卫进屋去,来到哈里发面前,诚恳地问候、祝愿他。哈里发一见虎载谊麦图,便亲切地说:"虎载谊麦图,你好久不跟我们见面了,这是为什么呢?"

"因为境况恶劣的缘故。"

"干吗不向我们呼吁、求援呢?"

"众穆民的领袖,这是因为我太腼腆而碍于情面的缘故。"

"那现在你来见我,这又是为什么呢?"

"不瞒众穆民的领袖,原因是我的困难问题一旦解决的缘故。因为昨天夜里,突然有人敲门……"虎载谊麦图把收到馈赠的经过,从头到尾,详细叙述了一遍。

哈里发苏莱曼听了虎载谊麦图的叙述,对此事很感兴趣,问道:"接济你的是谁?你认识他吗?"

"不,我不知道他是谁。当时我问他,他不肯说姓名,最后只听他含含糊糊地说:'我是扶危济困者。'"

"好一个扶危济困者!"哈里发苏莱曼怀着满腔热烈的愿望说,"假若我们知道此人,一定要重重地赏赐他的侠义行为呢。"于是他当面委派虎载谊麦图为省长,去替换尔克律麦图,执掌阿尔及利亚的政权。

虎载谊麦图走马上任,径直去到阿尔及利亚,备受尔克律麦图和老百姓的欢迎、爱戴。他同尔克律麦图见面言欢,一起欢聚在省公署。在交接期间,虎载谊麦图发现尔克律麦图的账目不清,其中有所亏空,因而勒令尔克律麦图赔还。尔克律麦图说:"我无法赔偿。"

"非赔偿不可。"虎载谊麦图逼得很紧。

"我不是挪用公款自肥的人;我赔不起,你随便处置好了。"

虎载谊麦图公事公办,毫不徇情,毅然判处尔克律麦图徒刑。尔克律麦图戴着脚镣,被监禁在牢狱中一个多月,饱尝铁窗风味,健康受到严重损害。他的夫人知道这种情况,忧愁苦恼到极点,万般无奈。后来她打发一个非常聪明、伶俐、原属奴隶阶层而经她夫妇释放的女自由民,去见新上任的省长,嘱咐她说:"现在你上省公署去,就说要向省长虎载谊麦图·本·毕施尔进句忠言。如果他家里的人问你要进什么忠言,你告诉他只能当面对省长本人讲。你跟省长见面时,叫他屏退左右的人,然后对他说:'你所做的究竟是一件什么事情?你给扶危济困者的报酬,原来是残酷的监禁和沉重的镣铐呀!'"

女自由民按照夫人的指示,去到省公署,对虎载谊麦图本人,果然如此这般地说了一通。他听了女自由民的谈话,恍然大悟,狂叫一声,然后说:"冤哉枉也!他一定是尔克律麦图。"

"不错,的确是他。"女自由民在旁补充一句。

虎载谊麦图即时喝令备马，并召集城中有面子的绅耆，带他们去到狱中，开门进去，见尔克律麦图兀自坐在地上，被折腾得憔悴不堪，境况非常凄怆可怜。他见虎载谊麦图和绅耆们，一时惭愧得抬不起头来。虎载谊麦图赶忙挨近他，弯下腰亲切地吻他的头。尔克律麦图抬头冷眼瞅着虎载谊麦图，问道："你前倨后恭，到底是什么叫你这样做的？"

"是你的善良、慈祥行为和我自己的恶毒报酬叫我这样做呀。"

"愿安拉饶恕你和我！"尔克律麦图如释重负地祈祷起来。

虎载谊麦图吩咐狱吏开了尔克律麦图的脚镣，并叫拿铁镣戴在他自己的脚上。尔克律麦图觉得奇怪，问道："你要做什么？"

"像你遭受苦难那样，我同样要经受一些苦楚呢。"

"我指安拉向你起誓，你千万不可以这样做。"

尔克律麦图随虎载谊麦图走出监狱，一起去到省公署，然后告辞回家，但是虎载谊麦图不让他走。他问道："你还要做什么呢？"

"我要改善一下你的现状，因为在尊夫人面前，我所感觉的惭愧，比在你本人面前所感觉的尤其厉害。"他说着吩咐打扫浴室，并陪尔克律麦图进入浴室，亲身照拂他洗澡。沐浴毕，又拿一套华丽的衣服给他穿，并预备为数可观的一笔钱带在身边，作为对他的报酬，然后并辔送他回家，当面向尔克律麦图夫人道歉。继而他要求尔克律麦图同他一起去腊姆览谒见哈里发苏莱曼·本·阿补督·买里克。尔克律麦图欣然同意，果然陪他作腊姆览之行，一同去到哈里发苏莱曼的行营求见。

侍卫进去请示，禀告虎载谊麦图前来求见的消息。哈里发苏莱曼大吃一惊，说道："阿尔及利亚省长怎么不得我的命令便擅离职守？这一定是发生大事件了。"他疑虑着答应接见虎载谊麦图。

虎载谊麦图带尔克律麦图进入帐中。哈里发苏莱曼不待虎载谊麦图向他请安、祝愿，便先开口说："虎载谊麦图，你不守职位，突然前来求见，这是为了何事？"

"众穆民的领袖,这是为了一桩好事,臣下才迫不及待地前来求见的。"

"一桩什么好事?"哈里发急于要知道个中底细。

"我发现那位自称扶危济困者的人了。鉴于陛下怀着要认识他、要跟他见面的热烈愿望,所以我乐意带他来觐见陛下,以便陛下感到快乐。"

"他是谁呀?"

"是尔克律麦图·斐亚祖。"

哈里发苏莱曼听说那个自称扶危济困者的人是尔克律麦图·斐亚祖,非常高兴,对他不禁肃然起敬,唤他到跟前,让他坐在身边,回问他好,亲切地和他谈心,说道:"尔克律麦图,你对他做了好事,却给自身招致灾难。现在你需要什么东西过活? 拿笔记下来吧。记详细些,连一块棉布都无妨记下来。"接着他吩咐侍从,按尔克律麦图所开的单子,即时兑现,满足他的愿望,并额外赏赐一万金币和二十箱衣服。此外还加官晋级,委他兼任阿尔及利亚、亚美尼亚和艾兹勒比钟三个地区的执政官。最后嘱咐道:"至于虎载谊麦图的去留问题,你斟酌处理好了。你愿留,则留他;不愿留,就罢免他吧。"

"众穆民的领袖,我可是要让虎载谊麦图回原地方去执政呢。"尔克律麦图讲明他的意图,然后向哈里发苏莱曼告辞。

从此,尔克律麦图和虎载谊麦图长期共事,亲如手足,成为哈里发苏莱曼的忠诚属僚,过着有权有势的宦海生活,直至白发千古。

郁诺斯和韦利德太子的故事

　　相传从前哈里发徐沙睦·本·奥补督·麦里克执政时期,有个大名鼎鼎的艺人,名叫郁诺斯·卡体补。有一次他带着一个非常苗条美丽的姑娘去叙利亚旅行。那姑娘能歌善舞,弹唱的本领很大,技艺修养很高,堪称才貌双全,因此在当时她的身价值十万元。快到大马士革的时候,同路的商队在一个湖畔打尖。郁诺斯找一处幽静的地方坐下,拿出食物和皮囊中的葡萄酒吃喝。碰巧有个漂亮小伙子,骑着一匹枣骝马,带着两个仆人打他面前过,便打招呼问候他,说道:"你愿意我做你的客人吗?"

　　"愿意。"郁诺斯表示欢迎。

　　漂亮小伙子跳下马来,坐在郁诺斯身边,对他说:"给我一杯酒喝吧。"

　　郁诺斯果然斟酒给他。他喝了酒,对郁诺斯说:"如果你愿意,那请唱一曲给我们听吧。"

　　郁诺斯接受他的要求,欣然唱道:

> 她具备着人类身上找不到的美丽,
> 为了她我从眼泪、失眠中尝到甜蜜的滋味。

　　漂亮小伙子听了郁诺斯的歌唱,十分感动,情不自禁地狂饮起来,接连喝了几杯,醉眼蒙眬地说:"叫你的丫头给我们唱一曲吧。"

郁诺斯满足小伙子的愿望,点头示意,姑娘便怡然唱道:

> 一个太阳、月亮望尘莫及的女神,
>
> 她的倩影使我落魄失魂。

漂亮小伙子听了姑娘的歌唱,越发感动得不能抑制激情,乘兴和郁诺斯对饮,接连喝了几杯,并促膝谈心,直至太阳西偏,彼此一起做了昏祷,才对郁诺斯说:"你旅行到我们这儿来,是为什么呢?"

"不为什么,只打算想办法赔还债款,并改善一下处境而已。"郁诺斯说明他旅行的目的。

"你愿以三万元的身价把这个丫头卖给我吗?"

"必须比这个数字多些的钱才够我用。"

"那么四万元你满意不满意呢?"

"四万元仅够我赔债之用,此外我便落得两袖清风了。"

"既是这样,我决心以五万元的身价买下这个丫头,并额外送你一套衣服和需要的旅费,往后还要继续照顾你,在你活着的期间,让你和我共享幸福。"

"我答应卖她了。"

"我打算现在带走她,明天给你送身价银子来,你信过得我吗?或者必须让她跟你在一起,待明天我给你拿身价银子来,才能带走她?"

郁诺斯喝多了酒,有几分醉意,并且碍于情面,慨然同意对方的意见,说道:"我信得过你,你带走她吧。愿安拉因她而恩赏你。"

那个漂亮小伙子吩咐他的一个仆人:"你来扶丫头上马,让她跟你一块儿骑马走吧。"他说着向郁诺斯告别,然后跨马率领仆从,扬长而去。

买主刚走之后,郁诺斯心血来潮,知道自己的生意做错了,暗自想道:"我是怎么搞的? 竟然让一个我所不认识、也不知道他是做什么的人把姑娘给带走;即使我认识他,这叫我上哪儿去找他呢?"他懊悔不已,心事重重、惴惴不安地待在原地方,直熬到清晨。同路的商队都动身进城去了,只剩他一个人六神无主地待在湖滨,茫然不知所措。太阳像火一样,晒得他热不可耐。他对那个地方发生厌倦心情,打算索性进城去。可是他心里想:"如果我进城去,差人送钱来找不到我,我就第二次犯错误了。"他考虑着挪到附近的一堵墙下,靠墙坐着乘凉,眼巴巴等待买主送姑娘的身价银子来。

郁诺斯怀着恐怖、绝望心情,从清晨直等到傍晚,才算把昨天跟买主在一起的那两个仆人之一盼到眼前。一见那个仆人,他心花怒放,喜得几乎发狂。他心里想:"看见这个仆人时我心里的喜悦,是我生平不曾感受过的。"那个仆人来到郁诺斯面前,向他道歉,说道:"我的主人啊!我来得太晚,劳你多等了。"

郁诺斯既不埋怨仆人,也不提一天一夜之间他的忧愁、苦恼情况。但是仆人却问他:"你知道买姑娘的是谁吗?"

"不知道。"

"他是韦利德·本·瑟赫礼太子。你来骑着这匹马随我进城去吧。"仆人说着让郁诺斯骑上随身带来的一匹骏马,然后带他进城,去到太子家中。姑娘一见郁诺斯,便奔到他面前,问候他。他问姑娘:"买你的人怎样待你?"

"他让我住在这间屋子里,并供给我所需要的一切。"

郁诺斯和姑娘坐在一起谈天。一会儿有个仆人进屋来,对他说:"请随我来吧!"仆人说着带郁诺斯去到主人屋中。他一看,原来是昨天跟他一起吃喝的那位客人正襟坐在屋里。一见面主人便问他:"你是谁?"

"郁诺斯·卡体补。"

"欢迎你,郁诺斯!指安拉起誓,我听过你的名声,早就希望见到你本人了。昨晚,你是怎么度过的?"

"还好。愿安拉擢升你的品位。"

"你对昨天的交易也许产生了懊悔心情吧?或许你埋怨自己把

姑娘交给一个姓名、来历不清的陌生人了吧?"

"愿安拉保佑我不产生懊悔念头。如果我把姑娘当礼物送给殿下,那也是微不足道的,跟太子殿下的身份、地位是极不相称的。"

"指安拉起誓,我对带走丫头这件事,实在懊悔不已。我曾对自己说:'那是一位外乡人,他不认识我,而我匆忙带走了丫头,这对他来说,是突然袭击,会给他带来痛苦哩。'现在你还想得起我们之间的交易吗?"

"我还记得。"

"你还愿意以五万元的身价把丫头卖给我吗?"

"我愿意。"

太子韦利德吩咐仆人取来五万块钱,摆在郁诺斯面前,对他说:"这是丫头的身价银子。"随即又吩咐仆人取来一千五百块钱,递给郁诺斯,说道:"这当中的一千块钱,是你信任我们应得的报酬,其余五百元,给你做旅费和生活费。这样你满意了吧?"

"满意极了。"郁诺斯赶忙吻太子的手,"指安拉起誓,我的眼、手和心都被你的恩惠给填满了。"

"指安拉起誓,我还没跟那个丫头在一起,我只听她唱过一次歌。现在你们快去带她来见我吧。"

仆人遵循太子的命令,立刻把姑娘带到他面前。他让姑娘坐下,吩咐道:"唱一曲给我听吧!"

姑娘果然抑扬顿挫地唱道:

> 十全十美的人儿啊,
> 你的德行、娆行多么甜蜜!
> 土耳其、阿拉伯人固然集美丽之大成,
> 他们却不能跟你这只小羚羊匹敌。
> 但愿你怜惜追求者的心情,
> 哪怕在梦寐中出现幻影一次也行。
> 同你成亲是高不可攀、难为情的事情,

我宁可在辗转失眠中寻求慰藉。
我不是第一个为你而发狂、失魂的人，
多少英雄豪杰曾因你而丧生！
为寻求人生无上的享受我始终爱慕你，
因为你比我的生命、财产更为可贵。

太子听了姑娘的歌唱，十分感动，当面赞扬、感谢郁诺斯对姑娘的教养、训练之功，即时吩咐仆人牵来一匹鞍辔齐全的骏马，供他骑坐，并一匹骡子替他驮银钱什物，预备送他回家。临行还对他说："郁诺斯，待我登极继位时，你来见我。指安拉起誓，我一定重赏你，提拔你，使你终身荣华富贵。"

郁诺斯听了太子的嘱咐，不禁感激涕零，带着钱财，满载而归。后来他对朋友说："后来我听了韦利德太子登极做哈里发的消息，便去大马士革看他。他果然实践诺言，格外尊重我，使我高官得做，厚禄得享，成为哈里发的属僚、亲信，和他平起平坐，一下子身价百倍，过着极其舒适、富裕的幸福生活，地位越升越高，钱财越积越多，终于成为名利双收的富翁。我的钱财不但我使不完用不尽，而且还给子孙留下产业。从韦利德继位做哈里发一开始，我便跟他在一起做官为宦，直至他被刺身死，我才告老还乡。愿安拉慈悯他在天之灵。"

哈里发和村姑的故事

相传从前哈里发何鲁纳·拉施德执政期间,有一天宰相张尔蕃陪他出去巡行。在途中碰到几个汲水姑娘,哈里发急急忙忙走过去,向她们要水喝。其中的一个姑娘回头望着他们,欣然吟道:

> 请向你的幻影下个命令,
> 在我睡觉的时候,
> 叫它远远地离开我的床位,
> 别让我一直在病榻上翻来覆去,
> 以便我泼灭骨节里的烈焰,
> 安安静静地过夜。
> 我的底细你知道得最详细,
> 请问跟你接近是否久远之计?

哈里发听了姑娘的吟诵,赏识她的才貌,欣然和她交谈起来,说道:"活泼伶俐的村姑娘,这诗是你作的,还是吟诵别人的旧作?"

"这是我作的。"

"如果你说的是老实话,那就变韵不变意地再吟一遍吧。"哈里发存心试验她。

姑娘毫无难色,欣然吟道:

> 请向你的幻影下个命令,

在我打盹的时候，

叫它远远地离开我的床位，

别让我一直在针毡上翻来覆去，

以便我泼灭身上炽烈的火焰，

安安静静地过夜。

我的情形你知道得最清楚，

请问跟你接近是否有利可图？

哈里发听了姑娘的吟诵，说道："后面一句是抄袭来的。"

"不，这都是我作的。"姑娘断然否认抄袭别人。

"如果说都是你作的，那你变韵不变意地再吟一遍吧。"

姑娘毫不迟疑。欣然吟道：

请向你的幻影下个命令，

在我沉睡的时候，

叫它远远地离开我的床位，

别让我在针毡上翻来覆去，

以便我泼灭心中的烈焰，

安安静静地过夜。

我的情形你知道得最透彻，

请问跟你接近是否会受到阻塞？

哈里发听了姑娘第三次吟诵，断然说道："最末一句是抄袭来的。"

"不，这是我作的。"姑娘断然否认抄袭别人。

"如果说是你自己作的，那你变韵不变意地再吟一遍吧。"

姑娘果然出口成章地吟道：

请向你的幻影下个命令，

在我酣睡的时候，

叫它远远地离开我的床位，

别让我一直在旧毯上翻来覆去，

以便我泼灭肋骨上的烈焰，

安安静静地过夜。

我的情形你知道得最彻底，

请问跟你接近是否会遭到拒绝？

哈里发听了姑娘的吟诵，问道："你是出自这个部落中的哪个家族？"

"出自住在部落中央、其柱子最高的一个家族。"

哈里发听了姑娘的回答，知道她是族长的女儿。

"请问你是属于哪个马群的牧民？"姑娘打听哈里发的来历。

"属于树干最高大、其果实最丰盛的牧民。"

姑娘听了哈里发的回答，即时跪下去，吻了地面，说道："众穆民的领袖啊！愿安拉保佑你。"她替哈里发祈祷一番，然后随女伴们从容归去。

哈里发对姑娘的才貌，由钦佩而转为爱慕，毅然决然地对宰相张尔蕃说："非娶她为妃子不可。"

张尔蕃找到姑娘的父亲，向他替哈里发提亲，说道："众穆民的领袖有意娶令爱为妃子。"

"老夫竭诚拥护、爱戴众穆民的领袖，愿将小女送给他当丫头使唤。"姑娘的父亲欣然答应成亲，赶忙准备妆奁，然后送女儿进宫去和哈里发婚配。

哈里发正式同姑娘结婚，一下子把她抬举成宫中最宠幸的妃子，并重赏她父亲，致使他成为部落中首屈一指的富翁。可是为时不久，他便寿终正寝，一命呜呼。

哈里发听见国丈逝世的消息，大为伤感，闷闷不乐地回到后宫。宠妃察言观色，见哈里发愁眉不展，一反常态，便回到自己房中，卸掉豪华的宫妆，换上一身素服，开始为亡父哀悼、服丧。宫人们觉得奇怪，问她为何白妆素裹。她回道："家父死了。"宫人们奔告哈里发国

丈逝世的消息。哈里发立刻来到宠妃房中,问道:"是谁告诉你这个
噩耗的?"

"主上,是你的脸色告诉我的。"

"这是怎么说的?"哈里发不明白她的意思。

"自我进宫以来,主上始终是眉开眼笑的,只是此次却反常地显
出满脸愁云。由于家父年迈,所以他是我向来唯一担心受怕的人。
现在果然不出我所料,他老人家终于与世长辞了。祝愿众穆民的领
袖万寿无疆!"

哈里发听了妃子的叙述,簌簌地流着清泪向她道恼,并温存地安
慰她。可她伤感过度,孝期未满,便卧病不起,终于命丧黄泉。愿安
拉慈悯她父女在天之灵。

艾斯买欧和三姊妹的故事

　　相传从前哈里发何鲁纳·拉施德执政时期,有一天夜里,他患严重的失眠症,翻来覆去,始终睡不着觉。没奈何,他索性离开寝室,走遍各后妃的卧室,但仍然安静不下来,惴惴不安的情绪有增无减,弄得他坐卧不宁,好不容易才熬到天明。天刚亮,他便下道命令:"快给我找艾斯买欧来吧!"

　　太监遵循命令,赶忙去到门房中,对门警说:"主上有令,着你们派人去请艾斯买欧进宫。"

　　诗人艾斯买欧应邀进宫,备受哈里发的尊重、款待,让他坐在身边,对他说:"艾斯买欧,我想听一听有关妇女的掌故和诗文;把你耳闻目睹的、比较最有趣的讲一些给我听吧。"

　　"听明白了,遵命就是。关于这方面的东西,我听过的很多,但为我所欣赏的,却是三个姑娘所吟诵的三段小诗。"

　　"她们吟的什么诗?告诉我吧。"

　　"众穆民的领袖请听:有一年,我住在巴士拉。某日天气很热,我打算找个地方乘凉,睡个午觉,便东张西望地找了好一会,却找不到适当的地方,最后才发现一处门廊,打扫得干干净净,刚洒过水,里面还摆着一条木板凳,墙上有个窗子通向门廊,一股芬芳的麝香气味,通过窗户,从屋内散发出来。我一看,是个好地方,便走进门廊,坐在木凳上,刚要躺下去睡觉的时候,忽然听见一个女郎的声音,清脆地说道:'姊妹们,今天咱们在一起谈心消遣,玩得很痛快,现在咱们来打赌吧。我提议由咱三姊妹每人拿出一百金,凑在一起,然后每人吟一首诗,再看谁的诗最好,这三百金就归她享受。''我们同意你的这个办法了。'其余两姊妹同声赞成打赌的办法。接着她们中的第一人吟道:

> 他若梦中前来和我幽会,
> 我会感到无限快慰。
> 如能白天和他碰头见面,
> 我的快慰将是千言难尽。

接着第二人吟道:

> 他的幻影只在梦中和我见面,
> 我欢呼说:欢迎,欢迎,竭诚欢迎。

接着第三人吟道:

> 指我的灵魂和家族起誓,
> 每夜梦中和我见面的那个青年,
> 他身上散发出来的气息,
> 比麝香的馨味有过之无不及。

我听了她们的吟诵,非常欣赏第三首,说道:'作为比喻,这是最美不过的。总而言之,事情告一段落了。'我站了起来,刚要离开那个地方的时候,屋门突然开了,里面出来一个姑娘,对我说:'老人家,你再坐一会吧。'我第二次攀上木凳,刚坐定,她便递给我一张字条。我接过来一看,上面用工整、秀丽的书法写着下面的内容:

奉告长者:

——愿安拉赏赐阁下长寿!

我们三姊妹在一起谈心、游戏,每人拿出一百金,凑足三百金,预备给我们中诗作最佳者享受。现在恭请你老人家给我们的诗,作出评定。祝你康乐、长寿!

我看了字条,说道:'给我笔墨吧!'那姑娘立刻进屋去,给我拿来一管金笔和一个银墨盒,我执笔信手写了下面的诗句:

> 我来参与女郎们论诗这桩事情,
> 她们像经验丰富的人那样叙述爱情。
> 这是三位旭日般灿烂的活泼少女,
> 谁都抱着沸腾的怀春情绪。
> 她们对意中人所怀抱的异样心情,
> 令人茫然莫测其深浅。
> 她们以游戏的方式吟诗抒情,
> 透露胸中秘而不宣的真实感情。
> 一个唇红、齿白、妖娆、风流的女性,
> 从她口中吐出动听的诗句:
> > '他若梦中前来和我幽会,
> > 我会感到无限快慰。
> > 如能白天和他碰头见面,
> > 我的快慰将是千言难尽。'
> 她吟毕屋内笑语、欢声四起,
> 二小姐随之高声诵吟:
> > '他的幻影只在梦中和我见面,
> > 我欢呼说:"欢迎,欢迎! 竭诚欢迎"。'
> 我认为三小妹的和诗最可取,
> 她用甜蜜、确切的词汇表达激情:
> > '指我的灵魂和家族起誓,
> > 每夜梦中和我见面的那个青年,
> > 他身上散发出来的气息,
> > 比麝香的馨味有过之无不及。'

作诗比赛的情趣无可鄙夷、非议，

经过深思熟虑我作出下面的评定：

三小妹的和诗应该名列第一，

因为她的感情跟实际情形更为接近。

我把拙诗递给姑娘，她拿着走进屋去。接着我便听见拍掌声、脚步的跳动声、清脆的欢笑声混成一片，从屋中透露出来，显得很热闹。我觉得没有待在那里的必要，刚站起来要走，可是一个姑娘走出来，对我说：'艾斯买欧，你请坐吧！'

"'谁告诉你我是艾斯买欧？'我感到惊奇。

"'老人家，你的姓名我们固然不知道，但是你的诗作的风格却瞒不了我们。'

"我听了姑娘的回答，只好再坐下来。接着屋门开处，三姊妹中的大小姐走了出来，给我端来一盘鲜果和一盘糖食。我吃了鲜果和糖食，谢谢她的隆情厚谊，刚起身告辞，却听见另一个姑娘喊着我的名字说：'艾斯买欧，你坐吧。'我抬头一看，见一个非常苗条美丽的姑娘，俨然是从云雾中升起来的一轮明月，笑逐颜开地姗姗走到我面前。她的红手掌从黄袖管中伸了出来，递给我盛着三百金的一个钱袋，说道：'这是我赢得的钱，我把它作为你当评判应得的报酬转送给你。'"

哈里发听了艾斯买欧的叙述，问道："你把三小妹的诗评为第一，让她赢得赌注，这是为什么呢？"

"众穆民的领袖啊，祝陛下万寿无疆！我之所以评三小妹的诗为第一，是因为大小姐诗中有：'他若梦中和我幽会，我会感到快慰'这样的诗句。她首先提出条件，给事实受到限制，从而幽会可能出现，也可能不会实现。而二小姐的诗意，仅仅是在梦中看见情人的幻影表示欢迎而已。至于三小妹的诗作，却叙述跟情人同衾共枕，闻到他的气味比麝香还馨美的情境，充分表明真情实感，这是它优美可取之处。兼之她还指灵魂和家族起誓，加强事实的真实性，这也是她应赢得赌注的地方。"

"你评判得对,艾斯买欧。"哈里发夸赞艾斯买欧,并同样赏他三百金,作为他讲故事应得的报酬。

艾博·伊斯哈格和鬼神的故事

相传从前哈里发何鲁纳·拉施德执政时期,他的宫廷艺人艾博·伊斯哈格·伊补拉欣·卯绥里亚回忆往事时说:有一次,我向哈里发请一天假,以便和家人欢聚。哈里发慨然允诺,让我礼拜六休假。我欣然回到家中,预备了吃的喝的和各种需要的东西,吩咐门卫关起大门,不许任何人进屋来,打算痛痛快快地过他一天。可是我刚和妻妾围桌吃喝的时候,突然有个态度严肃、形貌端正的老头出现在我面前。他头戴一个庞大的缠头,身穿一套考究的白袍,手挂一根银头拐杖。他身上冒出一股香味,致使整个屋宇顿时充满了馨香扑鼻的气味。这个不速之客的突然降临,使我怒火中烧,心想非把门卫一个个撵走,不足以解我心头之恨。

老头子谦逊地向我问好。我回问他一声,让他就座。他坐下来,和我谈论阿拉伯文人的逸事和诗歌。他的谈吐逐渐消除我心中的怒气,满以为这是仆人们存心使我感到愉快,才让这么活泼而有教养的陌生人闯进屋来。我问老头:"你吃点饮食吗?"

"我不需要吃饮食。"他断然拒绝。

"喝一杯吧?"我征求他的同意。

"酒倒是可以喝一点。"他同意喝酒。

我喝了一杯,然后同样斟一杯敬他。他喝了酒,说道:"艾博·伊斯哈格,你愿意弹唱一曲给我们听一听,让我们欣赏你那超群绝伦的技艺吗?"

他的话本来是惹我生气的,但是我压下心头怒火,从容拿起琵琶,为他弹唱了一曲。

"艾博·伊斯哈格,你弹唱得真好。"他满口夸赞我。

他的夸赞反而使我越发生气。我心想:"他不征求我的同意就随便闯了进来,还随便指名点姓地要我给他弹唱,显然他是不懂得怎样称呼我。"我正感到苦恼的时候,老头又对我说:"你愿意再唱一曲吗?我们会报答你呢。"我勉强抑制着烦恼情绪,拿起琵琶弹唱起来。由于他许下报答的诺言,我在弹唱方面不得不格外认真、慎重,竭力做到好处。他听了非常感动,叫好说:"我的主人啊!你弹唱得真好。"继而他毛遂自荐地对我说:"你允许我唱一曲吗?"

"你愿唱就唱吧!"我表面同意他唱,骨子里却抱着蔑视心情,认为他既然听我唱过,还要在我面前卖弄,真是班门弄斧,太不自量。

老头拿起琵琶,抱在怀里,信手一弹琴弦,我顿时被他的弹技给惊呆了。指安拉起誓,我好像听到那琵琶用无比幽雅、悦耳的琤琤琮琮之声,吐出一口极其纯正而流利的阿拉伯语言似的。接着他边弹边唱道:

> 我有一颗破碎不堪的心灵,
> 谁愿拿一颗健全的心把它买去?
> 没人愿意收买这颗破碎心灵,
> 因为这是得不偿失的交易。
> 我像中了酒毒的醉汉那样呻吟,
> 终日为心头上的人儿伤心、哭泣。

他的音色非常优美、动听,致使我觉得屋中的门窗户壁都齐声随他唱和起来。指安拉起誓,我甚至于觉得我的四肢和身上的衣服,也齐声随他唱和起来。我听得出神,感动得呆然不能言语、动作。他却乘兴继续边弹边唱道:

一

来自溪谷中的斑鸠哟!
你们不肯飞回巢去吗?
你们一声声哀啼,
使我感到忧心、饮泣。
我的生命几乎被带往丛林,
差一点要吐露心中的秘密。
它们不停地咕咕长啼,
像醉汉那样呻吟,
又似乎是狂人的一派胡言,
一再催人生离死别。
如此哀啼而不流泪的鸠群,
我可是从来不曾看见。

二

从乃智德吹来的和风啊!
你是什么时候刮起的?
你一旦吹到这里,
给我平添了无数新愁。
栖息在杨柳、月桂丛中的斑鸠,
黎明时发出凄凉的哀鸣,
像恋娘的婴儿那样悲泣,
赤裸裸地吐露胸中的情愁。
有人说:"跟情人接近容易生厌,
　　　　彼此隔离倒可避免嫌隙。"
据我亲身的经验阅历,
两者都不能根治疾病。

但比较之下，

接近比之隔离稍胜一筹。

关键在于对方要具备真诚感情，

否则虽朝夕共处也不过是貌合神离。

他兴致勃勃地弹唱毕，对我说："伊补拉欣，你把刚才听过的歌曲试唱一遍吧；你模仿着唱一唱，然后拿它去教你的歌女们吧。"

"请再唱一遍给我听吧！"我要求他。

"你是不需要重听的，你已经会唱了，不必再学了。"他说罢，霎时去得无影无踪。

我觉得奇怪，即时站了起来，抽出挂在墙上的宝剑，奔赴寝室，见房门关闭着。我问女仆："你们听见什么没有？"

"我们听见非常优美、动听的弹唱哩。"女仆们齐声回答。

我惊慌失措地跑了出去，见大门同样关闭着。我向门卫打听老头子的去向。他们愕然回道："哪个老头子呀？指安拉起誓，今天没有谁到我们家来嘛。"

我转身回到屋里，正感觉百思不解的时候，蓦然屋角里发出一股声音，喊着我的名字说："艾博·伊斯哈格，这对你是无害的，我是艾博·闷览①呀。今天我幸而陪你畅饮了，你不要害怕。"

我赶忙骑马进宫，谒见哈里发何鲁纳·拉施德，把碰见的奇事说给他听。他对我说："把你听过的歌曲唱给我听吧！"

我抱起琵琶，边弹边试着一唱，居然把听过的歌曲，原原本本唱出来了。哈里发听了，非常感动。他一时兴奋得出乎常态地狂饮起来，并且说："但愿有那么一天，像他给你弹唱那样，也让我亲自欣赏一下他的歌喉。"他感叹着吩咐侍从给我拿来赏赐。我收下赏金，欣然告辞，满载而归。

---

① 意为"苦味之父"，是魔鬼的外号。

赭密尔和一对情死青年的故事

相传从前哈里发何鲁纳·拉施德执政期间,有一天他患严重的失眠症,始终睡不熟,便对刀手说:"马师伦,你出去看看,到底还有哪个宫廷诗人待在门外?"马师伦急急忙忙走出寝宫,在檐前碰到赭密尔·本·麻尔麦鲁,便对他说:"请进去见哈里发吧。"

"听明白了,遵命就是。"赭密尔应诺着随马师伦进入寝宫,来到哈里发面前,向他请安问好。

哈里发回问一声,让他坐下,说道:"赭密尔,你有什么新奇的故事讲给我听吗?"

"众穆民的领袖,新奇的故事我有的是;不过陛下喜欢听我讲亲眼看见的故事呢,还是讲我耳闻来的?"

"讲你亲身经历、亲眼看见的吧。"

"好的,众穆民的领袖,请仔细听我讲吧。"

哈里发拿个填满鸵鸟毛的红缎绣花垫子垫在大腿下面,再用手肘枕着两股,做出洗耳静听的姿势,然后说:"你讲吧!赭密尔。"

赭密尔开始讲道:从前,我钟情一个姑娘,爱她爱到极点,可以说我爱她的心情,竟然超过世间的一切,因而我经常去看望她。后来由于水草缺乏,她被家人带着迁往别的地方去了。很长的一段时期内,我不见她的面,感到彷徨迷离,惴惴不安,希望和她见面的心情非常迫切,一心要去找她。

有一天夜里,我抑制不住惦念她的激情,毅然收卷行李,戴上缠头,穿套破旧衣服,仗着剑,拿起长枪,然后骑驼起程,存心去找那个姑娘,开始作长途旅行。我辛勤跋涉,迅速向前迈进。有一天夜里,没有月色,大地黑得伸手不见掌,我仍不怕困难,坚持翻山越岭,跨过一道道谷地。深夜里,我听见狮吼、狼嗥和各种野兽的狂叫声,从四面八方传来。我虽然吓得心惊胆战,但我的口舌却始终不停地提念安拉的大名,祈求安拉保佑。由于过度疲劳,经不起瞌睡袭击,终于迷迷糊糊地在驼背上睡着了,结果被骆驼带入迷途。直至我的头撞在什么东西上,才猛然惊醒过来。我蒙眬睁眼一看,才知此身已陷入丛林中,隐约听见树林中的鸟鸣声,并发觉树多而稠密,树枝都交叉在一起,无路可行。我下驼来,牵着它,想方设法地慢慢离开丛林,到达空旷地方,整理一下鞍子,然后骑上骆驼,但不知该向哪儿出发,也不知会被命运带到什么地方去。我极目张望,见前面老远的地方,有一线火光。我催驼奔向那方,直到火光附近,定眼仔细一看,见那里张着一个帐篷,篷上挂着旗帜,篷前靠着武器,还拴着马和骆驼。我心里想:“这么广阔的原野里,仅有这个帐篷,足见这不是寻常人的帐篷。”我猜想着走近帐篷,大声说:“我向帐篷中的人问好来了,愿安拉慈悯你,恩赏你。”

听了我的致意声,帐篷里出来一个十八九岁的小伙子,人生得像明月那样漂亮,眼里闪烁着武勇的光芒。他回问我,说道:“你好!愿安拉慈悯你,恩赏你。阿拉伯弟兄啊!我想你恐怕是走错路了。”

“的确我是走错路了。请你给我指示方向吧,安拉会慈悯你呢。”

“阿拉伯弟兄啊!咱们这个地方到处都有野兽为患;今夜里天气又黑又冷,我不保险你不会被野兽叼走。我竭诚欢迎你在我这儿暂且住下来,明天我再给你指示方向。”

我下得驼来,把驼拴好,脱掉外衣,轻松一下身体,然后坐着休息。这时候,主人牵来一只绵羊,宰了它,加旺篝火,并进帐去拿来盐和香料,然后把羊肉割成块,烧熟后,拿来招待我。这当儿,主人一会儿长吁短叹，一会儿伤心饮泣。继而他禁不住呻吟、号啕起来，凄然吟道：

> 他骨瘦如柴，
> 眼珠凝固无神，
> 遍身染上痼疾，
> 仅剩奄奄一息，
> 心脏里燃烧着烈焰，
> 一向只会默然落泪。
> 敌人为他的境遇畅洒同情之泪，
> 其实可怜人怎能博得敌人同情、流泪！

看情况那青年显然是因失恋而伤心、哭泣。我心里想："要不要打听一下他悲泣的原因呢？"可我转念一想，暗自说："我是他的客人，怎么能随便探听人家的秘密？"于是我断然打消了这个念头，默默地坐着吃烧羊肉，饱餐了一顿。

主人走进帐篷，取出精致美观的盆、壶各一具，绣花丝帕一方，和盛着玫瑰、麝香水的胆瓶一个，供我盥洗。眼看这种精美、别致的用具，我对他的讲究、豪华生活感到无限惊奇羡慕，暗自说："如此考究生活，在原野中，我是从来没见过的。"

洗过手，他陪我谈了一会，然后起身进入帐篷，拿一张红缎帘，把帐篷一隔为二，这才对我说："阿拉伯弟兄，请到里面去安息吧；你夜间跋涉，够辛苦、疲劳的了。"

我进入帐篷的内面，见床上铺着蓝色锦缎被褥，卧具非常富丽堂皇。在这么考究的被窝里睡觉，对我来说，还是生平第一次。我解衣倒在床上，感到无比的舒适、愉快。我躺在床上，一直沉思默想，老是猜不透主人的实情。深夜里，我突然听见几声无比柔和、甜蜜的低谈细语声。我怀着好奇心情，轻轻地揭起挂在我同主人之间的缎帘偷看，见主人身边坐着一个美女。她的形貌那么美丽可爱，这是我从来没见过的;她真有倾城倾国之色。我侧耳静听,原来他俩是卿卿我我地谈情说爱,彼此窃窃私语,一会儿哭诉衷曲,一会儿倾吐相思、离愁,一会儿互道渴念激情。眼看这种情景,我暗自说:"我进这个帐篷时,除主人外,并无其他的人跟他在一起,现在突然出现这个女郎,这真是一桩奇事。"接着我心里想:"毫无疑问,这女郎一定是一个神女;她爱上这个小伙子,所以他才离群索居,在这荒无人烟的原野住下来,好跟她幽会罢了。"我想着仔细一打量,看出她是个道地的阿拉伯女郎,所不同的是她生得太美,有闭月羞花的姿色;她的音容笑貌,使整个帐篷灿烂发光。这时候我恍然大悟,知道女郎是他的情人,同时想到我自己的处境,因而对他产生同病相怜的情绪。

我放下垂帘,拿被子捂着头,安然酣睡了一夜。次日清晨,我披衣下床,盥洗一番,做过晨祷,然后对主人说:"阿拉伯弟兄啊!承蒙你厚礼款待,现在你可以给我指出方向了吧?"

他呆呆地望着我说:"阿拉伯弟兄啊,你别忙!做客的期限一般是三天嘛。你非在我这儿住满三天,我是不让你走的。"他殷勤地挽留我。

我在那个青年的帐篷里住了三天。到了第四天,我和他促膝谈天,顺便问他的姓名和族别。他说:"我是白尼·鄂兹勒人,我叫……"他一口气把他的姓名、父名和他的家系都告诉了我。

经他一谈,我才知道我和他原是同族同宗,彼此属于弟兄辈;而他的家庭在白尼·鄂兹勒人中是最显贵不过的。这么一来,我和他彼此显得更亲热了,因此无话而不谈。我坦然问他:"老弟,我看你一个人在这荒无人烟的地方离群索居,这到底是为什么呢?你撇开传统的家庭幸福,放弃呼奴使婢的享受,而跑到原野里过孤单、寂寞的索群独居生活,这又是为什么呢?"

他簌簌地流着清泪,哭哭啼啼地对我说:"老兄啊!不瞒你说,我原来爱上我的一个叔伯妹妹,爱她爱到极点,一时也离不开她;我爱她的心情日益增加,为爱她我差一点发狂;我曾向她父亲求婚,可他断然拒绝,而把她嫁给另一个白尼·鄂兹勒人。年初她结婚后,被丈夫带走。她去后,我看不见她,感到六神无主,终日惴惴不安,悲观绝望到极点,因此我才离开家庭,舍弃幸福生活,宁可一个人在这荒郊野外,过孤单寂寞生活。"

"如今她住在什么地方呢?"我打听他的情人的去向。

"她家就在附近那架山头上。幸而每天夜阑人静,人们睡熟之后,她便悄悄地溜下山来,到此地和我见面、谈心,彼此借短暂的幽会,寻求一时的欢欣、慰藉。喏!我便是这样苟延残喘地活下来,等待安拉的巧安排。今后如果不是我战胜情敌,达到和她白头聚首的目的,便是我为她而牺牲性命。这是摆在目前的两种结局,非此即彼。总而言之,安拉的判决是最奥妙不过的。"

我听了他的由衷之言,眼看他在爱情方面的遭遇,不禁同病相怜、忧心忡忡地感到切肤之痛,一下子呆然迷惘起来,不知如何是好。后来我直言不讳地对他说:"老弟,你要我替你想个办法,教你怎样行事吗?我的办法——若是安拉愿意——是可以使你成功、胜利的。如果按照我的办法行事,安拉会消除你心中的忧愁、顾虑的。"

"老兄,你有什么办法?告诉我吧。"

"今天夜里,等她来会你时,让她骑着我的快驼,你骑着你的骏马,我随便骑一匹骆驼,然后由我带着你们逃走,连夜赶他一个宵程,到明天天亮时,便越过广阔的戈壁、原野,去到老远的地方。那时节,你的希望就实现了,你心爱的人儿就弄到手了。只要离开此地,就不愁没生存的地方;安拉的地方宽敞着呢。指安拉起誓,只要我活着一天,便用我的钱财、宝剑和生命帮助你。这么办,你看如何?"

"老兄,她聪明伶俐,对各种事物颇有鉴别能力。等她来时,我就此事跟她商议一番,以便征求她的同意。"他表示愿意接受我的建议。

天黑了。他坐站不宁地等待情人前来和他幽会。可是到了会面的时候,仍不见她按时到来。他却迫不及待地走出帐篷,张大嘴巴呼

吸着从山上袭来的清风,喟然吟道:

> 从情人居住的地域,
> 和风袭来清鲜的气息。
> 和风啊!你伴随着情人的倩影,
> 你可知道她什么时候光临?

他吟罢,哭哭啼啼地走进帐篷,惴惴不安地坐着等了一会,然后对我说:"老兄,我妹妹这时候还不到来,情况不妙,也许是发生什么意外了。你等一等,我出去打听她的消息去。"他说着带着剑和盾离开帐篷。

深夜里,他去了不多一会,便急急忙忙转了回来,大声唤我。我应声赶忙走出帐篷,见他抱着什么东西,并听见他问我:"老兄,你知道发生什么事情了吗?"

"不;指安拉起誓,我什么也不知道。"

"今夜里,大难突然降在我头上了。我堂妹前来会我的时候,中途碰上野兽,叫狮子把她给吃了。喏!这是她的残骸呀。"他说着扔下手中的一堆骨骼,气得号啕痛哭。继而他抛掉手中的盾,拿着一个袋子,对我说:"你等一等,若是安拉愿意,我一会便转来。"他说着匆匆走了。

他去了不多一会,随即带着一个狮子头转了回来。他把狮子头扔在地上,然后向我要水。我给他拿来一罐水。他用水洗一洗狮子嘴,然后吻它,边痛哭流涕,越哭越伤心,凄然吟道:

> 自投罗网的狮子哟!
> 你无端给我招来无法消除的忧愁,
> 使我一旦变得孤单、寂寞,
> 叫大地成为她的坟墓。
> 我埋怨命运说:"我为失去她而抱恨、难过,
> 但愿此生不要看见一个爱她的人。"

他吟罢,对我说:"老兄,指安拉和你我之间的交情起誓,如今我要托付你一桩事情:一会儿你将见我死在你面前。我死后,恳求你洗一洗我的尸体,用一件寿衣把它和我堂妹的残骸装殓在一起,然后埋葬在一座坟里,并把下面的诗写在墓碑上:

> 当初我们在地面上过着美满生活,
> 被大家族中的屋宇庇护着。
> 友谊一旦遭逢命运的驱逐、宰割,
> 我们终于穿着一袭寿衣被送进坟墓。"

他嘱咐毕,痛哭一场,随即进入帐篷,稍微待了一会,然后唉声叹气、长吁短叹地呻吟着走了出来。最后他狂叫一声,终于气喘吁吁地瞑目长逝了。

他死后,我大为吃惊,忧愁苦恼到极点,愤恨得差一点随他而丧命。我慢慢挨到他身边,放平他的身体,让他仰卧着,然后按照他的嘱托,洗涤、装殓他俩的尸骸,并把他俩双双地葬在一座坟里。

埋葬毕,我在他俩的坟前逗留了三天,才离开那个地方。从那回以后,每隔两年,我总要到那个地方去一趟,看看他俩的坟墓。上面所谈的,便是我亲眼看见、亲身经历的一对情死青年的故事。

哈里发何鲁纳·拉施德听了赭密尔·本·麻尔麦鲁讲的故事,感到惊奇,便嘉奖他。结果赭密尔不仅得到一套名贵衣服,而且还带着大批赏银回家。

一对牧民夫妇的故事

　　相传从前哈里发沐尔伟叶执政期间，在大马士革的王宫中，有一幢楼阁，四面皆窗，既通风又透光。哈里发经常率臣僚登楼远眺，欣赏景物。有一天，哈里发和亲信们在楼阁中乘凉、议事。那是盛夏时节的正午时候，没有风，太阳正烈，热得人们喘不过气来。哈里发从窗户看出去，见一个行人在火热的路上奔波、跋涉。那行人似乎是赤着脚，因而走起路来，一蹦一跳地向王宫这方向奔来。哈里发定睛仔细看他一回，然后指着他对在座的亲信们说："在如此酷热的时候，那个人还要出来奔波，世间还有比他更辛苦的人吗？"

　　"也许他是来投奔陛下的。"亲信中的一人说。

　　"指安拉起誓，如果他是来投奔我，我一定要赏赐他；假若他受了委屈，我一定要替他申冤报仇。"哈里发说着吩咐仆童，"小奴才，你去站在宫门前，假若那个乡下人来求见，你别阻拦他。"

　　仆童遵循命令，赶忙去到门前，果然碰到那个乡下人，便跟他打招呼，问道："你要做什么？"

　　"我要求见众穆民的领袖。"乡下人说明来意。

　　"随我来吧！"仆童答应他的要求，并带他进宫。

　　乡下人来到哈里发面前，毕恭毕敬地向他请安问好。

　　"你是何族人氏？"哈里发问乡下人。

　　"我是白尼·台密睦族。"

"这么老热天气,你到这儿来干吗?"

"我是来向陛下申冤、求救的。"

"你申谁的冤?是谁亏枉你?"

"陛下的官吏麦尔旺·本·哈克睦。"乡下人说出他控告的人名,并慨然吟道:

> 我前来向圣君沐尔伟叶呼吁、求援,
> 因为天地间已经没有我生存的余地。
> 你是慷慨、尊贵、慈善、智慧的典型,
> 恳求你别叫我看不见公正的余晖。
> 那个依权仗势危害我的罪魁祸首,
> 望你俯念下情给予公正的判决。
> 他怀着仇恨心情将拙荆肃尔黛霸为妻妾,
> 他的暴虐行为害得我们夫妻东散西离。
> 我的气数本来还没走到尽头,
> 他却存心把我置之死地。

哈里发沐尔伟叶听了乡下人的吟诵,大为愤慨,气得眼里直冒火星。他对乡下人说:"阿拉伯弟兄啊!欢迎你。这到底是怎么一回事情?你把事件的真情实况,详细谈一谈吧。"

"众穆民的领袖请听:我对自己的妻室非常钟爱、敬重,向来夫唱妇随,一直过着和睦、安静、愉快的生活。当初我养着一群骆驼,因而不愁穿,不愁吃,生活倒也富裕。但好景不长,碰到荒年,兼之时疫流行,我的牲口害瘟病死了,从此我宣告破产,两手空空,一无所有,情况非常凄惨、可怜,亲戚旧交都看不起我,跟我断绝往来,甚至于我的岳丈也不例外。他知道我的遭遇、落寞结局,不但不同情、怜悯我,反而索性把女儿带回他家去,而且非常粗暴地否认我,驱逐我。我忍无可忍,不得已而向地方官麦尔旺·本·哈克睦申冤、求援,希望得到他的调停。后来县官传我岳丈到案,当堂对审,他却矢口否认我,断然说:'我从来不认识他。'当时我建议传他的女儿到案对质,真相便可大白。后来拙荆果然被传出庭,可是县官一见她,便被色迷心窍,见异思迁,对我横加仇视,断然否决案件,怒气冲天地把我监禁起来。我受了莫大的冤枉、屈辱,顿时感到此身好像从空中坠落下来,又像被飓风刮到不知去向的远方,处于上天无路,入地无门的境地。后来县官收买我岳丈,对他说:'你愿意以一千金币和一万银币的聘金,把你的女儿改嫁给我吗?我保证她跟那个乡下佬脱离夫妻关系。'我岳丈贪财成性,欣然同意那种买卖婚约。于是县官吩咐带我上堂,勒令我跟老婆离婚,像怒狮一样恶狠狠地说:'乡下人!休掉肃尔黛,脱离你们之间的夫妻关系吧。'我断然拒绝,说道:'我决不休妻。'县官一怒之下,吩咐大批县丁,用各种刑法拷打我,打得我皮开肉绽,无法忍受。我眼看别无办法,只有休妻的一条路可走,否则非死在他们手里不可,因此在屈打成招之下,我才被迫同意休妻。可县官仍不饶我,第二次把我关进监狱。我待在牢中,直至老婆的限期届满,跟县官结婚之后,才释放我。现在我前来投奔陛下,恳求陛下主持公道,替我申冤报仇。"乡下人控诉毕,凄然吟道:

> 我心中有火,
> 火在内心燃着。
> 我身染疾病,
> 大夫们束手无济。
> 我心中摆着一块炭火,
> 炭火冒出闪烁的星火。
> 我的眼睛流着泪水,
> 泪水一串串汇成河渠。
> 除却主宰和众穆民的领袖,
> 我的希望没有实现的机会。

　　乡下人吟罢,咬牙切齿地哆嗦着一跟头栽倒,像被打伤的蛇,扭动着昏迷不省人事。哈里发沐尔伟叶听了乡下人的控诉和吟诵，喟然叹道："麦尔旺违犯教律，胡作非为，居然霸占良民之妻。像这个乡民这样的案情，我可是从来不曾听过。"于是他索取笔墨，给麦尔旺写信：

> 麦尔旺·本·哈克睦：
>
> 尔身为地方官吏，本该眼不视靡嫚之色，耳不听淫荡之声，身不享非分之福，事事以身作则，为民请命，方属为官为宦之道。据闻尔不守职责，擅违教法，胡作非为，霸占良民之妻……

哈里发在长篇阔论的指责信后，还加上下面的诗句：

> 该死的你是个不胜任的官吏，
> 必须恳求安拉饶恕你的奸淫罪孽。
> 一个不幸的青年前来控告你的罪行，
> 要求恢复他被剥夺的权利。
> 我发誓按宗教、信条处理案情，
> 绝不姑容违法乱纪者的罪行。
> 你必须迅速跟肃尔黛脱离夫妻关系，
> 尽快打发她随库迈谊图和纳肃尔·本·祖布庸晋京听令。
> 你若胆敢违拗我的命令，
> 我一定拿你的皮肉去喂兀鹰。

哈里发书写毕，盖上印，折封起来，然后打发最可靠的信使库迈谊图和纳肃尔·本·祖布庸前去送信。

库迈谊图和纳肃尔·本·祖布庸为人忠诚老实，经常奉哈里发的命令执行最重要的任务。他俩带着谕旨，不辞奔波、跋涉，诚惶诚恐地赶到目的地，进县衙门去见麦尔旺，向他请安问好，然后呈上哈里发的手书，并叙述事件的经过。麦尔旺读了哈里发的亲笔信，惊慌失措，不禁伤心哭泣起来。他无法违拗命令，只好去见肃尔黛，对她说明原委，随即当库迈谊图和纳肃尔的面，宣布和她离异，脱离夫妻关系,并即时替肃尔黛预备行李,打发她随库迈谊图和纳肃尔起程。临行,他还请两个信使把他写给哈里发的信一并带去。

库迈谊图和纳肃尔顺利地完成任务,一帆风顺地回到京城交差。他俩把麦尔旺的信呈给哈里发。哈里发拆开过目,见上面写道:

> 众穆民的领袖千万别焦心、着急,
> 臣按陛下的誓愿奉行圣谕。
> 我爱她不属于奸淫范围,
> 怎能被控为违法、通奸的罪名?
> 一个人神之间找不到的太阳,
> 将在陛下的眼前放出无比灿烂的光芒。

哈里发读了麦尔旺的信,感到满意,说道:"他服从命令,这是好的;不过在夸赞娘儿方面,未免太过火了。"于是吩咐带肃尔黛来见他。

肃尔黛姗姗来到哈里发面前。哈里发抬头一看,见肃尔黛果然是个美女,像她这样美丽可爱的容貌和苗条适中的身段,是他从来没见过的。哈里发跟肃尔黛交谈几句,发现她口齿伶俐,长于应对,因而吩咐左右的人:"去带那个乡下人来见我吧。"

乡下人显着憔悴、疲惫不堪的可怜相被带到哈里发面前。哈里发对他说:"乡下人,你愿意忘记肃尔黛吗?我可以拿三个月儿般美丽的姑娘同你交换她,并在每个姑娘身上搭上一千金币,而且规定每年由国库中发给你一笔足够的生活费,使你一跃而为富翁。这样办,你愿意吗?"

乡下人听了哈里发的话,呼喘着长叹一声,一下子晕倒,昏迷不省人事。哈里发以为他已气绝身死,但出乎意料,乡下人慢慢苏醒过来了。哈里发这才问他:"乡下人,你觉得怎么样?"

"我的心情和境遇,坏到不可收拾的境地。当初我向你控诉麦尔旺的暴虐行为,恳求你主持公道,伸张正义。可是对你的不公正言

行,这叫我去向谁诉苦、求援呢?"乡下人说罢,凄然吟道:

> 我向安拉护佑下的君王申冤、求援,
> 请别叫我变成向热沙讨火之人。
> 归还肃尔黛的诺言徒然增加我的苦恼心情,
> 叫我在忧愁、惦念中熬度每个晨夕。
> 恳求你解除我身上的桎梏并消灭我心中的怨尤,
> 慨然放她回到我的身前。
> 如果你真能满足我的要求,
> 我可不是忘恩负义之流。

乡下人吟罢,剀切地对哈里发说:"众穆民的领袖啊!指安拉起誓,除了肃尔黛本人之外,即使你把整个江山送给我,我也是不会接受的。"他说罢,慨然吟道:

> 肃尔黛是我唯一心爱的女人,
> 她的情谊能供给我生存必需的粮食。

哈里发明明知道乡下人疼爱老婆的真诚心情,但他仍不打消贪婪的念头,因而进一步说:"乡下人,你承认跟肃尔黛离过婚,麦尔旺也承认休过她。关于肃尔黛的婚配问题,现在我们让她自作主张吧。如果她选择你,那我们就想办法使你同她复婚;要是她看中别人,那就让她跟别人结婚。这样办,你说对不对?"

"对,你就这样办吧。"乡下人同意哈里发的办法。

哈里发征得乡下人的同意,便直截了当地对肃尔黛说:"你怎么说呢,肃尔黛?在你看来,究竟是高尚尊贵、有权有势、住在宫殿中,拥有钱财的哈里发最可爱呢?还是暴虐、专横的麦尔旺最可爱?或者是这个饥寒交迫、衣食无着的乡下人最可爱?到底该选谁做你的丈夫?你自己决定吧。"

"众穆民的领袖啊!指安拉起誓,故夫遭逢天灾人祸,我可不是漠不关心、见死不救的人。我和他情投意合,彼此间有着不可遗忘的

旧情和不可磨灭的爱情。因此,像过去我们同甘那样,我应该和他共苦到底。"她说罢,剀切吟道:

> 此人虽然家无余粮、衣不蔽体,
> 他却比我家族、邻里中的任何人都可取,
> 远非王冠的主人或他的属僚麦尔旺可比拟,
> 更不是黄金白银的拥有者可与之相提并举。

哈里发听了肃尔黛的回答和吟诵,大为诧异,十分钦佩她聪明机智,知道她为人情长义重,因而慨然赏她一万块钱,并把她判归乡下人,让他带她回家。

从此这对牧民夫妇破镜重圆,继续过夫唱妇随、同甘共苦的恩爱生活,直至白发千古。

一对巴士拉情人的故事

相传从前哈里发何鲁纳·拉施德执政期间,有一天夜里,他患失眠症,一直睡不熟,便找艾斯买欧和侯赛因·海礼尔来给他讲故事消遣。

艾斯买欧和侯赛因·海礼尔奉命一起来到哈里发面前,他便吩咐说:"你俩讲故事给我听吧! 侯赛因,你先讲好了。"

侯赛因遵命,开始讲道:众穆民的领袖请听——几年前,有一次我去巴士拉,把赞美诗献给穆罕默德·本·苏莱曼·腊比欧,博得他的欢欣,留我住下。有一天我做密尔白督之行,取道麦霍里摆。当日天气十分炎热。我走到一幢大建筑物门前去讨水喝,无意间碰到一个窈窕美丽、花枝招展的女郎。她身穿一件石榴花色的衬衫,外罩一袭隋乃尔尼出产的轻质披风,胸前戴着赤金护身符;雪白、细腻的皮肤,在红衬衫的衬托下,闪出耀眼的光芒。我走过去仔细打量:见她的额上伏着一绺漆黑的卷发,有着大眼睛、柳叶眉、高鼻梁、薄嘴唇和珍珠牙。她慢步来回地在檐下走动着,时儿颦眉深思,时儿闪出疲惫的目光,露出心事重重、六神无主的彷徨、迷惘神色。她像踩着情人的心肝走路,脚步轻慢得使人听不见脚镯铃的叮咛声。眼看这样绝无仅有、天下无双的美女,我不禁想到前人的诗句:

> 她身上的各个部位,
> 是每一种美丽的标记。

这诗好像是为她而写的。我怀着畏惧心情走到她面前，向她致意，当时觉得整个屋子内外都充满了麝香气味。我问候她。她轻言慢语、忧心忡忡地回问我。我对她说："小姐，我是个异乡老人，口干舌燥，渴得要命，你肯给我一杯水喝吗？安拉会报酬你呢。"

"老人家，你给我走开，我没有心绪谈吃喝问题。"女郎断然拒绝我。

"小姐，你这是为什么呢？"我追问她没心绪的理由。

"因为我所钟情的人不爱我，我所期待的人不理睬我的缘故。也因为在失恋的状况下，我正经受着磨难、折腾哩。"

"小姐，难道人世间还有你所钟情、期待的人不爱你、不理睬你的事情吗？"

"有的。那是因为他天赋的标致、善良、潇洒超人一等的缘故。"

"你干吗老在阶前檐下徘徊不定呢？"

"因为这是他往返必经之路，现在是他打这儿过路的时候了。"

"莫不是你和他碰过头，互相谈过话，才叫你这样一往情深吗？"

她长叹一声，眼泪像玫瑰花上的露珠簌簌地从腮上流了下来，凄然吟道：

> 我们像花园中一株柳树上的两条枝叶，
>
> 彼此吮吸着新鲜、芳香的养分茁壮发育。
>
> 可这分枝跟那分枝突然断了联结，
>
> 因此你看见这个为那个哀叹、悲切。

听了她的吟诵，我问道："小姐，到底是什么使你爱上那个人的？"

"每天我看见太阳从他家屋墙上升起，便觉得太阳就是他。有时候我忽然看见他本人，便骇然震惊，血液和魂魄顿时离开我的身躯，致使我茫然痴呆一两周，我的知觉才慢慢恢复过来呢。"

"请原谅我直言不讳：像你这样为爱情而伤身、丧志的情景，我年轻时代曾碰到过。从你憔悴、瘦损的形貌看来,证明你是患狂热的单思病了。你是生长在巴士拉的大家闺秀,干吗不节制感情,爱惜身体呢?"

"指安拉起誓,在我钟爱这个青年之前,我是无比活泼、美丽而慈祥的,巴士拉城中的公子王孙,谁都迷恋我;可是我终于叫这个青年给迷住了。"

"小姐,究竟是谁拆散你们的?"

"这只能怪时运在作祟呗。我和他之间的恋爱奇怪着呢。是这样的:新年元旦节日,我约几个女朋友到我家来过年。其中有一个是西兰的使女,是他从俄曼用八万块钱买来的。那个使女跟我的感情很好。一见面她紧紧地搂着我热烈亲嘴,差一点捏坏了我的腰肢。我和她情投意合,悄悄地躲在屋中饮酒作乐,互相偎依、拥抱着,尽情地嬉戏、取乐,正感到乐不可支的时候,想不到他突然闯了进来,一眼看穿我们的秘密。他怒气冲冲,不言不语,转身便走。当时他像马儿一听辔头上的铃声便行动起来似的,终于一去不复返地离开了我。从那时起,整整三年的工夫,我一直向他道歉、求饶,百般讨好、乞怜,可他听而不闻,熟视无睹,始终不理睬我,既不给我写信,也不叫仆人来告诉我什么。就这样我们之间的交往中断了。"

"小姐,他是阿拉伯人呢,还是外国人?"

"你说此话真该死! 他是巴士拉皇族中的一个王子呢。"

"他是上了年纪的老人呢,还是一个年轻小伙子?"

她怒目瞪着我说:"看你这个愚蠢样! 告诉你吧:他嘴上还没长毛哩,是个标致漂亮得像圆月似的美少年。总而言之,除了对我的傲慢行为之外,他的面貌和品德是白玉无瑕的。"

"他叫什么名字?"

"你问这个干吗?"

"我打算尽力去找到他,好把你和他之间中断了的联系重新弥补起来。"

"但有一个条件：你得替我给他捎一封信去，我才告诉你呢。"

"我不反对这个。"我同意替她送信。

"他叫祖睦勒图·本·姆艾谊勒，别号是艾补·瑟豁宇。他的府第在密尔白督。"她说罢，边呼唤屋内的人预备笔墨，边卷起袖管，露出银环似的白嫩手腕。于是她执笔蘸墨，从容写道：

我的主人：

在信首省略例行的赞颂、祝愿等词语，充分表现出我欠妥的地方。我之所以这样做，因为我知道：我的祈祷是不受应答的，否则你就不离开我了。因为长期以来，我曾不断地祈祷，切望你不离开我，但事实上你已经离开我了。

如果不为痛苦超过我的忍耐范围，那我写这封信的目的，只能是绝望后挽救自身的求援，因为我知道你是不肯给我写回信的。而我最终的目的，只希望在你回家路过我门前时，俾我站在阶前檐下看你一眼，并借此让僵死了的灵魂有起死回生的机缘。除此之外，我所巴望不得的是：能收到你慷慨的尊手亲笔写的一封回信，好把它当作往昔很多静夜里我们幽会时所感的那种亲密情趣应得的补贴。当时的情景想必你是忘记不了的。

我的主人啊！那时候我不是如饥似渴地狂爱着你吗？如果你不忘旧情而慨然满足我的要求，那我是感激不尽的。一切赞颂应归之于安拉。祝你康泰！

她写毕把信递给我。我带着信向她告辞。次日，我应邀去穆罕默德·本·苏莱曼的官邸赴宴。至则见参加宴会的是巴士拉的皇亲显宦。他们中有个青年最显眼，被主人让座在首席。他的相貌比在座的任何人都标致漂亮，在宾客中，俨然是鹤立鸡群，给宴会增光生色不少。我暗中一打听，才知道他原来就是祖睦勒图·本·姆艾谊勒。我心里想："真的，那个可怜的姑娘的遭遇是有缘故的，她是不可能不钟情于这个漂亮小伙子的。"

宴会毕,我赶到密尔白督,待在祖睦勒图的府第门前。一会儿,祖睦勒图骑着高头大马,被仆从簇拥着回家来了。我赶忙走过去,抢先问候他,尽情地祝愿一番,然后把信递给他。他接过去,过目后,明白个中原委,对我说:"老人家,已经有人代替她了。你愿意看一看她的代替者吗?"

"是,我愿意看一看她。"

祖睦勒图随口喊出一个女人的名字。随着他的呼唤声,一个乳峰突起、具有闭月羞花之貌的女郎,应声迈着轻盈、敏捷的脚步,迅速来到他面前。他把信递给女郎,对她说:"你回复她吧。"

女郎把信接过去,匆匆过目之后,明白个中底细,苍白着脸对我说:"老人家,为你前来进行的这桩事情,求安拉宽恕吧!"

我离开祖睦勒图和他的新人,拖着沉重的脚步,败兴而返,一直去到托我捎信那个女郎的门前求见她。她允许接见我。我进屋走到她面前。一见面她便问我:"事情办得怎么样了?"

"糟糕、失望得很。"我垂头丧气地说。

"你别难过,这一切都是生前注定了的。否则安拉在哪里呢?他的权能又作何解释呢?"她说着吩咐赏我五百金。

过了几天,我又经过那个女郎的门前,看见一队步兵和骑兵。我信步进去一打听,才知道他们是祖睦勒图的人马,是奉命来接女郎的。当时她佯言说:"不,指安拉起誓,我可不见他的面。"其实她为祖睦勒图的屈服大为欢喜,怀着满腔感激安拉的心情,跪下去边感赞边叩头。

我走到女郎面前。她拿祖睦勒图写的信给我看,只见上面写道:

尊贵的小姐:

　　假若我不忍辱负重、事事替你着想——愿安拉赏你长寿——那非把我所受到的屈辱阐述清楚不可,同时非把你对不起我的地方全盘托出不可。由于你背信弃义,不守约言,甘冒大不韪,公然舍我而另寻新欢的行为,证明你罪大恶极;这不仅是你自作孽,而且遗害我也不浅,对你和我来说都是有害无益的。对你所犯的种种罪恶行为,但求安拉公平处理。祝你康泰!

接着她还把祖睦勒图送给她、价值三万金的名贵礼物拿给我看。

过了不久,我第三次和那女郎见面的时候,她已经和祖睦勒图结了婚,成为他的夫人了。

哈里发何鲁纳·拉施德听了侯赛因·海礼尔讲述的故事,喟然叹道:"要不是祖睦勒图先我把她娶走,那我和她一定会有夫妻之缘的。"

伊斯哈格·卵绥里亚和妖魔的故事

相传有一次伊斯哈格·本·伊补拉欣·卵绥里亚叙述他的经历时说:有一年冬季的某天下午,我待在家里,忽然天空乌云密布,接着大雨倾盆而下,雨点像从皮水袋中倒出来似的,街上积水太深,阻断了来往的行人。由于泥烂路滑,没有朋友来找我,我也不能去找他们,因而感到孤单寂寞,便吩咐仆童:"随便给我拿什么来消愁解闷吧!"

仆童给我端来饮食,因为没人陪伴,我不想吃喝。我坐在窗前,呆呆地望着外面,直到天黑,突然想起我心爱的一个姑娘。她原是迈赫底亚子嗣中某王子的歌女,能弹能唱,我很欣赏她的技艺。当时我心想:"如果今夜她在我身边,那我的快乐一定是无穷无尽的,我的忧愁、苦闷一定会被她一股脑儿给消除掉的,漫长的黑夜一定会因她而缩短的。"这时候,突然有人边敲门边问道:"站在门前的一个情人可以进屋去吗?"

听了敲门、说话的声音,我想道:"也许是我的妄想已经实现了。"我急急忙忙奔到门前,开门一看,果然见我想念着的人儿站在门外。她头顶一方锦缎头巾,身披一件蓝色衣服,两条腿沾满泥土,全身湿透,活像一只落汤鸡,形迹非常狼狈。我问她:"这样狂风暴雨时候,是什么叫你到这儿来的?"

"你的差人到我家去,告诉我你的想念和期待情形,我可不能坐视不理,因而只得冒着风雨前来和你见面。"

我觉得奇怪,不好意思对她说:"我没使人去告诉你。"反而对她说:"感谢安拉,在我经受惦念的折磨之后,他终于使我们碰头见面了。如果你再迟来一会,我就该跑去找你了,因为我太爱你,想你想得要命。"继而我吩咐仆童:"快拿水来!"

仆童端来一锅热水供她盥洗。我边叫仆童把水浇在她脚上,边亲自动手帮她洗脚,并吩咐取来最华丽的衣服,让她换掉身上的湿衣,才陪她坐下,然后吩咐给她端吃的。她不要吃。我问她:"喝杯酒好吗?"

"好,酒可以喝一点。"她欣然同意我的建议。

我斟酒敬她几杯。她喝了酒,问我:"谁歌唱呢?"

"小姐,让我唱吧。"我自告奋勇地说。

"我不喜欢。"她不愿听我唱。

"叫我的一个使女来唱行吗?"

"我不要。"她断然拒绝。

"那你唱好了。"

"不,我也不要唱。"她同样拒绝。

"那谁唱给你听呢?"

"你出去找个人来唱给我听吧!"她异想天开地要求我。

我顺从她,抱着坚信这般时候绝对找不到人的念头走出大门,一直去到街头,正往前走时,忽然碰到一个拄着拐杖、跌跌撞撞、在黑夜里摸索的盲人。只听他自言自语地埋怨说:"这班坏家伙,咱唱时,他们不仔细听;咱不唱时,他们却蔑视我;这种人,愿安拉不恩赏他们。"

我走到盲人面前,问道:"你是歌手吗?"

"不错,我是以歌唱为业的。"

"你愿意上我家去,同我们一起痛痛快快地过一夜吗?"我征求他的意见。

"如果你要我上你家去,那请牵着我走吧。"

我果然牵着盲人,回到家中,对姑娘说:"小姐,我给你找来一个盲歌手。这回咱们既可听他歌唱,又能自寻开心,他是看不见我们的。"

"带他进来吧!"她吩咐我。

我带盲人进入室内,并招待他饮食。他随便吃一点,便站起来洗手。我斟酒敬他。他一口气喝了三杯,随即问道:"你是谁?"

"伊斯哈格·本·伊补拉欣·卯绥里亚。"

"久闻你的大名,现在我能陪随你,实在快慰得很。"

"你感觉快慰,我这就高兴了。"我表示热情欢迎他。

"伊斯哈格,你先唱一曲给我听吧。"

"听明白了,遵命就是。"我胡乱弹着琵琶,漫不经心地弹唱起来。

我刚弹唱毕,他便说:"伊斯哈格,你将成为歌手了。"

他的话使我感觉自馁,顿时产生自卑心情,因而随手扔掉琵琶。

"你这儿没有比较唱得好的人吗?"他进一步问我。

"我有一个使女。"

"叫她唱一曲吧!"

"要是她唱后,你觉得还可以,那你唱不唱呢?"

"我唱。"他剀切地表明态度。

姑娘果然抱着琵琶,弹唱了一曲。他听了姑娘的弹唱,说道:"你的技艺还不到家。"

姑娘很生气,摔掉手中的琵琶,说道:"我们所有的技艺都豁出来了。你要有什么绝技,请在我们面前显一显身手吧。"

"给我一个没人用过的琵琶吧。"他准备大显身手。

我吩咐仆人给他取来一个崭新的琵琶。他抱在怀里,调一调弦,然后弹出一种我所不知的曲调,抑扬顿挫地唱道:

情人牢记幽会时辰,按期履行约言,

深夜里冲破黑暗迈步成行。

她的问候和谈话尤其令人惊奇，

因为她说："站在门前的情人可否进去？"

盲人弹唱毕，姑娘怒目瞪着我，埋怨道："我和你之间的秘密，在你心胸里，一点钟的工夫都保守不住，你居然向此人泄密了。"

我向她起誓，说我没泄密，求她原谅，并吻她的手和腮，而且伸手搔她的胸膛，直逗得她哈哈地笑出声来。继而我回头对盲人说："好歌手，你再唱一曲吧。"

盲人抱着琵琶，边弹边唱道：

我经常拜访窈窕美丽的少女，

见面时紧捏着她那染指甲的嫩手。

我既伸手在石榴似的乳峰中探索秘密，

又噘嘴吮吸腮角上玫瑰色的香味。

听了盲人的弹唱，我对姑娘说："我的小姐，我们刚才的举止行为，到底是谁告诉他的？"

"你说得对。"姑娘同意我的看法。

我和姑娘面面相觑，悄然退入内室。继而听见那个盲人说："我要解小便，憋不住了。"我吩咐仆童："你快拿烛火带他上厕所去吧。"

仆童果然前去照拂盲人。我等了好一阵，不见仆童转来，这才走出内室，但不见盲人的踪影。我仔细斟酌，见大门原封关锁着，锁门的钥匙原样摆在壁橱中，因而我茫然不知他究竟是飞上天去呢，或者遁入地里。我左思右想，终于恍然大悟：原来他是一个妖魔，是来替我拉皮条的。于是我顿时想起艾补·努瓦斯的诗句：

妖魔的险恶念头和骄傲行为，

统统使我感到惊奇、诧异。

当初他傲然拒绝向人祖亚当叩头，

继而又替他的子孙充当皮条头。

艾博·伊斯哈格和失恋青年的故事

　　相传从前伊补拉欣·艾博·伊斯哈格叙述他的经历时说：张尔蕃任宰相职务期间，我在相府中供职，后来宰相贬退，我失业待在家中。有一天有人敲门，仆童出去看一看，转来告诉我："门前有个漂亮青年前来求见。"我答应接见他，叫仆童带他进来。

　　那青年随仆童来到我面前，露着憔悴疲惫的病容对我说："我有事恳求你，早就想见你了。"

　　"什么事情？"我问他。

　　他掏出三百金摆在我面前，说道："请收下它，然后替我作的一首诗谱个曲吧。"

　　"把你作的诗念给我听好了。"我同意替他谱曲。

　　他念道：

> 恳求因一瞥而使我心碎的眼睑，
> 快用泪水泼灭我心中炽烈的火焰。
> 我一生经受命运非难、责备，
> 直至身死入殓时还没和它碰头见面。

　　我用哀调把他的诗谱为挽歌，并唱给他听。他听了，一下子晕倒，昏迷不省人事，致使我怀疑他活不过来了。休息了一会，他慢慢苏醒过来，对我说："你再唱一遍吧！"

我向他起誓说:"我再唱,恐怕你就活不下去了。"

"果能这样,那正是我所巴望的。"他说着再三苦苦哀求。

我同情、可怜他,果然重唱一遍。他听了,狂叫一声,顿时晕倒,昏死得比头次更厉害,当时我不怀疑他是死定了。我不停地拿玫瑰水洒在他脸上,慢慢救醒了他。我怀着感谢安拉的愉快心情,扶他坐起来,把金币递给他,说道:"拿着你的钱快回家去吧。"

"我不需要钱。"他拒绝说,"如果你再唱一遍,我可以再送你三百金。"

提到钱,我的心豁然开朗,对他说:"我可以再唱一遍,不过须提出三个条件:第一,你须在我这儿吃点饮食,恢复一下你的体力;第二,你须喝几杯酒,振奋一下你的精神;第三,必须把你的际遇告诉我。"

他接受我提出的条件,果然既吃饭,又喝酒,然后对我说:"我是麦地那人。有一天和朋友出去散步,到了尔勾革,碰到一群女郎。她们中的一人,生得格外窈窕、美丽。她像沾满露珠的花枝,炯炯发光的一双眼睛,射出夺人魂魄的魅力。她们坐在树阴下谈笑、乘凉,至傍晚才约着喜笑颜开地姗姗归去。我对那个美丽女郎,一见钟情,抑制不住爱慕念头,因此从那回之后,我的心染上不治的疾病。往后我屡次打听她的消息,可始终没人知道。我也曾上市场去寻找,也没遇到她,因此我悲观失望,郁结于心,终日闷闷不乐。后来我把这种情况告诉一个亲戚。她安慰我说:'你不必为此忧愁、失望。现在正是春天,还要落雨,到时候我陪你出去碰她,想办法促使你的愿望实现。'

"我听从亲戚的嘱咐,泰然自若,耐心等待,直到落雨时候,人们都出去看热闹,我才跟亲戚、朋友一起去到尔勾革。我们刚在第一次游息的那个地方坐定,便见那群女郎,像赛跑的马儿,一口气跑到我们附近。我赶忙对亲戚说:'你替我向那个女郎求婚去吧! 并对她说:"诗人描绘的真对,因为他说:

她向我放了一箭，

随即扬长归去。

箭镞射中我的心灵，

留下不可痊愈的痕迹。'"

"亲戚果然去到女郎面前，把我的话向她重说一遍。女郎听了，说道：'请你转告他吧：诗人的回答真对，因为他说：

他的遭遇和我们的处境大同小异，

必须耐心忍受。

出路即将出现，

心病也有痊愈的时候①。'

"我怕惹是非、招耻辱，默然不敢开口说话，站起来匆匆离开那个地方，只剩我的亲戚暗中追随那个女郎，认识她的住处。从那回以后，我和女郎之间有了往来；有时她访我，有时我访她，彼此经常在一起幽会。可我们来往的次数一多，个中情况就传扬开了，甚至她父亲也听到流言蜚语。我一方面继续努力找机会跟她碰头，一方面老向家父诉苦、求援。我父亲只好约着至亲密友，一起去到女郎家中，正式向她父亲求亲。她父亲却断然拒绝，说道：'要是在令郎毁坏小女的名声之前，你们来提亲，那我一定会同意的。可是现在丑闻传开了，我相信人们传说的是事实，所以不愿结这头亲事。'这样一来，我和女郎的恋爱前程，叫她父亲给断送了。"

我听了青年的恋爱经过，践约给他重唱一遍，满足他的愿望。临行他还告诉我他的住址，我和他之间结下了交情。

张尔蕃复职，重理宰相职务的时候，我再一次回到相府供职。我把替那青年谱的曲唱给宰相听。他听了十分感动，一口气喝了几杯酒，欣然说道："该死的伊补拉欣！这是谁的歌词？"

---

① 这首诗与前面的一首，在原文中押同一的韵脚。

我把那个青年的故事从头叙述一遍。宰相听了，吩咐我骑马去找那个青年，表示愿从中斡旋，叫他对实现希望抱乐观信心。

　　我遵循命令，去到那个青年家中，带他回到相府。宰相接见他，跟他谈话。青年把他的恋爱经过，从头到尾，详细叙述一遍。宰相听了，嘱咐他："现在你在我的保护、帮助下，我会叫你和她结成眷属的。"青年得到宰相的支持、帮助，才安下心来，泰然和我们一起住在相府中。

　　次日清晨，宰相骑马进宫，在哈里发何鲁纳·拉施德面前，陈述青年的恋爱遭遇。哈里发对此事很感兴趣，即时召青年和我一并进宫。我遵命重唱那支歌曲给哈里发听。他听了，畅饮几杯，毅然吩咐写信给驻汉志的属僚，命令他给那个姑娘的父亲和家属预备充足的旅费，并派人好生护送他们晋京听令。

　　过了不久，那姑娘的父亲和他的家眷果然被送到京城。哈里发接见姑娘的父亲，命他把女儿嫁给青年，并赏他十万金，作为备办妆奁之用。

　　那青年如愿以偿地和姑娘结为恩爱夫妻。新婚后，他便成为宰相张尔蕃的亲信随从，过着美满幸福生活，直至宰相张尔蕃惨遭杀身之祸，他才携带妻室满腔苦恼地返回故乡。

国王纳肃尔和宰相艾博·尔密鲁的故事

相传从前艾博·尔密鲁·本·麦尔旺任宰相职务期间,基督教人送他一个漂亮的像人间仙童似的美少年。这样的礼物,投合了艾博·尔密鲁的欢欣、爱好。从此,他视他为宝贝。而国王纳肃尔看见那个美少年,也感到惊羡,当面问宰相:"你这是从哪儿弄来的?"

"从安拉那儿弄来的。"宰相信口回答。

"你拿星辰来吓唬我们,拿月亮来俘虏我们吗?"国王因话就话地质问一句。

宰相艾博·尔密鲁觉察自己说话不当,赶忙认错、赔罪。继而他诚惶诚恐地预备一批礼物,连同那个美少年一并送进王宫,献给国王。临行他对美少年说:"你也是进献国王的贡品之一;假若不是必需,那我是不愿意把你送走的。"最后他还赋诗,向国王表示忠诚。诗云:

> 让这个月亮在主上的宇宙中运行,
> 因为它在高空中比在平地上更为适宜。
> 我衷心钦佩、敬仰你的高贵品位,
> 这种心意前人从来不曾表现。

国王纳肃尔收到礼物,非常高兴,赏宰相大批财物,表示格外信任他,因此艾博·尔密鲁的权势更大更巩固了。后来有人又送给宰相一个世间罕有的美女,可他生怕消息传到宫中,国王听了,会像美少年那样惹出麻烦事来。他考虑到这方面,索性预备了比头次更多的一批礼物,连同那个美女一并送进宫去,献给国王,并赋诗赞颂他。诗云:

> 前次送去的是月亮,今天再奉上一个太阳,
> 让月亮和太阳在宇宙中辉映、循环。
> 灿烂的日月光芒给我送来吉祥,
> 愿你们喝着乐园中的仙河水永生、久长。
> 因为他俩是人间仅有的玉女,绝无的美男,
> 你却是天下无双的帝王。

宰相艾博·尔密鲁左一次右一次地奉承国王,博得国王的欢欣、信任,因而权势越来越大,越来越巩固,终于引起同僚中的嫉妒,从而挑拨、离间他君臣的关系,他的政敌甚至于在国王面前进谗言,说:"宰相虽然把心爱的美少年献给陛下,可他仍念念不忘此事,心中蕴藏着恋念的余烬,一刮北风,死灰便复燃、炽烈起来,因而他往往咬牙切齿地悔恨当初不该送走美男玉女。"

"你别信口雌黄!你再胡说八道,我就砍你的脑袋。"国王正颜厉色地斥退大臣。可他对谗言将信将疑,便用美少年的口吻写封信,打发仆童送往相府,并嘱咐他:"你对宰相说:'这封信是美少年叫我送来的。国王对他很冷淡,根本不理睬他。'"

仆童遵命来到相府,把国王吩咐的话重说一遍,然后承上书信。宰相拆开信,见上面写道:

我的主人:

你是我唯一敬爱的主人,只有单独跟你在一起,我才感觉最大的快慰。现在即使我身在国王面前,但我的心始终和你在一起。由于国王过于威严、可畏,请想法把我弄回去。

宰相从仆童的谈话和信中发觉个中的虚实、破绽,顿觉不寒而

栗,大吃一惊,立刻在原信后面,赋诗作答:

> 我曾受经验、阅历的教训,
> 难道还该冲着狮穴去冒进?
> 我既不是放任色情胜过理智之徒,
> 也不是不明白嫉妒者的企图。
> 纵虽你是我的魂灵,
> 我可是甘心把你送给别人。
> 一个瞑目长逝的人,
> 岂能借尸还魂?

　　仆童带着宰相的复信回到宫中,国王过目之后,非常佩服宰相,认为他机警、聪明过人,越发信任他,从此不再听信流言蜚语。事后君臣见面之时,国王问宰相:"你是怎样避免陷害的?"

　　"因为我的理智和情欲向来各自为政,彼此互不混淆的缘故。"

戴藜兰和宰乃白母女的故事

相传以前哈里发何鲁纳·拉施德执政期间,有两个非常狡猾、诡谲的大骗子。一个叫艾哈麦德·戴奈夫,另一个叫哈桑·肖曼。他俩的行骗手腕非常离奇、狡猾,博得哈里发的钦佩、赏识,因而不惜高价收买,把两个骗子笼络来做自己的护卫。他赏艾哈麦德·戴奈夫一套名贵衣服,任命他为近卫军的右队长;也赏哈桑·肖曼一套名贵衣服,委他为近卫军的左队长,并规定每人每月的薪俸为一千金;左、右两队的人马各为四十名壮汉,而且指定艾哈麦德·戴奈夫兼负宫外的治安责任。

艾哈麦德·戴奈夫和哈桑·肖曼骑马率领部下,在省长哈利德的陪同下,走马上任,喝道的大声晓谕庶民:"哈里发的圣谕下:敕命艾哈麦德·戴奈夫和哈桑·肖曼为近卫军右、左队长,绅商庶民必须竭诚拥戴,唯他二人之命是听。"

当时巴格达居民中有一家母女俩,母亲被人称为狡猾的戴藜兰,女儿叫骗子宰乃白。她俩听了艾哈麦德·戴奈夫和哈桑·肖曼被任命为近卫军右、左队长的消息愤愤不平。宰乃白说:"娘!你瞧,这个被埃及人捧出来的艾哈麦德·戴奈夫,他到巴格达城中来行骗、弄巧,居然爬到哈里发跟前,一跃当上近卫军的右队长;而瘌痢头哈桑·肖曼也当上了近卫军的左队长。他俩每人一个月有一千金的薪俸,每餐都吃上好的饭菜,过着丰衣足食的生活。可咱母女失业待在家中,既无地位,也没人抬举,从来没人过问咱们。娘!现在是你大显身手、出头露面的时候了,你想个办法,耍一耍花招,玩一玩手段吧。说不定咱母女会因此而扬名于世的,也许会因此而领到先父的薪俸也说不定。"

戴黎兰原是个善于欺骗、长于弄巧作弊的老婆子。她的欺骗手腕能使狐狸上当,向为妖魔鬼怪所效法。她丈夫也是巴格达的大官吏,曾任近卫军队长,继任宫廷的饲鸽官,每月拿一千金的薪俸。他一手驯饲的信鸽有特殊的性能,可应急需之用,被哈里发当作宝贝,认为一只信鸽比一个王子还可贵。他死后遗下两个女儿。大女儿已结婚,生了一个儿子,叫艾哈麦德·莱各图;二女儿便是待字闺中的宰乃白。

戴黎兰老婆子听了女儿的怂恿、激励,欣然说道:"儿啊!指你的生命起誓,我一定要在巴格达城中大露一手,显示一下我的本领。我的花招一定要耍得比艾哈麦德·戴奈夫和哈桑·肖曼的骗术更出色哩。"她说着站了起来,戴上面纱,穿一件齐踵的粗毛长衫,外罩一件毛线袍子,腰中结一条宽腰带,然后拿个水壶灌满水,摆三枚金币在壶嘴里,用树皮塞起来带在身边;此外还像负薪一样戴着一串又大又重的念珠,并拿着红黄破布做成的旗帜,才道貌岸然、一本正经地走出家门。她居心叵测,边数念珠边喃喃地念叨着安拉的大名,前往城中施展招摇撞骗的伎俩。

戴黎兰诱骗警官太太

戴黎兰老婆子穿过大街小巷,来到一条胡同里,发现巷内打扫得干干净净,洒过水,地面铺着云石。她走近一幢官邸门前,抬头一看,见大门是弓形的,门槛是用方解石砌成的,站在门前守门的是一个马格里布人。这幢官邸的主人原是宫中的巡警总监,人们管他叫黑道哈桑。这个诨名的来历,只为他行事不问青红皂白,动辄就动手打人的缘故。他不但享受厚禄,而且还置有田产地业。他娶一个非常钟情的美丽姑娘为妻。新婚之夜,他被迫向老婆起誓:"从今以后我不再娶女人,不在外面过夜。"表示对妻子的恩爱、忠顺。可是结婚之后,两口子一直没有生男育女。哈桑按时进宫去办公,见官员们每人都有一个或两个儿子,触景生情,总是觉得纳闷。继而他上澡堂去洗澡,从镜中看见嘴皮上出现了几根白胡须,不禁触目惊心,喟然长叹之后又自言自语地问道:"莫不是拿走你父亲的主宰,不赏你生个儿子吗?"于是他愁眉苦脸、闷闷不乐地回到家中。

"您好!"他的妻室一见面便趋前向他请安问好。

"你给我走开吧!打我跟你见面那天起,我就没安好过了。"他把满肚子的怨气发泄在老婆头上。

"这是为什么呢?"老婆莫名其妙地问他。

"我们结婚那天晚上,你叫我起誓不再娶妻。今天我进宫去,见每位官员都有一个或两个儿子,使我顿时想到我离死不远了,可是膝下还没一男半女。没有子嗣的人,是不会受人提念的。这便是我忧愁苦恼的原因。总而言之你是个不会生育的娘们儿,所以始终不能受孕。"

"你不惧怕安拉,却血口喷人,我为捣羊毛舂药材,先后舂破了几个石臼,这还有什么可非议的? 其实咱们不生育的责任应该由你负担,因为你是一匹扁鼻骡,你的精液像水一样稀薄,所以才不能结胎、生育嘛。"

"等我旅行归来,我另娶一个老婆好了。"

"我的福分自有安拉定夺。"老婆毫不示弱地顶撞一句。

哈桑同老婆吵了一架,怀着满腔悔恨的情绪,自顾外出旅行去。他老婆独坐窗前,闷闷不乐,悔不该跟丈夫闹别扭。这时候戴藜兰老婆子一眼看见她收拾打扮得新娘子似的,衣着首饰都非常名贵、讲究,顿时感到心旷神怡,情不自禁地暗自说:"戴藜兰呀! 除非你把这个小娘子从她丈夫家中骗出来,扒掉她的衣服首饰,弄她一个精光,别的骗局是没有的。"她边决心下毒手骗人,边"安拉啊!安拉啊"地大声赞颂起来,装出无比虔诚、慈祥的模样。哈桑的老婆闻声低头,一眼看见戴蓉兰站在窗下,身穿白色粗毛道袍,好像一幢闪烁发光的圆顶建筑物,口中念念有词地说道:"上人们!安拉的朋友们!请引见我吧。"随着她的呼唤声,胡同中的妇女纷纷开窗眺望,一个个都赞叹说:"这位女长者给我们带来安拉的福泽了。看吧!她的面孔闪出耀眼的光芒呢。"

哈桑的老婆哈图妮看了戴蓉兰的道貌岸然,听了妇女们的赞叹声,一时感动得声泪俱下,即时吩咐她的使女:"你下楼去吻一吻门房艾布·阿里的手,叫他让那位女长者进屋来,以便咱们沾她的光得享天恩吧。"

使女遵命,急急忙忙来到大门前,亲切地吻了艾布·阿里的手,对他说:"太太吩咐:叫你让这位女长者进屋去见她,以便太太沾她的光得享天恩。请执行命令吧!也许她的福泽会因此普及到你我头上呢。"

门房艾布·阿里赶忙去到戴蓉兰面前,预备吻她的手,表示欢迎、尊敬她。可是她断然拒绝,对他说:"你给我站远些,免得破坏我的小净。告诉你吧!艾布·阿里:你是最后受到上人、圣贤们提拔、保护的人,安拉要把你从这个奴役地位拯救出去呢。"

艾布·阿里是个可怜的老头,受雇在哈桑家当差守门,已经有三个月领不到工资,因而生活格外艰难困苦,简直无法摆脱哈桑的奴役、剥削。这时候他怀着满腔希望,对戴蓉兰说:"老大娘!求你给我一口水喝,以便我沾你的光从而得享天恩吧。"

戴蓉兰从肩膀上取下水壶,拿在手中不停地摇晃,直把塞壶嘴的棕皮纤和壶嘴里的三枚金币摇落在地上。艾布·阿里见壶嘴里掉下三枚金币,赶忙趋前拾起来,暗自嘀咕:"任何事物都归属于安拉!这个老太婆原是一位上人兼财主呢。她明察幽微,洞鉴我的真情,知道我需要钱花,才凭空弄三枚金币来救济我呀。"他说着把拾起来的三枚金币递给戴藜兰,说道:"伯母,请收下从你壶中掉出来的这三枚金币吧。"

"你拿走它吧,我可不是贪享红尘的人。这金币是给你的,把它当总监欠你工资的补偿,拿去使用吧。"

"感谢安拉!她做的事显然是天启的。"艾布·阿里心悦诚服地赞不绝口。

使女趋前毕恭毕敬地吻了戴藜兰老太婆的手,然后引她进屋,一直带她来到太太面前。她一见女主人,就像一旦识破一个宝藏的秘密符咒,而终于把它打开了似的,满心欢喜快乐。女主人哈图妮竭诚欢迎她,亲切地吻她的手。她说道:"我的女儿!我是奉了默示才上你这儿来的。"

女主人拿饮食款待她。她却说:"我的女儿啊!我长年四季坚持斋戒,每年只开戒五天;除了天堂中的食物,我是不随便吃喝的。不过我看你的心情很不愉快,告诉我吧,你干吗生气、着急?"

"伯母!这是因为我结婚那天夜里,叫我丈夫向我发誓以后不再娶别的妻妾。后来他看见别人的儿女,因而望子心切,责怪我是不会生育的娘们儿,我也骂他是不会生育的骡子。他一怒之下,走了。临走时他说:'等我旅行归来,另娶老婆好了。'伯母,我怕他果真休掉我,另娶老婆,那就糟了。因为他有很多田产地业,收入很多,而且俸禄也不少。要是他果真另娶老婆,生出几个儿女来,那我就会被人取而代之,我在这个家中的地位、享受就都完了。"

"我的女儿啊!莫非你不认识那位叫艾布·海姆拉图的长老吗?凡是欠债的人去拜望他,安拉就替他们解决债务问题。要是一个不生育的妇女去拜望他,她也会因此而怀孕、生育的。"

"伯母,从结婚之日起,我没出家门一步,任何生丧娶嫁的红白事都没参加过。"

"我的女儿啊!我带你去拜望艾布·海姆拉图,让你把肩上的担子扔给他，并向他许愿。这样一来，说不定你丈夫旅行归来和你过夜之后，你就受孕了。但你生下来的无论是女是男，总得让他去做艾布·海姆拉图的门徒，立志终身做个修行的人。"

女主人哈图妮被戴藜兰老婆子的甜言蜜语所迷惑，欣然接受她的建议，即时站起来，换一身最华丽的衣服，戴上全部簪环首饰，然后吩咐丫头："好生看管屋子！"这才跟戴藜兰老婆子一起下楼，来到门前。

守门的艾布·阿里赶忙趋前照拂女主人，问道："太太要上哪儿去？"

"去拜望艾布·海姆拉图长老。"女主人回答守门的。

"太太，我应该封一年的长斋呢。"艾补·阿里对女主人说明他的愿心，"因为这位老人家是大上人兼大施主哩。一见面她便知道我的真情实况；还不待我开口乞讨，她便慨然赏我三枚金币，一下子把我的困难给解除了。"

戴藜兰老婆子带着黑道哈桑的老婆哈图妮走出大门，对她说："我的女儿啊！若是安拉愿意，等你拜望艾布·海姆拉图长老之后，心情就会愉快起来的，凭主的许诺，你就会怀孕生育的，并托那位长老的福分，你丈夫会爱怜你的，从此以后，他不至于再说使你伤心的话了。"

"不瞒你说，伯母！我原是怀着这种愿望才随你老人家去拜望艾布·海姆拉图长老的。"哈图妮表明她的心情。

戴藜兰老婆子边走边揣度："一路之上，人们来的来，往的往，叫我上哪儿去扒她的衣服首饰呢？"她暗自寻思一阵，才对哈图妮说："我的女儿啊！此去拜望长老，你在可以看见我的距离之外跟着我走吧。这是因为我肩上的负担太重了，凡是有负担的人，都把担子卸在我肩上，而且凡是许愿的人，都托付我，一见面就吻我的手的缘故。"

哈图妮唯命是听，果然落后几步，一摇一摆地跟着戴藜兰老婆子向前走。她每迈一步,头上的簪环首饰和踝上的脚镯,便发出叮叮当当的悦耳声。她俩一前一后地慢步进入市区,打从一家铺子门前路过时,年轻漂亮的商店老板赛义迪·哈桑一见哈图妮,便睁大眼睛呆呆地瞅着她。戴藜兰老婆子发现这种情景,回头向哈图妮使个眼色,对她说:"你在这家铺前坐下等一等,我一会便来。"

哈图妮遵从老婆子的指示,果然在商店门前坐下。而商店老板对她的一瞥,终于招致了千古的遗恨。

商人和染匠一并受骗

戴藜兰老婆子叫哈图妮在商店门前坐定,这才从容走进商店,向商店老板问好,说道:"你是商人木哈省努的儿子赛义迪·哈桑吗?"

"不错,我就是赛义迪·哈桑。是谁把我的名字告诉你的?"老板觉得奇怪。

"是上人指点我的。你要知道:门前这个丫头是我的闺女。她父亲原来也是做买卖的。他去世后,给女儿留下很多财产。现在她已到结婚的年龄了。她向来大门不出二门不迈,今天我总算第一次带她出来。这是为了遵循前人关于'宁可为女选婿,不须替子择偶'的遗训,并依从神灵的启示,我才存心把闺女领来给你为妻。如果你手中拮据,我可以给你本钱,替你开两个铺子,让你安心经营好了。"

商人赛义迪·哈桑听了老婆子的一席话,暗自说:"当初我切望安拉赏我一个如意的妻子,现在他可把钱财、地位、衣服全都恩赏我了。"他回忆之后,对老婆子说:"伯母,你给我的指点实在太好了。关于我的婚姻问题,家母曾经屡次要给我娶亲,我都不同意,始终坚持要婚姻自主,非自己选择不可。"

"那你跟我来吧,我带你相亲去,我会叫她抛头露面地站在你面前,让你看个清楚明白的。"

商人赛义迪·哈桑同意老婆子的办法,愿随她去相亲。临行他暗自说:"此去也许需要买什么东西,或先须缴订婚手续费也难说。"于是他预备一千金带在身边,然后跟老婆子一起走出铺子,把门关锁起来,欣然前去相亲。

戴黎兰老婆子看到商人赛义迪·哈桑的举止,心里想:"这个商人已经把铺门锁上了,这叫我把他和这个小娘子带往哪儿去收拾呢?"她寻思着对商人赛义迪·哈桑说:"来吧!你在可以看得见她的距离外,随着她跟我走吧。"于是她行在前面,哈图妮跟随着她,商人赛义迪·哈桑追随着哈图妮,三个人前的前,后的后,默然只顾朝前走,一直来到一间染坊门前。

染坊中的大师傅叫穆罕默德哈只,是个声名狼藉的人,活像一柄削芋刀,好吃无花果和石榴。他听见脚镯铃的叮当声,抬头一眼看见哈图妮和赛义迪·哈桑一前一后地走了过来,同时发觉戴黎兰老婆子早已站在他身边,并先向他问好,然后说:"你是大师傅穆罕默德哈只吗?"

"不错,我是穆罕默德哈只。你有什么事?"

"我是依从好心人的指点才来找你呢,这个美丽的丫头是我的闺女,那个漂亮的小伙子是我的儿子。我千辛万苦,花了很多钱财才把他俩抚养成人的。你要知道,我居住的那幢屋子很高大,但破旧不堪,倾斜的地方是用木头支撑着的。最近一位工程师对我说:"这屋子有坍塌的可能,你应该暂时迁出去,免得屋子垮下来压死你们,等屋子修缮之后,你再搬进来好啦。"因此我出来找一处暂时住宿的地方。幸蒙好心人指点,叫我来找你。现在我打算让我的闺女和儿子在你家里寄住一些时候,你同意吗?"

染匠穆罕默德哈只听了老婆子的一席话,暗自高兴,心里想:"这回呀,涂着鲜奶油的油煎饼送到我手里了,真是锦上添花哩!"继而他对老婆子说:"我家里有一间卧室,一间客厅和一间楼房;客厅和楼房虽然空着,可是我需要用来招待客人和种蓝靛的庄稼人。"

"大师傅,我们最多在你家里寄居一两个月,等屋子修缮毕就搬回去。请看我们是异乡人,让我们在你的客厅中住一住吧。指你的生命起誓,如果有客人来,就让他们跟我们一起挤一挤,我们会把你的客人当自己的亲人一样看待的,会欢迎他们跟我们同食同住的。"

染匠慨然答应老婆子的要求,递给她一串钥匙,当中有一把大的,一把小的,一把弯的,并对她说:"大钥匙是开大门用的,弯钥匙是开客厅门用的,小钥匙是开楼房门用的。"他说着指明屋子的所在地。

戴藜兰老婆子拿着钥匙,带着哈图妮和赛义迪·哈桑,前前后后地走进一条胡同,来到染匠穆罕默德哈只的屋子门前,用大钥匙开了大门,闯了进去,接着哈图妮也跟踪进来。老婆子指着客厅对她说:"我的女儿啊!这便是艾布·海姆拉图长老的居室。现在你先上楼卸妆去,我一会就来。"

哈图妮听从老婆子的吩咐,刚上楼去,赛义迪·哈桑也便跟着赶到。老婆子迎向前去,对他说:"你快进客厅去坐着等一等,我这就叫闺女来和你见面。"她吩咐着让赛义迪·哈桑进入客厅,然后转身上楼。哈图妮一见老婆子便说:"我希望在别人之前,先拜望艾布·海姆拉图长老呢。"

"我的女儿啊!这可叫我们替你担心哩。"

"这是为什么呢?"哈图妮不明白老婆子的意思。

"因为这儿有我的一个傻小子,经常赤裸裸地一丝不挂,连冬夏都分辨不清。可他是艾布·海姆拉图的代理人,每见像你这样的大家闺秀前来拜望长老,便掠夺人家的耳环,甚至于把人家的耳朵和身上的丝绸衣服都扯破、撕碎。因此我劝你还是把簪环首饰和细软衣服脱下来,让我替你保存着,然后安安全全地去拜望老人家吧。"

哈图妮果然百依百顺地把簪环首饰和细软衣服脱下来,递给老婆子代为保管。老婆子收下衣物,对她说:"待我把你的衣物拿去放在艾布·海姆拉图长老的帷幕中,以便你借此沾到老人家的余光。"

于是拿着衣服首饰下楼,把衣物藏在楼梯下面,然后转入客厅,只见赛义迪·哈桑耐心地坐着等待相亲。一见面他便急不可待地问道:"你的女儿在哪里?快让我看看她吧!"

戴藜兰老婆子默然不言语,只装模作样地老捶胸膛。赛义迪·哈桑觉得奇怪,问道:"你怎么了?"

"但愿那些嫉妒成性的坏邻居们都不得好死!"老婆子怨天尤人地说,"刚才他们见我带你进屋来,便问我你是谁。我直截了当地告诉他们:'这是我替女儿选择的姑爷。'因而他们产生嫉妒心情,纷纷对我的女儿说:'莫非你妈不管你的健康,才要把你嫁给麻风病人吗?'他们的流言蜚语可把我的女儿给吓坏了。这样一来,我只得向她发誓,非叫你赤身露体地让她看一看你不可了。"

"求安拉保佑我不受这帮嫉妒家伙的诬蔑。"赛义迪·哈桑愤慨地卷起袖管,坦然露出手臂。

戴藜兰老婆子一看,见他的手臂光滑得像银子一样,便安慰他:"不用害怕!这样一来,我非叫你和她彼此都赤身露体地看一看对方不可了。"

"请你去带她来看我吧!"赛义迪·哈桑脱掉黑貂皮外衣,解了腰带和匕首,一股脑儿把身上的衣服都脱光,把盛着一千金的钱袋跟衣物摆在一起。

"把衣物交给我,让我替你保管起来吧。"老婆子拿着衣物匆匆走出客厅,露出要去带女儿的神情。就这样她把赛义迪·哈桑的衣物和哈图妮的衣服首饰并在一起,带着悄然溜出来,把大门一锁,逍遥自在地走了。

戴藜兰老婆子赶忙去到一家香水铺中,把骗到手的衣物借存在她所认识的老板处,然后轻松愉快地转到染坊中,只见染匠正坐着等她。一见面染匠便嚷着说:"若是安拉愿意,你对我的屋子会感到满意的。"

"你屋子里的福分大着呢。现在我要去雇几个脚夫,把被盖什物搬进去。我的女儿和儿子饿极了,你拿这枚金币买些肉食,拿回家去烹调出来,跟他俩一块儿吃喝吧。"

"谁看管染坊呢? 这里面全是人家的衣服布帛呢。"染匠说明他走不开的理由。

"叫小伙计看着就行了。"老婆子给染匠出了个主意。

"对,就这么办吧。"染匠拿着钵头,匆匆走出染坊,预备食物去了。

驴夫也在被骗之列

戴藜兰老婆子骗走染匠穆罕默德哈只,这才赶忙回到香水铺中,取出借存的衣物,再一次回到染坊中,对染匠的小伙计说:"你赶快去追大师傅吧! 我在这儿等着,待你们吃完饭回来,我再走好了。"

"听明白了,遵命就是。"小伙计听从老婆子指使,果然追染匠去了。

戴藜兰老婆子把小伙计支使走,这才忙着收集染坊中的衣服布帛,预备掳着潜逃。恰好一个赶驴的大烟鬼从染坊门前经过,整整一个星期没人向他雇脚了。老婆子一见便唤他:"赶驴的,你来!"驴夫应声来到她面前。她便问他:"你认识我的儿子大师傅吗?"

"我认识他。"驴夫毫不迟疑地回答一句。

"这个可怜虫,他破产了。他浑身是债,无法赔偿。他每次因债务被关进班房,我总得想法把他给救出来。这回我们可不希望见他再受债务之累,所以我要把染坊中的衣服布帛送还原主去,打算雇你的驴运载这些布帛。这枚金币是给你的脚钱,你收起来吧。待我走后,你拿锯子锯破染缸,弄空它们,再把所有的染缸和瓦瓮通通给砸碎,让法官派来检查的人什么也得不到。"

"大师傅一向尊重我,为了主人的欢喜,我该做这桩事呢。"驴夫接受老婆子的指使。

戴黎兰老婆子把弄到手的东西全都放在毛驴背上驮着,用布盖起来,顺顺当当地运到家中。她的女儿宰乃白一见她便说:"娘!我一直替你担心着呢;这回你用诈术骗回什么来了?"

"老娘用过四种诈术,骗了四个家伙。他们是商人赛义迪·哈桑、总监的太太哈图妮、染匠穆罕默德哈只和一个赶驴的。我把他们的钱财什物,用驴夫的毛驴,全都给你驮回来了。"

"娘!从此你可不能再出门去抛头露面了,因为你既然骗了总监太太、商人、染匠和驴夫,拐走他们的财物,应该顾虑到他们会向你报复呢。"

"呃!我的女儿呀,除了那个驴夫,其余的人我是不把他们放在眼里的,因为只有他认识我呀。"老婆子在女儿面前表示出满不在乎的样子。

染匠穆罕默德哈只买了肉食,盛在钵中,给小伙计顶在头上,师徒二人有说有笑地预备回家去烹调出来享受。但路过染坊的时候,发现驴夫正在起劲地破坏染缸,里面的衣物布帛也不翼而飞,整个染坊空空荡荡,破烂不堪。看到这种情形,他像做了一个噩梦,非常惊恐,赶忙喝令驴夫:"赶驴的!你快给我住手。"

驴夫闻声,即时停止破坏,欣然对染匠说:"感谢安拉!他保佑你平安无事了。大师傅啊!我可是一直替你担着心呢。"

"你干吗替我担心?我怎么了?"染匠质问驴夫。

"因为你已经破产,人们向法院告发你了。"

"是谁对你这么说的?"

"是你妈告诉我的。她还吩咐我砸破染缸,并清除瓦瓮中的一切,以便法官派来调查的人,什么都捞不到手。"

"我母亲早就过世。但愿安拉惩罚为非作歹的坏蛋们!"染匠痛心疾首地回答驴夫一句,随即边捶胸膛,边哭哭啼啼地嚷道:"哎哟!多倒霉啊!我的家当给捣毁了,连同别人的布帛也都完蛋了。"

"哟！这么说，我的毛驴也完蛋了。"驴夫一声哭叫起来，"大师傅，叫你妈赔还我的毛驴吧。"

染匠一把抓住驴夫，边打他，边说道："你给我把老婆子快找来。"

"你给我把毛驴找回来吧!"驴夫也向染匠要他的毛驴。

染匠和驴夫争打起来，过路的人都围着他俩看热闹。其中有人问道："大师傅穆罕默德，你们争吵什么呢?"

"让我把情况告诉你们吧。"驴夫不待染匠开口便抢先跟问话的人答白起来。于是把碰见老婆子和听她吩咐的始末，详细叙述一遍，然后说道："当初我满以为大师傅会感激我，可是他却捶着胸膛说：'我母亲早就过世了。'现在我要他把毛驴赔还我，因为是他用奸计欺骗我，才使我丢失毛驴的。"

"大师傅穆罕默德，"看热闹的人说，"你既然放心那个老婆子待在染坊中，这就证明你是认识她的。"

"我并不认识那个老婆子。"染匠矢口否认，"可她是今天才带姑娘和儿子到我家去寄宿的。"

"叫我说，"另一个旁观者说，"大师傅对驴夫应该负赔偿的责任。"

"为什么呢?"另一个旁观者不服气。

"因为驴夫是看见大师傅让老婆子待在染坊中，才放心把毛驴雇给她使用的。"

"大师傅，"另一个旁观者说，"你既然让老婆子寄宿在你家里，就该你去把驴夫的毛驴给牵回来嘛。"

染匠接受旁观者的意见，和驴夫一起匆匆赶回家去。

商人赛义迪·哈桑坐在客厅中，耐心等待老婆子带女儿来和他见面，可始终盼不到她母女的踪影。哈图妮也同样坐在楼房中，等老婆子来带她去拜望艾布·海姆拉图长老，但等了大半天，仍不见老婆子转来。她惴惴不安、急不可待地独自下楼，预备一个人去见长老。

她来到客厅前,毅然推门走了进去。

"你妈上哪儿去了?"赛义迪·哈桑一见哈图妮便向她打听老婆子的去向,"是她带我上这儿来和你见面,并要我跟你结婚的。"

"我妈早就过世了。你是她的儿子吗?是荣任艾布·海姆拉图长老的代理人的她的那个小儿子吧?"

"这个老婆子不是我的母亲,她是一个大骗子。她用欺骗手法,把我的衣物和一千金给骗走了。"

"我也叫她给骗了。她用带我来拜望艾布·海姆拉图长老的骗术,把我扒得精光。"

"我没有别的办法,只会问你赔还我的衣物和一千金币。"

"我也只会向你索取我的衣服首饰。快给我找你妈来吧!"

赛义迪·哈桑和哈图妮两个人正争吵得不可开交的时候,染匠穆罕默德突然赶到家里,冲进客室,一眼看见商人和小娘子都赤身裸体地一丝不挂,赶忙问道:"你二人怎么着?你俩的娘哪儿去了?"

哈图妮和赛义迪·哈桑先后把各自的遭遇,从头到尾,详细叙述一遍。染匠听了,喟然叹道:"嗨!我的家当和别人的布帛也全给骗走了。"

"我的毛驴同样也给骗走了。"驴夫跟着嚷起来,"大师傅,把毛驴赔还我吧!"

"这个老婆子是个大骗子。你们都给我滚!我要锁门了。"染匠气得悍然下逐客令。

"我们穿得齐齐整整地进你家来,现在叫我们赤裸裸地走出你的家门,这样的事对你来说,恐怕不大体面吧。"赛义迪·哈桑提出抗议。

染匠觉得过意不去,只好给赛义迪·哈桑和哈图妮每人一套衣服,作为暂时蔽体之用,好言劝走哈图妮,然后锁上屋门,对赛义迪·哈桑说:"你跟我来吧!咱们去找老婆子,把她逮去见官问罪。"于是在商人和驴夫的陪同下,一起前往省政府去诉苦。

省长接见他们,问道:"你们上这儿来有什么事?"

他们把被骗的经过,从头到尾,详细叙述一遍。省长听了,对他们说:"城中的老婆子多着呢,究竟谁是她呢? 还是你们出去找吧。找到时,把她抓来,待我替你们严刑拷问她。"

染匠、商人和驴夫听从省长的指使,垂头丧气地走出省府,前去寻找老婆子。

戴黎兰拐带商人的儿子

戴黎兰老婆子贪得无厌,兴致勃勃地对她的女儿宰乃白说:"儿啊! 我打算乘兴再出去行骗一趟。"

"娘! 我替你担心受怕着呢。"宰乃白不同意她再冒风险。

"你妈我像落在地上的蚕豆,是经得起水泡火烤的。"她满有信心地行动起来,弄一套仆人衣服穿在身上,打扮成有钱人家的使女,从容走出大门,东张西望地找机会行骗。

她走进一条胡同,见一家门外铺着地毯,门上挂着灯笼,屋里传出欢腾的鼓乐和歌唱声,门前站着一个使女,手里抱着一个男娃娃,他头戴一顶镶珍珠的红毡帽,身穿一套饰银带的华丽衣裤,脖上挂着嵌珠宝的金项圈,外披一件丝绒斗篷,打扮得非常阔气、漂亮。原来这幢房子是巴格达城中商界头目人的居室,那个男娃娃是他的儿子,他还有一个成年的女儿,今天正是女儿订婚的日子。女主人忙于招待女宾、照应歌女,每一出入,孩子总要纠缠她。她不胜其烦,才吩咐丫头:"你把小少爷抱出去玩,别叫他在屋中吵闹。"使女遵循命令,抱娃娃刚出门来,便碰见戴黎兰老婆子。她走过去问使女:"你的女主人今天干吗办喜事?"

"大小姐订婚了,太太给她办喜事,还请来一班歌女弹唱歌舞呢。"

老婆子听了使女的谈话,暗自说:"戴藜兰啊!从丫头手中诱拐这个娃娃,是你行骗的好机会呢。"继而她唉声叹气地说:"唷!真该丢脸、倒霉啊。"随即从衣袋中掏出一枚形如金币的黄铜片,递给那个傻丫头,对她说:"你把这枚金币拿给太太,告诉她:是乌姆·海尔送来的,聊表爱戴、庆贺心情。等大小姐结婚之日,我要带着女儿前来恭贺,当新娘的老妈子,替她梳头、更衣。"

"老伯母,小少爷一见太太,就缠着她不放,因此我不敢进屋去。"使女说明她的苦衷。

"让小少爷跟我在一起吧,你先把钱送进去,再来抱他好了。"老婆子给使女出了一个两全其美的好主意。

使女拿着伪币进屋去了,戴藜兰老婆子这才拐带着娃娃溜之大吉。

珠宝商人受骗

戴藜兰老婆子拐带着商人的儿子,一溜烟跑到另一条胡同中,从容地脱下孩子身上的衣服和脖上的金项圈,仍觉得不满足,因而她望着孩子自言自语地说:"戴藜兰啊!假若你不像从丫头手中拐骗这个孩子那样,把他拿去另骗一千金币,那你的骗术还是不算到家呀。"她鼓励着自己,一口气去到珠宝市中,见一个犹太商人,身前摆着一个笼子,里面摆满了金银首饰。她先打听那个商人的姓名,然后暗中对自己说:"除非你把孩子拿去当给犹太商人,骗他价值千金的一批首饰,你才算精明呢。"她嘀咕着从容不迫地走到犹太商人面前。

这个犹太商人是珠宝市中顶有钱的,而且嫉妒心大,每见同行有生意买卖,他总是气不忿,只想自己生意好,多赚钱。他看见戴藜兰老婆子怀中的孩子,知道他是商界头目的儿子,便以生托熟地跟她交谈起来，问道："老太太，你要买什么？"

"你是犹太富商阿兹尔图吧？"老婆子表示认识他的样子。

"不错，我就是阿兹尔图。"

"这个孩子的姐姐，是商界头目的女儿，今天行订婚礼，府中宴会庆祝，她需要买几种首饰。请给我们挑选一双脚镯、一双手镯、一双珍珠耳环、一条腰带、一柄匕首和一个戒指吧。"

犹太商人毫不迟疑，果然按照老婆子的要求，选出价值一千金的一批首饰。老婆子斟酌看了一会，才对商人说："我把这些首饰先带回去给老爷太太和小姐过目，如果他们看得上眼，我再给你送款来。现在我暂且把孩子留在你这儿好了。"

"行，依你的办法行事吧。"犹太商人慨然同意老婆子的办法，让她带走首饰。

戴藜兰老婆子拐带着价值千金的首饰，一溜烟回到自己家中。宰乃白一见她，便问道："娘，你骗到什么东西了？"

"我耍手段，把商界头目的儿子拐到手，扒掉他的衣服，再把他当给犹太商人，从他手中骗到价值千金的一批名贵首饰哩。"老婆子扬扬得意地显示她的欺骗本领。

"娘，从此你可不能再到城中去了。"宰乃白对她抱着无限的忧虑。

商界头目家的女仆听从戴藜兰老婆子的指使，进屋去对女主人说："太太，乌姆·海尔问你好，给你道喜。她说待大小姐结婚之日，她要带着女儿来贺喜，并给用人们撒喜钱呢。"

"小少爷呢？"太太问女仆。

"我怕带少爷进来他会纠缠着你不放，所以暂时把他交给乌姆·海尔。这儿有一枚金币，是她让我拿来赏给乐队的。"

太太即时对乐队的领队说："收下给你的赏钱吧！"领队的欣然接过赏钱一看，发现所谓的赏钱却是一个铜片。太太大吃一惊，喝令女仆："小娼妇！快出去看看小少爷。"使女急急忙忙奔出大门，一看,少爷和老婆子都不见了,顿时吓得狂叫一声,一跟头栽倒,昏迷不省人事。就这样屋中的欢乐景象,一下子蒙上了忧愁气氛。女主人惴惴不安,正感到无法可施的时候,幸亏商界的头目突然回来了。女主人赶忙把发生的事件告诉丈夫。

商界的头目听了儿子被拐带的消息,即时和其他的商人,分头出去寻找。他不停留地到处寻找,一直来到市中,见他的儿子在犹太商人铺中,穿戴都被脱了。他走过去,指着儿子对商人说:"这是我的儿子。"

"对,我知道他是你的儿子。"犹太商人说。

商界的头目一时喜出望外,赶忙把儿子接过来抱在怀中,顾不及追问他的穿戴的去向。

犹太商人见头目抱着他的儿子要走,便拉着他说:"上帝会帮助哈里发对付你呢!"

商界的头目听了犹太商人的怨言,莫名其妙,问道:"犹太人!你怎么了?"

"老婆子拿这个孩子摆在这儿作质,从我手里替你的女儿取去价值千金的一批首饰;只因她肯拿孩子作抵押,我才让她带走首饰的;由于我知道这个娃娃是你的儿子,所以我信任她嘛。"

"我的女儿并不需要首饰,把孩子的衣服赔还我吧。"商界的头目反而倒打一耙。

"穆斯林们! 快来主张公道吧。"犹太商人气得只会呼吁求救。

这时候,受戴藜兰老婆子骗过的驴夫、染匠和商人赛义迪·哈桑为寻找她打从市中经过,来到犹太商人铺前,见他和商界的头目发生纠葛,便围过来看热闹,问他俩争吵的原因。他俩把发生的事从头叙述一遍。他们听了,说道:"这个老婆子是个大骗子。她在骗你俩之前,就把我们几人给骗了。"于是他们把各人受老婆子拐骗的经过,全都告诉他俩。商界的头目听了他们的遭遇,剀切地说:"我既然找到了儿子,他的一身穿戴,就当作一笔赎金吧。等老婆子落网时,我再问她索取不迟。"他说罢欢天喜地地抱着儿子回家去了。

驴夫和剃头匠一起受骗

犹太商人眼看商界的头目抱着儿子扬长而去,大失所望,一筹莫展,苦恼得要死。继而他问染匠、驴夫和商人赛义迪·哈桑:"现在你们打算上哪儿去?"

"我们要去找那个骗子婆。"

"让我跟你们一块儿去吧。你们中有谁认识她吗?"

"我认识她。"驴夫回答犹太商人。

"如果咱们一道去找她,目标太大,她一见我们就会逃跑,不容易逮住她。倒不如分道扬镳,各走一途,最后咱们上那个叫哈只麦斯武德的剃头匠门前碰头见面吧。"

犹太商人的意见,博得大伙的同意。于是他们果然各走一途,分道扬镳地前去寻找骗子婆。这时候,贪得无厌的戴藜兰老婆子,又千方百计地出来拐骗,终于叫驴夫看见了。他仔细斟酌,看清楚果然是她,便一把抓住她不放,骂道:"该死的家伙!你还能长期搞各种勾当吗?"

"你怎么着?"老婆子装糊涂。

"我的毛驴呢?把它赔还我。"驴夫直截了当地提出要求。

"我的孩子,快把安拉所掩蔽的事情给掩蔽起来吧。你是找你的毛驴,不过问别人的东西吧?"老婆子试探驴夫的口气。

"我只问你索取我的毛驴。"驴夫说明他的希望。

"我看你是个穷小子,所以我把毛驴替你寄存在那个马格里布人的剃头铺中。你远远地站在这儿,待我去跟他接头,嘱咐他把牲口还给你。"老婆子说着走进剃头铺,边吻马格里布人的手,边伤心哭泣。

“你怎么了?”剃头匠问老婆子。

“孩子,你看!”她指着门外的驴夫说,“那是我的儿子,他害病了。因为他乱谈恋爱,所以着迷、发狂,脑筋不管用了。他原是靠饲驴过生活的,因而从发狂后,无论是坐着站着和走起路来,总是不住口地喊‘我的毛驴啊,我的毛驴啊!’据大夫说,他的神经错乱,须拔掉两颗臼齿,并在两颊上各烙烧一次,才能恢复常态。你收下这枚金币,然后叫他过来吧。你只消对他说‘你的毛驴在我这儿呢’,他就过来了。”

“我一定要把他的毛驴交在他手里,否则我就该吃一年长斋呢。”马格里布人欣然收下一枚金币,愿意替驴夫拔牙、烙腮。于是他赶忙布置,吩咐他的一个雇工,快去烧红两颗钉子。接着他本人走出铺外,把驴夫叫到跟前,对他说:“你的毛驴在我这儿,可怜虫啊!你来牵走它吧。指我的生命起誓,我一定要把它亲自交在你手里。”于是引驴夫进入剃头铺,来到一间黑房中,一拳把他打倒,并在雇工的协助下,把他的手脚捆绑起来,趁他昏迷不醒的时候,拔了他的两颗臼齿,并用烧红的铁钉,在他的腮帮上烙了两条烙印,这才松绑放他站起来。

驴夫痛得要命,一骨碌爬了起来,冲着马格里布人说:“剃头匠!你干吗这样炮制我?”

“这是因为你妈告诉我,你的神经错乱,是因色迷而发狂的,所以你坐着时喊毛驴,站着时也喊毛驴,走起路来也迷迷糊糊地只会喊毛驴。喏! 这便是你的毛驴呀。”

“为你替我拔了臼齿,这回你可以去见安拉了。”

“我这是遵从你妈的吩咐替你治病嘛。”马格里布人说着把老婆子对他所说的话重述了一遍。

“愿安拉惩罚她!”驴夫咒骂着老婆子跟剃头匠争吵起来。他紧紧地抓着剃头匠,把他拖到铺外,吵闹着非去找人评理不可。

戴黧兰出卖染匠、驴夫、赛义迪·哈桑、犹太商人和剃头匠

戴黧兰老婆子眼看驴夫和剃头匠争吵着走了之后,便偷偷摸摸地闯进剃头铺,掳着里面的衣服什物,然后急急忙忙地溜之大吉。她一口气回到家中,扬扬得意地向宰乃白叙述她骗取驴夫和剃头匠的经过。

剃头匠被驴夫纠缠得没办法,只好跟他一起回到铺中,预备把铺门关锁起来,再去找人评理,解决纠纷。可他一进铺子,发现衣服什物不翼而飞,认为是被老婆子偷走,一下子气得晕头转向,别无办法,只能责备驴夫,因而一把抓住他,说道:"快把你妈给我找来!"

"她不是我妈,而是一个大骗子。受她拐骗的人多着呢。我的毛驴就是被她拐走的。"

剃头匠和驴夫正争论得不可开交的时候,染匠、犹太商人和赛义迪·哈桑已按预定计划来到马格里布人的剃头铺前碰头见面。他们见剃头匠揪着驴夫争吵,还发现驴夫腮上留着两条烙印,便齐声问道:"赶驴的,你怎么了?"

驴夫无可奈何地把他刚才的遭遇,从头到尾,详细叙述一遍。同样剃头匠也把他受骗的经过说给他们听。他们听了剃头匠的叙述,对他说:"这个老婆子是个大骗子,我们都被她骗过。"继而他们分别把每个人受骗的情况讲给他听。

剃头匠听了他们的遭遇,颇有同病相怜之感,立即锁上铺门,跟他们一道上省府去起诉,向省长呼吁求援。他们来到省府,陈述他们被骗的经过之后,大伙异口同声地说:"我们不知道该怎么办,恳求省长大人替我们做主。"

"巴格达城中有好多的老婆子啊!"省长喟然长叹一声,"告诉我吧:你们中有谁认识她?"

"我认识她,"驴夫自告奋勇地说,"不过大人须派十名衙役跟我们一起去,才能逮捕她。"

省长满足驴夫的要求,果然派十名衙役跟他们一起去缉捕犯人。驴夫带着衙役和其余受骗的人,走出省府,到处寻找。他们不辞辛苦跋涉,经过大街,穿过小巷,不停留地走动着,终于碰见戴藜兰老婆子鬼鬼祟祟地迎面走来。驴夫赶忙趋前揪住她,接着衙役们涌过去把她包围起来。戴藜兰老婆子垂手被捕,被押进省府,让她坐在窗户下,等待省长出来发落她。

衙役们由于当差熬夜,疲惫不堪,经不起瞌睡袭击,一个个打起盹来。戴藜兰老婆子见此情景,灵机一动,便假装睡觉。驴夫和其他受骗的人,因为寻找老婆子,疲于奔命,累得睁不开眼睛,也都呼呼地睡熟了。戴藜兰老婆子趁机潜逃,蹑手蹑脚地离开监视的人,悄悄溜进省长夫人房中,亲切地吻她的手,然后问道:"省长在哪儿?"

"他睡觉呢,你找他有什么事?"

"我丈夫是买卖奴隶的,如今他出门去了。他走前交给我五个奴隶,要我卖掉他们。我碰见省长,他出一千金的价格收买他们,答应给我二百金的赚头,并吩咐我把奴隶带到省府来。现在我把他们带来了。"

省长夫人听了戴藜兰老婆子的谈话,深信不疑,这是因为省长曾把一千金的一笔现款交给她,并嘱咐说:"你暂且收存起来,待我拿它去买奴隶。"因此她听了老婆子的谈话,相信省长真买奴隶了。于是她问老婆子:"奴隶在哪儿?"

"太太,他们在窗户下面睡觉呢。"

太太伸头向窗外一看,见马格里布人穿着奴仆衣服,其余的赛义迪·哈桑、染匠、驴夫和犹太商人一个个都是剃了胡须的奴隶,喜不自禁,暗自说:"这批奴隶,每个值一千多金币哩。"于是即时打开箱子,取出那一千金币,递给戴黎兰老婆子,说道:"你暂且回去吧,其余两百金的赚头,等省长醒来,我再问他要给你。"

"太太,其中的一百金应该归之于你,作为我喝你那瓦罐中的凉水的酬谢吧。至于剩余的一百金,请你代为保存,待我下次来取。现在求太太指示我从后门出去吧。"

省长太太答应戴黎兰老婆子的要求,果然送她走出后门,因此她安全地摆脱衙役,一溜烟潜逃回家。她的女儿宰乃白一见她,欣然问道:"娘!你做了些什么事呀?"

"儿啊!我耍手段,从省长太太手中弄到一千金,把驴夫、犹太商人、染匠、剃头匠和赛义迪·哈桑当奴隶卖给她了。儿啊!现在使我最苦恼的是那个赶驴的,因为只有他认识我呀。"

"娘!你该静坐下来了,你干的已经够多了,瓦罐不是每次碰不破的。"宰乃白劝她妈洗手做人。

次日,省长醒来,太太趋前向他报喜说:"给你报个喜信吧:你向牙子婆买的五个奴隶已经送来了。"

"什么奴隶呀?"省长莫名其妙。

"你干吗不信任我?若是安拉愿意,他们会像你这样变成有地位的人呢。"太太满以为自己做得对。

"指我的生命起誓,我根本没买奴隶。这是谁说的?"

"是你跟她讲价钱的那个牙子婆说的。你出一千金买他们,还答应给她两百金的赚头哩。"

"你付款给她没有?"

"付过了。我曾亲眼看见奴隶们,每人穿着一套价值千金的衣服。我还叫丫头去吩咐守卫的好生看管他们呢。"

省长急急忙忙走了出来,一眼看见犹太商人、驴夫、剃头匠、染匠和赛义迪·哈桑待在窗下,便问衙役们:"当差的,我们出了一千金向老婆子买来的那五个奴隶在哪儿?"

"这儿除了这五个人外,没有其他的奴隶。他们是逮捕那个老婆子,然后跟我们一起带她到这儿来等大人发落的。但是我们都打瞌睡,她就不见了。只是太太的丫头出来问我们:'牙子婆带来的五个奴隶都在你们这儿吗?'我们说:'是的,都在这儿。'"

省长听了衙役的回答,喟然叹道:"指安拉起誓,这个老婆子是个大骗子呀!"

"我们只会向你索取我们的财物。"五个被骗的人一齐同省长理论起来。

"告诉你们吧,"省长说,"跟你们一伙的那个骗子头,她以一千金的代价,把你们当奴隶卖给我了。"

"这是安拉所不许可的,我们都是自由民,不该让人当奴隶买卖。我们要进宫去向哈里发告你。"

"老婆子本来不会进省府来,而是你们带她到这儿来行骗的。现在我没别的办法,只得把你们每人作价二百金币,通通卖给西洋人。"

省长和受骗的五个人正争吵不休的时候,那个绰号叫黑道哈桑的巡警总监,突然出现在他们面前。这是因为他旅行归来,他老婆哈图妮哭哭啼啼地把戴藜兰老婆子拐骗她的衣服首饰的经过,详细说给他听。他听了老婆之言,怒形于色地说:"发生这种事情,省长应该负责。"于是他怒气冲冲地一口气跑到省府。一见面他便责问省长:"你怎么不管那些老婆子,让他在城中招摇撞骗,任意拐骗别人的财物?保护良民的生命财产,是你应尽的责任。我妻室的衣服首饰叫人给骗走了,我只会要你赔偿。"他说着回头问跟省长吵架的五人:"你们怎么着?跟他吵什么?"他们把被戴藜兰老婆子拐骗的情况,从头到尾,详细叙述一遍。黑道哈桑听了他们的遭遇,表示同情、可怜他们,说道:"你们都是受害的人。"接着他回头质问省长:"你干吗拘禁他们?"

"那个老婆子本来不会到我家来,而是这五个人带她进来行骗的,因此她拿走我的一千金,把他们卖给拙荆了。"省长振振有词地说明拘禁他们的理由。

"大老爷!"受骗的五人异口同声地呼吁哈桑,"关于这桩案件,我们只能望你替我们主持公道了。"

省长眼看这种情景,不得不改变态度。于是他对总监说:"哈桑阁下,尊夫人的衣服首饰,由我负责赔偿,同时我保证把那个骗子婆逮捕归案。不过你们中有谁认识她吗?"他说着问在场的人。

"我们都认识她,请派十名衙役跟我们一道去逮她吧。"在场的五个受骗者同声要求省长。

省长答应他们的要求,果然派了十名衙役,协助他们前去逮捕犯人。驴夫喜不自禁,大声说:"大伙跟我来吧,我带你们去捉骗子婆。我即使瞎了眼睛,也能识别她。"于是他们五个受骗的人和十名衙役一起离开省府,前去缉捕逍遥法外的戴藜兰老婆子。

乡 下 佬 受 骗

驴夫等五个受骗的人和十名衙役在一起,大伙群策群力地前去缉捕犯人。他们过大街,穿小巷,到处寻找骗子婆戴藜兰,终于发现她从一条小胡同中走出来,便拥过去逮住她,把她押进省府去发落。

"你把别人的财物骗到哪儿去了?"省长亲自审问戴藜兰老婆子。

"我没骗人,也没看见他们的财物。"戴藜兰老婆子矢口否认她的拐骗行为。

"把她带进牢狱监禁一夜,等明天再审问她。"省长吩咐狱吏。

"我可不敢带她去,唯恐中她的诡计而出什么岔子,那我才吃罪不起呢。"狱吏愁然拒绝拘禁戴藜兰老婆子。

省长感到戴藜兰老婆子狡猾、可怕,便骑马带着衙役和受骗的人,把戴藜兰老婆子押出城,来到底格里斯河畔,吩咐点灯的更夫,拴住她的头发,把她吊起来。更夫遵命,果然把戴藜兰老婆子的头发结在滑轮上,吊起她来。省长眼看戴藜兰老婆子不可能逃跑,就派十名衙役在场看守,然后安心回城安息。

天黑以后,看守戴藜兰老婆子的衙役们,一个个打起瞌睡来,接着他们全都睡熟。这时候,有个乡下人听见两个过路人谈话。其中的一个说:"感谢安拉保佑你平安! 今天不见你面,你上哪儿去了?"另一个回答说:"今天我进巴格达城去,还吃了浇蜜油煎饼呢。"乡下人听了过路人提到浇蜜油煎饼,不禁馋涎欲滴。因为他生平没见过浇蜜油煎饼,也从来没到巴格达城中去过,所以下决心说:"这回我非进巴格达城去吃浇蜜油煎饼不可。"于是他骑马径往巴格达,口中念念有词地说道:"酥油煎饼是最美好不过的食品。指阿拉伯人的恩德起誓,我一心一意只想吃到浇蜜油煎饼。"他重复着这句话从底格里斯河畔路过,来到戴藜兰老婆子被吊的地方,一眼看见她,惊而问道:"你是谁?"

戴藜兰老婆子已经听见乡下人要吃浇蜜油煎饼的嘀咕声,所以趁机向他求救,说道:"老人家,求你救救我吧。"

"安拉保佑你! 你为什么被人吊在这里?"

"这是一个卖油煎饼的油商跟我作对的结果呀。因为我去买油煎饼的时候,我咳嗽吐痰,痰落在油煎饼上,油商便扭我告到官厅,法官就判处我吊刑。他吩咐当差的:'我命令你们拿十磅浇蜜油煎饼,让她在吊架上去吃。如果她能吃完,就放走她,否则就一直吊死她。'无奈我的胃口不好,不爱吃甜食,所以一直被吊在这儿。"

"指阿拉伯人的恩德起誓,我之所以离开帐篷,就是为了要吃浇蜜油煎饼,让我代替你吃吧。"

"这些油煎饼,只让被吊在我这个地方的人吃它,"戴藜兰老婆子随机应变地耍手段骗乡下人,叫他把她放了下来。接着她脱掉乡下人的衣服,并把他吊起来,这才拿他的缠头、衣服穿戴起来,骑着他的马溜之大吉。

戴藜兰老婆子急急忙忙逃到家中。她的女儿宰乃白见她的奇异装束和狼狈情况,问道:"娘!你怎么了?"

"他们把我吊了起来。"戴藜兰老婆子回答了一句,接着把被捕的经过和骗乡下人做替身的始末,详细说给女儿听。

黎明时,看守戴藜兰老婆子的衙役中的一人朦胧醒来,赶忙唤醒其余的人。这已是天亮时候,一个衙役抬头望着吊架喊道:"戴藜兰!"但只听乡下人应声说:"指安拉起誓,我整夜没吃到浇蜜油煎饼,现在你们给我拿来了吗?"

"这是一个乡下人呀!"一个衙役惊叫起来。

"乡下佬!戴藜兰老婆子哪儿去了?是谁放走她?"另一个衙役问。

"是我放走她,她可没吃浇蜜油煎饼,因为她不爱吃甜食哇。"乡下人答非所问地说了一串。

衙役们知道乡下人不明白戴藜兰老婆子的情况,反而受她欺骗,因此他们对他无可奈何,大伙面面相觑,彼此商议,说道:"咱们逃走呢,还是继续待下来,等着承受安拉给我们所规定的一切呢?"

衙役们正商讨善后的时候,省长和受骗的人们已经来到河畔。省长吩咐衙役们:"你们把戴藜兰老婆子放下来吧!"乡下人却莫名其妙地应声说:"昨夜里我们没吃到浇蜜油煎饼,今天你们给带来了吗?"

省长闻声抬头一看,见吊架上的乡下人,便问衙役们:"这是怎么一回事?"

"恳求省长大人饶命。"衙役们同声求饶。

"发生什么事情了?快告诉我吧。"省长大吃一惊。

"昨天晚上我们熬夜看守犯人,困得要命,因此我们认为戴藜兰既然被吊起来,不会再出岔子,所以我们漫不经心地睡熟了。可是今早醒来,却发现这个乡下人吊在吊架上。我们罪该万死,恳求大人从

405

轻发落。"

"那个老婆子是个大骗子,这不能责怪你们。安拉会保佑你们呢。"

衙役们出乎意外地欢喜,赶忙把乡下人从吊架上放了下来。可他不知天高地厚,居然扯着省长说:"安拉会帮助哈里发惩罚你呢。我只会问你赔偿我的马和衣服。"

省长耐心问乡下人的来历,他才把戴藜兰老婆子欺骗他的经过,从头到尾,详细叙述一遍。省长听了,大为吃惊,责问道:"你干吗放走她?"

"因为我不知道她是大骗子嘛。"

"省长大人!我们只会问他赔偿我们的财物。"其余受骗的人同声责问省长,"因为我们好不容易逮住戴藜兰老婆子,才把她交给你拘禁起来的。现在我们随你进宫去,求哈里发裁处好了。"

省长无法拒绝受骗者的要求,只得和他们一起进宫去求哈里发裁处。他们站在哈里发何鲁纳·拉施德跟前,异口同声地申冤说:"我们是受害者。"

"是谁虐待、亏枉你们?"哈里发问申冤的人们。

于是他们每人把被拐骗的经过,详细申说一遍,甚至于省长也最后申述道:"众穆民的领袖,连我也被那个老婆子骗了。她曾以一千金的代价,把这五个自由民当奴隶卖给我呢。"

"你们所损失的财物,通通由我负责赔偿。"哈里发安慰受骗的人,接着他吩咐省长:"现在我命令你去逮捕那个骗子婆。"

省长拽一拽衣领,回道:"我可担负不起这个任务,因为我已经把她吊起来了,她却同样耍骗术叫这个乡下人放掉她,从而她拿乡下人做替身,把他吊在吊架上,然后拿了他的衣服、马匹又逃走了。"

"你不负逮捕任务,那叫谁去呢?"哈里发反问一句。

"让艾哈麦德·戴奈夫去吧,因为他每月领着一千金的厚禄,而且指挥着四十名卫士,每人每月吃着一百金的饷银哩。"

"近卫军右队长艾哈麦德·戴奈夫前来听令。"哈里发大声呼唤起来。

艾哈麦德·戴奈夫闻声跑到哈里发面前,毕恭毕敬地说道:"众穆民的领袖,您有何吩咐?"

"我命令你去缉捕那个骗子婆。"

"听明白了,遵命就是,保证把她逮来归案。"艾哈麦德·戴奈夫回答着退了下去。

哈里发吩咐侍从带走乡下人和其余的五个受骗者,暂时看管起来。

宰乃白诱骗艾哈麦德·戴奈夫和他的部下

近卫军右队长艾哈麦德·戴奈夫奉了逮捕戴黎兰老婆子的使命,急急忙忙回到队部,先同左队长哈桑·肖曼打招呼,希望他协助完成任务,然后通知部下,叫他们准备出发。卫士们议论纷纷,有的说:"城中的老婆子多着呢,这叫咱们怎么逮捕那个骗子婆呀?"其中有个叫阿里·凯台夫·赭麦尔的埋怨队长艾哈麦德·戴奈夫:"你干吗跟哈桑·肖曼商量?难道他是了不起的人物吗?"

"阿里,你干吗小视我?指安拉起誓,这次我不跟你们一起去。"哈桑·肖曼说着怒气冲冲地走了。

艾哈麦德·戴奈夫布置一番,对部下讲明缉捕的方法和集合的地点,然后下令说:"弟兄们,咱们每十人分为一班,由班长率领,分头去各街巷逮捕骗子婆,最后大家在指定的地点集合吧。"于是全队人马遵命出发,到城中去逮捕犯人。

艾哈麦德·戴奈夫奉命率领部下缉捕戴黎兰骗子婆的消息,一下子在城中传开了。消息传到戴黎兰和宰乃白母女耳中,宰乃白便对她妈说:"娘,如果你真是一个精悍的大骗手,那就趁此机会去骗一骗艾哈麦德·戴奈夫和他的部下吧。"

"儿啊！除了哈桑·肖曼之外，我是从来不怕谁的。"

"指我的鬓发起誓，我一定要为你去扒掉他们四十一人的衣服呢。"宰乃白说着整整齐齐地穿戴起来，罩上面纱，匆匆去到香水铺中，向老板问好，递一枚金币给他，说道："请你把那间有两道门的大厅租给我用一天吧，傍晚就还你，这是给你的租金。"

老板欣然同意，收下租金，然后把钥匙交给宰乃白。她带着钥匙，赶忙回家去，用驴夫的毛驴，驮来一驮家常日用什物，把大厅布置为酒肆，摆下几桌酒肴，然后抛头露面地站在门外。恰巧阿里·剀台夫·赭麦尔和他率领的卫士们打那儿经过。宰乃白赶忙趋前，吻阿里的手。阿里见她是个妙龄女郎，很爱她，问道："你要做什么？"

"请问你是近卫军的右队长艾哈麦德·戴奈夫吗？"

"不，我不是艾哈麦德·戴奈夫，我是他的部下。我叫阿里·剀台夫·赭麦尔。"

"你们要上哪儿去？"

"我们奉命出来捉拿一个骗子婆，她骗了很多人的财物，要把她逮去法办。你是谁？是做什么的？"

"先父原是在卯隋里开酒店的，他死后给我留下一大笔财产。我初次到巴格达，人地生疏，只怕受权贵欺侮，因此我曾向人打听有谁可以保护我。他们都说，只有艾哈麦德·戴奈夫可以保护我。"

"今天你可以碰见他。"阿里率领的卫士们齐声说。

"那请你们进来吃一点菜喝一杯酒，让我高兴一下吧。"她说着引他们进去，殷勤款待。

他们开怀畅饮，大吃大喝，直喝得醉眼蒙眬的时候，宰乃白才趁机掺迷药在酒里，把他们一个个灌得昏迷不醒，然后扒光他们的衣服，解除他们的武装。继而她又如法炮制另外的三批人，终于如愿以偿地把近卫军的右队人马一网打尽。

艾哈麦德·戴奈夫东奔西跑,到处寻找戴藜兰,企图很快逮到她,可是事与愿违,既找不到戴藜兰的踪影,连他的部下也一个个不知去向。他惶惶然从宰乃白的临时酒肆门前路过。宰乃白迅速趋前吻他的手,问道:"你是禁卫军的右队长艾哈麦德·戴奈夫吗?"

他一见宰乃白,便钟情于她,回道:"不错,我就是艾哈麦德·戴奈夫。你是谁?"

"我是一个异乡人,刚从卯隋里迁移到巴格达。先父原是开酒馆的,他死后给我遗下很多钱财。我初到这里,人地生疏,唯恐受权贵欺侮、歧视。我开设这间酒肆,省长要我缴纳捐税。我可是指望受你保护,认为由你征收税款比较合适。"

"竭诚欢迎你!税款你别交给省长。"

"你进去喝一杯,让我高兴一下吧。"

艾哈麦德·戴奈夫溺于酒色,果然随她进去,大吃大喝,终于喝得酩酊大醉。宰乃白再用一杯药酒把他灌得昏迷不省人事,这才动手解除他的武装,扒光他的衣服,然后用乡下人的马和驴夫的毛驴驮着什物和他们的衣物,满载而归地溜回家去。

阿里·凯台夫·赭麦尔慢慢苏醒过来,发觉自身赤裸裸地一丝不挂,同时看见队长艾哈麦德·戴奈夫和部下也都赤身裸体地躺在一起,便拿解迷药救醒他们。他们一个个慢慢苏醒过来,睁眼一看,见每个人都赤条条地光着身子,不禁大为惊恐,彼此面面相觑,啼笑皆非。艾哈麦德·戴奈夫喟然叹道:"弟兄们,这到底是怎么一回事呀?咱们奉命出来缉捕那个骗子婆,如今反而叫这个小娼妇把咱们给逮捕了。碰到这种倒霉事情,会使哈桑·肖曼感到多么愉快啊!现在别的办法没有,只能等天黑时悄悄地溜回去。"

黄昏时候,近卫军左队长哈桑·肖曼倦游归来,不见他的同事艾哈麦德·戴奈夫和他的部下,觉得奇怪,正打听他们的去向时,恰巧艾哈麦德·戴奈夫和部下已狼狈归来。他抬头见他们一个个赤身露体,一丝不挂,大吃一惊,慨然吟道:

人们固然有类似的目的，

但每个人的结局却千差万别。

人类中存在着上智下愚的等级，

恰像空中的星辰有光明和暗淡的区别。

哈桑·肖曼吟罢，问道："是谁作弄你们？你们的衣服叫谁扒走的？"

"我们奉命出去缉捕骗子婆，跑遍全城没碰见她，反而叫一个美丽的小娘子把我们的衣物全骗走了。"

"好厉害！她对付你们的办法多巧妙啊。"哈桑·肖曼大为惬意。

"哈桑，你认识她吧？"他们齐声问他。

"我不但认识她，而且也认识那个老婆子。"

"你说吧，哈桑，这叫我们怎么向哈里发交差呢？"他们向哈桑求教。

"艾哈麦德·戴奈夫，叫我说，你干脆在哈里发面前卸下你的佩戴吧。如果他问你：'干吗没逮到骗子婆？'你就推故说：'我不认识她，恳求主上派哈桑·肖曼去逮她吧。'要是他真派我，我准能逮到她。"

哈桑·肖曼替戴藜兰说情

当天夜里，艾哈麦德·戴奈夫深思熟虑地考虑哈桑·肖曼的建议：觉得只有此路可行。第二天清晨，他率领部下去向哈里发交差，大伙跪下去吻了地面。哈里发问道："队长艾哈麦德，骗子婆在哪儿？"

艾哈麦德·戴奈夫默不作答，只顾卸下脖上的佩戴。

"你这是为什么呢？"哈里发不明白他的意思。

"因为我不认识那个骗子婆,完成不了任务。恳求主上派哈桑·肖曼去缉捕她吧,因为他认识那个骗子婆和她的女儿呢。"

哈桑·肖曼趁艾哈麦德·戴奈夫推荐他的时候,便张罗着替戴藜兰老婆子说情,推心置腹地向哈里发解释道:"那个老婆子之所以招摇撞骗,倒不是为了贪图掠夺别人的财物,而是借此显示她和她女儿在诈骗方面的精悍本领,其目的不过是希望陛下委她继承她丈夫的职位,并让她女儿继承她父亲的职位罢了。因此之故,如果主上能赦免她死罪,我可以去带她来见陛下。"

"指我的祖先起誓,要是她把骗走的财物拿来归还原主,我可以看你的情面,对她既往不咎。"

"众穆民的领袖,请给我保证物吧。"

哈里发果然给哈桑·肖曼一条手帕,作为不杀戴藜兰的保证物。哈桑·肖曼带着手帕,急急忙忙去到戴藜兰家中,大声一喊,她的女儿宰乃白应声出来。他问道:"你母亲在哪儿?"

"我妈在楼上。"

"告诉她快把别人的财物拿出来,然后跟我进宫去见哈里发吧,我已经替她讲过情,给她带来免罪的保证物了。要是她还不领受这样的眷顾,那就等于自暴自弃,让她将来自怨自艾吧。"

戴藜兰老婆子的脖上系着围巾,从容大方地走下楼来,并把骗到手的财物全搬出来,用乡下人的马和驴夫的毛驴驮着,预备跟哈桑·肖曼一起送去赔还物主。哈桑·肖曼仔细打量一番,然后对她说:"还有队长艾哈麦德·戴奈夫的衣物和他的弟兄们的衣物不在数。"

"指安拉起誓,他们的衣物可不是被我骗走的。"戴藜兰老婆子表示不负赔偿责任。

"不错,你说得对,不过他们的衣物是叫你的女儿宰乃白骗走的,这算得是她配合你干得妙的一手啊。"哈桑·肖曼一言道出其中的破绽。

哈桑·肖曼带着戴蓁兰老婆子和财物进入王宫,来到哈里发面前。哈里发一见戴蓁兰老婆子,便怒形于色地吩咐刽子手把她推到皮垫上,要处她死刑。戴蓁兰吓得面无人色,赶忙向哈桑·肖曼求救:"哈桑·肖曼,我是相信你的保证才随你进宫来的。"

哈桑·肖曼挨到哈里发面前,吻了他的双手,然后讲情说:"众穆民的领袖,请宽恕她吧。因为陛下曾叫我把免罪的保证手帕带给她看过了。"

"行,看在你的情面,我饶恕她。"哈里发慨然接受哈桑·肖曼的说情,并呼唤戴蓁兰:"老婆子,你过来,告诉我,你叫什么名字?"

"我叫戴蓁兰。"

"你向来狡猾、诡诈成性,所以被人称为骗子婆。我来问你:你干这种拐骗勾当,扰乱治安,使人惶惑不安,这到底是为什么?"

"我招摇撞骗的目的,倒不是专为掠夺、霸占别人的财物,只因我听说艾哈麦德·戴奈夫和哈桑·肖曼在巴格达城中耍拐骗手段而成名,继之高官得做,厚禄得享,所以我才决心像他俩那样耍手段,想借拐骗而继他俩之后又一个成为名利双收的人。现在我可是把骗到手的财物全都拿来赔还了。"

驴夫听了戴蓁兰的陈述,站起来当众人的面说:"我切望安拉按教法替我惩罚这个老婆子。因为她不仅拐骗了我的毛驴,而且还把我交给剃头匠拔掉我的两颗臼齿,并在我的腮帮上烙了两个烙印。"驴夫说罢,不禁潜然落泪。

哈里发眼看驴夫伤心哭泣,顿生恻隐之心,慨然吩咐侍从取来两百金币,赏驴夫和染匠各一百金币,并嘱咐染匠:"拿这笔款去修复你的染坊吧。"驴夫和染匠得到补偿,欣然替哈里发祈福求寿,表示衷心感激。其余被骗的人也领取失物各自归去,其中只有那个乡下人牵着他的坐骑,临走时愤然发誓说:"从今以后,进巴格达城和吃浇蜜油煎饼这两件事情,对我来说,都是违法犯禁行为了。"

戴藜兰和宰乃白母女受到封赏

戴藜兰老婆子把骗到手的财物送进宫去,被骗的人各自领取失物走后,最后只剩她一个人留在宫中。哈里发何鲁纳·拉施德对她说:"戴藜兰,告诉我吧,你希望我赏你什么?"

"先父原是陛下的臣僚,在宫中任训鸽官。当年我曾帮助他饲养幼鸽,倒也学得一些经验、本领。至于先夫,也是陛下的一名忠臣,曾负责维持巴格达城中的治安。由于我们属于官宦世家,所以我一心一念想望继承先父的俸禄,以尽绵薄,效忠陛下。我的女儿宰乃白,也眼巴巴地指望继承她父亲的爵禄,以效犬马之劳。"戴藜兰老婆子剀切陈述她的希望和目的。

哈里发当面首肯,答应满足她母女的要求之后,她接着说:"恳求主上派我去做皇家旅舍的看门人吧。"

戴藜兰老婆子所谓的皇家旅舍,原是哈里发何鲁纳·拉施德经营的一幢三层楼客栈,专供一般来巴格达城中经营生意的商人住宿。客栈中服役的仆人计四十人之多,还养着四十条看家狗,并专门设一名厨师替仆人们烧饭和喂狗。那四十条看家狗,原是哈里发罢黜苏莱曼尼亚国王后,从废王宫中弄来的,并给每条狗戴上一个颈圈。

哈里发慨然答应戴藜兰的要求,当面嘱咐她:"我下令派你去管理旅舍,如果丢失什么东西,该由你负责赔偿。"

"遵命不误。"戴藜兰欣然接受哈里发的条件,"不过恳求陛下准许我的女儿搬到旅舍的门楼上去住,因为门楼的屋顶上有宽广平坦的阳台,是最适于饲养信鸽的好地方。"

哈里发何鲁纳·拉施德实践诺言,果然委派戴藜兰负责兼管皇家旅舍,责成客栈中的四十名仆役听她指挥,服从她的命令。戴藜兰老婆子终于一帆风顺地以拐骗手腕达到希望目的,便吩咐女儿宰乃白搬进客栈,住在门楼里,并把四十只信鸽交给她饲养。她本人则事事以身作则,兢兢业业地管理内务。她经常坐在客栈的门堂里发号施令,而且每天照例进宫去听令,以便哈里发要发信时,便即时供应信鸽,而且经常要等到天黑时,才转回客栈。夜间,她命仆人放掉四十条看家狗,利用它们协助看守客栈。从此母女二人过着有权有势的如意生活,傲岸不可一世。

阿里·载依白谷·密斯里的故事

阿里·密斯里和水夫不期而遇

相传从前埃及有个大骗子,人们管他叫阿里·密斯里,为患甚大。当时在王宫中任警官职务的萨辽哈·密斯里吩咐他手下的四十名巡捕,挖个陷阱捕捉阿里·密斯里,打算为民除害。可是到预定的时候去陷阱中逮人,才发现阿里·密斯里像水银泻地,早已溜得无影无踪,因此他们在他的姓名中加上水银二字,从此管他叫阿里·载依白谷·密斯里。

大骗子阿里·密斯里逃脱缉捕,躲在巢穴里。有一天管家的人见他闷闷不乐、愁眉苦脸、一动不动地呆坐着,便对他说:"我的主人啊! 你怎么了? 如果你感觉忧愁苦恼,那就到城中去走走吧。因为上街去溜达溜达,心中的苦闷会慢慢消散的。"

阿里·密斯里果然起身出去,在开罗城中散步、消遣。走过几条大街小巷,老觉得胸中的苦恼情绪反而有增无减。他从一个酒馆门前路过,心里想:"咱进酒馆去,喝他几杯,借酒浇愁呗。"他嘀咕着走进酒馆,见里面的酒客坐满了七排位子。他唤酒保,对他说:"我只想找个地方,一个人独坐自饮。"

酒保招待阿里·密斯里独坐一席,并端出大量的酒肴。于是他开怀畅饮,直喝得醉眼蒙眬,才起身走出酒馆,一摇一摆地在街上流荡,终于走进了艾哈麦鲁街。路上的行人一见他,唯恐闯祸,都忙着给他让路。他扬扬自得地边走边东张西望,一眼看见一个挎着皮水囊,手里拿着碗和壶的卖水老头,跌跌撞撞地迎面走过来,口中喃喃地叫道:"饮料中最好喝的是葡萄酒,交往中最惬意的是和情人幽会,言语中最有利益的是同正人君子起坐谈心。"

阿里·密斯里听了卖水老人的叫卖,便出声喊他:"喂!卖水的,你过来,给我一杯水喝。"

卖水老人闻声走到阿里·密斯里跟前,看他一眼,然后灌一杯水递给他。阿里·密斯里接过水杯,注目看了一眼,摇晃一下,随即把水倾在地上。卖水的问道:"你不喝吗?"

"我喝,另给我灌一杯吧。"

水夫果然另灌一杯递给他。他接过去,摇晃一下,同样把水倾在地上,接着又向水夫要水。水夫第三次给他灌了一杯,但同样又叫他给泼掉。没奈何,水夫对他说:"你不喝,我可是要走了。"

"另灌一杯给我喝吧!"

水夫耐心地再灌一杯递给阿里·密斯里。他接过去,一口喝掉,然后掏一枚金币给水夫。水夫嫌钱少,瞪阿里·密斯里一眼,说道:"愿你幸福,我的孩子,祝你永久幸运。你是本民族中的一个小子,可比别民族中的大人还管用呢。"

阿里·密斯里听了水夫的讽刺,勃然大怒,拔剑相向,一把抓住水夫的衣领,要杀死他。当时阿里·密斯里的行为,跟诗人的吟诵颇有近似的地方:

> 用你的短剑治恶人于死命,
> 除却造物主的权力不必有何畏惧。
> 必须避免歪风邪气,
> 千万不可不顾道德、信义。

阿里·密斯里威胁水夫："老头子！你有什么不服气的,可以开诚布公地对我讲。你的皮水囊只值三块钱;我泼掉你的三杯水,充其量也不过斤把重呀。"

"你说得对。"水夫感觉畏惧。

"我赏你一枚金币的报酬,你干吗还小视我？难道你见过比我更勇敢更慷慨的人吗？"

"比你更勇敢更慷慨的人,我见过了。老实说,当世界上妇女们还生育着的这个时期,根本指不出谁是最勇敢最慷慨的人呀。"

"你说吧:比我更勇敢更慷慨的人到底是谁？"

"你要知道,我曾经亲身碰到一桩奇异事情。是这样的:先父原是开罗城中卖饮水者的头目人。他去世时,给我遗下五头骆驼、一匹骡子、一所住房和一个铺子。不过穷人一般说是不敢妄图财富的,因为巴到财富时,他已不在人世了。因此,我心里想:'咱索性去麦加朝觐的好。'于是我变卖房屋牲畜,预备了盘缠,毅然动身作麦加之行。可朝觐毕,我不仅花光自己的钱财,而且还欠下五百金币的债。当时我想:'如果我转回埃及去,会被债主告发,少不了要坐班房。'因此我跟叙利亚的哈只们一起旅行到哈勒白,并从哈勒白前往巴格达。我打听巴格达城中卖饮水者的头目人。根据人们的指示,我拜访那位头目人,当他的面朗诵《古兰经》首章,并祝福他。他问我的情况。我如实告诉他我的际遇,博得他的同情、照顾,慨然腾出一间铺子让我居住,并给我一个皮水囊和一套杯壶,使我重理旧业,是谋生的出路。次日黎明,我怀着托庇安拉的坚强信心,起个早,挎着皮水囊,开始出去做生意。我不停地在大街小巷中走着,预备让来往的行人喝水解渴。我灌一杯水递给一个行人,满以为他需要喝水。可他一声吼叫起来:'我还没吃东西,不需要喝水。这是因为今天有个吝啬家伙请我吃饭,但是他只摆两个水罐在我面前,我气不过意,生气说:'吝啬鬼！莫不是你给我食物吃过,这才要我喝水吗？水夫,你先走吧,等我吃过饭,你再拿水给我喝好了？'继而我又灌一杯水,送给另一个行人，他却婉言谢绝，说：'愿安拉给你预备衣食。'就这样，我在城中溜达到正午，始终没捞到一个子儿。我懊悔说：'但愿我不到巴格达来，那才好呢。'正当我懊丧不已的时候，街上的行人突然没命地奔跑起来。我跟随人群跑过去，看见一队威风凛凛的骑兵，排成双行，列队迤逦通过大街。他们全副武装，一个个头戴缠头，身穿带头巾的外衣，腰仗宝剑，手握长矛，排场非常威严。我向身边的行人打听：'这是谁的队伍？'行人说：'是艾哈麦德·戴奈夫的。'我又问：'他是什么职位？'他说：'是近卫军队长，兼任巴格达城中的警官，也负责维持城外的治安。他本人每月拿一千金的薪俸。现在他们从宫中出来，要回营房去。'

"我和那个行人正在一问一答地谈话时，不想叫艾哈麦德·戴奈夫看见了。当时他唤我到他跟前，对我说：'给我一杯水喝吧！'我即时灌一杯水递给他。他接过去，摇晃一下，随即把水泼在地上。我第二次给他灌满一杯，同样叫他给泼了。我第三次又给他灌满一杯，他接过去，像你刚才这样地随便喝了一口，然后问我：'水夫，你是哪里人？'我说：'是埃及人。'他说：'愿安拉保佑埃及和埃及的老百姓。你干吗到这座城里来？'

"我把自己的身世告诉他，让他知道我是负债的人，为躲债才流落到异乡的。他同情我的窘况，说：'欢迎你。'随即赏我五个金币，并对他的部下说：'为了敬爱安拉，你们来救济这个可怜人吧。'他的部下果然每人赏我一枚金币。最后他对我说：'老人家，你住在巴格达时期内，每逢你给我们水喝，我们都这样照顾你。'

"从那回之后，我经常跟他们接触、往来，得到他们的许多好处。过了一些时候，我计算一下收入，先后已经积蓄了一千金币。我心里想：'打回老家去才是正路哩。'我决定动身回埃及之前，去营房中拜访艾哈麦德·戴奈夫，亲亲热热地吻他的手。他问我：'你需要什么？'我说：'我打算动身回埃及去。现在有一队商旅正要起程前往埃及，我要跟他们同路回老家去。'当时我心有所感，故吟诗寄意：

出门人在异乡寄人篱下的处境，
跟建筑在空中的楼阁毫无区别。
空中楼阁迟早会被大风吹倒、夷平，
因此流浪人决心打回老家去。

　　"艾哈麦德·戴奈夫知我归心似箭，体谅我的心情，慨然给我一匹骑骡和一百金币，并对我说：'老人家，你熟识开罗人吗？我们打算就你回乡之便，托你做一桩事。'我说：'行，开罗人我认识的不少。'于是他写封信交给我，嘱咐道：'烦你把这封信捎去开罗，交给阿里·载依白谷·密斯里，并代我向他问好。还请你告诉他，我在哈里发宫中任禁卫军队长职务。'

　　"我收下艾哈麦德·戴奈夫的信，跟客商同路回到开罗，和债主们碰头见面，清还了债务，然后仍理卖水的旧业。可是我始终不知道阿里·载依白谷·密斯里的住所，直到现在还没把艾哈默德·戴奈夫的信送到他手里。真是遗憾之至。"

　　阿里·密斯里听了水夫的谈话，剀切地说："老人家，你高兴快乐吧，我就是阿里·密斯里。最早追随艾哈麦德·戴奈夫的也是我。你把信给我吧。"

　　水夫果然把信掏出来递给阿里·密斯里。他把信接过去：打开一看，见上面写道：

我给爱打扮的你写了一页书简，
因风寄去一点消息。
如果我能飞翔，
一定会飞到你的身旁。
无奈鸟儿被斩断了翅膀，
它怎能腾空飞翔？

艾哈麦德·戴奈夫致书阿里·密斯里：

我要告诉你的是,在开罗时,我耍手段愚弄、欺骗萨辽哈丁,终于活埋了他,并收揽他的部下,其中有个叫阿里·凯台夫·赭麦尔的好小子。如今我在哈里发官中服务,兼任巴格达城中的警官,负责维持城内外的治安。如果你有心履行我们之间的约言,便可前来巴格达找我,以便借机施展骗术,从而博取哈里发的重视、信任,即可望达到进官为官受禄的目的。这是我对你的一线希冀。顺祝康宁。

　　阿里·密斯里读过艾哈麦德·戴奈夫的来信,亲切地吻一吻,并把它摆在头上顶过,这才掏出十个金币,作为报喜钱赏给水夫。

阿里·密斯里前往巴格达

　　阿里·密斯里急急忙忙回到寓所,欣然把收信的消息告诉弟兄们,并对他们说:"现在我把你们的事交给你们自己了。"于是开始收拾行李,换一身衣服,披一件斗篷,戴一顶红毡帽,并把装在匣子中可以折叠的全长二丈四的长矛取了出来,预备随身带走。他的副手见他行色匆匆的神情,便对他说:"咱们的库藏都用空了,现在你要走吗?"

　　"我到叙利亚后,会把够用的钱给你们寄来的。"他说罢跟弟兄们告别,走了出去,找到一个整装待发的商队,便从旁打听消息,知道那个商队中,除了一个为首的商界头目外,其他还有四十个大小商人。而大小商人们的货驮都绑扎妥帖,只剩头目人的还没弄停当。头目请来替他管理货物兼带路的是个叙利亚人。他正张罗着呼唤骡夫们:"喂!你们来几个人帮一下忙吧。"骡夫们瞟他一眼,不仅不动手帮忙,反而叽叽咕咕地咒骂他。阿里·密斯里眼看那种情景,心里想:"我跟这个带路人同路旅行,这倒是顶不错的。他想着走到带路人跟前,向他问好。带路人见阿里·密斯里是个漂亮小伙子,便喜形于色地表示欢迎,问道:"你要做什么?"

"大叔,我看你一个人管理四十驮货物,这太累了。你干吗不雇几个人帮忙呢?"

"孩子,我已经雇了两个年轻人,既发给他俩衣服,又在每人的衣袋中装进两百金币。可是刚到霍尼凯突,他俩便中途潜逃了。"

"你们是上哪儿去经营的?"

"去哈勒白。"

"那我来帮你忙好了。"阿里·密斯里说着帮带路人一起捆绑货驮。

货驮捆绑妥帖后,牲口驮着驮子,商界的头目跨上高头骡子,和其余大小商人的马匹一起动身起程。一路之上倒也热闹。在旅途中,那个带路的叙利亚人很喜欢阿里·密斯里,随时随地表示跟他亲昵要好。日落天黑时,商队住下来过夜。大家吃饱喝足,便各自忙着安息。阿里·密斯里疲惫不堪,躺在地上睡觉。他发觉那个带路人也挨近他身边来睡觉,便悄然起来,去到帐篷门前,直坐着不动。半夜时候,带路人伸手去抱阿里,才发觉他不在身旁,心里想:"也许他跟别人有约在先,叫人给带走了。其实,最应该占有他的是我。来夜我非缠住他不可。"

阿里·密斯里在帐篷门前直熬夜到快黎明才回到原地方躺下。清晨带路人醒来,睁眼看见阿里,心里想:"如果我问他昨夜上哪儿去,他会撇下我拔脚走掉。"因此只得缄默不谈此事,从而一直虚虚伪伪地说好话哄骗他,继续在旅途中跋涉,直到达一处猛兽为患的森林地带。商旅从此地经过,往往被栖息在林中的猛狮吃掉。因此商旅来到此地,总是裹足不前,但又非通过此关不可,所以只好用抽签的办法,在旅客中抽出一人来做牺牲品,把他抛给狮子去果腹,然后借机通过险隘。此次的商队同样用抽签的老办法找牺牲品。他们抽签的结果,显示出被抽中的恰恰是商界的头目。这时候,那只猛狮已张牙舞爪地出现在路口,等着吃人。商界的头目无法逃避,忧愁苦闷到极点,哭丧着脸埋怨带路人:"该倒霉、失败的家伙啊!现在让我嘱咐你几句话吧:我死后,你须负责把我的财货如数交到我的子嗣手里。"

阿里·密斯里眼看那种情景,觉得奇怪,问道:"这是怎么一回事呀?"人们告诉他事情的来龙去脉。他听了,说:"你们干吗逃避野兽?我保证替你们杀死它,除掉此害。"

带路人听了阿里·密斯里的豪言壮语,赶忙报告他的老板。商界的头目听了说:"如果他能杀死野兽,我愿赏他一千金。"其余的大小商人也纷纷许下诺言,一个个都说:"我们也同样酬谢他。"

阿里·密斯里即时脱下斗篷,腰中的钢剑便显露出来。他抽出宝剑,呐喊着勇往直前地冲向路口。那狮子也张牙舞爪地向他猛扑过来。他举起宝剑,对准狮头,一剑劈了下去,把它破成两半,终于结果了狮子的性命。商界的头目和其余的商人亲眼看见阿里·密斯里勇敢杀狮的情景,万分钦佩、感激他。阿里·密斯里从容回到商队里,对带路人说:"大叔,这回你用不着害怕了。"

"我的孩子,我这一辈子应该做你的仆人呢。"带路人表示钦佩他的英勇行为。

商界的头目奔到阿里·密斯里跟前,热烈地拥抱他,亲切地吻他的额角,并履行诺言,给他一千金的报酬。其余的大小商人,也纷纷解囊,每人给他二十个金币。阿里·密斯里把所得的报酬全部交给头目人代为保存,然后随商队安全通过森林地带,继续跋涉到日落天黑,才住下来安息过夜。

次日清晨,商队动身起程,向巴格达迈进。可是到达狮子林、野狗堑时,突告遇匪,被一股强盗拦住去路。那伙强盗的头子是个恶棍惯贼,经常率众族出没于林、堑之中,拦路抢劫商队,声势浩大,恶名远扬。商界的头目一听遇匪噩耗,绝望地失声叹道:"这么一来,我的货物都完蛋了。"其余大小商人也闻风弃货而逃。当此紧急关头,幸亏阿里·密斯里挺身而出,挡住匪徒。他身穿一件系满响铃的皮衣,手执二丈四的长枪,并从匪徒中夺到一匹战马,跃身跨在马背上,才直冲到匪首面前,厉声向他挑战说:"请来同我交锋吧。"他边说边摇身上的响铃,趁匪首的坐骑惊跃时,一下打断他的枪杆,然后一个措手不及,拔剑一下砍掉他的头颅。匪徒们见匪首被杀,群起涌来包围阿里·密斯里。他却不动声色地说:"安拉最伟大!"随即从容应战,终于一鼓作气地战胜匪徒,撵走他们,然后把匪首的头颅挂在枪尖上,凯旋回到商队里。

阿里·密斯里杀死匪首,驱散他的喽罗,保全了商队的生命财物,博得商人们的钦佩、感激,大家慷慨解囊,凑钱酬劳他。

经过一番风险之后,商队继续跋涉,最后到达巴格达。阿里·密斯里向商界的头目人索回他们给他的酬金,转手如数交给带路人,对他说:"劳神将这笔钱带往开罗,如数交给我的副手。"

阿里·密斯里找到艾哈麦德·戴奈夫

阿里·密斯里初到巴格达,安睡了一宿。次日清晨进城去,在街上溜达着打听艾哈麦德·戴奈夫的住所,可是因为他的形色、打扮不同,谁都不告诉他。他慢慢地溜达着,慢慢来到诺符祖广场,见一群儿童在那里玩耍。看着孩子们,阿里·密斯里自言自语地说:"阿里啊!除非从他们的孩子口中,你是打听不到他们的消息的。"他嘀咕着摆头看见一个卖糖果的商贩,便临机应变,向商贩买了一些糖果,拿着呼唤孩子们。那些儿童中有个叫艾哈麦德·勒勾图①的,比较年长懂事。他听了阿里·密斯里的呼唤,即时撵走伙伴们,他自己一个人走到阿里·密斯里跟前,问道:"你要做什么?"

"我原来有个儿子,可不幸他死了。昨天夜里在睡梦中,见他向

---

① 　艾哈麦德·勒勾图是戴黎兰的外孙。

我要糖果吃。我醒来后想念他,因此我现在买些糖果,打算分给你们吃。"阿里·密斯里胡扯着递一块糖给艾哈麦德·勒勾图。

艾哈麦德·勒勾图接过去一看,见糖上粘着一枚金币,便生气说:"去你的吧!我不是娈童。你不信,可以向别人打听一下。"

"孩子,非强干的人是捞不到这报酬的,同样非精悍的人是不肯出些酬劳的。今天我到处寻找艾哈麦德·戴奈夫的住所,可没人告诉我。这枚金币是给你的报酬,只要你告诉我艾哈麦德·戴奈夫的住所就成了。"

"那我在前面跑,你跟我来吧。等跑到那里的时候,我用脚趾夹个石子抛向大门,你便知道他的住所了。"艾哈麦德·勒勾图说罢拔脚就跑。

艾哈麦德·勒勾图带着阿里·密斯里一直向前,直跑到艾哈麦德·戴奈夫的住所附近,才站定,用脚趾夹个石子抛向大门。阿里·密斯里从暗示知道艾哈麦德的住所。这时候,他拉住艾哈麦德·勒勾图,企图索回那枚金币。艾哈麦德·勒勾图却坚持不肯退还,他这才无可奈何地说:"去吧!你是应该受敬重的,因为你是个聪明、机警、勇敢的孩子。若是安拉愿意,等我做官时,再收你做我的部下。"

阿里·密斯里使走艾哈麦德·勒勾图,然后前去敲门。艾哈麦德·戴奈夫听见敲门声,吩咐管门的:"你快去开门吧,这是阿里·载依白谷·密斯里找我来了。"

阿里·密斯里进屋去,向艾哈麦德·戴奈夫问好。艾哈麦德·戴奈夫用拥抱的方式迎接他,他部下的四十个弟兄也亲热地问候他。艾哈麦德·戴奈夫拿一套衣服给阿里·密斯里,对他说:"这是哈里发委我任队长时发给部下的,我特意给你留下这一套。"于是让他坐在首席,其余的弟兄们围他坐下,然后端出饮食,大吃大喝起来,直热闹、欢乐到天明。

次日,艾哈麦德·戴奈夫嘱咐阿里·密斯里:"你好生待在屋里,别出去串街。"

"干吗不让我出去？莫非我是到这儿来坐牢的吗？老实说，我是为了玩耍才上这儿来的。"

"我的孩子，你别以为巴格达像开罗一样。须知这儿是哈里发所在的京畿地方，城中的骗子、诈徒，像田地里的草芥，到处都是。你可得小心些。"

阿里·密斯里在屋里待了三天。艾哈麦德·戴奈夫对他说："我预备带你去见哈里发。以便他委你一官半职。不过这桩事要等有机会才好进行。"

阿里·密斯里和宰乃白

阿里·密斯里在屋里待了几天，直闷得发慌，自言自语地说："走吧，上街去溜达溜达，借此消愁解闷。"他嘀咕着果然走了出去，通过几条街巷，来到闹市中，一时感觉饥饿，便进一家食馆，饱餐了一顿，然后站起来洗手。这时候恰巧戴藜兰率领她的四十名仆从，由王宫转回皇家客栈，打从那家食馆门前路过。阿里·密斯里赶忙走出来看热闹，见仆从们头戴毡帽，腰仗弯刀，排成双行队伍往前走，在他们后面压队的是身穿锁子铠，头戴镀金盔，骑着骡子的戴藜兰。她无意间看见阿里·密斯里，仔细一打量：见他穿一件连头巾的毛外衣，外披斗篷，腰仗钢剑，个子的高矮、块头的胖瘦跟艾哈麦德·戴奈夫差不离，而且眼神炯炯发光，一派英勇气概，实在给人以美好的观感。戴藜兰一见之下，心内留着深刻的印象回到客栈，来至女儿宰乃白跟前，即时取出沙盘，替他占了一卦，从而得知他叫阿里·密斯里，并察知他的命运，远非她母女可以望尘。

"娘，你干吗占卦？结果如何？"宰乃白问戴藜兰占卦的因果。

"今天我看见一个小伙子，形貌跟艾哈麦德·戴奈夫差不多。我想他是跟艾哈麦德·戴奈夫住在一起的，因此我很担心，生怕他知道你骗过艾哈麦德·戴奈夫和他的部下,他会为替他们报仇而混进客栈来欺骗咱们。"

"有这等事情?我认为你的估计是非常正确的。"宰乃白说着即时收拾打扮一番,换一身最华丽的衣服,然后匆匆走出门楼,去到街上。她的妖艳美态,惹得行人为之神魂颠倒。一路之上,她内心里许愿心,发誓语,外表则借袅娜步履卖弄风情,侧耳、瞬目察听四面八方的动静。她穿过一条条大街小巷,不停地向前走,直碰见阿里·密斯里迎面走来时,才趁机挤过去,使胳膊撞他一下,然后回头佯为道歉:"对不起,愿安拉让有辨别力的人长命百岁!"

"呵!多美丽的小娘子,你的主人是谁?"阿里·密斯里一下子愣住了。

"是一个像你一样的花花公子。"

"你是有夫之妇?或者还待字闺中?"

"我结过婚了。"

"上我家去耍?或者到你家去玩?"

"不瞒你说,家兄是个大商人,我丈夫也是做买卖的。我生平大门不出,二门不迈,今天算是第一次出街来了。这是因为我煮好饭菜,预备吃喝,可是寂然没人陪伴我,所以咽不下去。幸亏我一见你,便钟情于你。现在你能上我家去,陪我吃顿饭,让我感到快乐吗?"

"蒙你不嫌弃,我是应该接受邀请的。"阿里·密斯里欣然接受邀请。于是跟随宰乃白,穿过几条大街小巷,正朝前走的时候,他忽然心血来潮,心里想:"我是外乡人,人地生疏,这该怎么办呢?据说在异乡通奸的人,是难免一败涂地的。现在只好婉言谢绝她了。"想到这里,他鼓足勇气,对宰乃白说:"请你收下这枚金币,给我另约一个时间,咱们下次再见面吧。"

"指安拉起誓,你非现在上我家去,让我推心置腹地奉承你不可。"宰乃白说着带阿里·密斯里来到一幢大厦门前。那屋子有高大的门廊,两扇大门上吊着一把大锁。

"你去开门吧!"宰乃白吩咐阿里·密斯里。

"钥匙呢?"

"钥匙叫我给丢了。"

"不用钥匙去开门,这是偷盗行为,要受法律处分的。何况没有钥匙,我是不知怎样开锁的。"阿里·密斯里断然拒绝。

宰乃白当阿里·密斯里的面揭下面纱,预备开锁。阿里·密斯里面对面地看了她的容颜一眼,而这一眼,至少给他带来了一千次的悔恨。

宰乃白从容不迫,拿面纱盖着锁,喃喃地念诵了圣母玛利亚的名字几遍,终于不用钥匙就开了锁,并带阿里·密斯里走进屋去。阿里·密斯里见壁上挂着宝剑和各种武器,情景异常森严、可畏。宰乃白放下面纱,泰然陪阿里·密斯里坐在一起。阿里·密斯里怡然自得,暗自说:"让我全盘接受安拉给我规定的这份享受吧。"他想着偏头过去吻宰乃白。她用手捂着腮帮子说:"这种事夜里做才有意思呢。"她说着起身端来饭菜酒肴,陪阿里·密斯里吃饱喝足,才拿个壶,从井中汲壶水,亲手浇着让阿里·密斯里洗手。正盥洗的时候,宰乃白突然攥起拳头,边捶自己的胸膛,边对阿里·密斯里说:"我丈夫有个嵌宝石的图章戒指,原是别人拿来以五百金币抵押在他面下的。我戴那戒指稍微大一点,所以用蜡把它填窄些,然后勉强可戴。但是刚才我拿桶去汲水,不想戒指竟脱指落到井中去了。现在你把脸转向大门方向,让我脱掉衣服,好下井去捞戒指。"

"有我在场还要让你去下井,这对我来说是莫大的耻辱呢。因此,只该我下井去替你捞戒指。"阿里说着即时脱掉衣服,用桶索系在身上,让宰乃白放他下井。由于井深水旺,所以宰乃白借故说:"桶索太短,没可放的了。倒不如你解掉绳子,索性下水去吧。"

阿里·密斯里听从宰乃白,果然解掉系在身上的绳子,下到水中。可是水淹没头顶,他还没落到井底。宰乃白赶忙回到屋中,戴上面纱,掳着阿里·密斯里的衣物,然后溜之大吉,一口气回到皇家客栈的门楼里,欣然向戴藜兰报喜:"娘!阿里·密斯里叫我骗到手了,我已经把他弄到巡警总监哈桑家的水井中去了。他要想逃出来,那谈何容易啊。"

那个外号黑道哈桑的巡警总监办公回来,见屋门敞开着,便责问马夫:"你干吗不锁大门?"

"主人,出门时,我亲手锁过大门了。"

"指我的头颅起誓,我家里失盗了。"他惊叫着急急忙忙奔进屋去察看。他找遍每一个角落,却不见一个人影,这才放下心来,吩咐马夫:"快去灌壶水给我做小净吧。"

马夫拿壶到井边去灌水。他把水桶放在井中,汲满一桶水往上拽时,觉得太沉重,因而低头仔细一看,发现桶上有个黑影,吓得他胆战心惊,扔掉桶索,边跑边狂叫:"主人哟!井里闹鬼了。"

"你快去给我找四位懂教法的学者来,请他们朗诵《古兰经》驱鬼。"主人吩咐马夫。

马夫遵循命令,赶忙跑出去,很快请来四位法学大师。主人对他们说:"请各位围着这眼井朗诵《古兰经》,替我驱逐里面的妖魔吧。"

马夫和仆人趁法学大师们念经的时候,试探着把桶放在井中去汲水。阿里·密斯里趁机握着水桶,缩藏在水桶下面,直等到被拽进井栏时,才纵身跳了出来,走到法学大师们身边。他的举动吓得他们晕头转向,边尖声喊:"鬼!鬼!"边互相打起耳光来,闹得一塌糊涂。主人哈桑眼看阿里·密斯里是个聪俊的小伙子,问道:"你是小偷吗?"

"不。我不是小偷。"阿里·密斯里回答主人。

"那你干吗下井去呢?"

"昨夜里我梦遗,因而今天去底格里斯河中洗个澡。可是我潜水的时候,不知不觉被卷入河底,结果竟被冲到这眼井中来了。"

"这不可能;你还是说实话的好。"哈桑威胁他一句。

不得已,阿里·密斯里只好老老实实地把被宰乃白诱骗的经过,从头到尾,详细叙述了一遍。哈桑听了他的遭遇,觉得情有可原,因而赏他一套旧衣服暂时蔽体,然后撵走他。

宰乃白受到阿里·密斯里的报复

阿里·密斯里狼狈回到寓所,向艾哈麦德·戴奈夫叙述被诱骗的经过。艾哈麦德·戴奈夫埋怨道:"巴格达城中有一班专门愚弄男子的妇女,这我不是告诉过你吗?"同样阿里·凯台夫·赭麦尔也在旁边打趣说:"指安拉起誓,阿里·密斯里,请你告诉我:在开罗城中,你是那班小跳哥的头子,怎么反而叫一个小姑娘给骗了?"阿里·密斯里既难过,又懊悔。艾哈麦德·戴奈夫只得再发给他一套衣服。

"阿里·密斯里,你知道诱骗你的那个小姑娘是谁吗?"哈桑·肖曼冷不提防地问阿里·密斯里一句。

"不知道。"

"她叫宰乃白,是皇家客栈的门卫戴藜兰的女儿。阿里,你不是落在她网中吗?"

"也许是。"

"这个姑娘可厉害了。你的领袖艾哈麦德·戴奈夫和他部下全体人员都叫她拐骗过;他们身上的衣服被她扒得精光。"

"发生这类事情,对你们来说,真是奇耻大辱。"阿里·密斯里表示愤慨。

"你自己打算怎么办呢?"

"我要娶宰乃白做我的老婆。"

"这谈何容易! 劝你打消这个念头吧。"

"哈桑·肖曼,你说吧:我该用什么手段才能把她娶到手?"

"如果你肯听我的话,服从我的指挥,那我是乐意帮助你,并使你达到希望目的的。"

"行,我一定照你的指示办事。"

"那你脱掉衣服吧!"哈桑·肖曼吩咐着拿一口锅,放一些柏油似的东西在里面,摆在火上熬一熬,然后用它涂在阿里·密斯里的皮肤上,并用褐色染他的腮角、嘴唇和眼皮,再给他一套奴隶衣服穿起来。这样一来,阿里·密斯里一下子就变成黑奴模样。最后还给他预备了烤羊肉和啤酒,然后对他说:"皇家客栈里有个厨师,现在你变得跟他一模一样了。那个厨师专门替戴藜兰母女和栈中的四十名奴仆烧饭做菜,并负责喂狗,而且还得上菜市买肉买菜。现在你可以去找他,打着奴仆的口语,亲亲热热地去跟他打交道。见面时你问候他,对他说:'咱们好久不在一起吃喝了,现在让咱俩来干几杯,吃点烤羊肉吧。'并随他进屋去,拿酒灌醉他,然后打听他烧饭、做菜和喂狗的情况,并弄清厨房、伙食房钥匙的放置地点。所谓酒醉吐真言,这些平时不说的心里话,醉后他会全盘讲给你听。往后你用迷蒙药麻醉他,拿他的衣服穿起来,并把他的两把刀子别在腰带上,然后带箩筐上菜市去买肉和蔬菜,拿回厨房去烹调出来,放些迷蒙药在里面,然后端给戴藜兰母女和奴仆们去吃,并拿它喂狗。待他们一个个被麻醉失去知觉后,你再闯进门楼,掳走里面的全部衣物。如果你真想要宰乃白为妻,那顺便把她负责饲养的四十只信鸽一并带回来。"

阿里·密斯里听从哈桑·肖曼的指示,携带酒肴,去到皇家客栈中,找到里面的厨师,向他问好,并说:"咱们好久不在酒店中碰头了。"

"我太忙,肩上的担子很重。"厨师说,"因为我每天得替戴藜兰母女和四十个仆人煮两顿饭,此外还要喂狗,并上菜市去买菜,所以没工夫去酒店喝酒。"

"现在咱俩偷空干几杯,吃点烤羊肉吧。"阿里·密斯里说着跟厨师一起吃喝起来。他左一杯右一杯地斟给厨师,一直把他灌醉,然后问他:"你每天给他们烧几个饭菜?"

"午餐烧五个,晚膳也同样烧五个。昨天他们还要求增添两个;其中一个是蜜稀饭,另一个是煮石榴子。"

"开饭的次序,你是怎样安排的?"

"我先端饭菜伺候宰乃白,然后奉承戴藜兰,第三照顾仆人们,最后才去喂狗,让它们一个个吃饱,每条狗最少要吃一磅肉。"

阿里·密斯里忘了打听钥匙的情况,便仓促给厨师迷蒙药吃,把他麻醉得昏迷不省人事,才脱下他的衣服,拿它穿在自己身上,并把他的两把刀也别在腰带上,然后带着箩筐,匆匆上菜市去买了肉和蔬菜,欣然转回客栈。可他刚进门便看见戴藜兰坐在门堂里,虎视眈眈地监视着出入的人。她身边还站着全副武装的奴仆们,戒备非常森严。他不管这些,壮着胆一直往前走。

戴藜兰一眼看见阿里·密斯里,觉得他形迹可疑,便一声吼叫起来:"匪徒! 给我转回来。你打算进栈中来愚弄我们吗?"

"总管,您说什么呢?"阿里·密斯里回头问她。

"你是如何模仿厨师? 告诉我:你杀了他呢,还是把他给麻醉了?"

"哪个厨师呀? 莫非除我之外,栈中还有别的厨师吗?"阿里·密斯里反问一句。

"胡说八道! 你是阿里·载依白谷·密斯里呀。"

"总管啊!"阿里·密斯里压低嗓音,卑躬屈节地说,"阿里·密斯里到底是白人还是黑人? 奴婢我可一直是在栈中替你们服役的呀。"

"伊补努奥姆诺①,你怎么了?"奴仆中有人惊奇地问阿里·密斯里。

"此人不是伊补努奥姆困②;他是阿里·载依白谷·密斯里。伊

---

① 指我们的叔父(或伯父)的儿子。
② 指你们的叔伯父的儿子。

补努奥姆困好像被他麻醉或者给害死了。"戴藜兰说。

"明摆着他是伊补努奥姆诺厨师撒尔顿拉哇。"奴仆们坚持他们的看法。

"他并不是伊补努奥姆困,而是染黑了身体的阿里·密斯里。"戴藜兰仍坚持她的说法。

"谁是阿里?我明明是撒尔顿拉嘛。"阿里·密斯里硬硬地顶着。

"我有的是去色油。"戴藜兰说罢,即时拿来一种油质,涂些在阿里·密斯里的前臂上,并使劲擦它,但始终擦不掉皮肤上的黑色。奴仆们眼看戴藜兰不成功,便要求说:"让他给我们煮饭烧菜去吧。"

"如果他真是伊补努奥姆困,他一定知道昨天你们要他给你们烧什么饭菜,也一定知道每餐吃几个菜。现在你们问他每天他所烧的是几个菜,并问他昨晚你们要求他增烧什么菜吧。"

奴仆们听从戴藜兰的指示一问阿里·密斯里,他便如数家珍地说:"每天午餐晚餐所烧的都是五个,其中有扁豆、米饭、肉汤、葱头烧肉和玫瑰露等。昨天要我增烧的两个是蜜稀饭和煮石榴子。"

"他说得都对。"奴仆们异口同声地说。

"你们跟他一起进去看:假若他认识厨房、伙食房的方向、地点,那他就是伊补努奥姆困,否则你们只管杀死他。"

奴仆们听从戴藜兰的吩咐,大家随阿里·密斯里一起往里走,这时候有只猫突然蹦到阿里·密斯里的肩膀上。原来那只猫是厨师撒尔顿拉养着的,经常守在厨房门前,每见厨师到厨房烧饭,便跟着他进去,有时蹦到他肩膀上。这次它误认阿里·密斯里为它的主人,便照例蹦到他肩膀上。阿里·密斯里不知此情,却把猫扔在地上。这时候,那只猫蹦蹦跳跳地跑到厨房门前。阿里·密斯里眼看这种情景,意识到猫是经常进厨房找食吃的,于是他挨到门前去取钥匙开门。他见挂在门前的几把钥匙,但不知哪一把是开厨房门的;幸亏当中一把的柄上沾着一丝羽毛,便知那是开厨房门的钥匙,所以毅然拿它开了厨房门,走进去放下箩筐,然后转了出来,预备上伙食房去。这时候,那只猫又在他前面奔跑起来。他跟着来到伙食房门前,知道那是贮藏食物的库房,便伸手取钥匙开门。他见当中的一把钥匙上有油腻,知道它是开伙食房门的,所以毅然拿它开了伙食房门。

奴仆们跟在阿里·密斯里后面,仔细观察他的举止行动之后,对戴藜兰说:"总管啊!假若他是陌生人,那是不会知道厨房和伙食房的方向、位置的,也辨别不出开厨房和伙食房的钥匙的。现在事实证明,他的确是伊补努奥姆诺撒尔顿拉呀。"

"不。"戴藜兰断然否认奴仆们的判断,"他是借猫的行动而认识厨房和伙食房的方向、位置的,同样他是凭迹象而辨别出厨房和伙食房的钥匙的。这种事是瞒不过我的。"她强调着打算另想办法证实她的怀疑。

阿里·密斯里依然镇静着从容回到厨房里,一本正经地烧火做饭。他把烧好了的饭菜先送给宰乃白,见她房中挂着很多衣物。继而顺序让戴藜兰和奴仆们开饭,然后喂狗。午餐如此,晚膳也不例外,只是把喂狗的时间推迟些。他预先把迷蒙药摆在菜里,这才顺序端给宰乃白、戴藜兰和奴仆们吃过,然后根据客栈日出开门和日落关门的老规矩,高声对宿客们说:"旅客们,现在守夜的时间开始,我们已经放狗了。谁要自由行动,那由他自己负安全责任吧。"接着他拿掺过毒药的肉喂狗,把它们毒死,并趁戴藜兰母女和奴仆们被麻醉得人事不知的时候,闯入门楼,掳着室内的衣物和四十只信鸽,明目张胆地开了客栈大门,迅速回到艾哈麦德·戴奈夫的寓所。

哈桑·肖曼见阿里·密斯里回来,便问他:"事情进行得怎么样了?"他把混进客栈诈骗的经过,从头到尾,详细叙述一遍。哈桑·肖曼听了,感到无限的快慰,立刻替他脱衣服,并熬一锅药草水,替他洗掉皮肤上的染色。阿里·密斯里一下子恢复原状,皮肤变白了,才急急忙忙再一次去到皇家客栈,送衣服还厨师撒尔顿拉,替他穿着起来,并拿解迷药给他闻过,然后抽身溜之大吉。厨师撒尔顿拉睡眼蒙眬地苏醒过来,伸个懒腰,打着呵欠站了起来,带着箩筐上菜市去买菜。

阿里·密斯里窃夺俎赖依革的金钱

次日清晨,住在客栈中的一个商人从梦中醒来,走出房门,发现大门洞开,奴仆们一个个昏迷得像死人,所有的看门狗也死僵了。他大吃一惊,赶忙去找门卫戴蓼兰,但发现她也昏迷不知人事地躺着,脖上摆着一张字条,头前有一块沾满解迷药的海绵。他赶忙拿海绵蒙住她的鼻子。一会儿戴蓼兰蒙眬醒来,茫然问道:"哟!我是在什么地方呀?"

"今早我下楼去,"商人说,"见大门敞开着,奴仆们一个个被麻醉得东倒西卧,昏迷不省人事,看门狗也全都被毒死,因此我前来向你报告,但见你也同样被麻醉得昏迷不醒。"

戴蓼兰拿起字条一看,见上面写着"做此事者阿里·密斯里也"一句简单的话。这时候她恍然大悟,明白个中底细;没奈何只得赶忙起身,用解迷药给宰乃白和奴仆们闻过,慢慢救醒他们,然后痛定思痛地埋怨道:"我不曾对你们说,那个家伙是阿里·载依白谷·密斯里吗?"继而她嘱咐奴仆们:"客栈中既然发生这类丑事,你们就该保持缄默,不许声张出去。"随后,她又跟宰乃白说:"我曾多次对你讲,阿里·密斯里不会轻易放弃报复念头。显然这是针对你前次对他的诱骗才搞出这种报复行为来的。今后他还能对你施展别种阴谋诡计。不过为了重义气、求彼此之间的和睦起见,敢情他会暂时敛手也说不定。"她说罢,卸了男装,换一身女人衣服穿起来,并围上脖巾,匆匆走出客栈,径往艾哈麦德·戴奈夫的寓所去办交涉。

阿里·密斯里从皇家客栈中掳回衣物、信鸽,博得众弟兄的钦佩,大家都欢喜快乐。哈桑·肖曼掏腰包付一笔钱给管家,买下四十只信鸽,并叫他拿去宰了煮出来给弟兄们打牙祭。他们在屋中正欢腾得不可开交的时候,突然听见敲门声。艾哈麦德·戴奈夫说:"这是戴藜兰老婆子找我们来了,快开门让她进来吧。"

管家听从吩咐,赶忙出去开门,并带戴藜兰进屋去。哈桑·肖曼一见戴藜兰,便怒气冲冲地责问她:"坏老婆子!你跟你兄弟那个卖鱼的俎赖依革是一鼻孔出气的。现在你到这儿来干什么?"

"队长,我有错。如今我的生命掌握在你手中了。"戴藜兰向艾哈麦德·戴奈夫赔罪,"不过请你告诉我:此次上客栈去拐骗我的那个小伙子,他是你部下的谁呀?"

"他是我部下的第一名弟兄。"

"请看安拉的情面,叫他把信鸽和衣物赔还我,作为你给我的恩赏吧。"

哈桑·肖曼在一旁听了戴藜兰的哀求,开口责问阿里·密斯里:"阿里,你这个该受安拉惩罚的家伙,你干吗把那些鸽子宰掉呢?"

"因为我根本不知道那是信鸽呀。"阿里·密斯里推故说。

"喂!你给我们拿鸽子肉来吃吧。"艾哈麦德·戴奈夫吩咐管家。

管家遵命,即时端来一钵鸽子肉。戴藜兰伸手拿一块肉,咬一口尝了一尝,随即摇头说:"这不是信鸽肉,因为我是用混麝香的谷粒饲养信鸽的。如果这是真的信鸽肉,它应该有麝香味才对。"

"如果你想要收回信鸽,那你就满足阿里·密斯里的愿望吧。"哈桑·肖曼向戴藜兰提出条件。

"他的愿望是什么?"

"他希望你把令爱赠他为妻。"

"女儿的婚姻大事,我可做不了主,最多我只能从旁婉言劝说她。"戴藜兰表示模棱两可的态度。

"阿里·密斯里,"哈桑·肖曼呼唤阿里·密斯里,"你把鸽子拿来赔还她吧。"

阿里·密斯里听从哈桑·肖曼的指示，果然把信鸽拿来交给戴藜兰。她获得信鸽，满心欢喜、快乐。哈桑·肖曼却嘱咐她："关于结亲的事，你可是非负全责回复我们不可。"

"如果阿里·密斯里要达到娶宰乃白的目的，那他此次的拐骗手段还算不得太高明。假若他真够得上骗子手的称号，那叫他去向宰乃白的舅父姐赖依革求婚好了，因为他是小女的保护人。姐赖依革如今改行卖鱼为生，经常把二千金币盛在钱袋中，挂在铺子里，喋喋不休地叫卖说：'鱼肉两个"贾低督①"一斤。'"戴藜兰夸夸其谈地胡扯一通，随即起身要走。

在座的人听了戴藜兰的夸口之谈，气冲冲地站起来，质问她："老娼妇！你说这个干吗？显然你是存心叫我们失去我们的弟兄阿里·密斯里呀。"

戴藜兰老婆子带着信鸽，匆匆回到皇家客栈，对女儿宰乃白说："阿里·密斯里有意同你结为夫妻，他已经正式向我提亲了。"

宰乃白听了母亲之言，衷心欢喜、快乐，因为她觉得阿里·密斯里对她表示克制、忍让，所以无形中对他产生了爱慕心情。继而她问母亲前去交涉的结果。戴藜兰把交涉的经过，从头叙述一遍，最后说："至于求婚的事，我提出一个条件，叫他去征求你舅父的同意。我这是给他指出死路哇。"

阿里·密斯里待戴藜兰老婆子走后，才莫名其妙地回头问弟兄们："姐赖依革是谁呀？他到底是干什么的？"

"他原是伊拉克地区内的骗子头。"弟兄们告诉他，"他的名声很大，有钻山、摘星和掠夺眼皮上的黛膏的本领；在巧夺狡骗方面，他的手段是空前绝后、无人可比的。不过他已改邪归正，洗心做人。现在他开个铺子，靠卖鱼谋生。他把卖鱼赚来的两千金币装在一个钱袋中，系以一条丝绳，挂在铺里。那条丝绳的另一端，拴在房中的一根

---

① 土耳其钱币的单位。

木桩上,丝绳上还系着一些响铃。他每天开铺时,先挂好钱袋,然后望着它得意忘形地说:'埃及的窃贼、伊拉克的骗子、波斯的小偷啊!你们都躲到哪儿去了?我把钱袋挂在铺中,让自夸是骗子的人来夺取;任何人不管用什么方法取下它,金币就归他享用吧。'因此之故,很多贪得无厌的窃贼、骗子,生方设法,前去盗窃钱袋,都不成功。原因是俎赖依革在铺中生火煎鱼时,总是把铅饼摆在脚下,每遇窃贼、骗子去巧骗、急夺时,便拿它砸过去;结果不是当场被砸死,也得变成残废。阿里·密斯里啊!你如果去骗他,这就像一个人突然参加在送葬的行列中,却茫然不知死者是谁一样。你不是他的对手,我们怕你吃亏、上当,结果只会得不偿失,所以说你是没有必要跟宰乃白结婚的。俗话说得好:'扔掉不必要的东西,生活同样过得如意。'就是这个意思。"

"弟兄们,你们的说法是不光彩、不体面的,我可是非去把那个钱袋骗来不可。不过希望你们助我一臂之力,给我预备一套女人衣服吧。"阿里·密斯里对劝他的人表示决心。

弟兄们果然给阿里·密斯里弄来一套女人衣服。他自己动手宰了一只绵羊,取出肠胃,清洗一番,灌入血液,然后拿它缠在屁股和大腿下面,并用两个鸡嗉子,装满奶汁,束在胸前,作成两个突出的乳房,再用棉花和涂上淀粉的棉布裹在肚子上,然后穿起女人衣服和靴子,并戴上面纱,染红手掌,打扮成一个大腹便便的娘儿,扭扭捏捏地走了出去。街上的行人,谁见了他,都咋舌称羡说:"呵,好肥硕的大臀呀!"他走着,见迎面过来一个驴夫,便给他一枚金币,雇他的毛驴,骑着去到俎赖依革的铺前,抬头见挂在铺中被金币撑得圆鼓鼓的钱袋,同时也看见俎赖依革正坐在铺中炸鱼,便佯为不知地问驴夫:"赶驴的,这是哪儿来的香味呀?"

"喏!是从俎赖依革铺中冒出来的炸鱼味哇。"

"我是一个孕妇,闻到这种香味,快要馋死了;你去弄块鱼肉给我吃吧。"

驴夫赶忙走进铺去,用埋怨的口吻对俎赖依革说:'你这不是存心散布香味逗弄孕妇吗?刚才黑道哈桑的太太骑我的毛驴打这儿路过。她是个孕妇,一旦闻到香味,馋得要命,因而胎儿在肚中动弹不止;你快给她一块肉吃吧。求安拉保佑,但愿别出岔儿才好呢。"

俎赖依革拿块鱼肉,预备炸给驴夫,可是炉火灭了,便进里屋去点火。阿里·密斯里趁机下驴,坐在铺前,伸手掐断缠在大腿上的羊肠,让肠内的血液流了出来,这才唉声叹气地哼道:"哟!我的腰肢我的背啊,痛死我啰。"驴夫闻声回头过来,见她下身流血,赶忙问道:"太太!你怎么了?"

"我小产了。"阿里·密斯里简单地回他一句。

俎赖依革抬头向外一望,看见流血的情景,吓得退进里屋。驴夫追了进去,责备他:"俎赖依革,你要受安拉惩罚的;这个娘儿已经流产了,你可不是她丈夫的对手呀。你干吗非散布香味不可呢?我叫你给她一块鱼吃,你却不愿意。"驴夫埋怨几句,转身出来,牵着毛驴径自走他的大路。

阿里·密斯里趁俎赖依革待在里屋,一骨碌爬起来,伸手去取钱袋。可他的手刚接触钱袋,丝绳上的响铃便叮叮当当地响了起来。俎赖依革闻声奔出来,厉声说:"该上绞架的家伙哟!你的阴谋诡计全暴露出来了。莫非你扮成娘儿们前来拐骗我吗?现在请接受你应得的报酬吧!"他说着拿铅饼砸向阿里·密斯里。阿里·密斯里闪身一躲,不曾击中。俎赖依革伸手拿起另一个铅饼,正追击阿里·密斯里的时候,邻居围过来劝阻,问道:"你是做生意呢,还是存心惹是生非?如果你真是生意人,那快收起钱袋,别挂着再害人了。"俎赖依革听了人们的埋怨,只好诺诺连声地说:"行。指安拉起誓,我照办就是。"

阿里·密斯里一口气跑回寓所。哈桑·肖曼问他:"阿里,你干得怎么样了?"他把拐骗失败的经过,从头到尾,详细叙述一遍,最后说:"肖曼,给我预备一套马夫穿的衣服吧。"他说罢,脱掉身上的女人衣服,换上马夫服装,扮成仆人模样,然后带个盘子和五块钱,径往姐赖依革铺中。姐赖依革一见他便笑脸相迎,问道:"顾客,你要买什么?"阿里·密斯里露出手中的钱。姐赖依革见钱,知道他是来买鱼的,便伸手取大盘中的鱼肉卖给他。阿里·密斯里拒绝说:"我可是只要热的。"

姐赖依革拿鱼肉放在锅中,预备给他热一热,可炉火灭了,便进里屋去点火。阿里·密斯里趁机伸手去取钱袋,但手刚接触钱袋,丝绳上的铃铛便叮叮当当地发出响声。姐赖依革闻声跑出来,说道:"你的诡计是骗不了我的,虽然你打扮成马夫模样,可是从你紧握钱和盘的姿势,我便认清楚你了。"他说着拿铅饼砸阿里。阿里闪身躲避,铅饼落到盛肉的瓦盆上,把它砸得粉碎。当时碰巧一个法官打那里路过,盆中的油汤溅他一身,吓得他一声惊叫起来:"是谁在此捣鬼、作祟呀?把老子的衣服给弄污了。"

"老爷,"附近的人赶忙围过来向法官解释,"这是一个儿童扔石子玩,无意间打破了瓦盆,致使盆中的油汤溅在您身上。老爷请息怒吧!安拉注定了的事情,都是不会有错的。"他们劝走了法官,然后仔细打量被砸破的瓦盆,发现铅饼跟破盆在一起,知道是姐赖依革抛出来打人的,因而大家去规劝他:"姐赖依革,你这种胡作非为的行为是安拉所不容许的,劝你还是把钱袋收起来的好。"

"行。若是安拉愿意,我一定把它解下来。"姐赖依革诺诺连声地回答他们。

阿里·密斯里溜回寓所。弟兄们见他回来,欣然问道:"钱袋弄到手了吗?"他把失败的经过,从头到尾,详细叙述一遍。大伙听了,失望地说:"你的狡计已经作废掉三分之二了。"

阿里·密斯里可不甘心失败,立刻脱掉马夫衣服,换上一身商人服装,急急忙忙走了出去,赶巧碰到一个耍长蛇的,带着一个袋子,里面装着两条长蛇,还有一个行囊,盛着零星器皿。因而他在耍蛇者身上打主意,对他说:"耍蛇的,你跟我来,上我家去耍一回蛇给孩子们看,我会多报酬你呢。"于是带耍蛇的回到寓所,先拿饮食款待他,暗中放迷蒙药在食物里麻醉他,这才脱下他的衣服,穿戴起来,然后带着装蛇的袋子和行囊,一变而为耍蛇者,去到俎赖依革铺中行骗,在铺前吹奏牧笛。俎赖依革听了吹奏,便祝愿他:"愿安拉赏赐你衣食!"

阿里·密斯里趁俎赖依革不注意的时候,把蛇从袋中掏出来,扔在他面前,吓得他奔进里屋去躲避。阿里赶忙把蛇捡起来,放在袋内,然后伸手去取钱袋。可他的手刚接触钱袋,丝绳上的铃铛便叮叮当当地发出响声。俎赖依革闻声跑出来,骂道:"你还不死心,非扮成耍蛇的人来骗我不可吗?"他边骂边扔铅饼砸阿里·密斯里。阿里·密斯里闪身躲避。碰巧一个骑士带着他的仆人打从铺前路过,铅饼击中仆人,打破他的头皮。骑士生气,问道:"是谁打破他的头皮?"

"是屋顶上落下来的石头砸伤他的。"一个邻居随口回答一句。骑士信以为真,带着仆人走了。这时候,人们过去看热闹,见是铅饼砸伤过路人,大家才去规劝俎赖依革:"你把钱袋解下来吧,别再惹祸了。"

"行。若是安拉愿意,今晚我一定解下它。"俎赖依革诺诺连声地回答他们。

阿里·密斯里溜回寓所,把衣服什物赔还耍蛇者,并给他一些报酬。他先后耍了三次阴谋诡计,都节节失败,始终没把俎赖依革的钱袋拐骗到手,可他仍不甘心失败。当天傍晚,他悄悄溜进俎赖依革铺中,听见他自言自语地说:"今晚如果我把钱袋摆在铺里,他会撬壁洞进来把钱给偷走,因此我还是把钱随身带回家去比较安全。"他打定主意,于是把钱袋揣在怀里,锁上铺门,慢步走回家去。阿里·密斯里暗地里跟随着俎赖依革,直到他家门前。俎赖依革听见鼓乐声,知道邻居办喜事,心里想:"待我回家去,把钱交给老婆,换身衣服,再来参加婚礼。"他想着走进家门。阿里·密斯里也悄然随他溜了进去。

　　俎赖依革的老婆原是宰相张尔蕃释放了的一个黑女奴,已经替俎赖依革生了一个儿子,取名阿补顿拉。他屡次跟老婆商量,要用钱袋中的金币好生抚育儿子,替他娶亲、办喜事。当天俎赖依革愁眉不展地回到家里。老婆一见便问他:"你干吗不痛快?"

　　"安拉叫一个骗子来折腾我,一日之内,曾经三次施展骗术,一心一念要拐骗我钱袋中的金币,可都不成功。"

　　"把钱袋给我吧,让我替你保存起来,以便将来给咱们的儿子办喜事。"

　　俎赖依革果然把钱袋交给老婆,然后脱换衣服,预备去参加邻居的婚礼。临走时,他嘱咐老婆:"阿补顿拉他妈! 你好生收藏钱袋,我要去参加邻居的婚礼。"

　　"忙什么呢? 你睡一会再去也不迟。"

　　俎赖依革听从老婆劝告,倒身躺在床上睡觉。阿里·密斯里侧耳倾听俎赖依革夫妇的谈话,并注目看清楚他俩的行动之后,才蹑手蹑脚地从掩蔽的地方走出来,悄然偷着钱袋,然后溜到隔壁办喜事的人家去看热闹。

　　俎赖依革睡梦中见钱袋被一只飞鸟攫走,吓了一跳,顿时从梦中惊醒,赶忙呼唤老婆:"阿补顿拉他妈,你快去看一看钱袋吧。"

　　他老婆闻声一骨碌爬起来,奔到藏钱袋的地方一看,发觉钱袋不翼而飞,气得边打自己的面颊,边唉声叹气地说:"阿补顿拉的娘哟!你多么倒霉呀,钱袋叫骗子给偷走了。"

　　"指安拉起誓,"俎赖依革说,"偷窃钱袋的,准是骗子阿里·密斯里,别人是拿不走它的。我可是非把钱袋夺回来不可。"

　　"如果你不把钱袋找回来,我就不给你开门,让你在巷中过夜。"

　　俎赖依革去到办喜事的邻居家,见骗子阿里·密斯里在里面看热闹,便暗自说:"偷钱袋的就是此人,他是跟艾哈麦德·戴奈夫住在一起的。"他说着转身退出去,直奔向艾哈麦德·戴奈夫的寓所。黑夜里,他越墙进去,见人们都睡熟了。不一会,阿里·密斯里回来敲门。俎赖依革挨到门前,问道:"谁敲门呀?"

"阿里·密斯里啊。"阿里回答。

"钱袋弄到手了吗?"

"弄到手了,你快开门吧。"阿里·密斯里认为是哈桑·肖曼跟他谈话。

"不见钱袋,我可不能开门,因为我跟你的队长打过赌了。"

"那你伸手来接着吧。"

俎赖依革从门臼下面的缝隙中伸手出去,接着阿里·密斯里递给他的钱袋,然后悄然从原来的地方,越墙溜走,一直回到邻居家去参加婚礼。

阿里·密斯里把钱袋递进去之后,站在门前等了好半天,却不见开门。他等急了,便使劲捶门。紧张的敲门声惊醒了弟兄们,大伙嚷着说:"是阿里·密斯里敲门呢。"

哈桑·肖曼赶忙起床,开门让阿里·密斯里进去,问道:"钱袋弄到手了吗?"

"舒曼啊!玩笑可开够了。钱袋不是从门缝里递给你了吗?我第一次敲门时,你对我说:'我向你起誓,非让我看见钱袋,我是不给你开门的。'"

"指安拉起誓,我可没拿你的钱袋,可能是俎赖依革把它接走了。"

"我非去把钱袋夺回来不可。"阿里·密斯里说着转身就走,一口气奔到俎赖依革的邻居家中,听见演唱者说:"阿补顿拉他爸,为你父子将来的幸福,您行个好,给几个赏钱吧。"阿里·密斯里听了演唱者的祝愿,暗自说:"我才是幸福的主人呢。"于是转身退出,并越墙进入俎赖依革家中,见女主人已经睡熟,便用迷蒙药麻醉她,然后脱她的衣服穿在自己身上,然后抱着她的儿子阿补顿拉,在室内走动着到处察看,突然发现一个棕叶箩,里面盛着糖饼,是俎赖依革过节舍不得吃节省下来的。这时候,碰巧姐赖依革回来敲门。阿里·密斯里冒充女主人,应声说:"谁敲门呀?"

"阿补顿拉他爸我回来了。"

"我向你发过誓,你不找回钱袋,我是不给你开门的。"

"钱袋已经找到了。"

"那先给我钱袋,我再给你开门好了。"

"好的。你把棕叶箩放下来,让我把钱袋摆在里面吧。"

阿里·密斯里果然放下棕叶箩,让姐赖依革把钱袋摆在箩中,才迅速提收上去,把钱袋弄到手里,然后用迷蒙药麻醉孩子,并拿解迷药给孩子的妈闻过,最后从原来的地方越墙溜走,一口气跑回寓所,拿拐骗来的钱袋和孩子给弟兄们看,并分糖饼给他们吃。弟兄们边吃糖饼,边夸赞、感激阿里·密斯里。阿里·密斯里对哈桑·肖曼说:"肖曼,这个娃娃是姐赖依革的儿子,把他拿去藏起来吧。"

哈桑·肖曼把孩子收藏起来,然后宰只羊羔,叫管家整个烧烤出来,再用布帛像殓尸一样把它包裹起来。

姐赖依革站在门前等老婆给他开门,但好一阵都没动静。他迫不及待,便使劲捶门。老婆闻声挨至门前,问道:"你把钱袋找回来了吗?"

"我不是把钱袋放在棕叶箩中,让你提上去了吗?"姐赖依革反问一句。

"我根本没放下棕叶箩,也没看见钱袋,怎么说我把它提上去了呢!"

"指安拉起誓,这是骗子阿里·密斯里先我赶到这里,又把钱袋给骗走了。"他嘀咕着环视室内,发现糖饼和孩子都不见了。他这一惊非同小可,顿时吓得惊叫起来:"啊呀!我的儿子也丢了。"

他老婆听说儿子丢了,气得捶胸打脸,哭哭啼啼地说:"来吧,我跟你一块见宰相去,杀害孩子的不是别人,一定是同你斗骗术的那个骗子。这种祸事,都是你惹出来的。"

"你别哭，我保证把孩子找回来。"俎赖依革说着，拿求和的手帕围在脖子上，一口气奔到艾哈麦德·戴奈夫的寓所去敲门。管家的开门让他进去。哈桑·肖曼问他："你到这儿来干吗？"

"恳求你们劝阿里·密斯里把孩子还我。至于钱袋中的金币，我不要了，由他留着用吧。"

哈桑·肖曼听了俎赖依革的哀求，厉声责问阿里·密斯里："阿里，你这个该受安拉惩罚的家伙，你干吗不告诉我那个孩子是他的儿子呀？"

"孩子怎么样了？"俎赖依革听了哈桑·肖曼的怨言，大吃一惊。

"我们喂孩子葡萄干，不幸他因噎丧命。喏！这是他的尸体。"哈桑·肖曼指着用布包裹着的烤羊羔说。

"我可怜的儿子呀！这叫我怎么对他妈说呢？"俎赖依革边哭边挨过去，解开尸衣一看，见里面裹着的是一只烤羊羔，这才转忧为喜，说道，"阿里呀！你拿我开玩笑呢。"

哈桑·肖曼抱阿补顿拉出来，把他递给俎赖依革。他找到儿子，不禁喜出望外。这时候，艾哈麦德·戴奈夫对他说："俎赖依革，你把钱袋挂在铺中，招人去骗取，并宣称：哪个骗子能取下钱袋，里面的金币就归他享受。阿里·密斯里既然把钱袋弄到手，金币该归他享用了吧。"

"对，我把金币送给他好了。"俎赖依革表示实践诺言。

"为你外甥女宰乃白的终身大事，还请你收回这袋金币吧。"阿里·密斯里向俎赖依革建议。

"我收回它也可以。"俎赖依革欣然接受建议。

"那我们替阿里·密斯里通过你向宰乃白求婚，请你做主，让宰乃白同阿里·密斯里结为夫妇吧。"弟兄们向俎赖依革提出要求。

"她的婚姻大事，我做不了主，最多我只能从旁婉言征求她的同意。"俎赖依革抱着儿子，拿着钱袋要走。

"如此说来，你同意宰乃白同阿里·密斯里结婚了？"哈桑·肖曼最后重问一句。

"我同意宰乃白同能按她的意图交付聘礼的人结婚。"

"她希望得到什么样的聘礼呢?"

"宰乃白发过誓愿,她这一辈子只希望同一个能替她夺取犹太人尔孜勒图的女儿改麦伦的衣服、王冠、腰带和金拖鞋的人结婚。"俎赖依革说罢,扬长而去。

"如果我今晚不把改麦伦的衣物弄到手,那就没资格向宰乃白求婚了。"阿里·密斯里下决心要去骗取改麦伦的衣物。

"阿里,如果你敢去骗取改麦伦,那只有死路一条。"弟兄们警告他。

"为什么呢?"阿里·密斯里不服气。

"因为改麦伦的父亲尔孜勒图是个非常刁狡而借助鬼神的魔法师。在城外他有一幢宫殿,是用金砖银砖建成的。他住在里面的时候,那宫殿同一般的住宅无异。可他不在家时,那幢宫殿便隐得无影无踪。他有个独生女儿,名叫改麦伦。他从一个宝藏中给女儿弄来那套衣冠,摆在一个金托盘中,然后打开窗户,扬扬得意地夸口说:'埃及的骗子、伊拉克的窃贼、波斯的强盗们上哪儿去了? 告诉他们吧:谁能拐骗这套衣服,算他有造化,衣服归他享用好了。'因此之故,一般年轻骗子都千方设法地去骗取衣服,可是没有一人成功,反而受到魔法师的惩罚,一个个被他施用魔法,变成猴子或毛驴。"

"我非把那套衣服夺来,拿它装饰戴蕠兰的女儿宰乃白不可。"阿里·密斯里下决心要去骗取改麦伦的衣物。

阿里·密斯里和尔孜勒图

阿里·密斯里去到犹太人尔孜勒图的铺前,仔细一看,显见得他是个粗暴、强悍的怪人。他铺中摆着天秤、法码、金子、银子和钳子等物,铺外还拴着一匹骑骡。继而他把金子银子盛在两个钱袋中,再装入鞍袋内,然后拿到外面,锁上铺门,把鞍袋搭在骡背上,这才骑着骡子出城。阿里·密斯里暗自跟随着窥探他的举止、行动。只见他从袋中抓出一把沙土,喃喃地念过咒语,随即往空中一撒,霎时间前面便出现一幢无比美丽、壮观的宫殿。他骑着骡子沿台阶走进宫殿,然后下马,并从骡背上取下鞍袋,那匹骡子便悄然不知去向。原来这匹骑骡就是供犹太人役使的一个鬼神。

阿里·密斯里躲在后面,仔细窥探犹太人的行动。只见他拿一根金杖竖了起来,并用一条金链系个金托盘在金杖上,再把一套衣服摆在托盘中,然后自言自语地说:"埃及的骗子、伊拉克的窃贼、波斯的强盗们在哪儿?凡是能用巧计取下这套衣服的,就让他去穿它吧。"他说罢,喃喃地念了咒语,眼前便出现一桌筵席。他开始大嚼起来,直待吃饱之后,筵席便自动撤退。继而他再一次念咒语,酒肴便出现在他面前,于是他自斟自饮起来。

阿里·密斯里暗自嘀咕:"阿里啊!你要把衣服弄到手,除非等他喝醉了酒。"他说着抽出钢剑,从犹太人后面走了过去,预备杀他。犹太人回头念了咒语,然后指着阿里·密斯里的手说:"握剑的手止住!"随着他的喝令声,阿里·密斯里的右手果然僵硬在空中,动弹不得。他伸左手去拿宝剑,但也像右手那样悬在空中,动弹不得。同时他的右脚也翘了起来,悬在空中,只剩左脚着地,支撑着身体,一下子失却活动能力。过了一会,犹太人才慢慢消除阿里·密斯里身上的法术,恢复他的原状。魔法师拿沙盘占了一卦,从而知道他的名字叫阿里·载依白谷·密斯里,便回头对他说:"过来告诉我吧!你是谁?干吗到这儿来?"

"我叫阿里·密斯里,是艾哈麦德·戴奈夫的弟子。我曾向戴蔾兰的女儿宰乃白求婚,可她家里的人要我拿令媛的衣服去做聘礼。如果你要平安无事,那请把衣服给我,而且你本人须改奉伊斯兰教。"

"这样的事,等你死后再说吧。为了骗取这套衣服,很多人曾生方设法,向我要过无数阴谋、手段,都不能拿走它。如果你愿接受我的忠告,便可平安无事。须知他们问你要这套衣服的目的,显然是叫你走死路。要是我不看见你的命运比我的强,那我非砍你的头不可。"

阿里·密斯里听了犹太人说他的命运强过对方的,大为惬意,毅然对他说:"我一定要拿走这套衣服,而且你非改奉伊斯兰教不可。"

"这是你的意图吗?非这样做不可吗?"

"是的,我一定要这样做。"阿里表示决心。

犹太人拿个碗,盛满水,喃喃地念了咒语,然后边洒水在阿里·密斯里身上,边说:"你离开人形,变成一匹毛驴吧!"

阿里·密斯里中了魔法,一下子变成一匹长耳朵毛驴,不但具备了蹄子,而且声音也同驴叫差不离。犹太人还对着他比着画了一个圆圈,随即出现一堵围墙,把他圈在里面,才醉眼蒙眬地倒身一觉睡到天明。

次日清晨,犹太人尔孜勒图醒来,对变成毛驴的阿里·密斯里说:"今天我骑你进城去,让骡子休息好了。"于是他把衣服、金托盘、金杖和金链子通通收藏在箱柜中,然后来到阿里·密斯里跟前一念咒语,他便驯顺地跟着犹太人走。犹太人把鞍袋搭在他背上,再念一次咒语,待宫殿隐没起来,这才骑着阿里·密斯里,一直进城来到铺中,把金子银子倒在炉膛中,然后埋头铸造起来。

阿里·密斯里被拴在铺子门前,能听人谈话,也理解人们说些什么,只是哑口不会说话。这时候,有个久经厄运折磨的穷小子,因找不到轻便的工作谋生,只得干担水的笨重活路度日。因此他拿老婆的手镯到犹太人铺中变卖,对他说:"老板,你买下这双手镯吧,以便我拿卖手镯的钱去买匹毛驴用。"

"你要买毛驴做什么用?"

"老师傅,我打算买匹驴去河中驮水,运到城中来卖,好赚几个钱糊口。"

"那你买我这匹毛驴去用好了。"犹太人给卖手镯的人出了主意,居然获得对方的同意,于是买下手镯,扣去驴价,才把余款兑给他,让他牵走变成毛驴的阿里·密斯里。

阿里·密斯里听见犹太人跟水夫讲生意卖他的话,气得要死,心里想:"几时水夫把鞍子架在我背上,每天让我驮着皮水囊走一二十里路,不消多久,我的健康就完蛋了,非活活地被折磨死掉不可。"他想着被水夫牵回家去。女主人拿饲料来喂他,他一头把主人撞得仰卧在地上,并趁势爬在她身上乱压乱踩,直把她压踏得大声呼吁求救。邻居闻声赶来救命,使劲打阿里·密斯里,从女主人身上推开他,才把她救了起来。继而水夫回家时,他老婆恶狠狠地对他说:"你把我给休了吧,要不然你就该把这匹毛驴退还它的原主去。"

"出什么事了?"水夫莫名其妙地问老婆。

"这是一个形似毛驴的恶魔。刚才它把我撞倒,爬到我身上来,要是邻居不赶来把它从我身上推开掉,那我一定叫它给奸污了。"

水夫一怒之下,果然牵阿里·密斯里到犹太人铺中去退货。犹太人问他:"你牵毛驴来干吗?"

"它干丑事侮辱我老婆,我可不能买它。"水夫说明来意。

没奈何,犹太人只得退款收回阿里·密斯里。待水夫走后,他回头看阿里·密斯里一眼,骂道:"倒霉家伙!你用狡计叫买主把你退回来吗?你既然不甘心做毛驴,我可是非把你弄成老人小孩们的玩物不可。"他说罢,关锁铺门,骑着阿里·密斯里出城,去到郊外,掏出一把沙土,念过咒语,往空中一撒,宫殿便出现在他眼前。他进入宫殿,取下阿里·密斯里背上的鞍袋,然后打开箱柜,取出摆在金托盘中的衣物,拿它挂在金杖上,并照往常的习惯说:"各地方的强盗、窃贼、骗子们哪儿去了?谁能夺取这套衣服呢?"继而他照例念了咒语,唤来筵席,饱餐了一顿,然后再念咒语,唤来酒肴,开怀畅饮,直喝得醉眼蒙眬,才拿一碗水,念过咒语,然后边洒水在阿里·密斯里身上，边对他说："从这种形象恢复你的原形吧！"随着他的现身说法，阿里·密斯里果然一下子恢复了他的本来面目。犹太人一本正经地劝诫阿里·密斯里："阿里，听我的劝告，你别再惹我了吧。你要同宰乃白结婚，这是不必要的，兼之骗取我女儿的衣服，对你来说也不是轻而易举的事。因此，趁早抛弃贪婪念头，对你只会有益无害，否则，我就把你变成老熊或猴子，或者叫神把你抛到戈府山后。"

"尔孜勒图，我决心要取下这套衣服，非把它弄到手不可。劝你赶快改奉伊斯兰教的好，否则，我就要你的命。"

"阿里，你好像一个胡桃，不敲破它是不能吃的。"他说罢，取来一碗水，念过咒语，然后边向阿里·密斯里身上洒水，边说道，"变成一个老熊吧！"

阿里·密斯里果然一下子变成了老熊。尔孜勒图拿个铁环套住它的脖子，再用链子把他拴在铁桩上，然后慢条斯理地坐下来吃喝，直至吃饱喝足，才扔残骨剩饭给老熊吃。

次日清晨，尔孜勒图把衣服收藏起来，念过咒语，阿里·密斯里便驯服地随他进城，去到铺中。他把老熊拴起来，然后倒金银在炉膛中，埋头做他的冶炼勾当。

阿里·密斯里虽然变成老熊，但他同样能听人说话，有理解能力，只是哑口不能说话。这时候，有个商人来到尔孜勒图铺中，对他说："老师傅，请把这个老熊卖给我吧，因为我老婆害病，据说须吃熊肉、抹熊油，疾病才能治愈的缘故。"

尔孜勒图大为欢喜，心里想："我把他卖给商人，让他宰掉他，从此我们就平安无事。"他打定了主意，便对商人说："你既然需要老熊治病，我索性把它送给你好了。"

阿里·密斯里听了尔孜勒图和商人的谈话，暗自叹道："指安拉起誓，此人是要把我拿去宰吃的，现在只有安拉可以拯救我了。"

商人牵着阿里·密斯里往屠户门前路过，对屠户说："喂！请你带着工具跟我来吧。"屠户果然拿着屠刀，随商人去到他家中，把阿里·密斯里捆绑起来,磨一磨屠刀,正预备动手宰老熊。阿里·密斯里见屠户拿刀来宰他,使劲挣扎,突然腾空飞翔起来,越飞越高,一直飞到尔孜勒图的宫殿里。

阿里·密斯里突然飞腾起来的原因是这样的:当犹太人尔孜勒图把他送给商人牵走,然后关锁铺门,回到家中的时候,他的女儿改麦伦打听阿里·密斯里的去向,他便对女儿叙述个中底细。改麦伦说:"这桩拐骗勾当,到底是阿里·密斯里本人干的呢,或者是别人做的?应该叫个鬼神来,打听清楚。"尔孜勒图念了咒语,唤来一个鬼神,问道:"这是阿里·密斯里搞的拐骗勾当呢,或者是别人干的?""请主人稍等一会。"鬼神说着摇身飞到商人家中,夺着阿里·密斯里,即时转回宫殿,对尔孜勒图说:"这是阿里·密斯里本人,拐骗勾当是他干的。刚才屠户把他捆绑起来,正磨刀预备宰他,可巧我即时赶到,把他夺回来了。"

尔孜勒图拿碗水,念过咒语,然后边洒水在阿里·密斯里身上,边对他说:"恢复你的原形吧!"随着他的说法,阿里·密斯里果然即时回复了原形。尔孜勒图的女儿改麦伦见他是个漂亮小伙子,便一见倾心。同样的,阿里·密斯里对改麦伦也一见钟情。

"倒霉的家伙哟!你存心拐骗我的衣服,致使家父如此对付你,这到底是为什么呢?"改麦伦羞答答地质问阿里·密斯里。

"我下定决心要把衣服弄到手,好送给宰乃白,当聘礼娶她为妻。"

"别人向家父耍过种种阴谋、手段,企图拐骗这套衣服,可始终达不到目的。劝你还是抛弃贪婪念头的好。"

"我一定要把衣服弄到手,你父亲也非改奉伊斯兰教不可,否则我便杀死他。"

"儿啊!"尔孜勒图对改麦伦说,"你看这个倒霉家伙吧,他是自寻死亡的呢。"接着他对阿里·密斯里说:"现在让老子把你变成一只狗吧。"他说罢,拿碗水,念过咒语,然后边洒水在阿里·密斯里身上,边对他说:"你变成一只狗吧!"随着尔孜勒图的说法,阿里·密斯里果然即时变成了狗,他父女这才安心坐下来吃喝。

次日清晨,尔孜勒图把衣物收藏起来,并向阿里·密斯里念过咒语,然后骑着骡子进城,阿里·密斯里驯顺地跟随在后面,沿途却惹得群狗追着他狂吠。路过一个旧货铺时,老板出来撵走群狗,阿里·密斯里便躺在旧货铺门前不动。尔孜勒图回头不见阿里·密斯里,懒得追究,索性扬长而去。后来旧货铺主人关锁铺门回家的时候,阿里·密斯里不声不响地随他去到他家里。他的女儿一见阿里·密斯里,便捂着脸埋怨她父亲:"爹!你干吗带陌生男人到家中来呀?"

"儿啊!这是一只狗哇。"

"不。这是阿里·密斯里,叫那个犹太人施魔法把他变成狗了。"

"你是阿里·密斯里吗?"商人回头问阿里·密斯里。

"是。"阿里·密斯里点头示意。

"犹太人干吗给他施魔法呢?"商人问女儿。

"为保护他女儿改麦伦的那套衣服不被他拐走。我可以解救他呢。"

"如果你能解救他,那现在正是做好事的时候哩。"

"要是他愿意跟我结婚,我才解救他。"商人的女儿提出一个条件。

阿里·密斯里听了商人父女的谈话,点点头,表示愿意跟她结婚。于是她取碗水来,念过咒语,正预备解救阿里·密斯里的时候,突然听见一声狂叫,吓她一跳,手中的碗也随之落到地上。她回头一看,见是她父亲的女仆在吼叫,并当面质问她:"小姐,你这种做法,算得是守信用吗?这种玩意是我教会你的。当初你不是同意要做什么事,必须同我商量吗?不是同意跟你结婚的人,也娶我为妾,咱俩每人同他共床一夜吗?"

"不错,事实的确是这样的。"商人的女儿直言不讳。

商人听了女儿和女仆的谈话,便问女儿:"是谁教她魔法的?"

"爹,你问她自己吧。"

商人果然转问女仆是从哪儿学来的魔法。女仆说:"老爷,当初我在犹太人家中伺候尔孜勒图的时候,经常窥探他的行止。他念咒语的时候,我侧耳倾听。他去铺中做买卖的时候,我悄悄地翻他的书籍,仔细阅读,慢慢懂得犹太人的神秘哲学。有一天尔孜勒图喝醉酒,要我跟他同床睡觉,我拒绝说:'我不干这种事,除非你改奉伊斯兰教。'可他坚持不肯改教,我才对他说:'按法律办事,你卖掉我吧。'结果我被他卖到你手里。我来到你家中,教会小姐魔法,并向她提出两个条件:第一,她要施魔法时,必先和我商量;第二,同她结婚的人,必须娶我为妾,并每人轮流跟丈夫过夜。"她说毕,取碗水,念过咒语,然后边洒水在狗身上,边对它说:"恢复你的原形吧!"

随着女仆的说法,阿里·密斯里果然恢复原形,摇身变成了人。商人问候他,并问他中魔法的原因。阿里·密斯里把事件的始末,从头到尾,详细叙述一遍。商人听了阿里·密斯里的叙述,问道:"同我的女儿和丫头结婚,你该满足了吧?"

"不,我非娶宰乃白不可。"阿里·密斯里坚持原意。

正当他们谈论之际,突然发现敲门声。女仆问道:"谁敲门呀?"

"是我,尔孜勒图的女儿改麦伦呀。请问阿里·密斯里在你家吗?"犹太人尔孜勒图的女儿改麦伦在门外回答。

"犹太人的女儿哟!如果他在我家,你要对他怎么样呢?"小姐回问一句,随即吩咐女仆:"喂!你去开门,让她进来吧。"

女仆遵命,开门带改麦伦进屋。阿里·密斯里一见她便生气,骂道:"狗养的!你到这儿来干吗?"

"我证实:安拉是唯一的主宰,穆罕默德是主的使徒。"改麦伦当阿里·密斯里的面朗诵了《箴信言》,表明她皈依伊斯兰教了。接着她问阿里·密斯里:"按伊斯兰教法的规定,结婚时,是男方给女方聘礼呢,还是女方给男方聘礼?"

"应该是男方给女方聘礼。"阿里·密斯里回答。

"现在我亲自来向你求婚,并把我的衣物和我父亲的脑袋给你拿来当聘礼。"改麦伦说罢,把尔孜勒图的头颅扔在阿里·密斯里脚下,"喏!这是我父亲的脑袋,他是你的仇人,也是安拉的仇人。"

阿里·密斯里和艾哈麦德·勒勾图

改麦伦杀她父亲的经过是这样的:当尔孜勒图施魔法变阿里·密斯里为狗的那天夜里,改麦伦在梦中看见有人对她说教,劝她改奉伊斯兰教,她毅然接受规劝,果然皈依伊斯兰教,一变而为穆斯林。次日,她从梦中醒来,兴致勃勃地去劝她父亲改奉伊斯兰教。可尔孜勒图断然拒绝,不肯背叛犹太教,她便用迷蒙药先麻醉他,然后杀死他,这才携带衣物和尔孜勒图的头前来投奔阿里·密斯里。

阿里·密斯里收下改麦伦送来的衣物,欣然对她和商人说:"明天咱们上哈里发的王宫中去会面,预备在那里办理订婚手续。"他说毕,带着衣物告辞出来,兴高采烈地回寓所的时候,忽然碰见一个卖糖果的商贩,拍着手巴掌,气急败坏地嚷道:"全无办法,只盼伟大的安拉拯救了。当今的世道呀,辛勤劳作的人反而有罪,人们都好逸恶劳,欺诈、拐骗已经成为风气了。"那商贩吼叫着走到阿里·密斯里跟前,说道:"我以安拉的名义恳求你尝一尝这种糖吧。"他说着递块糖给阿里·密斯里。

阿里·密斯里把糖接过去放在嘴里,刚吃下肚,便一下子晕倒。原来糖中混有迷蒙药,因此他一时被麻醉得昏迷不省人事。卖糖果的商贩趁阿里·密斯里昏倒,便夺取他带在身边的衣物,塞在糖果箱中,赶忙带着逃跑。可是他刚走了几步,便碰见一位法官,对他说:"喂!卖糖果的,你到这儿来吧。"

卖糖果的小贩闻声走到法官面前,放下糖果箱,并把装糖果的盘子摆在箱上,然后从容问道:"你要什么?"

"要糖果和包皮糖。"法官说着从盘中拣了糖果和包皮糖,摊在掌中看了一眼,说,"这两种糖都是仿造的伪货。"他说罢,从衣袋中掏出一块糖,递给商贩说:"你看这种糖多好! 你尝一尝,往后做这样的糖卖吧。"

商贩把法官给他的糖接过去,刚吃下肚,便一跟头栽倒,昏迷不省人事。原因是糖中同样混有迷蒙药,所以把他给麻醉了。法官趁商贩昏迷不省人事,即时捆起他,并掳着糖果箱和里面的衣物,迅速溜到艾哈麦德·戴奈夫的寓所。

这个所谓的法官,原来是哈桑·肖曼伪装成的。这是因为阿里·密斯里出去拐骗改麦伦的衣物之后,一直没有消息,艾哈麦德·戴奈夫深感不安,怕发生意外,便对部下说:"弟兄们! 阿里·密斯里一去不返,下落不明,恐怕发生意外。现在你们分头出去,到各处打听他的去向吧!"因此他们听从指示,分头出去寻找阿里·密斯里。当中哈桑·肖曼扮成法官出巡,在街上碰见卖糖果的商贩,知道他是艾哈麦德·勒勾图,便将计就计地用迷蒙药麻醉他,并把他连同糖果箱和里面的衣物,一齐带回寓所。至于其余四十名弟兄们,也同样出去寻找阿里·密斯里。那天阿里·凯台夫·赭麦尔离开伙伴们,跑到人群拥挤的地方一看,发现阿里·密斯里躺在地上,昏迷不醒,人事不知,惹得人们围着他看热闹。他赶忙拿解迷药给阿里·密斯里闻,救醒了他。阿里·密斯里蒙眬醒来,见人群围绕着他,茫然问道:"我是在什么地方呀?"

"阿里,你快醒过来吧。"阿里·凯台夫·赭麦尔说,"我们见你被麻醉得昏迷不省人事,但不知是谁麻醉你。"

"是一个卖糖果的商贩麻醉我,并拿走了我弄到手的衣物。他往哪儿去了?"

"我们没看见任何人。你快站起来,跟我们一起回家去吧。"于是弟兄们陪阿里·密斯里回到寓所,大伙向队长艾哈麦德·戴奈夫问好。

艾哈麦德·戴奈夫见阿里·密斯里回来,喜不自禁,问道:"阿里,你把衣服弄来了吗?"

"我不仅把衣服弄到手,而且还把犹太人尔孜勒图的脑袋也一并带了回来;可不幸中途碰到一个卖糖果的商贩……"他把衣物被商贩骗走的经过,从头到尾,详细叙述一遍,最后愤慨地说,"如果再碰到那个扮成商贩的骗子,我一定要狠狠地惩罚他。"他刚说毕,哈桑·肖曼突然从密室中蹦了出来,问道:"阿里,衣服弄到手没有?"

"衣服和尔孜勒图的脑袋都弄到手了,可是我带着回来的时候,中途遇见一个卖糖果的商贩,他拿迷蒙药麻醉我,并把衣物夺走。我不知他逃往何处,假若我知道他的住处,一定要杀死他,才能消我心头之恨。舒曼,你知道那个商贩的去向吗?"

"我知道他的住处。"哈桑·肖曼回答着带阿里·密斯里走进密室,指着昏迷不醒的商贩给他看,并用解迷药弄醒他。

糖果商贩蒙眬醒来,睁眼见阿里·密斯里站在他身旁,吓得狂叫起来,茫然问道:"我是在什么地方呀? 是谁逮住我的?"

"是我逮住你的。"哈桑·肖曼说。

"你这个奸诈家伙! 胆敢干此坏事? 竟然骗到我头上来了。"阿里·密斯里咒骂着要杀商贩。

"住手! 此人,是你的姻亲呢。"哈桑·肖曼制止阿里。

"他是我的姻亲? 这是从何而来的?"阿里迷惑不解。

"他叫艾哈麦德·勒勾图,是宰乃白的外甥。"

"勒勾图! 你干这种勾当,这到底是为什么呢?"

"这是我外祖母戴藜兰教我做的。她之所以指使我来做这桩事,只因我舅祖父俎赖依革指点她说:'阿里·密斯里是个精悍、出色的骗子,犹太人尔孜勒图难免不死在他手里,改麦伦的衣物也非落到他手里不可。到那步田地,他跟宰乃白的婚姻问题就难办了。'我外祖母认为他的想法对头,因而找我说:'你认识阿里·密斯里吗?'

我说:'我认识他。他初到巴格达时,不知艾哈麦德·戴奈夫的住处,还是我指点他呢。'她说:'那么,你去骗他吧! 要是他捞到改麦伦的衣物,你就想办法把它夺过来。'从此我天天在街巷中流荡,到处寻找你。有一天碰到一个卖糖果的小商贩,便以十个金币买下他的衣服、糖果和箱子,把我自己扮成商贩,借此行骗。后来终于碰见你,并把衣物骗到手,可是接着也就出了岔子。"

"现在你快去见你外祖母和你舅祖父俎赖依革吧! 告诉他们,说我把改麦伦的衣物和尔孜勒图的脑袋都弄到手了,叫他们明天上王宫去,我当哈里发的面,把给宰乃白的聘礼交到他俩手里。"

艾哈麦德·勒勾图听从阿里·密斯里的吩咐,诺诺连声地告辞归去。这时候,艾哈麦德·戴奈夫怡然自得地对阿里·密斯里说:"阿里,我们培植、抚育你,可不算是白费心血呀。"

阿里·密斯里在哈里发面前

次日清晨,阿里·密斯里带着改麦伦的衣物,并把尔孜勒图的脑袋挂在长矛头上,随艾哈麦德·戴奈夫及其部下一起去到王宫中,大伙在哈里发何鲁纳·拉施德面前跪下,吻了地面,然后毕恭毕敬地站在两旁。哈里发一眼看见英俊的阿里·密斯里,便问他是谁。艾哈麦德·戴奈夫答道:"启禀众穆民的领袖:这个小伙子叫阿里·载依白谷·密斯里,是我的得意门徒,他也是开罗城中那班年轻伙伴的首脑。"

哈里发仔细打量一番,见他的眼睛炯炯发光,闪出英勇的光芒,在给人以美好的观感和印象,因而对他顿生怜爱心情。这时候阿里·密斯里挨近哈里发,把尔孜勒图的头扔在地上,指着它说:"众穆民的领袖啊! 这是你的仇人呢。"

"这是谁的脑袋?"哈里发问。

"是犹太人尔孜勒图的。"

"是谁杀死他?"

阿里·密斯里把尔孜勒图作恶被杀的经过,从头到尾,详细叙述一遍。哈里发听了阿里·密斯里的叙述,将信将疑,说道:"尔孜勒图是个魔法师,我可不相信你能杀死他。"

"众穆民的领袖啊! 这是在安拉的默助下,我才有力量杀死他的。"

哈里发派省长前往犹太人家中踏看,发现尔孜勒图没头没脑地躺在地上,便把他的尸体装在木箱中,抬进王宫。哈里发亲眼看见尸体,证实尔孜勒图果然被杀,便下令焚尸。这时候,改麦伦匆匆赶进宫来,跪在哈里发面前,吻了地面,然后站起来,宣称她是尔孜勒图的亲生女儿,已经改奉伊斯兰教,并当哈里发的面重念《箴信言》,最后才要求说:"众穆民的领袖啊! 恳求陛下做主,让阿里·密斯里跟我结婚吧。"

哈里发接受改麦伦的请求,果然充当月下老人,撮合她跟阿里·密斯里的婚姻,让阿里·密斯里继承她父亲的产业,并对阿里·密斯里说:"此外你还需要我赏你什么? 只管说吧!"

"我所希望的,是能站在陛下的地毯上,并吃喝宫中的饮食。"

"阿里,你有班底吗?"

"我有四十个年轻弟兄,他们都在开罗城中。"

"你写信叫他们上巴格达来吧。如果他们来到此地,你有地方收留他们吗?"

"没有。"

"众穆民的领袖啊!"哈桑·肖曼插嘴说,"我的屋子可以腾出来给阿里·密斯里的弟兄们住。"

"哈桑,你的屋子应该归你使用。"哈里发说着下一道命令,由国库拨一万金,建一幢包括四十间卧室的屋子,供阿里·密斯里使用。最后哈里发对阿里·密斯里说:"阿里,还有别的事需要我替你安排吗?"

"恳求主上劝戴藜兰把她的女儿宰乃白许我为妻,以便我拿改麦伦的衣物当聘礼娶她吧。"

哈里发答应阿里·密斯里的要求,果然替他向戴藜兰提亲。戴藜兰满口应诺,欣然收下衣物。于是在哈里发的主持下,即时举行订婚仪式,替阿里·密斯里和宰乃白写了婚书;同时还促成他与商人的女儿和使女之间,以及和改麦伦之间的婚姻,分别替她们各写了一份婚书。此外哈里发正式委阿里·密斯里在宫中任职,规定了俸禄,并派人每天给他预备早晚饭。

阿里·密斯里达到封官受禄的目的后,一方面忙着预备一切,以便择日结婚;一方面写信给开罗的弟兄们,叙述他在宫中任职,博得哈里发重视的情况,并透露他将跟四个姑娘结婚的消息,希望他们尽快赶来参加婚礼。

发信后不久,他的弟兄们如期赶到巴格达。阿里·密斯里让他们住在新建的屋子里,无微不至地优待、照顾他们,并带他们进宫觐见哈里发,受到哈里发的重赏,并领取他发给的衣服、粮秣、武器和其他生活必需的物品。

阿里·密斯里先后准备了三十天,然后正式举行婚礼。洞房花烛之夜,伺候新娘的老妈子拿阿里·密斯里从犹太人手中夺来的那套衣服给宰乃白穿起来,然后带她去见阿里·密斯里。新郎新娘彼此见面言欢,乐不可支。阿里·密斯里发觉宰乃白是一颗未钻孔的珍珠,也是一匹没人骑过的牝驹。继而他先后跟其余的三个新娘喝合卺酒,觉得她们花枝招展,一个比一个更美丽可爱。

有一天轮到阿里,密斯里在宫中值班守夜,哈里发便对他说:"阿里,把你到巴格达以来所碰到的惊险、奇异事件,从头到尾,详详细细地讲给我听吧。"

阿里·载依白谷·密斯里一时受宠若惊,欣然把他先后跟戴藜兰、宰乃白和姐赖依革之间彼此斗智竞骗、互争雄长的经过,振振有词、不厌其详地从头叙述了一遍。

　　哈里发听得入神，很感兴趣，并吩咐史官将阿里·密斯里所谈的详细记录下来，作为史料，保存在秘库中，俾流传后世。

　　从此阿里·载依白谷·密斯里一旦为官受禄，陪随帝王，出则驾高车、驭骊马，入则拥娇妻、抱美妾，过着舒服、愉快的享乐生活，直至白发千古。